ro
ro
ro

rororo

Jan Seghers alias Matthias Altenburg wurde 1958 geboren. Der Schriftsteller, Kritiker und Essayist lebt in Frankfurt am Main. Nach dem großen Erfolg von «Ein allzu schönes Mädchen» und «Die Braut im Schnee» folgte «Partitur des Todes» – ausgezeichnet mit dem «Offenbacher Literaturpreis» sowie dem «Burgdorfer Krimipreis» –, danach «Die Akte Rosenherz». «Die Sterntaler-Verschwörung» ist der fünfte Fall für Kommissar Marthaler.

Die Marthaler-Romane wurden mit großem Erfolg für das ZDF verfilmt.

«Seghers schreibt dramaturgisch hervorragende Geschichten, gnadenlos spannend, atmosphärisch auf den Punkt gebracht.» (Hamburger Abendblatt)

«Ein mitreißender, fesselnder, politisch aufgeladener Kriminalroman nimmt von den ersten Seiten an seinen Lauf, und Kommissar Robert Marthaler läuft zur Höchstform auf.» (Frankfurter Neue Presse)

«Jan Seghers gilt zu Recht als der deutsche Mankell.» (SonntagsZeitung)

«Jan Seghers' Geschichten sind perfekt komponiert, spannend und überraschend! Wer noch keinen seiner Krimis gelesen hat, sollte schleunigst damit anfangen!» (NDR2 Buchtipp)

Jan Seghers

DIE STERNTALER-VERSCHWÖRUNG

Kriminalroman

ROWOHLT TASCHENBUCH VERLAG

Alle Ereignisse und Personen sind frei erfunden.
Selbst der Vollmond scheint, wann er will.

Veröffentlicht im Rowohlt Taschenbuch Verlag,
Reinbek bei Hamburg, Juli 2016

Umschlaggestaltung any.way, Walter Hellmann,
nach einem Entwurf der Hafen Werbeagentur, Hamburg
Umschlagabbildungen Stephen Carroll/Trevillion Images;
Photodisc/Getty Images
Satz Janson PostScript
Gesamtherstellung CPI books GmbH, Leck, Germany
ISBN 978 3 499 25575 5

À une belle endormie

«Selbst wenn alle Teile eines Problems sich einzuordnen scheinen wie die Stücke eines Zusammenlegspieles, müsste man daran denken, dass das Wahrscheinliche nicht notwendig das Wahre sei und die Wahrheit nicht immer wahrscheinlich.»

Sigmund Freud

«In dem Moment, wo das LKA aus übergeordneten Gründen die Ermittlungen übernimmt oder unterstützt, kann das mal zu Irritationen vor Ort führen.»

Sabine Thurau kurz nach ihrer Amtseinführung als Präsidentin des Hessischen Landeskriminalamtes

Frankfurter Rundschau 26.4.2010

ERSTER TEIL

EINS

Als der Ministerpräsident die Augen aufschlug und sah, wie Homer Simpson einen Donut verspeiste, bekam er augenblicklich Hunger. Eigentlich hatte er bis zur Landung in Frankfurt nichts mehr essen wollen, doch jetzt blickte er kurz zu seiner Frau Ruth, die auf dem Nebensitz schlief, winkte der indischen Stewardess und bestellte flüsternd eine weitere Portion jener rosafarbenen Honigbällchen, von denen er seit dem Start bereits ein halbes Dutzend verzehrt hatte.

Er kam gerade aus Dharamsala, wo er dem Dalai-Lama einen Privatbesuch abgestattet hatte. Im Gepäck hatte er neue Fotos, auf denen man ihn gemeinsam mit dem Oberhaupt der Tibeter lächeln sah. Seine Presseleute würden dafür sorgen, dass diese Fotos in allen wichtigen Zeitungen erschienen, und er hoffte, dass sich dadurch seine Umfragewerte endlich wieder verbesserten. Der Dalai-Lama galt als weise und witzig, zwei Eigenschaften, die man dem Ministerpräsidenten zu seinem Leidwesen völlig absprach. Und doch fühlte er sich dem Tibeter inzwischen so nahe, dass er sich manchmal vorstellte, ebenfalls ein buddhistischer Mönch zu sein, um dann in der Ti-cîvara, dem leuchtenden Gewand des Ordens, vor das Parlament zu treten und lange in die Kameras zu lächeln: entspannt, witzig und weise.

Aber selten hatte er weniger Anlass gehabt, entspannt zu sein. Das Jahr hatte nicht gut begonnen. Bei den Wahlen im Januar hatte er zwölf Prozentpunkte verloren. Er war nur noch geschäftsführender Ministerpräsident, er war nur noch ein halber Ministerpräsident. Und wenn sich seine Gegner irgendwann einigen sollten, wäre er auch das nicht mehr lange, dann wäre er nur noch Rolf-Peter Becker, ein Funktionär seiner Partei, der seinen Vornamen hasste und der deshalb froh gewesen war, seit Amtsantritt MP genannt zu werden. Er hatte alles für sein Bundesland getan, hatte jeden Tag vierzehn, manchmal sechzehn Stunden gearbeitet, hatte in hässlichen Bürgerhäusern vor rotgesichtigen Landfrauen gesprochen, in öden Einkaufszentren Würstchen gebraten, hatte Narrenkappen aufgesetzt und mit betrunkenen Ortsvorstehern angestoßen. Vom frühen Morgen bis weit in die Nacht hinein hatte er sich durchs Land fahren lassen, und immer hatten sich neben ihm auf der Rückbank seiner Dienstlimousine die Akten gestapelt, die er zwischen zwei Terminen studierte.

Niemand konnte, niemand wollte es bestreiten: Er war ein Vorbild an Fleiß, Disziplin und Zähigkeit. Und dafür war er nun bestraft worden. Nein, er konnte es nicht anders nennen: Seine Wähler hatten ihn bitter enttäuscht. Und jetzt, da sich die Maschine der Air India dem Rhein-Main-Flughafen näherte und er an seine Niederlage dachte, schob er sich, um seine schlechte Stimmung zu vertreiben, das vorletzte Honigbällchen in den Mund.

Sein neuerlicher Heißhunger auf Süßigkeiten stimmte ihn nachdenklich. Seit der Schulzeit kämpfte er gegen sein Übergewicht, und er war stolz darauf, es als Erwachsener halbwegs in den Griff bekommen zu haben. Trotzdem waren seine kulinarischen Vorlieben dieselben geblieben: Er mochte alles, was fett, süß und ungesund war. Seine Ernährungsgewohnheiten waren ein täglicher Anschlag auf seinen Körper und ein Hohn auf die Kochkünste seiner Frau. Seine Mitarbeiter sagten ihm das, seine Parteifreunde, seine Kinder, und alle paar Monate sagte es auch seine Ärztin.

Seit Jahren war er umzingelt von Feinschmeckern, die jeden Tag in den besten Restaurants der Landeshauptstadt speisten und dazu teure französische Weine tranken. Aber immer noch konnte er sich nichts Schöneres vorstellen, als seinen Fahrer nachts an einem Fast-Food-Restaurant halten zu lassen.

Er war anders als die anderen, und das schon immer. In der Schule hatte er meist allein auf dem Pausenhof gestanden oder war gleich in der Bibliothek geblieben, um Zeitung zu lesen. Während seine Mitschüler an der Bushaltestelle rauchten oder sich hinter der Turnhalle zum Knutschen trafen, vertiefte er sich in den Wirtschaftsteil. Während die anderen im Jugendzentrum Flugblätter schrieben und abends ihre Partys feierten, hatte er Besseres vor.

Einmal, ein einziges Mal, war er ausgebrochen, als er mit zwei älteren Cousins über Ostern in die Niederlande gefahren war. Sie waren durch das Amsterdamer Rotlichtviertel geschlendert und hatten die Mädchen beäugt, die hinter der Oude Kerk in den Schaufenstern saßen. Sie waren in einen der Coffee-Shops gegangen und hatten Marihuana geraucht, bis ihnen schlecht wurde. Sie waren ans Meer gefahren und hatten im Autoradio die Rolling Stones gehört. Am Strand von Zandvoort war ihm Annicke begegnet, ein bisschen kleiner als er, mit runden Hüften und schweren Brüsten. Ein paar Mal war sie an seinem Handtuch vorbeigeschlendert und hatte ihm zugelächelt. Dann hatte sie sich einfach zu ihm gesetzt und ihm von ihrer Limonade angeboten. Sein Herz hatte sofort schneller geschlagen. Dass sie ein Hippie-Mädchen war, hatte ihn nicht gestört. Und ihr schienen seine

Aknenarben egal zu sein. Sie hatte ihm die Wange gestreichelt und ihn auf den Mund geküsst. Dann hatte sie ihn an der Hand und mit in ihr Zelt genommen.

Annicke war das erste Mädchen, mit dem er geschlafen hatte, und für viele Jahre auch das letzte. Als er ihr am nächsten Tag in einem der Strandrestaurants wiederbegegnete, saß ein junger Mann mit langem Haar neben ihr, der seinen Arm um ihre Schulter gelegt hatte. «Hi, Rolf-Peter», hatte sie gerufen. «Darf ich vorstellen, das ist Hendrik, mein Verlobter.»

Er hatte nie wieder von ihr gehört. Er hatte sie gehasst, und doch war sie ihm nicht mehr aus dem Sinn gegangen. Wenn er an sie dachte, hatte er auch heute noch das Bild eines gerade angebissenen Pfirsichs vor Augen, er erinnerte sich an den Geschmack ihrer Haut, an einen leichten Sonnenbrand, an seine feuchte Badehose. Annicke, Annicke, Annicke. Wie oft hatte er ihren Namen vor sich hin gemurmelt.

«Von wem sprichst du?»

Erschrocken wandte sich der Ministerpräsident um. Seine Frau war neben ihm aufgewacht und sah ihn argwöhnisch an. «Annicke – darf man erfahren, wer das ist?»

«Nichts, ich meine … niemand … ich muss wohl geträumt haben», erwiderte er.

Plötzlich verwandelte sich der misstrauische Blick seiner Frau in einen angewiderten. «Sag mal … was klebt da an deinen Fingern?»

Der Ministerpräsident folgte ihrem Blick. Erst jetzt bemerkte er, dass er das letzte der rosafarbenen Honigbällchen in seiner Faust zerquetscht hatte.

ZWEI

Es dämmerte gerade erst, als der junge Mann an diesem Morgen in seinem Haus in der kleinen Ortschaft Schwarzenfels erwachte. Er hörte das leise Atmen der schlafenden Frau, die sich von hinten an seinen Körper drängte, schob ihre Hand sacht von seiner Hüfte, schlüpfte aus dem Bett und ging in die Küche. Ohne die Deckenlampe einzuschalten, nahm er ein Glas aus dem Schrank, füllte es mit Leitungswasser und trank einen großen Schluck.

Der junge Mann hieß Tobias S. Büttner, wobei das S. für Süleyman stand, ein Name, der neben dem dunklen Haar und der bronzefarbenen Haut das einzige Erbe eines Vaters war, den er nie kennengelernt hatte. Süleyman – so nannte er sich erst, seit ihm aufgefallen war, dass der Klang der drei Silben nicht unausweichlich Misstrauen hervorrief, sondern manchmal auch Neugier und Wohlgefallen.

Süleyman mochte es, gemocht zu werden, ohne etwas dafür zu tun. Er war schmal, braun und gelenkig. Er hatte mit vielen Männern geschlafen, Frauen kamen erst später dazu, und manchmal, wenn er es sich leisten konnte, schlief er monatelang mit gar niemandem. Er verlangte nicht immer danach, aber wenn ihm jemand eine Bezahlung anbot, nahm er sie an. Außer diesem halbverfallenen Haus, das er von einer Tante geerbt hatte, besaß Süleyman nichts, und so hoffte er, dass die Frau, die jetzt in seinem Bett lag, ihn später fragen würde, ob sie ihm ein wenig Geld dalassen solle.

Zurück im Schlafzimmer, stellte er sich ans Fenster, schob die Gardine beiseite und schaute nach draußen. Die umliegenden Häuser waren noch dunkel. Über der Wiese am Bach lag Nebel. Süleyman wollte sich gerade wieder abwenden, als etwas seine Aufmerksamkeit erregte. Er sah, wie sich im Halbdunkel auf der Landstraße am Hügel gegenüber, etwa dreihundert Meter Luftlinie von seinem Haus entfernt, langsam ein Lichtschein näherte. Süleyman nahm das Fernglas von der Fensterbank, ein altes Dialyt der Firma Zeiss, das seiner Tante gehört hatte, stellte die Schärfe ein und erkannte, dass es sich um den Scheinwerfer eines Sportmotorrades handelte. Der Fahrer stoppte am Straßenrand, blieb auf seiner Maschine sitzen, zog die Handschuhe aus, klappte das Visier seines Helms hoch und steckte sich eine Zigarette an. Zwei, drei Minuten lang geschah nichts. Dann wurde der Scheinwerfer ausgeschaltet, nur um Sekunden später wieder aufzuflammen. Zweimal kurz, einmal lang. Gleich darauf wiederholte sich der Vorgang: zweimal kurz, einmal lang.

Süleyman blieb reglos stehen, beide Hände um das Jagdglas geklammert, die Brauen an die Gummimuscheln gepresst – er wagte kaum zu atmen. Er hatte ein Zeichen gesehen, das nicht für seine Augen bestimmt war, ein geheimes Signal, das in einer belebten Großstadt wohl kaum Beachtung gefunden hätte, das aber hier, in diesem nächtlichen Dorf, einer Ungeheuerlichkeit gleichkam. Erst als der Fahrer den Motor wieder anwarf, die Maschine wendete, sich langsam in jene Richtung entfernte, aus der er gekommen war, und kurz darauf aus Süleymans Blickfeld verschwand, entspannte sich der junge Mann.

«Was machst du da in Unterhose mit einem Fernglas am

Fenster?» Die Stimme der Frau klang brüchig. Er versuchte, sich an ihren Namen zu erinnern.

Sie hatte die Nachttischlampe eingeschaltet und sah zu ihm herüber. «Komm wieder ins Bett!»

«Nein», sagte er, «ich glaube, Sie müssen jetzt gehen.»

«Und was, wenn ich bleiben möchte?»

«Möchten Sie nicht.»

«Woher willst du das wissen?»

«Weil alle zu ihren Männern zurückgehen.»

«Stimmt! Bringst du mir einen Kaffee?»

«Sie können sich einen machen.»

«Ach, leck mich!», sagte sie.

«Nein», antwortete er.

Sie lachte. «Darf ich wiederkommen, Süleyman?»

«Wenn Sie mögen.»

«Mehr nicht?»

Er hob die Schultern.

«Warum siezt du mich, weißt du nicht, wie ich heiße?»

«Susanne?», fragte er.

«So ähnlich», sagte sie. «Kann ich noch duschen?»

Er wies mit dem Kopf auf die Tür, die vom Schlafzimmer ins Bad führte.

Als die Frau an Süleyman vorbeikam, wollte sie ihn auf die Wange küssen. Er drehte sich weg.

«Was bist du nur für ein Mensch?», fragte sie.

Als er gerade vierzehn geworden war, hatte der neue Freund seiner Mutter versucht, ihn zu schlagen. Schon am Morgen darauf hatte Süleyman eine Reisetasche gepackt, das Haus verlassen und es nie wieder betreten. Er fuhr mit dem Zug nach Frankfurt und stellte seine Tasche in ein Gepäckfach.

Ein Mann sprach ihn an und fragte, ob er allein sei. Der Mann trug einen Sommeranzug und glänzende Schuhe.

«Ja», antwortete Süleyman.

Ob er sich ein wenig Geld verdienen wolle.

«Was muss ich dafür tun?», fragte der Junge.

«Wir fahren zu mir nach Hause, dann wirst du sehen», sagte der Mann.

Süleyman wusste nicht, was der Mann von ihm wollte, also lehnte er ab. Er lief durch die Stadt und schaute sich die hohen Häuser an.

Bisher kannte er kaum mehr als seinen Heimatort in der Schwalm und die umliegenden Dörfer. In Frankfurt war er erst einmal gewesen, als sie fünf Jahre zuvor mit der Schulklasse den Zoo besucht hatten.

Weil er kein Ziel hatte, ließ er sich treiben. Er sah sich die Auslagen der Geschäfte an und streifte durch die Kaufhäuser. Er kaufte sich ein gelbes T-Shirt und eine neue Jeans. Es kam ihm vor, als würden sich die Leute hier anders bewegen als zu Hause, die meisten schneller – als würde sie etwas treiben oder ziehen –, manche aber auch langsamer, als wollten sie zeigen, dass sie frei über ihre Zeit verfügen konnten. Süleyman fühlte sich fremd, aber er ahnte, dass es nicht gut war, wenn man ihm das anmerkte. Er ging zum Mainufer und setzte sich auf eine Bank. Als er Hunger bekam, kaufte er an einem Imbiss zwei Fischbrötchen und eine Flasche Limonade. Das Wechselgeld warf er einem Bettler in die Schachtel.

Am Abend suchte er nach einem billigen Hotel. Mehr als ein Bett brauchte er nicht. Von dem Haushaltsgeld, das er daheim aus dem Küchenschrank genommen hatte, waren noch hundertfünfzig Mark übrig. Er bekam ein Zimmer für zwei Nächte, das er im Voraus zahlen musste.

Am übernächsten Tag konnte er sich gerade noch ein Croissant und eine heiße Schokolade leisten. Er ging zum Bahnhof und wartete. Dann sah er den Mann mit dem Sommeranzug wieder. Der Mann kam auf ihn zu und lächelte. «Hast du es dir überlegt?»

Süleyman nickte.

«Ich heiße Holger», sagte der Mann.

Holger fuhr ein schwarzes Mercedes-Cabriolet. Er ging um den Wagen herum, öffnete die Beifahrertür und ließ Süleyman einsteigen. Der Junge lachte, als sie durch die Stadt fuhren und ihm der Wind die Haare zerzauste. Holger war freundlich. Er arbeitete für eine Werbeagentur und wohnte in einem Bungalow am Stadtrand. Vom Wohnzimmer aus konnte man in den Garten schauen, hinter dem der Wald begann.

Holger legte dem Jungen eine Hand auf die Schulter: «Wir haben noch nicht über Geld gesprochen. Wie viel nimmst du denn?»

«Kommt drauf an, was ich machen muss», sagte Süleyman.

Der Mann sah ihn an: «Sag mal, kann es sein, dass du noch Jungfrau bist?»

«Jungfrau?»

Holger nickte. «Es stimmt also. Dann gehst du jetzt erst mal duschen, hinterher reden wir. Wie alt bist du überhaupt?»

«Achtzehn», log Süleyman.

Er blieb über Nacht. Auch die nächsten Tage verbrachte er in dem Haus. Nach einer Woche bot Holger ihm an, bei ihm einzuziehen. Süleyman wurde der Geliebte des Mannes. Er lernte, wie man sich in einem Restaurant benahm, er lernte, wie man Rotwein trank und wie man Cannabis rauchte. Er sah zum ersten Mal das Meer und die Berge, er aß seinen ersten Hummer und schnupfte sein erstes Kokain. Ein Jahr lang schlief er mit Holger, manchmal auch mit Holgers Freunden und Freundinnen. Er lernte, dass man ihn begehrte. Anders als die wechselnden Männer seiner Mutter machte ihm Holger keine Vorschriften. Süleyman konnte kommen und gehen, wie er wollte. Er dachte nicht nach über das Leben, das er führte. Er war weder glücklich noch unglücklich. Es war, wie es war.

Aber nach einem Jahr gab ihm Holger zweitausend Mark und teilte Süleyman mit, dass er sein Zimmer im Bungalow räumen müsse, weil dort ein anderer Junge einziehen werde. Süleyman ging, ohne zu widersprechen. Er hatte keinen Plan. Weil ihm der Klang des Wortes Marseille geheimnisvoll vorkam, kaufte er eine Fahrkarte, stieg in den Zug und fuhr ans Mittelmeer. Als sein Geld aufgebraucht war, zog er an der Küste entlang weiter Richtung Osten. In dem kleinen Ort Agay lernte er einen alten Mann kennen, der am Strand eine Ferienanlage besaß. Für ein paar Monate durfte Süleyman dort arbeiten – als Gehilfe des Gärtners und als Küchenjunge in dem kleinen Strandrestaurant. Gegen Ende der Urlaubszeit, als er nicht mehr gebraucht wurde, fuhr er mit einem jungen Ehepaar zurück nach Deutschland. Die beiden ließen ihn an einem Rastplatz in der Nähe von Frankfurt aussteigen. Sie hatten nicht bemerkt, dass Süleyman den Geldbeutel der Frau gestohlen hatte.

Er ging wieder zum Bahnhof. Mal hatte er Geld, mal hatte er keines. Mal schlüpfte er bei jemandem unter, mal wohnte er in einer Pension. Im Sommer übernachtete er oft im Freien. Er stahl, er handelte mit Drogen, und schließlich kam er ins Jugendgefängnis nach Rockenberg, wo man ihn nach sechs Monaten wieder entließ.

So ging es weiter. So verbrachte er die nächsten Jahre.

Kurz vor seinem neunzehnten Geburtstag wurde Süleyman krank. Tagelang litt er unter Schüttelfrost und hohem Fieber, sodass er Angst hatte zu sterben. Er rief die Schwester seiner Mutter an und bat sie, ihm zu helfen. Er hatte ein paar Mal seine Ferien bei ihr verbracht; er wusste, dass sie ihn mochte. Zwei Stunden später stand seine Tante vor ihm, packte ihn und seine wenigen Habseligkeiten in ihren Wagen, nahm ihn mit in ihr kleines Haus und pflegte ihn gesund. Seitdem wohnte Süleyman in Schwarzenfels. Fast sah es aus, als könne er in dem kleinen Ort zur Ruhe kommen.

Dann starb seine Tante. In ihrem Testament vermachte sie dem Neffen das Haus und ein kleines Sparkonto auf seinen Namen. Auf der Beerdigung traf Süleyman seine Mutter wieder und lernte seine Halbschwester Nele kennen. Als sie wieder abfuhren, kletterte das Mädchen auf die Rückbank des VW Polos der Mutter und winkte zum Abschied.

Inzwischen war Süleyman zweiundzwanzig Jahre alt, ein junger Mann, der immer noch aussah wie ein Siebzehnjähriger. Er fühlte sich wie ein Junge und wurde bis heute von allen so genannt: Süleyman oder «der Junge».

Obwohl er sparsam gelebt hatte, ging das Geld der Tante rasch zur Neige. Er wollte das Haus nicht verkaufen. Die Leute im Dorf hatten sich an ihn gewöhnt. Sie grüßten ihn und ließen ihn ansonsten in Ruhe. Am liebsten hielt er sich in dem kleinen, von alten Hecken umgebenen Garten auf. Er fuhr gerne mit der Handfläche über die Rinde der Obstbäume, er mochte den Geruch der Erde und das Kitzeln der Grashalme auf seiner Haut. Am liebsten lag er nackt in der Sonne, ohne an etwas zu denken.

Süleyman hatte sich angezogen und in der Küche darauf gewartet, dass die Frau das Haus verließ. Als er jetzt die Tür ins Schloss fallen hörte, ging er kurz rüber zum Nachttisch. Er lächelte. Sie hatte einen Hundert-Euro-Schein unter den Lampenfuß geschoben. Er nahm das Geld und steckte es in die Tasche seiner Jeans.

Durch die zugezogene Gardine schaute er nach draußen. Der Wagen der Frau, ein dunkelblauer BMW X5, stand am Rande des schmalen, asphaltierten Wirtschaftsweges, der nicht weit von seinem Haus verlief. Bevor sie die Fahrertür öffnete, schaute sie noch einmal in Süleymans Richtung. Er war sich sicher, dass sie ihn nicht sehen konnte. Sie startete den Motor, schaltete das Licht ein und fuhr los.

Dann sah Süleyman das Sportmotorrad. Es tauchte von rechts aus dem immer noch dichten Frühnebel auf und fuhr mit hoher Geschwindigkeit direkt auf den Wagen der Frau zu. Beide Fahrzeuge machten im letzten Moment einen kleinen Schlenker, um einander auszuweichen. Das Motorrad holperte über den Rand der Fahrbahn, erreichte noch einmal mit dem Vorderreifen den Asphalt, geriet erneut ins Schlingern, kippte nach rechts und rutschte die Böschung hinab.

Dann war es still.

Der blaue BMW war längst in der Ferne verschwunden.

Süleyman wartete.

Er wartete zwei Minuten, drei Minuten, vier Minuten. Nichts geschah. Der Motorradfahrer kroch nicht die Böschung herauf. Niemand rief um Hilfe. Niemand schrie. Nichts.

Süleyman zog sein rotes Kapuzenshirt über, trat vor das Haus und sog mit einem kräftigen Atemzug die feuchte Morgenluft ein. Er schaute hoch zum Dorf, dessen Häuser am

Hügel unter der Burg klebten wie Schwalbennester unter der Traufe. Noch immer schien die Welt zu schlafen.

Er lief die wenigen Schritte bis zu jener Stelle, an der das Motorrad von der Fahrbahn abgekommen war. Er sah die Spur, die es im hohen Gras hinterlassen hatte. Sie führte bis hinter die hohe Hecke aus blühendem Weißdorn und Holunder.

Der Fahrer lag etwa zwei Meter von seiner Maschine entfernt auf dem Boden. Sein Kopf war auf unnatürliche Weise verrenkt. Fast sah es aus, als habe jemand versucht, ihm das Kinn auf den Rücken zu drehen. Der Mund stand offen, der Blick war gebrochen. Süleyman wusste, dass der Mann tot war.

Der Junge ging neben dem Toten in die Hocke, tastete die Taschen der schweren Lederjacke ab, öffnete einen Reißverschluss, zog die Brieftasche des Mannes hervor und ließ die Beute unter seinem Kapuzenshirt verschwinden. Er tat das, wie man eine Arbeit verrichtet, die getan werden muss: schnell, konzentriert und ohne Bedenken. Dann hob er den Oberkörper der Leiche ein wenig an, zog die schwarze Umhängetasche darunter hervor und inspizierte deren Inhalt. Er fand nichts außer einem großen Umschlag aus brauner Pappe. Süleyman stopfte auch diesen in seinen Hosenbund, dann entfernte er sich so rasch von der Unfallstelle, wie er gekommen war.

Zurück im Haus, legte er den Umschlag auf den Tisch und las die Adresse:

Herrn
Johann von Münzenberg (MdL)
Schlossgasse 24
36391 Sinntal – Schwarzenfels

Einen Absender gab es nicht. Aber den Empfänger kannte Süleyman. Es gab niemanden in der Gegend, der diesen Mann nicht kannte.

Der Junge ging zum Fenster und schaute hinaus. Nichts war zu sehen, nichts war geschehen. Selbst die Grashalme am Wegrand schienen sich bereits wieder aufzurichten.

DREI

Kaum dreihundert Meter entfernt, auf dem Parkplatz hinter dem Gelände der Burg, saßen zur selben Zeit die beiden Beamten der Abteilung 3 des Hessischen Landeskriminalamtes in ihrem grauen Opel Vectra V6 und warteten auf die Ankunft ihrer Kollegen. Sie hatten den Wagen dicht an der Mauer geparkt, sodass er vom Herrenhaus aus nicht zu sehen war.

Daniel Fichtner, der jüngere der beiden Ermittler, hatte die Augen geschlossen und beide Hände aufs Lenkrad gelegt. Obwohl er ansonsten ruhig wirkte, verrieten die Wangen seinen Eifer. Er hatte seine Stelle beim LKA erst vor einigen Wochen angetreten, und er war stolz darauf, schon jetzt an einem offenbar heiklen Einsatz beteiligt zu werden.

Daniel Fichtner wollte ein guter Polizist werden. Er wollte Geld verdienen, ein Haus bauen und zwei Kinder haben. Anders als seine Eltern, wollte er ein geordnetes Leben führen. Er hatte im Spätsommer des letzten Jahres geheiratet, seine Frau war im achten Monat schwanger, seine Tochter würde bald geboren werden.

Der junge Polizist wollte alles richtig machen. Er wollte zeigen, was er konnte, und wenn er etwas nicht wusste, wollte er die richtigen Fragen stellen. Er galt als ehrgeizig, klug und fleißig. Auf der Polizeihochschule war er einer der Besten seines Jahrgangs gewesen; seine Arbeit über «Sexuell motivierte Tötungsdelikte in den westlichen Ländern der

Europäischen Union» war mit einer Eins bewertet worden und schon kurz darauf als Artikel in einer deutschen, einer englischen und einer tschechischen Fachzeitschrift erschienen. Alles, was Daniel Fichtner fehlte, war Erfahrung. Am heutigen Morgen würde er den ersten Schritt tun, um diesen Missstand zu beheben.

Viel war es nicht, was er über den Einsatz wusste. Man hatte ihn gestern am späten Abend angerufen und ihm mitgeteilt, dass er in der Nacht von Axel Rotteck abgeholt werde.

Rotteck, der jetzt neben ihm auf dem Beifahrersitz saß und immer wieder auf seine Armbanduhr schaute, war eine Legende. Er hatte als verdeckter Ermittler einen der größten Drogenringe auffliegen lassen, er hatte die Hintergründe des Sabana-Skandals aufgedeckt und mit seinen Recherchen dafür gesorgt, dass die Geschäftsführer des Kronberger Unternehmens wegen illegalen Waffenhandels für viele Jahre ins Gefängnis mussten. Und Axel Rotteck war es auch gewesen, der den seit sieben Jahren flüchtigen ehemaligen Staatssekretär Dr. Ludwig Hoffe in einem Hotel in Madrid aufgestöbert und damit dessen Auslieferung an die deutschen Behörden ermöglicht hatte. Der Prozess würde in Kürze stattfinden, und es war zu erwarten, dass auch diesmal die Zeitungen und Fernsehsender Schlange stehen würden, um ein Interview mit Rotteck zu bekommen.

Axel Rotteck war 48 Jahre alt, knapp eins neunzig groß, schlank und hatte dunkles, leicht krauses Haar, das er mit Gel zu bändigen versuchte. Seine Augenbrauen trafen sich über der Nasenwurzel, und sein Bartwuchs war so stark, dass die Wangen schon mittags einen blauen Schatten zeigten. Wie für die meisten jungen Kriminalpolizisten in Hessen war Axel Rotteck auch für Daniel Fichtner ein Vorbild. Er hatte ihn auf der Polizeihochschule als kenntnisreichen und schlagfertigen Dozenten erlebt, der gut mit den Anwärtern umgehen konnte.

Umso mehr irritierte Fichtner das Verhalten seines neuen Vorgesetzten an diesem Morgen. Rotteck zeigte sich wortkarg. Fast wirkte er nervös. Auf die Wissbegier seines jungen Kollegen hatte er bisher nur ausweichend geantwortet. Trotzdem war Fichtner entschlossen, sich nicht einschüchtern zu lassen.

«Sag mal …?»

«Haben Sie mich gerade geduzt, junger Mann?»

«Entschuldigung. Ich dachte, das macht man unter Polizisten so … Erinnern Sie sich nicht? Ich habe vor ein paar Wochen schon mal für einen Tag in Ihrem Büro gesessen, als ich gerade im Amt angefangen hatte.»

Rotteck grinste. «Ich lasse mich von einem Bullen duzen, aber nicht von einem Polizisten.»

«Hören Sie, ich weiß, dass Sie ein guter Polizist sind. Ich möchte das auch werden. Ich glaube, dass ich von Ihnen lernen kann, aber …»

Rottecks Gesichtsausdruck hielt Fichtner davon ab, weiterzusprechen. Fast sah es aus, als wolle der Ältere in Gelächter ausbrechen, das er im letzten Moment zu einem Lächeln zähmte.

«Aber?»

«Wenn es Ihnen nicht recht ist, dass wir zusammenarbeiten …»

Rottecks Lächeln verschwand. «Ganz egal, ob es mir recht ist, Sie sind mir zugeteilt worden, also arbeiten wir zusammen.»

«Aber dann brauche ich ein paar Informationen über den

Fall. Ich muss doch wissen, was wir hier machen, was meine Aufgabe ist.»

Das Lächeln war wieder da. «Sie möchten ein guter Polizist werden?»

«Ja, natürlich!»

«Dann merken Sie sich drei Dinge: Erstens trägt ein guter Polizist sein Herz nicht auf der Zunge, er plappert nicht, er gibt sich keine solche Blöße, wie Sie es gerade getan haben. Zweitens müssen Sie wissen, dass Sie gar nichts wissen. Sie sind ein Greenhorn, ein Newbie, ein Nichts. Ich weiß das, weil ich in Ihrem Alter genau das auch gewesen bin. Klar?»

Fichtner nickte zögernd. «Und … drittens?»

«Drittens ist ein guter Polizist besser angezogen, als Sie es sind.»

«Hören Sie, meine Frau erwartet ein Kind. Wir wollen bauen. Ich verdiene noch nicht so viel Geld …»

«Dann sorgen Sie dafür, dass mehr Geld reinkommt!» Erst jetzt drehte sich Rotteck kurz zu Fichtner um und warf einen Blick auf dessen Jeans und Jackett. «Ich nehme an, C & A?»

«P & C», erwiderte der Jüngere.

«Immerhin … Und die Schuhe …»

«Was soll das? Was ist mit meinen Schuhen?»

«Die Schuhe gehen gar nicht. Man läuft nicht in Dockers rum, wenn man im LKA etwas werden will. Dockers sind Proll. Proll können Sie sich im Präsidium leisten; wir haben andere Kundschaft. Womit wir beim Thema wären. Sie wissen, wen wir gleich hochnehmen?»

«Hausdurchsuchung bei einem gewissen Münzenberg. Es hieß, alles Weitere würde ich von Ihnen erfahren.»

«Der Mann heißt Johann von Münzenberg. Freiherr

Johann von Münzenberg. Wie auch immer er gekleidet ist, wenn er uns gleich die Tür öffnet: Sie können davon ausgehen, dass selbst sein Pyjama mehr gekostet hat als Ihre gesamte Garderobe. Der Mann ist Landtagsabgeordneter der Christlichen, und er war mehr als zwanzig Jahre einer der obersten Forstbeamten.»

«Er ist Landtagsabgeordneter, aber dann …»

«Dann genießt er eigentlich Immunität. Gut aufgepasst! Wir haben einen ernstzunehmenden Hinweis, dass wir bei ihm schmutzige Bilder finden werden. Das heißt, es besteht Verdunkelungsgefahr; wir können also nicht warten, bis der Immunitätsausschuss sich zu einer Entscheidung bequemt hat. Die Sache ist mit dem Landtagspräsidenten abgeklärt. Den Rest müssen die Juristen klären.»

«Schmutzige Bilder? Sie meinen …»

«Ich meine Kinderpornographie. Und jetzt tun Sie mir einen Gefallen, junger Mann: Steigen Sie aus, gehen Sie ein wenig spazieren und rauchen Sie eine Zigarette.»

Bei den letzten Worten hatte Rotteck sein Smartphone hervorgezogen und begonnen, etwas hineinzutippen.

«Hören Sie, weder will ich aussteigen, noch will ich rauchen …»

Rotteck verdrehte die Augen. Mit einem Wedeln seiner linken Hand gab er Fichtner zu verstehen, dass er sich zu entfernen habe, dass es sich nicht um eine Bitte, sondern um einen Befehl handelte.

Daniel Fichtner fühlte sich elend. Er kam sich beschmutzt vor. Die groben Steine des Schotter-Parkplatzes drückten durch die Sohlen seiner Dockers. Er lief ein paar Meter über das Gelände und drehte sich noch einmal zum Dienstwagen um. Er sah, wie sein Kollege die Beifahrertür öffnete und ebenfalls ausstieg. Wie ein Monument stand Rotteck in der Dämmerung. Ihre Blicke trafen sich kurz, dann umrundete Fichtner einen großen Stapel Bruchholz, der am Rande des Platzes aufgeschichtet war. Dahinter führte ein schmaler, steil abfallender Pfad in den nahen Wald. Missmutig trottete der junge Mann ihn hinab. Er hatte sich wegschicken, er hatte sich abhängen lassen.

Er versuchte sich zu erinnern, wann er das letzte Mal so gedemütigt worden war. Vielleicht, als er seinen Eltern eröffnet hatte, dass er Polizist werden wollte, was zu einem heftigen Wortwechsel geführt hatte. Sein Vater hatte ihn einen angepassten Spießer genannt. Damals hatte er an seinem Entschluss festgehalten. Er hatte den Kontakt zu den Eltern abgebrochen, bis seine Mutter ihn schließlich angerufen und um Versöhnung gebeten hatte.

Er blieb stehen. Wie damals würde auch jetzt sein Trotz über den Ärger siegen. Er würde sich nicht abhängen lassen. Er würde zurückgehen und Rotteck zur Rede stellen. Am Ende würde er ihm dadurch mehr Respekt abverlangen, als wenn er sich fortjagen ließ wie ein Hund.

Als er wieder hinter dem Holzstapel angekommen war, hielt Daniel Fichtner inne. Ganz aus der Nähe hörte er die Stimme seines Kollegen. Reglos lauschte er.

«Was? … Nein, der Empfang ist miserabel. Was ist jetzt, habt ihr ihn erreicht? … Den Boten, verdammt noch mal, wen denn sonst. Ich will wissen, wo er bleibt … Er hätte vor einer halben Stunde hier sein müssen und inzwischen längst wieder weg … Was heißt: nein? … Wie lange soll ich denn noch warten? Was sollen wir beschlagnahmen, wenn das Material nicht im Haus ist? … Abblasen? Wie stellt ihr euch das vor? Wir können die Sache nicht mehr abblasen … Nein, nein, kommt überhaupt nicht in Frage! Wir müssen es durchziehen … In zehn Minuten rollt hier die ganz große Karawane an …»

Rotteck klang erregt. Und mit einem Mal begriff Daniel Fichtner, dass er gerade etwas gehört hatte, das er keinesfalls hätte hören sollen. Er begriff, dass mit der bevorstehenden Hausdurchsuchung etwas nicht stimmte. Und dass er nun etwas wusste, das er nicht wissen durfte.

Noch einmal hörte er Rottecks Stimme.

«Ich weiß selbst, was ich zu tun habe … Es ist mir egal, was passiert ist! Seht zu, dass ihr ihn findet, bevor er von jemand anderem gefunden wird … Er muss hier in der Nähe sein. Schickt eine Putztruppe los und lasst das Material verschwinden … Dann macht ihr es halt selbst … So eine verdammte Scheiße!»

Plötzlich war es still. Rotteck hatte aufgelegt. Daniel Fichtner überlegte, was zu tun war. Er würde warten, bis der andere wieder im Auto saß. Erst dann würde er weitergehen. Er würde so tun, als sei nichts geschehen, als sei er vollkommen ahnungslos.

Er hörte Rottecks Schritte auf dem Schotter. Sie wurden lauter statt leiser. Fichtner fuhr herum.

Rotteck stand keine zwei Meter von ihm entfernt. Sein Gesicht war bleich. In seiner Miene rangen Erstaunen und Wut miteinander. Er ging einen Schritt auf Fichtner zu, dann schnellte seine rechte Hand vor, umschloss die Gurgel des Jüngeren, drückte aber nur leicht zu. Er sprach leise, mit scharfer Stimme: «Ich glaub's nicht: Da hockt dieses kleine Nichts und belauscht einen Kollegen. Was haben Sie gehört, Fichtner? Sie sagen mir augenblicklich, was Sie gehört haben!»

Als Fichtner seine Arme hob, um sich aus dem Griff des Kollegen zu befreien, erhöhte dieser den Druck.

«Nein, wir machen es anders. Egal, was Sie gehört haben, Sie werden es vergessen. Wir bringen die Sache jetzt hinter uns, und Sie werden spuren. Wir reden später über alles. Ist das klar?»

Fichtner versuchte ein Nicken.

Rotteck ließ von ihm ab. Er lächelte. Dann drehte er sich um und ging zurück zum Auto.

Zuerst sah Süleyman die drei Streifenwagen. Sie fuhren mit eingeschaltetem Blaulicht, aber scheinbar lautlos am Ortsschild vorbei und verschwanden hinter der Kurve. Süleyman sprang auf, schnappte sich das Fernglas, rannte die Treppe hinauf bis zum Dachboden, kletterte vorsichtig die kleine Holzleiter hoch, deren beide mittlere Stufen angebrochen waren, und drückte die Luke gerade so weit auf, dass er den Kopf ins Freie stecken konnte. Jetzt überblickte er den oberen Teil des Dorfes. Er sah die Rückseite des Marstalls und die Spitze der großen Fichte, die neben dem Herrenhaus stand.

Süleyman hatte sich nicht getäuscht. Die Polizeiautos, die eins nach dem anderen kurz zwischen den Häusern aufblitzten, fuhren Richtung Burg. Dort war die Straße zu Ende.

Das hieß: Sie wollten zum Baron. Und dass sie dorthin wollten, hatte etwas mit dem Motorradfahrer zu tun, der unten in der Wiese lag. Es hatte etwas mit dem braunen Umschlag zu tun, den er, Süleyman, bei dem toten Mann gefunden hatte. Und mit den Bildern, die in dem Umschlag gesteckt hatten und die jetzt auf seinem Küchentisch lagen.

Süleyman war nicht überrascht gewesen über den Inhalt

des Umschlags. Es überraschte ihn selten etwas. Er hatte sich die Bilder ohne Regung angeschaut. Es kam ihm vor, als kenne er das alles. Aber er wusste, dass es solche Aufnahmen nicht geben durfte.

Es waren Jugendliche und Kinder darauf zu sehen, sowohl Jungen als auch Mädchen. Manche waren halb bekleidet, die meisten waren nackt. Auf einigen der Fotos sah man Männer und Frauen, die sich an den Kindern zu schaffen machten. Die Gesichter der Erwachsenen waren nicht zu erkennen. Sie waren hinter Masken verborgen oder nachträglich verpixelt worden. Fast alle dieser Fotos waren in Innenräumen aufgenommen, ein paar wenige auch im Freien, zwischen Sträuchern an einem See, auf einer Wiese, vor einer offenen Garage.

Süleyman kannte solche Bilder. Auch Holger hatte ihn gelegentlich gebeten, nackt zu posieren und sich dabei fotografieren zu lassen. Süleyman hatte es weder gemocht, noch hatte er sich dagegen gewehrt. Auch hatte er nie gefragt, was Holger mit diesen Bildern vorhatte. Es war ihm egal gewesen.

Aber unter den Fotos aus dem Umschlag gab es eines, das sich in dem kurzen Moment, den er es angeschaut hatte, in sein Gedächtnis gebrannt hatte. Es zeigte zwei unbekleidete Mädchen, die in einem leeren Raum auf dem Boden knieten. Sie waren vier, höchstens fünf Jahre alt. Ihre Augen waren vor Angst geweitet. Über ihnen stand ein dicker, nackter Mann, dessen Körper stark behaart war. Sein Gesicht war unter einer Scream-Maske verborgen. Er hatte die Arme gehoben und die Fäuste triumphierend geballt. Das Glied des Mannes war erigiert.

Sofort hatte Süleyman sich gewünscht, dieses Bild nie gesehen zu haben. Er hatte sich gewünscht, den dicken Mann töten zu können.

Jetzt sprang er von seinem Aussichtsposten in der Dachluke herunter, war eine Minute später in der Küche, packte mit wenigen Griffen die Fotos zurück in den Umschlag und versteckte diesen hinter der Rückenlehne der Eckbank. Bevor er die Tür hinter sich zuzog, vergewisserte er sich mit einem Griff an seine rechte Hosentasche, dass er den Hausschlüssel eingesteckt hatte. Dann lief er los.

Inzwischen war es hell geworden. Die Kühe in den Ställen verlangten nach Futter, und aus den Häusern hörte man das Klappern von Geschirr. Eine junge Bäuerin stand in ihrer Kittelschürze im Hof. In den Händen hielt sie zwei Eimer, die sie nun abstellte.

«Na, Süleyman, so früh unterwegs?»

Der Junge hob den Kopf, schaute die Frau an, lief aber weiter, ohne zu antworten.

Schon drei Häuser weiter wurde er wieder angesprochen. Ein Mann, noch im Unterhemd, lehnte im offenen Fenster. Mit dem Kopf zeigte er hoch zur Burg: «Scheint was los zu sein beim Baron.»

Süleyman nickte. Er bog von der Straße ab und ging nun den gepflasterten Fußweg hinauf, der, kurz bevor er die Schlossgasse erreichte, in eine Steintreppe mündete.

Als er die Treppe erreicht hatte, blieb Süleyman stehen und überlegte. Er hörte einen Mann und eine Frau sprechen. Süleyman stellte sich auf die Zehenspitzen, reckte den Hals und sah das Blaulicht eines Polizeiautos. Schnell zog er seinen Kopf wieder ein und ging in die Hocke. Wenn er nicht gesehen werden wollte, musste er die Richtung wechseln und einen anderen Weg nehmen.

Und er wollte nicht gesehen werden. Er wollte nicht, dass man ihm Fragen stellte. Er wollte nur wissen, was dort oben geschah.

Er lief ein paar Meter zurück, drückte sich rechts an der Mauer einer Scheune vorbei, kletterte über einen Zaun und stand nun auf einer der Streuobstwiesen, die sich unterhalb der Burg erstreckten. Er hielt sich im Schatten der letzten Wirtschaftsgebäude, die das untere Ende der Wiese begrenzten, dann lief er geduckt ins freie Gelände, um kurz darauf Deckung zwischen den Bäumen und Hecken zu suchen, deren Bewuchs zur Burg hin dichter wurde.

An der äußeren Burgmauer angekommen, atmete Süleyman durch. Nicht weit von ihm, in der Krone eines Apfelbaums, saß eine Elster, die kreischend davonflog, als er sich näherte. Er schaute ihr einen Moment lang nach, dann setzte er seinen Weg fort.

Zwei Minuten später hatte er den Fuß des alten Wehrturms erreicht. Er wusste, dass sich hinter den Brombeerbüschen eine kleine Eisentür befand, durch die man ins Innere des Turms gelangen konnte. Er bedeckte seinen Kopf mit der Kapuze, zog die Ärmel des Shirts über die Hände und kämpfte sich durch das dichte Gestrüpp der dornigen Zweige.

Die niedrige Tür stand halb offen; ihre Scharniere waren längst verrostet. Süleyman musste sich bücken. Er zwängte sich durch den Spalt und stöhnte kurz auf. Er hatte sich den Knöchel an einem Mauervorsprung aufgeschürft.

Das Innere des Turms war düster. Das feuchte Mauerwerk roch modrig. Süleyman wartete, bis sich seine Augen an die Dunkelheit gewöhnt hatten, dann tastete er sich an dem rauen Sandstein entlang bis zu der schmalen Wendeltreppe. Langsam setzte er einen Fuß vor den anderen. Bei jedem

Schritt knirschte herabgefallener Putz unter seinen Sohlen. Er meinte, sein Herz schlagen zu hören.

Am ersten Treppenabsatz legte er sich auf den Boden, kroch unterhalb der Fensterluke weiter, um von außen nicht gesehen zu werden, stand wieder auf, wiederholte das Ganze auf dem nächsten Treppenabsatz, bis er schließlich den oberen Teil des Turms erreicht hatte.

Auch hier gab es einen kleinen, etwa dreißig mal fünfzig Zentimeter großen Durchbruch, der auf den Innenhof des Burggeländes hinausging. Süleyman positionierte sich so, dass er im Schatten stand. Erst dann wagte er einen Blick ins Freie.

Der Hof war noch leer. Die grünen Fensterläden des Herrenhauses waren geschlossen. Einer der Streifenwagen stand quer vor dem offenen Burgtor und versperrte die Ausfahrt. Die beiden anderen waren weiter vorne auf der Straße vor dem «Lindenkrug» geparkt. Süleyman erkannte einige der Dorfbewohner, die sich hinter dem rot-weißen Absperrungsband eingefunden hatten. Zwei uniformierte Polizisten waren rechts und links der Fahrbahn postiert; sie kehrten den Neugierigen den Rücken zu.

Fünf Minuten lang geschah nichts. Es herrschte eine merkwürdige, angespannte Ruhe. Fast sah es aus, als wage niemand zu sprechen, als dürfe niemand sich rühren.

Doch mit einem Mal kam das Bild in Bewegung. Über die Schlossgasse näherten sich zwei Fahrzeuge, ein Kleinbus mit Wiesbadener Kennzeichen und ein roter Kombi mit der Aufschrift *TV news aktuell*. Die Absperrung wurde kurz geöffnet, beide Fahrzeuge durften passieren.

Süleyman sah, wie zwei Männer vom Parkplatz heraufkamen und den Innenhof der Burg betraten. Der Ältere der beiden hielt ein Funkgerät in der Hand. Er griff in die Innentasche seines Jacketts und zog ein Blatt Papier hervor. Dann ging er zum Eingang des Herrenhauses und drückte auf den Klingelknopf.

Eine halbe Stunde später beschloss Süleyman, seinen Posten im Wachturm zu verlassen. Er hatte genug gesehen. Jetzt wusste er, dass das Haus des Barons durchsucht wurde. Er hatte gesehen, wie der Hausbesitzer die Tür geöffnet hatte und in einen heftigen Streit mit den Polizisten geraten war. Er hatte gesehen, wie immer mehr Leute in das Haus gegangen waren und wie man einige Zeit später einen Computer und Kisten voller Akten nach draußen gebracht und in den Kleinbus verfrachtet hatte. Süleyman wusste, was die Männer suchten. Er wusste auch, dass sie es nicht finden würden.

Als er sich erneut durch das Gestrüpp der Brombeersträucher gekämpft hatte und wieder auf der Streuobstwiese stand, sah er keine zehn Meter weiter einen Mann, der direkt auf ihn zukam. Süleyman erkannte ihn sofort. Es war der große Polizist mit dem Funkgerät.

Bevor der Junge noch überlegen konnte, was zu tun war, stand der Mann bereits vor ihm. Er zog ein Mäppchen aus seiner hinteren Hosentasche, klappte es auf und zeigte Süleyman seinen Dienstausweis.

«Mein Name ist Rotteck. Ich bin Kriminalpolizist. Was dagegen, wenn ich dir ein paar Fragen stelle?»

Süleyman zuckte mit den Schultern. Der Polizist lächelte.

«Du warst in dem Turm, nicht wahr?», sagte Rotteck.

Der Junge nickte.

«Und was hast du dort gemacht?»

«Geguckt», sagte Süleyman.

«Du bist also neugierig?»

«Ich hab die Streifenwagen gesehen, die zur Burg gefahren sind.»

«Und da wolltest du wissen, was wir hier machen?»

«Ja, Sie haben das Haus durchsucht.»

«Du bist ein kluger Junge», sagte Rotteck. «Und weil du auch ein neugieriger Junge bist, verrate ich dir ein Geheimnis: Wir haben nicht gefunden, was wir gesucht haben. Und deshalb müssen wir jetzt überall herumlaufen und den Leuten Fragen stellen. Ist dir irgendwas Ungewöhnliches aufgefallen?»

«Nö», sagte Süleyman.

«Du weißt ja noch gar nicht, was dir aufgefallen sein könnte.»

Süleyman schüttelte den Kopf.

«Zum Beispiel könnte dir ein Fremder im Dorf aufgefallen sein, ein Motorradfahrer.»

Wieder verneinte der Junge.

«Du bist dir sicher, dass du hier keinen Mann auf einem Motorrad gesehen hast?»

«Nö», sagte Süleyman.

Der Polizist nickte. Er zog ein Kärtchen mit seinem Namen und seiner Telefonnummer hervor. «Weißt du, was? Du kannst mir helfen. Hör dich einfach ein wenig im Dorf um! Und wenn du etwas erfährst, was mich interessieren könnte, rufst du mich an, ja?»

Süleyman nahm das Kärtchen und hielt es in der Hand. «Kann ich jetzt gehen?», fragte er.

Der Polizist schien bereits das Interesse an ihm verloren zu haben. Er hatte sein Handy aus der Tasche geholt und schaute auf das Display. «Was hast du gesagt?»

«Ich habe gefragt, ob ich gehen kann.»

«Ja, natürlich kannst du gehen.»

Süleyman wandte sich ab und trabte davon. Als er sich noch einmal umschaute, war der große Polizist verschwunden.

VIER

«Recht so?», fragte der Fahrer und schaute erwartungsvoll in den Innenspiegel.

Der Ministerpräsident hob den Kopf und streckte den Daumen seiner linken Hand in die Höhe. Der Bacon-Burger, den ihm sein Chauffeur besorgt hatte, war genau das, was er jetzt brauchte.

Rolf-Peter Becker hatte seiner Frau zum Abschied einen Kuss auf die Wange gegeben und noch einmal gewinkt, dann war das Taxi, in das Ruth am Frankfurter Flughafen mitsamt dem Reisegepäck gestiegen war, an ihm vorbeigefahren. Er hoffte, dass sie bereits schlafen würde, wenn er spät am Abend nach Hause kam. Er hoffte, dass sie ihn nicht noch einmal an sein Missgeschick mit dem rosafarbenen Honigbällchen erinnern und nicht noch einmal nach Annicke fragen würde.

Um 7.15 Uhr betrat der Ministerpräsident mit federndem Schritt die Staatskanzlei. Er nickte dem Pförtner zu und fuhr mit dem Fahrstuhl hoch in sein Büro. Seine Sekretärin würde ihren Arbeitstag frühestens in einer Dreiviertelstunde beginnen. Die Sitzung mit seinen Mitarbeitern war wie immer für neun Uhr angesetzt, so hatte er genügend Zeit, einen ersten Blick auf die Post zu werfen, die sich während seiner Abwesenheit angesammelt hatte. Er hatte den Ehrgeiz, und es war Teil seines Erfolges, nach Möglichkeit früher und gründlicher informiert zu sein als alle anderen. Und er liebte es, seine Umgebung dadurch zu verblüffen, dass er bereits Antworten auf Fragen hatte, die noch gar nicht gestellt waren.

Doch als er nun vor seinem schweren Mahagonischreibtisch stand und die beiden Stapel mit Umlaufmappen sah, die sich rechts und links der ledernen Unterlage türmten, verließ ihn augenblicklich aller Elan. Wie kleine, gelbe Zungen ragten aus den Mappen jene Aufkleber hervor, mit denen seine Sekretärin ihn darauf aufmerksam machte, dass es sich bei dem Inhalt um einen Vorgang handelte, der «eilig» oder «sehr eilig», im schlimmsten Fall sogar «umgehend zu erledigen» war. Der Ministerpräsident schaltete den großen iMac ein, dann trug er die beiden Aktenstapel hinter seinen Schreibtisch und platzierte sie so auf dem Boden, dass sie außerhalb seines Blickfeldes lagen. Er ließ sich in seinen Schreibtischsessel sinken und musste unwillkürlich lächeln. So gefiel ihm sein Arbeitsplatz – rein und leer, als sei alle Arbeit getan.

Er zog die Tastatur zu sich heran, überlegte kurz, die Adresse einer Erwachsenenseite einzugeben, merkte aber, dass er dafür nicht in Stimmung war.

Stattdessen zog er die untere Schublade seines Schreibtischs auf, wo er die Sammlung mit Zeichentrickfilmen aufbewahrte, wählte seine Lieblings-DVD mit den Abenteuern von Daffy Duck und Porky Pig und schob sie in das Laufwerk des Rechners.

Schon als die vertraute Melodie ertönte und das Emblem von Warner Brothers auf dem Monitor erschien, entspannte sich der Ministerpräsident. Seit seiner Kindheit fühlte er sich dem kleinen, dicken Schweinchen verbunden, das sich stotternd und bescheiden durchs Leben schlug und am Ende kraft seiner Klugheit oft über die großmäulige Ente triumphierte. Einmal allerdings, es war lange her, hatte er den Fehler begangen, seine Leidenschaft für Porky öffentlich zu machen. Er war damals Vorsitzender des Christlichen Studentenverbandes gewesen, und eine junge Journalistin hatte ihn nach seinen Helden gefragt. Ohne Gefahr hätte er Albert Schweitzer, Charles Lindbergh oder Christoph Kolumbus nennen können, hatte aber stattdessen die Wahrheit gesagt. Ihm war seine Antwort originell vorgekommen, aber seine Gegner hatten sich darauf gestürzt wie die Fliegen auf einen Kuhfladen. Sie hatten ihn Porky Black genannt und Schweinchen Rolf. Es waren Karikaturen erschienen, die ihn als rosiges Ferkel mit Ringelschwanz zeigten. Er war zum Gespött seiner Mitstudenten geworden, und selbst Ruth, mit der er schon verlobt gewesen war, hatte die Augen verdreht. Damals hatte er gelernt, dass man vorsichtig damit sein musste, die Wahrheit zu sagen. Dass man noch vorsichtiger sein musste, wenn man log, sollte er erst viele Jahre später erfahren.

Er war seinem Idol treu geblieben, auch wenn er die Filme inzwischen nur noch heimlich schaute, was sein Vergnügen daran keinesfalls schmälerte. So sang er auch jetzt leise mit, als Porky Pig auf seinem Esel in die gesetzlose Westernstadt einritt, und freute sich darauf, ihn ein paar Minuten später als gefeierten Helden zu sehen, der die Stadt von ihrem größten Schurken befreit hatte und dafür von der Menge der wackeren Bürger auf Händen getragen wurde.

Das Vergnügen des Ministerpräsidenten war jäh beendet, als die Tür zu seinem Büro aufgerissen wurde und seine Sekretärin ihn mit hochgezogenen Brauen ansah.

«Chef? Was *machen* Sie hier?»

Er drückte augenblicklich auf die Stumm-Taste seines

iMac, hatte aber Mühe, eine halbwegs unschuldige Miene aufzusetzen.

«Ich ... es ist ... *mein* Büro. Ich bin schließlich der ... Ministerpräsident.»

Darina legte den Kopf ein wenig schief und setzte ihren Halloooh-Blick auf. Seine Sekretärin trug schwarze Pumps und ein dunkelrotes Kostüm. Sie sah aus wie eine Mischung aus Kate Moss und Flugbegleiterin. Empfohlen worden war sie ihm, weil sie als vertrauenswürdig, fleißig und intelligent galt. Darina war knapp eins achtzig groß und wog höchstens fünfzig Kilo. Er hatte sie nie etwas anderes essen sehen als Knäckebrot und Radieschen. Darina war nicht schlank, sie war dürr. Der Ministerpräsident hatte den Eindruck, dass immer mehr Frauen in seiner Umgebung aussahen wie eine Mischung aus Kate Moss und Flugbegleiterin.

«Halloooh», sagte Darina. «Ich habe versucht, Sie zu erreichen. Der kleine Kreis ist schon im Anmarsch.»

«Der kleine Kreis? Unsere Sitzung beginnt um neun. Und sagen Sie nicht immer halloooh. Das sagen nur dicke Frauen.»

Darinas Mund öffnete sich – und schloss sich wieder. Dann begann sie zu kichern.

«Darina, bringen Sie mir bitte einen Kaffee. Danach möchte ich bis neun Uhr nicht gestört werden.» Der Ministerpräsident senkte den Kopf und hob gleichzeitig die Brauen, um seiner Anweisung Nachdruck zu verleihen. Diesmal ließ sich seine Sekretärin nicht irritieren.

«Also, haben Sie Ihr Handy noch immer nicht eingeschaltet? Bitte, Chef! Drei Wochen lang haben wir Sie nicht gestört. Kein Fax, keine SMS, keine E-Mail, kein Anruf, aber jetzt brennt hier die Hütte, und es wäre gut, wenn Sie wieder erreichbar wären, ich meine ...»

Der Ministerpräsident schloss die Augen. Die nächsten Worte sprach er langsam und mit leiser Stimme: «Was … heißt das: Hier … brennt … die … Hütte?»

Darina kam nicht mehr dazu, die Frage zu beantworten. Ein kleiner, stämmiger Mann schob sich an ihr vorbei und baute sich vor dem Schreibtisch seines Chefs auf. Udo Klotz war der Sprecher der Landesregierung, und er sah so aus, wie er hieß: kantig und rund zugleich, gedrungen, kompakt, ein Stück hartes Holz. Das fehlende Kopfhaar wurde durch einen Schnauzbart ausgeglichen, die geringe Körpergröße durch ein Paar Budapester, die er sich von einem Frankfurter Schuhmachermeister mit extra hohen Absätzen und extra dicken Sohlen hatte versehen lassen. Er war Mitglied zahlloser Vereine, saß bei jedem Heimspiel der Eintracht auf der Tribüne, duzte sich mit den wichtigsten Journalisten und spendete jedes Jahr vor Weihnachten einen großen Betrag für die Altenhilfe der *Frankfurter Rundschau*, ein Blatt, dem er ansonsten den baldigen Untergang wünschte.

Klotz war der Mann, der die Richtung vorgab, der seinen Chef zu jedem heiklen Termin begleitete und ihm, wenn es sein musste, den Text diktierte, den der Ministerpräsident dann in die Mikrophone sprach. Er war der Souffleur, der Strippenzieher und der Kampfhund. Er war jovial, kaltschnäuzig und ungemein trinkfest. «Geschlafen», so zitierte er gerne aus seinem Lieblingsfilm, «geschlafen wird am Ende des Monats.»

Er stand vor Becker und schaute diesen spöttisch an. «Schön, dass du uns auch mal wieder deine Aufwartung machst. Während du es dir in Indien bei deinem komischen Heiligen …»

Der Ministerpräsident unterbrach ihn: «Was heißt das: Hier brennt die Hütte?»

Klotz schüttelte den Kopf. «Nein, lass uns warten, bis Wagner da ist, ich hab keine Lust, alles zweimal zu erzählen.»

«Schon im Anmarsch», sagte Darina.

«Geschminkt oder ungeschminkt?», fragte Klotz.

Roland Wagner war der Innenminister des Landes und einer der ältesten Freunde des MP. Er war bekannt dafür, dass er das Haus nicht verließ, ohne sich vorher die Augenbrauen gezupft und das Gesicht gepudert zu haben. Sein Haar war gefärbt und hatte einen leichten Gelbstich, was ihm den Spitznamen «Goldhäubchen» eingetragen hatte.

«Geschminkt, wie du siehst», sagte Wagner, der nun den Türrahmen ausfüllte. «Würde dir ebenfalls besser stehen. Du siehst aus, als ob du die Nacht in deiner Wäschetonne verbracht hättest.»

Der Ministerpräsident klopfte auf den Tisch. «Schön, dass hier alles beim Alten ist. Ich schlage vor, wir gehen in den kleinen Konferenzraum. Schnittchen und Kaffee sind in Arbeit?»

Darina nickte. «Und nebenan sitzt auch schon jemand. Ich dachte, ich bitte sie gleich dazu. Sie ist seit gestern in der Stadt und ganz begierig darauf, ihren neuen Job anzutreten.»

Die Miene des MP hellte sich augenblicklich auf. «Bea Traub? Stimmt, das hatte ich vergessen: Heute ist ihr erster Arbeitstag. Darina, das haben Sie fein gemacht. Dann kann Frau Traub gleich helfen, die brennende Hütte zu löschen.»

«Kommt nicht in Frage», sagte Klotz. «Niemand von uns kennt diese Person. Die Sache, über die wir gleich sprechen werden, ist …»

Der Ministerpräsident hatte sich abgewandt und schaute

aus dem Fenster. «Erstens ist Bea Traub nicht *diese Person*, sondern, wie du wissen könntest, ab sofort meine persönliche Referentin. Zweitens kenne ich sie sehr wohl, und drittens wird sie an unserem Gespräch teilnehmen.»

«Ich bitte dich, die Frau hat schon einmal die Seiten gewechselt. Du hast sie vor ein paar Jahren in einer Hotelbar in Stuttgart getroffen und mit ihr ein paar Gläser Sekt getrunken. Und jetzt hast du sie eingestellt, ohne das mit uns abzustimmen. Ich halte es nicht für ratsam, sie gleich heute einzuweihen.» Bevor er weitersprach, drehte sich Klotz zum Innenminister um: «Roland, bitte, mach du ihm klar, dass es hier um ein ganz heißes Ding geht.»

Aber Roland Wagner kam nicht dazu, seine Meinung zu äußern. Der MP hatte beide Hände gehoben zum Zeichen, dass das Gespräch beendet sei: «Wir machen es, wie ich gesagt habe. Bea Traub ist dabei; sie gehört von heute an zum kleinen Kreis. Und jetzt entschuldigt mich bitte, ich gehe nach nebenan, um sie zu begrüßen. Ihr kommt in drei Minuten nach.»

Rolf-Peter Becker hielt die Hand seiner neuen Mitarbeiterin noch immer umfasst, als er sich nun in gerade noch schicklicher Weise weit zu ihr hinunterbeugte, sodass seine Nase ihrem Hals bedrohlich nahe kam.

«Chanel N° 5, nicht wahr?»

Bea Traub lachte und entzog sich seinem Griff. «Voll daneben, Mr. President. Sie haben noch zwei Versuche.»

Becker schüttelte den Kopf. «Leider bin ich nur der Mini-Präsident», sagte er. «Und Chanel N° 5 ist das einzige Parfüm, das ich kenne.»

«Hab ich mir gedacht. Und auch das kennen Sie nur dem

Namen nach. Ich schlage vor, für Fragen der Kosmetik bin ab sofort ich zuständig.»

«Jedenfalls steht Ihnen der neue Bubikopf ausgesprochen gut», sagte er.

Sie schüttelte den Kopf. «Wieder daneben, aber diesmal nur knapp. Das ist kein Bubikopf, sondern ein nach vorne geföhnter Bob mit rundgeschnittenem Pony. Er macht zwar mein Mondgesicht noch etwas mondiger, aber ich mag ihn.»

Er trat einen Schritt zurück, sah sie an und nickte. Sie gefiel ihm. Sie gefiel ihm schon deshalb, weil sie nicht aussah wie Kate Moss und seine Sekretärin Darina. Und wenn er die Neigung gehabt hätte, über seine Motive genauer nachzudenken, hätte er wohl zugeben müssen, dass sie ihm auch deshalb gefiel, weil sie ihn ein wenig an Annicke erinnerte. Doch die Neigung, über seine Beweggründe zu grübeln, lag dem Ministerpräsidenten fern.

Tatsächlich waren sie einander zwei Jahre zuvor in Stuttgart auf einer Tagung begegnet, die von einem großen Automobilkonzern veranstaltet wurde. Bea Traub war Abgeordnete der Grünen im Landtag von Baden-Württemberg gewesen und hatte gemeinsam mit ihm an einem Podiumsgespräch über «Verkehrskonzepte der Zukunft» teilgenommen. Sie hatte mit großer Leidenschaft gegen den geplanten neuen Stuttgarter Hauptbahnhof gesprochen, er mit ebensolcher Begeisterung über den bevorstehenden Ausbau des Frankfurter Flughafens.

Abends hatten sie in der Bar des Méridien unverhofft nebeneinandergestanden und sich angelächelt.

«Champagner?», hatte er gefragt. Sie hatte stumm genickt und ihm die Eröffnung des Gesprächs überlassen.

«Wissen Sie, was? Sie gefallen mir. Sie sind in der falschen Partei, und Sie vertreten die falschen Positionen. Beides kann sich ändern. Und sollte es sich irgendwann ändern, hätte ich Sie gerne in meiner Mannschaft.»

Bea Traub hatte ihn angesehen, als habe er ihr einen unverhofften und nicht ganz aufrichtigen Antrag gemacht. Verwunderung und Spott waren über ihr Gesicht gezogen wie Sonnenstrahlen und Wolken an einem windigen Tag über die Wälder des Taunus. Dann hatte sie lange und schweigend den Kopf geschüttelt und ihn gebeten, nicht mehr davon zu sprechen. Erst am Ende des Abends, schon beim Abschied, hatte er noch einmal gefragt: «Es bleibt also dabei?»

Sie war nicht weiter auf sein Werben eingegangen. «Ich wünsche Ihnen eine gute Nacht und morgen einen guten Heimweg.»

«Schade», hatte er gesagt und sich abgewandt, «schade, ich glaube, wir beide hätten die Welt in Erstaunen setzen können.» Er war schon auf dem Weg zur Tür gewesen, als sie ihn aufgehalten hatte. «Warten Sie, geben Sie mir ein wenig Zeit, ja? Vielleicht werde ich mich bei Ihnen melden. Vielleicht, vielleicht auch nicht.»

Ein Jahr später hatte er aus der Zeitung erfahren, dass sie ihre Fraktion verlassen hatte und zu seiner Partei, zu den Christlichen, übergewechselt war. Ihr Landtagsmandat hatte sie behalten. Er hatte gelächelt und abgewartet. Nach weiteren vier Monaten war sie am Telefon gewesen: «Wollen Sie noch?», hatte sie gefragt. «Wollen Sie noch mit mir gemeinsam die Welt in Erstaunen setzen?»

Nun stand sie vor ihm und war ab sofort seine persönliche Referentin. Womit bewiesen war, dass es ihm noch immer gelang, im persönlichen Gespräch auch den störrischsten

Gegner auf seine Seite zu ziehen. Er gab sich Mühe, seine Genugtuung nicht allzu deutlich zu zeigen.

«Ich schlage vor, dass wir sofort anfangen. Draußen warten zwei Herren von der Feuerwehr, die sich schon sehr auf ihre neue Kollegin freuen.»

Der Ministerpräsident war keineswegs ein Feind moderner Kommunikation, trotzdem hatte er darauf bestanden, dass in seinem Konferenzraum statt eines Beamers und einer Leinwand eine große, alte Schiefertafel angebracht wurde. Becker mochte die stumpfe Haptik der Kreide, das schrille Quietschen, wenn sie über die grüne Fläche gezogen wurde, den Geruch der feuchten Schwämme und den weißen Staub an den Händen. Dies war der Ort, vor dem sich alle in der Schule gefürchtet, wo er sich aber am wohlsten gefühlt hatte. Hier hatte er seine großen Momente gehabt, hier hatte er es den anderen zeigen können. Begleitet vom zischelnden Spott seiner Mitschüler, war er oft nach vorne gegangen und hatte, ohne jede äußere Regung, die richtige Lösung an die Tafel geschrieben – keiner außer ihm hatte sie gewusst.

Zu viert standen sie nun im Raum und lächelten einander an, jeder auf seine Weise: der Innenminister wie immer mit geschlossenen Lippen, um seine schadhaften Zähne zu verbergen, Udo Klotz mit sorgfältig eintrainiertem Charme, der MP mit aller ihm zur Verfügung stehenden Wärme und Bea Traub mit der Unsicherheit der neu Hinzugekommenen.

Udo Klotz wartete, bis Darina das Tablett mit den Schnittchen herumgereicht hatte, dann eröffnete er die Sitzung. «Gut, dann lasst uns endlich anfangen. Die Sache ist die: Wir haben ein Problem mit einem unserer Abgeordneten.

Das heißt: Es wird eng für uns. Das heißt auch: Wir müssen handeln.»

«Stopp!», sagte der Ministerpräsident. «Bea Traub versteht gar nichts. Sie kann nichts verstehen, weil sie die Lage nicht kennt. Zuerst einmal müssen wir ihr erklären, in welcher Situation wir uns befinden.»

Klotz protestierte. «Hast du mir nicht zugehört? Dafür haben wir keine Zeit. Wir können jetzt nicht wieder mit der Steinzeit beginnen. Und wenn Frau Traub gar nichts versteht, dann ist sie hier fehl am Platz.»

Bea Traubs Wangen färbten sich rot vor Ärger. «Ob Sie es glauben oder nicht: Ich habe mich sehr wohl informiert. Und mir ist bewusst, in welch schwieriger Lage …»

«Wissen Sie, was?», unterbrach Klotz und drückte ihr ein Stück Kreide in die Hand. «Wenn Sie so gut Bescheid wissen, dann erklären Sie uns, in welcher Lage wir sind. Und zwar von oben links nach unten rechts. Sie gehen nach vorne, und wir setzen uns … So … Bitte, schreiben Sie: 27. Januar 2008. Sie wissen, was an diesem Tag geschehen ist?»

Bea Traub schaute sich hilfesuchend um. «Hören Sie, ich …»

«Schreiben Sie!»

Sie schrieb das Datum an die Tafel. «Der Tag der Landtagswahlen in Hessen.»

«Der Tag unserer Niederlage», sagte der Ministerpräsident. «Mein schwarzer Tag. Meine Partei und ich haben zwölf Prozentpunkte verloren. Plötzlich sind die Guten und die Bösen gleich stark. Ein Patt.»

«Ich weiß», sagte Bea Traub. «Christliche und Sozialdemokraten …»

«Wir nennen sie die Roten», sagte Klotz.

«Die Christlichen und die Sozialdemokraten haben jeweils 41 Sitze. Und selbst mit ihren Freunden aus den anderen Parteien kommt keines der beiden Lager auf die nötige Mehrheit von 56 Sitzen. Die Kandidatin der Sozialdemokraten, Sabine Xanthopoulos …»

«Wir nennen sie Xanthippe.»

«… würde nur dann eine Mehrheit bekommen, wenn sie sich von der Partei Die Linke …»

«Wir nennen sie die Kommunisten …»

Bea Traub schloss kurz die Augen und setzte neu an: «Die Sozialdemokratin Sabine Xanthopolous würde nur dann Ministerpräsidentin werden können, wenn sie sich mit den Stimmen der Linken wählen lässt. Das hat sie im Wahlkampf jedoch ausgeschlossen.»

Der Ministerpräsident strahlte: «Ich sehe, Sie waren fleißig.»

«Aber nicht fleißig genug», sagte Klotz. «Denn inzwischen hat Xanthippe durchsickern lassen, dass sie genau das doch tun wird. Sie will sich in Kürze auf einer Sondersitzung des Landtags von den Kommunisten mitwählen lassen.»

Der MP schüttelte den Kopf. «Das ist nicht dein Ernst … Das heißt also, dann war's das.» Fast klang es, als sei Rolf-Peter Becker erleichtert.

«Was meinst du damit: Dann war's das?», fragte Udo Klotz.

«Dann bin ich halt kein Ministerpräsident mehr, dann macht es eben die Xanthippe. Was soll's? Wir leben in einer Demokratie.»

Die anderen schauten ihn an wie etwas, was der Hund auf dem Teppich hinterlassen hat.

«Sie haben einen Auftrag, Chef.»

«Aber offensichtlich nicht mehr genug Auftraggeber. Ich klebe nicht an der Macht.»

Klotz hatte die Augen geschlossen. Er sprach langsam, so als müsse er einem begriffsstutzigen Kind zum wiederholten Mal das kleine Einmaleins erklären.

«Du täuschst dich, MP. Es geht nicht um dich. Es geht nicht darum, was *du* willst. Du bist Ministerpräsident, weil unsere Freunde wollen, dass du hier sitzt und deine Arbeit machst. Ich meine nicht die Wähler. Ich meine diejenigen, die uns bezahlen, die jedes Jahr Millionen auf das Konto der Partei überweisen, weil sie wollen, dass wir dieses Land regieren, weil sie wollen, dass wir ihre Interessen wahrnehmen. Weißt du, was es bedeuten würde, wenn … wenn die Roten wieder an die Macht kommen? Weißt du, was das alleine für den Ausbau des Flughafens bedeuten würde?»

«Sie können ihn nicht mehr stoppen. Das Planfeststellungsverfahren ist über die Bühne. Das haben wir nicht ohne Grund vor den Wahlen durchgezogen.»

Der MP schaute sich hilfesuchend nach seinem Innenminister um, der nun zum ersten Mal das Wort ergriff.

«Nein, Rolf, stoppen werden sie den Ausbau nicht. Aber sie werden ihn verzögern, solange sie nur können. Das hat Xanthippe bereits angekündigt. Sie werden höchst geduldig alle Gerichtsurteile abwarten, bevor sie den ersten Spatenstich zulassen. Sie werden uns mit Nachtflugverboten quälen, sie werden sich an Bäume ketten, sie werden seltene Schmetterlinge, Kröten und Käfer entdecken, von denen keiner auch nur einen Husten bekommen darf durch die Baumaßnahmen. Die Urteile darüber werden in einem Jahr, in zwei, vielleicht erst in drei Jahren gefällt. Das größte Infrastrukturprojekt der Nachkriegsgeschichte wäre gefährdet. An diesem Projekt hängen Hunderte kleiner und großer Firmen. Es hängen Tausende Arbeitsplätze daran. Wir dürfen diese Menschen nicht …»

«Jetzt erklärt mir nicht die Welt», winkte der MP ab, «der Wahlkampf ist vorbei.»

«Eben nicht», erwiderte Roland Wagner, «der Wahlkampf beginnt gerade wieder. Und du bist der Erste, der das begreifen muss. Weißt du, was alleine eine Verzögerung des Ausbaus kosten würde?»

«Ihr werdet es mir sagen.»

«Zwei Millionen Euro. Und das ist nur eine grobe Schätzung.»

«Na, ich meine …» Der Ministerpräsident ließ die geöffneten Handflächen über der Tischplatte schweben und lächelte. «Zwei Millionen Euro ist ja nun kein Betrag, vor dem wir …»

«Zwei Millionen Euro: *jeden Tag*!», sagte Klotz.

Rolf-Peter Becker schwieg lange. Dann nickte er bedächtig. Er wollte zeigen, dass er den Ernst der Lage begriffen hatte. Er nahm das vorletzte Schnittchen, stand auf, ging zum Fenster und schaute nach draußen. Nach einer Weile drehte er sich um, wischte sich mit einer Serviette über die Lippen und sah die anderen an. «Dann sagt mir, was ihr jetzt vorhabt!»

Udo Klotz lächelte und wandte sich an Bea Traub. «Dann möchte ich Ihnen an dieser Stelle danken. Sie haben Ihre Sache gut gemacht. Ich schlage vor, dass ich jetzt übernehme.»

Er wartete, bis Bea Traub sich gesetzt hatte, und stellte sich dann selbst an die Tafel. «Ab sofort beginnt unsere Kampagne. Xanthippe hat ihre Wähler belogen. Es wird künftig keinen Auftritt von uns geben, wo wir diese Frau nicht als

Lügnerin bezeichnen. Sie ist eine Lügnerin, Lügnerin, Lügnerin. Wir sind die Guten, sie ist die Böse. Das müssen wir aller Welt klarmachen.»

«Aber was nützt uns das», fragte der MP, «wenn sie sich trotzdem von den Kommunisten wählen lässt?»

«Auch in ihrer eigenen Fraktion gibt es Leute, die das nicht wollen. Mit ihnen gemeinsam werden wir es verhindern. Wir führen einen Kampf um die Köpfe. Wir werden uns jeden Einzelnen vorknöpfen; wir werden ihnen ins Gewissen reden; wir werden sie moralisch unter Druck setzen; und wenn es sein muss, werden wir ihnen Angebote machen. Ab heute sind wir Kopfjäger. Es gibt zwei Möglichkeiten …»

Udo Klotz nahm ein Stück Kreide und schrieb etwas an die Tafel. Als er die Sicht freigab, konnte man lesen:

Plan A – Freundliche Übernahme
Plan B – Neuwahlen

«Freundliche Übernahme bedeutet, dass wir es schaffen, genügend Abgeordnete der Roten zu überzeugen, dich zum Ministerpräsidenten zu wählen.»

Rolf-Peter Becker lachte. «Ein schöner Plan. Umsetzung reichlich unwahrscheinlich.»

Klotz nickte: «Wenn uns das nicht gelingt, müssen wir sie wenigstens dazu bringen, ihrer Kandidatin die Zustimmung zu verweigern. Dann wären Neuwahlen unausweichlich, und die würden wir haushoch gewinnen.»

Klotz schrieb erneut etwas an die Tafel, diesmal waren es zwei Zahlen. Auf der linken Seite stand eine 53, auf der rechten eine 57.

Er tippte mit der Kreidespitze auf die linke Zahl: «Das sind wir», sagte er. «Unser Lager kommt auf 53 Sitze.»

Dann tippte er auf die rechte Zahl: «Das sind die anderen. Zusammen mit den Kommunisten kommen sie auf 57 Sitze. Wenn wir es schaffen, dass zwei von ihnen nicht mitspielen, hätten sie schon nicht mehr die nötige Mehrheit von 56 Sitzen. Dann müsste es Neuwahlen geben, dann hätten wir es geschafft. ‹Zwei plus X› heißt unsere Devise!»

Es war Bea Traub, die sich nun zu Wort meldete: «Aber eine haben wir doch schon. Eine Sozialdemokratin hat doch bereits angekündigt, ihre Stimme zu verweigern, wenn sich Frau Xanthopoulos von der Linken wählen lässt.»

«Das ist richtig», sagte Klotz, «und die Dame hat uns auch versichert, dass sie bei dieser Entscheidung bleiben wird. Allerdings – ich hab es vorhin schon versucht zu sagen – haben auch wir einen Abgang zu verzeichnen.»

Der Ministerpräsident, der gerade dabei war, sich einige Notizen zu machen, hielt inne, hob den Kopf und schaute seinen Sprecher ungläubig an: «Wir haben … was?», fragte er.

Klotz grinste: «Tja, mein Lieber, so kommt es, wenn die Katze aus dem Haus ist. Unser langjähriger Oberförster, Freiherr Johann von Münzenberg, ist zu den Krötenfreunden übergewechselt.»

«Erzähl keinen Unsinn! Das halte ich für ein Gerücht. Ich werde ihn sofort anrufen …»

«Zu spät. Dass der Mann wackelt, hat sich in den letzten Monaten bereits angedeutet. Es gab mehrere Interviews, in denen er beträchtliche Bedenken gegen den Ausbau des Flughafens deutlich macht. Wir hatten ihn bereits unter Beobachtung und haben Vorbereitungen getroffen. Vorletzte

Woche hat Münzenberg ein Fernsehteam zu sich bestellt und erklärt, dass ihn seine Zweifel dazu bewogen haben, sein Parteibuch zurückzugeben. Er hat es vor laufender Kamera in einen Umschlag gesteckt und in den Briefkasten geworfen. Sein Mandat allerdings will er behalten. Das heißt, wir hätten noch eine Stimme im Landtag gegen uns.»

Das Gesicht des MP war rot angelaufen. «Was für eine Scheiße», brüllte er, «was für eine gigantische Scheiße. Wenn wir uns noch nicht mal mehr auf den Landadel verlassen können …»

Udo Klotz hob beschwichtigend die Hand: «Warte», sagte er, «die Geschichte geht weiter. Am Freitag haben wir, ich weiß nicht, wie ich es nennen soll …» Bevor er weitersprach, warf er einen raschen Blick auf Bea Traub, dann forderte er den Innenminister auf, zu übernehmen.

Roland Wagner rutschte mehrmals auf seinem Stuhl hin und her: «Nun, sagen wir, es hat einen Hinweis gegeben, dass unser Baron nicht nur Kröten liebt. Es heißt, er sei im Besitz von kinderpornographischem Material.»

«Und?»

«Heute Morgen hat das LKA in Absprache mit mir eine Hausdurchsuchung bei ihm durchgeführt.»

Der MP schüttelte den Kopf. «Das ist nicht euer Ernst, oder? Der Mann ist Abgeordneter, er genießt Immunität.»

«Die wurde am Wochenende per Eilbeschluss in Abstimmung mit dem Landtagspräsidenten aufgehoben. Ob das juristisch zu halten sein wird, ist noch unklar, aber seine Immunität jedenfalls ist fürs Erste aufgehoben.»

«Das heißt, ihr habt den Immunitätsausschuss umgangen? Das heißt, uns steht im Zweifel auch noch ein dicker Skandal ins Haus?»

Nun schaltete sich Klotz wieder ein: «Rolf, bitte, um das Kleingedruckte müssen sich die Juristen kümmern.»

«Und? Weiß man schon, was bei dieser Hausdurchsuchung herausgekommen ist?»

Klotz schaute ein wenig betreten drein: «Nun ja, das erhoffte Material ist auf Anhieb nicht gefunden worden, was aber die Öffentlichkeit vorerst nicht erfährt. Das LKA hat Akten und Computer konfisziert, beides wird man in den nächsten Wochen auswerten müssen. Das heißt, wir können die Sache noch eine Weile auf kleiner Flamme garen.»

Rolf-Peter Becker schaute abwechselnd seinen Sprecher und den Innenminister an, dann fragte er mit leiser, eindringlicher Stimme: «Ihr habt doch nicht etwa ... an dieser Sache gedreht?»

Udo Klotz, der wieder bei den anderen am Tisch saß, legte seinem Chef eine Hand auf den Arm: «Wir mussten handeln, Rolf, und wir müssen weiter handeln. Wir werden Maßnahmen ergreifen, von denen du nichts wissen musst und nichts wissen willst. Denk daran, wir haben einen Auftrag. Wir sind Kopfjäger.»

«Ja», sagte der Ministerpräsident, «das sind wir wohl.» Sein Blick fiel auf die Platte mit dem letzten Schnittchen. «Wisst ihr, was? Ich habe wahnsinnigen Hunger. Geht jemand ein paar Burger holen?»

FÜNF

Der graue Opel Vectra mit den beiden Ermittlern des Landeskriminalamtes fuhr mit hoher Geschwindigkeit auf der linken Spur der Autobahn in Richtung Wiesbaden. Jedenfalls glaubte Daniel Fichtner, dass die Landeshauptstadt ihr Ziel sei. Umso mehr verwunderte es ihn, als sein Kollege den Wagen plötzlich nach rechts auf die Abbiegespur lenkte und zwischen zwei LKWs hindurch die Ausfahrt Frankfurt Süd ansteuerte.

«Fahren wir nicht ins Amt?»

«Später», sagte Axel Rotteck, «ich will Ihnen was zeigen.»

Seit ihrer Abfahrt aus Schwarzenfels hatten die beiden Ermittler kaum ein Wort gewechselt. Rotteck hatte am Steuer gesessen, stur geradeaus geschaut und nur ab und zu geflucht, wenn ein Wagen vor ihm nicht schnell genug Platz machte.

Daniel Fichtner dachte noch immer darüber nach, was eigentlich in dem kleinen Ort an der hessisch-bayerischen Grenze geschehen war. Sie hatten eine Hausdurchsuchung durchgeführt, obwohl sie bereits wussten, dass sie das, was sie angeblich suchten, dort nicht finden würden. Das hieß, dass sie ohne rechtliche Grundlage in ein Haus eingedrungen waren. Das hieß auch: Rotteck, der die Ermittlungen leitete, hing mit drin. Und er, Daniel Fichtner, der sich an der illegalen Durchsuchung beteiligt hatte, statt etwas dagegen zu unternehmen, hing ebenfalls mit drin. Er hatte keine

Ahnung, was hinter der ganzen Sache steckte, aber er wusste, dass er eine Grenze übertreten hatte und dass es kein Zurück für ihn gab.

«Kennen Sie sich in Frankfurt aus?», fragte Rotteck, als sie die Autobahn verlassen hatten und über den Zubringer in Richtung Stadt fuhren.

«Ein bisschen», sagte Daniel Fichtner, «nicht besonders. Wir wohnen erst seit kurzem in der Gegend.»

«Okay, dann bekommen Sie jetzt eine kleine Einführung.» Rotteck wies mit dem Kopf nach links. «Das Waldstadion kennen Sie? Es heißt jetzt Commerzbank-Arena.»

«Ich weiß.»

«Rechts daneben das Stadionbad, wo ich als Kind oft schwimmen war. Da, hinter den Bäumen, das alte Oberforsthaus, heute gibt's nur noch den ehemaligen Pferdestall. Einmal im Jahr gehen die Frankfurter in das kleine Wäldchen, um dort Kirmes zu feiern, den Wäldchestag ... na ja ... Kinderkacke fürs Volk. Dann, da drüben, von hier aus schlecht zu sehen, liegt die Galopprennbahn, hundertfünfzig Jahre alt und mit Hilfe der deutschen Fürsten erbaut. So, und nun passen Sie auf, junger Mann. Gleich werde ich Ihnen die Welt erklären.»

Sie folgten der langen, geraden Straße, die auf beiden Seiten von Bäumen gesäumt war, noch für ein paar hundert Meter. Manchmal sah man hinter dem Grün kurz die weiße Säule eines Portals aufblitzen, ein schmiedeeisernes Gitter oder eine Fensterfront. Rotteck fuhr nur noch Schrittgeschwindigkeit, dann lenkte er den Wagen auf einen kleinen Parkplatz und schaltete den Motor aus.

«Kommen Sie, steigen Sie aus», forderte er Fichtner auf.

Er lief die paar Meter zum Fahrbahnrand zurück, dann

zeigte er in die Richtung, aus der sie gekommen waren. «Sie wissen, wie diese Straße heißt?»

Fichtner schüttelte den Kopf.

Rotteck grinste. «Das ist die Mörfelder Landstraße. Und was sehen Sie?»

«Bäume, sonst nichts», sagte Fichtner.

«Genau, Sie sehen nichts. Aber rechts und links der Straße, hinter diesen Bäumen, gibt es Häuser. Und wissen Sie, wer dort wohnt?»

«Keine Ahnung.»

«Hab ich mir gedacht. Wissen Sie, was ein Nabob ist?»

Daniel Fichtner schwieg. Er hatte keine Lust, mit jeder Frage, die ihm sein älterer Kollege stellte, erneut seine Ahnungslosigkeit zu demonstrieren. Er merkte, wie er wütend wurde.

«Wissen Sie's oder wissen Sie's nicht?»

Fichtner wandte sich um und baute sich vor Rotteck auf. Dann begann er zu brüllen: «Scheiße, verflucht noch mal. Sagen Sie mir, was ein verdammter Nabob ist, oder lassen Sie's bleiben. Aber führen Sie mich nicht am Nasenring vor. Ich bin jung, und ich bin unerfahren, aber ich bin kein Idiot, und schon gar nicht bin ich Ihr verdammter Fußabtreter.»

Einen Moment lang schaute Rotteck seinen Kollegen erstaunt an. Dann gab er Fichtner mit den Fingerspitzen einen Klaps auf die Schulter und lachte: «So gefällst du mir. So gefällst du mir schon sehr viel besser.»

Fichtner wusste nicht, was er von dieser Reaktion halten sollte, ob es der Ältere ernst meinte oder ob er ihn gleich mit einer neuen Unverschämtheit attackieren würde. Er wich einen Schritt zurück. Aber Rotteck lachte immer noch und streckte ihm die Hand entgegen: «Wenn du willst, können wir uns jetzt duzen. Ich heiße Axel.»

Zögernd ergriff Fichtner die Hand und schaute Rotteck in die Augen. Er konnte weder Spott noch Bösartigkeit entdecken. «Und ich bin Daniel», sagte er schließlich.

«Okay, Daniel, dann sind wir jetzt ein Team.»

Fichtner nickte. Langsam lockerte sich seine Anspannung. Auf seinem Gesicht zeigte sich ein vorsichtiges Lächeln.

«Kann es sein, dass Sie ... dass du den ganzen Morgen nur deshalb den Stinkstiefel gespielt hast, um mich auf die Probe zu stellen?»

«Könnte sein», sagte Rotteck.

«Würdest du dann jetzt bitte anfangen, mir die Welt zu erklären, ohne mir Oberlehrerfragen zu stellen, die ich eh nicht beantworten kann?»

«Abgemacht!»

«Also, was ist ein Nabob?»

«Das war in Südasien so ein Herrschertitel, hieß aber noch Nawab. Ist bei uns dann zu Nabob geworden und bedeutet nichts anderes als: superreiche, einflussreiche Leute. Und das ist es, was ich dir sagen wollte: Hinter den Bäumen dieser Straße wohnen die Nabobs von Frankfurt. Dort sitzen sie unsichtbar in ihren Häusern und Villen, in ihren Gärten und Parks wie Spinnen im Netz. Man sieht sie nicht, und sie wollen nicht, dass man sie sieht – oder höchstens mal bei einer Opernpremiere, auf einem Wohltätigkeitsempfang oder wenn auf der Rennbahn eines ihrer Pferde am Start ist. Glaub mir, sie sind wirklich sehr reich. Und sehr mächtig. So, das war die eine Welt, die ich dir zeigen wollte. Und jetzt zeige ich dir die andere.»

Die beiden Polizisten liefen ein Stück stadteinwärts. Nach

nur hundertfünfzig Metern kamen sie unter einer Brücke hindurch, auf der sich gerade zwei S-Bahnen begegneten. Daniel Fichtner hielt sich für einen Moment die Ohren zu.

Sie überquerten die Fahrbahn, liefen an einer Tankstelle vorbei und standen nun vor einem langen, schmucklosen Wohnblock. Tatsächlich war es, als hätten sie ein anderes Universum betreten.

«Das ist die Heimatsiedlung; hier bin ich aufgewachsen», sagte Rotteck. «Früher war das mal was. Aber jetzt … na ja, guck's dir an.»

Fichtner schaute zu den Fenstern hoch. Er sah vergilbte Gardinen, Satellitenschüsseln, eine zerbrochene Scheibe, hinter der jemand ein Brett befestigt hatte. Neben ihm, an der Hauswand, lehnte ein kaputtes Moped, dessen Reifen zerstochen waren.

Durch einen überbauten Torweg erreichten die beiden Polizisten das Innere der Siedlung. Die zwei- und dreistöckigen Blocks erstreckten sich entlang des Bahndamms und im rechten Winkel dazu bis zur Stresemannallee. Das Ganze glich einer riesigen Wagenburg.

Fichtner hörte, wie sich von hinten ein Auto näherte. Ein dunkelblauer Mercedes mit getönten Scheiben schob sich langsam an ihnen vorbei. Aus dem Inneren hörte man das gedämpfte Wummern eines Subwoofers.

«Ich hab hier gewohnt, bis ich sechzehn war», sagte Rotteck, «dann hab ich es nicht mehr ausgehalten. Meine Freunde waren einer nach dem anderen weggezogen. Irgendwann sprach kaum noch jemand Deutsch. Schau dir die Namen auf den Klingelschildern an, dann weißt du, was ich meine. Früher haben wir die Türen Tag und Nacht offen gelassen; jetzt ist hier alles vergittert.»

Er war stehen geblieben und schaute zu Boden. Auf dem Bürgersteig, neben einem ummauerten Müllplatz, lag eine Taube, die lautlos den Schnabel auf- und wieder zumachte. Rotteck schien zu überlegen. Dann trat er dem Vogel mit dem Absatz kurz und kräftig auf den Kopf und kickte den Körper anschließend mit einem Tritt ins Gebüsch. Er sah seinen Kollegen an und schüttelte den Kopf: «Tut mir leid», sagte er, «ich kann es nicht ertragen, wenn ein Tier leidet.»

Fichtner hatte das Gesicht wie unter Schmerzen verzogen, aber er sagte nichts.

Sie gingen einen schmalen Plattenweg zwischen zwei Häusern hindurch und standen nun auf der Rückseite der Wohnblocks. Ein Streifen Grün mit ein paar winzigen verwilderten Gärten trennte die Siedlung von den Gleisen der S-Bahn. Etwa fünfzig Meter von ihnen entfernt lungerten drei junge Männer auf einer zertrampelten Brache herum, die einmal ein Spielplatz gewesen war. Alle drei trugen dunkle Kapuzenshirts und rauchten. Sie standen vor einer Metalltonne, in der ein Feuer brannte.

«Und das ist es, was hier nachwächst», sagte Rotteck. «Merkst du, wie sie lauern? Auch wenn sie harmlos tun, sie haben uns längst bemerkt. Sie wissen nur noch nicht, ob sie uns angreifen oder ob sie das Weite suchen sollen. Aber sie sind sprungbereit. Glaub mir, ich weiß, wovon ich spreche: Das sind sprungbereite Tiere. Bleib hier stehen; ich will sehen, was passiert.»

Rotteck setzte seine Sonnenbrille auf, steckte die Hände in die Hosentaschen und schlenderte langsam auf die Gruppe zu. Der kleinste der drei Jugendlichen drehte sich zu ihm, grinste und hielt etwas in die Höhe, das aussah wie eine riesige rote Zigarre. Mit der anderen Hand entzündete er sein Feuerzeug.

«Pass auf!», schrie Fichtner seinem Kollegen zu. «Kanonenschlag!»

Rotteck machte einen Satz zur Seite. Im selben Moment explodierte der Feuerwerkskörper an jener Stelle, an welcher der Polizist eben noch gestanden hatte.

Die drei jungen Männer sprinteten davon und waren Sekunden später hinter einer Hausecke verschwunden. Rotteck sah blass aus, als er jetzt auf Fichtner zukam. «Danke», sagte er. «Gut gemacht.»

«Wollen wir uns die Typen nicht schnappen?»

Rotteck schüttelte den Kopf. «Fehlt noch, dass wir uns an denen die Finger schmutzig machen. Irgendwann landen die sowieso bei uns. Komm, wir gehen ein Bier trinken.»

«Gute Idee, ich muss dringend aufs Klo.»

Jochen's Pilsstübchen stand über dem schmalen Eingang. Rotteck zog die Tür auf und ließ seinen Kollegen eintreten. «Geh schon vor. Ich zieh nur noch rasch Geld.»

Der schmale Raum war dunkel. Fichtner nickte in Richtung des Tresens, hinter dem ein kleiner, fast kahlköpfiger Wirt stand, der den Fremden aufmerksam ansah, bevor er ein Geschirrtuch von der Schulter nahm und damit die Zapfanlage polierte.

Zwei Männer saßen auf Barhockern vor ihrem Bier. Beide rauchten schweigend, beide trugen sie die Arbeitskleidung eines Entsorgungsunternehmens.

Fichtner schaute sich um. Rechts vor der getäfelten Wand standen drei dunkelbraune Resopaltische, die mit grünen Servietten geschmückt waren, auf denen jeweils ein Aschenbecher und eine kleine Vase mit ein paar künstlichen Blumen standen. Zwischen den Toilettentüren zwei flackernde Spielautomaten, darüber eine lange Plastikbanderole mit der Aufschrift «Da hocken die, die immer da hocken». An den Wänden hingen die Wimpel von Eintracht Frankfurt und ein aufgespanntes Trikot mit den Unterschriften einiger Spieler. Im Radio endeten gerade die Verkehrsnachrichten, dann kam ein deutscher Schlager.

Als Fichtner von der Toilette zurückkam, saß Rotteck bereits mit dem Rücken zum Tresen an einem der Tische. Mit einer Kopfbewegung forderte er seinen Kollegen auf, ihm gegenüber Platz zu nehmen. Der Wirt brachte zwei Bier, stellte sie wortlos vor ihnen ab, lächelte Rotteck aber zu.

«Haben die hier ein Schweigegelübde abgelegt?», fragte Fichtner.

«Jochen ist taubstumm. Er versteht nur, was du sagst, wenn er dir auf den Mund schauen kann. Er stand schon hier, als ich meine ersten Biere getrunken habe. Und die beiden Müllschlucker haben sich wahrscheinlich nichts mehr zu sagen. Außerdem müssen die sowieso jetzt gehen, weil ihre Pause zu Ende ist.»

Die letzten Sätze hatte Rotteck so laut gesagt, dass sie auch am Tresen zu verstehen waren. Tatsächlich tranken die Männer ihre Gläser aus, zahlten und hatten kurz darauf den Gastraum verlassen.

«Aus gutem Grund ist Juno rund», sagte Rotteck, während er ein Zigarettenpäckchen aufriss und es dem Jüngeren hinhielt. Fichtner schüttelte den Kopf.

«Hast du gar keine Laster? Ach so, ich hatte vergessen, dass ihr ein Baby erwartet.»

Rotteck drehte seine Zigarette zwischen Daumen und

Zeigefinger. Er schaute auf die Tischplatte, dann hob er den Kopf und sah Fichtner aufmerksam an.

«Zwei Welten, wie sie unterschiedlicher nicht sein könnten, und nur durch den Bahndamm getrennt. Da drüben die Nabobs in ihren gut gesicherten Villen und Parks. Und hier das Volk, die Habenichtse, die sprungbereiten Tiere. So, und jetzt stelle ich dir eine Frage, die du beantworten kannst. Du kennst den ersten Absatz von Artikel 3 des Grundgesetzes?»

«Sicher: ‹Vor dem Gesetz sind alle Menschen gleich.›»

«Genau das ist der Satz, den wir Polizisten Tag und Nacht aufsagen müssen, den wir allen vorbeten und dabei noch so tun, als würden wir ihn glauben. Aber es ist so: Mit diesem Satz kannst du dir den Arsch wischen, weil es keinen Satz gibt, der weniger stimmt. Es sind die Nabobs, die das Sagen haben. Nicht wir, nicht die Oberbürgermeisterin, nicht der Ministerpräsident, sondern die Nabobs. Sie bestimmen, wie der Laden läuft. Und wir sind ihre Lakaien. Wir haben dafür zu sorgen, dass alles so bleibt, wie es ist. Dass jeder auf seiner Seite des Bahndamms bleibt. Dass keines der Tiere eines Morgens auf dem Rasen hinter der Villa steht und zum Sprung ansetzt. Das ist unsere Aufgabe. Und für diese Aufgabe gibt es ein Wort, das man nicht laut sagen darf, das man aber auf jedem Polizeirevier kennt. Es heißt: Sozialhygiene. Kannst du mir folgen?»

«Sicher, ich bin nicht blöd. Aber …»

«Es gibt kein Aber. Sozialhygiene heißt, dass wir die Tiere in Schach halten. Sozialhygiene heißt, den Unterschied machen, den uns das Gesetz verbietet. Du hast gesagt, dass du ein guter Polizist werden willst.»

Fichtner nahm einen Schluck von seinem Bier und wischte sich den Mund. «Du meinst, dann muss ich bereit sein, den Artikel 3 zu vergessen.»

Rotteck schüttelte heftig den Kopf. «Nein. Wenn du nur ein guter Polizist werden willst, kannst du weiter mit dem Grundgesetz unterm Arm rumlaufen. Ein guter Polizist muss gar nichts machen. Er muss brav sein und sich wegducken. Am besten ein Leben lang. Denn es gibt noch einen Unterschied, den du lernen musst: Es gibt Polizisten, und es gibt Bullen. Lakaien sind sie beide. Aber wenn ich schon zu den Lakaien gehöre, möchte ich wenigstens ein gutbezahlter Lakai sein. Und dafür muss ich ein Bulle sein.»

«Weil nur Bullen leicht in die höheren Gehaltsgruppen kommen?», fragte Fichtner.

Rotteck lachte. «Nein, ganz und gar nicht. Ein Bulle zu werden, schaffen nur die wenigsten. Die Bullen sind die Elite, aber man findet sie ganz unten und ganz oben, manchmal in einem Streifenwagen, manchmal im Präsidium, manchmal im LKA. Ein Bulle ist verschwiegen und effektiv. Er fragt nicht lange, ob das, was er tut, den Regeln entspricht. Ein Bulle tut, was er tun muss. Einem Polizisten würde ich nie vertrauen, einem Bullen immer. Es sind zwei unterschiedliche Fraktionen. Zwei Fraktionen, die sich nicht mögen, die sich manchmal sogar bekämpfen.»

«Und woran erkenne ich einen Bullen?»

«Das merkst du schnell. Es sind kleine Bemerkungen, Blicke, die Wortwahl. Es ist die Nase. Wir Bullen riechen den Unterschied.»

«Und wieso wird ein Bulle besser bezahlt?»

«Du fragst das, weil du Geld brauchst?»

Fichtner zuckte mit den Schultern. Er wollte nicht den Fehler wiederholen, den er am Morgen gemacht hatte. Er wollte nicht sein Herz auf der Zunge tragen.

Aber Rotteck schien verstanden zu haben, er lächelte. Er

drückte seine zweite Zigarette aus, schnippte sofort eine neue aus der Packung, zögerte aber, sie anzustecken.

«Was ich dir jetzt sage, ist wie eine Taufe. Danach, mein Lieber, gibt es für dich kein Zurück mehr. Dann gehörst du zu uns. Und solltest du mich je zitieren, werde ich alles bestreiten und dich lebendig an die Wand nageln. Hast du verstanden?»

Fichtner nickte.

«Also, soll ich weitersprechen?»

Fichtner schluckte, dann nickte er abermals.

«Für einen Bullen gibt es immer Möglichkeiten, an Geld zu kommen. Du durchsuchst die Taschen eines Zuhälters, findest fünftausend Euro und steckst tausend davon in die eigene Tasche. Der Zuhälter wird sich nicht beschweren. Du findest in einem Auto fünf Päckchen Kokain, gibst aber nur drei an die Staatsanwaltschaft weiter. Der Dealer wird sich nicht beschweren. Du bietest jemandem deinen Schutz an. Du gibst dem Betreiber eines illegalen Wettbüros vor einer Razzia den entscheidenden Tipp. Du lässt jemanden laufen, den du nicht laufen lassen dürftest ...»

«Was man sich alles bezahlen lässt ...», sagte Fichtner.

«Natürlich, umsonst ist nur der Tod! Und manchmal wird man für einen ungewöhnlichen Auftrag auch ungewöhnlich gut bezahlt.»

«Die Aktion heute Morgen in Schwarzenfels war ein solcher Auftrag?»

Rotteck sprach weiter, ohne auf Fichtners Frage einzugehen. «Ein etwas phantasieloser Polizist würde all das womöglich als Korruption bezeichnen. Aber ... was für ein hässliches Wort. Ein Bulle nennt das Umverteilung. Wichtig ist nur, dass man nie versucht, auf eigene Rechnung zu arbeiten.

Ein Bulle teilt mit den anderen Bullen. Es gibt eine Kasse, in die all unsere Einkünfte fließen. Manchmal wird eine solche Kasse Dispositionsfonds genannt, manchmal auch Reptilienfonds. Bei uns heißt sie Witwenfonds.»

«Weil ...?», fragte Fichtner.

«Weil es gut klingt. Weil es wohltätig klingt. Weil man aus diesem Fonds auch die Witwe eines guten Kollegen unterstützen könnte. Was wir durchaus schon getan haben ... Aber weißt du, was das Wichtigste ist?»

Fichtner legte den Kopf ein wenig schief und schaute Rotteck aufmerksam an.

«Dass wir Bullen den Laden hier am Laufen halten», fuhr dieser fort. «Dass wir uns das Gesetz von niemandem aus der Hand nehmen lassen. Nicht von den gütigen Richtern, nicht von den Sozialarbeitern und nicht von solchen Politikern, die am liebsten jeden Knast in einen Streichelzoo verwandeln würden. Es reicht nicht, die Viecher vor Gericht zu bringen, wir müssen auch dafür sorgen, dass sie bestraft werden. Nur so erhalten wir das Gleichgewicht.»

Rotteck griff in die Innentasche seines Jacketts und zog einen weißen Briefumschlag hervor, hielt ihn Fichtner hin, zog ihn aber zurück, als dieser danach greifen wollte.

«Davon kannst du dir ein paar anständige Klamotten kaufen. Einzige Bedingung: Wir machen ein kleines Erinnerungsfoto. Willst du?»

Fichtner nahm den Umschlag, öffnete ihn und zog ein Bündel Hundert-Euro-Scheine hervor. Im selben Moment drückte Rotteck auf den Auslöser seiner Handykamera. Wer immer dieses Foto später einmal betrachten würde, er würde Daniel Fichtner lächeln sehen.

SECHS

Süleyman nahm, was er bekam, aber er brauchte fast nichts. Er konnte sich in sein Haus zurückziehen wie ein Einsiedlerkrebs in sein Schneckengehäuse und von kaum mehr leben als von Leitungswasser, Obst, rohem Gemüse und gekochten Nudeln. Er achtete darauf, dass er nicht zu dick und dass er nicht zu dünn wurde. Jeden Morgen überprüfte er vor dem Spiegel zuerst sein Gebiss, dann seine Haltung. Er bleckte die Zähne, spannte die Bauchmuskulatur an, stellte sich auf die Zehenspitzen und nahm die Schultern zurück. Er strich sich mit den Händen über Beine und Arme, Brust und Bauch und suchte nach einem Härchen, das er bei der letzten Rasur womöglich vergessen hatte.

Seit ihm das Haus gehörte, begab er sich kaum noch unter Menschen. Er musste niemanden sehen und mit niemandem reden. Wenn jemand zu ihm kam, wie die Frau letzte Nacht, hatte er nichts dagegen. Er hatte zweimal mit ihr geschlafen, hatte sich ihre Komplimente angehört und diese in seinem Gedächtnis verstaut wie in einer Schublade, aus der er sich nach Bedarf bedienen konnte. Aber gegen Morgen hatte er der Frau gezeigt, dass er wieder alleine sein wollte.

Jetzt rollte er seine Gymnastikmatte auf dem Boden aus und machte seine Übungen.

Vierzig Situps.

Kurze Pause.

Hundert Kniebeugen.

Kurze Pause.

Vierzig Liegestütze.

«Du bist arm, du bist dunkelhäutig, und du hast keinen Vater», hatte sein Sportlehrer zum ihm gesagt, «sieh also zu, dass du fit bleibst, sonst kriegen sie dich bei den Eiern.» Süleyman hatte nicht genau begriffen, was das hieß, aber er wusste, dass der Lehrer es gut mit ihm meinte, und er wollte nicht, dass ihn irgendwer bei den Eiern kriegte.

Nachdem er seinen Oberkörper ein letztes Mal auf die Arme gestützt nach oben gestemmt hatte, verharrte er noch einen Moment in dieser Haltung, ließ sich schließlich auf die Matte sinken und blieb erschöpft liegen.

Seine Muskeln zitterten, der Schweiß ließ seine Haut glänzen. Er wartete vier, fünf Minuten, bis sein Atem sich wieder normalisiert hatte, dann stand er auf und ging unter die Dusche. Er schäumte sich sorgfältig von Kopf bis Fuß ein, brauste die Seife ab und wiederholte das Ganze. Zum Schluss ließ er so lange kaltes Wasser auf seinen Nacken prasseln, bis es schmerzte und er zappelnd unter der Dusche hervorsprang, um sich mit einem rauen Badetuch zu trocknen.

Er ging zum Buffet, holte den kleinen MP3-Spieler, schloss ihn an die Musikanlage an, drückte auf Play und schaltete den Repeat-Modus ein. Aus den Lautsprechern kam Leonard Cohens «Take this Waltz».

Süleyman hatte den Song zum ersten Mal in Agay gehört, als er in dem kleinen Restaurant am Strand arbeitete. Maja, ein etwa gleichaltriges Mädchen, das mit seinen Eltern Urlaub in der Ferienanlage machte, hatte ihm eine selbstgebrannte CD geschenkt, auf die sie zwölfmal nichts anderes als dieses Stück aufgenommen hatte. Wenn er Dienst hatte, hatte sie immer gewartet, bis die letzten Gäste kurz nach Mitternacht gegangen waren, dann hatte sie sich in der Dunkelheit vor seiner Hütte auf die Holzplanken gehockt, die Knie unters Kinn gezogen und ihn gebeten, die CD einzulegen. So hatte sie dort gesessen und ihn angeschaut, ohne etwas zu sagen. Wenn er eine halbe Stunde später fertig mit Spülen und Aufräumen war und sich auf eine Zigarette zu ihr setzen wollte, war sie bereits wieder verschwunden, ohne sich verabschiedet zu haben.

Wie von den meisten Menschen seiner Vergangenheit war auch von Maja in Süleymans Erinnerung nichts geblieben als ein Schatten. Der Junge machte sich keine Gedanken darüber, wo er herkam, und nicht darüber, wo er hinwollte. Es war, wie es war. Es kam, wie es kam.

Ganz leicht sich im Takt des Walzers wiegend, ging er zum Küchenschrank, nahm den kleinen Lederbeutel aus der Schublade, drehte sich im Stehen einen Joint und steckte ihn an. Er öffnete die Tür zum Garten, lief die paar Schritte über die Wiese und legte sich unter dem Apfelbaum ins Gras, streckte Arme und Beine von sich, ließ die Handflächen nach oben zeigen, schloss die Augen. Er atmete flach und gleichmäßig, sein Brustkorb hob und senkte sich nur wenig.

Süleyman musste nachdenken. Die Ameise, die über die Innenseite seines Oberschenkels krabbelte, bemerkte er nicht.

Er war ganz bei sich, und dennoch kam er zu keinem Ergebnis.

Ein Motorradfahrer hatte am frühen Morgen in der Dunkelheit auf der Landstraße angehalten und irgendwem auf dem Burgberg Lichtzeichen gegeben. Der Motorradfahrer war vor Süleymans Haus verunglückt und gestorben. Er hatte einen Umschlag bei sich gehabt, der an den Baron gerichtet war. In dem Umschlag waren Bilder von nackten Kindern. Die Polizei hatte das Haus des Barons durchsucht, aber nichts bei ihm finden können. Der Polizist hatte Süleyman nach dem Motorradfahrer gefragt.

Das alles ergab keinen Sinn.

Aber Süleyman wusste, dass er nun etwas besaß, was er nicht besitzen durfte. Irgendwann würde man den Toten auf der Wiese finden. Irgendwann würde man sich fragen, wo der Umschlag mit den Bildern geblieben war.

Eine halbe Stunde mochte er bewegungslos auf seiner Apfelbaumwiese verbracht haben, als er auf der anderen Seite des Hauses das Geräusch eines Motors hörte, der dort noch einen Moment im Stehen lief, dann aber ausgeschaltet wurde.

Süleyman sprang auf, durchquerte die Küche und bezog, wie schon am frühen Morgen, wieder seinen Posten am Fenster.

Am Rand des Abhangs, genau an jener Stelle, wo Stunden zuvor der Motorradfahrer von der Fahrbahn abgekommen war, stand ein Kastenwagen. Ein gelber Renault Master, dessen Nummernschilder nicht zu erkennen waren. Jetzt öffnete sich die Fahrertür. Ein Mann stieg aus: groß, muskulös, die Arme tätowiert. Das wenige Haar, das er noch hatte, war am Hinterkopf zu einem dünnen Pferdeschwanz gebunden.

Kurz darauf kam ein zweiter Mann in Süleymans Blickfeld. Er war deutlich kleiner als sein Kollege, höchstens eins sechzig groß, schmal, drahtig und zuckte unentwegt mit dem Kopf – ein nervöser Fussel.

Er und Schwanzhinten schauten sich um. Sie beratschlagten, schauten sich nochmals um, dann nickten sie einander zu.

Während Fussel die Hecktüren des Lieferwagens öffnete, eine Rampe aus Aluminium hervorzog und zwischen Ladefläche und Fahrbahn platzierte, kletterte der andere mit breiten Schritten und nach hinten geneigtem Oberkörper die Böschung hinunter und verschwand zwischen den Sträuchern.

Süleyman ging ins Schlafzimmer, schlüpfte in seine Jeans, streifte das Kapuzenshirt über und zog sich die Schuhe an. Zwei Minuten später stand er wieder am Fenster.

Kurz darauf erschien Schwanzhinten, der offensichtlich Mühe hatte, das Sportmotorrad den steilen Hang hinaufzuschieben. Er blieb stehen, hob die Hand, als wolle er sagen: «Was ist, wo bleibst du?», und wartete, dass sein Partner ihm zu Hilfe eilte. Zu zweit schafften sie es schließlich, die Maschine auf die Fahrbahn zu bugsieren, sie auf die Rampe zu schieben und im Inneren des Renaults verschwinden zu lassen.

Süleyman ahnte, was jetzt passieren würde. Die beiden machten sich an den schwierigeren Teil ihrer Arbeit. Sie begaben sich erneut in die Senke zwischen Landstraße und Dorf und blieben für eine geraume Weile verschwunden. Ohne die Worte zu verstehen, hörte er einen der beiden laut fluchen. Süleyman war sich sicher: Sie hatten entdeckt, dass der Umschlag mit den Bildern verschwunden war. Sie waren wütend.

Schließlich tauchten die beiden Männer wieder auf. Sie hatten die Leiche des Motorradfahrers in große schwarze Müllsäcke gehüllt und diese mit Lassoband umwickelt. Fast sah es aus, als würden sie zu zweit einen zusammengerollten Teppich transportieren. Fussel hatte sich den Helm des Toten auf den eigenen Kopf gesetzt. Sie wollten keine verdächtigen Teile hinterlassen. Auf der Straße angekommen, ließen sie die schwarze Rolle auf den Boden fallen. Schwanzhinten sprang auf die Ladefläche und zog mit Fussels Hilfe den Leichnam über die Rampe in den Innenraum des Renault. Als sie alles verstaut hatten, schlossen sie die Hecktüren. Noch einmal sahen sie sich gründlich um und vergewisserten sich, dass niemand sie gesehen hatte. Fussel kletterte auf den Beifahrersitz, sein Partner setzte sich ans Steuer, startete den Motor, legte den Rückwärtsgang ein und fuhr den Wagen ein, zwei Meter rückwärts.

Süleyman schob die Gardine ein wenig beiseite. Er hoffte, nun, da der Kastenwagen sich bewegte, doch noch einen Blick auf das Nummernschild werfen zu können.

Schwanzhinten ließ die Scheibe der Fahrertür herunter, drehte seinen Kopf zum Heck des Wagens, dann schaute er zu Süleymans Haus hinüber. Als Süleyman die Gardine fallen ließ, war es bereits zu spät.

Sie hatten einander direkt in die Augen gesehen. Nur zwei Sekunden lang. Aber diese beiden Sekunden hatten genügt. Sie hatten einander durchschaut.

Süleyman erstarrte.

Er sah, wie der große Mann langsam aus dem Auto stieg, wie er sich noch einmal zu Fussel umdrehte, ihm zunickte, um dann, bedächtig, aber entschlossen, einen Fuß vor den anderen zu setzen und sich auf Süleymans Haus zuzubewegen.

Süleyman rührte sich nicht. Wie gebannt starrte er auf die Straße. Und obwohl er spürte, dass er in Gefahr war, kam ihm das, was dort draußen geschah, so unwirklich vor, dass er meinte, einen Film zu sehen. Einen Film, der in Zeitlupe vor ihm ablief, dessen Fortgang er nicht beeinflussen, dem er sich aber genauso wenig entziehen konnte. Es schien, als sei er verdammt, das Ende dieses Films reglos über sich ergehen zu lassen.

Schwanzhinten kam näher, seine Gestalt wurde größer. Süleyman sah, wie sich die Muskeln des Mannes unter seinem engen T-Shirt bewegten, wie er den Kopf leicht wiegte, sodass sein Pferdeschwanz hin und her wippte, wie der Schweiß auf seiner kahlen Stirn glänzte und wie sich sein Mund unwillkürlich öffnete und das mächtige Pferdegebiss entblößte.

Schließlich kam Fussel ins Bild. Er rannte ein paar Meter, bis er seinen Partner erreicht hatte, dann trottete er neben ihm her, nun gleichfalls in Zeitlupe, nun ebenfalls mit offenem Mund und so, als müsse er, der Kleine, dem großen Freund in jeder Bewegung folgen.

Fussel hatte schwarzes Haar, das in struppigen Wirbeln nach allen Seiten abstand. Seine Haut war von der unbestimmbaren Farbe des alten Linoleumbodens in Süleymans Küche. Er trug ein kurzärmeliges Hemd, eine schwarze Jogginghose und Turnschuhe. Die beiden Männer waren schon so nah, dass Süleyman das Tränentattoo unter Fussels linkem Augenwinkel erkennen konnte. Noch zehn, zwölf Meter, dann würden sie das Haus erreicht haben.

Als hinter ihm das Aggregat des Kühlschranks ansprang, erwachte der Junge endlich aus seiner Starre. Süleyman begriff, dass er fliehen musste.

Mit einem raschen Handgriff verriegelte er die Eingangstür, durchquerte die Diele und rannte, immer ein paar Stufen auf einmal nehmend, die Treppe zum oberen Stockwerk hinauf, stieß die Tür zum Dachboden auf, stieg auf die Leiter, öffnete die Luke, umfasste die beiden Holme und zog seinen Oberkörper ins Freie. Für einen Moment stützte er sich noch mit den Füßen am Rahmen der Dachluke ab, bis seine Finger Halt an den Ziegeln gefunden hatten, dann zog er auch die Beine nach draußen, rutschte ein wenig zur Seite und lag nun bäuchlings auf der sonnenbeschienenen Schräge.

Süleyman lauschte.

Die Männer riefen etwas. Sie hämmerten gegen die Eingangstür. Zweimal, dreimal.

Für wenige Sekunden herrschte Ruhe. Dann hörte Süleyman mehrere Schläge, Tritte, ein Knirschen, ein Krachen, das Schloss gab nach, die Tür flog auf und schlug gegen die Innenwand.

Schwanzhinten und Fussel waren im Haus.

Der Junge hörte Schritte, hörte, wie die Männer in jedem Raum des unteren Stockwerks nach ihm suchten, wie Schubladen herausgerissen, Türen geöffnet und Möbel umgestoßen wurden. Er hörte das Bersten von Holz und das Splittern von Glas.

Schließlich kam jemand die Treppe herauf, hielt aber auf halber Höhe inne. Dann eine Stimme: «Was willst du? Bleib unten und warte draußen! Pass auf, dass die Ratte nicht abhaut!»

Süleyman wusste, dass es die Stimme von Schwanzhinten war. Er war der Boss. Er war es, der die Befehle gab. Und er war es, der jetzt auf dem Dachboden nach ihm suchen würde.

Das alte Sofa wurde von der Wand abgerückt. Die schwere Truhe wurde geöffnet. Die Tür zu dem Verschlag, in dem sich der Räucherofen befand, wurde aus den Angeln gerissen. Das Regal mit den Einmachgläsern wurde umgestoßen.

Ein unterdrückter Fluch, dann leise Schritte, die sich der Dachleiter näherten.

Hätte Süleyman gewusst, wie man betet, er hätte es getan.

Er drückte seine Wange auf die warmen Ziegel und starrte auf die Öffnung der Luke.

Schwanzhinten hatte die Leiter erreicht und die erste Sprosse betreten. Seine linke Hand erschien im Freien. Sie war nicht einmal dreißig Zentimeter von Süleymans Augen entfernt. Der Junge sah das schwere silberne Armband am tätowierten Handgelenk und hörte das leise Klicken der Glieder. Klick. Klick. Klick. Dieses Geräusch würde er nie wieder vergessen können. Klick. Klick. Klick.

Die zweite Sprosse, die dritte. Gleich würde der Kopf des Mannes erscheinen.

Süleyman schloss die Augen.

Und dann geschah, was Süleyman gehofft hatte. Als Schwanzhinten die nächste Sprosse nahm, gab diese unter seinem Gewicht nach. Sein schwerer Körper fiel mit einem dumpfen Geräusch zu Boden. Er stöhnte auf vor Schmerz.

Er wimmerte.

Vielleicht hatte er sich etwas gebrochen, vielleicht hatte er sich das Gesicht an den Scherben der zerborstenen Einmachgläser zerschnitten.

Süleyman hörte das Geräusch eines sich nähernden Traktors, dann eine hohe Männerstimme, die aus dem unteren Stockwerk kam: «Los, lass uns abhauen! Beeil dich!»

Schwanzhinten schien aufzugeben. Jedenfalls für diesen Moment. Süleyman hörte, wie er mit schweren Schritten die Treppe hinabpolterte.

Kurz darauf wurde der Motor des Renaults gestartet.

Der Wagen entfernte sich.

SIEBEN

Es war ein Morgen, wie Hauptkommissar Marthaler ihn mochte. Zum ersten Mal seit Monaten war er an einem Werktag ohne Wecker aufgewacht. Er lag auf seinem Bett, öffnete ein wenig widerwillig die Augen, lächelte aber sogleich, als er sah, dass die Sonne auf die gegenüberliegende Zimmerwand fiel. Durch das gekippte Fenster kam der seltsam knackende Gesang der Rotschwänze, die zwischen der Eberesche vor seinem Fenster und den umliegenden Dächern hin und her flatterten. Ein paar Kinder trödelten auf dem Weg zur Schule; ihre Rufe und ihr Lachen drangen zu ihm herauf. Ein Müllwagen war in der Ferne zu hören; und die junge Frau im Dachgeschoss über ihm hatte bereits begonnen, auf ihrem Cello zu üben. Als sie vor ein paar Wochen eingezogen war, hatte sie bei ihm geklingelt, sich vorgestellt und gefragt, ob es Zeiten gebe, zu denen er keinesfalls gestört werden wolle durch ihr Instrument. Er war so überrascht gewesen von dieser Frage, dass er Nein gesagt hatte: «Nein, ich kann mir kaum etwas vorstellen, was mich weniger stört als der Klang eines Cellos.»

Heute war Dienstag, der 27. Mai 2008. Marthaler hatte Urlaub genommen und wollte den Tag mit seiner Freundin Tereza bei einem Picknick am See verbringen. Er wollte die Gelegenheit nutzen, um etwas zu tun, was er sich schon lange vorgenommen, aber immer wieder aufgeschoben hatte. Er wollte Tereza einen Heiratsantrag machen. Die Aussicht darauf machte ihn ein wenig nervös, bereitete ihm aber zugleich gute Laune.

Und er war entschlossen, sich diese Stimmung durch nichts und niemanden verderben zu lassen. Entsprechend mürrisch reagierte er, als nun das Telefon läutete. Er schaute auf das Display, sah eine Nummer, die er nicht kannte, und beschloss, sie zu ignorieren.

Nach mehr als sechs Monaten Ermittlung war es ihm gelungen, einen Mann zu überführen, der wahrscheinlich vor langer Zeit drei Morde und mehrere Vergewaltigungen begangen hatte. Die Verhaftung des mutmaßlichen Täters stand kurz bevor. An der baldigen Eröffnung des Verfahrens und der späteren Verurteilung des Mannes hatte Marthaler keinen Zweifel. Er war froh, den Fall endlich abgeschlossen zu haben, sich nicht wieder und wieder die Fotos der Tatorte ansehen zu müssen und sich die grauenhaften Einzelheiten der Morde zu vergegenwärtigen.

Am 19. Juli 1985 wurde in einem Haferfeld bei Götzenhain die Leiche einer jungen Frau gefunden. Karin Ölze lag auf dem Rücken, nackt, ihr Körper und ihr Hals, die Arme, Beine und das Gesicht waren von Blutergüssen und Schürfwunden übersät. Man hatte sie erwürgt und mehrmals vergewaltigt. Es fanden sich Spermaspuren in der Scheide, im Mund und im After.

Ihre Kleidung entdeckte man weit verstreut im Umfeld des Tatorts. Ihr Auto stand hundert Meter entfernt am Rand eines Waldwegs. Der Kleinwagen war verschlossen, aber die Schlüssel blieben verschwunden.

Der Fall der 25-jährigen Jurastudentin erregte auch deshalb großes Aufsehen, weil sie die Tochter von Dr. Rüdiger

Ölze war, Inhaber einer der größten Frankfurter Anwaltskanzleien und bekannt durch zahlreiche Fernsehauftritte, unter anderem als festes Mitglied im Team einer Ratesendung. Auch wenn es dementiert worden war: Karin Ölzes Vater hatte es der Staatsanwaltschaft seinerzeit ermöglicht, eine hohe Belohnung auf die Ergreifung des Täters auszusetzen; entsprechend zahlreich waren die Hinweise aus der Bevölkerung gewesen. Jemand hatte ihren Wagen gesehen; jemand hatte sie auf einem Dorffest bemerkt, wo sie mit einem jungen Mann gesprochen hatte; jemand war ihr Stunden zuvor im Schwimmbad begegnet. Es gab etwa fünfhundert Spuren, denen man nachging, es gab ein Phantombild des vermeintlichen Täters, es gab Freunde, Bekannte und Studienkollegen, die man vernahm, und es gab drei Männer, die kurz hintereinander der Öffentlichkeit als dringend tatverdächtig präsentiert wurden, die man aber wenig später wieder hatte laufen lassen müssen.

Als Ende der achtziger Jahre die DNA-Analyse den Ermittlern zu Hilfe kam, war man froh, so zahlreiche Spuren am Tatort gesichert und aufbewahrt zu haben. Die Methode wurde in den folgenden Jahren verfeinert und machte immer größere Fortschritte. Datenbanken wurden aufgebaut und die ersten Massengentests durchgeführt. Und bei jeder Weiterentwicklung dieser Technik schöpften auch die Ermittler im Fall Karin Ölze neue Hoffnung. Doch irgendwann war alles Material aufgebraucht, ohne dass man einen Treffer gelandet hatte. Der Täter, so schien es, war ein unbeschriebenes Blatt, er hatte weder vorher noch nachher ein ähnliches Verbrechen begangen. Man legte den Fall zu den Akten, ohne die Aussicht, ihn jemals lösen zu können.

Allerdings hatten die Erfolge bei der Aufklärung alter,

zum Teil sehr alter Kriminalfälle auch dazu geführt, dass in den Polizeipräsidien immer öfter kleine Abteilungen aufgebaut wurden, die sich genau damit beschäftigten. Die sogenannten Cold Cases Units waren für nichts anderes zuständig, als jene aufgegebenen Fälle einer erneuten Prüfung zu unterziehen. Längst vergessene Akten wurden neu gesichtet, längst vergessene Asservate erneut an die Labore der Kriminaltechnik übergeben.

Als man auch in Frankfurt eine solche Abteilung einrichten wollte, hatte Marthaler sich sofort bereit erklärt, diese zu übernehmen. Er blieb Leiter der Ersten Mordkommission, hatte aber nun einen Posten, der ihn nicht mehr zwang, Tag und Nacht einsatzbereit zu sein. Zu oft hatte es Streit mit Tereza gegeben, wenn er das Wochenende hatte durcharbeiten müssen oder gemeinsame Pläne ersatzlos gestrichen wurden.

Dass Marthaler sich im letzten Winter ausgerechnet die Unterlagen im Fall Karin Ölze hatte kommen lassen, lag wohl nicht zuletzt daran, dass er seinerzeit die junge Frau flüchtig gekannt hatte. Sie hatten zur selben Zeit in Marburg angefangen zu studieren und bei Semesterbeginn zufällig am selben Tisch in der Mensa gesessen. Sie waren sich gelegentlich in einem der Cafés in der Marburger Oberstadt und zweimal auch vor dem Kino begegnet. Bei ihrem letzten Zusammentreffen hatte Karin Ölze ihm erzählt, dass sie an die Universität nach Frankfurt wechseln werde; danach waren sie einander nie mehr begegnet. Jahre später hatte er aus der Zeitung von ihrem gewaltsamen Tod erfahren.

Es war ein Fehler gewesen, dass man Ende der achtziger Jahre sämtliche am Tatort gesicherten DNA-Spuren bei den

Laboranalysen aufgebraucht hatte. Ein Fehler, den man ein paar Jahre später nicht wiederholt hätte und für den sich die Techniker bis heute schämten. Jetzt hätten winzige Mengen des Erbmaterials genügt, um zu einem Ergebnis zu kommen. Das alles machte die Lösung des Falles nicht aussichtsreicher. Und als Marthaler seinem Kollegen Carlos Sabato ein halbes Jahr zuvor erzählt hatte, dass er den Mord an Karin Ölze erneut untersuchen wolle, hatte der Kriminaltechniker abgewinkt: «Lass es lieber bleiben, Robert, du versuchst, eine Nuss aus Beton mit den Zähnen zu knacken.»

Trotzdem hatte Marthaler sich im Winter an die Arbeit gemacht. Er stapelte die Kartons mit den Akten neben seinem Schreibtisch und ging die braunen Schnellhefter Seite für Seite durch. Er schaute sich ein ums andere Mal die Aufnahmen vom Tatort an, las den Obduktionsbericht, studierte die Aussagen von Zeugen und Verdächtigen. Er schrieb sämtliche Namen, die im Zusammenhang der Ermittlungen aufgetaucht waren, auf eine Liste und ließ sie von seiner Sekretärin Elvira in den Computer eingeben – es waren die Vor- und Nachnamen von mehr als 1200 Personen.

Seine Kollegen, die damals den Fall bearbeitet hatten, waren sorgfältig vorgegangen. Sie hatten nicht locker- und keine Möglichkeit außer Acht gelassen. Sie hatten die Ochsentour gemacht: sämtliche Zeugen wieder und wieder befragt, die Lebensumstände des Opfers und ihr Verhältnis zu Männern untersucht. Sie hatten die Vergangenheit von Karin Ölze bis ins kleinste Detail geklärt und wussten über den zeitlichen Ablauf der letzten Tage ihres Lebens fast auf die Minute genau Bescheid. Sie hatten sämtliche in Frage kommenden Sexualstraftäter unter die Lupe genommen und schließlich die Alibis aller männlichen Personen zwischen fünfzehn und achtzig Jahren überprüft, mit denen das Opfer in den letzten vierundzwanzig Monaten Kontakt gehabt hatte.

Alles blieb vergebens. Am Ende waren die Ermittler zu zwei Ergebnissen gekommen. Erstens, dass Täter und Opfer zufällig aufeinandergetroffen waren. Zweitens, dass man es bei dem Mörder mit dem seltenen Fall eines Einmaltäters zu tun hatte.

Und genau das hatte Marthaler nicht glauben wollen. Alles, was er über sexuell motivierte Verbrechen, und alles, was er über den Fall Karin Ölze wusste, sprach dagegen, dass dieser Mann nur einmal zugeschlagen hatte. Die Brutalität, mit der der Mörder sein Opfer behandelt, die entwürdigende Art, wie er die Tote hinterlassen hatte, der gesamte Modus Operandi deutete auf einen Mann, dessen Bereitschaft zur Gewalt so groß und dessen sexuelle Energie so stark war, dass er alles daransetzen würde, einen ähnlichen Akt zu wiederholen.

Marthaler war überzeugt, dass es nur drei glaubwürdige Erklärungen gab: Entweder war der Mörder Karin Ölzes kurz nach der Tat selbst zu Tode gekommen – durch Krankheit, durch einen Unfall oder ebenfalls durch eine Gewalttat. Oder er war wegen einer anderen schweren Straftat für lange Zeit inhaftiert worden. Oder, das schien Marthaler die wahrscheinlichste Möglichkeit, er lebte in Freiheit und hatte weitere ähnliche Verbrechen begangen.

Marthaler hatte von vorne begonnen. Er besuchte die noch lebenden Verwandten, riss alte Wunden auf und weckte neue Hoffnung. Die Familie Karin Ölzes war über der Trauer zerbrochen. Die Eltern hatten sich getrennt, ihr Bruder hatte den Kontakt zu Vater und Mutter abgebrochen, die jüngere Schwester hatte drei Selbstmordversuche unternommen. Marthaler sprach mit den Zeugen von damals, die Karin Ölze auf dem Dorffest in Begleitung eines jungen Mannes gesehen hatten, und fragte, ob ihnen dieser Mann in den Jahren danach noch einmal begegnet sei. Er gab die Namen all jener Männer, die seinerzeit in den Fokus der Ermittlungen geraten waren, in das polizeiinterne Computerfahndungssystem POLAS ein, um zu überprüfen, ob sie in der Zeit nach 1985 durch sexuelle oder gewalttätige Übergriffe auffällig geworden waren.

Es gab ein paar Überprüfungen, ein paar Vernehmungen – sonst nichts.

Marthalers Laune war zusehends schlechter geworden. Ende Februar war er an einen Punkt gekommen, an dem er nicht mehr weiterwusste. Niemand trieb ihn, niemand zog ihn zur Verantwortung, und keiner hätte ihm einen Vorwurf gemacht, wenn er die Akten endgültig geschlossen hätte. Im Gegenteil: Es gab andere ungelöste Fälle, deren Aufklärung mehr Erfolg versprach und die er wegen Karin Ölze vernachlässigte.

«Was machst du, Robert?», hatte Tereza gefragt. «Du spinnst. Du arbeitest in Nacht und Tag. Warst du in die Mädchen verliebt? Ich sage dir, du wirst diese Mann nicht finden.»

Obwohl Tereza schon lange in Deutschland lebte, war ihr Deutsch noch immer «voll mit Löcher», wie sie sagte. Marthaler mochte Terezas Fehler, zugleich hatte er die Befürchtung, dass sie die Sprache auch deshalb nicht besser lernte, um sich hier nicht ganz heimisch zu machen.

Er war nicht in Karin Ölze verliebt gewesen. Er hatte keinen Grund, sie den anderen Opfern vorzuziehen. Aber wie immer, wenn es sinnvoll erschien, endlich aufzugeben, verbiss sich Marthaler noch tiefer in die Sache. Seine Arbeit sollte nicht umsonst gewesen sein, er wollte sich nicht mit den grauenhaften Einzelheiten eines Verbrechens konfrontiert haben, ohne es zu klären.

Er wusste, dass er aus keinem dieser Fälle unversehrt hervorging. Jeder Anblick eines Mordopfers hatte Folgen, jedes Bild brannte sich in sein Gedächtnis, jedes Tatortfoto schlug eine Wunde. Und er wollte, dass der Täter auch *dafür* bezahlte.

Seine jüngeren Kollegen lachten darüber. Sie arbeiteten nach der Devise «Eintauchen, auftauchen, abschütteln». Aber er hatte die Erfahrung gemacht, dass das nicht funktionierte. Am Ende würde es ihnen genauso gehen wie ihm. Und wie den Sargträgern auf allen Friedhöfen dieser Welt. Die standen in ihren schäbigen schwarzen Anzügen hinter der Trauerhalle und scherzten. Aber sie steckten eine Zigarette an der andern an und bedienten sich aus ihren Flachmännern. Niemand, der täglich mit dem Tod zu tun hatte, konnte sich seiner Wirkung entziehen. Der Tod machte alt. Er machte alt und stumpf und dumm.

Marthaler hatte Terezas Unmut bemerkt, hatte ihn aber ignoriert. Er nickte, wenn sie ihn bat, endlich eine Pause einzulegen. Und arbeitete dennoch weiter. Er machte den gleichen Fehler wie immer. Er vertröstete sie, und er vertröstete sich. Nur diese eine Nacht noch, nur dieses Wochenende noch, nur diese Lüge noch, dann ist der Durchbruch da.

Der Durchbruch war nicht gekommen; es blieb zäh wie immer. Es war eine Erfahrung, die er sich nie bewusst gemacht hatte, die ihm aber in Fleisch und Blut übergegangen war: Man musste arbeiten bis zum Umfallen. Es gab keine Dienstzeiten, es gab nur Verbissenheit und Fleiß. Man musste dranbleiben, man musste den Täter mit derselben

Hartnäckigkeit verfolgen, mit der dieser sein Opfer verfolgt hatte.

Die Festnahme eines Gewalttäters machte kein Verbrechen ungeschehen. Die Toten blieben tot. Die Entführten blieben traumatisiert. Die Überfallenen litten an ihrer Angst – oft ein Leben lang. Und dennoch: Es durfte nicht ungesühnt bleiben; eine Balance musste hergestellt werden. Niemand, der eine Scheußlichkeit begangen hatte, durfte davonkommen. Kein einziges Mal durfte man das zulassen.

Jeder wusste, was gut und was böse war. Sonst würden sie nicht alle vertuschen, leugnen und sich verstecken. Und wenn sie geschnappt wurden, versuchten sie, ihren Opfern die Schuld zu geben. Alle wanden sich, alle hatten gute Gründe, alle wollten ihre Haut retten. Aber sie kannten die Regeln, sie kannten die Gesetze.

Marthaler glaubte nicht, dass man im Gefängnis ein besserer Mensch wurde, er forderte keine höheren Strafen. Aber er war überzeugt, dass man die Starken in Schach halten und die Schwachen vor ihnen schützen musste.

«Aber was ist mit den ganz Starken?», hatte Carlos Sabato ihn einmal gefragt. «Mit den Banken und den großen Unternehmen? Rauben die nicht auf der ganzen Welt ihr Geld zusammen? Machen die nicht alles kaputt, was schwach ist, bloß, um noch reicher zu werden? Egal, ob es sich um Menschen oder Tiere oder um den Regenwald handelt? Gibt es nicht dieses deutsche Sprichwort: Die kleinen Diebe hängt man, und die großen lässt man laufen?»

Marthaler hatte ihn lange angesehen. Dann hatte er genickt und mit den Schultern gezuckt. «Ja», hatte er geantwortet. «Du hast recht. Und trotzdem ...»

ACHT

«Und trotzdem!» – Das war es, was er sich auch diesmal gesagt hatte. Und trotzdem hatte er auch im Fall Karin Ölze nicht lockergelassen. Statt aufzugeben, hatte er seine Ermittlungen ausgeweitet. Er rief bei INTERPOL in Lyon an und bat seinen Kollegen Pascal Laroque um Hilfe. Sie hatten sich vor Jahren auf einer Tagung in Brüssel kennengelernt und schon am ersten Abend bei einer riesigen Portion Moules frites und einigen Gläsern Bier angefreundet.

«Du hast ein Problem?», fragte Laroque. «Sag bitte rasch, um was es geht. Ich habe zu tun.»

«Das will ich hoffen. Du musst eine Lila-Notiz für mich herausgeben.»

«Und es soll schnell gehen, nehme ich an?»

«Ja, ich sitze alleine an dem Fall und komme ohne Hilfe nicht weiter.»

«Gut, schick mir die Unterlagen.»

Die sogenannten Notizen waren eines der wichtigsten Arbeitsmittel von INTERPOL. Sie wurden nach Farben unterschieden und dienten dazu, die Polizeien der anderen Mitgliedsländer mit Informationen zu versorgen und Informationen von ihnen zu erhalten. Mit der Rot-Notiz konnte man um die Festnahme einer gesuchten Person ersuchen. Mit der Schwarz-Notiz bat man um Mithilfe bei der Identifizierung unbekannter Leichen. Die Lila-Notiz diente dazu, sich über das Tatvorgehen eines Täters auszutauschen.

Marthaler hatte bereits alles vorbereitet: Er hatte den Tatort im Fall Ölze beschrieben und den Zustand des Opfers. Er hatte den möglichen Tathergang geschildert und sowohl ein Porträt der lebenden Frau als auch ein Foto der Leiche beigefügt. Dann hatte er die Unterlagen abgeschickt und Pascal Laroque gebeten, sie an die Polizei der Schweiz, Norwegens und all jener Länder zu schicken, die bis zum Jahr 1995 bereits Mitglieder der Europäischen Union waren. Seine einfache Frage an die Kollegen lautete: «Gab es in Eurem Arbeitsbereich zwischen 1980 und 1995 Verbrechen, die dem Fall Karin Ölze gleichen?»

Das System der INTERPOL-Notizen funktionierte gut. Jedes Jahr gab es aufgrund dieser Informationen viele tausend Festnahmen. Trotzdem wusste Marthaler, dass er bei einem so alten Fall auf den guten Willen und das gute Gedächtnis der ausländischen Kollegen angewiesen war.

Anfang März liefen die ersten Antworten bei ihm ein. Eine Woche später hatte er die oftmals in holprigem Englisch verfassten Kurzdossiers von mehr als achthundert Verbrechen auf dem Schreibtisch liegen. Es handelte sich sowohl um gelöste als auch um ungeklärte Fälle.

Er würde sich unmöglich mit allen intensiv beschäftigen können. Es blieb ihm nichts anderes übrig, als sich, wie man sagte, auf seine Nase zu verlassen, außerdem auf seine Kenntnisse und Erfahrungen. Nach einer ersten Durchsicht teilte er die Unterlagen in drei Kategorien ein. Der größte Stapel waren die zu vernachlässigenden Fälle. Dann kamen jene, die er sich eventuell später ansehen wollte. Der Stapel mit der höchsten Priorität umfasste neun Fälle: drei aus Großbritannien, zwei aus Frankreich und je einen aus Österreich, Spanien, den Niederlanden und der Schweiz.

Von diesen neun Fällen ließ er sich die kompletten Ermittlungsakten kommen und, wenn nötig, die wichtigsten Teile daraus übersetzen. Es vergingen nochmals Wochen, bis er alles durchgearbeitet hatte.

Er hatte nicht nur Terezas Geduld strapaziert, sondern auch die Kraft seiner Sekretärin. Dennoch arbeitete Elvira, ohne zu murren, jeden Tag zehn bis zwölf Stunden. Wieder erstellten sie Listen, wieder gaben sie stundenlang Namen in den Computer ein, wieder glichen sie die Fakten ab.

Am Ende konzentrierte sich seine Aufmerksamkeit auf zwei Fälle.

Kurz nach Ostern 1987 hatte ein Radfahrer in der englischen Stadt Reading, knapp siebzig Kilometer westlich von London gelegen, am Ufer des Flusses Kennet die Leiche von Diana Addington entdeckt. Das Opfer war nackt, lag auf dem Rücken, wies zahlreiche Schürfwunden und Hämatome auf. Diana Addington war mehrfach vergewaltigt und anschließend erwürgt worden. Ihre Kleidung fand man verstreut im Umkreis von zwanzig Metern. Diana war eine der ersten Studentinnen des neu eingerichteten Studienganges für Typographie an der Universität von Reading gewesen. Sie war 24 Jahre alt geworden. Kurz vor dem Mord hatte es in der Umgebung eine Reihe von Vergewaltigungen gegeben, die von der Polizei demselben unbekannten Täter zugeschrieben wurden.

Der zweite Fall hatte sich in der Nacht vom 4. auf den 5. Mai 1989 am Rande von Avallon ereignet, einer damals rund 7000 Einwohner zählenden Gemeinde im Burgund. Sandrine Rochers Leiche wurde am darauffolgenden Nachmittag von dem Besitzer des Châteaus gefunden, in dessen Gartenhaus sich die Literaturstudentin eingemietet hatte.

Ihre Eltern wohnten ebenfalls in Avallon, Sandrine hatte sie wenige Stunden vor ihrem Tod besucht, um gemeinsam mit ihnen Abendbrot zu essen. Das Opfer lag nackt in der Badewanne auf dem Rücken, mehrfach vergewaltigt, erwürgt, heftige Kampfspuren, die Kleidung zerrissen und im ganzen Gebäude verstreut. Türen und Fenster des Gartenhauses standen offen.

Lange vermutete die französische Polizei, dass es sich bei Sandrine Rocher um das erste Opfer von Guy Georges handeln müsse, jenes jungen Serienmörders, der in den darauffolgenden Jahren in Paris sieben Frauen umbrachte, darunter auch die Enkelin des Château-Besitzers von Avallon, und der endlich am 26. März 1998 an der Metrostation Blanche am Fuße des Montmartre festgenommen wurde. Im Laufe des Prozesses gab er schließlich alle Morde zu. Die Anklage im Fall Sandrine Rocher aber musste man fallenlassen.

Als Marthaler die beiden Akten studierte, merkte er, dass seine Konzentration zunahm. Seine Nervosiät wuchs. Er bat Elvira, alle Anrufe und jeden Besucher abzuwimmeln. Er kaufte einen Sack Äpfel und drei Liter Orangensaft und schloss sich in seinem Büro ein. Er musste ungestört arbeiten. Zwei Tage und zwei Nächte verbrachte er so, ohne mit jemandem zu sprechen. Am Morgen des dritten Tages öffnete er die Tür zu seinem Vorzimmer.

«Mein Gott», fragte Elvira, «aus welchem Keller bist du denn gekrochen?»

Marthaler war unrasiert, sein Haar war ungekämmt, er hatte tiefe Ringe unter den Augen. Er schaute seine Sekretärin an, dann hieb er mit der flachen Hand gegen den Türrahmen: «Es stimmt alles», rief er, «und trotzdem komme ich nicht drauf.»

«Bitte, Robert, benimm dich! Trink einen Kaffee! Und dann sag mir, was los ist!»

«Karin Ölze, Diana Addington und Sandrine Rocher – sie sind alle drei auf die gleiche Weise getötet worden. Der Täter hat immer nach demselben Muster gemordet. Dass es sich bei allen dreien um Studentinnen gehandelt hat, kann ein Zufall sein. Aber sie ähnelten einander. Keine war über eins siebzig groß, sie hatten alle halblanges braunes Haar, und sie waren schlank. Jede der Frauen war zum Zeitpunkt des Mordes auffallend adrett gekleidet.»

«Du sagst, *der* Täter, aber das wissen wir noch nicht. Es kann sein, dass du dich verrennst.»

«Nein, ich bin sicher. Es handelt sich um ein und denselben Mann. Aber es gibt in unseren Namenslisten keine Übereinstimmungen. Keine Zeugen, keine Verdächtigen, keine Angehörigen – niemand trägt denselben Namen. Keine Autonummern sind identisch, nicht einmal derselbe Autotyp ist von irgendwem in der Nähe von einem der Tatorte gesehen worden. Aber wenn die Spur nicht in den Akten ist, dann ist sie nirgends. Und wenn der Täter niemals eine DNA-Probe hat abliefern müssen, dann nützen uns auch die Spuren nichts.»

«Vielleicht brauchst du eine Pause», sagte Elvira. «Was meinst du, soll ich noch mal einen Blick auf die Listen werfen?»

Marthaler schwieg. Er sah sie mit leerem Blick an. «Was hast du gesagt?»

«Ich habe gefragt, ob ich mir die Namenslisten noch mal anschauen soll.»

Marthaler zuckte mit den Achseln. «Mach das», sagte er. «Ich fahr nach Hause und nehme ein Bad. In einer Stunde bin ich wieder hier. Dann packen wir die Akten ein und schicken sie zurück.»

Siebzig Minuten später war Marthaler, frisch gekleidet und rasiert, wortlos an Elvira vorbei in sein Büro gegangen.

«Robert!», hatte sie ihm nachgerufen.

«Was gibt's?»

«Hast du nicht was vergessen?»

Er steckte den Kopf durch die offene Tür.

«Willst du mich nicht fragen, ob ich was gefunden habe?»

«Und?»

Sie zeigte auf ihren Schreibtisch: «Schau mal hier. Sowohl in der Liste Ölze als auch in den Unterlagen zu Diana Addington gibt es den Vornamen Lennart.»

«Schön. Und der Nachname?»

«Unterschiedlich, aber …»

«Elvira!»

«Warte, Robert. Einen Nachnamen kann man ändern. Lennart ist kein so häufiger Name. Vielleicht hat der Mann geheiratet.»

«Dann schau in die Akten und überprüf die Geburtsdaten!»

«Das hab ich gemacht.»

«Und?»

Elvira stand von ihrem Stuhl auf und kniete sich auf den Boden, wo zwei aufgeschlagene Akten lagen.

«Schau mal hier!»

Marthaler ging neben seiner Sekretärin in die Hocke.

«Das hier ist die Akte Karin Ölze. Kurz nach dem Mord haben die Kollegen einen Mann namens Lennart Callenberg überprüft. Er war mehrfach wegen sexueller Übergriffe auffällig geworden und bereits wegen einer versuchten Vergewaltigung angeklagt, ohne dass es zu einer Verurteilung gekommen wäre. Der Mann hat Radio- und Fernsehtechniker gelernt und lebte damals noch bei seinen Eltern in Hanau. Seine Mutter hat ihm für die Tatzeit ein Alibi gegeben.»

«Und … das Geburtsdatum?»

Bevor Elvira antworten konnte, klopfte es an der Tür. Im selben Moment stand Kerstin Henschel im Raum und sah ihre beiden Kollegen erstaunt an.

«Was macht ihr da? Stör ich?»

«Wir … wir hocken auf dem Boden und …»

«Das seh ich, Robert. Ich geh zu Harry, Frühstück holen. Soll ich euch was mitbringen?»

«Ein Maisbrötchen und ein Laugencroissant», sagte Marthaler.

Elvira schüttelte den Kopf: «Danke, ich hab schon …»

Sie wartete, bis Kerstin Henschel die Tür hinter sich geschlossen hatte, dann blätterte sie eine Seite in der Akte um und tippte auf das Papier: «Hier: Lennart Callenberg, geboren am 12. 11. 1958 in Hanau.»

«Gut», sagte Marthaler, «aber beeil dich jetzt bitte, meine Beine schlafen ein.»

Seine Sekretärin schob die Akte Ölze beiseite und nahm sich den Ordner mit den Unterlagen zum Fall Addington vor. «Zwei Jahre später. Die englische Polizei vernimmt nach dem Mord an Diana Addington einen Mann namens Lennart Kilby. Sein Wagen, ein rotes Wohnmobil vom Typ Ford Transit, ist von mehreren Zeugen in der Nähe des Tatortes gesehen worden. Der Mann hat eine plausible Erklärung dafür, gegen ihn liegt in England nichts weiter vor. Man lässt ihn laufen. Geboren wurde er am 21. 11. 1958.»

«Aber das ist ein anderes Geburtsdatum.»

«Robert, selber Monat, selbes Jahr. Ich wette mit dir, das ist ein Zahlendreher. Denn der Geburtsort von Lennart Kilby ist ebenfalls … Rate!»

Marthaler stand langsam auf. Er sah seine Sekretärin an. «Sag nicht … Hanau?»

Elvira nickte. «Hanau, West Germany. Ein Zahlendreher im Geburtsdatum und ein anderer Nachname. Der Computer konnte keine Gemeinsamkeiten in unseren Listen finden.»

«Elvira, du bist …»

Sie war nun ebenfalls aufgestanden und lächelte ihren Vorgesetzten an: «Was bin ich? Genial? Ein Schatz? Ein Fuchs?»

Marthaler nickte. «Das wollte ich sagen!»

«Dann sag's! Bitte!»

«Du bist genial. Ein Schatz. Ein … eine Füchsin.»

Elvira schüttelte den Kopf: «Der weibliche Fuchs heißt Fähe. Kommt in jedem dritten Kreuzworträtsel vor.»

«Okay, du bist eine Fähe. Und hat meine fähige Fähe diesen Lennart Dingsbums schon in unser System eingegeben?»

Elvira verdrehte die Augen. «Robert, ich habe diese Entdeckung gerade eben erst gemacht, fünf Minuten bevor du zurückgekommen bist. Ich bin ein Fuchs, aber kein Gepard.»

«Gut. Dann mach das bitte jetzt: Finde heraus, ob es stimmt, dass der Kerl geheiratet und den Namen seiner Frau angenommen hat. Schau, ob es wirklich einen Zahlendreher gegeben hat. Und wenn es sich um ein und denselben Mann handelt, müssen wir feststellen, wo er jetzt wohnt. Ich gehe so lange im Park spazieren.»

Elviras Augenbrauen hoben sich kurz. «Du machst … was?»

«Ich muss nachdenken. Du hast etwas gesagt, was mich aufhorchen ließ. Etwas, was mit Sandrine Rocher zu tun hat. Aber ich habe keine Zeit, noch einmal die ganze Akte durchzugehen. Es ist in meinem Kopf, und ich muss es finden.»

Er hob grüßend die Hand und ging nach draußen.

Weil in den Räumen des neuen Polizeipräsidiums schon kurz nach dem Einzug zahlreiche Baumängel aufgetreten waren, hatte Marthaler darauf bestanden, mit der Ersten Mordkommission umzuziehen. Sie hatten ein altes Bürgerhaus in der Günthersburgallee gefunden, wo sie seitdem residierten und sich wohlfühlten. Die Sandsteinmauern des Hauses waren mit strahlend weißer Farbe getüncht worden, was zur Folge hatte, dass ihr neues Domizil, zuerst von ihnen selbst, schließlich auch von der Presse und den Bewohnern der Stadt, nur noch das Weiße Haus genannt wurde.

Marthaler war auf den Bürgersteig getreten und die paar Schritte zum Günthersburgpark gelaufen. Sobald sich im Jahr die ersten Sonnenstrahlen zeigten, wurde der Park zur Terrasse für die Bewohner der angrenzenden Stadtviertel. Auf den Wiesen lagen zahllose Menschen, um sich zu sonnen. Es wurde Federball gespielt und gekickt. Und überall sah man Gruppen von Kindern, die ihre kleinen Partys feierten, die auf Schatzsuche waren, nach Würstchen schnappten oder auf Töpfe schlugen, die lachten oder weinten.

Marthaler war an den Boule-Spielern vorbeigelaufen, hatte sich an den Ausschank des kleinen Park-Cafés gestellt und sich ein alkoholfreies Weizenbier einschenken lassen. Der Wirt hatte gegrinst, als er ihn erkannte.

«Ich hab Sie lange nicht mehr in der Zeitung gesehen», sagte er.

«Da hab ich Glück gehabt», antwortete Marthaler.

Statt sich zu den anderen Gästen vor dem Café zu gesellen, nahm er sein Bier und suchte sich ein wenig abseits eine leere Parkbank in der Nähe der Boule-Bahn. Er streckte die Beine aus, nahm einen Schluck und schloss die Augen. Einen Moment lang hörte er noch die Geräusche des Parks, die Rufe der Kinder, das leise Klacken der Kugeln, dann hatte er alles um sich herum vergessen.

Er versuchte, sich auf das zu konzentrieren, was Elvira ihm erzählt hatte. Aber er wollte seine Gedanken nicht in eine bestimmte Richtung lenken, sie sollten frei umherschweifen können. Etwas hatte ihn aufmerken lassen, aber er wusste nicht, was es war. Es hatte weder mit dem Geburtsdatum des Mannes zu tun noch mit seinem Geburtsort. Auch die Information, dass er von Beruf Radio- und Fernsehtechniker war, brachte in Marthalers Gedächtnis keine Saite zum Klingen.

Er konnte es nicht erzwingen. Marthaler trank sein Bier aus, ging zurück zum Café und stellte sein leeres Glas auf den Tresen. Dann machte er sich auf den Rückweg.

Als er an einer Wiese mit spielenden Kindern vorbeikam, rollte ein roter Plastikball vor seine Füße. Marthaler schaute den Ball an, bückte sich, hob ihn auf und hielt ihn mit beiden Händen fest.

«Das ist meiner», sagte ein vielleicht achtjähriges dünnes Mädchen, das plötzlich vor ihm stand.

Marthaler sah die Kleine gedankenverloren an: «Was hast du gesagt?»

«Gib den Ball her. Das ist meiner!»

«Natürlich, hier! Entschuldige!»

Er wandte sich ab, blieb aber noch einen Moment auf derselben Stelle stehen.

Dann hatte er es. Es war das rote Wohnmobil gewesen, das etwas in ihm ausgelöst hatte. Der Ford Transit, der in Reading von einigen Zeugen gesehen worden war. Er war sicher, dass ein solcher Wagen in den Akten zum Fall Rocher nicht erwähnt wurde. Trotzdem gab es eine Verbindung, trotzdem hatte nun auch der Mord in Frankreich etwas mit diesem Lennart zu tun. Sie würden die Lösung finden.

Zurück im Weißen Haus, sah er seine Sekretärin erwartungsvoll an: «Und?»

Elvira hielt ihm seine Tüte mit Gebäck hin: «Kerstin war sauer. Sie hat zwanzig Minuten bei Harry warten müssen. Sie sagt, seit irgendein Schriftsteller die Bäckerei in seinen Kriminalromanen gelobt hat, ist der Andrang so groß, dass man auf der Straße Schlange stehen muss. Sie sagt, solche Bücher sollten verboten werden.»

Marthaler zuckte mit den Schultern. «Mir egal, ich lese keine Krimis.»

«Anstehen musst du jetzt trotzdem.»

«Harry ist der Beste, also gehen wir weiter hin. Ich will nicht wissen, wie voll es bei unserem Bäcker ist. Ich will wissen, was du im System gefunden hast.»

Elvira stand auf, ging zum Espressoautomaten und brühte sich einen Cappuccino. Sie ließ einen Würfel Zucker in die Tasse fallen, nahm einen Löffel und rührte bedächtig um. Sie tat, als habe sie Marthaler nicht gehört.

«Hallo, Elvira, mein Schatz, mein Fuchs, mein Fähchen, bitte! Rede!»

Langsam drehte sie sich um. Sie lächelte. «Volltreffer!», sagte sie. «Wir haben einen superfetten Volltreffer gelandet!»

Marthaler schnaufte vor Erleichterung. Erst jetzt, da die Anspannung wich, merkte er, wie viel Kraft ihn die letzten

Wochen und Monate gekostet hatten. Er setzte sich an den kleinen Besuchertisch und bat Elvira, ebenfalls Platz zu nehmen. «Komm, erzähl. Und zwar alles, was du herausgefunden hast.»

Seiner Sekretärin gefiel es sichtlich, endlich einmal zeigen zu dürfen, dass sie mehr konnte, als den Computer zu bedienen, Marthalers Termine zu verwalten und ihm unerwünschte Anrufe vom Leib zu halten. Sie hatte Mühe, ihren Stolz zu unterdrücken: Ihre Mundwinkel zuckten, ein ums andere Mal rückte sie ihre Brille zurecht.

«Lennart Callenberg wurde am 12.11.1958 in Hanau geboren. Einziger Sohn von Anneliese und Georg Callenberg, die im Stadtteil Steinheim ein Radio- und Fernsehgeschäft mit angeschlossener Werkstatt betrieben haben. Beide Eltern sind inzwischen verstorben. Ich habe in den Gelben Seiten nachgesehen, den Laden gibt es immer noch; inzwischen ist Lennart Callenberg als Inhaber eingetragen.»

«Aber wenn er doch zwischenzeitlich seinen Nachnamen gewechselt hat ...»

«Warte, Robert! Jetzt bin ich dran. Als Jugendlicher ist er mehrfach wegen sexueller Belästigungen aufgefallen, was aber erst in dem späteren Prozess durch Zeugenbefragung aktenkundig wurde. 1983 dann die Anklage wegen versuchter Vergewaltigung. Der Vorwurf: Lennart Callenberg habe beim Besuch eines Kirmesfrühschoppens eine ehemalige Klassenkameradin wiedergetroffen, habe dieser später auf dem Heimweg aufgelauert, ihre Kleider zerrissen und versucht, sie auf einer Wiese am Mainufer zu penetrieren, was ihm nur deshalb nicht gelungen sei, weil er durch Spaziergänger gestört worden sei. Im Prozess hat das Opfer allerdings seine Aussagen zurückgenommen. Die junge Frau berief sich auf Erinnerungslücken, sie sei angetrunken gewesen und könne den Tathergang nicht mehr mit Sicherheit schildern. Das Gericht musste den Angeklagten freisprechen.»

Marthaler hatte das Laugencroissant aus der Tüte gezogen und begonnen, daran herumzuknabbern. Missbilligend schaute Elvira über den Brillenrand hinweg auf die Krümel, die er dabei hinterließ.

«Was ist, Robert? Bin ich dir zu schnell? Sollen wir eine Pause machen?»

«Elvira, jetzt werd nicht kapriziös. Ich hab tagelang nur Äpfel gegessen und brauch dringend was Vernünftiges. Sprich weiter, ich höre dir zu.»

«Gut: 1985 dann die Routinebefragung im Fall Karin Ölze, ohne konkrete Verdachtsmomente. Wie wir wissen, hat ihm seine Mutter ein Alibi gegeben. 1986 heiratet er Suzanne Kilby und nimmt ihren Namen an. Suzanne ist deutsche Staatsbürgerin mit englischem Vater. Im selben Jahr zieht das junge Ehepaar nach Swindon, wo Suzannes Eltern inzwischen leben. Ich habe nachgeschaut, Swindon liegt etwa 40 Meilen westlich von Reading. Dort wird 1987 die Studentin Diana Addington ermordet. Zeugen sehen sein Wohnmobil in der Nähe des Tatorts. Überprüfung folgenlos. Noch im selben Jahr …»

«Stopp, Elvira. Sag den Satz noch mal!»

Marthaler hatte sein Laugencroissant sinken lassen und war aufgestanden. Elvira schob ihre Brille mit dem Mittelfinger zurecht und sah zu Marthaler hoch. «Überprüfung folgenlos», sagte sie.

«Nein, den Satz davor.»

«Dass Zeugen sein Wohnmobil gesehen haben?»

«Das ist der Satz. Genau so steht es auch in den Akten zu

dem Mord in Frankreich: Zeugen haben ein Wohnmobil in der Nähe des Tatorts gesehen. Und jetzt erinnere ich mich: Sie haben ausgesagt, dass es ein Wohnmobil mit deutschem Kennzeichen war.»

«Gut, das können wir gleich überprüfen. Ich bin sofort fertig. Okay?»

Marthaler nickte.

«Seit Anfang 1988 ist Lennart Kilby, ohne seine Frau Suzanne, wieder in Deutschland gemeldet. Zuerst in Bruchköbel, später erneut in Hanau-Steinheim unter der Adresse seiner Eltern. Ende 1988 wird seine Ehe geschieden. Er nimmt seinen Geburtsnamen wieder an. 1991 heiratet Callenberg erneut. Mit seiner jetzigen Frau hat er zwei Kinder.»

«Und heißt heute noch so?»

«Yes! Ach so, und was ich vergessen hatte: Den Zahlendreher beim Geburtsdatum haben die englischen Kollegen eingebaut.»

Marthaler nickte. Er hörte schon nicht mehr zu. Er hatte sich die Akten zum Fall Sandrine Rocher geholt und blätterte nun aufgeregt darin herum.

«Hier», rief er schließlich, «ich hab's. Es steht sogar in der Zusammenfassung, die die Franzosen geschrieben haben: Mehrere Zeugen haben in den Tagen vor dem Mord in der Gemeinde Avallon und in der Nähe des Tatortes ein Wohnmobil mit deutschem Länderkennzeichen gesehen. Es handelte sich um einen blauen VW-Bus. Das genaue Kennzeichen hat sich allerdings keiner der Zeugen gemerkt. Was meinst du, Elvira, haben wir eine Möglichkeit, rasch herauszubekommen, was für einen Wagen Lennart Callenberg im Mai 1989 auf seinen Namen oder den Namen der Firma angemeldet hatte? Ich weiß, das ist lange her …»

Elvira stand von dem Besuchertisch auf, wischte Marthalers Croissantkrümel zusammen und ging zum Wasserhahn, um sich die Hände zu waschen. Dann setzte sie sich an ihren Computer, tippte den Code für das Intranet ein und wartete, bis ihr Zugang freigegeben war. Erneut hämmerte sie auf ihre Tastatur ein, fluchte leise, wenn sie sich vertippt hatte, dann starrte sie auf den Bildschirm.

Marthaler stellte sich hinter sie und legte einen Arm auf die Rückenlehne ihres Stuhls.

Elviras Rücken versteifte sich. «Robert, nein! Du weißt, wie ich das hasse!»

Leise murrend zog er sich zurück.

«Hier», sagte sie zögernd. «Hier haben wir die Daten für das Jahr 1989. Auf den Namen Lennart Callenberg ist ein weißer Audi 90 zugelassen.»

«Mist!»

«Geduld, Robert. Ein weißer Audi und ein blauer Volkswagen T3 Westfalia Club Joker. Wenn das ein Wohnmobil ist …»

«Und ob das ein Wohnmobil ist», sagte Marthaler. «Mit so einem Ding bin ich selbst schon in Frankreich unterwegs gewesen.»

«Und anscheinend nicht nur du.»

«Damit haben wir ihn, Elvira. Wir haben dreimal dieselben Tatmerkmale. Lennart Callenberg war in allen drei Mordfällen in drei verschiedenen Ländern am Tatort. Wir haben es geschafft. Und weißt du, was? Du bekommst auf der nächsten Betriebsfeier von mir einen Sheriffstern überreicht.»

Elvira grinste.

«Wie fühlst du dich?», fragte Marthaler.

«Gut, wieso fragst du?»

«Weil ich mich nämlich gar nicht gut fühle. Ich bin müde. Ich muss endlich schlafen. Tu mir den Gefallen und wirf du die Maschine an. Benachrichtige die Chefin und schildere ihr den Fall.»

Elvira hatte sich abgewandt und murmelte etwas, was Marthaler nicht verstand.

«Was hast du gesagt?»

«Ich sagte, wenn ich jetzt deinen Job übernehmen und die MK1 leiten soll, brauche ich vorher eine Gehaltserhöhung.»

«Entschuldige, Elvira, so war das nicht gemeint. Wenn es dir nicht recht ist, dann ...»

«Robert, hallo! Das war ein Scherz. Du musst echt müde sein. Glaub mir, es ist mir eine Freude, hier für eine Weile den Boss zu spielen und die Leute mal nach meiner Pfeife tanzen zu lassen. Den Sheriffstern will ich wirklich haben, das sag ich dir – egal, ob aus Blech, aus Schokolade oder Marzipan!»

«Gut. Charlotte soll sich mit der Staatsanwaltschaft in Verbindung setzen. Es muss sofort ein Haftbefehl beantragt werden. Wir brauchen einen DNA-Abgleich. Ich möchte, dass man sich mit Suzanne Kilby in Verbindung setzt und sie fragt, warum die Ehe damals geschieden wurde. Und dann sollen die Kollegen sich den Kerl schnappen und so lange grillen, bis er gesteht, was er der Menschheit und den Frauen angetan hat. Und sollte er nicht gestehen, kann es uns auch egal sein. Jetzt haben wir ihn sowieso.»

ZWEITER TEIL

EINS

Das alles lag jetzt hinter ihm. Der Fall war gelöst; Marthaler wollte nichts mehr damit zu tun haben. Den Rest sollten die Kollegen erledigen. Eigentlich war es wie immer: Er empfand keinen Triumph, nicht einmal Freude darüber, den Täter überführt zu haben. Eher war es ein Gefühl der Erleichterung, in das sich bald eine gewisse Leere mischte.

Marthaler war ausgeruht wie lange nicht mehr. Er hatte zwölf Stunden am Stück geschlafen. Dort draußen sangen und knackten noch immer die Rotschwänze; und über ihm wurde noch immer Cello gespielt. Er würde ins Lesecafé gehen, eine Kleinigkeit frühstücken und ausgiebig Zeitung lesen. Er würde auf Tereza warten, um dann gemeinsam mit ihr ein paar Sachen für das Picknick einzukaufen.

Als er in der Ferne ein Grollen hörte, hatte er für einen Moment die Befürchtung, ein heraufziehendes Gewitter könne diesen Plan zunichtemachen. Er ging zum Fenster und schaute in den Himmel: Alles blau, weit und breit war keine Wolke in Sicht. Dann bemerkte er auf dem Bürgersteig einen dünnen Jungen mit Brille und kurzen Hosen, der einen großen Rollkoffer bei sich hatte. Der Junge hielt gerade an und schaute sich um, als erwarte er, dass von irgendwo jemand komme, um ihm zu helfen. Es kam niemand. Schließlich setzte er sich wieder in Bewegung und mit ihm auch der schwere Koffer, dessen Rollen auf den Platten des Gehwegs das dumpfe Geräusch eines nahenden Unwetters erzeugten.

In der Küche presste Marthaler zwei Orangen aus, goss den Saft in ein Glas und trank es in einem Zug leer. Er hatte Mühe, einen Platz für das benutzte Glas zu finden. In der Spüle und auf dem Küchentisch stapelte sich das gebrauchte Geschirr. Leere Flaschen standen auf dem Boden und waren zu einer kleinen Armee angewachsen. Überall in Bad und Schlafzimmer häufte sich schmutzige Kleidung, die ihn daran erinnerte, dass er kaum noch etwas Sauberes zum Anziehen hatte, dass er dringend waschen musste. Wenigstens den Müll hatte er immer wieder mit nach unten genommen, wenn er sich auf den Weg ins Weiße Haus gemacht hatte. Morgen, dachte er, morgen wird hier klar Schiff gemacht.

Dann ging er zum CD-Spieler und legte die Walzer von Brahms ein. Besonders das vorletzte Stück hatte ihm sofort gefallen. Trotzdem hatte er es seit Weihnachten, seit Tereza ihm die Aufnahme mit Martha Argerich geschenkt hatte, nicht mehr gehört. Auch dafür hatte er keinen Kopf gehabt. Aber jetzt weckten schon die ersten Takte das Bedürfnis, auch andere seiner Lieblingsstücke endlich einmal wieder zu hören. Er hockte sich vor das Regal und zog eine CD nach der anderen heraus. Ein Schubert-Trio war dabei und die Arien aus der «Hochzeit des Figaro», John Dowlands «Come again» und ein paar Volkslieder des 19. Jahrhunderts. Schließlich Bob Dylan und Rory Gallagher, Jimi Hendrix, Nina Simone und Patti Smith.

Er wusste nicht, wann er das alles hören sollte. Eine persönliche Hitparade, die keinen Regeln folgte, eine Achterbahn, in die wohl keiner einsteigen würde, außer ihm selbst. Und vielleicht Tereza, wenn es ihm gelang, sie davon zu überzeugen, heute bei ihm zu übernachten.

Schließlich landete er bei den Schlagern. Und er fand sogar die Aufnahme, die er einem Akkordeonspieler vor Jahren in Bordeaux abgekauft hatte. Der alte Mann, vielleicht ein Sinto, vielleicht ein Rom, hatte auf der Place des Martyrs de la Résistance in der Nähe der Kirche Saint-Seurin unter den Platanen auf seinem Klapphocker gesessen und Rocco Granatas «Marina» gespielt – so schön, so licht, so frei, dass Marthaler ihm das Doppelte des geforderten Preises für die Aufnahme bezahlt und dennoch den ganzen Tag das Gefühl gehabt hatte, ein unverdientes Glück geschenkt bekommen zu haben.

Und dieses Glück kam ihm jetzt gerade recht. Er ging ins Bad, um sich zu waschen. Vor dem Spiegel stehend, sang er lauthals den deutschen Text des alten Liedes. Seine Zahnbürste diente als Mikrophon: «Bei Tag und Nacht denk ich an dich, Marina / du kleine, zauberhafte Ballerina. / Oh wärst du mein, du süße Caramia / aber du, du gehst ganz kalt an mir vorbei.»

Selbst das Klingeln des Telefons störte seine Stimmung nicht. Er tanzte in den Flur und schaute auf das Display. Es war eine unbekannte Nummer. Er ließ es läuten.

«Marina, Marina, Marina / du bist ja die schönste der Welt / Wunderbares Mädchen, bald sind wir ein Pärchen / Komm und lass mich nie alleine, oh no, no, no, no, no / oh no, no, no, no, no.»

Er wiederholte den Refrain, ersetzte nun aber «Marina» durch «Tereza». Vielleicht, dachte er, wäre das die beste Art eines Heiratsantrages, wenn ich nachher am See dieses Lied singe. Vielleicht muss ich gar keine anderen Worte mehr finden.

Er zog sich an. Dann packte er Teller, Bestecke und Trinkbecher für das Picknick in seinen Rucksack und stellte ihn neben die Tür. Eine Decke und Sonnencreme würde Tereza mitbringen.

Er hatte bereits den Schlüssel in der Hand und wollte gerade seine Wohnung verlassen, als das Telefon sich ein weiteres Mal meldete. Diesmal nahm er ab.

«Sozialistischer Männergesangsverein Rote Lerche», sagte er. «Sie rufen außerhalb unserer Dienstzeiten an.»

Einen Moment herrschte Ruhe, dann hörte er jemanden kichern. Eine Frauenstimme.

«Robert, was ist denn mit dir los? Du kannst ja witzig sein … Na ja, relativ witzig.»

«Anna, du? Von wo rufst du an?»

«Von zu Hause, aus Hamburg. Warum fragst du?»

«Hast du eine neue Nummer?»

«Nein, aber du kannst dir keine Zahlen merken. Und schon gar keine Telefonnummern. Warum gehst du nicht ran?»

«Wenn ich gewusst hätte, dass du es bist, wäre ich auch jetzt nicht rangegangen.»

Sie zögerte einen Moment, dann sagte sie: «Ich dachte, wir wären Freunde.»

«Ja, wahrscheinlich … so was Ähnliches jedenfalls. Aber du meldest dich nie. Ich schreibe dir wenigstens ab und zu eine Postkarte. Und wenn du dich doch meldest, willst du was von mir. Also: Was willst du?»

«Du musst mir helfen, dringend!»

«Heute gewiss nicht.»

«Doch, Robert, das ist kein Spaß. Du musst …»

«Hör zu, Anna! Dies ist der erste Tag seit einem halben Jahr, den ich frei habe. Ich bin mit Tereza verabredet, die kaum noch weiß, wie ich aussehe. Wir fahren nachher mit den Rädern an den Schultheisweiher, du erinnerst dich vielleicht?»

«Und ob ich mich erinnere. Dort ist damals, irgendwo im Gebüsch am Ufer, das Skelett einer der Zeuginnen im Fall Rosenherz gefunden worden.»

Marthaler hatte die junge Journalistin Anna Buchwald in einer der schwierigsten Phasen seines Lebens kennengelernt. Er erinnerte sich nicht gerne an diese Zeit. Auch deshalb nicht, weil das, was vor knapp drei Jahren geschehen war, bis heute nachwirkte.

Tereza war schwanger gewesen. Als sie gemeinsam mit einem Kollegen vom Städel-Museum ein wertvolles Ölbild zum Flughafen transportieren wollte, waren sie überfallen worden. Tereza wurde schwer verletzt und hatte lange im Krankenhaus liegen müssen. Immerhin hatte sie überlebt und war wieder gesund geworden, aber ihr Baby hatten die Ärzte nicht retten können. Damals hatte Marthaler herausgefunden, dass der Überfall auf den Kunsttransport mit einem viele Jahrzehnte zurückliegenden Mord an einer Prostituierten zusammenhing: mit dem Fall Rosenherz.

Anna Buchwald hatte sich damals gerade um ihre Aufnahme an der Henri-Nannen-Schule bemüht. Für ihre Bewerbung hatte sie sich die Akte Rosenherz beschafft und eine große Reportage über den Mord geschrieben. Als sie davon erfuhr, dass Marthaler den alten Fall wieder aufrollen wollte, hatte sie ihn gezwungen, mit ihr zusammenzuarbeiten. Ihm war keine Wahl geblieben, denn für seine Ermittlungen brauchte er genau die Unterlagen, die Anna in ihrem Besitz hatte.

Jetzt, nur drei Jahre später, war Anna Buchwald bereits eine erfolgreiche Journalistin. Sie galt als schwierig. Man sagte ihr einen geradezu katzenhaften Eigensinn nach. Die großen Blätter rissen sich um ihre Reportagen, auch wenn niemand sie als feste Redakteurin einstellen wollte.

Sie hatte über ein geheimes Männerbordell in Tokio geschrieben, war für einen mehrteiligen Artikel über Vergewaltigungsopfer in Indien mit einem Preis ausgezeichnet worden und hatte erst kürzlich mit einer Geschichte über die Prostitution minderjähriger Roma-Jungen in Berlin umfangreiche Ermittlungen der Staatsanwaltschaft ausgelöst, die schließlich zu zahlreichen Festnahmen in ganz Deutschland führten.

Es gab keinen Zweifel, Anna interessierte sich für alles, was mit Sex zu tun hatte. Sie hatte Marthaler zu Beginn ihrer Bekanntschaft unmissverständlich klargemacht, dass sie nicht mit ihm schlafen werde, sich aber irgendwann doch gewundert, dass er daran auch nicht das geringste Interesse zeigte.

Anna war hartnäckig, sehr offen und neugierig auf eine Weise, die Marthaler mochte. Ihr Verhältnis war nicht einfach, dennoch freute er sich immer, wenn sie ein-, zweimal im Jahr unverhofft vor seiner Tür stand. «Ich hatte gerade in der Gegend zu tun», sagte sie, «bin gleich wieder weg. Wollte nur mal sehen, was mein alter Griesgram macht.» Meist blieb sie dann doch über Nacht, weil sie am Abend zusammen Wein getrunken hatten, und verschwand erst früh am nächsten Morgen, ohne Kaffee und ohne Abschied. Marthaler kannte keinen anderen Menschen, der so unabhängig war wie Anna Buchwald. Aber jetzt wollte er sie loswerden.

«Tu mir einen Gefallen und ruf morgen wieder an», sagte er, «dann kannst du mir deine Geschichte erzählen.»

«Nein, Robert, bitte. Zwei Minuten, ja?»

«Keine Minute länger, sonst lege ich auf.»

«Sagt dir der Name Herlinde Scherer was?»

«Kommt mir vor, als hätte ich den Namen schon gehört, aber …»

«Sie ist die große alte Dame unter den Reporterinnen. Und das Vorbild aller jungen Journalisten. Sie ist fast siebzig und wird verehrt wie eine Heilige. Jedes Jahr erscheinen nur ein, zwei Texte von ihr. Meist ellenlange Stücke, aber wenn du einmal angefangen hast zu lesen, hörst du nicht wieder auf, egal, über was sie gerade schreibt.»

«Anna, komm auf den Punkt», brummte Marthaler.

«Herlinde Scherer war eine meiner Lehrerinnen auf der Journalistenschule. Sie wohnt in einem alten Bauernhaus im Vogelsberg und kam einmal in der Woche mit ihrem goldenen Peugeot 504 nach Hamburg, um uns zu unterrichten. Für eine Reporterin ist sie ungewöhnlich menschenscheu und verschlossen. Sie lässt fast niemanden an sich heran. Sie bringt die anderen zum Sprechen, redet aber nie über sich selbst. Immerhin, ich hatte das Glück, mich mit ihr anfreunden zu dürfen.»

«Ich habe nicht viel Zeit, Anna! Was ist mit Herlinde Scherer?»

«Das weiß ich nicht, Robert. Du musst es herausfinden. Herlinde Scherer ist verschwunden. Sie hat mir eine Handynummer gegeben, unter der ich sie seit heute Nacht versuche zu erreichen, aber sie meldet sich nicht.»

«Seit heute Nacht? Und du bist jetzt schon beunruhigt? Anna, das ist lächerlich. Vielleicht ist die Frau irgendwo versackt, wie es erwachsenen Menschen eben manchmal passiert.»

«Nein. Sie hatte Angst. Sie hatte das Gefühl, dass man sie

beobachtet. Sie hat gesagt: ‹Wenn ich mich bis Dienstagmorgen nicht bei dir gemeldet habe, dann benachrichtige bitte deinen Freund Marthaler.›»

«Sie kennt mich?»

«Robert, tu nicht so bescheiden. Du bist einer der bekanntesten Polizisten des Landes, auch wenn dir das nicht passt. Und Herlinde Scherer hat über alle großen Kriminalfälle geschrieben. Natürlich weiß sie, wer du bist. Und sie weiß auch, dass wir befreundet sind – oder … so was Ähnliches.»

«Gut, jetzt hast du mich benachrichtigt, Anna.»

«Bitte! Tu mir den Gefallen! Herlinde Scherer ist in Frankfurt. Sie wohnt im Hotel Zooblick. Fahr dorthin und sieh nach, was mit ihr los ist!»

«Nein, Anna, das kommt nicht in Frage.»

«Robert, ich bin fünfhundert Kilometer entfernt. Irgendwer muss sich um sie kümmern.»

«Dann ruf im Hotel an und frag nach ihr.»

«Das habe ich bereits getan, aber sie sagen, es sei keine Herlinde Scherer bei ihnen abgestiegen. Ich weiß nicht, vielleicht wollten sie mich abwimmeln.»

«Oder sie hat ein anderes Hotel genommen; ihr Handy ist kaputt; sie hat vergessen, dir Bescheid zu sagen, und alles klärt sich auf.»

Annas Stimme wurde laut: «Robert, du bist ein herzloses Stück Holz. Du bist so ein vernagelter, mitleidloser, eigennütziger … Genauso gut könnte man einem Ochsen ins Horn kneifen.»

«Anna, hör auf. Ich mache dir einen Vorschlag. Ruf mich in fünf Stunden wieder an, dann aber auf meinem Mobiltelefon. Ich verspreche, ich lasse es eingeschaltet. Wenn sich Herlinde Scherer bis dahin nicht bei dir gemeldet hat, werde ich auf dem Rückweg vom See am Hotel Zooblick vorbeifahren und mich nach ihr erkundigen. Einverstanden?»

Anna Buchwald schwieg.

«Okay?», fragte Marthaler noch einmal.

«Was soll ich machen, Robert? Ich habe keine Wahl.»

«Also: okay?»

«Okay.»

Marthaler legte auf. Er setzte seinen Rucksack auf und verließ die Wohnung.

Im Treppenhaus begegnete ihm seine neue Nachbarin. Die schmale, junge Frau trug ihr Cello auf dem Rücken.

«Da sind wir ja beide ganz schön bepackt», sagte sie.

Marthaler lächelte und nickte, ohne zu antworten.

«Das waren Sie, nicht wahr, der vorhin gesungen hat?»

Er hob die Brauen: «War ich so laut?»

«Es hat sich angehört, als würde jemand in der Badewanne singen.»

«So ähnlich war es und wohl auch genauso schrecklich.»

«Mir hat es gefallen», sagte sie.

«Danke», erwiderte Marthaler. Er lächelte. «Danke, dass Sie lügen.»

Er ging in den Keller, um sein Fahrrad zu holen.

ZWEI

Nachdem Tereza sich das zweite Mal beklagt hatte, ließ Marthaler sie vorfahren. «Ich will nicht rasen, ich will gucken», hatte sie gegen den Wind gerufen, als sie auf dem Mainuferweg an der Gerbermühle vorbeikamen. Aber dann, sie hatten Frankfurt schon verlassen und den Offenbacher Mainbogen erreicht, war sie es, die unverhofft in die Pedale trat und ihn winkend aufforderte, ein kleines Rennen mit ihr zu fahren. Als er sie schließlich eingeholt hatte, tat sie erschöpft, reduzierte das Tempo, wartete, bis er das Gleiche tat, um ihn sogleich aufs Neue herauszufordern.

Sie hatte ihre Augen überall. Immer wieder drehte sie sich lachend zu ihm um und wies ihn auf etwas hin: auf ein Eichelhäherpärchen in einer Birke, auf einen dicken Jungen mit einer riesigen Tüte Popcorn in den Händen, auf einen Lastkahn unter tschechischer Flagge, den sie rasch hinter sich gelassen hatten. Oder auf eine alte Fabrik, über deren Eingang man noch das Muster des herausgeschlagenen Hakenkreuzes erkennen konnte.

Manchmal fuhr er an ihre Seite, nur, um einen Moment seine Hand auf ihren braunen Arm zu legen, dann ließ er sich wieder zurückfallen, betrachtete ihre Beine, ihren Hintern, ihren Rücken und ihr Haar, das im Fahrtwind wehte.

Als sie am Schultheisweiher ankamen, waren sie beide erhitzt. Sie stellten die Räder an einen Baum und suchten sich einen Platz in der Sonne, weit genug entfernt von einer

Gruppe Jugendlicher, die sich mit ihren Bierdosen und einem Ghettoblaster auf ihr Fest im Freien einstimmten. Marthaler breitete die Decke aus; Tereza schenkte Cidre in einen Becher, nahm einen Schluck und ließ ihn ebenfalls davon trinken. Dann begannen sie sich auszuziehen.

Plötzlich schlug sich Tereza die Hand vor den Mund und tippte Marthaler an: «Guck mal da drüben, die sind ja nackt, wollen wir auch?»

Er schüttelte den Kopf. «Nicht mein Ding», sagte er.

«Aber mein Ding», rief Tereza, streifte blitzschnell ihren Bikini ab, rannte rüber auf das Terrain der Nackten, hatte mit ein paar Sätzen das Ufer des Sees erreicht und sprang ins Wasser. Sie jauchzte und winkte Marthaler zu.

Fünf Minuten später kam sie wieder an Land, nun die Arme zitternd vor dem Oberkörper verschränkt. Dankbar nahm sie das Badetuch in Empfang, das er ihr entgegenstreckte und in das sie sich einwickelte.

Er setzte sich auf die Decke und ließ sie zwischen seinen Beinen Platz nehmen. Er legte sein Kinn auf ihre Schulter, schloss die Augen und roch an ihrem nassen Haar. Dann erzählte er ihr, dass Anna angerufen und er ihr versprochen hatte, später noch kurz am Hotel Zooblick vorbeizuschauen.

«Ist das in Ordnung, Tereza? Es dauert nicht lange. Danach haben wir den Rest des Tages und die Nacht für uns. Und morgen habe ich mir auch noch freigenommen.»

«Ist in Ordnung, Robert! Ich bin beneidisch auf die Anna. Ich mag sie, und trotzdem bin ich beneidisch.»

«Warum bist du neidisch auf Anna? Oder meinst du eifersüchtig?»

«Nein, nicht eifersüchtig. Aber sie ist so in Leben, und ich bin so aus Leben.»

Er wusste, was Tereza meinte. Es war ihr nie gelungen, sich in Frankfurt ganz zu Hause zu fühlen. «Zu Hause», das blieb für sie Prag. Immer wieder hatte es Zeiten gegeben, in denen sie unruhig war. Und seit sie ihr Baby verloren hatte, kamen Depressionen hinzu, die manchmal über Wochen andauerten und die auch nach drei Jahren nicht weniger geworden waren. Selbst jetzt, an diesem unbeschwerten Tag am See, da sie sich wohl zu fühlen schien, da ihre Wangen glänzten und ihre Augen leuchteten, war da eine Spur Schwermut, die ihm nicht entging.

«Ich möchte mit dir reden, Tereza.»

«Ich auch mit dir», sagte sie.

«Du zuerst!», forderte er sie auf.

«Nein, du!»

Innerlich nahm er Anlauf. Aber alles, was er sich zurechtgelegt hatte, schien ihm jetzt unpassend. Nur die einfachsten Worte stimmten: «Ich möchte, dass wir heiraten, Tereza. Ich würde gerne dein Mann werden. Und ich möchte, dass du meine Frau wirst.»

Sie schwieg. Auch nach einer Minute hatte sie noch nichts gesagt.

Plötzlich war er froh, dass sie sich nicht anschauen konnten. Denn Tereza saß noch immer zwischen seinen Beinen; sie sahen beide auf das Ufer, auf den See, auf die Schwäne und auf die Bäume an der gegenüberliegenden Seite des Wassers.

«Hast du mich verstanden?», fragte er.

Er hatte den Eindruck, als würde sie ihre Schultern noch ein wenig mehr zusammenziehen, als würde sie frösteln. Sie nickte.

«Aber mein Antrag freut dich nicht?»

«Doch, er freut mich. Aber ich habe Heimweh.»

Auch das kannte er. Immer wieder sprach sie von Prag, wo sie geboren und aufgewachsen war. Das Heimweh schien schlimmer zu werden. Hatte es früher genügt, wenn sie zweimal im Jahr für ein paar Tage nach Tschechien gefahren war, um ihre Eltern, die Verwandten und alte Freunde zu besuchen, wurden die Abstände in den letzten drei Jahren immer kürzer. Jetzt verging kaum ein Monat, ohne dass sie ihre Koffer packte und für ein verlängertes Wochenende in ihre alte Heimat fuhr.

«Dann nimm dir einfach Urlaub und fahr für zwei Wochen nach Hause. Wenn du willst, auch für länger. Ich kann mir ebenfalls ein paar Tage freinehmen und dich besuchen. Wir könnten sogar in Prag heiraten. Was hältst du davon?»

Sie atmete tief ein. Dann schüttelte sie den Kopf. «Nein, Robert. Ich habe mit Chef von Städel gesprochen. Wir haben Austausch vereinbart.»

«Austausch, was heißt das? Heißt das, du wirfst deinen Job im Museum hin, und jemand anders übernimmt deine Stelle?»

«Nein. Austausch heißt, es kommt ein Kollege von Tschechische Nationalgalerie nach Frankfurt. Und ich gehe dorthin, in die Palais Sternberg.»

«Und das steht bereits alles fest? Du sagst mir nichts über deine Pläne, sondern stellst mich vor vollendete Tatsachen. Und wie lang soll dieser Austausch dauern? Zwei Monate, drei Monate?»

«Wir haben geplant für ein Jahr.»

«Na, fein. Für ein Jahr. Und wann soll es losgehen?»

«Morgen. Robert, ich …»

«Morgen? Wie bitte? Warum erfahre ich das erst jetzt? Warum redest du nicht mit mir? Warum behandelst du mich wie einen Trottel? Liebst du mich nicht mehr?»

«Doch, ich liebe dich.»

«Scheiße, Tereza, das ist … echt Scheiße.»

Marthaler stand auf und ließ Tereza mit ihrem Badetuch sitzen. Er hatte das Gefühl, als sei ihm ein Stein auf den Kopf gefallen. Er musste sich bewegen. Er ging eine Weile am Ufer entlang. Dann sprang er ins Wasser. Er schwamm fast eine halbe Stunde. Als er durchgefroren wieder an Land kam, saß Tereza immer noch so, wie er sie verlassen hatte. Er sah, dass sie geweint hatte.

Marthaler streckte sich neben ihr aus. Zögernd legte sie eine Hand auf seinen Bauch. «Es stimmt, Robert, ich hatte Angst, was du sagst. Ich wollte erst auch sehen, was wird mit Austausch. Ich wollte reden mit dir, aber du warst wieder so verpackt in deine Mordkarton. Du warst weg in Kopf.»

Sie hatte recht, und sie hatte nicht recht. Dass sie unzufrieden war, dass es ihr nicht gutging, wusste er nicht erst seit heute. Und während seiner Arbeit am Fall Karin Ölze hatte er Tereza und sein gesamtes Privatleben völlig vernachlässigt. Trotzdem war die Art, wie sie ihm das alles jetzt sagte, nicht in Ordnung.

«Und?», fragte er. «Was machen wir jetzt?»

«Wollen wir essen? Ich habe Hunger wie Wolf und Bär zusammen.»

Marthaler nickte. Wenn er ehrlich war, musste er zugeben, dass ein Teil seiner Empörung gespielt war. Er ahnte schon lange, dass Tereza etwas fehlte, was er ihr nicht geben konnte. Er wusste nicht, was es war, und darauf kam es auch gar nicht an. Jeder war anders, niemand konnte für den anderen die Welt ersetzen. Ihm war klar, dass es keinen Zweck hatte, an dieser Schraube zu drehen. Er begann bereits, sich zu fügen. Seinen Wunsch, sie zu heiraten, würde er jedenfalls nicht so schnell wieder vorbringen.

Er packte Teller und Bestecke aus und servierte jedem eine Portion von dem Börek, den sie bei einem Händler auf der Schweizer Straße gekauft hatten. Kurz hintereinander kippte er zwei weitere Becher Cidre und wünschte sich, Carlos Sabato wäre in der Nähe und würde ihm etwas von seinem Schnaps anbieten.

«Du kannst mich besuchen, ich kann dich besuchen», sagte Tereza. «Ich weiß, ich war ein bisschen feige gegen dich. Aber ich muss das jetzt versuchen. Vielleicht geht mir besser danach. Darf ich dich küssen?»

Marthaler zögerte. Dann nickte er.

«Mann, Tereza, wir machen es uns nicht einfach.»

«Nein, Frau, machen wir nicht. Darf ich dich noch einmal küssen?»

Marthaler schaute gerade auf die Uhr, als sein Handy klingelte. Er kramte es aus dem Rucksack hervor und meldete sich. «Anna? Es sind noch keine fünf Stunden um!»

«Aber viereinhalb. Wo bist du, Robert? Was machst du?»

«Ich massiere Tereza die Füße.»

Anna kicherte. «Du machst was?»

«Ich massiere ihr die Füße, was ist dabei?»

«Du weißt doch: Einer Frau die Füße zu massieren und ihr mit der Zunge das Allerheiligste auszuschlecken ist zwar nicht das Gleiche, aber es spielt in derselben Liga.»

Marthaler lachte. «Stimmt. Das ist aus Pulp Fiction, ich weiß … Anna … Anna, bist du noch dran?»

Es meldete sich niemand. Die Verbindung war tot.

«Mein Gott, du massierst ihr ja tatsächlich die Füße.»

Marthaler nahm sein Telefon vom Ohr und schaute sich irritiert um. Anna stand direkt hinter ihm.

Sie grinste. Sie grinste über die ganze Breite ihres Gesichts.

«Sag mal, bist du verrückt? Wo kommst du her?», fragte Marthaler.

«Aus Hamburg, woher sonst? Ich habe mir gedacht, dann können wir auch gleich zusammen in dieses Hotel gehen.»

Sie beugte sich hinab und küsste Tereza auf beide Wangen. Marthaler gab sie die Hand.

«Habt ihr noch was von eurem Proviant übrig?»

Tereza packte das letzte Stück Börek auf ihren Teller und reichte ihn Anna, die sich ungefragt zu den beiden auf die Decke setzte und es sich sogleich schmecken ließ. Als sie aufgegessen hatte, wischte sie sich mit dem Handrücken über den Mund. Sie schaute auf Marthalers Bauch: «Sag mal, hast du abgenommen?»

Er sah an sich hinunter: «Findest du?», fragte er.

«War ein Witz, Robert! Nur ein schlechter Witz auf deine Kosten.»

Marthaler nickte. Dabei war sie es, die immer das Gefühl hatte, zu dick zu sein. Und die immer Hunger hatte. Als sie während der Arbeit am Fall Rosenherz eine Weile bei ihm gewohnt hatte, hatte Anna ständig kalorienreduzierte Lebensmittel ins Haus geschleppt, davon dann aber solche Mengen verspeist, dass sie auf diese Weise unmöglich ihr Gewicht reduzieren konnte.

«Findest du mich fett?», hatte sie ihn einmal gefragt, als sie in Unterwäsche vor dem Flurspiegel stand und den Bauch einzog. «Nein, Anna», hatte er geantwortet. «Wir sind nicht fett. Wir sind kompakt. Auf angenehme Weise kompakt.» – «Ich weiß nicht, Robert, ob das ein schönes Wort ist. Ich weiß nicht, ob ich kompakt genannt werden möchte.»

Jetzt merkte Marthaler, dass Anna unruhig wurde, aber aus Respekt vor Tereza nicht wagte, ihn zum Aufbruch zu drängen.

«Herlinde Scherer hat sich noch nicht bei dir gemeldet?», fragte er.

Anna schüttelte den Kopf.

«Dann erzähl mir jetzt von ihr!»

«Ehrlich gesagt, es wäre mir lieber, wir würden gleich …»

«Nein, ich brauche ein paar Informationen. Du wirst mit deinem Wagen zu diesem Hotel fahren und ich mit meinem Rad. Wir treffen uns vor dem Eingang vom Zooblick. Aber vorher will ich wissen, was mit der Frau los ist. Warum du die Sache so ernst nimmst.»

Beide schauten Tereza an.

«Schon gut, ich geh auf andere Seite. Schwimmen. Wenn ich bin zurück, sagen wir Tschüs.»

«Ist das neu?», fragte Anna, als sie Tereza nackt über die Wiese laufen sah.

«Ja», sagte Marthaler. «Es ist einiges neu bei ihr. Nicht nur, dass sie auf die andere Seite geht.»

«Muss ich mir Sorgen machen?»

«Wenn ich das wüsste.» Marthalers Blick lag noch immer auf Tereza, dann aber sah er Anna an. «Also, erzähl. Wer ist Herlinde Scherer?»

«Ungefähr achtundsechzig Jahre alt, sieht aus wie ein zerbrechlicher schwarzer Vogel, ist aber sehr vital und extrem zäh. Beste Reporterin der Republik. Wenn sie schreibt, wird sie so gut bezahlt wie niemand sonst, aber sie schreibt nur wenig, obwohl sie ununterbrochen arbeitet. Ich kenne niemanden, der so viel recherchiert. Obwohl sie sich immer nur in eine Geschichte vergräbt, sammelt sie gleichzeitig Material für zehn andere, aus denen meistens nichts wird. Sie trinkt nur Kaffee und Wasser, raucht aber unentwegt filterlose schwarze Zigaretten. Sie hat lange, schwere Locken, die immer noch kupferrot sind. Immer noch oder schon wieder, das weiß keiner. Es existieren kaum Fotos von ihr. Das jüngste, das im Netz kursiert, ist fünfzehn Jahre alt. Als einer meiner Mitschüler versucht hat, sie heimlich mit dem Handy zu fotografieren, hat sie ihm das Ding abgenommen, ins Waschbecken geworfen und Wasser drüberlaufen lassen. Der Typ hat nicht mal gemuckt. ‹Ich bin, was ich schreibe›, hat sie gesagt, ‹das muss genügen.› Über ihr Privatleben und ihre Herkunft weiß niemand etwas, auch ich nicht, obwohl ihr in den letzten Jahren wahrscheinlich kaum jemand nähergekommen ist.»

«Aber sie muss doch einen Geburtsort haben, Eltern, Großeltern, vielleicht Geschwister.»

«Mehr als Gerüchte gibt es nicht. Selbst die Angaben zu ihrem Geburtsdatum schwanken. Mal ist sie zwei Jahre früher, mal vier Jahre später geboren. Es gibt Kollegen, die sagen, ihre Verwandten seien in den Lagern umgekommen. Andere wollen wissen, dass sie das Kind einer Zirkusfamilie ist. Nach einer dritten Version ist sie die uneheliche Tochter eines englischen Landadeligen und einer deutschen Kommunistin. Wüste Geschichten, zu denen es Anhaltspunkte in ihren Texten gibt, zu denen sie sich aber niemals äußert. Selbst, ob Herlinde Scherer ihr wirklicher Name ist, weiß man nicht mit Gewissheit.»

«Sieht aus, als habe sie ihre Spuren bewusst verwischt», sagte Marthaler.

Anna nickte. «Ich hab keine Ahnung, ob sie sich mit Männern trifft oder mit Frauen oder ob sie überhaupt ein Liebesleben hat – oder auch nur Freunde. Sie sitzt manchmal auf

Partys, lächelt, spricht aber nicht. Und sie geht immer alleine nach Hause.»

«Okay, Anna», sagte Marthaler und warf einen Blick auf die andere Seite der Liegewiese, wo Tereza am Ufer stand und sich mit einem jungen, ebenfalls unbekleideten Mann unterhielt. «Das Liebesleben von Herlinde Scherer interessiert mich nicht, ich will wissen ...»

«Warte, ich merke gerade, dass ich ein zu schönes Porträt von ihr entwerfe. Über ihre Kollegen spricht sie nicht sehr freundlich. Kaum einen Berufsstand verachtet sie mehr als ihren eigenen. Sie meint, 99 Prozent aller Journalisten seien ungebildet, unterwürfig und ohne eigene Gedanken. Impotente Kopflanger nennt sie die.»

«Kopflanger?», fragte Marthaler.

«Ja, wie Handlanger eben. Nur dass diese Journalisten nicht ihre Hände, sondern ihren Kopf denjenigen zur Verfügung stellen, die gerade an der Macht sind. Und das hat sie schon immer gehasst. Man sagt, sie habe niemals in ihrem Leben die Räume einer Redaktion betreten, für die sie gearbeitet hat. Weißt du, es gibt einige, die sie für verrückt halten, aber das ist Quatsch. Sie ist verschroben, das kann man schon sagen. Aber was soll aus jemandem werden, der sich unentwegt ins Abseits begibt? Das ist es, was sie interessiert. Sie sagt: Mich und meinesgleichen kenne ich, also schreibe ich über die anderen. Sie mag die Feiglinge aus ihrer Branche nicht, jene, die immer nur Fragen stellen, weil sie zu ängstlich sind, eine Haltung zu formulieren. Sie hingegen stellt Fragen, weil sie neugierig ist und nach Antworten sucht. Und sie hat keine Scheu, zu sagen, welche Schlüsse sie aus dem zieht, was sie hört und sieht. Aber wie meisterhaft sie das macht, wie unaufdringlich ...»

«Okay, Anna. Jetzt hast du mir doch das Loblied dieser Frau gesungen, und ein paar Mal hatte ich den Eindruck, du beschreibst auch das, was du selbst gerne wärest. Aber jetzt will ich wissen, woran sie arbeitet. Wovor hat Herlinde Scherer Angst?»

«Das weiß ich nicht. Ich habe sie gefragt, aber sie wollte mir nichts Genaues sagen.»

«Aber etwas Ungenaues. Du hast also Hinweise?»

«Ob es ein Kriminalfall ist, wollte ich wissen. ‹Wahrscheinlich›, hat sie gesagt. Und weil ich wusste, dass sie in letzter Zeit ein paar Mal nach Wiesbaden gefahren ist und Material über die hessischen Landtagswahlen gesammelt hat, habe ich gefragt, ob es um Politik geht. Sie hat gelächelt, genickt und geschwiegen.»

«Ist sie denn an politischen Themen interessiert?»

«Ihr Schwerpunkt ist das nicht. Aber sie wird immer neugierig, wenn es irgendwo knirscht, wenn Gegensätze aufeinanderprallen, wenn es dramatisch zu werden verspricht.

Ich weiß, dass sie auch schon am Wahlabend im Januar in Wiesbaden war. Sie hat den Abend in der VIP-Lounge bei den Christlichen verbracht. Sie hat erzählt, jedes Mal, wenn die Sozialdemokratin Sabine Xanthopoulos auf den Bildschirmen erschien, sei ein Zischeln durch die Reihen gegangen. Sie habe selten erlebt, dass jemandem ein solcher Hass entgegengeschlagen sei wie dieser Frau.»

«Und wie kommst du darauf, dass Herlinde Scherer Angst hat?»

«Weil sie es mir gesagt hat. Sie hat gesagt, sie habe in letzter Zeit öfter den Eindruck, dass man ihr folgt. Plötzlich klingelte nachts manchmal ihr Telefon, und wenn sie abnahm, wurde aufgelegt. Und vor fünf Tagen hat sie mich spätabends angerufen und gesagt, es befinde sich jemand auf ihrem Grundstück, irgendwer schleiche um ihr Haus. Dieses Haus hat sie inzwischen mit neuester Sicherheitstechnik ausrüsten lassen, zu einer Festung, wie sie sagt. Und sie rechne immer damit, dass ihr etwas geschehe, wenn sie diese Festung verlässt. Sie ist alles andere als furchtsam, aber in diesem Moment hatte sie große Angst.»

«Das ist alles?»

«Das ist alles!»

«Okay, dann verabschieden wir uns jetzt von Tereza und fahren zu diesem Hotel.»

DREI

«Dann verbringst du also deine letzte Nacht in Frankfurt bei mir? Versprochen?»

Tereza nickte. Sie hatte Tränen in den Augen. Aber Marthaler wollte nicht noch einmal reden. Er gab ihr einen Kuss auf die Wange und setzte sich auf sein Rad. Er war sich nicht sicher, ob sie kommen würde. Er war sich überhaupt nicht mehr sicher.

Er rollte runter auf den Mainuferweg, fuhr an der langen Reihe von Trauerweiden vorbei und bog hinter dem Campingplatz ab, um den Fluss auf dem Arthur-von-Weinstein-Steg zu überqueren. Erst kürzlich hatte ihm Carlos Sabato erzählt, wer der Mann war, der dieser Fußgänger- und Fahrradbrücke den Namen gegeben hatte. Und jetzt erinnerte sich Marthaler wieder daran.

Arthur von Weinstein hatte sein Abitur auf der Frankfurter Musterschule gemacht, studierte später Chemie und Physik und entwickelte sich zu einem der erfolgreichsten Industriellen in der Farbenindustrie. Er wurde von Kaiser Wilhelm II. geadelt, war Major im Ersten Weltkrieg und erhielt zahlreiche Auszeichnungen. Das alles half ihm nichts. Weil er Jude war, deportierten die Nazis den inzwischen über achtzigjährigen Mann nach Theresienstadt, wo er im März 1943 starb.

Was für Geschichten, hatte Carlos Sabato gesagt, was für ein Land.

Marthaler fuhr die lange Hanauer Landstraße bis fast zum

Ende durch, bog nach rechts ab, umrundete zwei Häuserblocks und radelte an der Mauer des Tiergartens entlang, bis er hundert Meter weiter, kurz hinter dem großen Gebäude des Heinrich-von-Gagern-Gymnasiums, das Hotel Zooblick erreicht hatte.

Es war eines der Häuser, die man nach dem Krieg rasch hochgezogen, mit Putz und weißer Farbe versehen und sie dann ihrem Schicksal überlassen hatte. Die dreistöckige Fassade war von grauen Schlieren überzogen, die Farbe an den Fensterrahmen war nicht mehr zu erkennen, und der Eingang bestand aus einer zweiflügeligen Tür aus grünem Ornamentglas, die durch ein schmiedeeisernes Gitter gesichert war. Einzig der geschwungene Schriftzug über dem Eingang hatte durch sein Alter an Charme gewonnen. Aber sicher würde er einer Renovierung als Erstes zum Opfer fallen.

Nach allem, was er über Herlinde Scherer wusste, fand Marthaler es mehr als verwunderlich, dass diese Frau freiwillig in einer solchen Absteige übernachtete.

Auch Anna, die jetzt neben ihm mit ihrem alten Sportwagen anhielt und die Scheibe herunterließ, schaute das Gebäude ungläubig an. «Eine solche Stinkbude würde Herlinde eigentlich auch dann nicht betreten, wenn man sie mit vorgehaltener Waffe dazu zwingen würde.»

«Und was, wenn sie wirklich gesehen hat, was das für ein Laden ist, und sich eine andere Unterkunft gesucht hat?»

Anna schüttelte den Kopf: «Nein, sie war hier, oder sie ist hier. Es muss einen Grund geben … Und eine Lücke, wo ich den Wagen abstellen kann.»

Marthaler zeigte hinter sich auf die Einfahrt des Lehrerparkplatzes: «Stell dich da irgendwohin. Sie werden denken, es sei jemand von den Eltern, der sein Kind abholen will.»

Anna grinste, setzte zurück und folgte Marthalers Vorschlag.

Keine Minute später stand sie neben ihm und wies mit dem Kopf auf das Hotel. «Hier werde *ich* die Nacht jedenfalls nicht verbringen.»

Marthaler zog die Augenbrauen hoch. «Anna, so leid es mir tut, aber bei mir geht es auch nicht.»

«Wegen Tereza?»

Marthaler nickte. «Ich werde nachher Elvira fragen. Ist das okay?»

«Wär super», sagte Anna. «Sind wir bereit?»

«Wir sind bereit.»

Marthaler zog die Tür auf und ließ Anna vorgehen. Dann betrat er selbst den düsteren Eingangsraum des Hotels.

Sie sahen sich um. Ein brauner Sessel aus abgewetztem Kunstleder. Ein Regal mit Prospekten. Ein Schirmständer. Es roch, wie es in diesen kleinen Hotels immer roch. Nach Staub, nach Reinigungsmittel, nach Kaffee, der auf der Heizplatte bitter geworden war.

Es war niemand zu sehen. Die Rezeption war unbesetzt, und auch in dem dahinterliegenden Raum, einem kleinen Büro, schien sich niemand aufzuhalten. Man hörte ausklingende Musik, dann einen Jingle, auf den die Verkehrsnachrichten folgten.

Anna runzelte die Stirn und schaute Marthaler an. Sie zeigte in Richtung des dunklen Treppenaufgangs: «Was war das?»

Marthaler legte den Kopf schief und lauschte. Aus einem der oberen Stockwerke hörte man das Schluchzen einer Frau, das sich allmählich steigerte und kurz darauf in einem Wimmern erstarb. Dann eine tiefe Männerstimme, die beruhigend auf die Frau einzureden schien.

Marthaler ging zum Tresen und betätigte die silberne Klingel. Dann nahm er das Körbchen mit den Bonbons und streckte es Anna entgegen. Als diese ablehnte, entschied er ebenfalls, der Versuchung zu widerstehen. Er wollte bereits ein weiteres Mal klingeln, als Anna ihn am Arm berührte. Er drehte sich um und sah einen Mann, der die Treppe hinabkam. Nichts an diesem Mann schien zusammenzupassen. Er trug eine anthrazitfarbene Hose, die ihm zu groß war, ein braunes Wolljackett und darunter ein lindgrün geblümtes Hemd. Seine Haut war grau und faltig, das schüttere Haar nach hinten gekämmt und offensichtlich gefärbt. Seine Mundwinkel waren nach oben gezogen. Es war nicht auszumachen, ob er grinste oder ob Anspannung seine Miene verzerrte.

«Sind Sie der Hotelier?», fragte Marthaler.

Der Mann nickte.

«Wie ist Ihr Name?»

«Sauerbier. Hören Sie, es ist gerade ungünstig …»

Marthaler zog seine Brieftasche hervor, klappte sie auf und zeigte seinen Dienstausweis.

«Das ging aber mal schnell», sagte der Hotelier.

«Wie meinen Sie das?»

«Ich hab erst vor drei Minuten angerufen, und jetzt sind Sie schon hier.»

«Sie haben die Polizei gerufen? Warum?»

«Hab ich doch am Telefon gesagt. Was soll das? Sind Sie Polizisten oder nicht?»

«Antworten Sie bitte, Herr Sauerbier.»

«Kalter Check-out.»

Marthaler atmete durch: «Würden Sie sich bitte deutlich ausdrücken.»

«Kalter Check-out. Eine Tote im dritten Stock. Hab ich doch gesagt.»

«Gehen Sie bitte vor und zeigen Sie uns, wo es ist. Wer ist die Frau?»

«Ein Gast. Sie heißt Anneliese Weißgerber. Was für eine Sauerei.»

«Wer hat die Tote gefunden?»

«Meine Frau. Sie hat das Blut auf dem Boden im Gang gesehen. Sie ist oben. Sie ist übrigens schwarz.»

Inzwischen hatten sie das erste Stockwerk erreicht. Marthaler hielt inne. «Warum sagen Sie mir, dass Ihre Frau eine Schwarze ist?»

«Manche erschrecken sich», sagte Sauerbier. Und jetzt grinste er wirklich.

«Sagt Ihnen der Name Herlinde Scherer etwas?»

«Ja … warten Sie … gestern oder vorgestern hat hier eine Frau angerufen und wollte eine Herlinde Scherer sprechen. Aber ich verstehe nicht …»

Auf dem Treppenabsatz der obersten Etage standen ein kleiner Tisch und zwei Stühle. Daneben ein großer Kübel mit künstlichen Sonnenblumen. Auf einem der Stühle saß eine schwarze Frau in einem hellblauen Kittel und schaute sie aus verweinten Augen an.

«Frau Sauerbier?», fragte Marthaler.

«Sie heißt nicht Sauerbier», sagte der Hotelier, «sie heißt Mankunku. Sie wollte lieber diesen Namen behalten als Sauerbier heißen. Komisch, oder? Sie können sie einfach Bongi nennen.»

«Frau Mankunku», sagte Marthaler, «ich werde Sie nachher noch brauchen. Verlassen Sie bitte nicht das Gebäude.»

Statt zu antworten, legte die Frau ihr Gesicht in die Handflächen und begann erneut zu schluchzen.

Der Hotelier blieb stehen. Er wies mit dem Kopf in den langen Gang. «Da hinten ist es. Drei, null, sieben. Das vorletzte Zimmer. Ich muss mich um meine Frau kümmern. Was für eine Sauerei.»

Marthaler ging vor. Die Tür zu Zimmer 307 stand etwa zwanzig Zentimeter weit offen. Als er nur noch wenige Schritte entfernt war, drehte er sich zu Anna um: «Du bleibst hier stehen und rührst dich nicht vom Fleck, bis ich es dir sage.»

Anna gehorchte, ohne zu protestieren.

Jetzt sah Marthaler, was der Hotelier gemeint hatte. Ein schmales Blutrinnsal war aus dem Inneren des Raumes in den Flurteppich gesickert. Durch den Türspalt konnte er erkennen, dass auch der Boden im Eingangsbereich des Zimmers mit Blut bedeckt war.

Mit dem Ellbogen drückte Marthaler die Tür ein Stück weiter auf. Er kniff die Augen zusammen. Bis heute hatte er diese Angewohnheit beibehalten, wenn er an einen Tatort kam. Wie ein Kind im Kino, das die schrecklichen Dinge auf der Leinwand nicht verpassen, aber auch nicht allzu genau sehen will.

Die Tote lag kaum einen Meter von ihm entfernt auf der rechten Körperseite. Die linke Schulter und der Kopf waren nach hinten gekippt. Sie war vollständig bekleidet. All ihre Kleidungsstücke waren schwarz, selbst die geschnürten Stiefeletten. Sie war schmal und hatte rotes Haar. Rot gefärbtes Haar, nahm Marthaler an.

Von ihrem Gesicht war kaum noch etwas zu erkennen. Dort, wo ihr rechtes Auge hätte sein sollen, klaffte eine große

Wunde. Wangen, Nase und Mund waren mit getrocknetem Blut bedeckt.

Marthaler wandte seinen Blick von der Toten ab und betrachtete das Zimmer, soweit er es von der Tür aus einsehen konnte. Ein kleiner runder Tisch mit einem Tastentelefon. Davor ein Stuhl, über dessen Lehne eine schwarze Jacke hing. Vom Bett konnte er nur einen Teil des Fußendes und die glattgezogene Steppdecke erkennen. An der Wand hing ein kleiner Fernseher. Es gab eine Deckenleuchte und eine Stehlampe, beide waren ausgeschaltet. Die bodenlangen, dunklen Vorhänge waren an einer Stelle auseinandergeschoben. Durch den zwanzig Zentimeter breiten Spalt fiel ein wenig Licht ins Zimmer. Marthaler sah ein Stück des Fensters, das auf die Rückseite eines anderen Hauses schaute. Er erkannte ein Metallgitter, bei dem es sich vermutlich um das Geländer eines Balkons handelte.

Er trat zwei Schritte zurück auf den Gang und warf einen Blick auf Anna, die immer noch an derselben Stelle stand und ihn mit ängstlichen Augen ansah. Er tippte die Nummer von Carlos Sabato in sein Handy. Marthaler hoffte, dass der Kriminaltechniker nicht gerade im Labor war und sein Telefon ausgeschaltet hatte. Schon nach dem zweiten Klingeln nahm Sabato ab.

«Robert, was gibt's? Soll ich dir ein paar vietnamesische Frühlingsrollen mitbringen?»

«Wo bist du?»

«Bei Binh Minh in der Ostendstraße.»

«Das ist gut. Kennst du das Hotel Zooblick? Du brauchst nur drei Minuten hierher. Hast du deinen Koffer dabei?»

«Liegt immer auf dem Rücksitz. Also keine Frühlingsrollen? Vielleicht lieber einen Rindfleischsalat mit roten Zwiebeln und Papaya? Oder ein paar knusprig gebratene Eiernudeln?»

«Nein, Carlos, ich will nur, dass du kommst. Beeil dich! Lass den Wagen stehen und bring dein Werkzeug mit!»

«Willst du mir nicht erklären …?»

«Nein, komm einfach her.»

Marthaler ging zu Anna und legte ihr eine Hand auf die Schulter. Sie war blass. Ihre Augen stellten die bange Frage, die ihr Mund nicht mehr stellen musste. Wie oft hatte Marthaler diesen Blick schon gesehen, und wie so oft musste er auch jetzt die schlimmsten Befürchtungen bestätigen.

«Du hast Herlinde Scherer als einen zerbrechlichen, schwarzen Vogel bezeichnet. Wenn es einen Menschen gibt, auf den diese Beschreibung zutrifft, dann ist es die tote Frau dort im Zimmer.»

Anna wollte sich abwenden, aber Marthaler hielt sie fest. «Warte, Anna. Es ist kein angenehmer Anblick. Man hat deiner Freundin mitten ins Gesicht geschossen. Aber ich kann es dir nicht ersparen. Wahrscheinlich finden wir so schnell sonst niemanden, der sie identifizieren könnte. Ich muss dich bitten, einen Blick in das Zimmer zu werfen. Kneif die Augen zusammen, dann wird es nicht ganz so schlimm. Aber schau, ob du sie erkennst.»

Anna zeigte keine Regung. Dann gab sie sich einen Ruck und ging zum Türspalt. Sie stand jetzt an derselben Stelle, an der eben noch Marthaler gestanden hatte. Nach zwei Sekunden schloss sie die Augen und bekreuzigte sich. Sie blieb noch eine Weile so stehen, dann ging sie an Marthaler vorbei den langen Flur entlang.

«Ich muss raus. Ich muss ins Freie», sagte sie leise.

Während Marthaler ihr noch nachschaute, erschien bereits Carlos Sabato auf dem Treppenabsatz.

«War das nicht … Anna Buchwald?», fragte er, als er jetzt vor Marthaler stand. «Die sah aber gar nicht gut aus.»

«Nein, Carlos. Wie sollte sie auch. Man hat eine Freundin von ihr erschossen. Scheint so, als sei die Frau bereits gestern Abend oder heute Nacht ermordet worden. Du bist der Erste, der das Zimmer betritt. Bevor du dir die Leiche näher anschaust, sieh dich bitte in dem Raum um. Wenn du dort einen Computer oder ein Handy findest, bring mir die Sachen bitte sofort raus. Auch wenn da schriftliche Aufzeichnungen sind, ein Diktiergerät, ein Fotoapparat oder so was. Die Frau war Journalistin, wir müssen so schnell wie möglich wissen, an was für einer Geschichte sie gearbeitet hat.»

Carlos nickte. Er kniete bereits auf dem Boden und hatte seinen Koffer aufgeklappt. Er holte einen weißen Einwegoverall heraus und streifte ihn sich über. Dann zog er Handschuhe und Überschuhe an.

«Sonst noch was, das ich wissen muss?»

«Wenn ich es richtig erkannt habe, befindet sich hinter dem Zimmer ein Balkon. Such ihn nach Spuren ab, aber schau dir auch an, ob der Täter von dort gekommen sein könnte, ob er dort vielleicht auf sein Opfer gewartet hat oder ob das sein Fluchtweg war … Aber sag mal, öffnet das Binh Minh nicht erst um 18 Uhr?»

Carlos lächelte. «Ich kenne den Koch. Ich klopfe ans Fenster, dann macht er mir auf.»

«Willst du ihn mir nicht einmal vorstellen?»

«Nicht nötig», sagte Carlos, «du kennst ihn bereits. Er ist früher Taxi gefahren. Er wohnt in Preungesheim. Du warst mal bei ihm zu Hause und hast dort sogar gegessen. Jedenfalls hat er mir das erzählt.»

Marthaler lächelte. Jetzt erinnerte er sich an den jungen Vietnamesen, der ein wichtiger Zeuge in einem Mehrfachmord gewesen war. Und ihm fiel ebenfalls ein, dass er damals das Baby des Mannes eine Weile auf dem Arm gehalten hatte.

«Frankfurt ist ein Dorf», sagte Sabato.

«Es scheint so», erwiderte Marthaler. «Die Rechtsmedizin benachrichtigst du?»

«Natürlich. Und alle, die sonst noch hier gebraucht werden. Aber erst mal werfe ich einen Blick auf den Tatort.»

«Gut. Ich gehe jetzt nach unten und spreche mit dem Hotelier und seiner Frau. Ich werde Charlotte Bescheid geben, damit sie die Kollegen zusammentrommelt. Wir treffen uns im Weißen Haus. Wenn du hier fertig bist, komm bitte dazu. Wir werden den anderen berichten, was wir wissen, dann fahre ich nach Hause, um mich von Tereza zu verabschieden.»

Carlos sah Marthaler scharf an. «Was heißt das, Robert? Was ist schon wieder los mit euch?»

Marthaler winkte ab. «Später, Carlos, später erzähle ich es dir.»

Anna stand vor dem Eingang des Hotels und rauchte.

«Kann ich dich noch einen Moment alleine lassen?», fragte Marthaler.

Sie antwortete nicht; sie sah ihn nur mit leerem Blick an.

«Zehn Minuten, ja?»

Als sie auch diesmal nicht reagierte, zog er sein Handy aus der Jackentasche, um Charlotte von Wangenheim anzurufen. Sie war die Chefin beider Mordkommissionen und Marthalers direkte Vorgesetzte.

«Charlotte, sei so gut: Trommel die MK1 zusammen. Und komm bitte ebenfalls dazu. Wir treffen uns in einer Dreiviertelstunde im Weißen Haus. Wir haben eine Tote im Hotel Zooblick.»

«Das weiß ich, Robert. Der Hotelier hat im Präsidium angerufen. Aber woher weißt du es?»

«Zufall», sagte Marthaler, «ich erkläre es euch nachher.»

«Soviel ich weiß, ist bereits ein Streifenwagen unterwegs.»

«Den kannst du zurückpfeifen. Sabato ist schon vor Ort. Wir haben es hier weder mit einem Unfall noch mit einem Suizid zu tun, sondern definitiv mit einem Tötungsdelikt. Wir brauchen keinen Streifenwagen, wir brauchen die ganze Mannschaft.»

«Robert, wie denkst du dir das? Dafür, dass du für Altfälle zuständig bist, hältst du uns hier ziemlich auf Trab. Du erinnerst dich vielleicht, dass du uns gerade erst den Fall Karin Ölze aufgedrückt hast …»

«Gibt es Neuigkeiten?»

«Um es mit deinen Worten zu sagen: Das erklären wir dir nachher. Also, bis dann.»

VIER

Der Hotelier saß in seinem kleinen Büro vor dem Bildschirm. Marthaler machte sich bemerkbar: «Herr Sauerbier, würden Sie bitte Ihre Frau rufen. Gibt es einen Raum, wo wir reden können?»

Der Mann schaute ihn müde an. Unter seinen Augen lagen tiefe Schatten, die Lidränder waren entzündet.

«Wir können in den Speisesaal gehen. Meine Frau deckt gerade für heute Abend ein. Auch wenn es nicht so aussieht: Wir sind gut belegt. Was meinen Sie, wird Ihr Kollege da oben noch lange brauchen?»

«Das weiß nur er», sagte Marthaler, als er sich an einen der Tische setzte, der bereits mit Tellern, Bestecken und Servietten gedeckt war. Er schaute sich um. Es gab acht weitere Tische mit jeweils vier Plätzen. An der rechten Seite des Raumes erstreckte sich eine Theke, von der man durch eine Pendeltür in die Küche gelangte.

«Wenn Sie so gut belegt sind», fragte Marthaler, «warum sieht man dann keinen Ihrer Gäste?»

«Die meisten kommen nur zum Schlafen her. Wir haben viele Stammkunden, Monteure, Leiharbeiter, Handelsvertreter. Die frühstücken hier, dann verschwinden sie, machen ihre Arbeit und kommen erst gegen Abend wieder, um etwas zu essen und sich dem Schlaf entgegenzutrinken. Wir haben nur ein paar Kleinigkeiten auf der Speisekarte, Würstchen, Salat, Frikadellen, aber den Leuten schmeckt es bei uns.»

Die Frau des Hoteliers hantierte an einem der hinteren Tische und sah ab und zu herüber.

«Frau Mankunku», rief Marthaler, «würden Sie sich bitte zu uns setzen?»

Erst jetzt sah Marthaler, wie elegant die Frau selbst in ihrem blauen Arbeitskittel noch wirkte. Sie bewegt sich wie ein Mensch, der sich seines Körpers ständig bewusst ist, dachte er, wie eine Tänzerin. Und nun bemerkte er auch, mit welch zärtlichem Blick ihr Mann sie ansah. Dieser graue Mann mit dem Namen, den sie nicht tragen wollte und über den hinter vorgehaltener Hand sicher alle Witze machten, wenn er hier abends den Zapfhahn bediente.

Sie lächelte und reichte Marthaler die Hand, dann setzte sie sich ihm gegenüber. «Sie können mich ruhig Bongi nennen», sagte sie. «Das machen alle hier.»

«Dann muss ich es nicht auch noch tun. Haben Sie vorhin die Zimmertür aufschließen müssen, bevor Sie die Tote entdeckten?»

«Nein, ich hatte ihren Schlüssel gar nicht. Ich habe ein paar Mal geklopft, dann habe ich die Klinke gedrückt. Es war offen.»

«Und wann haben Sie Frau Weißgerber das letzte Mal lebend gesehen?»

«Gestern Abend. Sie saß auf demselben Stuhl, auf dem Sie jetzt sitzen.»

«Um wie viel Uhr war das?»

«Sie war lange hier. Sie ist als Erste gekommen und ist erst gegangen, nachdem die letzten Gäste gerade das Haus verlassen hatten.»

«Das heißt, Sie haben auch Gäste, die nicht im Hotel übernachten?»

«Ja, selten, aber manchmal kommt es vor.» Bongi Mankunku zeigte auf eine Milchglastür am Ende des Speisesaals. «Wir haben noch ein kleines Kolleg, das vergeben wir, wenn mal eine Gruppe von Gästen unter sich sein will.»

«Und gestern war eine solche Gruppe da?»

«Ja, zwei Männer und drei Frauen.»

«Kannten Sie die Leute?»

Frau Mankunku schaute ihren Mann an, dann schüttelte sie den Kopf. «Sie waren zum ersten Mal da.»

Marthaler wandte sich an den Hotelier: «Und Sie, wissen Sie, wer die Leute waren?»

«Es ist, wie Bongi sagt, die waren zum ersten Mal da. Vor ein paar Tagen rief eine Frau an und fragte, ob wir einen ruhigen Raum haben. Sie wollten nicht gestört werden. Sie haben Rindswürste und Kartoffelsalat bestellt. Wir haben ihnen Gläser, zwei Flaschen Wein und zwei Flaschen Sekt hingestellt. Wenn sie einen Wunsch hatten, ist einer von ihnen an die Theke gekommen.»

«Und Frau Weißgerber ist erst auf ihr Zimmer gegangen, als diese Gäste das Haus verlassen hatten?»

«Das muss Ihnen Bongi sagen. Ich hatte mich schon hingelegt. Wir wechseln uns ab. Wenn der Betrieb hier abends nachlässt, darf immer der sich hinlegen, der am nächsten Morgen das Frühstück für die Gäste macht.»

«Ja, so war es. Sie ist sofort aufgestanden, als die fünf aus der Tür waren. Das wird so gegen Viertel nach eins gewesen sein. Aber sie wollte noch nicht gleich auf ihr Zimmer gehen. Sie sagte, sie brauche noch ein wenig frische Luft. Sie hatte den Schlüssel für die Eingangstür. Ich hab noch gesagt, dass sie aufpassen soll, ihn nicht zu verlieren. Ich habe hinter ihr abgeschlossen und sie gebeten, dasselbe zu tun, wenn sie wiederkommt. Das ist das Letzte, was ich von ihr gesehen habe. Dann habe ich mich ebenfalls hingelegt.»

«Ihnen ist nichts aufgefallen? Sie haben nicht gehört, dass in Ihrem Haus geschossen wurde?»

Die Eheleute schüttelten gleichzeitig den Kopf. «Wir schlafen im Anbau», sagte Bongi Mankunku. «Außerdem, das Viertel ist auch nachts nicht gerade ruhig … Mir fällt gerade ein, Frau Weißgerber hat noch gesagt, dass sie ausschlafen will und dass sie es sicher nicht zum Frühstück schaffen würde. Aber ich hätte ihr auch später noch eine Kleinigkeit bereitet. Wissen Sie, ich mochte die Frau.»

«Ich nicht», sagte der Hotelier. «Sie hat hier nicht hergepasst.»

«Das stimmt», sagte Bongi Mankunku. «Vielleicht mochte ich sie deshalb.»

Marthaler sah zwischen den beiden hin und her. Obwohl sie unterschiedlicher Meinung waren und sich das auch sagten, blieben ihre Blicke freundlich, und ihrem Ton fehlte jede Schärfe. Er hatte selten ein Paar erlebt, das so wenig zueinanderzupassen schien und das zugleich einander so zugetan war.

«Hatten Sie den Eindruck, dass es eine Verbindung gab zwischen Frau Weißgerber und den Leuten, die dort im Hinterraum saßen?»

«Wir haben uns das gefragt, ja», sagte der Hotelier. «Und wir waren beide der Meinung, dass es wohl eine gab.»

«Aber Sie wissen nicht, was für eine Verbindung das gewesen sein könnte?»

«Nein», antwortete seine Frau. «Frau Weißgerber war sehr wach, sie hatte flinke Augen. Sie war neugierig auf das, was dort im Kolleg geschah, das habe ich gemerkt. Aber sie hat uns keine Fragen gestellt, aus denen wir irgendetwas hätten schließen können.»

«Gab es einen anderen Hotelgast, für den sie sich interessierte?»

«Nein. Sie wurde von den anderen beäugt. Sie war ein Fremdkörper, das stimmt. Es übernachten ja fast nur Männer bei uns, junge Männer und mittelalte Männer, die den ganzen Tag arbeiten. Aber die hat sie alle nicht beachtet.»

«Gut», sagte Marthaler, «dann hätte ich jetzt gerne noch den Namen der Frau, die den Hinterraum gebucht hat.»

«Den habe ich nicht im Kopf. Da muss ich nachschauen», sagte der Hotelier.

«Außerdem brauche ich eine Liste aller Gäste, die hier in den letzten drei Tagen übernachtet haben. Und ich würde gerne wissen, ob Sie sich den Personalausweis von Frau Weißgerber haben zeigen lassen.»

«Sie hat im Voraus bezahlt.»

«Das heißt, dann nehmen Sie es mit den Anmeldeformalitäten nicht so genau?»

Der Mann zuckte mit den Schultern.

Marthaler wandte sich an Bongi Mankunku: «Darf ich Ihnen noch eine ganz andere Frage stellen?»

Sie lächelte. Das Weiß der Augen und Zähne leuchtete in ihrem schwarzen Gesicht. «Ich ahne, was Sie fragen wollen. Sie wollen wissen, woher ich komme und warum ich so gut Deutsch spreche.»

Marthaler fühlte sich ertappt. Er senkte den Blick und nickte.

«Ich bin in Hannover geboren. Meine Eltern stammen beide aus Südafrika, aber sie haben schon in Deutschland gelebt, als ich zur Welt kam. Sie waren Musiker und haben in derselben Band gespielt. Immer wenn sie in Frankfurt einen Auftritt hatten, sind sie hier im Hotel abgestiegen. So haben mein Mann und ich uns kennengelernt.» Und wieder schauten die Eheleute einander an wie zwei frisch Verliebte.

Oh Gott, dachte Marthaler, dieses seltsame, verrutschte Glück ist ja kaum auszuhalten.

Er stand auf und wandte sich noch einmal an den grauen Mann: «Dann darf ich Sie jetzt bitten, mir die Namen zu geben.»

Als sie in die Eingangshalle kamen, saß Anna in dem alten Sessel aus Kunstleder. An der Wand hinter ihr hing ein kleines Regal mit Prospekten – fast ausnahmslos Werbung für Nachtbars, Sexkinos und sogenannte Sauna-Clubs. Daneben auf dem Boden ein Korb mit den Zeitschriften eines Leseclubs.

Anna antwortete auf Marthalers besorgten Blick: «Schon gut, Robert. Mir war schlecht, ich musste mich einen Augenblick setzen. Es geht schon wieder. Ich geh raus und warte dort auf dich.»

Der Hotelier druckte die Liste mit den Namen und Adressen seiner Gäste aus und reichte sie Marthaler. Am Rand hatte er den Namen der Frau notiert, die den Hinterraum reserviert hatte.

«Frau Schwanitz, das ist alles, was ich mir aufgeschrieben habe. Keinen Vornamen, kein Telefon. Tut mir leid.»

«Schon in Ordnung», sagte Marthaler. «Eine letzte Frage noch: Wissen Sie, wie Frau Weißgerber zu Ihnen gekommen ist? Hatte sie einen Wagen dabei? Hat sie ein Taxi genommen?»

«Keine Ahnung. Wie allen Gästen habe ich ihr am Telefon gesagt, dass es nur wenige Parkmöglichkeiten in der Umgebung gibt, und habe ihr einen Stellplatz hinterm Haus angeboten. Das hat sie abgelehnt. Also nehme ich an, dass sie entweder mit der U-Bahn, der Straßenbahn oder mit dem Taxi gekommen ist.»

Marthaler kritzelte seine Nummer auf einen Zettel, den er auf den Tresen legte.

«Falls mir noch was einfällt?», fragte der Hotelier.

Marthaler nickte.

Dann hörte er, wie hinter ihm die Eingangstür des Hotels geöffnet wurde. Noch im selben Moment fuhr ihn eine scharfe Stimme an.

«Verdammt noch mal, Marthaler, was hast du hier zu suchen?»

Marthaler kannte die Stimme, konnte sie aber nicht zuordnen. Langsam drehte er sich um.

Keine zwei Meter von ihm entfernt hatte sich Axel Rotteck aufgebaut. Rotteck war größer als Marthaler und schien diesen Unterschied noch betonen zu wollen, indem er jetzt die Schultern zurücknahm und den Brustkorb vorschob.

«Das», erwiderte Marthaler, «könnte ich dich wohl mit dem gleichen Recht fragen.»

«Kannst du nicht», zischte Rotteck. «Weil ich es bin, der die Fragen stellt.»

«Ich bin Leiter der Ersten Mordkommission, in diesem Hotel ist jemand umgebracht worden …»

«Das weiß ich selbst. Ich will wissen, wer dich benachrichtigt hat. Wie kommst du hierher?»

Marthaler ließ sich Zeit. Er lächelte. Dann zeigte er auf Anna, die gerade die Eingangshalle wieder betreten hatte.

«Ich habe eine Freundin begleitet, die sich hier ein Zimmer nehmen wollte, was sie jetzt wohl eher nicht mehr tun wird.»

Rotteck hatte einige Jahre lang in der Zweiten Mordkommission gearbeitet. Obwohl es keinen Streit zwischen ihnen gegeben hatte, war schnell klar geworden, dass Marthaler und er eine tiefe Abneigung gegeneinander hegten. Als ein neuer Leiter für die MK2 gesucht wurde, hatte Charlotte von Wangenheim bei Marthaler Rat gesucht: «Was meinst du, soll Rotteck den Posten bekommen? Er wäre an der Reihe, er gilt als einer der Fähigsten, und ich weiß, dass er scharf auf die Stelle ist. Kriegt er sie nicht, wird er wohl in Kürze ins LKA abwandern.»

«Lass ihn wandern.»

«Hast du ein Argument?»

«Nicht das geringste. Oder vielleicht das beste: Ich kann ihn nicht leiden. Ich mag nicht, wie er sich bewegt. Ich mag nicht, wie er guckt. Ich mag nicht, wie er spricht und wie er grinst. Das ist alles», hatte Marthaler gesagt.

Rotteck hatte den Posten nicht bekommen. Er war ins LKA abgewandert. Und in Frankfurt hatte man aufgeatmet.

Kurz darauf hatte Tereza Marthalers Widerwillen gegen den Mann noch bestärkt. Als sie ihm zufällig auf der Straße begegneten, hatte er sie einander vorstellen müssen. Tereza hatte Rotteck die Hand gegeben, war aber im selben Moment zurückgewichen.

«Der Mann riecht», hatte sie später gesagt.

«Du meinst, er hat sich nicht gewaschen?»

«Nein. Ich meine, dass er riecht wie Schwefel. Ich will ihn nie mehr sehen.»

Jetzt schaute Rotteck seinen Kollegen misstrauisch an: «Du meinst, niemand hat dir den Auftrag gegeben, hier zu ermitteln? Du bist hier reingekommen und über eine Leiche gestolpert?»

«Voilà, du hast es begriffen.»

Immerhin schien diese Information Rotteck ein wenig zu entspannen. «Dann habe ich eine gute Nachricht für dich. Der Fall gehört dem LKA. Du kannst nach Hause gehen, deine Pantoffeln anziehen und dir im Fernsehen einen Krimi anschauen.»

«Darf man wenigstens erfahren, um was es hier geht?», fragte Marthaler.

«Darf man nicht.»

«Hör zu, was soll das? Wir …»

«Darf man nicht, habe ich gesagt. Du bist raus.»

«Hör zu, Rotteck …»

«Du bist raus! Verstanden?»

«Ich habe verstanden; du kannst dich also lockermachen. Auch wenn wir es uns noch nie gesagt haben: Wir wissen beide, was wir voneinander halten. Ich wollte dir lediglich mitteilen, dass Sabato bereits am Tatort ist und die Arbeit für euch erledigt.»

Einen Moment lang schaute Rotteck, als habe er nicht begriffen. Dann begann er zu schreien: «Was soll das heißen? Was für eine verdammte Scheiße! Was fällt euch Idioten überhaupt ein? Meine Leute sind bereits im Anmarsch. Also schick deinen Don Carlos gefälligst in die Wüste. Er soll seine Sachen packen und alles vergessen, was er gesehen hat.»

Der Hotelier hatte dem Streit der Polizisten stumm zugehört. Jetzt kam er hinter seinem Tresen hervor, stellte sich direkt vor Rotteck und schüttelte den Kopf. «So geht das nicht, mein Herr. Wir verstehen, dass die Polizei ihre Arbeit tun muss, und wir sind gerne bereit, zu helfen. Aber wir haben keine Zeit, uns zu wiederholen. Wir haben Herrn Hauptkommissar Marthaler bereits alles gesagt, was wir wissen. Sie können nicht hierherkommen und alles noch einmal auf den Kopf stellen. Werden Sie sich bitte einig! Bald kommen die ersten Gäste, um zu Abend zu essen. Ich bin Hotelier, und ich möchte, dass in meinem Haus so schnell wie möglich wieder Ruhe einkehrt. Ich glaube, das ist mein Recht.»

Rottecks Mund stand offen. Er schien es nicht fassen zu können, dass dieser kleine, graue Mann, den er bis jetzt keines Blickes gewürdigt hatte, es wagte, ihm zu widersprechen. Langsam fuhr er seinen Zeigefinger aus und pikste in die lindgrüne Brust des Hoteliers: «Wissen Sie, was Sie sind? Sie sind ein kleiner Wicht, der sich auf die Zehenspitzen stellen muss, um mir den Bauchnabel zu küssen. Und das, was Sie Ihr Haus nennen, gehört im Moment nicht Ihnen, sondern dem Landeskriminalamt Wiesbaden. Und dem Landeskriminalamt Wiesbaden wird dieses Haus genau so lange gehören, wie ich das wünsche. Und jetzt gehen Sie bitte aus dem Weg, damit ich meine Arbeit machen kann.»

Schwerer Fehler, dachte Marthaler, ganz schwerer Fehler. So geht man nicht mit einem Menschen um, von dem man Informationen braucht. So bringt man die Leute nicht zum Sprechen, so bringt man sie zum Verstummen. Aber im selben Moment fiel ihm ein, dass auch er den Hotelier nicht gerade zuvorkommend behandelt hatte. Er nahm sich vor, sich noch einmal bei Herrn Sauerbier und Frau Mankunku zu melden, um sich für die Zusammenarbeit zu bedanken. Und um ihnen noch einmal eine Frage zu stellen, die er zwar bereits gestellt hatte, die beide aber ausweichend beantwortet hatten.

Er wollte sich gerade abwenden, als ihn Axel Rotteck an der Schulter festhielt: «Einen Moment, Marthaler! Was hat dir der Hotelier erzählt? Ich will wissen, was du weißt. Vorher rührst du dich nicht vom Fleck.»

Marthaler schüttelte den Kopf, dann befreite er sich aus dem Griff seines Kollegen: «Zu spät, Rotteck», sagte er und lächelte. «Du weißt doch, ich bin raus.»

FÜNF

«Ich muss dringend was essen», sagte Anna. «Und am liebsten würde ich mich betrinken. Oder mit einem Mann schlafen. Am besten sogar alles auf einmal.»

Marthaler schaute sie erstaunt an. Sie sah nicht aus, als wolle sie scherzen. Sie wirkte ernst und traurig.

«Sag mal, du hast gerade eine Freundin verloren, du hast sie dort am Boden liegen sehen, und da willst du …»

«Das ist normal, Robert. Der Tod eines Menschen, der einem nahestand, weckt oftmals sexuelles Begehren.»

«Ah ja? Und woher weißt du das?»

«Ich habe darüber gelesen.»

«So hört es sich auch an.»

«Und jetzt merke ich, dass es stimmt», sagte Anna. «Es heißt: Im Krieg kriechen die Menschen unter den Tisch und lieben sich. Was machen wir jetzt?»

«Was *du* machen willst, hast du ja gesagt.»

«Im Ernst, Robert.»

«Wir packen mein Rad in deinen Wagen und fahren zu Elvira. Hoffen wir, dass sie einen Schlafplatz für dich hat. Ihr Mann ist vor anderthalb Jahren gestorben. Sie hat sich eine kleine Wohnung im Nordend genommen, ganz in der Nähe vom Weißen Haus.»

«Nein, ich meine: Was machen wir mit dem Mord an Herlinde Scherer?»

«Anna, das werde ich mit meinen Kollegen besprechen,

aber ganz gewiss nicht mit dir. Du wirst morgen früh in deinen Wagen steigen und zurück nach Hamburg fahren. Heute Abend kannst du etwas essen, dich betrinken oder dir einen Mann suchen; das musst du im Zweifel mit Elvira klären.»

Eine Viertelstunde später kamen sie in der Martin-Luther-Straße an. Während der Fahrt hatte keiner von ihnen etwas gesagt. Anna parkte den Wagen vor dem Haus, das Marthaler ihr gezeigt hatte.

Er drückte auf den Klingelknopf von Elviras Wohnung.

«Ganz bestimmt nicht», sagte Anna.

«Was meinst du?»

«Ganz bestimmt nicht werde ich morgen nach Hamburg fahren und so tun, als sei hier nichts geschehen.»

«Anna, hör zu ...»

«Du willst doch nicht im Ernst diesem Arschloch das Feld überlassen.»

«Das Arschloch heißt Axel Rotteck und arbeitet beim Landeskriminalamt. Und wenn das LKA den Daumen auf dem Fall hat, können ich und meine Kollegen gar nichts machen. Und du sowieso nicht.»

Marthaler drückte noch einmal auf die Klingel.

«Nein», sagte Anna. «Nein, du kannst mich nicht zwingen, nach Hamburg zu fahren.»

Über ihnen, im ersten Stock, wurde ein Fenster geöffnet. Elvira streckte den Kopf heraus: «Robert, du! Entschuldige, ich habe mir gerade die Haare gewaschen ... Wartet, ich mache euch auf.»

Einen Moment später empfing Elvira sie an der Wohnungstür. «Anna, du bist es. Wie schön! Ich hab dich von oben gar nicht erkannt. Da habt ihr aber Glück gehabt. Ich wollte mich gerade schick machen, um auszugehen. Kommt rein!»

«Nein, Elvira, ich muss noch kurz ins Weiße Haus. Ich wollte eigentlich nur fragen, ob Anna für eine Nacht bei dir bleiben kann, aber wenn du gerade …»

«Aber sehr gerne. Ich wollte nur eine Kleinigkeit essen gehen und ein Glas Wein trinken. Oder auch zwei. Und wenn Anna mitgehen mag …»

«Das mag sie ganz bestimmt», sagte Marthaler, «nach allem, was sie mir gerade erzählt hat.»

Elvira zwinkerte Anna zu: «Am Ende lernen wir noch ein paar nette Jungs kennen, was meinst du?»

Marthaler verdrehte die Augen.

«Wolltest du etwas sagen, Robert?»

«Ja, ich wollte fragen, was bloß mit euch Frauen los ist.»

«Wahrscheinlich dasselbe wie mit euch Kerlen», erwiderte Elvira. «Da fällt mir ein, ich habe einen Brief für dich.»

Sie ging zu dem kleinen Buffet, auf dem ihre Handtasche stand, und zog einen weißen Umschlag hervor. «Von Tereza», sagte sie. «Ich bin ihr begegnet, als ich gerade aus dem Weißen Haus kam.»

«Warum gibt dir Tereza einen Brief für mich, wenn wir uns nachher sehen?»

«Herr Hauptkommissar!»

«Was?»

«Das weiß ich nicht. Ich habe sie nicht gefragt. Und der Brief ist verschlossen.»

Anna ging noch einmal mit ihm nach unten, um ihre Tasche und sein Fahrrad aus dem Wagen zu holen.

«Du siehst nicht gerade glücklich aus», sagte sie. «Kein gutes Zeichen, das mit dem Brief?»

«Ich fürchte … Und ich werde ihn gewiss nicht sofort öffnen.»

«Also dann … bis morgen», sagte Anna.

Marthaler schüttelte den Kopf und lief los, das Rennrad schob er neben sich her. Nach ein paar Metern drehte er sich noch einmal um. Anna stand noch auf derselben Stelle und schaute ihm nach. Du auch nicht, dachte er, du siehst auch nicht gerade glücklich aus.

Die meisten Bürotüren waren geschlossen, als Marthaler ins Weiße Haus kam. Die Lampen im Gang brannten, aber es war niemand zu sehen. Er hörte die gedämpften Stimmen seiner Kollegen. Er ging in die Teeküche und öffnete den Kühlschrank. Er entdeckte eine Schachtel Camembert. Er nahm den Käse aus der Schachtel und legte stattdessen einen Fünf-Euro-Schein hinein. Im Schrank fand er eine halbvolle Flasche Côte du Rhône, die er dort vergessen hatte.

Er nahm Flasche und Käse und ging in den Besprechungsraum, den Charlotte das Große Zimmer getauft hatte. Er schloss die Tür und setzte sich, ohne das Licht einzuschalten, an seinen Stammplatz und begann, den Camembert zu essen. Er hatte keine Lust, noch einmal aufzustehen, um ein Glas für den Wein zu holen, also trank er ab und zu einen Schluck aus der Flasche.

Plötzlich öffnete sich die Tür, und Charlotte von Wangenheim stand in einem hellen Rechteck vor ihm. Sie schaltete die Deckenbeleuchtung ein und sah ihn erstaunt an. Um seine Chefin zu begrüßen, hob Marthaler die Flasche.

«Robert, was machst du hier?»

«Ich habe einen freien Tag, also darf ich Wein trinken.»

«Das ist mir egal. Aber du sitzt im Dunkeln und benimmst dich wie ein Clochard.»

«Oder so, wie wir uns als Studenten benommen haben, als wir zum ersten Mal in die Provence gefahren sind.»

«Nur dass wir jung waren und uns damals so was besser gestanden hat. Wir warten auf dich, alle wollen Feierabend machen, und du sitzt hier …»

«Ich bin gerade gekommen, Charlotte. Ich habe versucht nachzudenken.»

Charlotte hob beide Hände zum Zeichen, dass sie kapitulierte. Sie wusste, dass es keinen Zweck hatte, mit ihm über seine Eigenheiten zu diskutieren. «Dann kann ich jetzt die anderen rufen?»

«Mach das!», sagte er.

Zuerst betraten Kerstin Henschel und Kai Döring den Raum. Sie begrüßten ihren Vorgesetzten und wechselten einen kurzen Blick, als der weder ihren Gruß erwiderte noch erkennen ließ, ob er sie überhaupt bemerkt hatte.

Schließlich kam auch Sven Liebmann, lächelte in die Runde, zog seinen Stuhl weit nach hinten, um Platz für seine langen Beine zu haben, und setzte sich.

Charlotte schloss die Tür. Sie nahm ein Stück Kreide und schrieb die beiden Tagesordnungspunkte an die Tafel:

1. Karin Ölze
2. Hotel Zooblick

«Ist die Reihenfolge so in Ordnung?», fragte sie, und als niemand widersprach: «Gut, dann gehen wir so vor. Wer fängt an?»

Sven Liebmann räkelte sich. «Okay», sagte er. «Wir haben einen Haftbefehl für Callenberg, aber wir wissen nicht genau, wo er sich aufhält. Es besteht Fluchtgefahr, also haben wir, wie immer vor einem Zugriff, versucht, das Umfeld zu klären. Er lebt mit seiner Familie in Hanau im Haus seiner Eltern und betreibt weiterhin deren Fernsehgeschäft samt angeschlossener Werkstatt.»

«Heißt seine Frau noch Anja?», fragte Marthaler, ohne aufzuschauen.

«So ist es. Seine zweite Ehe hat gehalten. Seit er damals im Fall Ölze vernommen wurde, ist er in Deutschland nicht mehr in einschlägiger Weise aktenkundig geworden. Was nicht so recht passt zu der Vorstellung, die wir uns von einem mehrfachen Sexualverbrecher machen.»

«Dann müssen wir unsere Vorstellung korrigieren», erwiderte Marthaler ruhig. «Elvira und ich haben uns dieselbe Frage gestellt. Es ist richtig, dass es bei Sexualdelikten nur wenige Einmaltäter gibt. Was allerdings gar nicht so selten vorkommt, sind sogenannte Lebensphasentäter. Sie verüben ihre Verbrechen meist in relativ jungen Jahren, bevor sie sexuell und in ihren sonstigen Lebensumständen eine Balance gefunden haben. Gefährlich ist die Zeit, wenn sich noch alles im Umbruch befindet. Kommt es dann aber zu einer befriedigenden Beziehung, vielleicht sogar zur Gründung einer Familie, kann es sein, dass sie fortan ein völlig normales Leben führen, ohne je noch mal straffällig zu werden.»

«Gut», sagte Sven Liebmann, «gehen wir davon aus, dass Callenberg unser Mann ist …»

«Er ist es!», sagte Marthaler.

«Gehen wir also davon aus. Wir haben versucht zu klären, wann und wie ein Zugriff ablaufen kann, ohne den Mann vorher zu warnen. Kerstin, willst du weitermachen?»

Kerstin Henschel räusperte sich. «Kai und ich sind nach Hanau gefahren und haben uns als Ehepaar ausgegeben, das einen neuen Fernseher sucht und dafür seinen alten in Zahlung geben möchte. Wir sind von Frau Callenberg im Laden empfangen worden, und sie hat uns mitgeteilt, dass die Inzahlungnahme im Moment nicht möglich sei, da ihr Mann sich im Urlaub befinde und erst in anderthalb Wochen wiederkomme.»

«Also seid ihr unverrichteter Dinge wieder abgezogen?»

«So ist es», sagte Kerstin Henschel. «Wir konnten schließlich nicht fragen: Ach, das ist ja interessant, wo ist Ihr Mann denn im Urlaub? Geben Sie uns doch bitte seine Adresse und Handynummer, damit wir unseren alten Fernseher von ihm schätzen lassen können.»

«Also haben wir ein wenig recherchiert», sagte Sven Liebmann. «Wir haben herausgefunden, dass Lennart Callenberg vor einiger Zeit einen Einbruch in sein Ladengeschäft angezeigt und den Diebstahl von Fernsehern und Hi-Fi-Geräten im Wert von mehreren zehntausend Euro gemeldet hat. Man muss dazu wissen, dass die Firma Callenberg nur hochwertige Ware vertreibt. Also konnten wir jetzt als Polizisten aktiv werden. Ich habe angerufen und behauptet, wir hätten einen Teil der gestohlenen Geräte sichergestellt und bräuchten ein paar Auskünfte. Wieder die Information: Ich kann Ihnen nicht weiterhelfen, mein Mann befindet sich im Urlaub. Aber diesmal konnte ich fragen: ‹Wo ist Ihr Mann, wie kann ich ihn erreichen? Es ist dringend.›»

«Und?», fragte Marthaler.

«Er befindet sich auf einer Motorradtour irgendwo in den Alpen, hat keine festen Quartiere vorgebucht. Sein Handy ist nicht zu orten.»

«Mist.»

«Mist, aber business as usual. Also haben wir beschlossen, mit dem Zugriff zu warten, bis er zurückkommt. Alles andere wäre zu aufwendig und zu riskant.»

Marthaler nickte. «Der Fall ist geklärt. Die Verhaftung nur eine Frage der Zeit. Solange Callenberg keinen Wind davon bekommt, dass er überführt ist, können wir uns Zeit lassen. Also: nächster Tagesordnungspunkt.»

«Der eigentlich schon erledigt ist», sagte Charlotte, «weil Gott sei Dank das LKA den Fall übernommen hat. Aber da wir nun mal beisammen sind, mag uns Robert vielleicht kurz erzählen, wie er auf die Tote im Hotel Zooblick gestoßen ist. Alles andere darf er uns sowieso nicht weitergeben.»

Marthaler reagierte nicht. Stattdessen schaute er der dicken Fliege nach, die zum wiederholten Mal gegen die Deckenlampe flog, um dann mit lautem Brummen durch den Raum zu taumeln.

Charlotte von Wangenheim ergriff erneut das Wort. «Das Verhalten des Kollegen ist heute ein wenig merkwürdig. Aber bitte, dann werde ich sagen, was ich weiß: Es hat im Laufe des Nachmittags drei Anrufe in dieser Sache gegeben. Zuerst vom Inhaber des Hotels Zooblick, er hat in der Zentrale mitgeteilt, dass in einem seiner Zimmer eine tote Frau liegt. Auf die Frage der Kollegin, ob es sich um einen natürlichen Todesfall, um einen Suizid oder um ein Verbrechen handelt, hat der Mann geantwortet, dass die Frau jedenfalls nicht einfach gestorben sei, dass alles Weitere aber nicht er, sondern die Polizei zu beurteilen habe. Womit er freilich recht hat. Ein Streifenwagen, der sich in der Nähe befand, hat sich auf den Weg zum Zooblick gemacht, ist aber erst mal durch einen Unfall blockiert worden. Kurz darauf kam schon der zweite

Anruf. Diesmal war es Robert, der sich wundersamerweise bereits in dem Hotel befand, mir mitteilte, dass es sich um ein Verbrechen handele, dass Carlos schon auf dem Weg zum Tatort sei und ich euch zusammentrommeln soll.»

«Was sich ja nun als überflüssig erwiesen hat», sagte Kai Döring. «Das heißt, wir können die Sache hier beenden und Feierabend machen. Ich möchte nach Hause gehen, meine Schuhe ausziehen, Bier trinken und mir die Aufzeichnung des Fußballspiels von gestern Abend anschauen. Bitte, Kollegen, macht mich glücklich!»

«Gleich machen wir dich glücklich», sagte Charlotte. «Ich habe von drei Anrufen gesprochen. Wer der dritte Anrufer war, darf ich euch nicht sagen. Es war jemand, der mir eindringlich klar machte, dass wir mit dem Fall der toten Frau im Zooblick nichts zu tun haben. Er wollte mir keinesfalls sagen, um was es sich handelt, aber das Ganze hörte sich sehr wichtig an. Und sehr, sehr geheim. Und er hat verlangt, dass ich mir von Robert und Carlos eine Verschwiegenheitserklärung unterschreiben lasse.»

Alle anderen begannen fast gleichzeitig zu murren. Jeder von ihnen hielt es für eine Zumutung, schriftlich etwas erklären zu müssen, das sowieso selbstverständlich war.

Charlotte beschwichtigte den Unmut der Kollegen: «Keine Sorge, Leute, ich habe das abgelehnt. Ich habe gesagt, dass ich Carlos und Robert darauf hinweisen werde, dass sie nichts von dem, was sie in dem Hotel gesehen und gehört haben, weitergeben dürfen. An niemanden! Das betrifft auch mich und die Kollegen hier im Raum.»

Marthaler hieb mit der flachen Hand auf den Tisch und begann zu schreien. «Kann vielleicht endlich jemand das Fenster öffnen und diese verdammte Fliege rauslassen?»

Es war Kerstin Henschel, die als Erste ihre Verblüffung überwand. «Sag mal, Robert, würdest du dich gefälligst benehmen wie ein zivilisierter Mensch! Dein Verhalten ist nicht merkwürdig, sondern grenzwertig. Nein, es ist unzumutbar. Und wenn sich das nicht augenblicklich ändert, stehe ich auf und gehe. Oder verrätst du uns, was mit dir los ist?»

Marthaler zögerte noch einen Moment. Es sah aus, als nehme er innerlich Anlauf. Er schaute zu, wie Liebmann aufstand und das Fenster öffnete. Als die Fliege ihren Weg ins Freie gefunden hatte, schien die Spannung im Raum nachzulassen.

«Danke, Sven», sagte Marthaler. «Entschuldigt, ja, ich habe mich schlecht benommen. Aber ich denke verzweifelt darüber nach, was heute Nachmittag in diesem Hotel geschehen ist. Mir ist so etwas in all den Jahren noch nicht passiert. Das passt alles nicht zusammen.»

Charlotte von Wangenheim versuchte, ihn zu unterbrechen. «Robert, du hast verstanden, dass du uns nichts sagen darfst?»

«Das habe ich verstanden, und ich werde mich nicht daran halten. Ihr könnt rausgehen, wenn ihr nicht wissen wollt, was ich zu sagen habe. Aber eigentlich kann euch niemand davon abhalten, mir zuzuhören. Allerdings, wenn ihr jetzt sitzen bleibt, sollte das, was ihr erfahrt, tatsächlich diesen Raum nicht verlassen.»

Niemand stand auf. Alle schauten Marthaler an und warteten. Er erzählte von dem besorgten Anruf Anna Buchwalds und dass sie sich am Nachmittag vor dem Hotel getroffen hatten. Er berichtete, wie er die tote Reporterin Herlinde Scherer gefunden hatte, und nahm sich Zeit, den Tatort genau zu beschreiben. Er vergaß nicht zu erwähnen, dass die

Frau sich unter einem falschen Namen angemeldet hatte, und gab auch das Gespräch mit dem Hotelier und seiner Frau wieder.

«So», sagte Marthaler. «Bis dahin sah alles aus wie der Anfang einer ganz normalen Ermittlung in einem Mordfall. Dann tauchte Axel Rotteck auf, und alles wurde seltsam. Ich weiß, ihr könnt ihn alle nicht besonders leiden, aber vergesst das jetzt mal. Ich möchte, dass ihr mir sagt, welche Schlüsse wir aus seinem Verhalten ziehen sollten. Oder fangen wir anders an: Was macht ihr, wenn ihr an einen Tatort gerufen werdet?»

«Robert, denk an mein Bier. Willst du, dass wir dir die Polizeidienstvorschriften vorlesen? In der PDV 100 steht …»

«Nein, Kai, sag es mit deinen Worten!»

«Okay. Ich versuche, mir einen Überblick über die Lage zu verschaffen, über die Örtlichkeit und die anwesenden Personen. In deinem Fall frage ich den Hotelier, wo sich die tote Frau befindet und wer sie ist. Ich überlege, ob sich der Täter noch in der Nähe aufhalten könnte und ob Maßnahmen zur Eigensicherung getroffen werden müssen.»

«Gut, weiter!»

«Ich schaue mir den Tatort an, sichere ihn, wenn nötig, und benachrichtige die Kriminaltechnik.»

«Was machst du, wenn sich bereits ein Kollege am Tatort befindet?»

«Drei Kreuze!»

Kai Döring wartete, bis das Gelächter der Kollegen verebbt war, dann sprach er weiter. «Ich mache drei Kreuze. Keiner von uns ist scharf darauf, den ersten Angriff durchführen zu müssen. Ich auch nicht. Ich bitte den Kollegen um einen Bericht; und weil ich ein höflicher Mensch bin, bedanke ich mich bei ihm, dass er den Kopf für mich hingehalten und mir die Arbeit abgenommen hat.»

«Nichts davon hat Axel Rotteck getan», sagte Marthaler. «Er hat nicht gefragt, was passiert ist. Er hat nicht gefragt, wo das Opfer sich befindet. Er hat nicht gefragt, um wen es sich dabei handelt.»

«Und warum nicht?», fragte Kerstin Henschel. «Er ist zwar ein arroganter Stinker, aber kein schlechter Ermittler. Warum hat ihn das alles nicht interessiert?»

«Das würde ich auch gerne wissen.»

Kerstin Henschel verschränkte die Arme und legte die Stirn in Falten. Es war, als wolle sie sich wappnen gegen den Verdacht, der ihr gerade kam.

«Du meinst …?»

Alle schwiegen, aber im Stillen dachte jeder den Gedanken zu Ende. Schließlich war es Kai Döring, der ihn aussprach: «Du meinst, das hat ihn nicht interessiert, weil er bereits Antworten auf all die Fragen hatte?»

Marthalers Miene blieb undurchdringlich. Aber allein, dass er nicht widersprach, zeigte den anderen, dass genau dies seine Vermutung war.

Sven Liebmann pfiff leise durch die Zähne: «Mein lieber Mann, das wäre allerdings ein Hammer.»

«Freunde, macht mal halblang!», sagte Charlotte von Wangenheim. «Ich gebe zu, das Ganze riecht nicht besonders fein, aber ihr tut jetzt gerade so, als sei das LKA unser Feind.»

Marthaler ignorierte ihren Einwand. «Rotteck hat das Hotel betreten und mich angeschrien. Der Mann stand völlig neben sich. Er hat sofort eine bedrohliche Haltung eingenommen. Das Wichtigste war für ihn die Frage, wie ich an den Tatort komme, wer mich benachrichtigt hat.»

«Und, was hast du gesagt?», wollte Kerstin Henschel wissen.

«Ich habe reflexhaft gelogen. Ich habe behauptet, ich hätte Anna Buchwald bei ihrer Zimmersuche begleitet. Aber je länger ich darüber nachdenke, umso mehr wird mir klar, dass es gar nicht darum geht, wie *ich* an den Tatort gekommen bin. Die Frage ist, wer hat Axel Rotteck benachrichtigt? Wie hat ein LKA-Mann aus Wiesbaden erfahren, dass in Frankfurt in einem Hotel am Zoo eine tote Frau liegt? Und wie kann er so kurz nach dem Anruf des Hoteliers am Tatort sein?»

Sie kamen nicht dazu, die Antwort zu erörtern. Die Tür des Großen Zimmers wurde aufgerissen und Carlos Sabato stand im Raum. Alle schauten ihn an. Er war weiß im Gesicht. Er suchte sofort Marthalers Blick.

«Robert, sag mir, was das soll. So ein riesengroßes Arschloch ist mir in meinem ganzen Leben noch nicht begegnet. Ich würde diesem Typen am liebsten den Hals umdrehen.»

Keiner der Anwesenden hatte den Kriminaltechniker je so in Rage gesehen. Nicht nur seine Hände, auch seine Lippen zitterten.

«Carlos, beruhig dich. Setz dich hin und erzähl, was passiert ist.»

Sabato nahm Platz, streckte beide Arme aus und legte seine Hände mit gespreizten Fingern flach auf die Tischplatte. Er schloss die Augen, atmete tief ein und dann mit einem Seufzer wieder aus.

«Dieser Rotteck, der spinnt doch total. Er stand plötzlich vor dem Hotelzimmer und hat gebrüllt. Er hat verlangt, dass ich sofort meine Arbeit beende, weil ein Team vom LKA unterwegs sei. Ich hatte noch nicht einmal Zeit, mir die Leiche genauer anzuschauen. Ich bin rausgegangen auf den Gang, um mit ihm zu sprechen. Ich hab ihm gesagt, dass ich so nicht mit mir reden lasse. Dann hat er verlangt, dass ich ihm sämtliche Spuren aushändige, die ich bereits gesichert hatte. Das habe ich abgelehnt. Und wisst ihr, was er gemacht hat? Er hat meinen Koffer umgedreht, hat alle rausgefallenen Tütchen aufgesammelt und in seine Jackentaschen gestopft. Ich war kurz davor, ihm den asturischen Hammer zu geben.»

«Was immer das ist», sagte Marthaler, «es hört sich gut an. Den hättest du ihm ruhig geben dürfen.»

Carlos hob die geballte Faust und ließ sie nach unten sausen. «So sagt man, wenn man seinen Gegner mit einem Hieb niederstreckt ... Jedenfalls werde ich eine Beschwerde schreiben und ...»

«Nein, Leute», unterbrach ihn Sven Liebmann, «das reicht mir alles nicht. Asturischer Hammer und Beschwerde schreiben. Carlos ist der beste Kriminaltechniker, den die Republik kennt. Er hat sämtliche schwarzen Gürtel und goldenen Ehrennadeln verliehen bekommen, die man in seinem Beruf gewinnen kann. Das weiß auch Rotteck. Jeder Ermittler, dem an der Aufklärung seines Falles gelegen ist, wäre froh, wenn er mit Carlos zusammenarbeiten dürfte.»

«Gut», sagte Sabato, dem so viel Lob sichtlich unangenehm war, «was willst du uns sagen, Sven?»

«Ich will sagen, dass hier etwas nicht stimmt. Charlotte war der Meinung, das Ganze rieche nicht fein. Ich finde, die Sache stinkt. Und ich will wissen, was der Grund für diesen Gestank ist.»

«Vergiss es, Sven», erwiderte Charlotte von Wangenheim. «Man wird uns keine Auskunft geben.»

«Mag sein, aber wir müssen ständig Dinge herausfinden, über die man uns keine Auskunft geben will. Natürlich müsste man sehr behutsam vorgehen. Solche Nachforschungen sind heikel, das wissen wir …»

Charlotte schaute in die Runde. Sie sah in die feixenden Gesichter ihrer Mitarbeiter. Dann schüttelte sie langsam den Kopf.

«Nein … nein, das ist nicht euer Ernst. Ihr wollt keine Gegenermittlung starten. Ihr wollt nicht heimlich gegen das LKA ermitteln? Das kommt überhaupt nicht in Frage. Robert, sag du etwas! Ruf deine Leute zur Ordnung!»

Aber Sven Liebmanns Vorstoß entsprach genau der Wendung, die Marthaler sich von dem Gespräch erhofft hatte: dass nicht er diesen Vorschlag machen musste, sondern dass er aus dem Kreis seiner Kollegen kam.

«Warum eigentlich nicht?», sagte er.

«Weil wir durch nichts befugt sind, interne Ermittlungen anzustellen. Weil wir uns in Teufels Küche begeben. Weil das alle, die daran beteiligt sind oder die auch nur davon wissen, ihren Job kosten kann.»

«Wir können ja abstimmen», schlug Kai Döring vor.

«Sagt mal, spinnt ihr jetzt? Wir sind hier nicht im Parlament. Ich habe Nein gesagt, und dabei bleibt es.»

Noch einmal ergriff Marthaler das Wort: «Es ist uns allen klar, dass hier etwas vertuscht werden soll. Rotteck hat mich zwingen wollen, zu sagen, was ich weiß. Nicht weil er Interesse hatte an meinen Erkenntnissen über den Tatort, sondern weil er mir auf den Zahn fühlen wollte. Auch dass er Sabatos Spuren konfisziert oder, besser gesagt, gestohlen hat, müssen wir als Vertuschung werten.»

«Okay», sagte Charlotte, «ich verstehe, dass ihr in eurer Ermittlerehre gekränkt seid. Euch wird etwas verheimlicht, und das könnt ihr nicht ertragen. Ihr wollt um jeden Preis

Aufklärung, und das spricht für eure Auffassung davon, wie man als Polizist arbeiten sollte. Ich mache euch einen Vorschlag: Ich werde heute Abend meine Fühler ausstrecken. Ich werde versuchen herauszufinden, was hinter der Sache steckt. Wir treffen uns morgen früh hier wieder. Dann sehen wir weiter. Bis dahin unternimmt keiner von euch auch nur den kleinsten Schritt in diese Richtung. Schwört ihr mir das?»

Niemand sagte etwas. Charlotte von Wangenheim schaute in ernste Gesichter.

«Was ist?», fragte sie. «Weiter werde ich euch keinesfalls entgegenkommen. Wenn ihr damit nicht zufrieden seid …»

Plötzlich hoben alle wie auf ein Zeichen die rechte Hand, streckten Daumen, Zeige- und Mittelfinger in die Höhe und riefen gemeinsam: «Wir schwören!»

SECHS

Eine Viertelstunde später hatte auch der letzte seiner Kollegen das Weiße Haus verlassen. Marthaler ging noch einmal in die Teeküche, suchte etwas zu trinken und fand diesmal eine kalte Flasche alkoholfreies Bier, die er mit in sein Büro nahm. In der obersten Schublade seines Schreibtischs lagen noch zwei Kopfschmerztabletten, die er mit einem großen Schluck hinunterspülte. Er setzte sich auf die rote Besuchercouch und knipste die Leselampe an.

Er zog den Umschlag, den Elvira ihm gegeben hatte, aus der Jackentasche. Lange sah er ihn an, bevor er sich entschloss, ihn zu öffnen. Dann las er:

Lieber Robert,
ich muss schon wieder feige sein. Es ist noch andere Sache mit Prag. Ich konnte nicht in deine Augen sehen und dir sagen, deshalb komme ich nicht für die Nacht. Ich habe jemanden kennen gelernt. Du glaubst nicht, er ist Polizist. Wir kriegen das hin. Ich liebe dich. Ich weine.
Deine Tereza

Er las den Brief ein zweites Mal. Dann holte er ein Feuerzeug aus seinem Schreibtisch, knüllte den Brief zusammen und ließ ihn in eine leere Kaffeetasse fallen. Er hielt die Flamme ans Papier und sah zu, wie es verbrannte. Auf den letzten noch glimmenden Rest schüttete er einen kleinen Schluck Bier.

Tja, dachte er, das war's dann wohl. Mehr ist nicht von uns übrig als ein wenig nasse Asche.

Weder war er wütend, noch war er traurig. Nur ein kleiner, böser Trotz machte sich in ihm breit. Ich werde arbeiten, sagte er sich. Ich werde arbeiten und mir nichts anmerken lassen. So etwas passiert jeden Tag, und es widerfährt den meisten Menschen. Es gibt keinen Grund, sich gehenzulassen. Und ich werde mir verbieten, daran zu denken. Ich will nicht mehr an Tereza denken.

Er schaltete den kleinen Fernseher an, der an der gegenüberliegenden Wand zwischen den beiden Fenstern stand. Im Hessen-Fernsehen lief eine Nachrichtensendung. Man sah eine kleine Ortschaft, die an einem Hang lag, auf dessen Kuppe eine Art Burg oder Schloss zu erkennen war. Die Moderatorin berichtete gerade:

«Von unserer Übertragung aus Schwarzenfels schalten wir nun in unser Wiesbadener Studio. Dort ist Udo Klotz zu Gast, Sprecher der Landesregierung, der mir direkt zugeschaltet ist. Herr Klotz, die Gerüchte und Vorwürfe, die seit gestern gegen den langjährigen Abgeordneten Ihrer Partei in der Welt sind, dürften nicht nur für die Regierung, sondern auch für den Ministerpräsidenten persönlich eine herbe Niederlage bedeuten.»

Klotz rieb sich die Stirn. Man sah den goldenen Siegelring, den er an der rechten Hand trug. Bevor er das Wort ergriff, zwinkerte er mit seinen fast wimpernlosen Lidern und stellte sich in Position.

«Ich würde nicht von einer Niederlage sprechen, aber doch von einer großen Enttäuschung. Dass Johann von Münzenberg nach vielen Jahrzehnten sein Parteibuch zurückgegeben hat und kurz darauf mit so schwerwiegenden Vorwürfen konfrontiert wird, ist für uns alle noch immer kaum zu fassen. Aber so ist es, niemand kann in das Herz eines Menschen sehen, keiner ist vor Überraschungen gefeit. Und ich darf darauf hinweisen, dass es ja auch in anderen Fraktionen schon ähnlich gelagerte Fälle gegeben hat. Wenn die Opposition sich also brüstet ...»

Die Moderatorin unterbrach ihn. «Gibt es denn inzwischen nähere Einzelheiten zu dem Verdacht, Johann von Münzenberg sei im Besitz von kinderpornographischem Material gewesen? Haben sich die Vorwürfe seit gestern erhärtet?»

«Das zu bewerten ist nicht Sache der Landesregierung, sondern der Staatsanwaltschaft und der Kriminalpolizei, die in diesem Fall sofortige und umfassende Ermittlungen aufgenommen haben. Aber so viel darf man sagen: Die Hinweise wiegen schwer und sind erschütternd. Wir schauen alle in einen Abgrund. Es wird sicher noch einige Wochen dauern, bis das gesamte beschlagnahmte Material gesichtet ist. Doch wir dringen darauf, dass hier mit größtem Nachdruck ermittelt wird. Kinder sind der schwächste Teil unserer Gemeinschaft, ihnen müssen wir den größten Schutz gewähren. Oder, um es salopp zu sagen: In einem solchen Fall darf man keine Verwandten kennen, auch keine ehemaligen Verwandten.»

Marthaler schaltete den Fernseher wieder aus. Er wusste nicht, welche seiner Kollegen mit dem Fall befasst waren, aber er beneidete sie nicht. Kein Polizist war scharf darauf, in das Mahlwerk politischer Interessen zu geraten und dabei auch noch unter der ständigen Beobachtung von Presse und Fernsehen zu stehen. Fast immer litten die Ermittlungen darunter, fast immer war man mehr mit Erklärungen, Sitzungen und Abwehrkämpfen befasst als mit der Aufklärung des Verbrechens.

Er wählte die Nummer der Rechtsmedizinerin Thea Hollmann und wollte bereits wieder auflegen, als sie sich endlich meldete.

«Thea, hast du dir die Frau schon angeschaut?»

Am anderen Ende herrschte für einen Moment Schweigen. «Robert, bist du das? Kannst du nicht wie jeder normale Mensch deinen Namen sagen?»

«Entschuldige!»

«Von welcher Frau redest du? Rufst du dienstlich an oder privat?»

«Dienstlich», sagte er, war sich aber im selben Moment nicht mehr sicher, ob das die ganze Wahrheit war.

«Also, um welche Frau geht es?»

«Hast du heute nicht mit Sabato gesprochen? In der Nähe des Zoos ist in einem Hotelzimmer die Leiche einer Frau gefunden worden.»

«Doch, ich habe mit Sabato gesprochen. Aber ... Robert, was ist mit dir? Rufst du aus dem Grab an? Du klingst grauenhaft.»

«Entschuldige. Ich wollte nicht, dass man mir etwas anmerkt. Vielleicht reden wir lieber morgen früh.»

«Nein, bitte, was soll das? Ich springe wegen dir aus der Badewanne, hüpfe nackt durch ein fremdes Haus, tropfe die teure Schlingware auf dem Flur nass, und dann willst du mich abhängen. Jetzt rück raus mit der Sprache. Geht's dir nicht gut?»

«Wahrscheinlich nicht.»

«Ja oder Nein kannst du nicht sagen? Willst du herkommen? Wollen wir uns irgendwo treffen?»

Marthaler überlegte. Weder hatte er Lust, schon jetzt in seine leere Wohnung zu gehen, wo er eigentlich die Nacht mit Tereza hatte verbringen wollen, noch wollte er ein weiteres Mal auf der Couch in seinem Büro schlafen.

«Wenn es dir nichts ausmacht», sagte er.

«Es macht mir nichts aus. Ich freue mich, dich zu sehen. Sonst hätte ich es nicht vorgeschlagen. Also: Kneipe oder bei mir?»

«Du sagst, du bist in einem fremden Haus?»

«Na ja, es ist das Haus meiner Schwester. Sie ist mit ihrem Mann für ein Jahr in Afrika. Ich bin hier untergekrochen, weil ... Komm, Robert, das erzähle ich dir, wenn du hier bist. Du klingelst, wir gehen in die Eckkneipe, zwitschern uns einen, und dann sehen wir weiter. Einverstanden?»

«Einverstanden!»

Sie nannte ihm die Adresse, die er auf einem Zettel notierte. Dann bestellte er ein Taxi.

Er hatte Thea Hollmann vor Jahren kennengelernt, als sie gerade ihre neue Stelle im Institut für Rechtsmedizin angetreten hatte. Wenig später waren sie einander zufällig im Bahnhofsviertel begegnet, hatten zusammen zu Abend gegessen, waren schließlich in Thea Hollmanns Wohnung gegangen und hatten miteinander geschlafen. Es war bei diesem einen Mal geblieben. «Hauptsache, du verliebst dich nicht in mich», hatte sie ihn damals gewarnt.

Und das war nicht geschehen. Weder hatte er sich in sie noch sie sich in ihn verliebt. Aber sie mochten sich nach wie vor und freuten sich, wenn sie gelegentlich an einem Fall zusammenarbeiten konnten.

Eigentlich hatten sie einander nach jener Nacht versprochen, sich wieder zu siezen, merkten aber bald, dass sie sich auch dann respektvoll begegneten, wenn sie sich duzten.

Die Adresse, die sie ihm genannt hatte, lag in Ginnheim, nicht weit von der Nidda entfernt. Als sein Taxi vor dem Haus hielt, glaubte er zunächst, sich geirrt zu haben. Das Haus war ein alter, aber wunderschöner, weiß verputzter Bau, der hinter einer Hecke auf einer großen Wiese lag. Das zweistöckige Gebäude mit seinen riesigen Fenstern und dem flachen Dach wurde von mehreren verborgenen Scheinwerfern angestrahlt. Marthaler warf einen Blick auf das Klingelschild und sah, dass er richtig war.

Thea Hollmann empfing ihn barfuß, mit Jeans und in einem weißen T-Shirt.

«Komm rein, ich bin gleich so weit. Geh ruhig durch und schau dich um.»

Aus der Eingangshalle trat er in einen riesigen Wohnraum, der fast das gesamte Erdgeschoss einnahm. Die Wände waren weiß gestrichen, der Boden mit dunklem Parkett ausgelegt. Wo man auch hinschaute, sah man gerade, klare Linien. Auch die wenigen, schlichten Möbel passten perfekt in diese Umgebung.

«Sag mal, das ist ja ein tolles Haus.»

«Ja, es ist ein wenig in die Jahre gekommen, und meine Schwester klagt, dass dauernd etwas repariert werden muss. Aber es ist wirklich ein Geschenk, hier wohnen zu dürfen. Martin Elsaesser hat es gebaut. Du hast seinen Namen sicher schon gehört. Vor hundert Jahren war er einer der wichtigsten Architekten des Landes. Ernst May hat ihn in Frankfurt zum Leiter des Hochbauamtes gemacht. Damals, in den zwanziger Jahren, sagte man: Alles neu macht der May, alles besser macht der Elsaesser. Von ihm stammt auch die Großmarkthalle, die sie jetzt für den Neubau der Europäischen Zentralbank verschandeln wollen. Soll ich dich rumführen?»

«Ein andermal vielleicht», sagte er. «Ich fürchte, dafür fehlt mir heute der Kopf.»

Thea Hollmann grinste.

«Was ist?», fragte Marthaler.

«Du hast gerade gesagt: ein andermal. Heißt das, du willst mich jetzt öfter hier besuchen?»

Gerne hätte er mit einem Scherz geantwortet, aber ihm fiel keiner ein. Er fuchtelte hilflos mit den Händen. Und dass ihm jetzt auffiel, wie ungelenk er sich benahm, machte alles nur noch schlimmer. Er begann zu stottern: «Nein … ich meine … Ich wollte nur sagen …»

Thea Hollmann sah ihm direkt in die Augen. Sie lächelte. Ihr Blick war freundlich, ganz frei von Spott.

«Robert, du bist wirklich ein schwerer Fall.»

«Das bin ich wohl.»

«Aber ich kann dich gut leiden. Auch wenn ich dich nicht liebe.»

«Ich dich auch nicht.»

«Pizza? Döner? Schnitzel?», fragte sie.

«Schnitzel», hatte Marthaler geantwortet. «Ein großes Schnitzel mit viel Bier und viel Schnaps.»

Nach nicht einmal zehn Minuten Fußweg hatten sie das große Wirtshaus am Rande des Ginnheimer Wäldchens erreicht. Obwohl der Gastraum gut gefüllt war, fanden sie einen Tisch in einer halbwegs ruhigen Ecke. Marthaler bestellte ein paniertes Schnitzel mit grüner Soße und auf Thea Hollmanns Empfehlung ein dunkles Bier, das der Wirt extra für seine Gäste brauen ließ.

«Mit was fangen wir an?», fragte Thea. «Dienstlich oder privat?»

«Mit dem Bier», sagte Marthaler und prostete ihr zu. «Und jetzt werden wir dienstlich. Du sagst, Carlos Sabato hat dich heute Nachmittag angerufen.»

«Ja, er hat mich gebeten, ins Hotel Zooblick zu kommen, um mir ein Schussopfer anzuschauen. Er hat nicht gesagt, ob es sich um ein Verbrechen oder um einen Unfall handelt. Ich wusste bis zu deinem Anruf vorhin nicht einmal, ob das Opfer eine Frau, ein Mann oder ein Kind ist.»

«Eine Frau, die ermordet wurde. Was ist dann geschehen?»

«Ich habe sofort meine Sachen gepackt und wollte gerade losgehen, als Sabato sich ein zweites Mal meldete. Die Sache sei gestoppt, das LKA übernehme den Fall, alles Weitere gehe ihn nichts an. Er hat aufgelegt, und ich habe mich wieder an meine Arbeit gemacht.»

«Aber auch das LKA braucht einen forensischen Mediziner für die Leichenschau.»

«Warte», sagte Thea Hollmann, «die Sache geht weiter. Etwa eine Stunde später, ich war wieder im Sektionssaal, kommen zwei Männer mit einem Transportsarg rein, gefolgt von einem dritten, der sich als Vertreter des LKA vorstellt.»

«Axel Rotteck?»

«Den Namen hat er mir nicht gesagt, oder ich hab ihn mir nicht gemerkt.»

«Eins neunzig groß, dunkelhaarig, schlank, um die fünfzig. Man kann ihn auch kürzer beschreiben, indem man sagt: ein echter Saftsack.»

«Ich weiß nicht, Robert, mir gegenüber war er außerordentlich charmant.»

«Glaub mir, Thea, er ist ein ausgewachsener Saftsack. Aber erzähl weiter!»

«Der Mann, Rotteck oder meinetwegen der Saftsack, meinte, er habe eine unbekannte Leiche, die bei uns aufbewahrt werden müsse. Sie werde in den nächsten Tagen von einem der Spezialisten des LKA untersucht.»

«Er hat wirklich gesagt: eine unbekannte Leiche?», fragte Marthaler.

«Hat er.»

«Das ist alles?»

«Fast. Ich habe ihm angeboten, dass ich die Obduktion oder was auch immer gefragt sei, selbst übernehmen könne, da ich im Moment nicht viel zu tun habe. Das hat er abgelehnt, indem er mir erklärte, es handele sich um eine strikte Verschlusssache, die Angelegenheit sei mit der Institutsleitung abgesprochen, man brauche lediglich ein freies Kühlfach.»

«Das hast du ihm gegeben.»

«Natürlich, warum hätte ich ihm das verweigern sollen? Saftsack hat sich freundlich bedankt, hat mir noch einmal seine schönen weißen Zähne gezeigt und ist von dannen gezogen. Das ist das Ende meiner Geschichte. Und jetzt erklärst du mir vielleicht, warum dich das alles so brennend interessiert.»

«Nein», sagte er, «jetzt kommt nämlich unser Essen.»

«Totes Tier für den Herrn, Flammkuchen für die Dame», sagte die Bedienung und stellte die Teller vor ihnen auf den Tisch. «Ich wünsche guten Appetit.» Dann nahm sie die leeren Gläser. «Luft rauslassen?»

Marthaler und Thea sahen sich an. Sie nickten gleichzeitig. Sie schauten der Serviererin nach, die sich noch einmal umdrehte und ihnen zuzwinkerte.

Thea Hollmann merkte, dass Marthaler ein wenig befremdet war. «Robert, man pflegt hier eine gewisse Hemdsärmeligkeit, aber glaub mir, das Essen ist gut. Lass dir dein totes Tier schmecken.»

Sie hatte recht. Die Qualität des Schnitzels war hervorragend, das Fleisch saftig, die Panade frisch und goldfarben, und die Kräuter der Grünen Soße hatten genau die richtige Zusammensetzung. Oft genug hatte er erlebt, dass man außer Schnittlauch und Petersilie kaum eines der Aromen unterscheiden konnte, aber hier schmeckte er auch Pimpinelle, Kresse und Kerbel, Borretsch und Sauerampfer.

Die Rechtsmedizinerin schaute ihn erwartungsvoll an. Er hob den Daumen. «Große Klasse, Thea. Das Einzige, was mich wundert, ist, dass ich den Laden noch nicht kannte.»

«Du gehst eben zu selten mit der lustigen Thea Hollmann aus. Aber warum schiebst du die Kartoffeln zur Seite?»

«Salzkartoffeln sind in Kriegen und Notzeiten unverzichtbar», sagte er. «Ansonsten aber sind sie eine Verirrung der Ernährungsgeschichte. Ich mag Bratkartoffeln, ich mag die belgischen Pommes frites, ich mag Kartoffelsalat und Kartoffelgratin. Aber die Salzkartoffel ist ein Ausdruck der Phantasielosigkeit, eine Sättigungsbeilage, höchstens dazu geeignet, eine Soße aufzutunken und den Magen zu füllen.»

«Manchmal bist du sehr entschieden. Aber du versuchst nicht, meiner eigentlichen Frage auszuweichen, oder?»

«Nein, überhaupt nicht. Wir vermuten, dass Rotteck von dem Mord im Hotelzimmer wusste, bevor er am Tatort erschienen ist. Sein gesamtes Verhalten deutet darauf hin, dass er etwas vertuschen will. Und wir wissen auch, dass er von oben gedeckt wird.»

«Von oben, Robert? Das hört sich an wie in einem schlechten Kriminalfilm.»

«Du hast recht, es klingt nach einer Verschwörungstheorie, aber es ist keine. Ich hasse Verschwörungstheorien, deshalb will ich mehr wissen. Sabato musste den Tatort verlassen, bevor er überhaupt Gelegenheit hatte, sich die Leiche der Frau genauer anzuschauen. Wir kennen nicht mal die Todesursache.»

«Warum sagst du das nicht gleich? Wenn es euch hilft, kann ich mir das Opfer ja mal ansehen. Ich darf die Frau nicht obduzieren, aber niemand merkt, wenn ich einen Blick auf sie werfe.»

Marthaler war verblüfft. Er hatte sich darauf eingestellt, Thea Hollman mühsam überzeugen zu müssen, genau das zu tun, was sie ihm jetzt so unumwunden anbot.

«Aber du weißt, dass du dich damit in große Schwierigkeiten bringen kannst?»

«Was soll das, Robert? Wir kennen uns, ich vertraue dir. Du sagst, der Typ ist ein Saftsack; ich will nicht, dass die Saftsäcke das Sagen haben, also helfe ich euch.»

«So einfach ist das?»

«So einfach. In was für einer Welt würden wir leben, wenn nicht immer ein paar Leute an ihrem Platz das Richtige getan hätten ohne Rücksicht auf die Vorschriften, ohne Rücksicht auf ihre Pensionsansprüche? Oder hältst du mich für einen Feigling?»

«Thea, nein, entschuldige, das tue ich nicht. Aber glaub mir, einer solchen Haltung begegne ich so selten, dass ich nie im Leben damit gerechnet hätte, dass du … Ich hatte nicht erwartet …»

Sie winkte ab. «Lass gut sein, du fängst schon wieder an zu

stottern. Das steht dir nicht. Weißt du, ich habe mal ein Buch gelesen, das den Titel ‹Die Kraft der Schwachen› trug. Diese Formulierung habe ich mir gemerkt. Wir sind alle nicht sehr stark. Man kann uns leicht in die Knie zwingen. Man gibt uns gerade so viel Geld, dass wir über die Runden kommen. Und wenn man es uns wegnimmt, sind wir noch verletzbarer. Aber ich will nicht zu den Muckern gehören, die immer auf ‹die da oben› schimpfen und die dann so tun, als könne man nichts ändern. Jeder hat ein bisschen Kraft. Jeder kann sich in die Waagschale werfen. Und es gab Zeiten, in denen das viel schwieriger war als heute … Entschuldige, jetzt habe ich dir eine Predigt gehalten. Was meinst du, sind wir durch mit dem Dienstlichen?»

Marthaler war ein wenig verwirrt. Und er fühlte sich beschämt durch Thea Hollmanns Worte. Sie erinnerten ihn an seine Gespräche mit Carlos Sabato.

«Nein», sagte er, «wie eine Predigt klang das nicht. Eher klang es ein bisschen revolutionär.»

«Ich weiß nicht», sagte Thea, «vielleicht. Ich bin keine Heldin. Aber ich mag es nicht, wenn gelogen wird. Und wer einer Lüge nicht widerspricht, der lügt selbst. Die Wahrheit ist manchmal nicht schön, sie tut manchmal weh, aber sie wirkt immer befreiend. Jedenfalls ist das meine Erfahrung. Und eigentlich wollte ich nichts anderes sagen, als dass ich mir die Leiche mal ansehen kann … Was meinst du, können wir jetzt über was anderes sprechen?»

«Ja», sagte Marthaler, «möchtest du auch einen Schnaps?»

Thea schüttelte den Kopf. «Lieber einen Espresso.»

Er rief die Bedienung. «Sie haben einen Reineclaudenbrand auf der Karte, bringen Sie mir bitte einen. Nein, bringen Sie mir einen doppelten.»

«Oh, là, là, der Herr ist ein Genießer.»

«Nein», erwiderte er, «ein Schnapstrinker. Und zwei Espressi, bitte.»

«Was, bitte, ist ein Reineclaudenbrand?», fragte Thea.

Die Bedienung wollte zu einer Erklärung ansetzen, aber Marthaler kam ihr zuvor. «Die Reineclaude ist eine Edelpflaume, sehr fein, sehr mild. Wenn du willst, kannst du gerne mal an meinem Glas nippen. Oder wir bestellen dir auch eins.»

«Nein, es genügt mir, mal an deiner Edelpflaume zu schnuppern.»

Die Serviererin schaute zwischen den beiden hin und her. Dann begann sie, prustend zu lachen. Erst jetzt begriff Thea Hollmann, was sie gerade gesagt hatte, und fiel ebenfalls in das Gelächter ein.

«Entschuldige, Robert ...»

«Schon gut», sagte er, «ich habe verstanden. Sehr witzig, ja. Über was wollten wir sprechen?»

«Wir wollten das Thema wechseln», sagte Thea und wischte sich die Tränen aus den Augenwinkeln. «Du wolltest mir erzählen, warum es dir schlechtgeht.»

«Nein», erwiderte er, «erst du.»

«Aber mir geht es nicht schlecht.»

«Warum wohnst du dann im Haus deiner Schwester?»

«Komm», sagte sie, «trink deinen Schnaps, und dann brechen wir auf. Wenn du magst, machen wir einen kleinen Umweg und gehen noch ein Stück an der Nidda entlang. Abends ist die Stimmung dort besonders schön, aber alleine gehe ich da nicht gerne.»

Als sie das Gasthaus verlassen hatten, hakte sich Thea Hollmann bei ihm unter. «Schau nur», sagte sie, «wie klar der Himmel ist. Was für ein dunkles, tiefes Blau. Wollen wir Sterne zählen?»

«Ich glaube, dann wird mir schwindlig.»

«Bald ist Vollmond, dann schnarchen die Schafe.»

Marthaler lachte. «Wo hast du das her?»

«Das hat meine Großmutter immer gesagt. Bei Vollmond schnarchen die Schafe, und die Menschen können nicht schlafen. Ich habe neben ihr im Bett gelegen und so lange und so angestrengt gelauscht, bis ich schließlich doch eingeschlafen bin.»

«Erzähl mir von Füchsel. Was ist los mit euch? Pfeift er immer noch so schön?»

«Wir haben uns getrennt. Schon vor drei Monaten. Es ging nicht mehr. Deshalb bin ich im Haus meiner Schwester untergekrochen.»

Marthaler kannte Füchsel. Der Mann arbeitete als Hausmeister im Institut für Rechtsmedizin, wo man ihm diesen Spitznamen wegen seiner rotbraunen Haare gegeben hatte. Als er und Thea ein Paar wurden, hatte es unter den Kollegen dort Getuschel gegeben: eine Medizinerin und ein Handwerker, hieß es, das könne nicht gutgehen. Die beiden hatten sich nicht darum gekümmert. Thea hatte sofort ihre kleine Wohnung im Bahnhofsviertel aufgegeben und war zu Füchsel ins Gallusviertel gezogen.

«Und warum ging es nicht mehr?», fragte Marthaler. «Wart ihr am Ende doch zu unterschiedlich?»

«Nein, eher das Gegenteil. Wir waren uns zu ähnlich. Füchsel hat nichts von meiner Arbeit verstanden und ich nichts von seiner, aber das hat uns eigentlich nie gestört. Wir waren glücklich miteinander, und ich möchte keinen Tag mit ihm missen. Wir hatten dieselbe Witzgruppe; wenn jemand was Dummes sagte, verdrehten wir gleichzeitig die Augen, und irgendwann konnten wir die Sätze des anderen zu Ende sprechen. Und vor einem Vierteljahr haben wir uns eines Abends angeschaut und beide im selben Moment gewusst: Es geht nicht mehr, es hat sich aufgebraucht.»

«Du willst mir erzählen, keiner hat unter der Trennung gelitten, obwohl ihr glücklich wart?»

«So ist es», sagte Thea. «Unser Abschied war so harmonisch wie unsere Liebe. Es gab keinen Groll, keine Vorwürfe, nichts. Ich besuche ihn; er kommt manchmal bei mir vorbei, und zweimal waren wir sogar zusammen tanzen.»

«Aber dann könnte es doch passieren, dass ihr irgendwann wieder ein Paar werdet.»

«Vielleicht, vielleicht nicht. Auch darüber haben wir gesprochen. Und auch diesen Gedanken hatten wir blöderweise fast gleichzeitig. Aber ich glaube, sollte es wirklich dazu kommen, dann frühestens in ein paar Jahren. Jeder von uns müsste erst einmal wieder ein bisschen fremdes Leben tanken.»

Inzwischen hatten sie das Ufer der Nidda erreicht. Sie hörten das Flüstern des Windes in den Blättern, unter sich das glucksende Wasser und manchmal das Rascheln eines Vogels im Gebüsch. Außer ihnen war um diese Uhrzeit kaum jemand auf dem dunklen Weg unterwegs. Nur einmal, als ihnen das Scheinwerferlicht eines Fahrrades entgegenkam, sahen sie vor sich die Kaninchen ins Unterholz flitzen.

Irgendwann standen sie wieder vor dem Haus von Thea Hollmanns Schwester.

«Du hast mir noch nicht erzählt, ob Füchsel immer noch so gerne pfeift?»

«Das tut er. Er hat inzwischen ein riesiges Repertoire. Das meiste stammt aus ganz fürchterlichen Operetten. Aber wenn er die Melodien pfeift, werden sie wunderschön. Manchmal, wenn ich im Seziersaal stehe, höre ich ihn irgendwo im Haus oder auf dem Hof. Dann lege ich mein Werkzeug beiseite, um zu lauschen. Und bin immer froh, wenn mich niemand erwischt, denn ich stelle mir vor, dass ich vor lauter Rührung in diesem Moment völlig verblödet aussehen muss ... Aber komm, lass uns reingehen, ich friere allmählich.»

«Nein, Thea. Ich glaube, ich möchte jetzt lieber nach Hause fahren.»

Sie kam seinem Gesicht ganz nahe. So nahe, dass sie ein wenig schielte. «Geht's dir noch gut? Ich lasse dich in meine Innereien schauen, und jetzt willst du kneifen, anstatt meine hechelnde Neugier zu stillen. Jetzt bist du an der Reihe zu erzählen!»

«Verzeih mir, aber ich merke gerade, wie mich das Elend packt, und das liegt nicht an dir. Du hast mir gutgetan, und ich mache dir einen Vorschlag: Wenn du morgen Abend noch nichts vorhast, komme ich dich noch einmal hier besuchen. Dann kochen wir zusammen, und ich verspreche dir, dann werde ich erzählen. Aber das, was gerade in mir hochkriecht, muss ich mit mir alleine abmachen.»

Thea streckte ihm die Hand entgegen: «Abgemacht?»

«Was?»

«Dass du mich morgen Abend bekochst?»

«So habe ich es zwar nicht gesagt, aber: abgemacht!» Er schlug ein. «Ich weiß noch nicht, wann ich komme, aber ich komme bestimmt.»

«Komm, wann du willst, ich bin hier. Ich ruf dir ein Taxi. Willst du solange noch reinkommen?»

«Nein, lass! Ich laufe rüber zum Markus-Krankenhaus. Da stehen immer ein paar Wagen.»

«Habe ich dir wirklich gutgetan?»

«Das hast du.»

SIEBEN

Der Psychiater Nikolaus Sänftig öffnete die Augen und bekam umgehend schlechte Laune. Er frühstückte im Pyjama, nahm ein Bad und zog sich an, ohne dass seine Stimmung besser wurde. Dann ging er hinüber in jenen Teil seiner großzügigen Altbauwohnung in der Wiesbadener Innenstadt, der ihm als Praxis diente, setzte sich an den Schreibtisch und begann, in der Akte seines prominentesten Patienten zu lesen, die er sich am Vorabend schon bereitgelegt hatte. Die Räume waren leer und würden es für heute bleiben. Er hatte seine Sprechstundenhilfe bitten müssen, sämtliche Termine für diesen Tag abzusagen.

Sofort als er am gestrigen Mittag den Sprecher der Landesregierung breiten Schrittes hatte auf sich zukommen sehen, war Nikolaus Sänftig klar geworden, dass er einen Fehler gemacht hatte. Ich hätte mich, sagte sich der Psychiater, wie gewohnt an meinen kleinen Tisch bei Luigi verkriechen, die gegrillte Dorade genießen und dazu einen Pinot bianco trinken sollen. Stattdessen lasse ich mich von der Sonne locken, spaziere mitten durch die Fußgangerzone und laufe auf diese Weise Gefahr, jedem zweiten meiner Patienten zu begegnen, die um diese Uhrzeit zwischen ihren Parteizentralen, der Staatskanzlei und dem Landtag unterwegs sind. Ohne etwas davon zu wissen, gehörte zwar nicht Udo Klotz, wohl aber dessen Chef, der Ministerpräsident, zu den Klienten von Professor Doktor Sänftig.

Sechs Jahre war es her, dass Klotz den Psychiater zu einem Empfang eingeladen und der gefalteten Karte zwei Fünfhundert-Euro-Scheine sowie eine Notiz beigefügt hatte: «Unbedingt kommen! Sie müssen den MP kennenlernen!»

Sänftig war der Einladung gefolgt, hatte am späteren Abend neben Rolf-Peter Becker gesessen und mehr oder weniger angeregt mit diesem geplaudert. Jedenfalls schien der Ministerpräsident sich gut unterhalten gefühlt zu haben, denn ein paar Tage später erreichte den Psychiater eine weitere Nachricht von Klotz: «Gratulation! MP ganz begeistert, schlage Geschäft vor.» Beigelegt war diesmal ein formloser Vertragsentwurf, der vorsah, dass Sänftig monatlich einen Betrag in Höhe von 5000 Euro erhielt. Dafür musste er nichts anderes tun, als zur Verfügung zu stehen, wenn Udo Klotz ein Treffen mit dem MP arrangierte, was drei- bis viermal im Jahr geschah.

Mehr aus Neugier als wegen des Geldes – obwohl er auch das nach einer misslungenen Transaktion auf dem Neuen Markt dringend brauchen konnte – hatte sich Sänftig auf das Geschäft eingelassen. Entscheidende Bedingung: Der Ministerpräsident durfte nie erfahren, dass der Psychiater diese Zusammenkünfte bezahlt bekam. Er musste immer den Eindruck behalten, dass es sich um einen Freundschaftsdienst handelte, bei dem Sänftig, der Kulturbürger, dem pragmatischen Politiker mit ein paar guten Ratschlägen half, sich auf dem rutschigen Boden der geistigen Welt ein wenig sicherer zu bewegen.

Es dauerte nicht lange, bis der Psychiater seine Bereitschaft bedauerte. Seine Neugier auf den Menschen Rolf-Peter Becker war sehr viel schneller gestillt, als er zunächst vermutet hatte. Hinter dem überraschenden Charme des Ministerpräsidenten kam bald ein doch allzu berechnender Ehrgeiz zum Vorschein. Und manchmal schlug der wache Blick seiner flinken kleinen Augen in ein langes, stumpfes Brüten um.

Da sie beide demselben Jahrgang angehörten, brauchte es für den Psychiater nicht viel, sein Gegenüber zu durchschauen. Becker gehörte zu jenem Typus, der es schaffte, aus dem Gefühl der eigenen Minderwertigkeit eine trotzige Kraft zu ziehen. Die Kraft, es allen anderen zeigen zu wollen.

Das alles hätte den Psychiater höchstens gelangweilt und wenig gestört, wäre da nicht Udo Klotz gewesen, der ihn zunächst umgarnt, ihn aber unmittelbar nach seiner Unterschrift wie einen Fußsoldaten behandelt hatte, einen dienstbaren Geist, der je nach Bedarf dafür sorgen musste, dass der MP im politischen Alltag funktionierte.

Professor Doktor Nikolaus Sänftig, der unbeirrt darauf bestand, auf seinem Praxisschild und auf seinem Briefpapier die altmodische Berufsbezeichnung «Facharzt für Nerven- und Gemütskrankheiten» zu tragen, wurde vom Sprecher der Landesregierung wie eine medizinische Hilfskraft benutzt, die einen Zuckerkranken neu «einstellen» oder einen Sportler für den nächsten Einsatz «fit spritzen» musste. Er, der in Fachkreisen berühmt für den Satz war, dass er seine Patienten nicht heilen, sondern «zu sich bringen» wolle, hatte sich zum Handlanger im Politgeschäft machen lassen.

Damit gehörte Sänftig nun selbst zum immer größer werdenden Heer der von ihm so verachteten Consulting Psychologists, die dafür bezahlt wurden, hohen Armeeangehörigen, Topmanagern, Börsenspekulanten, Bomberpiloten und Geheimdienstleuten das schlechte Gewissen zu nehmen und sie in die Lage zu versetzen, auch am nächsten Tag ihre schmutzigen Geschäfte weiterzuführen.

Aber nun, da er seine Entscheidung bereute, sah er keine Möglichkeit, sie ohne Gesichtsverlust und allzu große Schäden für seinen Kontostand rückgängig zu machen.

Also stand er lächelnd zu Diensten und tat weiterhin so, als beruhe die Zuneigung, die der Ministerpräsident ihm entgegenbrachte, auf Gegenseitigkeit.

«Sie schickt der liebe Gott! Für morgen sind Sie gebucht», hatte Udo Klotz gesagt, als sie sich gestern begegnet waren, und ihm ein derbes Lächeln geschenkt, das jeden Widerspruch verbot.

«Was soll ich tun?»

«Nicht viel. Wir machen uns zu dritt einen schönen Tag und bringen den MP auf Vordermann. Er muss morgen die Kulturpreise überreichen und eine Rede halten. Es werden dreihundert geladene Gäste kommen, alle wichtig, wichtig, wichtig und zumeist Anhänger von Xanthopoulos.»

«Und ich soll ihm diese Rede schreiben?»

«Nein, das hätte keinen Zweck. Er würde sich sowieso nicht an das Manuskript halten, das tut er nie. Stimmen Sie ihn ein wenig ein! Reden Sie mit ihm über Musik, über Bilder, was weiß ich. Machen Sie ihm klar, was er keinesfalls sagen darf und was er auf jeden Fall sagen muss! Coachen Sie ihn! Ich will, dass er den Saal auf seine Seite bringt!»

Um kurz vor neun traf der Ministerpräsident fast gleichzeitig mit seinem Sprecher und mit Nikolaus Sänftig am Hintereingang des Herrenausstatters in der Wiesbadener Wilhelmstraße ein.

«Heute ist es so weit», hatte Udo Klotz bei ihrem morgendlichen Telefonat gesagt, «dein Konfirmationsanzug fliegt auf den Müll, ebenso das Kassengestell. Keine Widerrede: Jetzt wird aufgerüstet. Erst gehen wir einkaufen, dann zur Germania. Und der Psychodoktor kommt mit.»

Der Besitzer schloss ihnen von innen die Tür auf, begrüßte sie und versicherte, dass sein Geschäft so lange für die Tageskundschaft geschlossen bleibe, bis alle Wünsche des Ministerpräsidenten erfüllt seien.

Als dieser das erste Mal missmutig aus der Umkleidekabine trat, hatten Nikolaus Sänftig und Udo Klotz auf zwei lederbezogenen Würfelhockern Platz genommen und sahen ihn lächelnd an. Der MP stand in Socken vor ihnen und trug einen Anzug, dessen glänzender Stoff zwischen Mauve und Auberginefarben changierte. Ich sehe aus, dachte er, wie ein Croupier des Wiesbadener Casinos, der einen Ausflug zum Christopher Street Day macht.

«An Ihrem Blick erkenne ich schon», sagte der Ladeninhaber, «dass wir noch nicht den richtigen Stil getroffen haben. Darf ich fragen, welchen Sie bevorzugen?»

Schon das Wort Stil machte ihn nervös. Er hatte keinen Stil, und er bevorzugte auch keinen. Er war einfach er selbst, «Rolf-Peter Becker – Macher und Mensch», wie es auf seinen Plakaten stand. Bei seinen Amtsgeschäften trug er immer den gleichen Anzug, von dem er sich drei Exemplare hatte schneidern lassen, wenn er in den Bergen war, bevorzugte er Wanderschuhe, und drohte es zu regnen, nahm er einen Friesennerz mit. Ansonsten zog er an, was seine Frau ihm hinlegte. Das war alles.

«Für welchen Anlass soll es denn sein?»

«Kulturpreisverleihung», sagte Klotz. «Hilft es Ihnen, mehr zu wissen?»

«Unbedingt!»

«Die Jury hat drei Avantgardisten als Preisträger ausgewählt, man könnte auch sagen, drei ausgemachte Spinner: einen Lyriker, in dessen Gedichten kein einziges Mal der Buchstabe ‹e› vorkommen darf; einen Komponisten, dessen Musik sich anhört, als würde jemand rostige Eisenbahnschienen zersägen; und eine Bildhauerin, die aus Kuhdung lebensgroße Panzer knetet, welche sie trocknen lässt und hinterher mit einem Presslufthammer zerstört.»

«Ich darf also annehmen, dass wir es mit einem intellektuellen, eher legeren, aber durchaus formbewussten Publikum zu tun haben!»

«Worauf Sie Gift nehmen können.»

«Dann schlage ich etwas Weiches, Fließendes vor. Vielleicht etwas von Yamamoto? Was meinen Sie?»

Der Ministerpräsident nickte. Er hatte keine Ahnung, von was der Inhaber des Bekleidungsgeschäftes sprach, wusste aber, dass er den Laden so schnell wie möglich wieder verlassen wollte. Er zog kurz die schwarze Pluderhose an, die man ihm gereicht hatte, warf sich die dazugehörige sackartige Jacke über, erbleichte, als er den Preis sah – 2498 Euro –, zog seine eigenen Kleider wieder an und verließ die Kabine.

«Ja», sagte er, «passt perfekt! Genau das Richtige für heute Abend. Packen Sie es bitte ein!»

Nur zwei Häuser weiter wartete bereits die Inhaberin des teuersten Optik-Studios der Stadt auf ihn. Hier entschied er sich binnen weniger Minuten für ein Brillengestell, das jenem glich, welches der berühmte Architekt Daniel Libeskind bevorzugte, wie die Optikerin versicherte. Der MP ließ sich ein paar Kontaktlinsen in seiner Stärke dazugeben und kündigte an, in den nächsten Tagen wiederzukommen, um das Fensterglas gegen optische Gläser austauschen zu lassen.

«Na also, Chef, geht doch!», rief Klotz lachend, als sie zu dritt in dessen rotem Alfa GT Cabrio mit offenem Verdeck am Rhein entlang Richtung Rüdesheim fuhren. Rolf-Peter Becker hob den rechten Daumen, dann schlug er mit der Faust leicht auf Dr. Sänftigs Schulter und zwinkerte diesem verschwörerisch zu.

Klotz stellte den Wagen auf einen Parkplatz am Ortsrand. Nicht weit von ihnen hielt ein Reisebus mit Rentnern aus dem Schwalm-Eder-Kreis. Als die Alten den Ministerpräsidenten erkannten, begannen sie zu schnattern. Zuerst näherte sich eine kleine Gruppe, dann eine zweite, größere, und schließlich war Rolf-Peter Becker umringt von grauhaarigen Frauen und Männern, denen er lächelnd Autogrammkarten gab und die er fast alle um Haupteslänge überragte.

Wie es denn komme, dass er so ganz ohne Personenschutz unterwegs sei, wollte eine vorwitzige Dame wissen.

«Meine Bodyguards haben sich nicht rausgetraut», antwortete der MP. «Sie hatten Angst vor den vielen Senioren hier.»

Unter dem dankbaren Kichern der Alten verabschiedete er sich.

Das Niederwalddenkmal in den Weinbergen oberhalb von Rüdesheim war einer der Lieblingsorte des Ministerpräsidenten. Schon mit seinen Eltern und Großeltern hatte Rolf-Peter Becker die zwölf Meter hohe Germania immer wieder besucht und sich durch das auswendige Aufsagen aller sechs Strophen der «Wacht am Rhein» ein großes Glas Cola verdient.

Jetzt schaute er den Psychiater prüfend an. «In meiner Rede sollte ich wohl besser nicht erwähnen, dass wir heute hier waren, oder?»

Sänftig legte den Kopf in den Nacken und sah bis zur lorbeerumkränzten Kaiserkrone hoch, welche die Germania in ihrer erhobenen Rechten trug, während sie mit der Linken ein gewaltiges Schwert umfasst hielt, das ihr von der Brust bis zu den Füßen reichte.

«Nein, das wäre wohl keine so gute Idee», sagte Sänftig.

«Meinen Sie, ich sollte über meinen Besuch beim Dalai-Lama sprechen?»

«Hör auf!», sagte Klotz. «Das will keiner mehr hören. Schon gar nicht die Intellektuellen. Es gibt viele, die deinen Tibeter für einen dauerlächelnden Schwätzer halten, für einen Glückskeks auf Beinen. Weißt du, wie sie ihn nennen? Dalai-Laber!»

Der MP reckte das Kinn in die Höhe und gab seiner Stimme ein wenig Nachdruck. «Also, dann? Über was soll ich reden?»

«Welches ist Ihre Lieblingsmusik?», fragte Sänftig.

«Sie wollen wahrscheinlich auf etwas Klassisches hinaus?»

Der Psychiater nickte.

«Nun, wenn mich jemand fragt, sage ich immer: die Carmina Burana und Bolero. Die Stücke kenne ich aus dem Schulunterricht. Und ich weiß, dass es eine Musik ist, die viele mögen … Nicht gut?»

«Nein, das sollten Sie heute Abend lieber nicht erwähnen. Nicht vor Leuten, die etwas von Musik verstehen, zumal von moderner. Wie sieht es aus mit Malerei?»

«Klotz hat mir empfohlen, Miró und Dalí als meine Lieblingsmaler zu bezeichnen. Das habe ich immer wieder getan. Aber wissen Sie, was passiert ist? Neulich stand im Kulturteil einer Zeitung, das Kunstverständnis des Ministerpräsidenten gehe über die Bewunderung von Kinderzimmertapeten nicht hinaus.»

«Weißt du, was?», sagte Klotz. «Dann bleib ganz einfach bei deinem Metier! Schmeichel ihnen! Sag ihnen, dass Kultur ein großartiger Wettbewerbsvorteil für jede Region und ein wichtiger Standortfaktor ist.»

Der Psychiater sog hörbar Luft durch die halbgeschlossenen Lippen und verzog das Gesicht, als habe er Zahnschmerzen.

«Nein! Tun Sie das auf keinen Fall! Kein Künstler hört gerne, dass er nur als Stehgeiger gebraucht wird, als Dekoration für Handel und Wandel. Die Kunst steht für sich!»

«Sag, was du willst», mischte sich Udo Klotz noch einmal ein. «Hauptsache, du vergisst nicht zu erwähnen, dass Xanthopoulos eine Lügnerin ist.»

Der Ministerpräsident war stehen geblieben und schaute seine beiden Begleiter abwechselnd an. «Meint ihr wirklich? Meint ihr, sie haben die andere Sache schon vergessen?»

«Die andere Sache» war jene Affäre um schwarze Konten seiner Partei, die man als Vermächtnisse verstorbener Juden deklariert und von denen er angeblich nichts gewusst hatte, was ihm bald als gezielt lancierte Unwahrheit nachgewiesen worden war. Es war also gerade mal acht Jahre her, dass er selbst als Inbegriff des Lügners gegolten und im ganzen Land sein Bild mit einer überlangen Pinocchio-Nase an den Plakatwänden geprangt hatte.

«Nein», sagte Sänftig, «das Publikum, vor dem Sie heute Abend sprechen werden, hat die ‹andere Sache› keineswegs vergessen. Sie würden sich einen Bärendienst erweisen, das Wort Lüge auch nur einmal in den Mund zu nehmen.»

Der Ministerpräsident hörte bereits nicht mehr zu. Er hatte ein paar große Schritte gemacht und die beiden anderen hinter sich gelassen. Schließlich blieb er am Wegrand stehen und ließ seinen Blick über den Rhein schweifen. Er wusste, was er am Abend tun würde. Er würde seinen Konfirmationsanzug anziehen und sein Kassengestell aufsetzen. Er würde ganz er selbst sein. «Die Kunst steht für sich», würde er sagen und dabei genießerisch die Lippen schürzen, wie man es von ihm kannte. «Es ist immer gut, wenn man für sich stehen kann. Leider gelingt uns das nur selten im Leben. Meist sind wir auf andere angewiesen. Kann sein, dass es dann gefährlich wird.»

Er würde genügend lange Pausen zwischen seinen Sätzen lassen, damit alle im Saal verstanden, dass er in feiner Ironie sowohl auf sich selbst als auch auf seine Gegnerin anspielte. Er wusste, was nach diesen Worten passieren würde. Das Publikum würde zuerst verhalten kichern, dann herzlich lachen und schließlich befreit applaudieren.

Noch einmal drehte er sich um und winkte der Germania zu. In spätestens vier Monaten würde er wieder herkommen, um als Ehrengast zur 125-Jahr-Feier des Denkmals neben der Urenkelin des Erbauers zu sitzen.

«Tschüs, meine Süße», murmelte er nun mit gezügeltem Übermut, «bald bin ich wieder bei dir.»

Und die Gewissheit, am Abend eine gute Rede zu halten, erfüllte ihn.

ACHT

In seinem Traum war es Nacht. Marthaler lief durch einen dunklen, dichten Wald. Ohne sein Ziel zu kennen, wusste er doch, dass er sich beeilen musste. Er war barfuß und trug nichts als einen Schlafanzug und eine Pudelmütze. Immer wieder peitschten Zweige in sein Gesicht, und Tannennadeln stachen in seine Fußsohlen. Er hörte seinen keuchenden Atem.

Schneller, mein Junge, du musst schneller laufen, rief eine Stimme. Marthaler schaute sich um. Keine zehn Meter entfernt sah er im Mondlicht einen Mann stehen, der den Kopf langsam hin und her wiegte. Papa, bist du das? Ohne zu antworten, verschwand der Mann hinter einer dicken Eiche. Als Marthaler den Baum erreichte, war niemand mehr zu sehen. Nur eine riesige weiße Eule flog schreiend davon.

Er lief aufs Neue los, aber der Wald wurde immer dichter und der Weg immer schmaler, bis er sich ganz verlor. Marthaler ließ sich auf die Knie sinken und kroch nun durch das dichte Unterholz. Endlich hatte er das Ende des Waldes erreicht. Er schaute auf eine dunkle Ebene, an deren Ende er ein winziges Licht erkannte.

Er lief auf das Licht zu, aber es dauerte lange, bis es größer wurde, und noch länger, bis er erkannte, dass es ein Haus war, dessen sämtliche Fenster glanzvoll erstrahlten und über dessen offenen Eingang man eine große Girlande gehängt hatte. Er hörte Gläserklirren, Stimmen und Musik. Er öffnete eine zweiflügelige Tür und schaute in einen Saal voller Männer in blauen Uniformen. Auf der Bühne spielte eine Musikgruppe, die Wände waren geschmückt, und auf einem großen Tisch waren die Preise für eine Tombola aufgebaut.

Marthaler begriff, dass er sich auf einem Feuerwehrball befand. Unter all den Männern, die paarweise miteinander tanzten, sah er nur eine Frau. Sie trug ein rotes Kleid und lachte. Es schien ihr Spaß zu machen, in rascher Folge ihre Tanzpartner zu wechseln und jedem ein fröhliches Lächeln zu schenken. Marthaler erkannte Tereza. Als er ihren Namen rief, schaute sie ihn an. Ihre Miene war ernst.

Langsam kam sie auf ihn zu. Die Männer wollten sie zurückhalten, sie griffen nach ihren Armen, zerrten an ihrem Kleid, aber sie machte sich los und kam näher. Im letzten Moment gelang es Marthaler, die Tür wieder zu schließen. Tereza klopfte, sie rief seinen Namen. Immer wieder pochte sie von innen gegen das Holz. Aber er konnte ihr nicht öffnen.

Er lag zu Hause in seinem Bett und schlief.

Schließlich wachte Marthaler auf. Widerstrebend öffnete er die Augen. Jetzt merkte er, dass das Pochen noch immer andauerte und dass es von seiner Wohnungstür kam. Als er am Abend von Thea zurückgekommen war, hatte er eine Schlaftablette genommen und sich sofort hingelegt. Jetzt war er so benommen, dass es ihm schwerfiel, sich zu orientieren. Wieder hörte er es klopfen. Jemand rief nach ihm.

«Ist ja gut», sagte er, «ich bin gleich da.»

Er zog seinen Bademantel über und schlurfte zur Tür. Als er sie öffnete, stand Anna Buchwald vor ihm.

«Ich glaub's nicht, Anna! Wie bist du ins Haus gekommen?»

«Ich hab bei der Nachbarin geklingelt, sie hat mich reingelassen.»

«Hast du die etwa auch aus dem Schlaf gerissen?»

«Keine Ahnung. Sie war sehr freundlich. Wieso ist deine Klingel ausgeschaltet?»

«Weil ich ausnahmsweise nicht um fünf Uhr vom Zeitungsboten geweckt werden wollte. Wie spät ist es überhaupt?»

«Kurz vor halb acht. Ich lag seit sechs Uhr wach. Als Elvira das Haus verlassen hat, bin ich mitgegangen. Ich wollte nicht alleine sein.»

«Was versteckst du hinter deinem Rücken?»

Anna hielt eine Brötchentüte hoch: «Ich war bei Harry. Maisbrötchen und Laugencroissant sind okay, nehme ich an. Geh dich anziehen; ich mache inzwischen Kaffee und decke den Tisch.»

«Anna, ich möchte nicht, dass du auf diese Weise bei mir eindringst.»

«Soll ich lieber wieder am Regenrohr hochklettern und über den Balkon kommen? Weißt du noch? Damals bist du allerdings nackt durch den Flur gekrochen und hattest deine Dienstwaffe in der Hand.»

«Weil ich Angst hatte. Weil ich aus der Dusche kam und gehört habe, dass jemand in meiner Wohnung ist. Ich dachte, es wäre ein Einbrecher.»

Anna verschwand in der Küche. Marthaler ging ins Badezimmer und ließ kaltes Wasser über seinen Kopf laufen. Dann putzte er sich lange die Zähne.

Im Grunde war er froh, dass Anna ihn von seinem Traum befreit hatte. Und dass er nicht alleine frühstücken musste.

«Wie geht's dir? Wie war es mit Elvira?», fragte er, als er

sich jetzt an den gedeckten Tisch setzte. «Habt ihr ein paar nette Jungs kennengelernt?»

Anna brachte Kaffee und Orangensaft. Sie bewegte sich in seiner Wohnung, als sei sie hier zu Hause. Und so war es ihm am liebsten. Er mochte keine Gäste, die sich wie Fremde benahmen, die er zum Essen auffordern und denen er nachschenken musste.

«Es geht mir nicht besonders, Robert. Aber Elvira ist klasse, ich mag sie wirklich gern. Wir haben lange geredet. Ich hab ihr von Herlinde Scherer erzählt, und sie hat zugehört. Sie sagt, ich kann bei ihr wohnen, solange ich will, und ich darf kommen und gehen, wann ich will.»

«Das heißt, du fährst erst mal nicht nach Hamburg zurück?»

«Nein. Natürlich nicht. Herlinde war meine Freundin. Und ich bin Journalistin. Ich will wissen, was passiert ist. Und du willst das auch. Hast du mit Sabato gesprochen?»

Marthaler strich eine dicke Schicht extrabitterer Orangenmarmelade auf die untere Hälfte seines Maisbrötchens und nahm einen Bissen. Er wusste, dass er Anna nicht davon abhalten konnte, eigene Nachforschungen in dem Fall anzustellen. So unterschiedlich ihre Charaktere waren, in dieser Eigenschaft glichen sie einander: Sie waren beide hartnäckig bis zur Verbissenheit.

«Man hat Sabato und mich dazu verpflichtet, nichts von dem, was wir am Tatort erfahren haben, an irgendwen weiterzugeben.»

«Das heißt, man will euch zum Schweigen bringen.»

«So ist es. Und zwar mit großem Nachdruck.»

Anna schüttelte den Kopf. «Und das lasst ihr mit euch machen? Ihr könnt doch nicht einfach kuschen.»

«Geduld, Anna! Wir hatten gestern bereits eine Sitzung, die es nicht hätte geben dürfen. Wir werden uns heute Vormittag noch einmal im Weißen Haus treffen, um zu besprechen, wie wir weiter vorgehen. Sollten wir uns entschließen, zu ermitteln, dann müssen wir klären, unter welchen Bedingungen das geschieht. Heikel wird es so oder so. Und rauskommen darf es niemals. Dir muss klar sein, dass wir dich da keinesfalls einbeziehen können. Es kann nicht sein, dass wir unsere Informationen mit dir teilen.»

«Das heißt aber auch, dass ich meine Informationen nicht mit euch teile. Hältst du das für klug, Robert? Ist es nicht besser, wenn wir miteinander statt gegeneinander arbeiten? Und illegal bleibt eure Aktion ohnehin, ob ich mit im Boot bin oder nicht. Ihr würdet genauso auf eigene Faust ermitteln wie ich.»

Marthaler stöhnte. Er wusste nicht, was er sagen sollte. Es gab wenig einzuwenden gegen Annas Argumente. Und sie schien zu merken, dass er wankte. Also entschloss sie sich zu einer Taktik, die fast immer wirkte. Anstatt zu drängen, zeigte sie sich generös.

«Gut, mir kann es egal sein. Ich tue, was getan werden muss. Aber ihr habt die Wahl – macht, was ihr wollt! Mit mir oder ohne mich!»

Marthaler lehnte sich zurück und legte den Kopf in den Nacken. Mit den Fingerspitzen beider Hände rieb er sich die Schläfen. «Das Schlimme ist, dass wir nicht mal wissen, wo wir ansetzen sollen; wir haben keine Ahnung, um was es überhaupt geht. Im Grunde müssten wir die Räume von Herlinde Scherer durchsuchen … Lass es uns so machen: Warten wir ab, was heute Morgen im Weißen Haus passiert. Lass uns danach noch einmal reden. Solange muss ich dich um Geduld bitten.»

Anna spielte weiter die Gleichgültige: «Ganz wie du willst … Sag mal, ich hatte völlig vergessen, *wie* gut diese Maisbrötchen sind. Wenn du die andere Hälfte nicht mehr schaffst …»

«Nimm nur», sagte er und tunkte sein Laugencroissant in den Rest des Cappuccinos. «Weißt du, eigentlich wollte ich ein paar Tage freinehmen. Eigentlich wollte ich mindestens ein Jahr lang nichts mehr mit ermordeten Frauen zu tun haben.»

Anna sah ihn fragend an.

«Sagt dir der Mordfall Karin Ölze etwas?»

Anna nickte. «Du hast mir davon erzählt, als wir Weihnachten telefoniert haben. Du hast gesagt, dass du dir die Akten noch mal vorgenommen hast. Außerdem hat Herlinde Scherer damals eine große Reportage über den Fall geschrieben. Wenn du den Text nicht kennst, solltest du ihn unbedingt lesen. Ich hab ihn in meinem Archiv.»

Marthaler hob beide Hände zum Zeichen, dass er an nichts weniger Bedarf hatte.

«Aber das Ganze ist doch ewig lange her; bist du weitergekommen?», fragte Anna.

«Karin Ölze ist im Sommer 1985 ermordet worden. Und es sieht so aus, als habe derselbe Täter noch zwei andere Frauen auf dieselbe bestialische Weise umgebracht. Man ist ihm wohl deshalb nicht auf die Schliche gekommen, weil er die Länder gewechselt hat. Ich habe im letzten halben Jahr so viele Berichte über Sexualverbrechen gelesen, dass ich mich schon deshalb lieber eine Weile lang nur noch mit Fahrraddieben und Heiratsschwindlern beschäftigen würde.»

«Da bist du wohl in der falschen Abteilung», sagte Anna und zeigte auf seinen Teller. «Fertig?»

Ohne seine Antwort abzuwarten, stand sie auf und begann, den Tisch abzuräumen. Marthaler half ihr. Fast wirkte es, als würden die beiden jeden Tag gemeinsam die Hausarbeit verrichten, so selbstverständlich arbeiteten sie Hand in Hand.

«Eins fällt mir noch ein», sagte Anna beiläufig. «Hast du den Hotelier eigentlich gefragt, wo Herlinde Scherer ihren Wagen abgestellt hat?»

«Habe ich», sagte Marthaler. «Als sie das Zimmer reservierte, hat er ihr einen Stellplatz angeboten. Sie hat abgelehnt. Also ist sie wohl mit der Bahn oder mit dem Taxi gekommen.»

Anna schüttelte heftig den Kopf. «Nie und nimmer», sagte sie. «Vergiss es, Robert. Herlinde hat immer ihren Wagen genommen. Sie ist sogar zum Briefkasten in ihrem blöden Dorf mit dem Auto gefahren. Sie ist nie in einen Bus oder in eine Straßenbahn gestiegen. Sie hasste Flugzeuge. Und ein Taxi hätte sie nur bestellt, wenn man sie ans Steuer gelassen hätte. Sie war mit ihrem Auto verheiratet.»

«Warum sollte sie dann einen Stellplatz am Hotel abgelehnt haben? Du hast selbst gemerkt, wie schwer es ist, eine Parkmöglichkeit in der Umgebung zu finden.»

«Vielleicht, weil sie nicht wollte, dass man ihr Auto dort sieht. Vielleicht, um zu verhindern, dass jemand erfährt, wo sie sich befindet. Über das Nummernschild wäre sie identifizierbar gewesen. Immerhin hat sie es ja auch für nötig gehalten, sich unter einem falschen Namen anzumelden. Du hast selbst gesagt: Sie war bestrebt, Spuren zu verwischen. Erst recht in einer Situation, in der sie sich verfolgt fühlte.»

Marthaler nickte. Das hatte er bislang nicht bedacht. Ihm wurde klar, dass ihm Anna schon deshalb hilfreich sein konnte, weil sie Herlinde Scherer besser kannte als er selbst.

«Was schließt du daraus?», fragte er.

«Dass sie ihren Wagen woanders abgestellt hat. Dass er irgendwo am Straßenrand oder in einem Parkhaus steht. Vielleicht hat sie sogar eine Garage gemietet.»

«Selbst wenn es so wäre: Was hätten wir davon, ihren Wagen zu finden?»

«Das weiß ich nicht», sagte Anna. «Aber es gehört ja wohl dazu, dass wir ihn suchen. Und wer weiß, auf was wir dabei stoßen.»

Und wieder hatte Anna recht. Es war ein wesentlicher Teil der Ermittlungen, zu erfahren, was ein Mordopfer in der Zeit vor der Tat gemacht, wo und wie es sich bewegt hatte.

«Kennst du das Nummernschild?»

«Nein, aber das herauszufinden kostet Elvira nicht mehr als ein paar Klicks. Und einen zweiten Peugeot 504 Kombi wird es in Frankfurt kaum geben, jedenfalls keinen goldenen.»

«Du weißt, ich verstehe nichts von Autos», sagte Marthaler. «Aber der Wagen muss doch uralt sein.»

«Alt ja», erwiderte Anna, «aber nicht uralt. Der 504 ist ein supererfolgreiches Modell von Peugeot. Ich habe mal gelesen, die haben um die 4 Millionen davon produziert, aber wohl bloß bis 1984, jedenfalls in Frankreich. In Nigeria müssen sie ihn noch bis vor drei Jahren gebaut haben.»

Marthaler lächelte, aber als er zu reden begann, klang seine Stimme verzagt. «Ich fürchte, das alles nützt uns nichts, Anna. Das LKA wird das Auto längst gefunden haben. Sie haben alle Mittel in der Hand und außerdem einen Riesenvorsprung. Es kommt mir vor, als wäre ich an Händen und Füßen gefesselt.»

«Es ist, wie es ist, Robert. Den Satz habe ich von dir. Lass uns das Beste draus machen. Ich glaube, du musst jetzt los. Hast du was dagegen, wenn ich noch eine Weile hierbleibe und deinen Computer benutze?»

«Natürlich nicht. Und was hast du jetzt vor?»

«Das erzähle ich dir, wenn wir wissen, wie wir miteinander umgehen», sagte sie. Dann wiederholte sie seine Worte: «Warten wir ab, was heute Vormittag im Weißen Haus passiert. Solange muss ich dich um Geduld bitten ...»

Sie setzte sich an seinen Arbeitsplatz und schaltete den Rechner ein. Einmal drehte sie sich noch zu Marthaler um: «Kannst du mir dein Fahrrad leihen?»

«Tut mir leid, das habe ich gestern im Büro gelassen. Ich muss selbst den Wagen nehmen.»

«Dann finde ich eine andere Lösung.»

Davon bin ich überzeugt, dachte Marthaler.

NEUN

Die anderen hatten sich bereits im Großen Zimmer versammelt, als Carlos den Kopf zur Tür hereinstreckte. Er wirkte aufgeregt, seine Wangen waren gerötet: «Leute, tut mir den Gefallen, lasst uns die Sitzung in mein Labor verlegen. Es könnte sein, dass Karl jeden Moment entbindet.»

Charlotte von Wangenheim schaute ihn entgeistert an: «Carlos, wer bitte ist Karl?»

«Meine Katze, sie ist hochschwanger. Ich möchte sie nicht alleine lassen.»

«Aber wieso heißt eine Katze Karl?»

«Wieso nicht? Das ist doch ein ganz normaler Name. Karl Marx, Karl Liebknecht …»

«Und Carlos Sabato.»

«Genau.»

«Aber es ist ein Männername. Und Männer entbinden nur äußerst selten.»

Sabato tat, als würden ihn Charlottes Einwände in tiefes Grübeln versetzen. «Ja, jetzt, wo du es sagst. Du hast natürlich recht, das ist ein gewisser Widerspruch. Aber weißt du, ich habe die Katze gefunden. Sie hatte sich eine Pfote gebrochen. Und sie trug ein Bändchen um den Hals, auf dem der Name Karl stand. Ich habe mich so dran gewöhnt … Oder meinst du, ich kann sie noch umbenennen? Vielleicht sollte sie wie du heißen: Charlotte. Doch … ich glaube, das wäre wirklich passender. Das werde ich machen.»

Charlotte von Wangenheim nahm eine drohende Haltung ein: «Hüte dich, Carlos. Ich will nicht wie deine trächtige Katze heißen.»

«Weißt du, im Grunde wäre es auch eine Hommage an dich. Eine Verneigung vor deinem Charme, vor deiner Intelligenz, vor deiner Anmut und vor deinem Humor. Denn wenn ich es mir recht überlege, gleichen sich Karl und du in vieler Hinsicht …»

Charlotte schaute sich bei den anderen nach Beistand um. Und erst jetzt merkte sie, dass die Kollegen mühsam ihr Lachen unterdrückt hatten, das sich nun umso hemmungsloser Bahn brach. Charlotte runzelte die Stirn. Sie war sichtlich verunsichert: «Heißt das, du hast das alles erfunden? Es gibt gar keinen schwangeren Karl?»

«Und ob es Karl gibt. Du wirst sie gleich sehen. Aber ich werde sie keinesfalls umbenennen. Karl bleibt Karl, egal, wie viele Kinder sie bekommt. Und jetzt lasst uns nach unten gehen.»

«Ich will keine gebärende Katze sehen, hast du verstanden, Carlos? Egal, wie sie heißt. Das wirst du mir nicht antun … Mein Gott, manchmal habe ich das Gefühl, von renitenten Sonderlingen umgeben zu sein.»

Carlos Sabato hatte sein Labor beim Umzug der Ersten Mordkommission im Keller des Weißen Hauses eingerichtet. So war er einerseits den Ermittlern nahe, mit denen er täglich zu tun hatte, und blieb andererseits unbehelligt von den Intrigen und Machtspielen, die den Alltag des Polizeipräsidiums und seiner Unterabteilungen prägten. Den Ruf eines einzelgängerischen Sonderlings hatte er sich hart erkämpft, und er war froh, dass man ihn nach anfänglichen Anfeindungen inzwischen in Ruhe ließ.

Dienstvorschriften interessierten ihn so wenig wie Arbeitszeiten. «Ich bin nicht berufstätig; ich bin Naturwissenschaftler», sagte er. Und drückte mit dieser Selbstbeschreibung aus, dass er seine Arbeit tat, wann immer sie getan werden musste, mehr noch, dass er nicht bereit war, zwischen Arbeit und Freizeit zu unterscheiden. Manchmal verließ er seinen Keller das ganze Wochenende nicht, manchmal verabschiedete er sich schon mittags, weil er sich mit seiner Frau Elena im Schwimmbad verabredet hatte. Seine Reputation als Naturwissenschaftler war unumstritten, seine Renitenz gewaltig. Und so hatte er noch alle ehrgeizigen Vorgesetzten, die versucht hatten, ihn auf Linie zu bringen, überlebt.

Während die anderen sich in seinem Labor versammelten und auf Hockern, Kisten und Aluminumkoffern provisorische Sitzplätze suchten, hatte sich Sabato noch einmal ans Ende des dunklen Kellerganges begeben, wo er seiner Katze in einem kleinen Verschlag ein Lager bereitet hatte.

Er kam zurück und lächelte: «Es ist noch nicht so weit», sagte er. «Aber Karl wirkt ganz entspannt. Sie wartet. Sie ist bereit.»

«Gut», sagte Charlotte, «das sind wir auch. Aber ich fürchte, wir können es kurz machen. Ich habe gestern lange telefoniert, aber es ist nichts dabei herausgekommen. Ich habe sowohl mit Leuten aus dem Präsidium als auch aus dem LKA gesprochen, aber niemand weiß etwas über die Sache im Hotel Zooblick.»

«Niemand weiß etwas», erwiderte Marthaler, «oder niemand will dir etwas sagen.»

«Nein, Robert. Ich hatte nicht den Eindruck, dass das Schutzbehauptungen waren. Euch ist klar, dass ich nur mit solchen Kollegen gesprochen habe, denen ich vertraue. Aber sie waren alle ebenso verwundert wie wir. Niemand hat gemauert.»

«Was müssen wir daraus schließen?», fragte Kerstin Henschel. «Dass Rotteck auf eigene Rechnung arbeitet?»

«Nein, das kann nicht sein», entgegnete Sven Liebmann. «Sonst hätte Charlotte gestern nicht diesen Anruf bekommen, der Marthaler und Sabato zur Verschwiegenheit verpflichten sollte. Und ich nehme an, dass er von jemandem kam, der die Befugnis hatte, eine solche Anweisung zu geben.»

«Davon darfst du ganz sicher ausgehen», sagte Charlotte.

«Wir müssen daraus schließen, dass der Kreis der Leute, die wissen, was gespielt wird, sehr klein ist», sagte Marthaler. «Und dass er sehr klein bleiben soll.»

Kai Döring hob die Hand. «Robert, du hast erzählt, Rotteck habe irgendwie neben sich gestanden, als ihr gestern in dem Hotel aufeinandergetroffen seid.»

«Ja, er war außer sich. Er war extrem aufgeregt. Er hat sich vollkommen unprofessionell benommen. Er hat Fehler über Fehler begangen. Eigentlich hat er erst dadurch mein Misstrauen geweckt.»

«Warum war das so?», fragte Kai. «Über diese Frage habe ich gestern Abend lange nachgedacht.»

Kerstin Henschel grinste: «Wolltest du nicht eigentlich Bier trinken?»

«Ich habe Bier getrunken, Fußball geschaut und nachgedacht. So was nennt man Multitasking. Männer …»

«Und bist du zu einem Ergebnis gekommen?»

«Es gibt nur eine Erklärung. Rotteck war deswegen so aufgelöst, weil irgendwas schiefgegangen ist.»

«Den Eindruck habe ich auch», sagte Marthaler. «Und

schiefgegangen ist nicht nur, dass Carlos und ich am Tatort aufgetaucht sind. Um was auch immer es sich handelt, da ist etwas gründlich aus dem Ruder gelaufen. Aber wir wissen nicht, was.»

Sven Liebmann klatschte vor Ungeduld in die Hände. «Leute, so kommen wir nicht voran. Lasst uns eine Entscheidung treffen, wie wir weiter vorgehen.»

«Stopp», sagte Charlotte von Wangenheim, «bevor ihr weitersprecht, werde ich den Raum verlassen. Ich darf und will von all dem, was ihr jetzt beschließt, nichts wissen. Und ich werde bis in alle Ewigkeit bestreiten, etwas davon gewusst zu haben.»

«Warte, Charlotte», sagte Marthaler, «bevor du gehst: Auch wenn du uns nicht sagen darfst, wer der Anrufer war, der dir die Anweisung gegeben hat, Carlos und mich eine Verschwiegenheitserklärung unterschreiben zu lassen, so kann dich niemand davon abhalten, uns zu sagen, wer es nicht war.»

Charlotte lächelte.

«War es der Polizeipräsident?»

«Nein.»

«War es jemand aus dem Landeskriminalamt?»

«Nein.»

«Kam der Anruf aus dem Innenministerium?»

Charlotte schwieg.

«Danke», sagte Marthaler. «Damit sind wir immerhin einen winzigen Schritt weiter.»

Die Tür zu Sabatos Labor wurde zaghaft geöffnet. Elvira hielt ein Telefon in die Runde: «Tut mir leid, dass ich störe. Ein Anruf aus der Zentrale. Sehr dringend. Wer nimmt an?»

Charlotte von Wangenheim nickte. Sie nahm das Telefon

entgegen und brachte die Runde mit einer beschwichtigenden Geste zum Schweigen. Dann bedeutete sie, dass sie Stift und Papier brauchte.

Die anderen schauten sie neugierig an, während sie sprach: «Verstehe … ja. Noch mal die Hausnummer … Ja, hab ich … Nein, es kommt sofort jemand. Wir sind unterwegs.»

Sie gab Elvira das Telefon zurück und schüttelte den Kopf. Alle wussten, dass etwas Folgenschweres passiert war.

«Tut mir leid, Leute. Die Sitzung ist beendet. In einem Haus in Bergen ist eine Mutter mit ihren beiden Kindern gefunden worden. Alle drei tot. Die Kinder wohl erstickt, die Frau erstochen. Ein freistehendes Haus. Bessere Wohngegend. Heinrich-Bingemer-Weg. Der Ehemann ist nicht zu erreichen. Vielleicht ein Raubmord. Vielleicht ein Familiendrama. Zwei Leute fahren zum Tatort. Ich schlage vor: Sven und Kerstin. Und Kai übernimmt die Suche nach dem Mann. Tut mir leid, Robert, ich fürchte, du musst vorerst ohne die anderen zurechtkommen.»

«Na, dann», sagte Kai Döring. «Wie heißt der Andi mit Nachnamen?» Als keiner reagierte, gab er selbst die Antwort: «Arbeit heißt er. An die Arbeit.»

Aber auch jetzt lachte niemand. Der Witz war abgenutzt, seine Pointe hatte sich verbraucht.

Charlotte wartete, bis die anderen das Labor verlassen hatten, dann schloss sie die Tür. Sie schaute Sabato und Marthaler abwechselnd an. «Was ich jetzt sage, habe ich nie gesagt. Hört trotzdem gut zu! Sven hat recht, die Sache riecht nicht nur schlecht, sie stinkt. Und dass wir Druck von oben bekommen, lässt vermuten, dass da an einer Stelle etwas faul ist, wo keinesfalls etwas faul sein sollte. Ich stimme eurer Einschätzung zu. Deshalb will ich dich bestärken, Robert: Tu alles, um die Sache aufzuklären, auch wenn ich selbst mich bedeckt halten muss! Und du, Carlos, wenn du Zeit hast, versuch ihn bitte zu unterstützen.»

Die beiden Männer nickten. Charlotte drehte sich um, öffnete die Tür und verschwand ohne ein weiteres Wort.

Sabato und Marthaler sahen sich an. Sie waren alleine. In weniger als einer Minute hatte sich das Labor geleert.

«Weg sind sie», sagte Marthaler. «Offenbar ist es gerade mein Schicksal, verlassen zu werden.»

Sabato stutzte: «Sag nicht … Tereza?»

«Doch, Carlos. Sie ist auf dem Weg nach Prag. Sie hat einen anderen Mann kennengelernt.»

«Robert, ihr habt schon öfter eine Krise gehabt. Ihr werdet auch diesmal …»

«Nein, lass. Ich möchte nicht drüber reden. Ich wollte nur, dass du es weißt.»

«Und jetzt?», fragte Sabato.

«Jetzt machen wir das Beste daraus», sagte Marthaler. «Aus dem einen wie aus dem anderen. Mehr gibt es dazu jetzt wirklich nicht zu sagen. Also, erzähl mir vom Tatort.»

«Viel Zeit hat mir Rotteck nicht gelassen. Zuerst habe ich geschaut, ob die Frau irgendwelche Aufzeichnungen in ihrem Zimmer hatte, so, wie du es wolltest. Aber da war nichts. Kein Computer, kein Handy, kein Notizbuch. Außer einer kleinen Reisetasche mit Kleidungsstücken befanden sich keine persönlichen Gegenstände in diesem Zimmer.»

«Ausweis? Führerschein? Scheckkarten? Geld?», fragte Marthaler.

«Nichts! Nicht einmal ein Schlüsselbund. Und selbst den Hotelschlüssel habe ich nirgends entdeckt.»

«Hast du geschaut, ob es im Schrank einen Tresor gab?»

«Habe ich, gab es nicht. Kann natürlich sein, dass der Hotelier in seinem Büro einen hat, in den auch die Gäste ihre Wertsachen einschließen dürfen.»

«Das werde ich überprüfen. Weiter! Was ist mit den Spuren, die Rotteck konfisziert hat? Das heißt ja, du hast etwas gefunden?»

«Robert, ich finde immer etwas. Einen Kriminaltechniker in ein Hotelzimmer zu lassen, das ist, als würdest du einen Geier auf einer Müllhalde aussetzen. Das reine Paradies für uns. Egal, wie gründlich dort gereinigt wurde, es bleibt immer etwas übrig. Fasern, Haare, Fingernägel, Hautschuppen. Und selbstverständlich die getrockneten Überreste sämtlicher Körperflüssigkeiten, die man als Mensch so zu bieten hat. Die Frage ist nur, ob das, was ich dort erbeutet habe, irgendetwas mit dem Verbrechen zu tun hat. Um das herauszufinden, bräuchte ich meine Tütchen.»

«Gut, aber schlecht», sagte Marthaler. «Die Tütchen hat Rotteck kassiert. Was ist mit dem Balkon? Ich hatte dich gebeten, ihn dir anzuschauen.»

«Es ist, wie du vermutet hast. Der Täter könnte von dort gekommen sein, und er könnte den Balkon ebenso als Fluchtweg benutzt haben. Es gibt eine Feuerleiter, die vom Erdgeschoss bis zum Dach führt; er hätte also noch nicht mal ein Kletterkünstler sein müssen. Die Balkontür ist anscheinend nicht geöffnet worden, aber es gibt ein recht großes Klappfenster, das zwar geschlossen, dessen Riegel aber nicht umgelegt war.»

«Hast du dir das Opfer angeschaut?»

«Sagen wir, ich habe einen Blick auf die Frau geworfen.

Dann bin ich leider unsanft gestört worden. Dass man ihr ins Gesicht geschossen hat, hast du selbst gesehen. Ich gehe aber davon aus, dass sie ein weiteres Mal an einer anderen Stelle getroffen wurde, sonst hätte sie nicht so viel Blut verloren. Da ich die Leiche aber nicht mehr bewegen konnte, kann ich dir dazu nichts Genaues sagen.

«Todeszeitpunkt?»

Marthaler sah das Unbehagen im Gesicht des Kriminaltechnikers. «Das ist nicht mein Job, Robert. Das wäre Thea Hollmanns Aufgabe gewesen. Sie hat die Mittel dazu; sie ist dafür ausgebildet.»

«Bitte, Carlos. Wenn du eine vage Vorstellung hast, wann die Frau zu Tode gekommen ist, dann sag es mir.»

«Also gut. Ich habe ihre Bluse ein Stück hochgeschoben und mir die Haut angesehen. Die Leichenflecken waren bereits voll ausgeprägt.»

«Das passiert wann?»

«Vier bis zehn Stunden nach Eintritt des Todes. Die Flecken ließen sich aber bereits nicht mehr wegdrücken, das heißt, sie muss sogar schon mindestens zwölf Stunden tot gewesen sein. Andererseits hatte die Lösung der Leichenstarre noch nicht eingesetzt. Dazu hätte sie bereits seit 24 Stunden dort liegen müssen.»

«Das ist mir zu kompliziert. Nenn mir einfach den Zeitraum, auf den du es eingrenzen kannst. Das letzte Mal lebend gesehen wurde sie von der Frau des Hoteliers in der Nacht von Montag auf Dienstag gegen ein Uhr 15. Sie wollte noch ein wenig frische Luft schnappen.»

Sabato griff in seine Hosentasche, zog ein kleines Notizbuch hervor und schlug es auf: «Angeschaut habe ich mir die Frau gestern um 17 Uhr 25. Dann ist ihr Tod also zwischen ein Uhr 15 in der Nacht und fünf Uhr 30 gestern Morgen eingetreten.»

«Gut», sagte Marthaler, «das heißt, es ist möglich, dass sie zurück ins Hotel gekommen ist und sofort erschossen wurde.»

«Das ist sehr gut möglich», sagte Sabato. «Weißt du, ob das Zimmer abgeschlossen war, als man die Tote gefunden hat?»

«Nein, es war offen. Warum fragst du?»

«Nur so.»

«Carlos, du fragst niemals *nur so*! Du hast eine Theorie und willst nicht damit rausrücken.»

«Weil ich kein Theoretiker bin.»

«Es ist jedes Mal dasselbe. Du ziehst dich zurück auf deine blöde Naturwissenschaftler-Ehre. Du weigerst dich, Schlüsse zu ziehen. Alles muss exakt sein. Aber wir arbeiten anders. Wir müssen uns eine Vorstellung machen, was passiert sein könnte. Wir müssen ein paar Versionen des möglichen Tathergangs im Kopf haben, um weiterzukommen.»

«Du sagst es. Du brauchst ein paar Versionen. Am besten sogar möglichst viele, um dich nicht zu verrennen. Und ich möchte nicht, dass du dich auf meine Version festlegst.»

«Das ist nett von dir, aber diesmal ist die Lage etwas anders. Du bist derjenige von uns, der wirklich am Tatort war. Ich hatte gerade mal Gelegenheit, vom Gang aus einen Blick in das Zimmer zu werfen. Wenn du mir nicht sagst, was du denkst, behinderst du die Ermittlungen.»

Sabato lachte. «Merkst du nicht, dass du schon jetzt dabei bist, dich zu verrennen? Ich behindere die Ermittlungen? Ist das dein Ernst?»

Marthaler schwieg einen Moment. Dann schüttelte er

den Kopf und lachte ebenfalls. «Nein, entschuldige. Das war Blödsinn. Es ist nur so, dass ich komplett im Nebel stochere.»

«Also gut, Robert. Ich erzähle dir meine Version. Und du versprichst, sie sofort zu verwerfen, sobald das geringste Indiz dagegen spricht.»

Marthaler brummte irgendetwas Unverständliches.

«Was hast du gesagt?», fragte Sabato.

«Einverstanden!»

«Gut. Gehen wir davon aus, dass Herlinde Scherer sowohl ihr Fenster als auch ihre Tür verschlossen hat, als sie aus dem Zimmer gegangen ist.»

«Darauf können wir wetten. Sie war nicht sorglos. Nach allem, was Anna berichtet, hatte die Frau Angst.»

«Am Fenster finden sich keinerlei Einbruchsspuren. Das heißt, der Täter ist durch die Tür gekommen.»

«Du meinst, sie hat ihren Mörder selbst reingelassen? Das ist sehr unwahrscheinlich. Sie war alleine in Frankfurt. Sie kannte niemanden in diesem Hotel. Eine Frau, die sich verfolgt fühlt, öffnet nicht nachts einem fremden Mann ihre Tür.»

«Das glaube ich auch. Der Umstand, dass sie noch nicht geschlafen hatte, dass sie noch angezogen war, als sie ermordet wurde, spricht dafür, dass man sie nicht erst gegen Morgen, sondern sehr bald nach ihrem Nachtspaziergang getötet hat.»

«Ich folge dir.»

«Übrigens gefällt mir die Geschichte nicht, dass sie noch mal frische Luft schnappen wollte. Hat sie Angst oder nicht? Fühlte sie sich verfolgt oder nicht? Wenn ja, dann ist sie doch nicht ohne Not nachts alleine durch eine dunkle Stadt spaziert.»

«Ich weiß», sagte Marthaler. «Das ist eine Schwachstelle. Ich denke ebenfalls, dass es eine andere Erklärung dafür geben muss, warum sie das Hotel noch mal verlassen hat. Aber wir kennen den Grund nicht. Also, mach weiter.»

«Erinnere dich noch einmal daran, wie wir sie gefunden haben. Sie lag auf dem Rücken, direkt hinter ihrer Zimmertür. Sie ist erschossen worden, als sie Raum 307 betreten hat.»

Marthalers Blick war leer. Er schaute irgendwo ins Nichts hinter seinem Kollegen. Schließlich erwachte er aus seiner Erstarrung: «Du meinst, dass der Täter in ihrem Zimmer auf sie gewartet hat?»

Sabato zuckte mit den Schultern.

«Er hat auf sie gewartet, hat sie erschossen und ist dann über den Balkon geflohen.»

«Wie gesagt, ich will nicht, dass du dich auf meine Version versteifst. Aber es wäre eine Möglichkeit.»

Marthaler war aufgesprungen. Er schnippte mit den Fingern. Er hörte seinem Kollegen schon nicht mehr zu: «Und genau so ist es auch gewesen», rief er.

ZEHN

Anna lief den Großen Hasenpfad hinab, überquerte die Mörfelder Landstraße und stieg am Südbahnhof in die U-Bahn. Zwei Stationen weiter überlegte sie umzusteigen, entschied aber, die letzte Strecke zu Fuß zu laufen.

Fausto Albanellis Werkstatt befand sich nur ein paar hundert Meter entfernt in einem Hinterhaus in der Töngesgasse. Schon vor drei Jahren, als sie Fausto das erste Mal besucht und ihm ein altes Rennrad abgekauft hatte, hatte ihr diese schmale Straße in der Frankfurter Innenstadt gut gefallen. Anders als in den großen Einkaufsmeilen fand man hier noch kleine Geschäfte, die zum Teil seit über hundertfünfzig Jahren bestanden. Es gab einen Laden, der sich auf Bürsten und Kämme spezialisiert hatte, eine Samenhandlung, ein Geschäft für Kurzwaren und einen alten Uhrmacher mit dem schönen Namen Feiwel Szlomowicz.

Anna sah Fausto Albanelli schon von weitem. Er saß alleine an einem der Tische vor dem Café Mozart. Er war immer noch schmal und trug immer noch seine langen grauen Locken. Fausto ließ die Zeitung sinken und schaute in Annas Richtung. Sofort begann er zu lächeln. Aber erst als sie vor ihm stehen blieb, schaute er sie fragend an: «Anna, bist du das?»

«Sag bloß, du erkennst mich erst jetzt? Du hast mich doch die ganze Zeit schon angegrinst.»

«Ich habe nicht gegrinst. Ich habe gelächelt, weil eine schöne junge Frau auf mich zugekommen ist.»

Fausto war aufgestanden, um Anna zu umarmen. «Okay», sagte sie, «aber ich bin nicht hier, weil du ein attraktiver älterer Herr bist, und schon gar nicht, um alte Geschichten aufzuwärmen. Ich komme zu dir, weil ich ein Fahrrad brauche.»

«Nun, komm, setz dich. Ich bestelle dir ein Stück Kuchen. Warum brauchst du ein Fahrrad? Was ist mit deinem roten Olmo. Kaputt?»

«Nein, es rollt und rollt, aber ich habe es zu Hause gelassen, weil ich nicht ahnen konnte, dass ich länger in Frankfurt bleiben würde.»

«Kein Kuchen?»

«Nein. Ich hab es ein wenig eilig.»

«Also dann», sagte Fausto und klemmte einen Fünf-Euro-Schein unter den Aschenbecher. «Ich glaube, ich habe was für dich.» Sie durchquerten das Café und erreichten durch den Hinterausgang den kleinen Innenhof.

«Geh vor», sagte er, als sie vor der steilen Holztreppe standen, die hinauf zu seiner Werkstatt führte.

«Damit du mir auf den Hintern gucken kannst?», fragte Anna.

«Genau! Und um dich mit meinen starken Armen aufzufangen, falls du ausrutschst.»

Anna hatte den Eindruck, als seien die Räume, in denen Fausto arbeitete und wohnte, noch ein bisschen enger geworden, als hätten sich noch mehr Räder, Ersatzteile und Werkzeuge angesammelt.

«Wer ist das?», fragte sie und zeigte auf ein altes gerahmtes Schwarzweißfoto, das rechts neben der Werkbank hing und einen lächelnden dünnen Mann auf einem Rennrad zeigte. Quer über dem Bild standen die Worte «Di Fausto per Fausto».

«Du siehst ja, er trug den gleichen Vornamen wie ich. Er war mein Held. Fausto Coppi, einer der großen Fahrer meiner Kindheit. Als er vierzig Jahre alt war, ist er an Malaria erkrankt. Kurz bevor er starb, durfte ich ihn besuchen, und er hat mir das Foto mit der Widmung geschenkt. Hundertdreißig Rennen hat er gewonnen, aber er war kein glücklicher Mensch. Als er sich von seiner Frau getrennt hat, forderte der Papst ihn auf, zu ihr zurückzukehren. So berühmt war er.»

«Und? Ist er zurückgekehrt?»

«Nein. Und weil er sich weigerte, hat man ihn zu einer Bewährungsstrafe verurteilt.»

«Cazzo», sagte Anna. «Früher war wohl doch nicht alles besser!»

Fausto lachte: «Wo hast du so gut Italienisch gelernt? Komm, ich zeig dir was!»

Er schob einen kleinen Vorhang beiseite, hinter dem sich ein winziger Arbeitsraum befand. Auf einem Montageständer war der Rahmen eines Rennrads befestigt. Er war aus blau lackiertem Stahl und trug eine gelbe, geschwungene Schrift.

Anna pfiff durch die Zähne. «Che bellezza!», rief sie.

Fausto war sichtlich zufrieden, dass Anna seinen Geschmack teilte: «Ein Schmuckstück, nicht wahr? Es ist ein Basso Viper, Mitte der Neunziger gebaut. Ich habe es gestern zusammengeschraubt. Wir müssen nur noch die Laufräder einhängen, dann kannst du dich draufsetzen.»

«Und das würdest du mir leihen?»

«Leihen?», fragte Fausto. «Davon war aber bis jetzt keine Rede.»

Als Anna etwas entgegnen wollte, hob er abwehrend die Hand. «Nein, fang gar nicht an, mir irgendwas zu erklären. Am Ende bekommst du ja doch, was du willst.»

«Ein Schloss brauche ich auch.»

«Sonst noch was?»

«Ja, wenn du hast, könntest du mir einen Rucksack geben. Einen möglichst großen.»

«Sehen wir uns?», fragte Fausto Albanelli, als Anna ihm fünf Minuten später vom unteren Ende der Treppe noch einmal zuwinkte.

«Spätestens, wenn ich dir das Rad zurückbringe.»

Als sie auf der Straße stand, zog sie den Plan hervor, den sie am Morgen an Marthalers Computer vorbereitet und ausgedruckt hatte. Es war ein Teil des Frankfurter Stadtplans, der das Viertel rund um den Zoo zeigte. An einigen Stellen waren kleine, rote Wimpel zu sehen.

Fünf Minuten brauchte Anna, dann hatte sie sich an das neue Basso gewöhnt. Auf der Hanauer Landstraße wurde sie von einem Fahrradboten überholt, der sich kurz zu ihr umdrehte und anerkennend den Daumen hob. Sie dachte, das Kompliment gelte ihr, und lächelte. Im selben Moment senkte der Fahrer seinen Arm und zeigte auf ihr Rennrad. Dann war er hinter der nächsten Kurve verschwunden.

Kurz darauf hatte Anna das Hotel Zooblick erreicht. Ohne haltzumachen, fuhr sie daran vorbei. Sie würde jede Straße, jeden Parkplatz, jeden Hinterhof kontrollieren. Sie würde in der Nähe des Hotels beginnen und immer größere Kreise ziehen, bis sie Herlinde Scherers Wagen gefunden hatte.

In ihrer ersten Runde ließ sie sich von der roten Backsteinmauer des Zoos leiten. Unter den hohen Bäumen rechts und links der Fahrbahn standen parkende Wagen. Langsam rollte sie daran vorbei. Fünfhundert Meter weiter bog sie nach links in die Waldschmidtstraße. Sie hörte das

Geschrei der Tiere hinter der Mauer und nahm ihren Geruch wahr. Am Eingang des Zoos, vor dem auf einem runden Platz ein großer Brunnen stand, versammelten sich Eltern mit ihren Kindern, Schulklassen mit ihren Lehrern und große Gruppen auswärtiger Besucher, die man mit Bussen hergebracht hatte und die nun darauf warteten, ihre Eintrittskarten zu erhalten.

Erneut startete sie am Zooblick. Nach einer zweiten und dritten Runde hatte Anna Buchwald rund um das Hotel ein Gebiet abgefahren, das etwa einen Quadratkilometer umfasste. Durch manche Straßen war sie zweimal gefahren, durch andere dreimal. Sie hatte sichergehen wollen, dass nicht ein großer LKW, ein Rettungswagen, ein Müllauto oder ein Möbeltransporter ihr die Sicht auf das gesuchte Fahrzeug versperrt hatte. Sie hatte keinen versteckten Stellplatz, keine durch Bäume verdeckte Einfahrt, keinen Winkel ausgelassen. Knapp anderthalb Stunden war sie unterwegs gewesen, jetzt war sie überzeugt, nichts übersehen zu haben. Sie hatte einen einzigen Peugeot 504 entdeckt, der aber eine andere Farbe hatte und zu einer anderen Modellreihe gehörte als der Wagen von Herlinde Scherer.

Alle Strecken, die sie abgearbeitet hatte, schraffierte sie auf ihrem Plan. Am Ende blieb eine winzige Stichstraße übrig, die zum langen Röderbergweg gehörte und an der sie offenbar vorbeigefahren war. Sie machte sich noch einmal auf den Weg, aber wieder vergebens.

Sie war nicht enttäuscht. Sie hatte nicht davon ausgehen können, rasch ans Ziel zu kommen. Dass Fleiß und Hartnäckigkeit dazugehörten, wusste sie.

Am Ende ihrer letzten Rundfahrt hielt sie vor dem Eingang des Gymnasiums. Auf den Treppenstufen saßen ein paar Schülerinnen und rauchten. Anna schloss das Rad an einem Straßenschild an, lief noch einmal bis zur Ecke der Zoomauer, wo sie vorhin einen kleinen Haufen mit Pflastersteinen bemerkt hatte, hob einen der Steine auf und steckte ihn in ihren Rucksack.

Wieder zog sie den Plan hervor. *Parkopedia* hatte ihr drei rote Wimpel angezeigt: drei Parkhäuser, die sich in der Nähe des Zoos befanden. Bei allen dreien handelte es sich um Tiefgaragen. Bei zweien hatte sie die Information erhalten, dass man dort an einem Automaten zahlen musste; zu diesen beiden würde sie ungehinderten Zugang haben.

Das dritte lag in der Grünen Straße und damit gerade mal zweihundert Meter Luftlinie vom Hotel entfernt. Es hatte eine Kasse und war bewacht. Anna hielt es für wahrscheinlich, dass Herlinde Scherer sich für dieses Parkhaus entschieden hatte. Aber es stellte eine Hürde dar.

Also gut, dachte Anna Buchwald, die Hürde zuerst!

Sie kramte geschäftig in ihrem Rucksack. Dabei näherte sie sich dem Kassenhäuschen, nickte dem Mann hinter der Scheibe zu und ging die steile Rampe hinab.

«Junge Frau, Sie müssen erst zahlen, sonst kommen Sie nicht raus.»

Sie drehte sich um. Der Mann hatte sein Häuschen verlassen. Er stand nur ein paar Schritte von ihr entfernt. Er trug eine graue Uniform und eine Schildkappe. Hinter seinen dicken Brillengläsern kniff er die Augen zusammen. Er schnaufte.

«Will nur was aus meinem Wagen holen, bin gleich wieder weg», sagte Anna.

«Um welches Fahrzeug geht's denn?»

«Alter Fünf-null-vier. Sie haben ihn bestimmt schon gesehen.»

«Der goldische?»

«Genau!»

Sie hatte hoch gepokert, aber sie hatte gewonnen. Der Mann nickte und verzog sich.

Herlinde Scherers Wagen stand am Ende einer düsteren Halle, nicht weit von einer grünen Stahltür mit der Aufschrift «Notausgang». Anna wusste, dass ihr höchstens fünf Minuten blieben. Sie drückte die Türklinke und fluchte leise – die Stahltür war verschlossen. Als sie den Peugeot erreicht hatte, legte Anna ihre Stirn an die Heckscheibe, um in den Kofferraum zu schauen. Es war, wie sie gehofft hatte. Unter einer Wolldecke zeichneten sich die Umrisse jenes Alukoffers ab, in dem Herlinde Scherer gewöhnlich ihre Utensilien verstaut und den sie zu jeder ihrer Unterrichtsstunden in der Journalistenschule mitgebracht hatte.

Anna nahm den Pflasterstein aus ihrem Rucksack, schlüpfte aus ihrem T-Shirt, wickelte den Stein darin ein und verdrehte den Stoff zu einem Griff. Ein besseres Werkzeug hatte sie nicht. Sie holte aus und schlug, so kräftig sie vermochte, gegen die Heckscheibe des Wagens. Nach zwei weiteren Schlägen war eine Öffnung entstanden, groß genug, dass sie hindurchgreifen konnte, um den Koffer herauszuholen.

Sie streifte ihr T-Shirt wieder über, nahm den Koffer und rannte auf den Ausgang der Parkhalle zu. Als sie die Schritte des Aufsehers hörte, duckte sie sich zwischen zwei der geparkten Autos.

Der Mann stand drei Meter von ihr entfernt und schaute in Richtung des goldenen Peugeot. Anna überlegte. Sie musste handeln, bevor der Uniformierte sie entdeckte.

«Junge Frau?», rief er. Dann noch einmal: «Junge Frau, wo sind Sie?»

Anna atmete tief ein, sprang brüllend auf und machte einen Satz auf den Mann zu. Sie packte ihn gleichzeitig an seiner linken Schulter und am rechten Oberarm, trat einen Schritt zurück, sodass der Wachmann gezwungen war, sein Gewicht zu verlagern, indem er Anna entgegenkam. Rasch trat sie ihm das nun angewinkelte Bein nach vorne weg und drückte gleichzeitig seinen Oberkörper nach hinten. Der Mann stürzte zu Boden. Im letzten Moment hielt sie ihn ein wenig fest, damit sein Hinterkopf nicht auf den Beton aufschlug.

«O-Soto-Gari», sagte Anna zufrieden, «die große Außensichel. Nicht sehr elegant ausgeführt, aber wirkungsvoll.»

Sie nahm dem immer noch völlig verdutzten Wachmann die Brille vom Gesicht und legte sie auf dem Weg zum Ausgang auf die Motorhaube eines der parkenden Wagen. Schließlich schaute sie sich noch einmal um. Der Mann rutschte auf den Knien herum und tastete sich mit den Händen vorwärts. Als Anna ihm etwas zurief, hob er den Kopf und blickte vage wie ein Blinder in ihre Richtung.

«Tut mir leid», sagte sie. «Wenn Sie eine neue Brille brauchen, achten Sie darauf, mal ein hübscheres Gestell zu nehmen.»

ELF

Es war 11 Uhr 30 Uhr, als Marthaler an diesem Vormittag das Hotel Zooblick erreichte. Wieder war die Rezeption verwaist. Er klingelte und rief, aber niemand meldete sich. Schließlich betrat er den leeren Speisesaal, ging hinter den Tresen und schaute in die Küche. Hinter einer Tür, die offenstand und ins Freie führte, meinte er eine Bewegung wahrzunehmen.

«Frau Mankunku?»

Das Gesicht der Hoteliersfrau erschien kurz im Türrahmen, um gleich darauf wieder zu verschwinden.

Marthaler durchquerte die Küche und erreichte einen kleinen ummauerten Innenhof. Bongi Mankunku trug ein weißes Hauskleid und weiße Turnschuhe. In ihrem Haar leuchtete eine rote Schleife.

«Mein Mann ist auf dem Markt. Und ich glaube, er wäre nicht begeistert, Sie hier zu sehen.» Die Frau hatte einen großen Plastikkorb neben sich stehen, aus dem sie frischgewaschene Betttücher nahm und an die Leinen der großen Wäschestangen hängte. «Er ist seit gestern nicht gut auf die Polizei zu sprechen.»

Sie hatte Marthaler nicht angesehen, während sie mit ihm sprach, ließ es aber geschehen, dass er ihr jetzt die Wäscheklammern reichte und half, das nächste Laken auszubreiten.

«Haben Sie keinen Trockner?», fragte Marthaler.

«Kaputt.»

«Ich kann Ihren Mann verstehen. Ich bin hier, um mich

für meinen Kollegen zu entschuldigen. Und um mich bei Ihnen für die Hilfe zu bedanken.»

Jetzt lächelte Bongi Mankunku und schüttelte den Kopf: «Das ist nicht die Wahrheit.»

«Sie glauben mir nicht?»

«Ich glaube Ihnen, dass Sie sich entschuldigen wollen. Wir haben ja gesehen, dass Ihr Kollege auch zu Ihnen nicht sehr freundlich war. Aber das ist nicht der Grund, weshalb Sie hier sind.»

Schon wieder hatte sie ihn durchschaut.

«Sie haben recht, ich habe noch ein paar Fragen. Wenn es Ihnen lieber ist, können wir warten, bis Ihr Mann zurück ist.»

«Warum sollten wir das? Ich weiß, was er weiß. Und er weiß, was ich weiß. Wir sprechen über das, was hier im Haus geschieht. Und ich entscheide für mich selbst. Aber bevor ich weiß, ob ich mit Ihnen sprechen möchte, müssen Sie mir etwas erklären.»

«Bitte, fragen Sie!», sagte Marthaler.

«Mein Mann und ich möchten wissen, wer es ist, der das Recht hat, Auskünfte von uns zu verlangen und uns Anweisungen zu geben. Sind Sie es oder ist es Ihr Kollege, von dem wir zuerst noch nicht einmal wussten, dass er Polizist ist? Bevor er gegangen ist, hat er uns versichert, dass wir nicht mit weiteren Belästigungen zu rechnen haben. Aber er hat von uns verlangt, mit niemandem über das zu sprechen, was gestern passiert ist. Er hat uns sogar gedroht, dass wir andernfalls in ernsthafte Schwierigkeiten geraten würden.»

Das hatte Marthaler befürchtet, und damit hatte er rechnen müssen. Es blieb ihm keine andere Wahl, als Bongi Mankunku die Wahrheit zu sagen.

«Ich bin Kriminalhauptkommissar und Leiter der Ersten Mordkommission in Frankfurt. Mein Kollege Axel Rotteck arbeitet beim Landeskriminalamt. Das LKA hat den Fall übernommen. Das heißt, Rotteck hat alle Befugnisse; ich habe keine. Ich habe nicht das Recht, von Ihnen Antworten zu verlangen. Ich kann Sie zu nichts zwingen. Wenn Sie mir Auskunft geben wollen, geschieht das vollkommen freiwillig. Sie entscheiden, und ich werde akzeptieren.»

Während Marthaler dieses Eingeständnis seiner Machtlosigkeit machte, stand Bongi Mankunku auf der anderen Seite eines der großen Laken. Er sah nur ihre Silhouette. Nun schob sie das Tuch ein wenig zur Seite und lugte dahinter hervor. Sie machte ein ernstes Gesicht, aber ihre Augen blitzten. Sie hatte bereits ihre Schlüsse gezogen.

«Das heißt, Sie lehnen sich gerade ziemlich weit aus dem Fenster?», fragte sie.

Marthaler lachte. «Das kann man so sagen.»

«Und es könnte sein, dass Sie aus dem Fenster fallen, wenn jemand erfährt, dass Sie hier mit mir sprechen.»

«So ist es. Im schlimmsten Fall würde ich meine Stelle verlieren.»

«Das heißt: Ich habe Sie schon jetzt in der Hand. Ob ich Ihre Fragen beantworte oder nicht.»

«Auch das ist richtig.»

Die Frau reagierte mit einem glucksenden Lachen. Sie zeigte Marthaler ihre weißen Zähne und strahlte ihn an.

«Ich weiß nicht, was daran komisch ist», sagte er.

«Es ist ein seltsames Gefühl», sagte die Frau. «Ich hatte noch nie jemanden in der Hand. Das ist das erste Mal, dass ich Macht über jemanden habe. Und jetzt merke ich, dass ich dieses Gefühl nicht mag.»

Marthaler wusste nicht, wie er ihre Aussage deuten sollte. «Was heißt das für meine Bitte?», fragte er.

Sie wollte keine Macht über ihn haben, aber sie genoss es, mit ihm zu spielen, ihn auf die Folter zu spannen. «Dass ich mich entschieden habe.»

«Und was haben Sie entschieden?»

«Dass wir jetzt in die Küche gehen, ich uns einen Kaffee mache, Sie sich auf den Lieferantenstuhl setzen und mich fragen, was Sie zu fragen haben.»

Erleichtert folgte Marthaler ihr. Sie zeigte auf einen alten Küchenstuhl, der zwischen der Spüle und einem Wandregal stand.

«Wenn der Fahrer der Brauerei kommt, biete ich ihm immer etwas zu trinken an. Und damit er mich nicht allzu lange von der Arbeit abhält, muss er hier Platz nehmen.»

Jetzt sah Marthaler, was sie meinte. Von den vier Beinen des Stuhls waren nur noch drei übrig. Wenn man sich setzte, musste man aufpassen, nicht die Balance zu verlieren.

«Sie setzen mich auf den Lieferantenstuhl, damit ich nicht zu lange bleibe?»

Die Frau lächelte. «Espresso? Filterkaffee? Cappuccino? Oder lieber was Kaltes?»

«Ein doppelter Espresso wäre nett.»

Mit den Augen folgte Marthaler jedem ihrer Schritte. Sie reckte sich, nahm zwei Tassen aus dem Schrank, stellte sie, ohne hinzuschauen, ab, beugte sich nach vorne, um zu prüfen, ob noch genügend Bohnen in der Maschine waren, drehte ihren Oberkörper und warf ihm über die Schulter hinweg einen raschen Blick zu, als habe sie bemerkt, dass er sie ansah.

Marthaler suchte nach einem Wort, das die Art beschrieb, wie sich die Frau bewegte. Dann fiel es ihm ein. Es war ein altmodisches Wort, das kaum noch jemand benutzte, aber keines traf besser, was er meinte: Bongi Mankunkus Bewegungen waren von einer großen Anmut.

Während er auf seinem wackligen Stuhl noch immer nach einer stabilen Haltung suchte, reichte die Frau ihm seine Tasse.

«Lehnen Sie sich einfach mit der rechten Schulter an die Wand, dann wird es gehen. Und stellen Sie bitte Ihre Fragen!»

«Im Zimmer der toten Frau haben wir keinerlei persönliche Gegenstände gefunden. Deshalb würde ich gerne wissen, ob es im Haus einen Safe gibt, den Ihre Gäste benutzen dürfen.»

«Wir haben einen Tresor im Büro, aber der ist nur noch für unseren eigenen Bedarf. Eine Zeitlang haben wir den Gästen angeboten, ihr Geld, ihren Schmuck und ihre Papiere dort einzuschließen, aber es hat immer wieder Ärger gegeben. Es kam vor, dass man uns vorwarf, es würde etwas fehlen, wenn wir den Leuten ihre Sachen zurückgegeben haben, sodass wir gezwungen waren, uns zu rechtfertigen. Aber viel öfter haben sie bei der Abreise nicht daran gedacht, dass noch etwas im Tresor liegt. Also mussten wir dauernd auf die Post rennen, um ihnen ihre Habseligkeiten nachzuschicken. Jetzt weisen wir immer darauf hin, dass jeder Gast für seine Wertgegenstände selbst verantwortlich ist.»

Marthaler hatte seinen Espresso ausgetrunken und stellte die leere Tasse, ohne sein Gewicht zu verlagern, auf den Rand des Herdes. Er schaute zu, wie Bongi Mankunku in rascher Folge eine Kartoffel nach der anderen schälte und in einen großen Topf mit kaltem Wasser gleiten ließ.

«Als ich Sie gestern gefragt habe, ob Anneliese Weißgerbers Zimmer abgeschlossen war, haben Sie geantwortet, dass Sie den Schlüssel gar nicht hatten.»

«Das ist richtig.»

«Aber Sie haben doch sicher für jeden der Räume einen Zweitschlüssel?»

«Ja, natürlich. Allein schon deswegen, weil die Zimmer ja sauber gemacht werden müssen. Aber den hatte ich Frau Weißgerber gegeben, weil ihr Schlüssel verschwunden war.»

«Verschwunden?»

«Na ja, er ist inzwischen wiederaufgetaucht. Ich hab ihn heute Morgen im Papierkorb unter dem Schlüsselbrett gefunden. Wahrscheinlich ist er einfach runtergefallen.»

«Das möchte ich genauer wissen», sagte Marthaler. «Wann ist der Schlüssel verschwunden?»

«Wir bitten jeden Gast, wenn er das Haus verlässt, den Schlüssel abzugeben oder selbst ans Brett zu hängen, wenn niemand an der Rezeption ist. Frau Weißgerber hatte vorgestern am Nachmittag noch etwas zu erledigen. Als sie zum Abendessen zurückkam, war ihr Schlüssel nirgends zu finden. Sie war sich aber sicher, ihn abgegeben zu haben. Also habe ich ihr unseren Zweitschlüssel gegeben.»

Marthaler merkte, wie sein Rücken zu schmerzen begann. Bongi Mankunku wischte ihre Hände an einem Geschirrtuch trocken und schaute ihn an. Wieder sah er ein Funkeln in ihren Augen.

«Bequem geht anders, nicht wahr? Wollen Sie noch mehr von mir wissen?»

«Ja», sagte er, «aber ich glaube, ich stelle mich jetzt doch lieber hin.»

Sie kam auf ihn zu und streckte ihm beide Hände entgegen, die er dankbar ergriff, um sich von dem dreibeinigen Stuhl hochhelfen zu lassen.

«Danke», sagte er, als er sich jetzt streckte. «Ich nehme an, Ihre Lieferanten sind jünger als ich …»

«Das nicht unbedingt. Aber sie wollen nicht so viele Auskünfte.»

«Wir haben über die Leute gesprochen, die sich in dem Raum hinter dem Speisesaal getroffen haben. Als ich Sie gefragt habe, ob Sie diese Gäste kannten, haben Sie den Kopf geschüttelt und gesagt, die Leute seien zum ersten Mal im Hotel gewesen.»

«Das ist die Wahrheit.»

«Ihr Mann hat mit derselben Formulierung geantwortet. Aber meine Frage war, ob Sie die Leute kennen.»

Bongi Mankunku sagte lange gar nichts. Sie schob die Kartoffelschalen zusammen und ließ sie in den Mülleimer fallen. Ihre Haltung hatte sich versteift. Sie schien sich unbehaglich zu fühlen.

Marthaler setzte nach: «Ich hatte das Gefühl, dass Sie beide mir ausweichen.»

Sie nickte langsam. «Das haben Sie also bemerkt … Es stimmt, diese Gäste waren zum ersten Mal hier. Dennoch kamen mir ein oder zwei von ihnen bekannt vor. Als ich mit meinem Mann darüber gesprochen habe, hat er gesagt, dass es ihm genauso geht. Aber wir sind nicht drauf gekommen, wo wir die Leute schon mal gesehen haben.»

«Und es fällt Ihnen auch jetzt nicht ein?»

Sie schüttelte den Kopf. «Vielleicht in der Zeitung, vielleicht im Fernsehen. Ich weiß es nicht. Hören Sie, wir wollten nicht lügen, wir wollten Ihnen aber auch nichts Falsches sagen, deshalb …»

«Kein Problem», unterbrach Marthaler sie. «Eine letzte Sache noch, dann sind Sie mich los. Als wir vorhin über meinen Kollegen Axel Rotteck sprachen, haben Sie gesagt, dass Sie nicht wussten, dass er Polizist ist. Was haben Sie damit gemeint?»

«Das, was ich gesagt habe.»

«Aber was haben Sie denn gedacht, dass er ist?»

Bongi Mankunku lachte. «Ich weiß nicht, vielleicht ein Dressman, vielleicht ein Schauspieler. Oder ein Heiratsschwindler. Seine Kleidung war jedenfalls sehr teuer. Gestern haben wir es natürlich verstanden. Aber vorher wussten wir es nicht.»

«Moment … Sie wollen sagen, dass Axel Rotteck gestern nicht zum ersten Mal bei Ihnen im Haus war, dass Sie ihn bereits kannten?»

«Ja, er war auch vorgestern hier. Aber eben nicht als Polizist, sondern als Gast. Er saß den ganzen Abend im Speisesaal, hat eine Kleinigkeit gegessen, Zeitung gelesen und Wasser getrunken.»

Marthaler war zu verblüfft, um sofort reagieren zu können. Er merkte, wie etwas mit ihm geschah. Während er in höchstem Maße angespannt war, löste sich zugleich etwas in ihm. Er kannte diese gegenläufigen Empfindungen. Fast bei allen Ermittlungen gab es irgendwann den Punkt, wo man merkte: Jetzt hat sich ein Knoten gelöst, jetzt sind wir einen Schritt weiter, wieder passt etwas zusammen.

«Sind Sie sich auch wirklich sicher, Frau Mankunku, dass Axel Rotteck am Montag hier war? Sie irren sich nicht im Tag?»

«Montag war Montag», sagte sie, «wie soll man sich da irren? Außerdem war es ein Abend, der … ich weiß nicht, wie ich es sagen soll … ein Abend, der anders war. Wir haben ja noch gescherzt. Mein Mann sagte, das sei der Abend der Außerirdischen. Es waren so viele Leute hier, die noch nie zuvor unsere Gäste waren und die auch nicht in unser Hotel passten, wie er meinte.»

«Wann ist Axel Rotteck gekommen, wann ist er gegangen? Denken Sie bitte genau nach, das ist sehr wichtig.»

«Warten Sie, ich muss mir vorstellen, welche Gäste an welchen Tischen saßen. So viel ist sicher: Er ist fast gleichzeitig mit der Gruppe gekommen, die dann ins Kolleg gegangen ist. Nein, warten Sie … jetzt weiß ich es wieder. Er war circa eine Stunde vorher schon einmal hier … denn ich dachte noch: Der gehört bestimmt zu denen, die den Hinterraum reserviert haben, und hat sich in der Uhrzeit geirrt. Er hat einen Kaffee getrunken, ist wieder gegangen und kam dann mit den anderen wieder. Und ich habe mich gewundert, als er sich einfach in den Speisesaal setzte.»

«Hatten Sie den Eindruck, dass Rotteck und diese Leute sich kannten?»

«Das kann ich nicht sagen. Jedenfalls haben sie nicht miteinander gesprochen.»

«Und wann ist er gegangen?»

«Er ist in dem Moment aufgestanden und an die Theke gekommen, um zu zahlen, als um kurz nach eins die Tür zum Hinterraum geöffnet wurde und die Gruppe herauskam. Er dürfte also kurz vor ihnen das Hotel verlassen haben. Er hat fast fünf Euro Trinkgeld gegeben.»

«Und gab es eine Verbindung zwischen Anneliese Weißgerber und Axel Rotteck?»

«Nein, das glaube ich nicht. Die beiden haben einander nicht beachtet. Jedenfalls nicht so, dass ich es bemerkt hätte.

Im Gegenteil, Rotteck war derjenige unter den Gästen, der Frau Weißgerber nicht beäugt hat.»

«Gut», sagte Marthaler, «dann bedanke ich mich bei Ihnen. Sie haben mir sehr geholfen.»

«War das Ihre letzte Frage? Oder machen Sie es wie Inspektor Columbo, dem im Weggehen immer noch etwas einfiel?»

Marthaler lachte. «Das war meine letzte Frage», sagte er und gab Bongi Mankunku zum Abschied die Hand.

«Und Sie haben überhaupt keine Angst, dass ich Sie verraten könnte?»

«Nein», sagte er und wunderte sich im selben Moment über die Bestimmtheit seiner Antwort. «Überhaupt nicht.»

Als er an der Tür angekommen war, drehte er sich noch einmal um und rieb sich mit der Hand über die Stirn. Dann zog er seinen kleinen Notizblock hervor und klappte ihn auf. «Ah», sagte er, «schrecklich, wie vergesslich ich bin. Mir fällt doch noch etwas ein: Hat es gestern noch eine weitere Untersuchung des Zimmers von Frau Weißgerber gegeben?»

Frau Mankunku kicherte. Dann merkte sie, dass Marthaler zwar seinen Fernsehkollegen imitierte, dass die Frage aber ernst gemeint war. «Nein, nachdem die Leiche weggebracht worden war, hat Rotteck das Zimmer versiegelt und gesagt, dass noch jemand kommen werde, um es sich anzuschauen. Seitdem ist nichts mehr geschehen.»

Marthaler kritzelte etwas in seinen Block, nickte, wandte sich zum Gehen und hob zum Abschied noch einmal die Hand.

Jetzt war es Bongi Mankunku, die ihn zurückhielt: «Haben Sie eine Ahnung, warum die Frau umgebracht wurde?»

Marthaler zuckte mit den Schultern und schüttelte den Kopf: «It's a jungle out there», sagte er.

ZWÖLF

Marthaler lenkte den Daimler auf den Anlagenring und fuhr Richtung Norden. Kurz bevor er das Uhrtürmchen an der Einmündung zum Sandweg erreichte, merkte er, dass er sich auf der falschen Spur befand. Er zog den Wagen nach rechts, musste aber sofort halten, als die Ampel vor ihm auf Rot sprang.

Im selben Moment hörte er direkt über sich einen lauten Knall. Er zuckte zusammen. Es war, als sei ein Stein auf das Autodach gefallen.

Dann sah er die Radfahrerin, die ihn rechts überholte. Ohne sich umzudrehen, zeigte sie ihm ihre geballte linke Faust. Sie ignorierte die Ampel und überquerte die Kreuzung. Mit dem Faustschlag auf sein Wagendach hatte sie sich dafür gerächt, dass ihr der Weg abgeschnitten worden war.

Im Sandweg holte er die Frau wieder ein, blieb aber auf der engen Straße hinter ihr, weil er sie nicht ein zweites Mal in Bedrängnis bringen wollte. Erst als die Fahrbahn breiter wurde, überholte er das Rad.

Er blickte in den Rückspiegel und stellte fest, dass die Radfahrerin Anna Buchwald war, die ihn nun ebenfalls erkannt zu haben schien, jedenfalls sah er sie grinsen und kräftiger in die Pedale treten, um in seinem Windschatten zu bleiben.

Ein paar Meter weiter hielt er am Straßenrand an und öffnete die Scheibe der Fahrertür. Anna brachte ihr Rad zum

Stehen und beugte sich zu Marthaler hinab: «Wolltest du mich auf diese Weise loswerden, Robert? Bist du wenigstens erschrocken?»

Er ignorierte ihre Fragen. «Wir sind uns in den letzten zwanzig Stunden dreimal begegnet, und dreimal hast du mich überrumpelt. Am See hast du plötzlich hinter mir gestanden, als ich glaubte, du bist in Hamburg. Heute Morgen hast du mich geweckt, und jetzt schlägst du mir aufs Autodach.»

«Tja», sagte sie, «die kleine Anna ist eben ein echter Knaller. Wo willst du hin?»

«Ins Weiße Haus. Und du?»

«In Elviras Wohnung, ich habe zu arbeiten.»

«Zu arbeiten?»

«Ja.»

«Mehr willst du nicht sagen?»

«Nein. Nicht, bevor ich etwas von dir gehört habe, Robert.»

«Wollen wir uns in meinem Büro treffen? Dort können wir reden.»

«Hältst du es für eine gute Idee, wenn man mich dort sieht?»

«Es wissen sowieso alle, dass du da bist. Und wenn jemand fragt, können wir ja behaupten …»

«… ich sei eine Cousine aus Hamburg, die dich hier besucht?»

Marthaler lachte. Denn genau das war die Formulierung gewesen, auf die sie sich vor drei Jahren beim Fall Rosenherz geeinigt hatten.

Zehn Minuten später trafen sie sich vor dem Eingang des Weißen Hauses.

«Wo hast du auf einmal das hübsche Rennrad her?», fragte Marthaler.

«Es ist ein Basso Viper. Hast du gesehen, wie sorgfältig die Rohrverbindungen verschliffen sind? Man möchte den Rahmen dauernd streicheln.»

«Ich habe gefragt, wo du es herhast.»

«Fausto Albanelli hat es mir geliehen.»

Marthaler verdrehte die Augen. «Dann hast du also schon wieder alte Verbindungen aufgenommen?»

«Was soll ich machen, Robert? Ich bin ein einsames Mädchen in einer fremden Stadt.»

Als Marthaler die Tür zu seinem Vorzimmer öffnete, legte Elvira gerade den Telefonhörer auf: «Robert, du hast dein Handy ausgeschaltet. Tereza hat gerade zum dritten Mal versucht, dich zu erreichen. Sie sagt, sie sei auf dem Weg nach Prag, und sie will dich unbedingt sprechen.»

«Aber ich will nicht mit ihr sprechen, das kannst du ihr ausrichten.»

«Robert, ich …»

«Nein, sag ihr, dass ich tot bin. Oder, noch besser, sag ihr, dass ich eine andere Frau kennengelernt habe, eine Polizistin.»

«Robert, ich weiß nicht, was mit euch los ist, aber es ist nicht meine Aufgabe …»

«Schon gut, Elvira. Lass es einfach klingeln, wenn Tereza das nächste Mal anruft, ja? Und sorg bitte dafür, dass wir nicht gestört werden.»

«Ist Tereza wirklich auf dem Weg nach Prag?», fragte Anna, als sie ihren Rucksack abgenommen hatte und sich auf die Besuchercouch fallen ließ.

«Ja, das ist sie», antwortete Marthaler, «und das ist das Letzte, was ich zu diesem Thema sage. Ich will nicht dauernd von allen nach Tereza gefragt werden.»

«Robert, man nennt das Anteilnahme. Und es soll Menschen geben, die froh sind, wenn man ihre Sorgen mit ihnen teilen möchte. Aber wenn du glaubst, ich sei scharf darauf, euch ins Gekröse zu schauen, dann hast du dich getäuscht.»

«Prima», sagte Marthaler, «dann treffen sich ja unsere Bedürfnisse wenigstens in diesem Punkt. Willst du mir jetzt sagen, was in deinem Rucksack ist?»

«Material», sagte Anna.

«Material?»

«Ja, Material, mit dem ich mich beschäftigen muss.»

«Ich nehme an, dass es dabei um Herlinde Scherer geht. War es nicht so, dass wir an dem Fall zusammenarbeiten wollten?»

Anna schaute ihn spöttisch an: «Höre ich da einen neuen Ton? Was hat die Besprechung mit deinen Kollegen ergeben? Haben sie dir gesagt: ‹Ohne Anna Buchwald knacken wir den Fall nie›?»

«Wir waren alle dafür, an der Sache dranzubleiben. Niemand hat gekniffen, jeder hätte mitgemacht. Aber dann ist etwas dazwischengekommen. Heute Morgen sind in einem Haus in Bergen die Leichen von einer Frau und ihren zwei Kindern gefunden worden. Die gesamte MK1 ist im Einsatz.»

Anna hatte sich zurückgelehnt und sah ihn an: «Also brauchst du mich?»

«Ich fürchte, ja!»

«Kannst du es noch mal etwas deutlicher sagen?»

«Du kanntest Herlinde Scherer. Du weißt, was sie für ein

Mensch war. Du bist über ihre Gewohnheiten auf dem Laufenden. Und ich weiß gar nichts. Ja, Anna, ich brauche dich. Und jetzt tu mir einen Gefallen und glotz nicht so selbstzufrieden.»

«Doch, Robert, das tue ich. Ich koste es aus. Denn allzu oft hört man diesen Satz nicht. Und am allerwenigsten hört man ihn von dir.»

«Wollen wir anfangen?», fragte Marthaler.

Anna nickte. «Hast du Neuigkeiten?»

Er erzählte ihr, was er von Carlos Sabato über die Situation am Tatort erfahren hatte. Dann berichtete er von seinem Gespräch mit Bongi Mankunku. Immer wieder unterbrach ihn Anna mit kurzen Nachfragen. Und jedes Mal merkte er, wie sehr er diese Fragen brauchte, wie sie ihm halfen, sich klarer zu werden über das, was er bis jetzt über den Fall wusste. «Sagt dir übrigens der Name etwas, unter dem sich Herlinde Scherer im Zooblick angemeldet hat? Ich habe nachgeschaut: In ganz Deutschland gibt es keine Anneliese Weißgerber.»

«Nicht mehr», sagte Anna. «Anneliese Weißgerber war eine Freundin von Herlinde. Die beiden sahen sich sehr ähnlich, sie sind oft für Schwestern gehalten worden. Vor fünf Jahren sind sie gemeinsam nach Hawaii geflogen. Sie haben Urlaub am North Beach von Ohau gemacht. Eines Nachmittags ist Anneliese Weißgerber alleine an den Strand gegangen. Als sie nach vier Stunden nicht zurück war, hat Herlinde nach ihr suchen lassen. Aber ihre Freundin ist nie wiederaufgetaucht. Bis heute ist ungeklärt, was mit ihr geschehen ist, ob sie in den riesigen Wellen vor der Küste ertrunken oder einem Angriff von Haien zum Opfer gefallen ist. Man sagt, dass an dem Strand weltweit die zweitmeisten Attacken von Haien stattfinden.»

«Und dann benutzt Herlinde Scherer den Namen ihrer toten Freundin?»

«Ja», sagte Anna. «Ich weiß, dass sie das öfter getan hat, wenn sie nicht erkannt werden wollte. Sie hat sogar den Personalausweis und Reisepass von Anneliese Weißgerber besessen. Sie sagte, sie habe das als eine Art Verneigung vor ihrer Freundin verstanden.»

«Gut», sagte Marthaler, «ich habe dir gesagt, was ich von Sabato und der Hoteliersfrau erfahren habe. Jetzt bist du dran. Was ist das für ein Material, von dem du gesprochen hast?»

Anna griff in den Rucksack und holte nacheinander einen tragbaren Computer, ein Mobiltelefon, eine kleine Kamera, eine Brieftasche und ein extragroßes Moleskine-Notizbuch hervor.

«Es hat sich gelohnt, nach Herlinde Scherers Auto zu suchen», sagte sie. «Und ich hoffe, dass wir bald erfahren, an was für einer Geschichte sie gearbeitet hat. Mir war klar, dass sie ihre Sachen nicht im Hotel lassen würde. Nicht in einem Laden, der so wenig gesichert ist, dass man jede Tür mit dem Daumen aufdrücken kann.»

«Stopp», sagte Marthaler. «Wo hast du den Wagen entdeckt?»

«In einer Tiefgarage in der Grünen Straße, gar nicht weit vom Hotel.»

«Und diese Sachen befanden sich im Wagen?»

Anna streckte ihren Daumen nach oben. «Toll, Robert. Eins und eins macht zwei. Das hast du also gelernt.»

«Der Wagen war unverschlossen, und du konntest einfach die Türen öffnen? Es lag auch gleich noch ein Rucksack in dem Auto, damit du die Sachen gut auf deinem Rennrad transportieren kannst?»

«Nein, das Material war in einem Alukoffer, den ich unterwegs entsorgt habe. Ich habe ihn in einen Müllcontainer geworfen. Den Rucksack hatte ich vorsorglich mitgebracht.»

«Vorsorglich, ja? Und du willst behaupten, der Wagen war nicht abgeschlossen?»

«Ich will gar nichts behaupten, Robert. Und deshalb will ich auch nichts sagen. Jedenfalls haben wir jetzt, was wir brauchen. Also lass uns an die Arbeit gehen!»

Marthaler seufzte. Dann nickte er. Er hatte sich bereits gefügt.

«Willst du dir den Computer ansehen oder lieber das Notizbuch?», fragte Anna.

«Das kannst du dir denken … Hast du übrigens bemerkt, dass du ein völlig zerfetztes T-Shirt anhast? Man sieht deinen BH.»

«Dann schau weg oder schau hin, mach, was du willst!», sagte Anna und reichte ihm das schwarze Moleskine.

Während Marthaler sich an seinen Schreibtisch setzte, lag Anna auf dem Boden vor dem aufgeklappten Notebook. Sie schaltete es ein und wartete. Als sie aufgefordert wurde, ein Passwort einzugeben, drückte sie die Off-Taste. Sie griff in ihre Hosentasche, zog einen USB-Stick hervor, steckte ihn in die Buchse und ließ den Rechner erneut hochfahren. Dann stand sie auf, setzte sich wieder auf die Couch und blätterte in einer Zeitschrift.

Marthaler schaute auf: «Was machst du?»

«Ich warte», sagte sie. «Ich kenne Herlindes Passwort nicht, also lasse ich *TwistDrill* drüberlaufen. Du weißt, was das ist?»

Marthaler nickte. Er wusste, dass es ein Programm war,

das vor vielen Jahren von einem Schüler entwickelt und inzwischen in der internationalen Hackerszene vielfach überarbeitet worden war. Es diente dazu, Codierungen und Zugangssperren zu knacken. Man konnte es nicht kaufen, aber es hatte sich über die Jahre stark verbreitet und wurde längst auch von Polizei und Geheimdiensten genutzt. Es waren zahlreiche Schutzprogramme auf dem Markt, die aber den Wettlauf gegen die neueste Auflage von *TwistDrill* meist rasch verloren.

Anna bekam die jeweils neueste Betaversion von einem Freund geschenkt, der tagsüber als Abteilungsleiter bei einem Unternehmen arbeitete, das Schriften für Computer entwickelte und an die großen Hersteller verkaufte, der in seiner Freizeit aber einige Gruppen unterstützte, die es sich zur Aufgabe gemacht hatten, geheime Absprachen zwischen Banken, Großkonzernen und Politikern aufzudecken.

Nach zehn Minuten spielte *TwistDrill* die Melodie von «London Bridge is Falling Down» und gab Anna das Zeichen, dass sie Zugriff auf Herlinde Scherers Rechner hatte.

Sie legte sich erneut auf den Boden, schaute sich den Datenbestand an und merkte rasch, dass auf dem Computer ihrer Freundin dasselbe Chaos herrschte wie in deren Arbeitszimmer. So, wie sich dort überall Stapel von Papier und Büchern türmten, deren Ordnung niemand durchschaute außer der Reporterin selbst, war auch ihr Notebook ein einziges Labyrinth. Es gab einen gigantischen Bestand kleinerer und größerer Dateien, deren Titel kaum etwas über ihren Inhalt aussagten. Darunter befand sich das komplette Archiv sämtlicher Reportagen, die Herlinde Scherer jemals geschrieben hatte, samt aller Vorstufen, Varianten und unveröffentlichter Texte. Vor allem aber hatte sie offensichtlich täglich die Weltpresse durchforstet nach Informationen, die sie interessierten oder irgendwann einmal interessieren könnten. Und das alles hatte sie gespeichert. Es gab Artikel über Naturphänomene in den Tropen und am Nordpol, soziologische Untersuchungen über die Essgewohnheiten der französischen Oberschicht und über das Sexualverhalten der Favela-Bewohner von Rio de Janeiro, Obduktionsberichte und Gerichtsurteile, pornographische Texte aus irgendwelchen obskuren Foren, Tausende Fotos von Mordopfern, Dokumente von Hinrichtungen, Bekennerschreiben von Amokläufern und Abschiedsbriefe von Menschen, die sich das Leben genommen hatten. Es schien, als habe es nichts gegeben, für das sich Herlinde Scherer nicht interessierte, und als habe sie Angst gehabt, das Internet könne von heute auf morgen abgeschaltet werden und sie müsse deshalb alles auf ihrem eigenen Rechner verfügbar halten.

Anna versuchte herauszufinden, welche Dateien von Herlinde Scherer zuletzt benutzt worden waren, begann aber schon nach kurzer Zeit zu fluchen. Sie musste feststellen, dass sämtliche Angaben dazu aus den Verlaufslisten der Programme gelöscht worden waren. Da Anna aber nicht wusste, wonach sie suchen sollte, war sie gezwungen, sich alles anzuschauen. Sie kam sich vor wie eine Ameise in der Wüste. Es war, als wolle ihr die tote Freundin etwas mitteilen. Als wolle sie sagen: Entweder lernst du mich ganz kennen oder gar nicht.

Immer wieder stieß Anna auch auf ganz private Aufzeichnungen und Fotos von Herlinde, die sie ebenso befremdeten wie berührten. Es gab zwanzig Jahre alte Tagebuchaufzeichnungen, in denen von einem Aufenthalt am Lago di Trasimeno in Umbrien die Rede war, von einer ehemaligen Mühle, wo sie drei heiße Sommermonate lang bei einem befreundeten Ehepaar gewohnt hatte, von Sonnenbrand und Müllhalden, von Zikaden, Fröschen und Schlangen und von einem jungen Bäcker, der sie zum Boccia-Spielen eingeladen hatte und dessen Leiche man kurze Zeit später in einem Heuschober gefunden hatte.

Anna entdeckte einen Ordner mit Fotos, die erst vor wenigen Monaten gemacht worden waren. Porträts, die Herlinde Scherer von sich selbst angefertigt hatte. All diese Bilder waren inszeniert, und dennoch hatte man nie den Eindruck, die Porträtierte wolle sich in ein günstiges Licht rücken. Mal saß sie in ihrer schwarzen Kleidung am Fenster und sah in die Ferne, mal saß sie in schwarzer Unterwäsche auf einem Hocker vor dem Spiegel und griff sich ins Haar. Mal zeigte sie ihr Gesicht aus nächster Nähe mit allen Poren und Falten, dann, wie sie geschminkt und toupiert in der Wanne lag und in die Kamera zwinkerte. Fast immer zeigte ihre Miene eine Mischung aus Freundlichkeit und Spott, aus Skepsis und Neugier. Und immer schien sie sich die Frage zu stellen: Bin ich das oder bin ich das nicht? Sie wollte sich nicht darstellen, sie wollte sich erforschen, so wie sie alles erforscht hatte, was sie umgab.

Auf dem letzten Foto, das Anna sich ansah, schaute Herlinde direkt in die Kamera. Alle Härte war aus ihrem Blick gewichen. Ihre Züge zeigten nichts als Sanftmut und eine große Müdigkeit.

Anna merkte, wie ein Zittern ihren Körper durchlief. Sie drehte sich auf den Rücken und begann hemmungslos zu schluchzen.

«Anna?»

«Lass, Robert! Ich muss einfach ein wenig weinen. Lass mich!»

Es dauerte ein paar Minuten, bis sie sich beruhigt hatte. «Entschuldige», sagte sie schließlich, «aber mich hat gerade das rote Grausen gepackt.»

«Das ist normal, Anna, wenn jemand nicht mehr da ist, den man mochte ...»

«Nein, es war nicht nur das. Nicht nur, dass Herlinde tot ist. Plötzlich dachte ich, wie schrecklich es ist, dass man überhaupt sterben muss. Wie ungerecht, dass es den Tod gibt. Ich weiß nicht ... Lass uns weitermachen!»

Marthaler nickte stumm.

Er hatte sich dem schwarzen Notizbuch von außen genähert. Er hatte ein Lineal genommen und festgestellt, dass das Buch 19 cm breit und 25 cm hoch war. Er zählte 154 Seiten, stellte aber rasch fest, dass einige Blätter herausgerissen worden waren. Die Seiten waren kariert und mit einer kleinen, gleichmäßigen Schrift bis fast an den Rand gefüllt. Zwischendurch gab es Zeichnungen, kleine Kritzeleien, wie er sie selbst manchmal beim Telefonieren anfertigte oder wie man sie in Schulheften von Kindern fand. Blumen, Häuser, Strichmännchen.

Herlinde Scherer hatte das Buch ebenso für ihre privaten Aufzeichnungen genutzt wie für berufliche Zwecke. Es hatte ihr als Merkheft und als Arbeitsjournal gedient, es enthielt Einkaufslisten, Telefonnummern, Namen und kurze Erinnerungen wie «Montag Elektriker», «HNS anrufen!», «Überweisung OVAG», «Freitag absagen!».

Manche Eintragungen waren mit einem Häkchen versehen, andere durchgestrichen und einige so geschwärzt, dass sie nicht mehr zu entziffern waren. Es gab eingeklebte Visitenkarten, Zeitungsausschnitte und Ausdrucke von Fotos. Herlinde Scherer hatte meistens mit einem Füller geschrieben, manchmal mit einem Kugelschreiber und selten mit einem weichen Bleistift.

Nach einer ersten kursorischen Durchsicht machte sich Marthaler an die Lektüre. Schnell musste er feststellen, dass ein Großteil der Notizen Abkürzungen enthielt, die er nicht verstand. Oft hatte Herlinde Scherer sie wohl nur benutzt, weil sie ihr als Gedächtnisstütze genügten. Zunehmend gewann er jedoch den Eindruck, dass sie auf diese Weise viele Informationen absichtlich verschlüsselt hatte, damit sie von niemandem außer ihr verstanden werden konnten.

«Du kommst auch vor in ihrem Buch», sagte Marthaler zu Anna.

«Das will ich hoffen», erwiderte sie, ohne aufzuschauen.

«Unter dem Datum vom 2. Februar steht eine Eintragung: ‹Anruf Anna›. Direkt dahinter die vier Buchstaben LCHU und dann drei Ausrufezeichen. Erinnerst du dich, über was ihr gesprochen habt? Hast du eine Ahnung, was die Abkürzung zu bedeuten hat?»

«Robert, ich bin ahnungslos. Wer weiß, was ihr gerade durch den Kopf ging, als wir telefoniert haben? Mit ihrem Computer habe ich dasselbe Problem. Hier herrscht Kraut und Rüben. Ich sehe kein System, keine Bezüge. Ich verstehe nichts.»

«War sie ein Messie? Eine Chaotin?»

Anna wiegte den Kopf: «Wenn ich mir das hier anschaue, könnte man es vermuten. Aber sie hat vollkommen klar und verständlich gesprochen. Jeder ihrer Texte war ein Musterbeispiel für folgerichtiges Denken. Aber du hast recht, dahinter steckte wohl ein System, das nur sie durchschauen konnte. Vielleicht war sie deshalb so gut. Ihr stand alles zur Verfügung, aber nur sie war am Ende in der Lage, das Ganze in eine Ordnung zu bringen. Ich habe hier Informationen in ein und derselben Datei gefunden, die nichts, aber auch gar nichts miteinander zu tun haben. Was hat der Kornkreis am Milk Hill mit dem Schicksal von Anne Frank zu tun? Wie hängt der lächelnde Engel an der Kathedrale von Reims mit der Explosion in einem chinesischen Kohlebergwerk zusammen? Die Ordner auf ihrem Notebook sind keine Ordner, sondern Unordner. Und außerdem gibt es eine Sammlung von Fotos, die alle so verpixelt sind, dass man nichts und niemanden darauf erkennen kann.»

«Dann müssen wir diese Fotos entpixeln. Um zu erfahren, wer ein Motiv hatte, sie zu töten, müssen wir verstehen, was niemand verstehen sollte. Sie hatte etwas entdeckt, was sie nicht entdecken sollte. Jetzt muss uns dasselbe gelingen.»

«Den Technikern im LKA wirst du die Bilder schlecht geben können.»

«Und was ist mit *TwistDrill*?»

«Nein, Robert. Das Programm kann nicht alles.»

«Dann müssen wir eine andere Lösung finden. Irgendetwas wird uns einfallen ... Es gibt hier die Abkürzung ‹WI›. Du hast gesagt, Herlinde war in letzter Zeit öfter in Wiesbaden. Das könnte unser erster Treffer sein. Und noch ein Kürzel taucht öfter auf: ‹jvm›. Kannst du damit etwas anfangen?»

Anna schüttelte den Kopf.

«Ich habe den Eindruck, dass es sich um eine Person handelt. Es kommt mir vor, als habe Herlinde Scherer einen Informanten gehabt.»

«Sie hat mir erzählt, dass sie sich in den letzten Wochen

mehrfach mit einem Mann getroffen hat, mal in Wiesbaden, mal in einem Ort, den sie mir genannt hat, dessen Namen ich aber vergessen habe.»

«Dann die Initialen SF?»

«San Francisco? Star Fighter? Science-Fiction? Robert, nein, ich weiß nicht.»

«Mehrfach habe ich auch das Wort Sterntaler gefunden. Hatte sie irgendeinen Bezug zu diesem Märchen? Gibt es eine Gruppierung, die sich so nennt? Eine Band? Irgendwelche linken Aktivisten? Bankenkritiker?»

Anna schwieg. Sie schien zu überlegen. Sie hatte sich wieder auf den Rücken gelegt und die Augen geschlossen.

«Anna? Bist du noch da?»

«Warte, Robert! Gib mir zwei Minuten!»

Marthaler stand von seinem Schreibtischstuhl auf und ließ sich auf der Besuchercouch nieder. Er merkte, dass er erschöpft war und Hunger hatte.

«Jetzt weiß ich es», sagte Anna.

«Was weißt du?»

«Sterntaler. Ich habe das Wort bei ihr gehört. Nein, ich habe es gesehen.»

«Sie hat über das Märchen geschrieben?»

«Nein. Als ich das letzte Mal zu ihr kam, war auf dem Esstisch eine Reihe Fotos ausgebreitet. Ich habe sie mir angeschaut. Herlinde kam dazu und hat die Fotos sofort weggeräumt. Sie wollte nicht, dass ich sie sehe. Sie wirkte fast ein wenig zornig, als wäre ich indiskret gewesen.»

«Und was war auf diesen Fotos zu sehen?»

«Es gab ein Bild, auf dem man einen niedrigen Bau erkennen konnte, vielleicht ein Restaurant, eine Bar, ein Hotel. Jedenfalls ein Gebäude, das den Namen Sterntaler trug.»

«Aber du weißt nicht, was es damit auf sich hat?»

Anna schüttelte den Kopf. «Das Foto war unterbelichtet und ziemlich unscharf. Wahrscheinlich ist es aus größerer Entfernung aufgenommen worden.»

«Und es war nur das Haus zu sehen?», fragte Marthaler.

«Alles, was man erkennen konnte, war die Leuchtreklame und ein paar Leute, die in der Dunkelheit vor dem Eingang standen. Warte, ich gebe den Namen in die Suchmaschine ein ... Hier: Sterntaler. Es gibt nur einen Laden in Deutschland, der so heißt. Schreibst du mit? Falkensteiner Straße 1 in Kronberg im Taunus. Party-Events, Wellness, Gruppenarrangements – nur nach Voranmeldung.»

Marthaler hob den Kopf, als es an der Tür klopfte. Eine Sekunde später stand Elvira im Raum. «Ich mache Schluss für heute. Ich habe meiner Tochter versprochen, auf die Kinder aufzupassen. Das heißt, heute musst du dich selbst versorgen, Anna.»

«Hat es Tereza noch mal versucht?», fragte Marthaler.

Elvira hob die rechte Hand und spreizte alle fünf Finger.

«Aber du bist nicht mehr rangegangen?»

«Nein, mein Chef hat es mir verboten.»

«Gehen wir rasch was essen?», fragte Anna, als Elvira gegangen war. «Ich habe Hunger und brauche eine Pause.»

«Tut mir leid. Aber ich bin verabredet und muss jetzt ebenfalls los.»

Sie nickte. «Gut, dann mache ich auch bald Schluss. Noch eine halbe Stunde. Danach überfalle ich einen Dönerladen. Kannst du mir einen in der Nähe empfehlen?»

Marthaler stand auf und zog seine Jacke über. «Geh zu Mistik auf der Berger Straße! Direkt gegenüber von Saturn. Kein Nobelrestaurant, aber Superqualität!»

«Mach ich», sagte sie. «Und schalte doch den Fernseher ein, wenn du gehst, dann habe ich nicht das Gefühl, alleine im Raum zu sein.»

Bevor er das Weiße Haus verließ, klopfte Marthaler an Kerstin Henschels Büro. Er hörte, dass sie gerade ein Telefonat beendete. Dann bat sie ihn herein.

«Was gibt es Neues aus Bergen?», fragte er. «Habt ihr den Mann gefunden? Wisst ihr, was dahintersteckt?»

Kerstin nickte. «Sieht nach Familiendrama aus. Der Typ hatte eine eigene Werbeagentur und war wohl vollkommen überschuldet. Soviel wir wissen, wollte sich seine Frau von ihm trennen. Er hatte sich in einem Bürogebäude in Niederrad verschanzt und gedroht, es in die Luft zu sprengen. Gerade habe ich erfahren, dass er unbewaffnet war und sich widerstandslos hat festnehmen lassen, aber die Aussage verweigert.»

«Also habt ihr reichlich Arbeit», sagte Marthaler. «Trotzdem noch eine letzte Frage: Weißt du, ob schon jemand Zeit hatte, Suzanne Kilby ausfindig zu machen und sich bei ihr zu erkundigen, warum sie sich damals von Lennart Callenberg hat scheiden lassen?»

«Sven hat sofort in Swindon angerufen, aber vergeblich. Er hat herausbekommen, dass Suzanne Kilby bereits vor drei Jahren an einem Hirntumor gestorben ist. Ihr Vater ist ebenfalls tot, die Mutter lebt in einem Heim für Demenzkranke. Ich fürchte, wir werden niemanden mehr finden, der unsere Frage beantworten kann.»

Anna klickte sich weiter durch die Dateien auf Herlinde Scherers Computer, aber sie merkte, dass sie sich nicht mehr konzentrieren konnte. Sie legte sich hin und schloss die

Augen. Mit einem Ohr hörte sie den Nachrichten im Hessen-Fernsehen zu.

Nach einem Beitrag über beliebte Ausflugsziele an der Fulda folgte eine Reportage über Weißstörche in der Wetterau und im Main-Kinzig-Kreis. Anna erfuhr, dass es vor zwei Jahrzehnten überhaupt keine Störche mehr in Hessen gegeben habe, dass nun aber der Bestand an Brutpaaren von Jahr zu Jahr wieder größer werde. Der Film endete mit den Worten: «Wie schön, Meister Adebar klappert wieder und wird uns allen hoffentlich noch viele Babys in die Wiege legen.» Oh Gott, dachte Anna, für einen solchen Satz hätte Herlinde Scherer über jeden Journalisten ein lebenslanges Berufsverbot verhängt.

«Aus dem Osten Hessens geht es nun in den Norden», sagte der Moderator, «nein ... ich höre gerade aus der Regie, dass wir noch in der Region bleiben, genauer gesagt in dem kleinen Ort Schwarzenfels. Noch immer herrscht unter den Einwohnern große Aufregung. Seit die Vorwürfe gegen den Landtagsabgeordneten und langjährigen obersten Forstbeamten Johann von Münzenberg bekannt wurden, sind die Meinungen geteilt ...»

Im selben Moment stand Anna auf. Sie stellte sich direkt vor den Fernseher und starrte auf den Bildschirm. Sie nahm die Fernbedienung und stellte den Ton lauter.

«... Es heißt, der Baron befinde sich im Besitz von kinderpornographischem Material. Einige halten die Anschuldigungen für haltlos, andere gehen skeptischer mit ihrem adligen Mitbürger um. Inzwischen hat sich sogar eine Gruppe besorgter Eltern vor dem Tor von Burg Schwarzenfels postiert, um Johann von Münzenberg am Verlassen seines Grundstücks zu hindern. Unserem Reporter ist es vor wenigen Minuten gelungen, von dem beschuldigten Parlamentarier eine erste Stellungnahme zu erhalten.»

Auf dem Bildschirm erschien ein großer, rotgesichtiger Mann mit grau melierten Haaren. Er trug einen beigen Trachtenjanker und eine Jeans. Mit der rechten Hand stützte er sich auf den wuchtigen Griff seines Gehstocks. Anna schätzte den Mann auf Ende sechzig, Anfang siebzig. Seine Kieferknochen mahlten, seine Augen sahen müde aus. Er wirkte zugleich angriffslustig und angegriffen.

«Herr Baron, Sie stellen sich zum ersten Mal den Fragen eines Journalisten. Was sagen Sie zu den gegen Sie erhobenen Vorwürfen?»

Johann von Münzenberg schaute nicht in die Kamera. Er sah den Reporter an. «Was wollen Sie hören? Was soll ich sagen? Dass ich unschuldig bin? Ich weiß, dass es so ist. Das alles wird sich über kurz oder lang aufklären, die Frage ist, was dann noch von mir übrig ist. Irgendwas bleibt hängen. Das ist meine Erfahrung mit solchen Anschuldigungen.»

«Sie sprechen oft vor Schulklassen über naturkundliche Themen, Sie führen immer wieder Gruppen von Kindern durch die umliegenden Wälder, um ihnen die Tier- und Pflanzenwelt näherzubringen …»

«Das alles ist jetzt vorbei …»

«Es gibt also schon Absagen.»

«Alle Veranstaltungen dieser Art sind bereits storniert worden, ja! Der Schulbuchverlag, mit dem ich seit mehr als dreißig Jahren zusammenarbeite, hat sämtliche gemeinsamen Projekte gestoppt.»

«Das heißt, Sie stehen schon jetzt vor einem Scherbenhaufen?»

«So ist es.»

«Sie sagen, dass Sie unschuldig sind? Haben die Vorwürfe etwas mit der Rückgabe Ihres Parteibuches zu tun? Glauben Sie, dass jemand ein Interesse daran hat, Ihren Ruf zu zerstören?»

«Davon muss ich ausgehen, was denn sonst? Aber ich werde nicht dasselbe tun wie meine Gegner. Ich werde mich weder an Spekulationen beteiligen, noch werde ich einen Verdacht äußern.»

«Wie fühlen Sie sich im Moment?»

«Wie ein angeschossenes Stück Großwild, das darauf wartet, dass man ihm den Gnadenschuss gibt.»

«Herr Baron, ich bedanke mich für dieses Gespräch.»

Die Kamera folgte Johann von Münzenberg bis zu seiner Haustür. Dort drehte sich der Baron noch einmal um: «Sagen Sie Ihren Kollegen, die hier durch den Ort schleichen, dass sie jetzt gehen können!»

«Das heißt, Sie werden sich nicht mehr zu der Sache äußern?»

«Geben Sie einfach weiter, was ich gesagt habe!»

Anna schaltete den Fernseher aus. Sie setzte sich auf Marthalers Schreibtischstuhl und blätterte in dem schwarzen Notizbuch. Nach zehn Minuten hatte sie gefunden, was sie suchte. Das Kürzel «SF» stand für Schwarzenfels. Und «jvm» waren die Initialen von Johann von Münzenberg. Mit ihm hatte Herlinde Scherer sich getroffen.

Anna schrieb einen Zettel und ließ ihn auf Marthalers Schreibtisch liegen. «Aufgaben für morgen: Ich fahre nach Schwarzenfels, kümmer du dich um die Fotos!»

DREIZEHN

Für die Kleinmarkthalle war es zu spät, also nahm Marthaler den Umweg in Kauf und probierte den neu eröffneten großen Supermarkt hinter dem Ostbahnhof aus. Er stellte den Daimler auf einen der Parkplätze vor dem gegenüberliegenden 5. Polizeirevier und hoffte, dass die Aufkleber der Polizeigewerkschaft, die er auf Front- und Heckscheibe angebracht hatte, ihn vor dem Zorn der Kollegen über den besetzten Platz schützten.

Ähnlich große Supermärkte kannte Marthaler nur aus seinen Urlauben in Frankreich, wo er zum ersten Mal Verkäuferinnen gesehen hatte, die auf Rollschuhen durch die Gänge fuhren. Schon als er die Obst-und-Gemüse-Abteilung betrat, merkte er, dass er hier alles finden würde, was er für das geplante Essen mit Thea Hollmann brauchte. Allerdings waren die Preise auch so hoch, dass er sich öfter als einmal im Monat hier keinen Einkauf würde leisten können. Umso mehr wunderte er sich über die vollen Wagen der durchweg gut gekleideten Kunden, denen es offenbar egal sein konnte, wie hoch die Rechnung war, die sie später an der Kasse begleichen mussten.

Um sich einen Überblick zu verschaffen, durchstreifte er einmal den gesamten Laden, erst dann begann er mit seinem Einkauf. Als er das meiste beisammenhatte, stellte er sich an der Fleisch-und-Wurst-Theke an, vor der sich eine lange Schlange gebildet hatte. Die Verkäuferin arbeitete rasch und blieb auch dann freundlich, als das Murren der wartenden Kunden lauter wurde. Mehrmals entschuldigte sie sich: Sie sei momentan alleine, eine Kollegin habe sich verletzt und müsse von einer anderen verarztet werden.

Marthaler wartete zehn Minuten, dann hatte er es fast geschafft. Nur noch ein Kunde war vor ihm, ein junger Vater im grauen Anzug, neben sich seinen etwa vierjährigen Sohn.

«Darf's noch etwas sein?», fragte die Verkäuferin.

«Eine Scheibe Trüffelleberpastete.»

«Diese hier?»

«Ja.»

Die Verkäuferin legte die Pastete auf die Waage und tippte die Warennummer ein: «Sonst noch einen Wunsch?»

«Danke, das war's.»

Die Frau ließ den Betrag addieren, riss den Zettel von der Waage und knipste ihn an den prallgefüllten Beutel mit der Ware.

Mit einem Mal meldete sich der Sohn zu Wort: «Die will ich nicht, ich will die andere.»

«Welche willst du?», fragte sein Vater.

«Die da!»

«Da muss die Tante wohl mal drauf zeigen, damit wir wissen, welche Pastete du möchtest.»

«Die hier?», fragte die Verkäuferin.

«Nein!»

«Diese?»

«Nein!»

«Meinst du vielleicht diese?»

«Ja!»

Die Verkäuferin schaute den Vater hilfesuchend an: «Aber

das ist genau die gleiche wie die, die ich gerade abgewogen habe.»

«Wenn er lieber dieses Stück möchte, dann geben Sie uns bitte dieses Stück.»

«Dann muss ich allerdings alles stornieren und noch mal eintippen.»

«Dann machen Sie das eben!», sagte der Vater.

«Na», sagte Marthaler, «da hat Ihr Sohn aber gerade etwas fürs Leben gelernt.»

Der Mann drehte sich zu ihm um und sah ihn argwöhnisch an: «Wie meinen Sie das?»

«So, wie ich es gesagt habe.»

Die Haltung des Mannes wurde drohend: «Ich will wissen, wie du das gemeint hast, du Schlaumeier.»

«Er hat gelernt, dass es keine Grenzen für ihn gibt», sagte Marthaler. «Dass er alles bekommt, was er haben will.»

«Und was geht das dich an, du Arsch?»

Marthaler schüttelte den Kopf. Er merkte, dass er sich mit einem Pitbull angelegt hatte. Er wandte sich deshalb lieber der Verkäuferin zu. «Geben Sie mir das Stück Pastete, das der Junge nicht haben wollte. Und zwei Kalbskoteletts, bitte.»

«Haben Sie öfter mit solchen Leuten zu tun?», fragte er, als sich der Vater mit seinem Sohn entfernt hatte.

Sie sah ihn an und lächelte. «Damit muss ich leben. Unsere Kundschaft ist recht anspruchsvoll.»

«Und Sie haben gelernt, sich sehr diplomatisch auszudrücken.»

«Ja», sagte sie, «das gehört zu unserer Ausbildung.»

An der Anschlussstelle Ost fuhr Marthaler auf die Autobahn, die er zehn Minuten später an der Ausfahrt Eckenheim wieder verließ. Als er vor dem Haus von Thea Hollmanns Schwester ankam, schaute er auf die Uhr. Es war kurz vor acht. Thea öffnete ihm, gab ihm einen Kuss auf die Wange und nahm ihm eine seiner beiden Einkaufstüten ab. Sie trug ein leichtes Sommerkleid und Espadrilles.

«Du kommst spät. Ich sterbe vor Hunger. Ich habe schon eine Flasche Schokoladensoße leer getrunken.»

«Im Ernst?»

«Dich kann man echt gut verschaukeln», sagte sie. «Nein, ich bin froh, dass du nicht früher gekommen bist, denn ich habe selbst bis vor einer halben Stunde gearbeitet. Was gibt's zu essen?»

«Zuerst trinken wir einen Schluck Crémant, den du am besten jetzt kurz ins Eisfach legst. Dann gibt es Ravioli, gefüllt mit Flusskrebsen, dazu ein Safransößchen. Anschließend für jeden ein kleines Stück Pastete …»

«Was hast du vor? Willst du mich mästen? Oder mir einen Heiratsantrag machen?», fragte Thea, die ihm half, die Tüten auszupacken.

Marthaler lachte. «Nicht in den nächsten zehn Jahren. Denn damit bin ich gerade grandios gescheitert», sagte er.

«Womit wir beim Thema wären.»

«Nein. Wir machen es wie gestern: zuerst das Dienstliche. Hast du Zeit gehabt, dir die Tote anzusehen?»

Thea nickte. «Zeit hatte ich eigentlich nicht, trotzdem hab ich es getan. Du weißt sicher, dass wir reichlich zu tun hatten.»

Marthaler runzelte die Stirn. «Stimmt», sagte er, «die Frau aus Bergen und ihre beiden Kinder.»

«Außerdem noch einen verunglückten Bauarbeiter in Höchst und einen alten Mann, der beim Fensterputzen aus dem sechsten Stockwerk gefallen ist. Fünf neue Kunden an einem Tag.»

«Ich verstehe nicht, wie du diesen Beruf aushältst», sagte Marthaler, während er Mehl, Salz, Eier, Öl und Wasser zu einem Teig für die Ravioli verknetete.

«Gar nicht, Robert. Oder nur, wenn es mir gelingt, abends zu vergessen, was ich tagsüber gesehen habe. Wenn ich mich ablenke. Zum Beispiel dadurch, dass ich mich von einem halbwegs netten Bullen bekochen lasse.»

«Dann gib mir bitte mal ein Nudelholz! Und sag nicht Bulle, Thea!»

«Warum nicht? Ich dachte, es ist unter Polizisten üblich, sich so zu nennen.»

«Und genau deshalb mag ich es nicht. Erzähl mir, was du über Herlinde Scherer weißt. So heißt das Mordopfer.»

«Ich bin bislang die Einzige, die sich für diesen Gast in unserem Kühlfach interessiert. Weder hat sich dein Kollege Saftsack gemeldet noch einer von den Obduktionsspezialisten des LKA, die er schicken wollte. Ist das nicht merkwürdig?»

Marthaler schnaubte. «Ja, das ist es. Und genauso achtlos sind sie mit dem Tatort und den Zeugen umgegangen. Es scheint sie nicht zu interessieren, was in dem Hotel vorgefallen ist.»

«Viel ist es nicht, was ich dir berichten kann. Und bevor ich damit anfange, wüsste ich gerne, wie ihr die Frau gefunden habt.»

«Du meinst die Auffindesituation?»

«Ja. Ich habe das Wort noch nie gemocht. Aber das meine ich.»

«Sie lag in ihrem Hotelzimmer direkt hinter der Tür. Wir

gehen davon aus, dass sie den Raum betreten hat und sofort erschossen wurde. Sie lag auf der rechten Seite, Kopf und Schultern waren nach hinten auf den Boden gesackt.»

«Sie ist also vom Täter erwartet und überrascht worden?»

«Wahrscheinlich!»

«Das passt», sagte Thea Hollmann. «Du weißt, dass die Leiche zwei Einschüsse aufweist.»

«Carlos hat das vermutet.»

«Und so ist es. Auf der rechten Seite des Halses ist die Schlagader aufgerissen. Der andere Schuss hat direkt ihr rechtes Auge getroffen und ist dann in ihr Hirn eingedrungen. Beide Wunden wären schon für sich genommen tödlich gewesen. Außerdem ist ihr rechter Handrücken durch einen Streifschuss verletzt worden.»

«Du meinst, es ist dreimal geschossen worden?»

«Nein, ich glaube, dass sie eine Abwehrbewegung gemacht hat. Sie hat versucht, sich wegzudrehen und sich zu schützen. Der erste Schuss hat ihre Hand verletzt und dann den Hals getroffen. Aus der Sicht des Täters war das ein Fehlschuss. Erst das zweite Projektil ist dort gelandet, wo es landen sollte: in ihrem Auge.»

«Thea, schaust du nach, ob der Crémant kalt genug ist? Ich könnte einen Schluck vertragen.»

Marthaler stach mit Hilfe einer Kaffeetasse Kreise aus den Teigbahnen, die er inzwischen ausgerollt hatte, setzte die Füllung aus Flusskrebsen, Kräutern und Ricotta darauf und formte dann kleine Taschen, die er an den Rändern zudrückte.

«Und du meinst nicht, dass der Aufwand, den du für unser Abendessen betreibst, ein wenig zu groß ist?», fragte Thea, als sie ihm jetzt sein Glas reichte und ihm zuprostete.

«Keine Angst, alles andere geht schnell. Aber wenn du willst, kannst du schon mal den Spinat waschen … Was ist mit dem Todeszeitpunkt?»

«Den hätte ich natürlich direkt nach dem Auffinden der Leiche vor Ort viel genauer bestimmen können, aber auch so konnte ich ein paar Berechnungen anstellen. Ich würde sagen, Herlinde Scherer ist zwischen vorgestern Mitternacht und dem frühen gestrigen Morgen ermordet worden.»

«Damit bestätigst du, was Carlos gesagt hat.»

Thea gab Marthaler mit der Faust einen leichten Schlag auf die Schulter. «Und du bestätigst mir, dass du mich gar nicht gebraucht hättest.»

«Nein, Thea, ich …»

«Schon gut», sagte sie. «Ich hab noch etwas, was der gute Sabato übersehen hat oder nicht mehr sehen konnte.»

Während Marthaler vorsichtig ein wenig Crème fraîche erhitzte und eine Prise Safran hinzugab, warf er einen Seitenblick auf Thea, die triumphierend ein Plastiktütchen schwenkte.

«Was ist das?»

«Drei Schlüssel, die die Tote in der rechten Faust hielt. Zwei davon sind mit einem Ring verbunden. Ich würde sagen, es handelt sich um die beiden Hotelschlüssel für die Eingangstür und für ihr Zimmer. Das andere dürfte ein Wagenschlüssel sein.»

«Gut», sagte Marthaler, «dann wäre auch das geklärt. Danke, Thea.»

«Das ist alles, was du zu sagen hast? Ich spiele hier für dich den Weihnachtsmann, und du speist mich mit einem lakonischen ‹Danke, Thea› ab.»

«Entschuldige, aber ich denke gerade über etwas nach, was

du vorher gesagt hast. Das mit dem ersten und dem zweiten Schuss, den der Täter abgegeben hat.»

«Dass der erste den Hals und der zweite ihr Auge getroffen hat?»

«Ja, aber wie hast du das vorhin formuliert?»

«Ich habe gesagt, dass erst das zweite Projektil dort gelandet ist, wo es landen sollte, nämlich im Auge des Opfers.»

«Du meinst, er hat direkt auf ihr Auge gezielt? Warum sollte er das tun? Warum nicht auf die Stirn, auf die Schläfe, aufs Herz?»

Thea Hollmann sah Marthaler erstaunt an. «Robert, du weißt schon, was das zu bedeuten hat?»

«Ich habe keinen Schimmer. Hilf mir!»

«Wenn es kein Zufall war, also wenn der Täter nicht einfach ein schlechter Schütze ist, dann wird man ihm zumindest einen gewissen Sinn für Symbolik unterstellen müssen. Und er kennt sich in der Kriminalgeschichte der letzten zwanzig Jahre aus.»

«Thea, ich fürchte, das musst du mir erklären.»

«Kann es sein, dass du noch nie ein Opfer mit einem Augenschuss hattest?»

«Jedenfalls kann ich mich nicht erinnern.»

«Robert, du solltest dir den heutigen Abend als Fortbildung bezahlen lassen ... Also: In der rechtsmedizinischen Literatur sind zahlreiche Fälle von Augenschüssen bei Gewaltverbrechen dokumentiert. Seit zwanzig, fünfundzwanzig Jahren liegt eine umfangreiche Studie dieser Fälle vor. Ein Team von forensischen Medizinern und Kriminologen aus Chicago hat sich darangemacht, diese Verbrechen weltweit zu untersuchen. Und zwar nur solche Fälle, die auch aufgeklärt wurden. Es stellte sich heraus, dass es sich bei den

Opfern zumeist um Undercoveragenten und Spione handelte, die sich in ein Unternehmen oder in eine Organisation eingeschmuggelt hatten. Sie hatten etwas gesehen, was sie nicht hatten sehen sollen: Deshalb wurden sie durch einen Schuss ins Auge getötet. Das war ein Symbol und zugleich eine Warnung. Ein Phänomen, das sowohl bei der nordamerikanischen Mafia als auch bei Guerillagruppen und Drogenkartellen in Mittel- und Südamerika auftauchte …»

«Stopp, Thea. Willst du etwa andeuten, dass wir es bei dem Mord an Herlinde Scherer mit einem Mafiamord zu tun haben?»

Thea Hollmann schüttelte lächelnd den Kopf. «Nein, die Geschichte ist noch nicht zu Ende. Als man den Forschungsbericht damals veröffentlichte, haben sofort alle Boulevardmagazine darüber berichtet. In der Folge wurde diese Art zu töten dann auch in einigen Kriminalromanen und Spielfilmen thematisiert. Und es gibt sogar ein Computerspiel, bei dem man mit einem Augenschuss die höchste Punktzahl erreicht. Das ist aber nicht alles: Dasselbe Forscherteam hat sich vor kurzem noch einmal zusammengesetzt und festgestellt, dass die Zahl der Morde, die auf diese Weise ausgeführt werden, weltweit stark angestiegen ist. Und zwar seit die erste Studie veröffentlicht wurde.»

«Dann hat eine wissenschaftliche Untersuchung dazu geführt, dass mehr Menschen ermordet wurden?»

«Nein, aber dass mehr Morde auf diese Art begangen wurden. Unter den Opfern waren nun auch Privatdetektive, zahlreiche Journalisten, ganz normale Polizisten. Man spricht seitdem vom Chicago-Effekt. Über jemanden, der auf diese Weise umgekommen ist, sagt man, er sei den Schnüfflertod gestorben. Und natürlich hat nicht die Studie selbst den

Augenschuss in Mode gebracht, sondern die Romane und Filme, die das Phänomen erst wirklich bekannt gemacht haben.»

«Wirklich, ich hatte keine Ahnung.»

«Siehst du, so nützlich ist es, wenn sich eine Rechtsmedizinerin und ein Kriminalkommissar zum Abendessen treffen … das jetzt hoffentlich bald fertig ist.»

Sie saßen sich schweigend am Küchentisch gegenüber und aßen ihre Ravioli. Als Thea auch nach dem letzten Bissen noch nichts gesagt hatte, fragte Marthaler bemüht beiläufig: «Und … konntest du es essen?»

«Danke, Robert.»

«Weißt du, ich spiele hier den Sternekoch für dich, und du speist mich mit einem lakonischen ‹Danke, Robert› ab.»

Thea Hollmann kicherte. «Im Ernst: Ich habe lange nichts so Leckeres gegessen. Und ich schnurre innerlich vor Vergnügen, dass ein Mann mich bekocht. Nein, dass *du* mich bekochst. Ich war einfach vor lauter Zufriedenheit verstummt. Und wenn du jetzt die Pastete auftragen möchtest, werde ich den Wein einschenken. Das kann ich nämlich.»

«Du kochst dir nie etwas?»

Sie schüttelte den Kopf. «Ich kann schnippeln, schon von Berufs wegen, das ist alles. Aber ich würde sogar das Wasser anbrennen lassen. Ich ernähre mich von abgepacktem Fertigmüll, und einmal in der Woche gehe ich essen. Kann Tereza kochen?»

Marthaler pfiff durch die Zähne. «Das war jetzt aber mal eine elegante Überleitung.»

«Na ja … es war immerhin eine Überleitung. Also, jetzt rück raus mit der Sprache! Du hast ihr einen Heiratsantrag gemacht, und sie hat abgelehnt?»

«Wir waren am See, um ein Picknick zu machen. Ich hatte ein halbes Jahr lang durchgearbeitet. Ich wusste, dass es nicht nur für mich, sondern auch für Tereza eine harte Zeit gewesen ist. Ich habe mich auf diesen Tag gefreut wie lange auf nichts anderes. Es fing schön an, wir sind mit den Rädern durch die Sonne gefahren. Es war unbeschwert, so, wie man möchte, dass Tage sind, auf die man sich gefreut hat. Dann habe ich ihr gesagt, dass ich sie heiraten möchte.»

«Und sie hat nein gesagt?»

«Sie hat sich abgewandt und geschwiegen.»

«Das ist alles?»

Marthaler lachte bitter. «Das wäre noch schön. Sie hat mir gesagt, dass sie für ein Jahr nach Prag fährt. Mindestens für ein Jahr. Davon war vorher nie die Rede. Sie hat mich nicht in ihre Pläne eingeweiht, sie hat mich nicht gefragt, was ich davon halte. Sie hat es mir einfach mitgeteilt. Ich habe dagestanden, ich weiß nicht, wie ein Schaf im Regen.»

Marthaler merkte, dass er dieselben Worte gebraucht hatte wie Tereza, als er vor langer Zeit einmal vergessen hatte, sie vom Flughafen abzuholen.

«Kein gutes Zeichen», erwiderte Thea Hollmann. «Erzähl weiter!»

«Eigentlich wollte sie ihre letzte Nacht in Frankfurt bei mir verbringen. Stattdessen hat sie meiner Sekretärin einen Brief für mich gegeben. Es war ein Abschiedsbrief. Ich habe ihn verbrannt.»

Marthaler und Thea sahen sich an. Gleichzeitig hoben sie ihre Gläser und nickten einander zu. Es war eine Geste der Verlegenheit. Sie waren nicht geübt darin, Vertraulichkeiten auszutauschen.

«Was stand in dem Brief?»

«Dass sie in Prag einen anderen Mann kennengelernt hat und dass sie zu feige war, mir das ins Gesicht zu sagen.»

«Uff», sagte Thea. «Maximaler Mega-Mist. Mein Freund Atilla würde wahrscheinlich sagen: Kotze mit Kacke.»

Marthaler lachte. «Das hätte ich höflicher nicht ausdrücken können.»

«Und es hat sich nichts angekündigt? Du hast nicht gemerkt, dass sie sich von dir entfernt?»

«Thea, ich bin der beste Nichtmerker der Welt. Wenn ich an einem Fall arbeite, bin ich vollkommen vernagelt. Es ist ein Fehler, aber es ist so. Und ich weiß, dass es vielen Kollegen ebenso geht.»

«Deshalb ist die Scheidungsrate bei Polizisten ja auch so hoch.»

«Ja», sagte Marthaler, «nur dass ich so weit mit Tereza gar nicht gekommen bin. Und das Verrückte ist, dass ihr Neuer ebenfalls Polizist ist.»

Thea Hollmann machte eine hilflose Armbewegung: «Vielleicht ist ja noch nicht alles vorbei. Sie hat jemanden kennengelernt, okay, das kann vorkommen ...»

Marthalers Ton wurde zornig: «Nein. Es kommt nur vor, wenn man es zulässt. Warum streitet sie nicht mit mir? Warum sagt sie nicht, was ihr an mir missfällt? Wir sind unterschiedlich, okay. Aber es gibt sieben Milliarden Menschen, die anders sind als ich. Ich finde das ja gut, ich will gar nicht, dass alle Welt nach meinen Regeln lebt. Ich habe nie eine Tereza gewollt, die so ist wie ich oder wie ich sie mir vorstelle. Ich habe sie so gemocht, wie sie ist. Offenbar war es bei ihr anders. Aber geht man dann los und sucht sich einfach einen anderen?»

Marthaler hatte sich in Rage geredet. Jetzt schwieg er

einen Moment. Aber Thea wollte die Pause offenbar nicht füllen. Sie sah ihn an und wartete darauf, dass er weitersprach.

«Ich muss wohl einsehen, dass Tereza etwas braucht oder will, das ich ihr nicht geben kann.»

Thea Hollmann verdrehte die Augen. «Du denkst jetzt aber nicht, dass einer deiner Körperteile möglicherweise zu kurz geraten ist, oder?»

Marthaler lächelte dünn: «Was weiß ich ... irgendwas in der Richtung, ja! Jedenfalls brate ich jetzt unsere Kalbskoteletts, was hältst du davon?»

Er stand auf, ging zum Herd, schüttete ein wenig Öl in die Pfanne und schnitt die Fettränder der Koteletts mit einem scharfen Messer ein.

Thea war ebenfalls aufgestanden und hatte sich neben ihn gestellt. «Warum machst du das?»

«Bist du eine Topfguckerin? Das macht man, damit sich das Fleisch nicht wellt, sondern immer in Kontakt zum Boden der Pfanne bleibt. Sonst verliert es Saft und wird trocken. Ein Kalbskotelett wird nur kurz gebraten, aber es braucht viel Aufmerksamkeit und Zuwendung. Nur dann bleibt es zart.»

Thea kicherte.

«Was ist los?»

«Ich dachte gerade: Wenn Tereza etwas mehr Zuwendung gehabt hätte, wäre sie womöglich auch zart geblieben.»

«Sehr witzig.»

«Nein, im Ernst. Dass sie unzufrieden war, dass ihr etwas gefehlt hat, ist klar. Aber das kann alles Mögliche gewesen sein.»

Ja, dachte Marthaler, es konnte etwas mit ihrem Liebesleben zu tun haben oder mit der Art, wie der andere Mann lachte und sich bewegte. Oder mit Terezas Begeisterung für die Malerei, die er, Marthaler, nie richtig hatte teilen können. Er war immer der Schüler geblieben und sie die Lehrerin.

Aber was es auch war, er wusste, dass es keinen Zweck hatte, an dieser Schraube zu drehen. Jeder Mensch, so offen er war, hatte Grenzen. Man konnte sein Lachen so wenig verändern wie seinen Gang.

«Im Bett war alles in Ordnung?», fragte Thea.

Marthaler grinste. «Ordnung im Bett klingt nicht gerade erregend. Aber ich weiß, was du meinst. Ja, ich fand es *in Ordnung*. Aber jetzt bin ich mir nicht mehr sicher. Jetzt weiß ich eigentlich gar nichts mehr.»

«Vielleicht hast du ihr einfach nur zu wenig Zeit gewidmet. Sie hätte vielleicht mehr Aufmerksamkeit gebraucht. Und möglicherweise ging es ihr schon länger so. Kann auch sein, dass sie sich im Laufe der Jahre verändert hat, womöglich, ohne es selbst zu merken.»

«Und ohne dass ich es gemerkt hätte. Ja, das habe ich auch schon gedacht.»

Mit einem Mal begriff Marthaler, dass die langen Phasen, in denen er verstrickt war in seine Ermittlungen und bei denen er immer wieder aufs Neue erfahren musste, was andere Menschen einander antaten, nicht ohne Auswirkungen geblieben waren. Auf ihn und auf Tereza. Es war, wie Sabato immer wieder sagte: Nichts bleibt ohne Folgen, nicht das Größte, nicht das Kleinste.

«Wie geht es dir bei alldem?», fragte Thea.

Marthaler überlegte nur kurz: «Nicht gut, aber auch nicht so schlecht, wie man denken könnte. Ich bin eher empört als traurig … Warum behauptet Tereza, sie würde mich noch lieben? Sie muss doch ahnen, dass sie mich damit zusätzlich quält.»

Thea reagierte erstaunt. «Das sagt sie?»

«Ja, sie hat es gestern noch gesagt, und sie schreibt es in ihrem Brief.»

«Wörtlich, Robert! Zitier mir bitte wörtlich, was sie geschrieben hat!»

«‹Wir kriegen das hin. Ich liebe dich. Ich weine. Deine Tereza›. Das sind ihre letzten Worte an mich.»

«Warum erzählst du mir das erst jetzt? Das klingt doch völlig anders! Wenn ich mich recht erinnere, warst du in den letzten Jahren einige Male ohne Grund eifersüchtig. Jetzt hast du einen Grund. Vielleicht will Tereza etwas ausprobieren. Sie ist auf der Suche. Vielleicht emanzipiert sie sich gerade von dir.»

«Komm, Thea. Das sind doch Mätzchen. Was meinst du, wie Tereza sich das denkt? Dass sie in Prag mit dem anderen lebt, aber einmal im Monat nach Frankfurt kommt und wir so tun, als sei alles in Ordnung?»

«Das weiß ich nicht, und wahrscheinlich weiß auch sie es noch nicht.»

«Bei aller Liebe, ohne mich!»

«Robert, es gibt alles. Jede Konstellation ist denkbar. Immerhin sagst du: bei aller Liebe. Das heißt doch, du liebst sie noch?»

Diesmal ließ Marthaler sich mit seiner Antwort Zeit. Er nahm die leeren Teller und stellte sie in die Spüle. «Das kann ich im Moment nicht sagen. Dass ich so zornig auf sie bin, ist vielleicht ein Zeichen, dass ich sie noch liebe. Aber wenn mein Zorn verraucht ist, was dann? Möglicherweise ist dann alles vorbei. Jedenfalls weiß ich nicht, was ich machen soll.»

«Das weiß ich auch nicht. Aber eins ist sicher: Die Liebe ist frei, oder es gibt sie nicht.»

«Was meinst du?»

«Die Liebe und das Singen kann man nicht erzwingen. Das stammt auch von meiner Oma. Unter Zwang stirbt die Liebe sofort. Dann bleibt man zusammen, aber alles ist tot. Das willst du auch nicht, oder?»

«Natürlich nicht.»

«Es kann richtig sein, Tereza zu umschwärmen, sie mit Blumen und Komplimenten zu überhäufen, aber das glaube ich eigentlich nicht. So oberflächlich ist sie nicht. Es kann auch richtig sein, sie zappeln zu lassen. Warte einfach ab. Sei charmant, aufmerksam und zurückhaltend. Zwinge sie zu nichts. Gib dich lockerer, als du dich vielleicht fühlst … Ach, was rede ich? Keine Ahnung, was du machen musst, ich hab keine Lösung für euch.»

Marthaler nickte. «Könnte ja sein, dass es keine Lösung für uns gibt … Jedenfalls gibt es noch Käse. Ich habe uns einen Epoisses mitgebracht. Magst du?»

«Ist das nicht dieser sündhaft teure Kochkäse? Ich könnte sterben dafür. Aber lieber nachher, Robert. Lass uns erst einen Kaffee trinken!»

Zwei Stunden später, es war kurz nach Mitternacht, begann Marthaler zu gähnen.

«Trinken wir noch aus», schlug Thea vor, «dann legen wir uns schlafen. Was meinst du? Die Küche bringen wir morgen früh in Ordnung.»

Marthaler nickte.

«Du kannst im Gästezimmer übernachten, wenn dir das lieber ist. Dann müssen wir allerdings noch das Bett beziehen. Solltest du keine Angst vor mir haben, kannst du dich auch im Schlafzimmer neben mich legen. Ganz wie du magst.»

«Ich habe keine Angst vor dir, Thea, und es macht mir auch nichts aus, mit dir in einem fremden Ehebett zu liegen. Aber ich möchte nicht mit dir schlafen.»

«Das ist okay. Und ich verspreche dir, nichts zu unternehmen, dich vom Gegenteil zu überzeugen. Und auch wenn das eine nicht unbedingt etwas mit dem anderen zu tun hat, zu klaren Verhältnissen gehört es dazu: Ich liebe dich nicht.»

«Ich dich auch nicht, aber das hatten wir doch schon vor langer Zeit geklärt.»

Thea nickte. «Aber ich mag dich. Ich habe Achtung vor dir. Und ich fände es schön, wenn wir uns öfter sehen würden. Als Freunde. Mal ist man stark, mal ist man schwach. Mal braucht man jemanden, mal nicht. Jedenfalls merke ich, dass du mir guttust.»

«Obwohl wir den ganzen Abend gequatscht haben: Eigentlich müssen wir nicht viel reden», sagte Marthaler.

«Ja», erwiderte Thea, «und das ist das Angenehme zwischen uns. Aber irgendwas willst du noch sagen, oder? Ich sehe es dir an. Du druckst mal wieder.»

Marthaler nahm dreimal Anlauf, brach seinen Satz aber jedes Mal wieder ab.

«Spuck's aus, Robert! Ich werde nicht lachen, egal, was du sagst.»

«Ich wollte dich fragen, ob dir Treue etwas bedeutet. Oder ist das egal? Ist das nur etwas für Seifenopern?»

Tatsächlich gelang es Thea, nicht mehr als den Anflug eines spöttischen Lächelns zu zeigen.

«Ich weiß nicht», sagte sie. «Es ist so ein dickes Wort. Aber eigentlich finde ich: Doch, es bedeutet sehr viel, nur darf man nicht darüber sprechen, man darf sie nicht verlangen. Sosehr ich es mir wünschen würde, ich würde nie zu einem Mann sagen: Sei mir treu! Wenn die Treue da ist, ist sie da. Dann ist es das Beste, was einem passieren kann. Und ein großer Beweis. Wenn nicht, gibt es Probleme. Manchmal kann man diese Probleme lösen, manchmal nicht.»

Als Marthaler aus dem Bad kam, saß Thea bereits im Bett und sah ihm entgegen.

«Sag mal, Robert, hast du abgenommen?»

«Schon gut, Thea, den Witz hat gestern schon jemand gemacht.»

«Nein, im Ernst. Als ich dich das letzte Mal … nackt gesehen habe, warst du dicker.»

«Ich trainiere ein bisschen. Ich fahre Rad und laufe ab und zu ein paar Runden. Wie immer. Außerdem bin ich nicht nackt, sondern habe eine Unterhose an, die ich auch anbehalten werde.»

Er kroch unter die Bettdecke, legte sich auf den Rücken und schloss die Augen: «Ich bin so müde, dass ich bestimmt nicht herausfinden kann, ob die Schafe schnarchen.»

«Das ist okay, Robert. Aber hättest du was dagegen, wenn ich mich neben dir ein wenig mit mir selbst vergnüge?»

Er drehte sich noch einmal kurz zu ihr um. «Mach du nur», sagte er.

«Und darf ich dich dabei ein bisschen missbrauchen?»

«Indem du was tust?»

«Indem ich dich anschaue und meine rechte Hand auf deinen Oberschenkel lege?»

«Warum die rechte?»

«Weil ich Linkshänderin bin.»

Marthaler lächelte. Dann schlief er ein.

DRITTER TEIL

EINS

Am frühen Morgen des 29. Mai verließ Süleyman die kleine Jagdhütte und machte sich auf den Rückweg ins Dorf. Er hatte immer noch Angst.

Vor drei Tagen waren die beiden Männer in sein Haus eingedrungen und hatten es verwüstet. Sie hatten den Umschlag mit den Fotos gesucht, ihn aber nicht gefunden. Noch eine halbe Stunde nachdem er ihren Wagen hatte davonfahren hören, war Süleyman auf dem Dach geblieben, um abzuwarten, ob sie zurückkommen würden. Dann war er nach unten gegangen, hatte ein paar Sachen gepackt, hatte den Umschlag hinter der Eckbank hervorgezogen und ihn ebenfalls in der grauen Sporttasche verstaut. Er war in den Wald gegangen, hatte das Schloss des alten Blockhauses aufgebrochen und gehofft, dass ihn dort niemand finden würde.

Er hatte Hunger und Durst. Außer zwei Dosen Corned Beef und einem Kanister mit Trinkwasser hatte es keine Vorräte in der Hütte gegeben. Als er ging, zog er die Tür hinter sich zu, ohne sich die Mühe gemacht zu haben, die Spuren seines Aufenthaltes zu verwischen.

Nachdem er den Waldrand erreicht hatte, schlug er einen Bogen Richtung Osten. Er lief durch die Felder, durchquerte noch einmal eine Baumgruppe, sprang über einen schmalen Graben und drehte schließlich ab nach Süden, wo er bald den Ort erreicht hatte.

Er trabte durch die engen Gassen den Hang hinunter und

hatte gerade das Gasthaus «Zur grünen Linde» passiert, als er hinter sich ein Geräusch hörte. Er drückte sich an die Mauer.

«Süleyman?»

Er drehte sich um und erkannte die Frau, die man im Ort nur die alte Berlepsch nannte. Sie hatte grüne Gummihandschuhe an und eine kleine Hacke in der Hand. Süleyman nickte ihr zu.

«Wo kommst du denn her? Wir hatten alle Angst, dass du im Haus warst!»

Sie bückte sich und sammelte zwei Zigarettenkippen auf, die sie in der Tasche ihrer Kittelschürze verschwinden ließ.

«Warum?», fragte er.

«Ja, weißt du denn nicht …?»

Er sah sie an und schüttelte den Kopf.

«Bei dir hat's gebrannt.»

Süleyman lief den schmalen Trampelpfad ein paar Schritte weiter. Dann sah er, was die Frau meinte.

Da, wo sein Haus gestanden hatte, war nur noch eine schwarze Ruine zu sehen, aus der ein paar verkohlte Balken ragten. Er sah den Rauch, der noch über den Trümmern lag. Und jetzt roch er die feuchte Asche.

«Das waren die», murmelte er.

«Was sagst du?», fragte die alte Berlepsch, die nun neben ihm stand.

«Wann ist das passiert?»

«Letzte Nacht», sagte sie. «Mal gut, dass du nicht zu Hause warst. Das ganze Dorf war auf den Beinen.»

«Ich muss etwas trinken und essen», sagte Süleyman.

Die alte Frau nickte. «Und ein Bad brauchst du auch. Komm mit.»

Sie wohnte in einer kleinen Kate, die einmal als Scheune

und Ziegenstall gedient hatte. Die Wände waren mit Blumentapeten bedeckt, der Fußboden mit Linoleum. Es gab Strom, aber kein fließendes warmes Wasser. Nachdem die alte Berlepsch Süleyman Milch, Käse und Brot auf den Tisch gestellt hatte, ging sie in das enge Badezimmer und heizte den Wasserkessel an.

Dann setzte sie sich ihm gegenüber. «Was willst du jetzt machen?»

«Nachdenken», sagte er.

Ihre wässrigen Äuglein ruhten auf Süleymans Gesicht. «Alle sagen, dass ich geizig bin …»

«Ich weiß, dass es nicht so ist», erwiderte Süleyman. Denn die Alte hatte ihn damals, als seine Tante gestorben war, für drei Tage bei sich aufgenommen, ihn versorgt und getröstet. Sie war nicht geizig, aber von einer geradezu krankhaften Sparsamkeit. Sie ging über die Wiesen und sammelte das Fallobst auf. Sie durchwühlte die Mülltonnen im gesamten Ort nach verwertbaren Lebensmitteln. Ihr Brennholz holte sie aus dem Wald. Und sie hob jede Zigarettenkippe auf, bröselte die Tabakreste heraus und schüttete sie in ein Ledersäckchen, um sie später in ihrer Pfeife zu rauchen. Die Leute im Dorf waren überzeugt, man werde nach ihrem Tod ein Vermögen unter ihrer Matratze finden.

Damals, in jenen drei Tagen, hatte sie ihn gebeten, ihr einen DVD-Spieler zu besorgen und dazu alle Filme mit Clark Gable, die er bekommen könne. Als Süleyman ihr ein paar Wochen später das Verlangte brachte, war sie an ihren Küchenschrank gegangen, hatte eine Blechdose geöffnet und die Rechnung, ohne zu murren, beglichen.

«Wirst du weggehen?», fragte sie jetzt.

«Wahrscheinlich», sagte er.

«Wo kannst du hin?»

«Ich weiß nicht.»

Er legte sich in die Badewanne der alten Berlepsch und überlegte, was zu tun war. Die Männer mit dem Renault waren weggefahren, aber sie waren wiedergekommen. Sie hatten sein Haus angezündet. Sie machten Jagd auf ihn.

Er hatte nichts mehr. Er musste fliehen. Und er brauchte Geld.

Nach zwanzig Minuten hatte er seinen Entschluss gefasst.

Gemeinsam mit Elvira war Anna gegen sechs Uhr 30 am Morgen ins Weiße Haus gegangen. Elvira hatte sich mit Marthalers Kennwort ins Intranet der Polizei eingewählt, um die private Telefonnummer von Johann von Münzenberg herauszubekommen. Sie hatte sie auf einen Zettel geschrieben, den sie Anna jetzt reichte.

«Sei vorsichtig!»

«Bin ich», sagte Anna.

Auf ihrem blauen Rennrad durchquerte sie die Stadt. Nach zwanzig Minuten hatte sie den Großen Hasenpfad erreicht. Sie schloss das Rad vor Marthalers Haus an und setzte sich in ihren alten Mazda. Über die Babenhäuser Landstraße erreichte sie die Autobahn. Als sie Hanau hinter sich gelassen hatte, atmete sie auf. Während sich der Berufsverkehr auf der Gegenfahrbahn staute, hatte sie nun freie Fahrt.

Irgendwo auf einer Wiese zwischen Gelnhausen und Wächtersbach sah sie tatsächlich ein Storchenpaar stehen. «Mensch, Meister Adebar, alte Socke, hast ja deine Frau dabei», rief sie.

Bei Bad Orb bog sie ab auf die Landstraße. Sie wollte sich ihrem Ziel langsam nähern. Sie wollte wissen, wie die Gegend aussah, wollte ein Gefühl für die Landschaft bekommen, in der Johann von Münzenberg wohnte.

Nur wenige Kilometer bevor sie Schwarzenfels erreicht hatte, sah sie am Straßenrand ein Schild: «Ingrids Heiße Kiste – 50 Meter».

Sie lenkte den Mazda auf den großen geschotterten Platz, an dessen Ende drei LKW standen. Sie stieg aus und ging auf den roten Imbisswagen zu, vor dem ein paar Männer um einen runden Tisch standen. Sie sahen Anna entgegen und grinsten. Als sie näher kam, ohne ihren Blicken auszuweichen, schauten sie weg.

«Was ist, Männer?», fragte Anna. «Habt ihr keine Eier? Könnt ihr nur heimlich glotzen?»

Sie bestellte sich einen Becher Kaffee und ein belegtes Brötchen.

«Mir ham nur Sändwitsch», sagte die Frau im Wagen.

«Dann geben Sie mir ein Sandwich mit Käse bitte.»

«Mir ham nur Worscht.»

«Dann bleibt's bei dem Kaffee.»

Anna nahm den heißen Becher, zwinkerte den LKW-Fahrern zu und ging zurück zu ihrem Wagen. Sie setzte sich auf den Fahrersitz und ließ die Tür offen. Als sie ausgetrunken hatte, wählte sie die Nummer Johann von Münzenbergs.

Nach dem fünften Klingeln sprang ein Anrufbeantworter an. Sie wartete die Ansage ab, dann sprach sie: «Herr von Münzenberg, wenn Sie zu Hause sind, nehmen Sie bitte ab. Mein Name ist Anna Buchwald; ich bin eine Freundin von Herlinde Scherer. Ich muss dringend mit Ihnen sprechen. Ich versuche es gleich noch mal.»

Sie wartete fünf Minuten, dann drückte sie die Wiederholungstaste. Diesmal wurde abgenommen.

«Herr von Münzenberg?», fragte Anna.

Sie hörte nur ein schweres Atmen. «Herr von Münzenberg, sind Sie es?»

«Was wollen Sie?», fragte eine Männerstimme. Die Stimme klang verwaschen, so, als sei der Sprecher gerade erst aufgewacht. Oder als stehe er unter einem starken Beruhigungsmittel.

«Herlinde Scherer, Sie haben sich mit ihr getroffen, nicht wahr?»

«Warum ruft sie nicht selber an?»

«Sie ist tot, Herr von Münzenberg. Man hat sie ermordet. Ich bin in einer Viertelstunde bei Ihnen. Bitte öffnen Sie mir die Tür.»

«Es ist zu spät», sagte er.

«Hören Sie, es geht mir nicht um die Sachen, die Ihnen vorgeworfen werden, ich will nur …»

Anna merkte, dass sie nicht weitersprechen musste. Johann von Münzenberg hatte bereits aufgelegt.

Sie warf den leeren Kaffeebecher aus dem Wagen, startete den Motor und gab so stark Gas, dass der Schotter unter den Rädern aufspritzte. Im Rückspiegel konnte sie erkennen, dass die Männer ihr nachschauten.

Schon nach fünf Minuten hatte sie das Ortsschild erreicht. Eine geschnitzte Holztafel zeigte den Weg zur Burg an.

Sie stellte den Wagen auf den Parkplatz unterhalb der Burgmauer und schaute sich um. Es war niemand zu sehen. Weder hielt sich ein Reporter in der Nähe des Grundstücks auf, noch hatte das Grüppchen besorgter Eltern, das gestern im Fernsehen zu sehen gewesen war, wieder vor dem Burgtor Stellung bezogen. Entweder haben sie die Worte des Barons beherzigt, dachte Anna, oder es ist ihnen noch zu früh.

Sie ging auf das schöne Haus mit den grünen Fensterläden zu, vor dessen Eingang Johann von Münzenberg gestern interviewt worden war. Sie stieg die Stufen einer Steintreppe empor, lief über den Plattenweg, nahm noch einmal fünf Stufen, dann stand sie vor der schweren getäfelten Haustür.

Sie drückte auf den Klingelknopf und wartete.

Auch nach dem dritten Klingeln meldete sich niemand. Anna versuchte den silbernen Türknauf. Mit einem Klick öffnete sich der rechte Flügel des Eingangs.

«Herr von Münzenberg?»

Zögernd betrat sie das dunkle Foyer. Noch einmal rief sie den Namen des Hausbesitzers.

Vorsichtig schob sie eine Tür auf und schaute in das dahinterliegende Zimmer: einen großen, hohen Wohnraum, dessen Wände mit ausgestopften Tieren und Geweihen bedeckt waren. Auf dem Boden lagen dicke Teppiche, an der Decke hing ein Kronleuchter. Eine Holztreppe führte zu einer Galerie, an deren Ende sich eine Tür befand, die zu den Räumen des oberen Stockwerks führte.

Johann von Münzenberg saß in einem wuchtigen Ohrensessel und schaute Anna an. Er schaute sie an, aber er schien sie nicht zu sehen. Er trug einen Pyjama und Hausschuhe. Wangen und Kinn waren mit grauen Bartstoppeln bedeckt, die Augen von dunklen Rändern umgeben, der Blick war leer.

Der Mann, der dort im Sessel saß, wirkte auf Anna wie ein hinfälliger Riese.

«Wir haben eben telefoniert», sagte Anna.

Münzenberg nickte. Immerhin schien er sie zu verstehen.

«Würden Sie mir sagen, warum Sie sich mit Herlinde Scherer getroffen haben? Was wollte sie von Ihnen?»

Er hob den Kopf, schien etwas sagen zu wollen, schloss den Mund aber wieder und ließ sein Kinn auf die Brust sinken.

Anna ging ein paar Schritte auf ihn zu. «Sind Sie krank? Soll ich einen Arzt benachrichtigen?»

«Ist sie … wirklich tot?», fragte er jetzt. Er sprach wie jemand, dessen Mund nach einer Zahnbehandlung noch betäubt ist.

«Ja, man hat sie in Frankfurt in ihrem Hotelzimmer erschossen.»

Ohne Münzenberg aus den Augen zu lassen, setzte sich Anna auf einen gepolsterten Fußhocker, der nicht weit vom Sessel des Barons stand.

«Bin ich schuld?», fragte er.

Anna stutzte. Mit einer solchen Frage hatte sie nicht gerechnet. Sie wusste nicht, was der Mann damit meinte. «Warum sollten Sie Schuld an ihrem Tod haben?»

«Zooblick?»

«Ja, so heißt das Hotel. Woher wissen Sie das?»

Der Baron schloss die Augen. Plötzlich stieß er eine Reihe seltsam keckernder Laute aus, eine Art stoßartiges Kichern, bevor gleich darauf seine Stimme kippte und er zu schluchzen begann. Anna hatte nie einen Menschen in einer solchen Verfassung gesehen.

Münzenbergs Kopf schaukelte in einer langsamen Bewegung von links nach rechts. Dann ging ein Ruck durch seinen Körper. Für einen Moment klärte sich sein Blick. Es sah aus, als habe er einen Entschluss gefasst. Er stemmte beide Fäuste auf die Sessellehne, stieß sich mühsam von der Sitzfläche ab, bis er schließlich schwankend vor Anna stand.

Als sie aufstehen wollte, um ihm zu helfen, hob er eine seiner großen Hände zum Zeichen, dass sie sitzen bleiben solle.

«Es ist zu spät», sagte er.

«Das haben Sie schon einmal gesagt. Was meinen Sie damit?», fragte Anna.

Statt zu antworten, sagte er nur das Wort «Durst». Langsam und mit schlurfenden Schritten verließ er den Raum. Anna war sich unsicher, ob sie aufstehen und ihm folgen sollte. Sie hörte das Öffnen und Schließen einer Tür, das Klirren von Gläsern, das Geräusch fließenden Wassers und wie der Mann im Nebenraum hantierte.

Er ist in die Küche gegangen, um einen Schluck zu trinken, beruhigte sie sich. Sie entschied, auf ihrem Hocker sitzen zu bleiben und zu warten. Sie wollte nicht seinen Unmut erregen.

Für einen Moment war es still.

Dann hörte Anna einen Schuss. Einen Schuss, der in nächster Nähe gefallen war.

Sie sprang auf und lief in die Eingangshalle. Bevor sie die Tür zum Nebenraum öffnete, hielt sie noch einmal inne. Weil sie ahnte, was geschehen war, tat sie, was Marthaler ihr empfohlen hatte. Sie kniff die Augen zusammen.

Trotzdem sah sie mehr, als sie sehen wollte. Johann von Münzenberg lag auf dem Boden der Küche. Neben ihm ein umgekippter Stuhl und ein großes Gewehr. Vom Kopf des Mannes war kaum etwas übrig. Überall an den Wänden und den Möbeln, auf dem Boden und an der Decke waren Blut, Knochensplitter und Gewebefetzen zu sehen.

Anna hielt sich am Türrahmen fest, sie schluckte ein paar

Mal, dann drehte sie sich um. Sie schaffte gerade noch die drei Schritte zu einem großen Blumenkübel, bevor sie sich übergab.

Als das Beben in ihren Gliedern nachließ, suchte sie das Badezimmer. Sie spülte ihren Mund aus und fing kaltes Wasser mit den Handflächen auf, um sich Gesicht und Hals zu kühlen. Dann ging sie zurück in den Wohnraum und ließ sich in den großen Ohrensessel fallen, in dem vor wenigen Minuten noch Johann von Münzenberg gesessen hatte.

Anna tat etwas, was sie schon lange nicht mehr getan hatte. Sie versuchte zu meditieren. Sie schloss die Augen und konzentrierte sich auf ihre Atmung. Sie stellte sich vor, am Strand zu liegen und nichts zu hören als das regelmäßige Geräusch der Wellen, die ihren Körper umspülten. Sie spürte den Sand und die Kiesel unter sich. Die Sonne wärmte ihr Gesicht und ließ sie ruhiger werden.

Dann nahm Anna ein Geräusch wahr. Das leise Quietschen eines Scharniers, das Knarren einer Diele. Das Geräusch kam von oben, von der Galerie. Sie hielt den Atem an und rutschte ein wenig tiefer in den Sessel.

Für einen Moment war es still, dann hörte sie leise Schritte, die sich hinter ihrem Rücken näherten. Jemand kam die schmale Holztreppe hinunter.

Einen Augenblick später ging ein junger Mann an ihr vorbei, der sie zunächst nicht zu bemerken schien.

Erst als er die Tür erreicht hatte, wandte er den Kopf in Annas Richtung. Sie starrten einander an – beide für einen Moment erschrocken auf eine Bewegung des anderen lauernd, beide sprungbereit.

Sie sahen sich in die Augen, und keiner von beiden schien den Blick abwenden zu wollen. Drei Sekunden, fünf Sekunden, zehn Sekunden, zwanzig Sekunden. Ohne ein Wort zu sprechen, stellten sie sich gegenseitig die gleichen Fragen: Wer bist du? Was willst du hier? Muss ich Angst vor dir haben?

Dann aber, ohne noch zu begreifen, was geschah, merkte Anna, wie sie sich entspannte. Es war, als habe sie in seinen Augen, in seinem Gesicht, in seiner Haltung etwas gesehen, was ihr vertraut war. Es war, als habe sie den Jungen erkannt. Und plötzlich hatte sie Mühe, ihn nicht anzulächeln.

Und auch in ihm schien etwas vorzugehen. Seine Züge wurden weicher, das Lauern in seinem Blick wich einer freundlichen Neugier.

Anna fiel ein Satz ein, den sie kürzlich gelesen und sofort auf einen Zettel notiert und über ihren Schreibtisch gehängt hatte: «Sehen sich zwei Menschen länger als zehn Sekunden an, werden sie sich entweder lieben oder schlagen.» Oder beides, dachte Anna jetzt.

«Wer bist du?», fragte sie.

«Süleyman», sagte der Junge. «Und du?»

«Ich heiße Anna. Was willst du hier?»

«Zum Baron.»

«Der ist tot. Er hat sich gerade erschossen.»

«Glaub ich nicht.»

«Nebenan», sagte Anna. «Geh nicht hin! Schau's dir nicht an!»

Aber Süleyman hatte sich bereits abgewandt und den Raum in jene Richtung verlassen, in die Anna mit dem Kopf gezeigt hatte.

Eine halbe Minute später stand er wieder vor ihr. Seine braune Haut war fahl geworden. Anna sah, wie der Körper des Jungen wankte. Dann sank er, keine zwei Meter von ihr entfernt, zu Boden. Süleyman war ohnmächtig geworden.

Er lag auf dem Bauch. Seine graue Tasche war ihm von der Schulter gerutscht.

Anna ging auf den Jungen zu, dann stutzte sie. Der große Umschlag, den Süleyman eben noch in der Hand gehalten hatte, lag jetzt auf dem Teppich. Ein Teil des Inhalts war herausgerutscht.

Sie ging in die Hocke, nahm die Fotos in die Hand und schaute sich eines nach dem anderen an. Sie sah die nackten Kinder, die mal arglos lachten, mal ängstlich um Hilfe zu flehen schienen. Mit jedem Bild wuchs Annas Wut. Als sie den fetten Mann mit der Scream-Maske und die beiden vor ihm knienden nackten Mädchen sah, ließ sie die Fotos fallen, als habe sie sich verbrannt.

Sie setzte sich rittlings auf Süleymans Rücken, schob Füße und Unterschenkel unter seine Hüften, sodass sie ihn mit den Beinen umklammert hielt. Dann schlug sie ihm mit der flachen Hand auf die Wange.

Als sie merkte, dass der Junge aus seiner Ohnmacht erwachte, schlang sie ihren rechten Arm um seinen Hals, griff mit der rechten Hand gleichzeitig ihren linken Oberarm und drückte mit der linken Handfläche gegen Süleymans Hinterkopf. Es war der Rear Naked Choke, eine Variante des Schwitzkastens, ein Würgegriff, wie er im Wrestling angewandt wurde und der es erlaubte, auch einen stärkeren Gegner durch Druck auf die Halsschlagadern wehrlos zu machen. Anna wusste, dass Süleyman keine Chance hatte.

«Was ist das für eine Scheiße?», zischte sie. «Was sind das für Fotos? Hast du sie gemacht?»

Sie lockerte den Griff ein wenig, damit Süleyman antworten konnte.

Der Junge ächzte: «Nein, ich …»

«Lüg mich nicht an!»

«Ich … hab … sie gefunden.»

«Erzähl keinen Mist, hörst du? Solche Fotos findet man nicht.»

«Ich hab sie auf der Wiese vor meinem Haus gefunden.»

Für einen Augenblick drückte Anna wieder fester zu. An der Innenseite ihrer Oberschenkel spürte sie, wie Süleyman versuchte, sich unter ihr aufzubäumen.

«Scheiße, du Stinker. Ich lass dich erst dann los, wenn ich die Wahrheit weiß.»

«Ein Motorradfahrer ist verunglückt. Er hatte die Fotos dabei. Ich hab sie genommen.»

«Und was wolltest du damit?»

Süleyman antwortete nicht.

«Ich hab dich was gefragt», sagte Anna.

«Ich wollte sie Münzenberg bringen.»

Anna lachte. Dann überlegte sie.

«Du wolltest sie ihm nicht bringen, du wolltest sie ihm verkaufen, nicht wahr? Du wolltest ihn erpressen.»

Wieder schwieg Süleyman.

Erneut erhöhte Anna eine Sekunde lang den Druck auf den Hals des Jungen.

«Nicht wahr?», fragte sie noch einmal.

Süleyman nickte.

«Sie haben mein Haus abgebrannt.»

«Was redest du?»

«Lass mich los … bitte!», flehte Süleyman.

«Ich lasse dich los, unter einer Bedingung. Du versuchst nicht abzuhauen. Du erzählst mir deine Geschichte, und du sagst die Wahrheit. Und die Fotos sind beschlagnahmt. Du kannst Ja oder Nein sagen. Also, was ist?»

«Ja», sagte Süleyman nach einer Weile, «einverstanden.»

«Und woher weiß ich, dass du nicht versuchst, mich zu linken?», fragte Anna.

«Gar nicht», antwortete Süleyman, «du kannst mir nur glauben.»

Der Junge hatte recht. Ihr blieb keine Wahl. Sie löste ihren Klammergriff, zog die Füße unter seinen Hüften hervor und hob ihren Hintern ein Stück an. «Dreh dich um!»

Sie wartete, bis der Junge sich unter ihr auf den Rücken gewälzt hatte, dann setzte sie sich rittlings auf seine Brust. Sie sah, wie Süleymans Lider flatterten. Er schwitzte. Seine Pupillen waren gerötet.

«Wie bist du ins Haus gekommen?», fragte sie.

«Über das Flachdach nebenan. Ich hab ein Fenster aufgedrückt.»

«Hat dich jemand gesehen?»

«Glaub nicht.»

«Gut, dann nehmen wir diesen Weg auch, um rauszukommen.»

«Was willst du mit den Fotos?»

«Ich nehme sie mit nach Frankfurt. Ein Freund von mir ist Polizist. Ich werde ihm die Bilder zeigen, dann werden wir entscheiden.»

«Kannst du mich mitnehmen nach Frankfurt?»

Anna lächelte. Als sie die Hand hob, schloss Süleyman die Augen und drehte seinen Kopf zur Seite, als erwarte er einen Schlag. Aber Anna fuhr ihm nur leicht mit dem Handrücken über die Wange.

«Das kann ich machen», sagte sie. «Dann reden wir auf der Fahrt.»

ZWEI

Marthaler erwachte, weil ihn jemand am großen Zeh berührte. Er öffnete die Augen und sah Thea Hollmann am Fußende des Bettes stehen. Sie war bereits angezogen und lächelte ihm zu: «Was ist los, mein keuscher Jüngling? Willst du nicht aufstehen?»

«Lass mich! Ich schlafe! Ich reite gerade auf einem Kamel durch die Wüste.»

«Falls dein Kamel mal kurz Rast machen möchte: In der Küche gibt's Brötchen und Kaffee. Aufgeräumt ist auch schon. Ich muss jetzt los.»

«Tschüs!»

«Versprichst du mir, dass du Tereza anrufst?»

«Thea, bitte! Ich kann noch nicht denken!»

«Du musst nicht denken, du musst nur gehorchen. Versprichst du's?»

«Was bleibt mir übrig?»

Eine Dreiviertelstunde später fuhr Marthaler langsam die Landstraße entlang und bog am Ortseingang von Nieder-Erlenbach in eine schmale abschüssige Einfahrt.

Er parkte den Wagen im Hof vor den beiden Fachwerkhäusern, die früher zu einem Bauernhof gehört hatten und jetzt dem Fotografen und Designer Christian Haberstock als Atelier und Wohnhaus dienten.

Drei Jahre zuvor war er schon einmal hier gewesen, und

seitdem, so schien es Marthaler, hatte sich nichts verändert. Wie damals kam es ihm auch jetzt so vor, als habe er eine andere Welt betreten, eine Welt außerhalb der Welt.

Das Anwesen lag abgeschieden und von Bäumen verdeckt am Rande des kleinen Ortes in der Wetterau, der zwar seit mehr als drei Jahrzehnten zu Frankfurt gehörte, aber noch immer jenem Bauerndorf glich, das er viele hundert Jahre lang gewesen war.

Marthaler drückte auf den Klingelknopf und wartete. Er schaute sich um.

Der alte Schuppen neben der Einfahrt war von den Trieben und Blättern einer Kletterhortensie überwuchert. Hinter dem Staketenzaun, der das Grundstück zur Straße begrenzte, wuchs eine Reihe von großen Hibiskussträuchern, deren lachsfarbene Blüten schon jetzt durch die Knospen schimmerten. Auf dem Hof stand ein schweres Motorrad und daneben ein offener Jaguar, auf dessen Motorhaube eine weiße Katze lag, die kurz die Augen öffnete und zu Marthaler hinüberblinzelte.

Als auch nach dem dritten Klingeln niemand öffnete, überquerte Marthaler den Hof und betrat durch die Lücke in der Rotbuchenhecke den hinteren Teil des Grundstücks. Vor ihm erstreckte sich ein ausgedehnter Bauerngarten, der in eine abschüssige Wiese überging. Ein Trampelpfad führte zum Bach, an dessen Ufer die grünen Ruten der Trauerweiden schaukelten.

«Sind Sie's, Herr Inspektor?»

Marthaler drehte sich um. Christian Haberstock saß auf einem Liegestuhl im Schatten der Hauswand. Hinter ihm sah man eine halboffene Tür, die zur ebenerdigen Küche des Wohnhauses führte, wo jemand leise «Lady in Black» von Uriah Heep hörte.

Der Fotograf lüpfte zur Begrüßung das an den Ecken verknotete Taschentuch, das er auf dem Kopf liegen hatte. Er trug einen hellen, weit geschnittenen Leinenanzug, der übersät war mit bunten Blumenstickereien. Jetzt nahm er seine verspiegelte Sonnenbrille ab und lächelte Marthaler an.

«Wenn ich recht gehört habe, sind Sie mit einem anderen Wagen gekommen als das letzte Mal?»

«Das ist richtig. Es ist ein alter ...»

«Nein, warten Sie, lassen Sie mich raten. Es ist ein Mercedes 280 E, späte siebziger Jahre, Baureihe W 123. Habe ich recht?»

«Es ist ein alter Dienstwagen, der von den Kollegen gepflegt wird. Ich verstehe nichts von Autos. Aber was Sie sagen, könnte stimmen. Und das erkennen Sie am Motorengeräusch?»

«Ja, als kleiner Junge war ich häufig krank, dann habe ich oft tagelang am Fenster gesessen, auf die Straße geschaut und den Autos zugehört, wie andere den Vögeln zuhören. Irgendwann konnte ich die Fahrzeuge mit geschlossenen Augen unterscheiden.»

«Ich bin beeindruckt!»

«Und ich würde sagen, das Modell, das Sie fahren, hat die Farbe Eibengrün.»

Marthaler schaute den Mann verdutzt an. «Alle Achtung», sagte er, «Sie sind der erste Mensch, dem ich begegne, der eine Farbe hören kann.»

Haberstock kicherte. Er forderte seinen Besucher mit einer Handbewegung auf, sich auf den freien Liegestuhl zu setzen. Marthaler folgte der Einladung, setzte sich aber nur seitlich auf die Kante, als wolle er signalisieren, dass er nicht vorhabe, es sich bequem zu machen. Die Aktentasche, in der sich Herlinde Scherers Notebook befand, stellte er zwischen seine Füße.

«Sie sind zu leichtgläubig für einen Kriminalisten, Herr Inspektor. Die Wahrheit ist, ich habe Sie in Ihrem eibengrünen Mercedes über die Landstraße kommen sehen.»

Marthaler lachte. «Okay, eins zu null für Sie. Aber was würden Sie sagen, wenn ich nur so tue, als sei ich leichtgläubig? Wissen Sie, es ist eine alte Vernehmungstechnik, sich dümmer zu stellen, als man ist. Wenn der Vernommene sich überlegen fühlt, gerät er leichter ins Plaudern.»

Nun war es Haberstock, der sich erstaunt zeigte. «Eins zu eins», sagte er. «Damit sind wir quitt. Und worum soll es diesmal in meiner Vernehmung gehen?»

Bevor Marthaler antworten konnte, sah er, wie eine vielleicht fünfzigjährige Frau den Kopf durch die Küchentür steckte, den Besucher neugierig beäugte und sich dann kichernd wieder zurückzog. Wenige Sekunden später wiederholte sich der Vorgang auf exakt dieselbe Weise.

«Keine Bange», sagte Haberstock, «Sie haben keine Halluzinationen. Sie haben nicht zweimal kurz nacheinander dieselbe Frau gesehen, sondern zwei unterschiedliche. Die beiden sind Zwillinge … Kommt, Mädels, seid nicht albern, sagt dem Inspektor guten Tag.»

Zögernd kamen die Frauen in den Innenhof und näherten sich Marthaler. Der leichte Stoff ihrer knielangen Kleider war ebenfalls mit Blumen bestickt. In ihr weizenblondes Haar waren bunte Holzperlen geflochten.

«Sunny», sagte die eine, als sie Marthaler die Hand reichte.

«Funny», sagte die andere. Und fügte hinzu: «Glauben Sie bitte nicht, dass wir so dumm sind, wie es gerade den Anschein hat. Aber wir haben heute unseren Hippie-Tag, und Hippies sind eben manchmal ein bisschen doof.»

Haberstock sah den Frauen nach, die jetzt wieder im Innern des Hauses verschwanden: «Haben die beiden nicht prachtvolle Hintern?»

Marthaler wusste nicht, was er antworten sollte. Wie immer, wenn ein anderer Mann versuchte, mit ihm ein augenzwinkerndes Einverständnis über das Aussehen einer Frau herzustellen, reagierte er hilflos.

«Was ist ein Hippie-Tag?», fragte er.

«Ich arbeite und lebe mit den beiden seit über zwanzig Jahren zusammen», sagte Haberstock. «Einmal im Monat veranstalten wir ein Rollenspiel, um unser Verhältnis zueinander ein wenig ins Wanken zu bringen. Mal spielen wir Krankenhaus, mal Kloster, das letzte Mal waren wir Eskimos. Glauben Sie mir, das ist besser als jede Gruppentherapie.»

«Sie sagen, Sie arbeiten und leben mit den Frauen zusammen, das heißt …?»

Haberstock sah seinen Gast forschend an, dann lachte er. «Wollen Sie es wirklich so genau wissen? Am liebsten behaupte ich, die beiden seien meine Nichten, dann muss ich nicht viel erklären. Verstehen Sie?»

Marthaler nickte, aber er verstand gar nichts. Die spielerische Leichtigkeit, mit der dieser Mann alle Gewissheiten ins Rutschen brachte, war dem Kriminalpolizisten fremd. Er fühlte sich unsicher in Gegenwart des Fotografen und war zugleich neugierig und wohl auch ein wenig neidisch auf dessen Art zu leben.

«Und über was wollen Sie mit mir plaudern?», fragte Haberstock. «Ich nehme an, die Antwort befindet sich in Ihrer Aktentasche?»

Marthaler nickte. «Ich brauche Ihre Hilfe. Ich habe einen Computer mitgebracht, auf dem sich eine große Anzahl verschlüsselter Bilddateien befindet. Ich möchte Ihnen den Computer hierlassen und Sie bitten, diese Bilder zu entschlüsseln, sofern das überhaupt möglich ist.»

Haberstock stöhnte. Dann schüttelte er entschlossen den Kopf. «Sie haben Pech», sagte er. «Erstens verstehe ich nichts von Computerprogrammen, zweitens fahre ich morgen früh für acht Wochen an die Côte d'Azur. Und drittens kommen meine Nichten, die Ihnen vielleicht hätten helfen können, mit mir in Urlaub.»

«Kann es sein, dass Sie immer gerade von der Côte d'Azur kommen oder dorthin fahren, wenn wir uns sehen?», fragte Marthaler.

Haberstocks blaue Augen blitzten vor Vergnügen. «Sie haben mich durchschaut. Genau so lebe ich am liebsten. Ich liebe meinen Beruf, aber ich arbeite immer nur so viel wie nötig. Wissen Sie, was der Unterschied zwischen uns ist?»

Marthaler sah ihn fragend an.

«Sie sind eine Ameise, ich bin eine Grille.»

«Das werden Sie mir sicher gleich erklären.»

«Sie sind immerzu emsig, eifrig, sie krabbeln unentwegt durch die Gegend. Sie sind rast- und ruhelos. Das ist nicht gesund. Und deshalb wirken Sie auch so müde und abgespannt.»

«Tue ich das?»

«Sehen Sie, Sie nehmen sich nicht einmal Zeit, in den Spiegel zu schauen. Ich hingegen, die Grille, mache ein, zwei Sprünge, dann ruhe ich wieder lange aus und zirpe ein bisschen. Wollen wir wetten, wer von uns beiden länger lebt?»

«Um das herauszufinden, müsste erst mal einer von uns

sterben», sagte Marthaler. «Meinen Sie nicht, Ihre … Nichten könnten jetzt gleich mal einen Blick auf die Dateien werfen?»

Haberstock erhob sich mit einem Seufzer aus seinem Liegestuhl: «Und ich hatte gehofft, Sie würden ein bisschen Wein mit mir trinken …»

Seit einer halben Stunde saß Robert Marthaler auf einem Stuhl neben dem Schreibtisch und sah den Zwillingen zu, wie sie Herlinde Scherers verpixelte Fotos über zwei große Bildschirme laufen ließen. Die Frauen hatten sich umgezogen und mit der Hippie-Kleidung auch ihre Albernheit abgelegt. Dass sie weder Funny noch Sunny hießen, hatte Marthaler sich bereits gedacht, zum Verwechseln ähnlich sahen sie einander dennoch, und so vermied er es, sie direkt anzusprechen. Erst als eine der beiden Frauen sich verabschiedet hatte, um die Koffer für die Urlaubsreise zu packen, fragte er die andere nach ihrem richtigen Namen.

Sie drehte sich zu ihm um und antwortete: «Maria Hundertmark, wie das Geld, das es nicht mehr gibt. Meine Zwillingsschwester heißt Eva.»

«Eva und Maria, die Sünderin und die Heilige.»

«Ja», sagte die Frau, «und dennoch sind wir kaum zu unterscheiden.»

«Meinen Sie, es könnte Ihnen gelingen, den Code zu entschlüsseln, Frau Hundertmark?»

«Kommt drauf an, mit was für einem Programm die Bilder unkenntlich gemacht wurden und wie viel Ihre Reporterin von Kryptographie verstanden hat.»

«Ich bin sicher, dass das nicht ihr Fachgebiet war.»

«Schön, dann sollten wir eine Chance haben.»

«Das heißt?»

«Ich schaue mir die Dateien mit meinem Hex-Editor an, und wenn wir Glück haben, sind lediglich im Header ein paar Byte verändert worden ... Haben Sie irgendwas von dem verstanden, was ich gerade gesagt habe?»

«Kein Wort», gab Marthaler zu. «Kann ich mich irgendwie für Ihre Mühe erkenntlich zeigen?»

Noch einmal drehte sich Maria Hundertmark zu ihm um. Sie nickte, ohne zu lächeln. «Das können Sie, Herr Inspektor. Indem Sie mich einfach in Ruhe weiterarbeiten lassen!»

Nach einer weiteren Viertelstunde merkte Marthaler, dass Maria Hundertmark neben ihm unruhig wurde. Sie starrte auf den Monitor, wippte mit dem rechten Fuß, schnipste ein paar Mal mit den Fingern und schnalzte schließlich mit der Zunge: «Na also», sagte sie, «dich hätten wir geknackt.»

Marthaler sprang von seinem Stuhl auf und stellte sich direkt hinter die Frau, die nun abwehrend die rechte Hand hob. «Kommen Sie mir lieber nicht zu nahe, ich stinke noch fürchterlich nach Patschuli.»

«Ja», sagte Marthaler, «jetzt merke ich es auch. Eine Zeitlang habe ich den Duft gehasst, aber jetzt habe ich ihn viele Jahre nicht mehr gerochen und merke, dass ich ihn wieder gut ertrage.»

Maria Hundertmark lachte. «An mir wird es wohl nicht liegen, der Geruch erinnert Sie vermutlich an Ihre Jugend und Ihr erstes Mädchen.»

«So wird es sein, aber jetzt zeigen Sie mir doch bitte die Fotos!»

«Wenn wir sie uns alle gemeinsam anschauen wollen, müssten Sie bei uns einziehen und ich meinen Urlaub verschieben. Also: Welche interessieren Sie am meisten?»

«Können Sie sehen, in welcher Reihenfolge die Bilder entstanden sind?»

«Sollte klappen», sagte sie. «Die Datei-Informationen müssten jetzt sichtbar sein. Also …?»

«Mich interessieren die Fotos, die zuletzt gemacht und abgespeichert wurden.»

«Gut, dann werde ich die Dateien jetzt ordnen.»

Sie drückte ein paar Tasten, dann zeigte sie Marthaler eine Liste, auf der jedem Bild ein Datum und eine Uhrzeit zugeordnet waren.

«Erledigt!», sagte Maria Hundertmark. «Ich kopiere das Ganze jetzt zurück auf den Rechner, den Sie mitgebracht haben, dann können Sie sich zu Hause alles in Ruhe anschauen.»

«Nein, bitte», sagte Marthaler, «ich weiß, dass ich Ihre Freundlichkeit strapaziere, aber helfen Sie mir noch einen kleinen Moment!»

Er tippte mit dem Zeigefinger an den oberen Rand des Bildschirms. «Das hier», sagte er und merkte, wie seine Aufregung wuchs. «Öffnen Sie bitte dieses hier!»

Das Foto war am 27. Mai um ein Uhr 32 auf das Notebook von Herlinde Scherer gespeichert worden. Nach allem, was sie bisher wussten, hatte man die Reporterin wenig später in ihrem Hotelzimmer ermordet. Wahrscheinlich war es die letzte Aufnahme, die sie gemacht hatte. Maria Hundertmark markierte die Datei und öffnete sie mit einem Doppelklick.

Das Foto, das jetzt auf dem riesigen Monitor erschien, war sehr dunkel. Trotzdem erkannte Marthaler sofort, dass es den Speisesaal des Hotels Zooblick zeigte. Rechts und links waren die Tische mit den verschwommenen Gestalten der

Gäste zu sehen. Die gesamte Mitte des Bildes war schwarz, so als habe jemand mit seinem Körper einen Großteil des Objektivs verdeckt.

«Das Nächste!», rief er. «Jetzt dieses hier!»

«Hören Sie, Sie müssen nicht jedes Mal mit dem Zeigefinger auf den Bildschirm tatschen. Es reicht, wenn Sie mir sagen, was ich machen soll.»

Die nächste Aufnahme zeigte denselben Ausschnitt. Diesmal waren die Bildmitte und der rechte Rand ausgefüllt mit einer Gruppe von Leuten, die offenbar dabei war, den Saal zu verlassen. Man sah ihre Oberkörper und den unteren Teil ihrer Köpfe. Zu erkennen war niemand.

«Weiter?», fragte Maria Hundertmark.

Marthaler nickte.

Auch die beiden folgenden Fotos waren kaum aufschlussreicher. Mal konnte man drei, mal vier Personen unterscheiden, die sich aber gegenseitig verdeckten, sodass kein Blick auf ihre Gesichter möglich war. Offenbar waren die Fotos kurz hintereinander und alle aus derselben Perspektive aufgenommen worden.

«Schlechte Belichtung, schlechter Ausschnitt, schlechter Point of View. Sieht aus, als seien die Fotos mit einer versteckten Kamera aufgenommen worden», sagte Maria Hundertmark. «Es ist so wenig darauf zu sehen, dass ich mich frage, ob es sich überhaupt gelohnt hat, die Bilder zu decodieren.»

Marthaler gab sich Mühe, seine Enttäuschung zu verbergen. «Es hat sich gelohnt. Allerdings wäre es gut, wenn ich die Gesichter dieser Leute erkennen könnte. Sie haben den Abend gemeinsam im Hinterraum eines Hotels verbracht. Herlinde Scherer hat sie heimlich fotografiert, als sie dabei waren, das Hotel zu verlassen. Kurz darauf war die Reporterin tot. Ich muss wissen, um wen es sich bei diesen Leuten handelt.»

«Okay», sagte Maria Hundertmark, «das hilft mir weiter. Dann weiß ich jetzt wenigstens, um was es Ihnen geht. Ich schaue mir die nächsten Fotos an und werde sehen, was sich machen lässt. Tun Sie mir einen Gefallen, gehen Sie solange in den Garten und trinken Sie einen Schluck mit unserem Onkel.»

«Also ist er wirklich Ihr Onkel?»

Maria Hundertmark verdrehte die Augen. «Er ist, der er ist. Und wir sind, die wir sind. Und Sie dürfen sich denken, was Sie wollen.»

Marthaler merkte, dass er auf die Befriedigung seiner kleinen Neugier würde verzichten müssen. Eindeutige Auskünfte über das Verhältnis der drei Bewohner schien man ihm nicht geben zu wollen.

«Ich komme raus, wenn ich was habe», sagte die Frau und wedelte mit der Hand zum Zeichen, dass er sich entfernen möge.

Als Maria Hundertmark zwanzig Minuten später die Ateliertür öffnete und über den knirschenden Kies in den Garten kam, begann sie schallend zu lachen. Marthaler saß auf einem Stuhl, hatte die Hosenbeine hochgekrempelt und die nackten Füße in eine Schüssel mit kaltem Wasser gesteckt. Vor ihm stand ein Campari mit Eis; zwischen Daumen und Zeigefinger hielt er ungelenk einen Joint, aus dem er gerade einen Zug genommen hatte.

«Tut mir leid, Herr Kommissar, aber das steht Ihnen nicht. Sie sehen verkleidet aus. Weder sind Sie ein Hippie noch sind Sie ein Lebemann. Hat unser Onkel Sie so zugerichtet?»

Marthaler nickte. Er zog rasch die Füße aus der Schüssel und gab die Haschischzigarette an Christian Haberstock weiter. «Ja, er hat versucht, aus einer Ameise eine Grille zu machen, aber das funktioniert wohl nicht. Was ist, haben Sie etwas entdeckt?»

Maria Hundertmark setzte sich zu Marthaler und legte einen Stapel ausgedruckter Fotos auf den Tisch. «Die nächsten Bilder waren etwas ergiebiger», sagte sie. «Wenn ich Sie richtig verstanden habe, besteht die Gruppe, die Sie interessiert, aus fünf Leuten.»

«Drei Frauen, zwei Männer – das ist die Information, die ich habe.»

«Ich habe versucht, auf jedem der Fotos diese fünf Leute zu identifizieren und zu markieren. Sehen Sie hier: F1 ist die erste Frau. Einmal sehen wir sie von hinten, dann wieder von der Seite, hier ist ihre rechte Gesichtshälfte verdeckt, und hier hat sie die Augen geschlossen. M1 ist der erste Mann, M2 der zweite und so weiter.»

Marthaler sah sich die Aufnahmen an. Dann schüttelte er den Kopf. «Trotzdem ist die Qualität noch immer so schlecht, dass es fast unmöglich sein wird, herauszufinden, wen diese Bilder zeigen.»

«Warten Sie», sagte Maria Hundertmark, «ich habe noch ein wenig gezaubert. Schauen Sie hier, ich habe den Kopf von F1 auf allen Fotos isoliert, die Datei-Informationen zusammengeworfen und daraus ein Idealbild errechnen lassen. Das Ergebnis sieht ein bisschen künstlich aus, aber immerhin haben wir nun das Porträt der Frau, die ich F1 genannt habe.»

Marthaler stieß leise einen bewundernden Pfiff aus. «Sie

haben recht», sagte er, «es sieht in etwa so aus wie eines unserer Phantombilder, damit kann man auf jeden Fall arbeiten. Wenn wir solche Bilder auch von den anderen vier Leuten hätten, kämen wir vielleicht einen Schritt weiter.»

Maria Hundertmark sah ihn an, dann zwinkerte sie ihm zu: «Abrakadabra, Simsalabim», sagte sie und breitete vier weitere Porträts auf dem Tisch aus.

Christian Haberstock war aus seinem Liegestuhl aufgestanden und betrachtete nun ebenfalls die Aufnahmen der fünf Leute aus dem Hotel Zooblick.

«Den kenn ich», sagte er und tippte auf das Foto, das mit M2 gekennzeichnet war. Es zeigte das runde Gesicht eines etwa fünfzigjährigen Mannes, der eine Glatze hatte und einen Schnauzbart trug.

«Ja», sagte Marthaler, «ich auch. Ich habe ihn dieser Tage noch im Fernsehen gesehen. Mir fällt nur nicht ein …»

«Das ist Udo Klotz», unterbrach ihn Maria Hundertmark. «Er ist Sprecher der Landesregierung. Ich hatte vor einiger Zeit das Pech, ihn kennenzulernen. Wenn ihr wissen wollt, was ich von ihm halte, müsst ihr nur den zweiten Buchstaben seines Nachnamens weglassen.»

DREI

Bäuchlings rutschten Anna und Süleyman über die warme Dachpappe.

Sie hatten versucht, die Spuren ihrer Anwesenheit im Haus des toten Johann von Münzenberg zu beseitigen, hatten die Eingangstür von innen verschlossen, dann waren sie aus dem Fenster im ersten Stock auf das angrenzende Gebäude geklettert.

Jetzt robbten sie bis an den Rand des Flachdachs und spähten über die Regenrinne hinweg nach unten, um sich zu vergewissern, dass sie beim Verlassen des Burggeländes von niemandem gesehen wurden.

Direkt hinter der rückwärtigen Hauswand befand sich eine kleine, steil abfallende Wiese, auf der ein paar Obstbäume standen. Süleyman sprang als Erster die vielleicht zwei Meter hohe Mauer hinunter. Als er unten aufkam, verlor er das Gleichgewicht und rollte ein paar Meter die Böschung hinab, bis der Stamm eines Pflaumenbaums ihn stoppte. Er rappelte sich wieder auf, lief zurück und streckte Anna seine Arme entgegen. Sie hing an der Dachrinne, stemmte ihre Füße gegen die Wand, ließ schließlich los, und als auch sie das Gleichgewicht verlor, fing der Junge sie mit festem Griff auf.

«Alles okay?», fragte er.

Sie atmete schwer. Ihre Wangen waren gerötet. «Lass mich los!», forderte sie ihn auf.

Sie stiegen den steilen Abhang hinab.

Süleyman, einen Schritt voraus, hielt seine linke Hand nach hinten, damit Anna sie fassen konnte. Und sie, ihren Stolz und jede Abwehr vergessend, griff zu.

Sie schwitzte. Sie war verwirrt. Sie wollte seine Hand zugleich halten und loslassen.

Auch als sie über das Holzgatter kletterten, das die Obstbaumwiese vom Parkplatz trennte, bestand er stumm darauf, ihr zu helfen. Ihre Hand berührte seinen Oberschenkel. Seine Lippen streiften ihr Haar. Ihre Brüste drückten gegen seine Schulter.

Anna schluckte. Sie nickte in Richtung ihres Wagens. «Setz dich auf den Beifahrersitz und mach dich klein, bis wir raus sind aus dem Dorf», sagte sie. «Wär gut, wenn dich keiner sieht.»

«Ja, ja», sagte er, als habe er den Satz schon öfter gehört.

Erst als sie auf der Landstraße angekommen waren und niemand von ihnen Notiz genommen hatte, verließ Süleyman seine Tauchstation. «Da drüben», sagte er und schaute nach rechts, «da drüben, das war mein Haus.»

Anna stoppte den Wagen am Straßenrand. Sie schaute auf das am Hügel klebende Dorf zurück, das sie jetzt vollständig überblicken konnten, auf die alles überragende Burg, die sie gerade verlassen hatten, und auf die Senke mit dem Bachlauf direkt unter ihnen. Schließlich entdeckte sie den Haufen verkohlter Steine und Balken, aus denen immer noch dünne Rauchschwaden aufstiegen.

«Das ist nicht dein Ernst, oder? Die haben dir wirklich die Hütte niedergebrannt?»

Süleyman nickte.

«Was willst du jetzt machen?»

«Weiß nicht.»

«Und wer ist hinter dir her?»

Süleyman zuckte die Schultern. «Keine Ahnung. Ich weiß nur, dass sie unbedingt die Fotos haben wollen.»

«Und das hat dich auf die Idee gebracht, dass die Bilder eine Menge Geld wert sein müssen. Dass du sie verkaufen könntest. Egal, wem.»

Süleyman nickte.

«Meinst du, das ist gesund für dich?»

Noch einmal schaute er auf die Ruinen seines Hauses. «Ich werde die umbringen, die das getan haben.»

«Wirst du nicht», sagte Anna. «Wirst du nicht und kannst du nicht, wenn du nicht mal weißt, wer die sind.»

«Wir müssen es rauskriegen», erwiderte der Junge.

Anna nickte. «Das müssen wir.»

«Lass uns fahren», sagte Süleyman. «Ich bin hier nicht mehr zu Hause.»

Anna folgte derselben Route, die sie auf dem Hinweg genommen hatte. In Mottgers bog sie nach links ab und nahm die Straße Richtung Süden. Auch hier kamen sie an einem Schild vorbei, das auf «Ingrids Heiße Kiste» hinwies.

«Ich hab Hunger», sagte Süleyman, «was meinst du, wollen wir kurz halten?»

«Bloß nicht», antwortete Anna. «Der Laden ist ein echter Siffschuppen. Guck mal hinter meine Rückenlehne, da muss noch ein Apfel liegen. Wenn du mich einmal abbeißen lässt, kannst du ihn haben.»

Süleyman drehte sich um, kniete sich auf den Beifahrersitz und versuchte, sich den Apfel zu angeln.

«Scheiße», sagte er plötzlich.

«Was ist?», fragte Anna. «Kommst du nicht dran, soll ich rechts ranfahren?»

«Nein. Hinter uns ist ein Wagen.»

«Und?»

«Der ist eben, als wir in Schwarzenfels angehalten haben, an uns vorbeigefahren. Jetzt ist er plötzlich wieder hinter uns.»

Anna schaute in den Rückspiegel. Etwa zwanzig Meter hinter ihnen fuhr ein schwarzer VW Phaeton. Nichts an dem Auto wirkte verdächtig.

«Komm», sagte sie, «beruhig dich. Du bist einfach ein wenig nervös, okay?»

«Nein, Anna, die verfolgen uns. Fahr schneller! Wir müssen die abhängen.»

Anna grinste. «Der Wagen hat 250, vielleicht sogar 350 PS. Du glaubst doch nicht im Ernst, dass wir dem entwischen können.»

«Anna, bitte!»

Anna schaute Süleyman an. Sie sah die Panik in seinem Blick.

«Pass auf», sagte sie. «Ich halte bei nächster Gelegenheit kurz an; wir lassen ihn vorbeifahren, dann sehen wir weiter.»

Süleyman antwortete nicht. Er hatte den Kopf eingezogen und sich auf seinem Sitz zusammengekauert. Er starrte auf den Apfel in seinen Händen.

Als sie das Ortsschild des nächsten Dorfes passiert hatten, steuerte Anna den Wagen an den rechten Fahrbahnrand. Auch der Phaeton verlangsamte kurz sein Tempo, fuhr dann aber an ihnen vorbei und verschwand hinter der nächsten Kurve.

«Hast du gemerkt?», fragte Anna. «Sie haben nicht mal zu uns rübergeschaut. Sie sind weg, du kannst dich beruhigen.»

«Waren es zwei?», fragte Süleyman.

«Genau wie wir», sagte Anna, «das hat nichts zu bedeuten.»

«Zwei Männer?»

«Ja.»

«Hast du erkannt, wie sie aussahen? Kannst du sie beschreiben?»

«Süleyman, bitte!»

Anna legte den Gang ein und fuhr weiter. Sie verließen das Dorf und folgten der Landstraße.

In einer scharfen Rechtskurve überquerten sie einen Bahnübergang, dann hatten sie bereits den nächsten Ort erreicht. Als rechts eine Abzweigung kam, entschied sich Anna, geradeaus weiterzufahren.

«Mist», sagte sie.

Blitzartig drehte Süleyman den Kopf zu ihr: «Was ist los?»

«Sie sind wieder hinter uns.»

«Anna, fahr! Gib Gas!»

«Ich darf hier nur dreißig fahren. Es spielen Kinder auf dem Bürgersteig.»

Trotzdem erhöhte sie nun die Geschwindigkeit. Noch bevor sie das Ende des Dorfes erreicht hatten, zeigte der Tacho über siebzig Stundenkilometer. Ein Bauer auf seinem Traktor, der gerade auf die Hauptstraße biegen wollte, hupte und sah ihnen kopfschüttelnd nach.

Der Phaeton war jetzt direkt hinter ihnen. Süleyman beugte sich leicht nach rechts und schaute in den Außenspiegel, sah von dem schwarzen Wagen aber nur den hinteren Teil.

«Guck in den Rückspiegel», forderte er Anna auf. «Beschreib mir die Männer!»

«Der Fahrer ist groß, mächtiger Kopf. Sieht ziemlich kräftig aus. Stirnglatze.»

«Das restliche Haar hat er hinten zusammengebunden.»

«Ja», sagte Anna, «sieht so aus. Kann sein, dass er einen Pferdeschwanz trägt.»

«Schwanzhinten», sagte Süleyman.

Anna warf ihm einen Blick zu. «Der andere ist kleiner, dünner. Struppiges, dunkles Haar.»

«Den habe ich Fussel genannt. Was machen sie?»

«Nichts, sie kleben uns an der Stoßstange.»

Anna zog ihr Handy aus der Hosentasche und gab Marthalers Büronummer ein. Dann klemmte sie das Telefon zwischen Ohr und Schulter. «Elvira … Ist Robert in der Nähe? … Egal, du musst den Halter eines schwarzen VW Phaetons herausfinden … Nein, sofort … Bitte, Elvira … Wir werden verfolgt …»

Sie gab Elvira das Kennzeichen durch und wartete. Sie fuhren mit hoher Geschwindigkeit über die gewundene Landstraße. Links von ihnen lag ein dichter Wald, rechts schlängelte sich ein Bach durch Felder und Wiesen. Als hinter einer Kurve ein längerer gerader Fahrbahnabschnitt kam, merkte Anna, dass der Phaeton zu einem Überholmanöver ansetzte.

«Mist, er versucht, an uns vorbeizukommen. Elvira, ich muss dich weitergeben … Bitte, frag nicht … Und beeil dich, ich muss Akku sparen.»

Sie reichte Süleyman das Telefon und lenkte den Mazda in die Straßenmitte. Mit beiden Händen das Lenkrad umklammernd, fuhr sie abwechselnd von der rechten auf die linke

Seite der Fahrbahn und zwang ihre Verfolger, die gleichen Manöver auszuführen.

Während Süleyman mit Elvira sprach, stieß Anna immer wieder lautlose Flüche aus. Im Sekundentakt wechselte ihr Blick zwischen Straße und Rückspiegel. Sie wusste nicht, wie lange sie das durchhalten würde, sie wusste nur, dass sie den beiden Männern keine Gelegenheit geben durfte, sie hier auf offener Strecke zu überholen und auszubremsen.

Immer wenn ihnen andere Fahrzeuge entgegenkamen, wenn die Straße allzu kurvig wurde oder wenn sie, wie jetzt, eine Ortschaft durchquerten, war der Phaeton gezwungen, hinter ihnen auf der rechten Seite zu bleiben. Dann ließ Annas Anspannung für einen Moment nach.

«Was ist, hast du den Namen?», fragte sie Süleyman.

Der Junge nickte, aber er wirkte, als würde er über etwas ganz anderes nachdenken.

«Und?»

«Er heißt Kevin Möller. Wohnt im Taunus … Sie sind immer noch hinter uns, nicht?»

Anna nickte.

«Du zitterst, Anna. Du kannst nicht mehr lange so weiterfahren.»

«Geht schon!», sagte sie, obwohl sie wusste, dass Süleyman recht hatte.

«Nein, es geht nicht. Sie sind nicht hinter dir her, Anna, sondern hinter mir. Wenn ich weg bin, werden sie dich in Ruhe lassen. Lass mich einfach im nächsten Ort aussteigen.»

«Bist du verrückt?»

«Ich kann schnell laufen. Ich werde versuchen, mich durchzuschlagen.»

«Kommt nicht in Frage! Bis nach Bad Orb sind es noch

zwölf Kilometer. Wenn wir es bis zur Autobahn schaffen, sind wir sie los.»

Aber kaum waren sie wieder auf freier Strecke, versuchte der Phaeton erneut, an ihnen vorbeizuziehen. Und wieder war Anna gezwungen, Schlangenlinien zu fahren.

Als sie vor sich auf der rechten Seite einen Schaufelbagger sah und ihnen auf der anderen Fahrbahn zwei Lieferwagen entgegenkamen, fasste Anna einen Entschluss. Sie drosselte für einen Moment die Geschwindigkeit, wartete, bis der erste Lieferwagen mit dem Bagger auf gleicher Höhe war, dann zog sie den Mazda in die Straßenmitte und fuhr zwischen den beiden hupenden Fahrzeugen hindurch.

Sie schaute kurz in den Rückspiegel und sah, dass sowohl der Phaeton als auch der zweite Lieferwagen abrupt gebremst hatten und beide quer auf der Fahrbahn standen.

Anna wusste, dass ihnen nur wenige Augenblicke blieben, um sich unsichtbar zu machen. Sie lenkte den Wagen nach rechts in einen Wirtschaftsweg, bog von dort noch einmal ab in einen ansteigenden holprigen Waldpfad, sodass sie von der Straße aus nicht mehr gesehen werden konnten. Zweihundert Meter weiter gab es eine Abzweigung, die sie zwischen den Bäumen hinunter an den Rand einer Wiese führte.

Dort brachte Anna den Wagen zum Stehen. Sie ließ die Scheibe herunter, schaltete den Motor ab und lauschte.

Zehn Minuten mochten sie so nebeneinander im Inneren des Wagens gesessen haben, ohne etwas anderes zu hören als ihren eigenen Atem, als die Vögel und Zikaden und das Ticken des kälter werdenden Motors.

«Meinst du, wir haben es wirklich geschafft?», fragte Anna schließlich.

Süleyman atmete durch: «Sieht so aus. Sieht so aus, als hättest du es geschafft. Du hast sie abgehängt!»

«Ich muss hier raus», sagte Anna, stieß die Fahrertür auf, hievte ihre Beine ins Freie, stand eine Sekunde später auf dem Trampelpfad, verschränkte die Arme hinter dem Kopf und streckte sich ausgiebig.

Süleyman, der ebenfalls ausgestiegen war, schaute zu ihr rüber.

«Hattest du Angst?», fragte Anna, um etwas zu sagen.

Süleyman nickte. «Nur Idioten haben keine Angst», sagte er. «Ich möchte nicht darüber reden. Wenn ich sie töten könnte, würde ich sie töten.»

«Und darüber möchte ich nicht reden», sagte Anna. Sie ging um den Wagen herum, stellte sich neben den Jungen und machte eine vage Handbewegung: «Schön hier, oder?»

Süleyman reagierte nicht.

«Ziemlich warm ist es geworden. Schau mal, es ist keine Wolke am Himmel.»

Süleyman schaute nach oben und zuckte mit den Schultern.

«Ich könnte jetzt eine Dusche vertragen», sagte Anna.

Der Junge drehte sich zu ihr und schaute sie an. Sie wich seinem Blick aus.

«Anna, was ist los? Willst du mit mir schlafen?»

Anna wollte den Kopf schütteln, aber sie nickte.

«Sofort?», fragte Süleyman.

Sie nickte erneut. «Und du?»

Süleymans Miene blieb ernst. «Komm!», sagte er.

Diesmal nahm er sie nicht bei der Hand. Er sprang über einen schmalen Graben und bahnte sich einen Weg durch das hohe Gras. Anna schloss den Wagen ab, dann folgte sie ihm.

«Ich weiß nichts über dich, mein Knabe», murmelte sie, «but I'm feeling seriously underfucked.»

Im Laufen streifte sie ihr T-Shirt ab und öffnete ihre Jeans. Süleyman drehte sich zu ihr um, dann tat er es ihr nach.

«Hier?», fragte er.

«Nein», rief sie, «weiter! Ich will nicht, dass uns jemand stört.»

«Aber es kann uns niemand sehen. Sogar wenn wir sitzen, ist das Gras höher als wir.»

Dreißig Meter weiter war Anna zufrieden. «Komm», sagte sie, zog nun auch Schuhe und Jeans aus und streifte ihren Slip ab.

Sie war überrascht von sich selbst. Von ihrer Gier, von ihrer Neugier, vor allem aber von ihrer Befangenheit. Noch im Stehen umarmte sie Süleyman, um ihm nicht in die Augen sehen zu müssen. Als sie ihm den Rücken streichelte, merkte sie, wie sich der Schweiß unter ihren Handflächen sammelte.

Er hingegen schien es nun gar nicht mehr eilig zu haben. Seine Fingerkuppen glitten trocken über ihre Haut, machten in ihrem Nacken halt und spielten mit ihrem Haar.

Als er jetzt seinen Kopf nach hinten neigte, um sie ansehen zu können, behielt sie die Augen geschlossen. Er fuhr ihr mit dem Zeigefinger über die Lippen.

«Leg dich hin», sagte er leise. «Leg dich auf den Bauch. Du musst ruhiger werden, sonst weißt du nicht, was du willst.»

Eine halbe Stunde später lagen sie nebeneinander auf dem Rücken, ohne sich zu berühren.

«Was war das jetzt?», fragte Anna nach einer Weile.

Süleyman wusste nicht, was er ihr antworten sollte.

«Ich war so verzappelt, so aufgeregt», sagte sie.

«Macht nichts», sagte Süleyman.

«Du hast schöne Haut, so braun und glatt.»

«Ich weiß.»

«Weil es dir schon viele Frauen gesagt haben?»

«Es freut mich, dass du es mir sagst», antwortete er. Und nach einer langen Pause: «Ich mag dich.»

«Aber du kennst mich nicht.»

«Doch!», sagte er entschieden und so, als bedürfe dies keiner Erklärung.

«Du weißt nichts über mich, überhaupt nichts. Ich habe einen Menschen umgebracht.»

Süleyman drehte sich auf die Seite und sah Anna an. Sein Blick zeigte weder Schrecken noch Verwunderung, nur Neugier.

Und mit einem Mal begann Anna zu erzählen. Sie spielte mit einem Büschel Grashalme, schaute in den Himmel und erzählte Süleyman ihr Leben. Wenn auch nicht ihr ganzes.

Sie berichtete, dass sie am selben Tag wie ihre beiden Brüder zur Welt gekommen sei und dass ihre Mutter die Drillinge und den Vater schon drei Monate nach der Geburt verlassen habe. Süleyman erfuhr, dass Anna auf einem kleinen Dorf in der Nähe von Bamberg aufgewachsen und nach dem Abitur nach Hamburg gegangen war, um Jura zu studieren, dass sie ihr erstes Staatsexamen gemacht, dann aber keine Lust mehr auf Paragraphen gehabt und sich stattdessen auf der Henri-Nannen-Journalistenschule beworben hatte, wo sie auch angenommen worden war. Anna erzählte von ihrer Schulleiterin Ingeborg Kalz und von ihrer Freundschaft zu der Reporterin Herlinde Scherer, die vor wenigen Tagen in

Frankfurt ermordet worden war. Sie vergaß auch nicht, den Kriminalpolizisten Robert Marthaler zu erwähnen, den Süleyman in Kürze kennenlernen sollte, um mit ihm über die Fotos im Umschlag und über seine beiden Verfolger zu sprechen.

Anna erzählte nichts von ihrer ersten Liebe, einem Jungen namens Felix, der sie, wie sie immer noch glaubte, wegen einer Dünneren verlassen hatte. Sie erzählte nichts von Fausto Albanelli und den anderen Jungen und Männern, mit denen sie in den vergangenen Jahren geschlafen hatte. Sie alle kamen ihr mit einem Mal unwichtig vor.

Sie verschwieg Süleyman, dass sie als Dreizehnjährige einmal mit zwei älteren Schulkameraden in den Wald gegangen war und die beiden sie achtundvierzig Stunden lang in einem Bretterverschlag gefangen gehalten hatten. Und vor allem verschwieg sie ihm, dass sie sich entschieden zu dick fand, dass sie unentwegt mit ihrem Gewicht rang.

«Was ist», fragte sie schließlich, «hast du mir überhaupt zugehört?»

«Natürlich», sagte Süleyman. «Und der Mensch, den du umgebracht hast?»

«Ich habe ihm aus acht Metern Höhe einen Wagenheber auf den Kopf geworfen. Er war ein Schwein.»

Süleyman nickte. Mehr wollte er nicht wissen. Er sah, wie über ihnen am Himmel zwei Krähen einen Bussard attackierten.

«Ich habe Durst», sagte er. «Was meinst du, wollen wir losfahren?»

Anna schüttelte heftig den Kopf. «Nein, mir geht es gerade so gut wie schon lange nicht mehr. Lass uns noch eine Viertelstunde bleiben.»

Sie drehte sich wieder auf den Bauch und kramte in der Tasche ihrer Jeans, die ihr gerade noch als Kopfkissen gedient hatte. Ihr weißer Hintern leuchtete in der Sonne.

«Hier …» Sie warf Süleyman den Autoschlüssel zu. «Auf dem Fahrersitz liegt meine Tasche. Es muss eine Flasche Wasser drin sein. Wahrscheinlich pisswarm … aber bring sie mit.»

Süleyman zog sich an, beugte sich noch einmal zu ihr hinab, um sie auf den Mund zu küssen, dann lief er los. Anna sah ihm lächelnd nach.

Bevor Süleyman die Deckung der Wiese verließ, hielt er noch einmal kurz an. Er lugte im Hocken zwischen den Halmen hervor, schaute in Richtung des Wagens, suchte mit den Augen die Umgebung ab, aber alles sah so aus, wie sie es verlassen hatten. Niemand war zu sehen.

Durch das Seitenfenster sah er Annas Tasche auf dem Sitz liegen. Er hatte gerade den Schlüssel ins Schloss gesteckt, als er meinte, in der Ferne ein Geräusch gehört zu haben.

Er verließ den Weg und ging zum Waldrand. Seine Augen brauchten einen Moment, bis sie ins Dunkel zwischen den Bäumen sehen konnten.

Eine halbe Minute blieb er reglos stehen, dann erkannte er zwanzig Meter entfernt am Rande des Unterholzes eine Rehricke mit ihrem Kitz. Das Muttertier befand sich in Lauerstellung, schaute ihn direkt an, hob den Kopf, weitete schließlich die Nüstern und verschwand im Dickicht, gefolgt von seinem Jungen.

Süleyman ging zurück zum Wagen.

Wieder war alles still, wieder steckte er den Schlüssel ins Schloss.

Und wieder hörte er ein Geräusch. Diesmal schon etwas näher. Ein brechender Ast, raschelndes Laub.

Süleymans Rücken versteifte sich. Er öffnete die Tür, warf Annas Tasche auf den Beifahrersitz und setzte sich hinters Steuer. Die Tür ließ er offen.

Er wartete. Und schließlich war er sicher. Hinter dem Stamm einer dicken Eiche hatte sich etwas bewegt.

Während er hastig den Schlüssel ins Zündschloss steckte, sah er den Mann aus dem Schatten treten. Zuerst fiel sein Blick auf die stämmigen Beine, dann auf den muskulösen Oberkörper, der von einem engen T-Shirt umspannt wurde. Schließlich erschien auch sein Kopf im Sonnenlicht.

Schwanzhinten grinste. Er kam direkt auf den Mazda zu.

Süleyman blieb keine Zeit zum Nachdenken. Er zog die Fahrertür zu, startete und legte den Gang ein. Mit einem Satz schoss der Wagen auf den großen Mann zu. Der sprang zur Seite und geriet kurz ins Taumeln.

Süleyman hatte gerade genug Zeit, den Rückwärtsgang einzulegen und erneut Gas zu geben, als er im Spiegel Fussel erkannte, der von hinten auf den Wagen zugerannt kam und nun abrupt stehen blieb. Der Junge hörte einen dumpfen Knall, dann ein lautes Stöhnen. Mit der Kofferraumhaube hatte er Fussel erwischt, der nun versuchte, wieder auf die Beine zu kommen.

Süleyman riss das Lenkrad nach links. Gerade rechtzeitig, bevor Schwanzhinten die Beifahrertür aufreißen konnte, gelang es ihm, Fahrt aufzunehmen. Er holperte den engen Waldpfad hinauf, kam wieder auf die Kuppe, erreichte den Wirtschaftsweg und kurz darauf die Landstraße, auf der er nun in großem Tempo Richtung Bad Orb fuhr.

«Scheiße, Anna», schrie Süleyman, als könne sie ihn hören,

«bleib, wo du bist! Rühr dich nicht von der Stelle! Wenn ich sie los bin, hole ich dich ab. Scheiße, Scheiße, Scheiße.»

Es war ein Fluch. Und zugleich war es ein Gebet.

VIER

So warm wie in diesem Frühling war der Mai in Frankfurt das letzte Mal im Jahr 1936 gewesen. Auch heute war der Himmel wolkenlos, und das Thermometer stieg unaufhörlich.

Dennoch fröstelte es Marthaler. Er zog die Schultern hoch, verschränkte die Arme vor der Brust und lief mit gesenktem Blick durch die Straßen. Er hatte keine Augen für das zarte Grün der Blätter und nicht für die Blüten, die jetzt überall an Bäumen und Sträuchern hervorbrachen. Er sah nicht die lachenden Gesichter der Passanten auf den Bürgersteigen und vor den Cafés und nicht die Beine der Mädchen, die an ihm vorbeischlenderten. Und wenn er sie sah, deprimierten sie ihn.

Wie alle traurigen Menschen machte ihn das Glück seiner Umgebung noch trauriger.

Er erschrak, als er unversehens sein Spiegelbild in einem Schaufenster sah. Christian Haberstock hatte recht: Marthaler wirkte müde und abgespannt. Er kannte sich nicht. Eine Weile lang hatte er geglaubt, er könne die Sache mit Tereza durchstehen, ohne seine Haltung zu verlieren. Jetzt packte ihn das Elend am Kragen, als er am wenigsten damit rechnete. Er hatte behauptet, weder wütend noch traurig zu sein; jetzt war er beides. Wie gerne wäre er so nonchalant gewesen wie der Fotograf und dessen beide Nichten, die für ihn in seinem Atelier arbeiteten, vielleicht aber auch seine Geliebten waren. Regeln und Grenzen schienen für diese drei nicht zu gelten. Sie schritten leichtfüßig durchs Leben, ohne allzu viel zu grübeln, aber auch, ohne oberflächlich zu sein. Sie waren aufmerksam, entspannt und freundlich. Marthaler fragte sich, ob diese Menschen nicht auch manchmal verzweifelt waren, ob sie nicht manchmal nachts in ihre Kissen weinten, weil plötzlich alle Gewissheiten zerbrochen waren.

Er wollte nicht an Tereza denken, aber er dachte unentwegt an sie. Er würde sie nicht anrufen, obwohl er genau das am Morgen Thea Hollmann versprochen hatte. Er hätte nicht gewusst, was er mit ihr reden sollte. Sollte er sagen: Komm zurück? Sollte er so tun, als sei nichts geschehen, sich einfach erkundigen, wie es ihr ging? Sollte er herumschreien, Geschirr an die Wand werfen? Sollte er Tereza zu Erklärungen zwingen? Alles kam ihm falsch vor. Er beschloss, sich weiter von Elvira verleugnen zu lassen. Einfach abzuwarten, was geschah, schien ihm die einzige Lösung zu sein. Die einzige jedenfalls, die ihm gerade angemessen war.

«Und?», fragte Sabato, als Marthaler ihm jetzt auf dem Flur des Weißen Hauses begegnete.

«Was: und?»

«Gibt es Neuigkeiten von Tereza?»

«Falsche Frage.»

«Gibt es eine richtige?»

Marthaler zuckte mit den Schultern.

«Zum Beispiel die, ob du es warst, der meinen Camembert aufgegessen hat? Alle anderen, die ich bisher verdächtigt habe, streiten es nämlich ab.»

«Stimmt, Carlos, entschuldige. Ich wollte es dir längst gebeichtet haben. Aber ich habe dir Geld in die Schachtel gelegt.»

Sabato nickte und ging weiter in Richtung Teeküche.

Elvira schaute kurz von ihrem Kreuzworträtsel auf und nickte Marthaler zu.

«Hat Anna sich gemeldet?»

«Hat sie. Hast du nicht gesehen, dass sie dir einen Zettel auf den Tisch gelegt hat? Sie wollte, dass du dich um die Fotos kümmerst. Was immer das heißt.»

«Das habe ich getan.»

«Und sie hat dir geschrieben, dass sie nach Schwarzenfels fahren wollte.»

«Nach Schwarzenfels?»

Marthaler hatte den Eindruck, den Ortsnamen in den letzten Tagen schon einmal gehört zu haben.

«Liest du manchmal Zeitung, Robert? Hörst du manchmal Nachrichten? Das ist der Ort …»

«Ja, jetzt fällt es mir ein. In Schwarzenfels hat es vor ein paar Tagen eine Hausdurchsuchung bei einem Landtagsabgeordneten gegeben.»

«Bei Johann von Münzenberg. Und eben kam die Nachricht, dass der Baron leblos in seinem Haus aufgefunden wurde. Man nimmt an, dass er sich das Leben genommen hat.»

«Und was hat Anna damit zu tun?»

«Ich hab keine Ahnung, ob sie überhaupt etwas damit zu tun hat. Sie hat mich vor gut einer Stunde vom Auto aus angerufen und gesagt, dass sie verfolgt wird. Sie war wahnsinnig aufgeregt und hat mich gebeten, den Halter eines Fahrzeugs ausfindig zu machen. Dann hat sie das Telefon an einen gewissen Süleyman weitergegeben. Keine Ahnung, wer der Typ ist. Ich habe ihm Namen und Adresse mitgeteilt, und das ist alles.»

«Elvira, ich verstehe nur Sackbahnhof. Anna fährt nach

Schwarzenfels. Münzenberg ist tot. Anna wird verfolgt. Jedenfalls behauptet sie, verfolgt zu werden. Und du suchst für sie Namen und Adresse eines Autofahrers heraus, die du dann an irgendeinen wildfremden Süleyman weitergibst, was du keinesfalls hättest tun dürfen.»

Elvira sah Marthaler ungläubig an. «Nein, Robert, den Schuh zieh ich mir nicht an. Obwohl Anna keine Polizistin ist, bist du es, der schon zum zweiten Mal mit ihr zusammenarbeitet und sie in alle Dienstgeheimnisse einweiht. Also muss ich sie wie deine Mitarbeiterin behandeln. Sie wollte, dass ich diesem Süleyman die Informationen gebe. Deshalb spar dir deine Vorwürfe!»

Marthaler musste einsehen, dass Elvira recht hatte. Doch statt sich zu entschuldigen, wechselte er das Thema: «Und wer ist nun der Halter des Wagens, von dem Anna verfolgt wurde?»

«Ein gewisser Kevin Möller. Wohnt in Königstein.»

«Dann schau nach, ob wir etwas über ihn in unserem System haben!»

Marthaler drehte sich um und öffnete die Tür zu seinem Büro.

«Bitte, Elvira», murmelte sie.

«Hast du etwas gesagt?», fragte er.

«Bitte, Elvira, habe ich gesagt.»

«Bitte, Elvira schau für mich nach!»

«Gerne, Robert!»

Marthaler hatte sich gerade an seinen Schreibtisch gesetzt, als Sabato hereinkam. Er hielt eine Camembert-Schachtel in die Höhe und wedelte damit. Marthaler hörte etwas in der Schachtel klappern.

«Was soll das?», fragte er.

«So teuer war der Camembert nicht, ich habe dir das Wechselgeld reingetan.»

«Carlos, bitte. Hältst du mich für so kleinlich?»

«Ich will, dass wir quitt sind. Du sollst keinesfalls den Eindruck haben …»

Sabato brach ab, als Elvira die Tür öffnete. «Entschuldigt die Störung. Robert, ich hab einen Mann am Telefon, der seinen Namen nicht sagen will, der sich aber auch nicht abwimmeln lässt. Er ruft schon zum zweiten Mal an. Er behauptet, wichtige Informationen für dich zu haben. Darf ich ihn durchstellen?»

Marthaler nickte. Er nahm beim ersten Klingeln ab, ohne sich zu melden. Gleichzeitig gab er Sabato ein Zeichen, sich auf die Besuchercouch zu setzen.

«Spreche ich mit Hauptkommissar Robert Marthaler?», fragte die Stimme.

«Die Frage ist, mit wem *ich* spreche?»

«Ich kann Ihnen meinen Namen nicht sagen, vorerst noch nicht, aber …»

«Dann ist unser Gespräch bereits jetzt beendet. Ich unterhalte mich nicht mit anonymen Anrufern.»

«Doch», sagte der Mann. «Sie sind Polizist, also sind Sie gelegentlich auf anonyme Hinweise angewiesen. Jedenfalls wenn diese sachdienlich sind.»

Seiner Stimme nach zu urteilen, war der Anrufer etwa 25 bis 30 Jahre alt, intelligent, sprachgewandt, hatte kein Problem mit Fremdwörtern. Seinen Versuch, möglichst selbstbewusst zu klingen, deutete Marthaler allerdings als Zeichen von Unsicherheit.

«Von wo rufen Sie an?»

«Sie werden es herausfinden. Zeichnen Sie das Gespräch auf?»

«Sollte ich?», fragte Marthaler.

«Das ist mir egal. Aber Sie machen sich Notizen?»

«Ganz sicher, denn ich weiß nicht, ob Sie ein harmloser oder ein gefährlicher Spinner sind.»

Sabato saß auf der roten Couch und verdrehte die Augen.

«Weder noch.»

Immer wieder hörte Marthaler am anderen Ende der Leitung das Geräusch vorbeifahrender Autos. Mal lauter, mal leiser. Gelegentliches Hupen. In der Ferne ein Martinshorn.

«Sind Sie noch da?», fragte er.

«Ja, ich …»

«Gut, wenn Sie mir jetzt nicht sagen, um was es geht, werde ich auflegen. Und sollten Sie mich weiter belästigen, werde ich den Anruf zurückverfolgen lassen und Sie anzeigen.»

Sabato machte Anstalten aufzustehen, aber Marthaler bat ihn mit gehobener Hand, noch zu bleiben.

«Sie müssen wissen», sagte der Anrufer, «es ist nicht ganz ungefährlich, was ich hier tue.»

«Dann lassen Sie es besser bleiben.»

«Sie arbeiten an dem Mord im Hotel Zooblick, nicht wahr?»

Marthaler stutzte. Er brauchte einen Moment, bis er eine Antwort parat hatte, der man nicht anmerkte, wie überrascht er war. Klar war, dass er die Frage nicht bejahen durfte. Wenn er sie hingegen verneinte, würde er womöglich einen Informanten vergraulen.

«Wie Sie selbst sagen: Ich bin Polizist und darf Ihnen keine Auskunft darüber geben, an was ich arbeite.»

«Sagen wir also, es ist so, wie ich behaupte. Dann bin ich

womöglich in der Lage, Ihnen Material zu beschaffen. Interesse?»

«Was für Material?», fragte Marthaler.

«Hören Sie, ich muss jetzt Schluss machen. Darf ich Sie wieder anrufen? Ja oder Nein?»

«Sagen Sie mir Ihren Namen. Oder sagen Sie mir irgendeinen Namen.»

Der Mann gab ein leises Kichern von sich. «Chicken. Nennen Sie mich Chicken.»

«Chicken? Wie das Hähnchen?»

«Wie auch immer, ja. Ich rufe Sie morgen wieder an. Um dieselbe Zeit. Vielleicht auch schon früher. Wollen Sie mir Ihre Privatnummer geben?»

Nun hatte Marthaler Mühe, nicht zu lachen. «Ganz gewiss nicht.»

«Okay. Ich muss Schluss machen.»

Der Anrufer legte auf. Marthaler stand einen Moment bewegungslos hinter seinem Schreibtisch, bevor er ins Vorzimmer stürmte. «Elvira, ruf die Kollegen von der IT an. Sie sollen sofort herausfinden, von wo der Anruf kam.»

Dann wandte er sich an Sabato: «Also, du wolltest mir noch sagen, warum du mir das Restgeld für den Camembert gegeben hast.»

Sabato grinste: «Weil ich nicht will, dass du glaubst, du hättest noch was gut bei mir und dürftest mir deshalb auch demnächst wieder meine Vorräte wegfressen ... Aber um das zu hören, hast du mich nicht gedrängt, in deinem Büro zu bleiben und mir das Gespräch mit diesem Spinner anzuhören?»

Marthaler grunzte. «Das war kein Spinner, Carlos. Der Mann ahnt oder weiß, dass ich an der Mordsache Herlinde Scherer arbeite.»

Sabato riss die Augen auf und pfiff leise durch die Zähne: «Das ist aber gar nicht gut, Robert. Viele gibt es nicht, die das wissen. Meinst du, es hat sich jemand verplappert?»

Marthaler überlegte eine Weile. «Wen meinst du? Kai Döring? Kerstin Henschel? Elvira?» Dann schüttelte er den Kopf. «Nein, so dumm ist aus meiner Abteilung niemand. Du weißt, dass wir uns auf alle verlassen können.»

Sabato schien etwas einwenden zu wollen, zögerte aber so sichtlich mit einer Erwiderung, dass Marthaler ihn auffordern musste. «Spuck's aus, Carlos!»

«Was ist mit Anna Buchwald? Ich weiß, du magst sie. Aber weißt du wirklich immer, was sie im Schilde führt? Du beziehst sie in die Ermittlungen ein, als sei sie eine Kollegin …»

Indem er beide Hände hob, brachte Marthaler seinen Kollegen zum Schweigen.

«Du willst nicht über Anna reden?», fragte Sabato.

«Nein, nicht ohne mit ihr gesprochen zu haben.»

«Auch gut. Aber du solltest drüber nachdenken … Hat der Anrufer gesagt, wer er ist, was er will?»

«Er hat sich Chicken genannt. Er sagt, er könne mir Unterlagen beschaffen.»

«Und warum sollte er das tun? Hat er Geld verlangt?»

Marthaler stand am Fenster und schaute hinaus auf die Günthersburgallee. Auf dem Grünstreifen in der Mitte sah er eine alte Frau, die einen Einkaufswagen vor sich herschob. Der Wagen war vollgepackt mit ihren Habseligkeiten, die sie in Plastiktüten gestopft hatte. Trotz des warmen Wetters trug die Frau eine wollene Pudelmütze und über ihrem Pullover ein leuchtend grünes Regencape. Sie sah kurz zu Marthaler herauf, wandte den Blick aber gleich wieder ab.

«Nein, von Geld war nicht die Rede. Er hat keine Gegenleistung verlangt.»

Sabato war jetzt aufgestanden und hatte sich neben Marthaler gestellt.

«Und was, wenn er dir nur auf den Zahn fühlen wollte? Wenn er es nicht wusste, aber herausfinden wollte, ob du noch immer an der Sache im Zooblick dran bist? Vielleicht war es ein Journalist, der dich mit seinem Angebot nur ködern, der dich aus der Reserve locken wollte.»

Marthaler verschränkte die Hände hinter dem Kopf und streckte sich. «Dann wäre er ein wirklich guter Schauspieler.»

Als Elvira den Raum betrat, drehten sich beide Männer gleichzeitig zu ihr um.

«Hast du's?»

Sie blinzelte kurz hinter ihrer Brille, dann lächelte sie.

«Die Jungs sind schnell. Der Anruf kam von einem öffentlichen Fernsprecher in Wiesbaden. Schiersteiner Straße, Ecke Teutonenstraße ... Danke, Elvira! Bitte, Robert! Gern geschehen!»

Sabato, der Marthalers Unbeholfenheit am Computer kannte, setzte sich an den Schreibtisch, rief einen Kartendienst auf und ließ sich den Stadtplan von Wiesbaden anzeigen. Dann tippte er die beiden Straßennamen ein. Als Marthaler sich zu ihm hinabbeugte, stießen sie mit den Köpfen zusammen.

«Verdammt, Elvira, wir arbeiten hier wie die Neandertaler. Wir brauchen endlich einen größeren Bildschirm. Bitte kümmere dich darum!»

Ohne etwas zu erwidern, schüttelte Elvira den Kopf und verließ den Raum.

«Siehst du, was ich sehe?», fragte Sabato.

«Ich sehe gar nichts», antwortete Marthaler.

«Dann brauchst du eine Brille … So, jetzt habe ich den Maßstab vergrößert. Schiersteiner Straße, Ecke Teutonenstraße, das ist hier.»

«Und?»

Sabato verschob den Kartenausschnitt ein wenig nach rechts.

«Und dort, nur 500 Meter entfernt, befindet sich die Hölderlinstraße. Das sagt uns was, oder?»

Marthaler atmete tief ein und laut hörbar wieder aus: «Hölderlin, deutscher Dichter, ein Komet, der leuchtend ins All gestiegen und schließlich im Wahnsinn verglüht ist.»

Sabato lächelte: «Nicht schlecht.»

Marthaler fuhr fort: «Hölderlinstraße, Wiesbaden: der Sitz des Landeskriminalamtes.»

«Könnte also sein, dass dein anonymer Freund ein Kollege ist, der einen kleinen Spaziergang in der Mittagspause gemacht hat, um dich anzurufen. Und schau mal hier …!» Sabato zog die Karte noch einmal nach links. «Hier ist die Filiale eines Kentucky Fried Chicken eingezeichnet.»

«Das heißt, der Knabe stand an der Kreuzung in seiner Telefonzelle, hat rüber auf den Hähnchenimbiss geschaut und sich im selben Moment seinen Namen ausgedacht.»

«Und hat dabei auch noch Witz bewiesen. Denn die jungen Kollegen im LKA werden von den Älteren ebenfalls gerne als Chicken bezeichnet.»

«Das wusste ich nicht», sagte Marthaler. «Er kommt also aus dem Amt, und wie es aussieht, will er sogar, dass ich das weiß. Denn er war sich sicher, dass ich seinen Anruf zurückverfolgen würde. Aber ich kenne ihn nicht, ich bin sicher, dass ich seine Stimme nie gehört habe. Was will er also von mir?»

«Vielleicht ist er einfach ein anständiger, selbstloser Polizist, der dir helfen will, die Wahrheit herauszufinden.»

Marthaler sah Sabato ungläubig an, dann sagte er mit gespielt sanfter Stimme: «Und morgen, liebe Kinder, erzähle ich euch ein anderes Märchen!»

Die Frau mit dem Einkaufswagen und dem grünen Regencape war immer noch da. Sie saß jetzt auf einer Bank vor dem Beet mit den gelben Rosen und nuckelte an einer Flasche Bier. Als sie Marthaler sah, prostete sie ihm zu. Er ahmte ihre Bewegung nach und lächelte. Dann ließ er die Gardine fallen.

«Vielleicht ist dein Anrufer aber auch ein gerissener Schlaumeier», sagte Sabato. «Wenn er wirklich aus dem Amt kommt, dann hat er womöglich von Saftsack Rotteck den Auftrag erhalten, dich reinzulegen. Wenn du dich auf einen Kontakt mit Chicken einlässt und sogar Material von ihm annimmst, beweist du, dass du weiter an dem Mord im Zooblick arbeitest und dich damit allen dienstlichen Anweisungen widersetzt. Und ich sage dir eins: Wenn dir das um die Ohren fliegt, möchte ich lieber nicht in der Nähe stehen.»

«Danke, Carlos. Du bist wirklich ein guter Freund. Immer da, wenn man dich braucht.»

«Kommst du voran mit deinen Ermittlungen?», fragte Sabato, der jetzt auf der roten Couch mehr lag als saß und die Beine locker übereinandergeschlagen hatte.

«Eben nicht», sagte Marthaler. Aus seiner Aktentasche zog er die Ausdrucke der Fotos, die Maria Hundertmark ihm gegeben hatte, und reichte sie Sabato.

«Erkennst du die Leute auf diesen Bildern? Dass es sich

bei dem Glatzkopf um Udo Klotz handelt, weiß ich bereits. Könnte sein, dass die anderen ebenfalls etwas mit der Landespolitik zu tun haben.»

Der Kriminaltechniker schaute sich die Porträts lange und aufmerksam an. Dann wiegte er den Kopf: «Stimmt, Klotz sieht man ab und zu in der Zeitung. Aber die anderen … nein. Bei dieser Frau …» – er tippte auf das mit F1 gekennzeichnete Foto – «… habe ich den Eindruck, sie schon mal gesehen zu haben, aber mehr fällt mir dazu nicht ein.»

«So scheint es allen zu gehen», sagte Marthaler. «Dasselbe haben die Wirtsleute im Zooblick gesagt, und so haben auch die drei reagiert, die geholfen haben, die Bilder zu entschlüsseln: Alle hatten sie das vage Gefühl, diesen anderen Mann und die drei Frauen schon einmal irgendwo gesehen zu haben. Vielleicht in der Zeitung, vielleicht im Fernsehen.»

«Wenn du willst, kann ich Sabine Xanthopoulos die Bilder mal zeigen. Sabine kennt sich im Wiesbadener Politikbetrieb bestens aus, vielleicht …»

«Du meinst die Vorsitzende der Sozialdemokraten?»

«Genau die, Robert. So häufig ist der Name nicht.» Sabatos Stimme hatte einen ironischen Unterton angenommen. «Du hast vielleicht gelesen, dass sie bei den letzten Wahlen für ihre Partei furios gewonnen hat und dass sie Ministerpräsidentin werden will …»

«Ja, und auch sonst habe ich einiges über sie gelesen, nicht gerade freundliche Dinge. Aber wieso nennst du sie beim Vornamen?»

«Weil ich sie kenne, Robert. Wir sehen uns ab und zu bei gemeinsamen Freunden.»

«Ich nehme an, dabei handelt es sich wieder um die übliche Versammlung von Staatsfeinden.»

Sabato lachte. «Hör auf, die Frau ist Sozialdemokratin. Das heißt, sie ist Mitglied einer Partei, die sich längst die Füße plattgestanden hat auf dem Boden der Verfassung. Was denkst du? Dass wir zusammen kochen, Rezepte austauschen und dabei die Weltrevolution planen? Ich sage dir: Vergiss, was du über Sabine Xanthopoulos gelesen hast! Das alles ist gequirlte Kinderkacke. Das wissen auch die, die jetzt Jagd auf sie machen … Soll ich ihr nun die Bilder zeigen oder nicht?»

«Das fehlt gerade noch», sagte Marthaler, «dass du die Aufnahmen bei deinen Genossen herumreichst. Dann können wir auch gleich vor dem Innenministerium ein Plakat aufstellen und verkünden, dass wir hier illegale Ermittlungen durchführen.»

Marthaler ließ die Fotos in eine Mappe seiner Hängekartei gleiten. «Ich komme nicht wirklich weiter. Selbst wenn ich erfahre, wer die Leute auf den Bildern sind, wüsste ich immer noch nicht, was sie mit dem Sprecher der Landesregierung im Hinterzimmer des Hotels verhandelt haben, und warum Herlinde Scherer so brennend daran interessiert war, dass sie dafür nicht nur ihr Leben riskiert, sondern es schließlich auch verloren hat.»

«Das heißt?», fragte Sabato.

«Das heißt, ich könnte dringend eine göttliche Eingebung brauchen. Oder Hilfe von außen.»

Sabato schaute seinen Kollegen skeptisch an: «Womit du sagen willst …»

«… dass ich keine Wahl habe. Wenn mir Chicken helfen kann, dann werde ich nicht ablehnen. Wenn er Material hat, das mich weiterbringt, dann will ich es sehen. Und zwar so schnell wie möglich. Ich weiß, Carlos, du musst mich nicht ein weiteres Mal ermahnen. Es ist gefährlich. Ich werde vorsichtig sein.»

Sabato schwieg lange. Schließlich nickte er: «Wo aber Gefahr ist, wächst das Rettende auch», sagte er.

«Welcher Film?», fragte Marthaler.

«Aus einem Gedicht von Hölderlin. Schöner Satz, nicht wahr?»

FÜNF

Einen Moment lang glaubte sie, sich getäuscht zu haben, doch dann war sich Anna sicher, dass sie gerade den Motor ihres Mazda gehört hatte. Sie sprang auf, streifte Hose und T-Shirt über und lief, so schnell sie konnte, bis an den Rand der Wiese, bis zu genau jener Stelle, wo Süleyman vor wenigen Minuten noch gehockt und dasselbe getan hatte, was sie jetzt tat. Sie kauerte sich in das hohe Gras und spähte durch die Halme auf den Weg.

Sie sah Süleyman am Steuer ihres Wagens sitzen. Sie sah seine verzweifelten Versuche, den beiden Männern zu entkommen.

Dann holperte der Mazda auf dem schmalen Pfad zwischen den Bäumen nach oben, gefolgt von Fussel und Schwanzhinten, die zu Fuß kaum langsamer vorankamen als Süleyman im Auto.

Anna ging zurück zu ihrer Lagerstatt, zog die Schuhe an und überlegte, in welche Richtung sie laufen sollte. Statt denselben Weg zu nehmen, den sie gekommen waren, schlug sie einen Bogen nach rechts und ging Richtung Norden. Nach zwei Kilometern erreichte sie eine Lichtung, auf der ein altes, mit dunklem Holz verkleidetes Haus stand, an dessen Giebel ein Geweih angebracht war. Vor dem Haus befand sich ein kleiner Teich, aus dem ein Bach ins Tal floss.

«Wo bin ich hier?», fragte Anna, als sie neben der Frau

stand, die dabei war, leere Getränkekisten auf die Ladefläche eines Pick-ups zu stapeln.

Die Frau musterte Anna: «Das ist das Jagdhaus Haselruhe. Der Bach heißt Haselbach. Und das Tal heißt Haselbachtal. Haben Sie sich verlaufen?»

«Ich muss nach Frankfurt», sagte Anna.

«Ich fahre nur bis Orb. Wenn Sie wollen, kann ich Sie mitnehmen. Und wenn Sie mir helfen, geht es sogar schneller.»

Eine halbe Stunde später hatten sie den Getränkemarkt in Bad Orb erreicht. Während die Frau noch an der Kasse stand, schleppte Anna die vollen Kisten zum Wagen und wurde als Belohnung für ihre Hilfe bis zur Autobahnauffahrt chauffiert.

Sie stellte sich an den Straßenrand und streckte den Daumen raus. Nach zehn Minuten hielt ein alter, bunt bemalter Ford Transit. Darin saßen zwei schwarze kräftige Männer mit Rastalocken und ein dünnes weißes Mädchen. Aus den Lautsprechern kam laute Reggae-Musik. Während das Mädchen gar nicht sprach, schrien die Männer sich an, um die Musik zu übertönen. Sie ließen Anna einsteigen und kümmerten sich nicht weiter um sie. Manchmal sahen sie Anna kurz an und lachten dröhnend. Am Innenspiegel baumelte eine kleine Holzfigur, die vielleicht Haile Selassie darstellen sollte. Die drei ließen einen Joint kreisen, den sie auch Anna anboten. Sie lehnte ab und schaute aus dem Fenster, um Ausschau nach ihrem Mazda und nach dem schwarzen Phaeton zu halten.

Anna drückte ihre Stirn an die kalte Scheibe. Die Landschaft flog an ihr vorbei, sie sah nichts davon. Sie dachte an Süleyman und überlegte, wie sie sich wiederfinden konnten.

Er wusste nicht, wo sie wohnte; und sie wusste nicht, wohin er wollte. Aber sie hatte eine Ahnung, was er vorhatte.

Als sie sich Frankfurt näherten, fingen die Männer an, auf sie einzureden: «Jukammwissass, wieleikjuhrbaddy.»

Sie erklärten ihr, dass sie auf die Loreley wollten, wo ein Reggae-Festival stattfinde, und dass sie mitkommen solle. Anna schüttelte den Kopf. Sie sah das dünne Mädchen an, das aber durch sie hindurchzuschauen schien und ihren knochigen Oberkörper stumm im Takt der Musik wiegte.

In Dörnigheim fuhren sie von der Autobahn ab. Über die B3 erreichten sie den nördlichen Stadtrand von Frankfurt. Am Hauptfriedhof hielten sie an, um Anna rauszulassen. Sie drehten das Fenster herunter und riefen ihr nach: «Wieleikjuhrbaddy, kammwissass.» Sie lachte und winkte ihnen zu.

Sie überquerte die Friedberger Landstraße, fragte einmal nach dem Weg, ließ die Shell-Tankstelle links liegen und lief bis zum Günthersburgpark. Hier kannte sie sich wieder aus. Sie bog nach rechts ab, trabte die Straße hinunter und stand kurze Zeit später vor dem Weißen Haus.

«Robert, du musst mir helfen. Wir müssen sofort eine Fahndung nach meinem Wagen einleiten.»

Anna stand im Türrahmen von Marthalers Büro. Er merkte, wie aufgeregt sie war. Er ging zu ihr, legte seine Hand auf ihren linken Oberarm und sah ihr in die Augen. Sein Ton war ruhig, gleichzeitig verlieh er seiner Stimme eine unmissverständliche Dringlichkeit.

«Nein, Anna. Wir müssen reden. Und zwar umgehend. Es läuft einiges schief. Du tust Dinge, von denen ich zu wenig weiß und die mir nicht gefallen. Ich habe einen anonymen

Anruf erhalten. Jemand hat Wind von unseren Ermittlungen bekommen.»

Anna nahm seine Hand von ihrem Arm und ließ sie ins Leere fallen. Sie trat einen Schritt zurück. Zwischen ihren Augen hatte sich eine steile Falte gebildet.

«Du sagst das so, als ob ...» Sie unterbrach sich, offensichtlich war der Gedanke, der ihr gekommen war, zu ungeheuerlich, um ihn auszusprechen.

«Rede weiter! Sag ruhig, was du sagen wolltest!», forderte Marthaler sie auf.

Sie setzte sich auf den Rand der Couch, steckte ihre Hände unter die Oberschenkel, beugte den Oberkörper nach vorne und sah zu Boden.

«Ist das wirklich dein Ernst? Glaubst du, ich hätte irgendwem davon erzählt, dass wir den Mörder von Herlinde Scherer suchen? Hältst du mich für so dumm, für so unvorsichtig? Und warum ich? Weshalb glaubst du, dass ich das Leck bin? Warum nicht einer von deinen Leuten?»

Sie sah kurz hoch, merkte aber, dass Marthaler ihr nicht antworten wollte.

«Weil ich nur eine kleine, blöde, plapperhafte Journalistin bin, ihr aber die routinierten Kriminalisten seid, denen keine Fehler unterlaufen. Ist das der Grund, warum du mich verdächtigst? Warum nicht der Wirt vom Zooblick? Oder seine Frau? Warum nicht Sabato? Warum nicht Charlotte von Wangenheim?»

Marthaler antwortete noch immer nicht.

«Oder ist es noch schlimmer? Glaubst du, dass ich dich hintergehe? Dass ich irgendwelche Nebenabsichten habe? Meinst du, ich hätte dir diesen anonymen Anrufer auf den Hals gehetzt? Warum bitte sollte ich das tun? Was wollte der

Mann von dir? Wollte er dich erpressen? Hat er verlangt, dass wir unsere Ermittlungen einstellen?»

«Anna, wer ist Süleyman?»

Sie lehnte sich zurück und sah Marthaler scharf an. «Das ist es also!»

«Was ist was? Wer ist Süleyman? Das ist eine Frage, keine Unterstellung.»

An ihrer Reaktion merkte er, dass er sie nicht weiter bedrängen durfte. Wenn er Anna zum Sprechen bringen wollte, musste er sie aus ihrer Ecke herauslocken. Sein Ton wurde versöhnlicher: «Willst du mir nicht einfach erzählen, was du heute gemacht hast? Was ist mit deinem Wagen passiert? Warum bist du überhaupt nach Schwarzenfels gefahren? Hatte das etwas mit dem toten Landtagsabgeordneten zu tun …?»

Anna sah Marthaler verblüfft an. «Du weißt, dass der Mann …?»

«Dass er tot ist? Ja, es ist schon durch die Nachrichten gegangen. Elvira hat es mir erzählt. Es heißt, er habe sich erschossen.»

Anna nickte. «Das hat er, Robert. Und ich saß zehn Meter von ihm entfernt im Nebenzimmer.»

Marthaler stöhnte. Er erhob sich, durchquerte den Raum und setzte sich zu Anna auf das andere Ende der roten Couch.

«Du riechst nach Gras», sagte Marthaler.

«Meinst du nach Wiese? Oder nach Marihuana?»

«Beides.»

Anna nickte.

«Also komm, sprich!», forderte er sie noch einmal auf.

«Du erinnerst dich, gestern, als du gegangen bist, habe ich dich gebeten, den Fernseher anzuschalten. Sie haben ein kurzes Interview mit Johann von Münzenberg gebracht. Und plötzlich ist mir klar geworden, dass das Kürzel ‹jvm› aus Herlindes Notizbuch die Initialen des Barons sind und dass ‹SF› nicht San Francisco, sondern Schwarzenfels bedeutet.»

«Sehr gut, Anna. Also hatte Herlinde Scherer Kontakt zu dem Mann?»

«Wenn du willst, dass ich erzähle, unterbrich mich bitte nicht. Ich habe auch so genug Mühe, den Überblick zu behalten. Wahrscheinlich ist in den letzten Tagen in meinem Leben mehr passiert als sonst in einem ganzen Jahr.»

Marthaler fischte sich Block und Bleistift von dem kleinen Rauchtisch, der neben ihm stand.

«Dann werde ich mir ein paar Notizen machen müssen», sagte Marthaler.

«Tu das! Ich werde mich mit meinem Bericht beeilen und versuchen, so präzise wie möglich zu sein. Und wenn ich fertig bin, wirst du hoffentlich verstehen, warum wir dringend eine Fahndung nach meinem Wagen herausgeben müssen.»

Während Anna sprach, beobachtete Marthaler sie von der Seite. Tatsächlich kam es ihm so vor, als habe sie sich in nur wenigen Tagen stark verändert. Er versuchte, einen Begriff für seinen Eindruck zu finden, aber es gab nicht das *eine* Wort, das passen wollte. Zu widersprüchlich war das, was er von Annas Gesicht und Gesten ablas, was er aus ihren Worten und ihrem Tonfall heraushörte. Es schien ihm, als sei sie härter und weicher zugleich geworden. Vorsichtiger und dünnhäutiger. Ängstlicher und zufriedener. Ernster und auf jeden Fall erwachsener.

«Was ist?», fragte sie. «Merkst du eigentlich, dass du mich die ganze Zeit anstarrst?»

«Was? Ja … nein … Entschuldige. Du hast gerade erzählt, dass ihr euch vor dem Phaeton in Sicherheit gebracht habt und zu dieser Wiese im Wald gekommen seid. Was ist dann passiert?»

«Wir waren fertig mit den Nerven. Wir haben eine Zeit lang im Wagen gewartet, dann haben wir beschlossen, uns in der Wiese auszuruhen.»

«Auszuruhen?», fragte Marthaler. «Du willst mir ernsthaft erzählen, du und dieser fremde junge Mann seid gerade mit knapper Not zwei Monstern entkommen, und dann beschließt ihr erst mal, eine Art Picknick auf einer Waldwiese zu machen.»

«Nein, Robert, das war nicht ausgemacht. Wir hatten vereinbart, dass ich zu Ende rede. Dann darfst du deine Fragen stellen.»

Tatsächlich gelang es Marthaler, sie nicht weiter anzustarren und sie kein weiteres Mal zu unterbrechen. Er kritzelte gelegentlich ein paar Stichworte auf sein Papier und hörte ihr bis zum Ende zu.

«Begreifst du jetzt, dass wir Süleyman und den Mazda finden müssen?»

«Vor allem begreife ich, warum mein Magen knurrt. Komm, lass uns einen Spaziergang zum Aroma-Imbiss machen. Auf dem Weg können wir weiterreden.»

Sie standen bereits auf der Straße, als Marthaler noch einmal zurück ins Weiße Haus ging, um Elvira zu bitten, ein paar Dinge für ihn zu recherchieren. Dann machten sie sich auf den Weg.

Vor der Apotheke am Alleenring begegneten sie der Frau mit dem Einkaufswagen und der Pudelmütze. Marthaler sah, dass sie Gummistiefel trug. Er grüßte sie, kramte einen Zehn-Euro-Schein aus der Hosentasche und hielt ihn der Frau hin.

«Würden Sie den von mir annehmen?»

Die Alte kicherte. Sie nahm das Geld und ließ es unter ihrem Cape verschwinden.

«Was denken Sie? Dass ich reich bin?», fragte sie und zwinkerte mit ihren feuchten, kleinen Augen. Sie sprach mit einem österreichischen Akzent.

«Nein, das denk ich nicht. Ich hab Sie schon öfter in unserer Straße gesehen.»

«Ich bin hier, und ich bin da.»

«Überall, wo es eine Bank gibt, auf der Sie sich ausruhen können.»

«Wo es eine Bank gibt und wo man mich in Ruh lässt.»

Marthaler nickte. Er wusste nicht, was er noch sagen sollte.

«Vergelt's Gott, Herr Kommissar.»

Er drehte sich noch einmal zu ihr um. «Woher wissen Sie, dass …?»

«Weil ich Zeitung les, Herr Kommissar. Was denken denn Sie?»

«Das ist es, was ich meine», sagte Anna, «nicht nur Herlinde Scherer wusste, wer du bist, auch die Wohnsitzlosen in Frankfurt kennen dich. Warum hast du ihr Geld gegeben?»

«Weil sie eine Pudelmütze trägt und mich an einen Traum erinnert, den ich gestern hatte. Und weil ich für Umverteilung bin. Hättest du gedacht, dass die Frau Zeitung liest?»

«Warum nicht? Nur weil sie auf der Straße lebt, muss sie nicht dumm sein. Vielleicht war sie Lehrerin, vielleicht hat sie eine Familie gehabt. Wer weiß, was passiert ist? Niemand ist vor Not gefeit, auch wir nicht.»

«Ja», sagte Marthaler, «wer weiß. Man sollte alles in Betracht ziehen.»

«Was ist nun, Robert?», drängte Anna. «Lass uns nicht weiter plänkeln. Jetzt bist du an der Reihe.»

Sie liefen die vielbefahrene Glauburgstraße entlang, und manchmal, wenn der Lärm der Autos zu laut wurde, blieb Marthaler stehen, hielt in seiner Erzählung inne, um kurz darauf erneut anzusetzen.

«Thea Hollmann hat bestätigt, was wir bereits vermutet haben. Dass der Täter wohl in Herlinde Scherers Hotelzimmer auf sie gewartet hat. Sie ist durch einen sogenannten Augenschuss getötet worden. Offensichtlich ist es eine Methode, um sich an jemandem zu rächen, der etwas gesehen oder gehört hat, das er nicht hätte wissen sollen.»

«Das trifft auf Journalisten oft genug zu.»

«Über das Opfer heißt es, es sei den Schnüfflertod gestorben. Ich hatte nie davon gehört, obwohl das Phänomen unter Kriminalisten angeblich seit mehr als zwei Jahrzehnten bekannt ist.»

«Aber der Täter hat davon gewusst.»

«Das muss er wohl. Sonst hätte er kaum diese Methode gewählt.»

«Das heißt, es könnte sich bei ihm um einen Polizisten handeln.»

«Anna, bitte! Oder um jemanden, der sich in der Kriminalgeschichte auskennt. Oder er hat einen Film gesehen, in dem auf diese Weise getötet wird. Sogar ein Computerspiel soll es geben, das derjenige gewinnt, dem es gelingt, die meisten Augenschüsse zu platzieren.»

«Trotzdem, Robert. Du denkst das Gleiche, was ich denke. Wir sollten endlich den Mumm haben, es zuzugeben. Es spricht einiges dafür, dass Rotteck nicht nur am Tatort war, sondern dass er auch der Täter ist. Ich wette mit dir, wir werden keinen anderen finden, weil es keinen anderen gibt.»

Marthaler ignorierte Annas Gedanken. «Wir kommen nur weiter, wenn wir wissen, was Herlinde in dem Hotel wollte.»

Er berichtete von den Fotos, die die Reporterin kurz vor ihrem Tod heimlich im Hotel Zooblick aufgenommen hatte. «Der Einzige, den wir bislang auf diesen Aufnahmen identifizieren konnten, ist ein Mann namens Udo Klotz. Er ist der Sprecher der Landesregierung in Wiesbaden.»

Anna pfiff durch die Zähne. «Du weißt, was das bedeutet, Robert?»

Marthaler sah Anna fragend an.

«Dass wir Big Shit am Bein haben. Dass es so ist, wie wir vermutet haben. Johann von Münzenberg, zu dem Herlinde Kontakt hatte, war Abgeordneter im Hessischen Landtag. Wir müssen also davon ausgehen, dass es sich wirklich um eine politische Sache handelt.»

Marthaler nickte. «Sieht ganz danach aus. Denn auch Charlotte hat zu verstehen gegeben, dass die Anweisung, mich und Sabato zum Schweigen zu verpflichten, aus dem Innenministerium kam. Das alles klingt wirklich nach ... Big Shit. Und ich frage mich ...»

Marthaler unterbrach sich und machte keine Anstalten weiterzusprechen.

«Was fragst du dich? Rede!»

«Ob das Landeskriminalamt nicht völlig zu Recht die Ermittlungen übernommen hat. Ob wir uns nicht viel zu weit aus dem Fenster gelehnt haben. Wir sind zu zweit und haben den gesamten Apparat gegen uns. Ich fürchte, das alles ist eine Nummer zu groß für uns beide.»

Nun war es Anna, die stehen blieb und Marthaler ungläubig anstarrte. «Hast du Fieber, Robert? Wir machen doch nicht auf halber Strecke schlapp. Wir überlassen doch nicht diesem Rotteck das Feld.»

«Es ist noch etwas passiert. Der anonyme Anrufer, von dem ich dir erzählt habe, hat mir Unterlagen angeboten, von denen er nicht gesagt hat, um was es sich handelt. Wir haben den Anruf zurückverfolgt; er kam aus Wiesbaden, aus einer öffentlichen Telefonzelle in der Nähe des LKA. Das kann bedeuten, dass sie uns bereits auf den Fersen sind.»

«Oder?»

Inzwischen waren sie vor dem Aroma-Imbiss im Oeder Weg angekommen. Wie immer hatte sich vor der Verkaufstheke eine lange Schlange gebildet. Kurz bevor sie an der Reihe waren, klingelte Marthalers Telefon. Er sah Elviras Dienstnummer auf dem Display.

«Bestell mir einen Schawarma-Teller», sagte er zu Anna. «Das ganze Paket!»

Dann trat er ein paar Schritte zur Seite und nahm den Anruf entgegen.

«Oder?», fragte Anna noch einmal, als sie jetzt auf einem Mäuerchen am Adlerflychtplatz saßen und ihre Teller auf den Knien balancierten.

Bevor Marthaler antworten konnte, stieß Anna ein zufriedenes Stöhnen aus: «Sag mal, das sind die besten Falafel, die ich je gegessen habe. Und das Hummus ist eine mittlere Sensation … Also, was könnte der anonyme Anruf sonst noch zu bedeuten haben?»

Er ließ sie noch ein paar Bissen nehmen, erst dann begann er zu sprechen.

«Du hast von diesem Süleyman erzählt. Er ist mit deinem Wagen verschwunden. Kann es sein, dass du ihm meine Telefonnummer gegeben hast?»

«Robert, bist du noch bei Trost? Warum sollte er nach Wiesbaden fahren? Wieso sollte er dich anrufen? Natürlich habe ich ihm nicht deine Nummer gegeben.»

«Immerhin hast du zugelassen, dass er die Ergebnisse einer Halteranfrage erfährt, was niemals hätte geschehen dürfen.»

«Das war ein Notfall. Wir wurden verfolgt. Ich konnte das Telefon nicht länger halten, sondern musste mich auf die Straße konzentrieren.»

«Du hast dafür gesorgt, dass er Namen und Adresse eines Mannes weiß, von dem er vorher gesagt hat, er werde ihn umbringen.»

«Das habe ich für einen Spruch gehalten. Und welches Material sollte er dir überhaupt anbieten?»

«Du hast von dem Umschlag mit den Fotos gesprochen, die er bei sich hatte und die du gesehen hast. Dabei handelt es sich um ziemlich brisantes Material.»

«Er wollte die Fotos zu Geld machen. Hätte er erwarten können, sie von dir bezahlt zu bekommen?»

«Also ist er ein Erpresser.»

Als Anna nicht reagierte, fuhr Marthaler fort: «Ich weiß nichts über diesen jungen Mann, und du weißt nicht viel mehr. Wo hat er die Fotos her?»

«Das habe ich dir erklärt. Ein Motorradfahrer hatte vor seinem Haus einen Unfall und ist dabei ums Leben gekommen. Bei ihm hat Süleyman den Umschlag entdeckt.»

«Dann hat er die Fotos gestohlen und ist ein Dieb. Gerade hat Elvira angerufen. Sie hat sich bei den Kollegen erkundigt. In Schwarzenfels ist kein toter Motorradfahrer gefunden worden; es wurde in den letzten Wochen nicht einmal ein Unfall registriert. Und es gibt keine Vermisstenmeldung.»

«Es konnte keine Leiche gefunden werden, weil die beiden Typen sie abtransportiert haben.»

«Sagt Süleyman», erwiderte Marthaler, «dem du begegnet bist, als er in das Haus des Barons eingestiegen ist. Der also auch ein Einbrecher ist.»

«Robert, die beiden Männer, die er Fussel und Schwanzhinten nennt, haben sein Haus abgefackelt.»

«Es hat gebrannt in Schwarzenfels. Auch das hat Elvira gerade erfahren. Man geht davon aus, dass der Gasherd die Ursache war.»

«Trotzdem kann es Brandstiftung gewesen sein.»

«Kann sein, kann nicht sein. Und was, wenn Süleyman selbst der Brandstifter war? Es liegt nicht einmal eine Anzeige von ihm vor.»

«Und was ist mit den Typen, die uns verfolgt haben?»

«So wie du es schilderst, kann es auch ein gewagtes Überholmanöver gewesen sein.»

«Ach ja? Und dann fahren sie uns in den Wald nach und attackieren Süleyman?»

«Sie wollten euch zur Rede stellen, weil du dafür gesorgt hast, dass sie fast einen schweren Unfall gebaut haben. Statt euch bei ihnen zu entschuldigen, hat Süleyman einen der Männer mit deinem Wagen verletzt und ist davongefahren. Das nennt man Körperverletzung, vielleicht sogar schwere Körperverletzung in Tateinheit mit Fahrerflucht. Süleyman ist ein Dieb, ein Erpresser, ein Einbrecher und ein Gewalttäter.»

Anna war blass geworden. Sie hatte ihren Teller beiseitegestellt und starrte vor sich hin.

Marthaler fasste in die Innentasche seines Jacketts und zog einen Zeitungsausschnitt hervor, eine kleine Meldung aus dem Lokalteil mit der Überschrift «Dreister Überfall auf Parkhauswächter». Er zeigte Anna den Artikel. Sie las den Titel, dann wandte sie den Kopf ab.

«Und das ist auch nicht witzig, Anna. Einbruch, Diebstahl und Körperverletzung. Der Mann mag kurzsichtig sein, die Beschreibung trifft trotzdem auf dich zu. Was soll ich jetzt deiner Meinung nach tun?»

«Du hast jedes Vertrauen in mich verloren, Robert. Sonst hättest du mich nicht so filetiert, wie du es gerade getan hast. Du lässt Elvira hinter meinem Rücken recherchieren, um mich Lügen strafen zu können. Du sammelst sogar Material aus der Zeitung gegen mich …»

Marthaler schüttelte den Kopf. Er wollte seine Hand auf ihre Schulter legen, aber sie wehrte seine Berührung ab. «Das ist es nicht, Anna. Ich weiß nicht, was zwischen dir und diesem Süleyman läuft, ich weiß nicht, ob er dich verhext hat. Jedenfalls verhältst du dich nicht mehr professionell.»

Anna nickte. Sie hatte Tränen in den Augen. «Ganz ehrlich: Wenn ich dich nicht brauchen würde, Robert, würde ich unsere Zusammenarbeit sofort beenden. Aber wir müssen Süleyman und meinen Wagen finden. Es könnte etwas Schlimmes geschehen. Er hat gedroht, die Männer umzubringen.»

«Ein Spruch, Anna. Wie du selbst gesagt hast, das war ein Spruch. Und wenn du deinen Wagen wiederhaben möchtest, musst du seinen Verlust auf dem nächsten Polizeirevier melden. Du weißt ja, wie der Dieb heißt.»

Anna sah ihn aus schmalen Augen an. Dann schüttelte sie den Kopf und stapfte wütend davon.

SECHS

Elvira hob den Kopf, als Marthaler ihr Zimmer betrat: «Der Typ aus Wiesbaden hat wieder angerufen. Er will sich um Punkt 18 Uhr noch mal melden. Ich werde dann nicht mehr da sein. Du musst entscheiden, ob du ihn sprechen willst oder nicht.»

«Will ich unbedingt.»

«Dann stelle ich das Telefon um, wenn ich gehe. Alles gut mit dir?»

«Nein, ich … Könnte sein, dass ich Anna gerade gründlich vergrault habe. Übrigens kann ich mir nie merken, ob das Wort mit k oder mit g geschrieben wird.»

«Vergraulen schreibt man mit g, weil es sich letztlich von Grauen ableitet. Du hast Anna nicht den Nacken gekrault, sondern ihr Grauen eingeflößt.»

«Wenn ich nur wüsste, was sie mit diesem Süleyman hat.»

«Sie ist verliebt, Robert. Das sieht man ihr an. Verliebt und besorgt.»

«Du hast mit ihm gesprochen. Und die Stimme des anonymen Anrufers hast du auch mehrfach gehört. Meinst du, es könnte sich um ein und dieselbe Person handeln?»

Elvira nahm ihre Brille ab und rieb sich die Augen. «Schwierig», sagte sie. «Der eine Anruf kam von Annas Handy aus ihrem Wagen, die anderen von einem öffentlichen Fernsprecher an einer belebten Straße. Aber … nein, ich glaube nicht, es war nicht dieselbe Stimme.»

Marthaler nickte. «Du denkst aber, dass unser Anrufer, der sich übrigens Chicken nennt, immer vom selben Häuschen aus telefoniert hat.»

«Ja, das nehme ich an. Es war jedenfalls immer dieselbe Geräuschkulisse. Übrigens wird es wohl kein Häuschen gewesen sein, sondern eher so ein öffentliches Telefon mit Dach drüber. Sonst wäre der Straßenlärm nicht so laut gewesen.»

«Danke, Elvira!»

«Was ist denn jetzt los?»

«Wieso?»

«Du hast gerade laut und deutlich ‹Danke, Elvira› gesagt.»

«Wo willst du hin?», hatte Marthaler Anna nachgerufen.

«Auf den Hauptfriedhof; ich muss alleine sein», war ihre Antwort gewesen. «Und dann werde ich mich betrinken.»

Jetzt wählte er ihre Nummer und wartete darauf, dass sie abnahm. Zweimal meldete sich ihre Mailbox, beim dritten Versuch ging sie ran.

«Robert, was ist? Du nervst! Ich will nicht mit dir sprechen. Außerdem ist mein Akku gleich leer.»

«Anna, ich brauche dich. Oder bist du bereits betrunken?»

Sie schwieg.

«Anna!»

«Was ist? Ich sitze auf dem Friedhof auf einer Bank und bin auf geradezu ungesunde Weise nüchtern.»

«Du musst nach Wiesbaden fahren, um ein Foto zu machen. Der anonyme Anrufer will sich wieder melden.»

«Hast du keine Angst, dass ich mit dem Schwerverbrecher Süleyman abhaue?»

«Ich habe nicht gesagt, dass er der Anrufer war. Ich hatte

den Gedanken, dass er es gewesen sein könnte. Elvira hält das für ausgeschlossen; sie hat beide Stimmen gehört.»

«Also ist es jemand aus dem LKA.»

«Wahrscheinlich. Bitte komm her, Anna.»

Eine Viertelstunde später stand sie vor ihm und konnte ihren Triumph kaum verbergen.

«Jetzt grins nicht so!», sagte Marthaler. «Kann sein, dass ich mich vergaloppiert habe.»

«Soll ich die S-Bahn nehmen?», fragte Anna.

«Meinst du, dass du den alten Daimler fahren kannst? Er steht vor der Tür. Einen anderen Wagen hab ich nicht zur Verfügung.»

Marthaler wusste, wie sehr Anna alte Autos mochte. Sie lächelte, ihre Wangen hatten sich gerötet: «Du würdest mir einen großen Gefallen tun.»

Er hatte bereits ein Navigationsgerät besorgt und die Adresse eingegeben. Eine Kamera mit Teleobjektiv lag ebenfalls bereit. Gemeinsam schauten sie sich am Computer den Wiesbadener Stadtplan an.

«Du musst gleich losfahren, um das Umfeld zu erkunden. Er darf dich auf keinen Fall sehen. Und auch den Wagen nicht. Frag mich nicht, wie du das anstellst; das alles musst du vor Ort entscheiden.»

«Ich bin Journalistin, Robert. Ich weiß, wie man undercover recherchiert.»

«Gut. Mit der Kamera kannst du auch umgehen?»

«Yep! Und jetzt geh bitte zur Seite, ich will mir auf der Karte die Umgebung einprägen. Auf dem Weg nach Wiesbaden muss ich noch ein paar Sachen besorgen.»

«Das Navi ist bereits programmiert», sagte Marthaler, als er sah, dass sie eine Suchanfrage in den Kartendienst eingab.

«Dann programmier es neu. Gib die Annabergstraße 20 in Frankfurt ein.»

«Du wirst keine Zeit haben, noch Umwege zu machen.»

«Robert, tu einfach, was ich dir sage! Und bitte Elvira, ihre Schminksachen für mich rauszulegen.»

«Ich weiß nicht, was du vorhast, Anna. Aber Chicken will sich um Punkt 18 Uhr melden. Drück auf den Auslöser, wenn sich um diese Zeit jemand dem Telefon nähert. Mach ein paar Aufnahmen, dann verschwinde wieder. Ich werde versuchen, ihn so lange wie möglich aufzuhalten. Du weißt inzwischen, wie Kriminalpolizisten in Zivil aussehen.»

«Sehr unterschiedlich, oder?», sagte Anna lächelnd. «Es gibt dicke und dünne, alte und junge.»

«Und trotzdem ist es immer ein bestimmter Typ. Du wirst ihn erkennen.»

«Da bin ich mir sicher. Denn ein wenig verdruckst seid ihr alle.»

Als Anna aus der Toilette kam, war sie kaum wiederzuerkennen. Sie hatte sich die Wimpern getuscht, einen breiten Strich Kajal unter jedes Auge gezogen und die Lippen grell überschminkt. Ihre Haare waren auf beiden Seiten zu einem Zopf gebunden.

Marthaler zog den Wagenschlüssel aus der Hosentasche und ließ ihn in ihre ausgestreckte Hand fallen. «Genügend Benzin sollte noch im Tank sein. Wenn du fertig bist, kommst du sofort zurück, damit ich mir die Fotos anschauen kann. Wenn es jemand aus dem Amt ist, besteht die Chance, dass ich ihn wenigstens vom Sehen kenne.»

«Noch was?», fragte Anna.

«Ja. Sei bitte extrem vorsichtig. Wir wissen nicht, was der

Typ von uns will. Kann sein, dass er vorhat, uns zu linken. Wenn es wirklich jemand aus dem Amt war, der Herlinde Scherer getötet hat, dann ist er zu allem fähig. Er wird bewaffnet sein …»

«Okay, Robert.»

«Nein, hör zu! Sollte irgendwas schieflaufen, brichst du die Aktion sofort ab und suchst das Weite. Das Wichtigste ist, dass du auf dich aufpasst.»

«Wird gemacht, Papi.»

Marthaler brachte Anna zur Tür und sah ihr nach. Ohne sich zu ihm umzudrehen, hob sie noch einmal die Hand, dann stieg sie in den Wagen.

«Elvira, hast du daran gedacht, zu gucken, ob wir was über diesen Kevin Möller alias Schwanzhinten haben?»

Elvira schaute Marthaler mit großen Augen an: «Wie hast du ihn gerade genannt?»

«Schwanzhinten. So hat ihn dieser Süleyman getauft, weil Möller einen Pferdeschwanz hat.»

Statt zu antworten, begann Elvira prustend zu lachen.

«Also, haben wir?»

«Und ob. Ein ziemliches Früchtchen. Es ist ein kleines Dossier geworden. Du müsstest es längst gesehen haben. Es liegt neben der Post auf deinem Schreibtisch. Und hast du nicht erzählt, dass das Wort ‹Sterntaler› in Herlinde Scherers Aufzeichnungen mehrmals vorkommt?»

«So ist es.»

«Dann mach dich auf eine Überraschung gefasst. Das Puzzle wird langsam zum Bild.»

«Danke, Elvira!»

«Bitte, Robert!»

Marthaler sah flüchtig die eingegangenen Briefe durch, dann schob er sie beiseite und klappte die rote Sammelmappe auf. Das erste Dokument war ein knapper Lebenslauf, den Möller 1996 für eine Bewerbung als Animateur bei einem Reiseunternehmen geschrieben hatte. Marthaler begann zu lesen:

Kevin Möller, geb. 12.1.1970 in Göttingen
Vater: Werner Jürgen Möller, geb. 30.4.1941 in Hannover
Mutter: Kelly Möller (Mädchenname: Kelly McKray), geb. 12.7.1946 in Ottawa, Kanada
Scheidung der Eltern 1972
Aufgewachsen bei den Großeltern väterlicherseits in Bovenden
Abitur: Hainberg-Gymnasium, Göttingen 1988
Wehrdienst
Jura-Studium, abgebrochen
1992–1995 zahlreiche Reisen
Hobbys: Sport, Kraftsport
Besondere Fähigkeiten: Sprachen, Humor

Was Möller in dem Lebenslauf nicht aufgeführt hatte, waren die zahlreichen Delikte, deren er bis dahin bereits überführt worden war: mehrfacher Diebstahl seit seinem zehnten Lebensjahr, immer wieder gewalttätige Auseinandersetzungen sowohl mit Gleichaltrigen als auch mit Jüngeren und Älteren. Es folgten Drogenhandel, Nötigung, illegaler Waffenbesitz, Verdacht auf Zuhälterei, Erpressung, Betrug. Seit vielen Jahren wurden Kevin Möller enge Verbindungen ins Rotlichtmilieu nachgesagt. Er war dreimal wegen Vergewaltigung angezeigt worden, aber ebenso oft wurden die Anzeigen von den betroffenen Frauen wieder zurückgezogen.

Wenn er nicht gerade im Gefängnis saß, hatte er in den letzten fünfzehn Jahren die unterschiedlichsten Tätigkeiten ausgeübt: Er hatte als Türsteher in einem Club gearbeitet, als Trainer in einem Fitnessstudio, als Dolmetscher für einen Konzertveranstalter, als Masseur in einem Wellness-Club und zuletzt als Eintänzer auf einem Kreuzfahrtschiff. Dort hatte er vor fünf Jahren seine heutige Frau Corinna kennengelernt, die dreiundzwanzig Jahre älter war als er und die dank ihres kurz zuvor verstorbenen Mannes sowohl über Geld und Ansehen verfügte als auch über Verbindungen in jene Kreise aus Wirtschaft und Politik, die Kevin Möller als Kundschaft für sein Herzensprojekt anstrebte, den «Club Sterntaler».

Diese Information entnahm Marthaler einem Interview, das der Frankfurter *City-Express* kürzlich mit Kevin Möller geführt hatte und das Elvira ihrem Dossier beigefügt hatte. Der Text trug den Titel: «Ex-Knacki greift nach den Sternen. Ein schicker Club macht viele Taler.» Der Redakteur, der das Interview geführt hatte, hieß Arne Grüter, ein Mann, mit dem Marthaler schon mehrfach aneinandergeraten war. Das Ganze war eine Werbegeschichte für das Sterntaler, und man durfte sicher sein, dass dafür Geld in Grüters Taschen geflossen war. Jedenfalls ließ er Kevin Möller sein Konzept vorstellen, ohne auch nur eine kritische Nachfrage zu stellen. Frauen und Männer sollten gleichermaßen auf ihre Kosten kommen, erläuterte Möller, verrucht und mondän könne es im Sterntaler zugehen, diskret und enthemmt, seriös und geschmacklos, ganz nach Wunsch und Bedarf der Kunden. Vor vier Jahren hatte seine Frau das verlassene Anwesen zwischen

Kronberg und Falkenstein gekauft, ein halbes Jahr lang hatten die Umbauarbeiten gedauert, im März 2005 war Eröffnung gefeiert worden, ein Fest, für das Corinna noch einmal 80000 Euro zur Verfügung gestellt hatte. Tout le monde war dabei gewesen, und alle Medien hatten berichtet. Das Sterntaler war weder ein Hotel noch ein Restaurant, es war ein Club, den die Möllers mit sämtlichen Dienstleistungen vermieteten. Bis zu hundert Gäste konnte das Haus bewirten, für zwanzig standen Übernachtungsmöglichkeiten zur Verfügung. Bei der Buchung umliegender Hotels war man gerne behilflich. Ein Shuttle-Service mit Stretchlimousine stand zur Verfügung.

Es gab einen orientalischen Speisesaal, eine Bar, einen Whirlpool, einen Fitnessraum, eine Sauna, Massageliegen, eine Raucher-Lounge und Rückzugsmöglichkeiten für Paare und Gruppen unterschiedlicher Größe. Auf das riesige Außengelände, das von einem hohen, blickdichten Holzzaun umgeben war, hatte Möller nicht nur einen beheizten Pool bauen lassen, sondern auch kleine, überwachsene Lauben, die als Teehäuser bezeichnet wurden. Im Sterntaler wurden Junggesellenabschiede gefeiert, hier durften sich die erfolgreichsten Vertreter eines Versicherungsunternehmens ein Wochenende lang verwöhnen lassen, und es trafen sich Vertreter aus Politik und Wirtschaft, die keinesfalls wollten, dass irgendwer von diesen Treffen erfuhr.

Weil er wegen seiner Vorstrafen kein Geschäftsführer werden durfte, stand auf Kevin Möllers Visitenkarte unter seinem Namen das Wort «Eventmanager». Er stellte die Räume zur Verfügung und kümmerte sich um alles, was gewünscht war. Um den Caterer für das Essen, die Musikgruppe, den Zauberer, den Feuerschlucker, die Damen oder

Herren vom Escort-Service und alle erdenklichen Extras. Er war das Organisationstalent, er war der Gute-Laune-Onkel, er war der Proll mit Manieren, und wenn es sein musste, war er der Feingeist mit Punch.

Was nicht in der Presse stand, aber allen Informationen zu entnehmen war, die Polizei und Staatsanwalt über ihn gesammelt hatten: Kevin Möller galt als absolut skrupellos und zugleich als äußerst charmant. Er verprügelte die Frauen, die er vorgab zu lieben, und immer wieder gelang es ihm, seine Gegner, wenn schon nicht für sich einzunehmen, dann doch so sehr einzuschüchtern, dass sie es vorzogen, ihm kein zweites Mal in die Quere zu kommen.

Kevin Möller war träge und ruhelos zugleich, ein fauler Workaholic. Er tat nur, was ihm Spaß machte, und das Sterntaler machte ihm Spaß. Wenn es dort nichts zu tun gab, was selten genug vorkam, war er für jeden Dirty Job zu haben.

«Okay, mein Freund», sagte Marthaler leise, als er die Mappe zuklappte, «um dich werden wir uns noch zu kümmern haben.»

Er schaute auf die Uhr. Es war 17 Uhr 45. Er hatte noch eine Viertelstunde Zeit. Er öffnete die Tür zu seinem Vorzimmer und sah, dass Elvira bereits Feierabend gemacht hatte. In der Teeküche schaltete er die Kaffeemaschine ein und wartete, dass die Bereitschaftsleuchte blinkte. Im Kühlschrank lag eine Schachtel mit Camembert, darauf ein Zettel: «Do not disturb!» Als er seinen Espresso getrunken hatte, spülte er die Tasse aus und stellte sie wieder in den Schrank.

Zurück in Elviras Büro, zog er die Schreibtischschublade auf, von der er wusste, dass seine Assistentin dort ihre Vorräte an Süßigkeiten lagerte. Er nahm sich einen Schokoriegel und aß ihn an Ort und Stelle. Einen zweiten steckte er in die Hemdtasche, um ihn für später aufzuheben, verschlang aber auch diesen, kaum dass er wieder an seinem Schreibtisch Platz genommen hatte.

Er blätterte in der Zeitung, konnte sich aber nicht konzentrieren. Als er erneut auf die Uhr sah, sprang der Minutenzeiger gerade auf 18 Uhr 04. «Na los, Chicken, wer immer du bist, drück auf die Tasten!»

SIEBEN

In Zeilsheim fuhr Anna von der A 66 ab, durchquerte den Ort und folgte den Anweisungen des Navigationsgerätes, bis sie ihr Ziel erreicht hatte. Sie stellte den Wagen auf dem Kundenparkplatz eines Textildiscounters ab und verschwand in der Eingangstür.

Als sie kurze Zeit später den Laden wieder verließ, hatte sie sich neu eingekleidet. Sie trug einen roten Etuirock, eine transparente schwarze Bluse, unter der man eine durchbrochene Korsage erkennen konnte, an den Füßen ein paar extrem hässliche Ballerinas mit Lochmuster und auf dem Kopf ein rotes Filzbarett. Für alles zusammen hatte sie 41,95 Euro bezahlt.

Sie war nicht mehr die deutsche Journalistin Anna Buchwald, sie war eine etwas geschmacklos gekleidete amerikanische Touristin, die sich für einige Tage in Wiesbaden aufhielt, um sich jene Stadt anzuschauen, in der ihr Großvater einst als Offizier der US Air Force auf dem Flugplatz in Erbenheim stationiert gewesen war.

Anna hoffte, dass ihre auffällige Verkleidung sie unverdächtig machen würde.

Sie warf die Plastiktüte mit den Klamotten, die sie bis eben getragen hatte, auf den Rücksitz des Daimler und fuhr los. Das Navi brauchte sie nicht mehr. Sie nahm die Abfahrt an der Sektkellerei Henkell und fuhr auf der Biebricher Allee Richtung Innenstadt.

Den Wagen stellte sie in der Mosbacher Straße, in der Nähe des Hessischen Hauptstaatsarchivs, an den Straßenrand. Hier kannte sie sich aus, denn hier hatte sie drei Jahre zuvor die Akten zum Fall Rosenherz studiert.

Es blieb ihr noch knapp eine halbe Stunde Zeit, und da sie nicht wusste, wie lange sie brauchen würde, um sich mit den Örtlichkeiten rund um das Münztelefon vertraut zu machen, begann sie zu traben.

Erst als sie hundert Meter vor sich die große vierspurige Straße sah, wusste sie, dass sie am Ziel war. Ab jetzt musste sie schlendern. Sie war nun im Urlaub, war entspannt, sie hatte Zeit, sie schaute sich die Häuser an, die Leute, die Straßen. Sie wollte viele Fotos machen, um sie der Verwandtschaft daheim zu zeigen. Über ein Bild der grünen Halsbandpapageien, von denen sich eine ganze Kolonie in der hessischen Landeshauptstadt angesiedelt hatte, würde sich ihr Onkel Barack aus Springfield/Kentucky, gewiss besonders freuen.

Sie richtete das Objektiv auf die Krone eines Baumes und hielt gleichzeitig verstohlen Ausschau nach dem öffentlichen Fernsprecher. Dann entdeckte sie ihn.

Die Kabine mit dem magentafarbenen Hörer stand nur ein paar Meter von ihr entfernt auf derselben Straßenseite. Darüber prangte das große T mit den vier kleinen Quadraten. Eine Frau mit einem Hund kam vorbei, dann ein älteres Paar, das schwere Taschen schleppte.

Anna wechselte die Straßenseite. Zwischen zwei großen alten Mietshäusern gab es eine siebzig Meter breite Freifläche. Dort fand sie, was sie suchte. In der Mitte des Geländes befand sich auf einem rechteckigen Rasenstück ein Denkmal. Es war eine knapp vier Meter hohe Säule aus Sandstein, die an die Gefallenen des Deutsch-Französischen Krieges von

1870/71 erinnerte. Für nichts würde sich die amerikanische Touristin ab sofort mehr interessieren als für die Toten der Schlacht bei Weißenburg, deren Namen hier in den weißen Stein gemeißelt waren.

Anna spähte auf die andere Seite der Fahrbahn hinüber. Aus der Teutonenstraße näherte sich ein Mann. Während er über den Bürgersteig lief, schaute er sich immer wieder um, als wolle er sich vergewissern, dass ihm niemand folgte. An der Schiersteiner Straße bog er nach rechts, lief an dem Telefon vorbei, ließ auch die Filiale von KFC rechts liegen, befand sich kurz auf selber Höhe wie Anna, ohne jedoch zu ihr hinüberzuschauen, ging noch zwanzig Meter weiter, dann griff er sich mit einer viel zu auffälligen Geste an den Kopf, als wolle er aller Welt zeigen, dass ihm gerade etwas Wichtiges eingefallen sei und er deshalb wieder umkehren müsse.

Anna lachte innerlich. «Okay, mein Freund, du bist es. Du bist genau der verdruckste Typ Bulle, den ich kenne.»

Sie hatte Chicken von schräg hinten im Blick und konnte unbemerkt ein paar Aufnahmen machen. Er ging noch einmal an dem Telefon vorbei, warf einen Blick in die Teutonenstraße, bis er sicher schien, dass niemand ihn beobachtete. Dann nahm er den Hörer ab, warf eine Münze ein und wartete. Anna ließ den Motor der Kamera surren und tat zwischendurch immer wieder, als würde sie das Denkmal fotografieren.

Chicken drehte sich zur Seite, sie zoomte sein Profil heran, drückte noch dreimal auf den Auslöser, dann hatte sie, was sie brauchte.

Zwischen den fahrenden Autos hindurch flitzte sie auf die andere Straßenseite und schlenderte auf Chicken zu. Als er sie kurz ansah, lächelte sie ihm zu und ging weiter. Er hatte ebenfalls gelächelt, wenn auch ein wenig gequält, und dann sofort den Blick gesenkt. Er hatte eine Sekunde lang mit einer etwas geschmacklosen jungen Touristin geflirtet, sich aber sofort dafür geschämt.

Der Mann hatte keine Ahnung, dass er gerade zwei Dutzend Mal fotografiert worden war.

Als sie eine Viertelstunde später wieder im Auto saß, schaute Anna die Aufnahmen auf dem Display der Kamera an. Zwei-, dreimal war ihr ein vorüberfahrender LKW ins Bild geraten, eins hatte sie verwackelt, die anderen Fotos waren zu gebrauchen, auch wenn man sie noch ein wenig würde bearbeiten müssen.

Mit einem Mal stutzte sie. Sie ließ noch einmal die gesamte Serie durchlaufen, dann war sie sicher: Sie kannte den Mann; es war erst wenige Tage her, dass sie ihn schon einmal gesehen hatte. Und jetzt fiel ihr auch ein, wo das gewesen war.

Um 18 Uhr 05 läutete Marthalers Telefon. Er nahm sofort ab, nannte aber seinen Namen nicht.

«Also wollen Sie mit mir reden», sagte Chicken.

«Sie sind unpünktlich», erwiderte Marthaler, während er im Hintergrund wieder den Lärm der Straße hörte. «Das macht Sie nicht vertrauenswürdiger.»

«Eigentlich bin ich nicht unpünktlich, tut mir leid. Ich hatte noch zu tun. Außerdem bin ich übermüdet. Ich habe die letzte Nacht durchgearbeitet. Für Sie, Herr Hauptkommissar. Haben Sie eine Faxnummer?»

«Sind Sie vom Amt?»

Chicken schwieg eine Weile.

«Also haben Sie meinen Anruf zurückverfolgt», sagte er schließlich.

«Das hatten Sie vermutet.»

«Sie werden erfahren, wer und was ich bin. Aber ich muss mir noch über einige Dinge klar werden. Wie gesagt, ich überblicke die Lage selbst nicht ganz.»

«Wovor haben Sie Angst?», fragte Marthaler.

«Hören Sie … Ja, ich habe Angst. Sie können sich denken, wovor! Kennen Sie das Sterntaler?»

Marthaler überlegte, ob er die Frage wahrheitsgemäß beantworten sollte, entschied sich aber dagegen. Er wich noch einmal aus.

«Das Märchen?»

«Nein, es ist ein … ich weiß nicht, wie ich es nennen soll, … ein Etablissement. Ich war selbst noch nicht dort. Die Sache im Zooblick scheint dort geplant worden zu sein.»

«Mit Sache meinen Sie den Mord?», fragte Marthaler.

«Vielleicht nicht der Mord, aber … ich weiß nicht. Konzentrieren Sie sich auf das Sterntaler. Dort scheinen die Fäden zusammenzulaufen.»

Marthaler herrschte seinen Gesprächspartner an, seine Stimme wurde laut: «Sie sagen ‹scheinen›, Sie sagen ‹vielleicht›, Sie wissen nicht. Geben Sie mir irgendeine Information, die ich noch nicht habe! Sonst lege ich auf, und wir beenden dieses Spiel.»

«Nein … nicht! Ich … brauche Sie. Sie müssen mir vertrauen!»

«Blödsinn, Chicken! Mag sein, dass Sie nicht zu den Bösen gehören. Aber zu den Guten gehören Sie auch auf keinen Fall. Wahrscheinlich sind Sie einfach ein mieser, kleiner Feigling, der aus irgendeinem Grund die Hosen voll hat und der es sich mit niemandem verderben will. Wahrscheinlich wollen Sie einfach Ihren Hühnerarsch retten. Und Sie glauben, mich dafür benutzen zu können.»

Chicken schwieg, dann stöhnte er. Marthaler hatte das Gefühl, einen Volltreffer gelandet zu haben. «Ich kenne Sie nicht, Chicken. Was, wenn Sie versuchen, mich auf eine falsche Fährte zu locken?»

Der Mann am anderen Ende wimmerte jetzt fast: «Ich kenne Sie auch nicht. Ich weiß ebenfalls nicht, zu welcher Fraktion Sie gehören.»

Okay, dachte Marthaler, du bist vom Amt. Jetzt ist es klar. Das Wort «Fraktion» ist Bullenjargon. Ich kenne die Unterscheidung zwischen Bullen und Polizisten, die manche Kollegen machen. Und das sind nicht die Kollegen, mit denen ich zu tun haben will.

«Ich bin Polizist, das wissen Sie», sagte er.

Tatsächlich schien die Antwort Chicken zu beruhigen.

«Gut!»

«Ja, das ist gut! Und weiter!»

«Haben Sie eine Faxnummer?», fragte er noch einmal.

«Habe ich», sagte Marthaler.

«Bitte geben Sie sie mir. Dann haben Sie in ein paar Minuten Material, das Sie überzeugen wird.»

«Es reicht mir, dass Sie meine Dienstnummer haben. Ich trete nicht in Vorleistung, solange Sie nicht mit irgendeiner Neuigkeit kommen.»

«Ich weiß nicht, wie lange ich noch telefonieren kann», sagte Chicken. «Es kann immer jemand vorbeikommen, der …»

«Dem es komisch vorkommt, dass Sie von einem öffentlichen Fernsprecher aus telefonieren», führte Marthaler den Satz zu Ende.

«Ja.»

«Also liefern Sie, damit wir das hier rasch hinter uns bringen können!»

«Sie haben von Johann von Münzenberg gehört?»

«Das ist nichts Neues. Jeder hat von ihm gehört. Der Mann ist tot.»

«Es gab keine schmutzigen Bilder bei ihm. Man wollte sie ihm unterschieben, verstehen Sie?»

Marthaler wartete. Er musste aufpassen, nicht preiszugeben, wie viel er wusste.

«Wer wollte das tun? Und warum?», fragte er.

«Man wollte ihn fertigmachen, weil er die Seiten gewechselt hat.»

«Sie meinen, er wurde umgebracht?»

«Nein, nein», sagte Chicken. «Das glaube ich nicht. Das wird er schon selbst erledigt haben. Wahrscheinlich wollte man ihn diskreditieren, man wollte ihn dazu bringen, sein Landtagsmandat zurückzugeben.»

«Aber es heißt, die Untersuchung der bei ihm gefundenen Unterlagen würde erst in einigen Wochen abgeschlossen sein.»

«Das ist Unsinn, Marthaler. Und das wissen Sie. Ihm sollte etwas untergejubelt werden; das ist schiefgegangen. Warum, weiß ich nicht. Die ganze Hausdurchsuchung hätte niemals durchgeführt werden dürfen. Jedenfalls hat man nicht gefunden, was man finden wollte. Und seitdem wird auf Zeit gespielt. Es läuft nach der Devise: Irgendwas bleibt hängen.»

Marthaler brauchte eine Weile, um über diese Informationen nachzudenken. Da er schwieg, zog Chicken sofort seine Schlüsse. «Ist das neu genug für Sie, ja?», fragte er. «Fangen Sie an, mir zu glauben? Wollen Sie mir jetzt Ihre Faxnummer geben? Wenn Sie das Material heute noch haben wollen, muss ich mich beeilen, ein offenes Postamt zu finden.»

«Gut», sagte Marthaler und diktierte ihm die Nummer. «Schicken Sie mir die Sachen! Und jetzt sind Sie noch mal dran: Sie wissen, wer Scherer umgebracht hat?»

Er hatte die Frage kaum gestellt, als er begriff, dass er einen Fehler gemacht hatte.

Chicken zögerte lange. «Herlinde Scherer?», fragte er schließlich.

«Sie wissen, von wem ich spreche.»

«Die Journalistin. Ich kenne ihre Arbeit», sagte Chicken.

«Gut», sagte Marthaler und versuchte, so beiläufig wie möglich zu klingen. «Ich dachte nur, Sie hätten vielleicht davon gehört. Dann sind wir also fertig?»

«Ja», erwiderte Chicken, der nun schon nicht mehr recht bei der Sache zu sein schien. «Sie bekommen in Kürze mein Fax. Auf der letzten Seite finden Sie eine Telefonnummer, unter der Sie mich erreichen können. Sie sehen, ich begebe mich in Ihre Hand. Rufen Sie an, wenn Sie wollen.»

«Ja», sagte Marthaler, «mache ich … Wenn ich will.»

ACHT

Während er auf das Material von Chicken wartete, erledigte Marthaler ein paar Anrufe, ging aber zwischendurch immer wieder zum Fenster, um zu sehen, ob Anna sich bereits dem Weißen Haus näherte.

Um 18 Uhr 47 sprang im Nebenzimmer das Faxgerät an. Noch einmal zog Marthaler die Schublade von Elviras Schreibtisch auf. Diesmal entschied er sich für eine bereits angebrochene, aber noch fast volle Tüte Schulkreide. Er fischte drei der weiß bestäubten Lakritzen heraus und schob zuerst eine, dann aber auch die beiden anderen in den Mund. Schließlich nahm er die ganze Tüte mit zum Faxgerät, sammelte dort den Stapel Papier ein und wechselte in sein Büro.

Mit dem Fuß trat er auf den Schalter der Stehlampe und setzte sich auf die rote Couch. Die Nachricht von Chicken umfasste 22 Seiten. Es handelte sich um drei Dokumente. Das erste war die Anwesenheitsliste eines Treffens, das am 15. Mai im Sterntaler stattgefunden hatte. Zwölf Personen hatten an der Zusammenkunft teilgenommen, allesamt Männer, deren Klarnamen untereinander aufgeführt waren. Lediglich der letzte Name verbarg sich hinter einem Kürzel, das aus den Buchstaben m, o und i bestand.

Marthaler sah sich die Namen an; außer Kevin Möller, Arne Grüter und Udo Klotz kannte er niemanden. Hinter jedem Namen fand sich eine Abkürzung, die entweder eine Firma, eine Organisation oder die Funktion der Männer beschrieb. Einige dieser Abkürzungen konnte Marthaler deuten, andere nicht.

Beim zweiten Dokument handelte es sich um das zwanzigseitige Protokoll der Sitzung. Marthaler blätterte es flüchtig durch, fand auch hier wieder Namen und Zahlen, die für ihn mal einen Sinn ergaben, mal nicht. Die Buchstabenkombination m, o, i kam in diesem Protokoll ebenfalls an mehreren Stellen vor.

Die letzte Seite, die Chicken ihm übermittelt hatte, enthielt die schriftliche Aufzeichnung eines Telefonats, wobei nur die Worte des einen Sprechers notiert waren.

Marthaler las:

> *Habt ihr ihn erreicht?* – Pause – *Den Boten, wo bleibt er?* – Pause – *Er hätte vor einer halben Stunde hier und längst wieder weg sein müssen* – Pause – *Was sollen wir beschlagnahmen, wenn das Material nicht im Haus ist?* – Pause – *Abblasen? Wir können die Sache nicht mehr abblasen* – Pause – *Wir müssen es durchziehen. In zehn Minuten rollt hier die Karawane an* – Pause – *Egal, was passiert ist! Seht zu, dass ihr ihn findet, bevor er von jemand anderem gefunden wird* – Pause – *Er muss ganz in der Nähe sein. Schickt eine Putztruppe los und lasst alles verschwinden!* – Pause – *Dann müsst ihr es selbst machen.*
> *(Telefonat Rotteck mit unbekannter Person. Aus dem Gedächtnis zitiert,* 26. 5. 2008*)*

Unter der letzten Zeile war handschriftlich die Nummer eines Mobiltelefons notiert. Bevor Marthaler sich Gedanken machen konnte, was die Dokumente zu bedeuten hatten, hörte er es vor dem Haus hupen. Er ging ans Fenster und sah Anna aus dem Wagen steigen. Sie lachte und hielt die Kamera in die Höhe.

«Du siehst aus wie die Vogelscheuche aus dem Zauberer von Oz! Alles gutgegangen?», fragte er, als sie nur Augenblicke später vor ihm stand.

Statt zu antworten, zog sie sich vor seinen Augen bis auf die Unterwäsche aus, nahm ihre eigene Kleidung aus der Plastiktüte, schlüpfte hinein, stopfte die Vogelscheuchenklamotten in die Tüte und reichte sie Marthaler.

«Für die Tonne!», sagte sie. «Robert, ich kenne den Typen.»

«Du kennst Chicken?»

«Ja. Als wir im Zooblick waren und dieser Rotteck aufgekreuzt ist, war ich doch noch draußen. Ich hatte mir Zigaretten geholt und eine geraucht. Dabei ist mir ein Typ aufgefallen, der mit heruntergelassener Scheibe in seinem Wagen saß und immer wieder in Richtung Hotel guckte. Das war unser Mann.»

«Chicken?»

Anna nickte. Sie verband die Kamera mit Marthalers Computer und lud die Fotos, die sie in Wiesbaden gemacht hatte, auf den Bildschirm. Sie ließ die Porträts als Slideshow durchlaufen und wartete auf eine Reaktion.

Marthaler schüttelte den Kopf. «Nie gesehen. Aber nach dem, was du sagst, ist klar, dass Chicken ein Mitarbeiter von Rotteck ist. Und dass Rotteck ihn bei seinem Auftritt im Zooblick nicht dabeihaben wollte.»

«Sag mal, was ist das denn?», fragte Anna und zeigte auf den Beutel mit der Lakritze. «Ist das etwa die Schulkreide, die ich Elvira geschenkt hatte? Kann es sein, dass du sie ihr gemopst und komplett weggefuttert hast?»

Anna hob den Beutel und drehte ihn um. Die zwei letzten weißen Stäbchen plumpsten auf Marthalers Schreibunterlage.

Es war Charlotte von Wangenheim, die ihn davor bewahrte, eine Antwort geben zu müssen. Sie steckte den Kopf durch die Tür und nickte den beiden zu. «Stör ich? Ich wollte nur guten Abend sagen. Alles in Ordnung bei euch?»

«Du störst überhaupt nicht. Im Gegenteil, du kommst gerade richtig. Schau dir diesen Mann an und sag, ob du ihn kennst. Wahrscheinlich handelt es sich um einen Mitarbeiter des LKA.»

Charlotte sah auf den Monitor und nickte. «So ist es. Er ist mir neulich nach einer Konferenz im Amt vorgestellt worden. Wir haben sogar einen Moment geplaudert. Sein Name ist Daniel Fichtner, er ist erst kurz dabei, genießt aber bereits einen Ruf. Wirkt aufgeweckt und intelligent. Ein bisschen unbedarft noch, aber das dürfte sich in unserem Wespennest schnell ändern. Willst du dir sein Konterfei als Bildschirmschoner einrichten?»

«Ja, sehr witzig, Charlotte.»

«Kann es sein, dass die Fotos ohne sein Wissen aufgenommen wurden?»

Marthaler und Anna wechselten einen Blick.

«Was ist?», fragte Charlotte von Wangenheim. «Wollt ihr mir nicht sagen, was ihr mit Fichtner zu tun habt?»

«Willst du das wirklich wissen?», fragte Marthaler, der sich daran erinnerte, dass seine Chefin es kategorisch abgelehnt hatte, von seinen Ermittlungen im Mordfall Herlinde Scherer auch nur Kenntnis zu nehmen.

Sie hob die Hände: «Nein, du hast recht! Bloß nicht! Sag mir aber Bescheid, wenn das alles vorbei ist und wir wieder wie normale Menschen miteinander reden können!»

«Es kann sein, dass ich Rotteck überwachen lassen muss. Soll ich auch das ohne dein Wissen tun?»

«Ich habe nicht einmal deine Frage gehört, Robert. Ich wünsche euch einen schönen Abend.»

«Dir auch!», sagte Marthaler. Anna schwieg, wie sie es immer tat in Gegenwart von Frauen, die sie nicht einschätzen konnte.

«Den werde ich haben. Ich gehe in die Oper und weine, wie immer bei La Traviata. Und jetzt wird es Zeit, ich muss mich noch umziehen.»

Marthaler reichte ihr die Plastiktüte mit Annas Vogelscheuchenkleidung: «Schau mal, Charlotte, vielleicht ist was Passendes für die Oper dabei.»

Marthaler hatte Anna gebeten, sich die Dokumente anzusehen, die Chicken alias Daniel Fichtner gefaxt hatte. Nun lag sie auf dem Boden und blätterte darin. Marthaler hörte sie ab und zu gähnen. Als er das nächste Mal zu ihr hinüberschaute, lag sie auf der Seite und hatte die Augen geschlossen.

«Anna!»

Sie blinzelte.

«Anna, willst du wirklich auf dem Boden schlafen? Steh lieber auf, geh zu Elvira und leg dich ins Bett!»

Mühsam kam Anna wieder auf die Beine. «Du hast recht; ich bin todmüde. Der heutige Tag kommt mir vor wie ein ganzes Jahr. Ich fürchte, das war selbst für die große Anna ein bisschen zu viel.»

«Immerhin gibst du es zu. Dann ruh dich aus! Morgen sehen wir weiter. Was ist? Du wolltest doch noch etwas sagen.»

«Ja … ich … Ich habe Angst, dass Süleyman eine Dummheit macht.»

«Und vor allem hast du Angst, dass ihm etwas zustößt, nicht wahr?»

Anna nickte stumm.

«Ich habe vorhin ein bisschen rumtelefoniert und die Kollegen in Königstein und Kronberg gebeten, nach deinem Wagen Ausschau zu halten. Sie haben mir versprochen, ab und zu eine Streife an Kevin Möllers Haus und am Sterntaler vorbeizuschicken. Die Gebäude liegen nicht weit voneinander entfernt. Mehr können wir nicht machen, Anna. Wir können keine Fahndung ausschreiben, das weißt du.»

Sie nickte und drehte sich um.

«Danke, Robert. Gute Nacht!»

Sie hatte kaum die Tür hinter sich geschlossen, als Marthaler zum Telefon griff und die Nummer wählte, die Chicken ihm auf seinem Fax hinterlassen hatte.

«Ja?»

«Herr Fichtner?»

Marthaler hörte nichts. Kein Atmen, kein Hintergrundgeräusch, kein Rauschen in der Leitung.

«Chicken? Daniel Fichtner?»

«Okay, meinen Namen haben Sie. Damit war zu rechnen.»

«Sie klingen trotzdem erstaunt.»

«Sie sind wirklich fix, Marthaler. Schneller, als ich dachte!»

«Kennen wir uns eigentlich, Herr Fichtner? Sind wir uns schon mal begegnet?»

«Ich weiß, wer Sie sind und wie Sie aussehen, das ist alles. Nein, begegnet sind wir uns nicht.»

«Gut, das wird sich ändern. Wir müssen uns treffen. Am besten sofort.»

«Nein … das wäre nicht gut. Nein, das halte ich ganz und gar nicht für eine gute Idee.»

Wieder hörte Marthaler einen Anflug von Panik in seiner Stimme.

«Doch, Fichtner, wir werden uns treffen. Sie können nicht mehr zurück. Ihr Gegner in diesem Spiel heißt Axel Rotteck. Es wird nur einer von Ihnen im Amt überleben. Warum tun wir uns nicht zusammen? Mir scheint, Sie können einen Partner brauchen.»

«Das heißt, Sie vertrauen mir?»

Marthaler lachte. «Man merkt, dass Sie noch grün sind. Lassen Sie uns nicht von Vertrauen sprechen! Aber immerhin haben wir in einem Punkt dieselben Interessen. Und ich halte das Material, das Sie mir geschickt haben, für echt. Auch wenn ich manches nicht verstehe.»

«Das geht mir genauso.»

«Umso mehr sollten wir uns rasch zusammensetzen und versuchen, der Sache gemeinsam auf den Grund zu gehen.»

Marthaler schaltete seine Schreibtischlampe ein, dann stand er auf, ging zum Fenster, klemmte das Telefon zwischen Wange und Schulter und ließ den Rollladen herunter.

«Was war das?», fragte Fichtner.

«Nichts. Sie sind zu schreckhaft für das Spiel, das Sie spielen. Also?»

«Nein, ich will mich noch nicht mit Ihnen treffen. Das geht mir alles zu schnell.»

«Verdammt, Fichtner! Es geht nicht darum, was Sie wollen oder nicht wollen. Sie denken nur an sich. Aber wir machen hier einen Job, und Sie müssen sich langsam entscheiden, auf welcher Seite Sie stehen.»

«Nein, das sehen Sie falsch, Marthaler.» Fichtners Stimme

klang ärgerlich, fast böse. «Ich denke nicht an mich. Wenn ich einen Fehler mache, kann ich auch dafür einstehen. Aber meine Frau ist schwanger … Ich muss an sie und das Baby denken.» Eine Pause folgte. «So, jetzt wissen Sie auch das», sagte er schließlich.

«Also haben Sie einen Fehler gemacht?»

«Kein Kommentar!»

«Dann machen Sie keinen zweiten, indem Sie weiter zögern. Es kann sein, dass das Leben eines jungen Mannes auf dem Spiel steht … Sind Sie noch da?»

«Ja.»

«Mensch, Fichtner, jetzt springen Sie!»

«Wohin?»

«Das entscheiden Sie! Sie dürfen sich aussuchen, wo wir uns treffen!»

«Kennen Sie den Friedhof Heiligenstock? Davor ist ein riesiger Parkplatz …»

«Kenne ich. Wann?»

«Schaffen Sie's in einer Viertelstunde?», fragte Fichtner.

«Ich werde da sein», antwortete Marthaler.

NEUN

Ein Jahr war es her, dass Sabato ihn mit zu einer Trauerfeier auf diesen Friedhof geschleppt hatte. Es war ein sonniger, kühler Tag im letzten April gewesen. Sie waren die Friedberger Landstraße hochgefahren, bogen links ab auf den Heilsberg und stellten den Wagen auf den riesigen, von Bäumen umstandenen Parkplatz, der sich fast über die gesamte Länge der Friedhofsmauer erstreckte.

«Willst du mir jetzt endlich verraten, wen sie hier unter die Erde bringen?», hatte Marthaler gefragt, als sie sich auf den Weg zur Trauerhalle machten.

«Einen Genossen», sagte Sabato.

«Einen Genossen?»

«Ja, war ein interessanter Typ. Eberhard Spähnle, hätte dir gefallen. Fast zwei Meter groß, más largo que un día sin pan, sagen die Spanier – länger als ein Tag ohne Brot. Die meisten haben ihn gemocht und alle ihn respektiert, selbst seine politischen Gegner. Anfang der Fünfziger aus dem Osten abgehauen, Landwirtschaftslehre, Studium, Mitglied im SDS und bei den Sozialdemokraten, die ihn schon Anfang der Sechziger wieder rauswerfen. Promotion in Soziologie, tritt in die kommunistische Partei ein, wird Stadtverordneter in Marburg, später in Frankfurt, dort dann aber als Parteiloser.»

«Weil ihn die Kommunisten auch wieder rausgeschmissen haben?»

«Nein, die hätten ihn gerne behalten. Er ist von selbst gegangen, war ihm alles zu eng geworden. Er war ein wacher, weiter Geist, wollte immer das ganz bunte, das ganz große Bündnis: Anarchisten, Grüne, Sozialisten, Gewerkschafter, linke Christen, Autonome, Flughafengegner, er hat überall Freunde gehabt.»

«Und die sind heute alle hier?»

«Wirst du gleich sehen. Anfang des Monats beim Ostermarsch hat er sich von allen verabschiedet. Hatte Krebs und wusste, dass er bald sterben wird. Danach ist er noch einmal zum Arzt gegangen, wo sie ihn so lange auf dem Gang haben sitzen lassen, dass er gedroht hat, lauthals die Internationale zu singen. Das hat geholfen.»

Die runde, lichtdurchflutete Trauerhalle war überfüllt gewesen damals und alle Stühle längst besetzt. Sie stellten sich neben der Eingangstür an die Wand. Tatsächlich konnte sich Marthaler nicht erinnern, je eine Ansammlung so unterschiedlicher Leute gesehen zu haben. Es gab Männer in schwarzen Anzügen mit Schlips und Kragen, junge Leute mit gefärbten Haaren und Nasenringen, alte Frauen, die aussahen wie Bäuerinnen aus der Schwalm oder vom Vogelsberg. Sabato wies Marthaler immer wieder auf den einen oder die andere hin und gab flüsternd seine Erläuterungen: «Die Kleine da hinten, siehst du, die in der roten Lederkombi. Sie hat das Hüttendorf im Kelsterbacher Wald mit aufgebaut, war schon als Kind bei der Startbahn West dabei, eine ganz Wilde. Da, ein paar Stühle weiter, die Alte mit den Muttchenklamotten, sieben Kinder großgezogen, saß unter Adenauer im Knast. Dort drüben der drahtige, braungebrannte Typ war Postbote, hatte jahrelang Berufsverbot. Dank Willy Brandt, na ja. Und guck mal da … das ist Gerold Herzsprung, Staatssekretär im Sozialministerium bei den Christlichen, hat sogar einen Strauß rote Nelken mitgebracht für den Genossen Eberhard.»

Als die letzte Trauerrede beendet war, erklang aus den Lautsprechern ein Lied. Marthaler schaute Sabato fragend an. Der verdrehte die Augen, ließ sich dann aber doch zu einer geflüsterten Erklärung herab: «Franz Josef Degenhardt. ‹Kommt an den Tisch unter Pflaumenbäumen›. Kennst du das wirklich nicht?»

Marthaler schüttelte den Kopf. Das nächste Lied wurde gemeinsam und im Stehen gesungen. Es war die Internationale. Sabato sang mit; anders als Marthaler wusste er den Text auswendig. Dann setzte sich der Zug der Trauernden in Bewegung. Auf einer Wiese war ein kleines Loch ausgehoben worden, in das man die Urne senkte.

«Wollte er so», sagte Sabato, «anonymes Grab. In ein paar Wochen ist Gras drübergewachsen, und keiner weiß mehr, wo er liegt.»

«Sag mal, da drüben, der Grauhaarige, den kenne ich doch. Das ist ein Kollege, oder?»

Sabato feixte. «Und ob, politische Abteilung. Genau wie der Bürstenkopf, der dauernd fotografiert. Haben heute gut zu tun, die machen fette Beute hier. Wahrscheinlich bekommen wir beide in Kürze eine freundliche Einladung zum Gespräch.»

Mit den anderen machten sie sich auf den Weg Richtung Ausgang. «Siehst du», sagte Sabato. «Da gehen sie wieder ihrer Wege. Und treffen sich erst wieder, wenn der nächste Genosse unter die Erde kommt. Viele sind allerdings nicht mehr übrig. Aber wächst ja vielleicht mal wieder was Neues, Anderes nach. Irgendwann.»

An all das erinnerte sich Marthaler jetzt, ein Jahr später, als er erneut, nunmehr in der Dunkelheit, zwischen den Bäumen hindurch auf den großen Parkplatz des Friedhofs Heiligenstock fuhr. Er hatte sich öfter gefragt, warum es Sabato so wichtig gewesen war, dass er, Marthaler, ihn zu dieser Trauerfeier begleitete. Vielleicht einfach, weil Carlos wollte, dass sein Freund und Kollege etwas von dieser Welt begriff, die ihm selbst viel bedeutete, weil sie ihn an seine Kindheit in Spanien erinnerte, wo er inmitten der Bauern und Fischer, der Arbeiter und Künstler, die sich gegen Franco entschieden hatten, seine glücklichsten Jahre verbracht hatte.

Marthaler lenkte den Daimler in die mittlere Reihe der langen Parkstreifen und fuhr langsam das leicht abschüssige Gelände hinab. Auf der rechten Seite, genau in der Mitte, stand ein heller PKW mit eingeschalteter Innenbeleuchtung. Als Marthaler den Wagen erreicht hatte, erschienen über der Rückbank die Köpfe eines Mannes und einer Frau. Marthaler fuhr weiter. Ganz unten, nah an der Friedhofsmauer, parkte ein Wohnmobil. Es war dunkelblau, vielleicht schwarz und unter den tiefhängenden Ästen kaum zu erkennen. Als er das kurze Aufblitzen der Scheinwerfer sah, wusste Marthaler, dass er richtig war.

Er stellte den Wagen zwanzig Meter weiter in eine der Buchten und schaltete den Motor aus. Er wartete. Die Tür des Wohnmobils wurde geöffnet, ein Mann stieg aus und schlenderte langsam, wie absichtslos, auf den Daimler zu. Er hielt etwas in der Hand.

Marthaler ließ die Scheibe der Fahrertür herunter. Dann riss er die Hand hoch und bedeckte seine Augen. Das grelle Licht einer Taschenlampe hatte ihn geblendet.

«Fichtner, was soll das?»

«Ist Ihnen jemand gefolgt?»

«Natürlich ist mir niemand gefolgt. Sonst wäre ich nicht hier.»

«Gut, dann kommen Sie mit!»

Marthaler hatte den Eindruck, dass Fichtner absichtlich forsch auftrat, um seine Unsicherheit zu überspielen. Er folgte ihm zum Wohnmobil. Als sie dort angekommen waren, bat Fichtner ihn, sich vor das Auto zu stellen.

«Haben Sie was dagegen, wenn ich ein Foto von Ihnen und dem Wagen mache?»

Marthaler schnaufte. «Ich weiß nicht, wozu das gut sein soll, aber bitte, wenn es in Ihre Sammlung passt.»

«Ich will unser Treffen dokumentieren. Kann sein, dass mir das Foto noch nützlich sein wird.»

Dreimal drückte er auf den Auslöser seiner kleinen Digitalkamera.

«Heißt das», fragte Marthaler, «Sie wollen mich jetzt über Ihre Motive aufklären?»

«Nein», sagte Fichtner. «Sollte ich selbst unter Druck geraten, werde ich möglicherweise Ihre Aussage brauchen. Das ist alles, was ich Ihnen jetzt dazu sagen will.»

«Gut, dann lassen Sie uns an die Arbeit gehen! Können wir uns setzen?»

Fichtner öffnete die Tür zur Wohnkabine und lud Marthaler mit einer Handbewegung ein, auf einer der schmalen Bänke im Inneren Platz zu nehmen. Er selbst setzte sich ihm gegenüber, schaltete eine Campinglampe ein, dimmte ihr Licht und stellte zwei Gläser auf den Tisch, die er aus einem Fach unter der Bank geholt hatte.

«Was wollen Sie trinken? Ich habe nur Wasser da.»

«Wissen Sie, was?», sagte Marthaler. «Dann entscheide ich mich für ein Wasser.»

Fichtners Hände zitterten, als er ihre beiden Gläser mit Mineralwasser aus einer großen blauen Kunststoffflasche füllte.

«Wo haben Sie die Sachen her, die Sie mir gefaxt haben?»

«Bei den ersten 21 Seiten handelt es sich um Kopien von Dokumenten, die in Rottecks Schreibtisch im Büro liegen. Die letzte Seite stammt von mir. Ich habe aus dem Gedächtnis den Inhalt eines Telefonats niedergeschrieben, das Rotteck am Montag, den 26. Mai, wenige Minuten vor der Hausdurchsuchung bei Johann von Münzenberg, geführt hat.»

«Rotteck und Sie hatten mit dem Einsatz in Schwarzenfels zu tun?», fragte Marthaler, dem es nicht gelang, seine Verwunderung zu verbergen.

Fichtner lächelte dünn: «Das wussten Sie nicht?»

Ein Nachtfalter stieß gegen die Campinglampe und umkreiste sie flatternd. Sein großer Schatten zuckte über die Gesichter der beiden Männer.

«Nein, ich weiß erst seit heute Morgen, dass überhaupt eine Verbindung zwischen Münzenberg und dem Mord im Hotel Zooblick besteht.»

«Rotteck hat die Hausdurchsuchung geleitet. Ich war ihm zu seiner Verärgerung zugeteilt worden.»

«Dieses Telefonat, das Sie protokolliert haben … Mit wem hat Rotteck gesprochen?»

«Das wüsste ich auch gerne. Aber aus Rottecks Worten lässt sich zweifelsfrei entnehmen, dass dem Baron die schmutzigen Bilder, die man bei ihm finden wollte, untergeschoben werden sollten. Und dass das schiefgegangen ist.»

Innerlich gab Marthaler der Schlussfolgerung Fichtners recht, war aber bemüht, seine Zustimmung nicht zu zeigen.

«Gut», sagte er und trank einen Schluck. «Kommen wir zu dem Treffen im Sterntaler. Ist mein Eindruck richtig, dass es auf der Sitzung nur um ein Ziel ging, nämlich darum, die Wahl von Sabine Xanthopoulos zur Ministerpräsidentin zu verhindern?»

Fichtner rieb sich die rot geränderten Augen. «So ist es. Anders kann man die Papiere nicht verstehen.»

«Dann lassen Sie uns jetzt die Teilnehmerliste aus dem Sterntaler durchgehen. Klotz ist Sprecher der Landesregierung, Möller managt das Etablissement, und Arne Grüter ist Journalist beim *City-Express*. So weit bin ich auf dem Laufenden ...»

«Und Rotteck kennen Sie auch», sagte Fichtner.

«Der aber nirgends auf der Liste steht!»

«Mensch, Marthaler! Rotteck hat die Liste selbst geschrieben, genau wie die anderen zwanzig Seiten. Hier steht es: ‹moi›. Französisch für ‹ich›. Warum sollte er auch seinen eigenen Namen hinschreiben? Schließlich weiß er, wie er heißt.»

Marthaler brauchte eine Weile, um diese Information zu verarbeiten. Er erinnerte sich, das Wort «moi» auch im Protokoll gelesen zu haben. Er blätterte und fand es auf der letzten Seite noch zweimal. Unter dem Stichwort «Verantwortlichkeiten» stand der Vermerk: «Operative Leitung: Möller + moi». Und in der letzten Zeile: «Protokoll: moi. Verteiler: alle».

Axel Rotteck, ein Beamter des Landeskriminalamtes, nahm an einem Geheimtreffen teil, das zum Ziel hatte, die Wahl von Sabine Xanthopoulos zu verhindern. Er nahm nicht nur daran teil, sondern protokollierte die Sitzung auch noch selbst. Und in diesem Protokoll hielt er fest, dass er gemeinsam mit einem mehrfach vorbestraften Gewalttäter für die Durchführung aller Maßnahmen verantwortlich war, die von den Teilnehmern beschlossen wurden.

«Bleiben acht», sagte Marthaler. «Acht Namen, bei denen Sie mir weiterhelfen müssen.»

Fichtner wollte nun ebenfalls nach seinem Glas greifen, zog die Hand aber wieder zurück, als er merkte, wie stark sie noch immer zitterte.

«Die meisten Namen musste ich ebenfalls erst recherchieren, was aber weniger schwierig war als befürchtet. Jeff Kerry und Carsten-Uwe Heuser sind Vertreter der CAA, der Central Airport Agency, einer ausgelagerten Agentur mit der Aufgabe, die wirtschaftlichen Interessen aller großen Unternehmen am Rhein-Main-Flughafen zu koordinieren – sehr mächtig, sehr wichtig. Dahinter stecken unter anderem zwei der größten Baufirmen, ein Flugzeughersteller und ein paar der wichtigsten Airlines. Dann Rüdiger Tellbroich, er kommt von der AG-KMUFF, was für Arbeitsgemeinschaft Kleiner und Mittelständischer Unternehmen am Flughafen Frankfurt steht. Die AG-KMUFF ist so was wie die kleine Schwester der CAA. Sie repräsentiert Hunderte Firmen, deren Gedeih und Verderb vom Flughafen abhängen, Speditionen, Security-Dienste, Lebensmittellieferanten, Reinigungsfirmen, Handwerksbetriebe und so weiter.»

«Bei der gesamten Sterntaler-Sitzung ging es also nur darum, dass der Ausbau des Flughafens nicht verzögert werden soll?»

«Hauptsächlich, aber nicht nur. Es gibt noch ein paar andere, denen es nicht gefallen würde, wenn Sabine Xanthopoulos demnächst der Landesregierung vorstehen würde.

Auch der Bund Christlicher Gewerbetreibender ist gleich mit zwei Vertretern dabei gewesen. Was sich so bieder, so altbacken anhört, ist in Wahrheit eine äußerst schlagkräftige Truppe mit einer hochmodernen Zentrale. Ein paar hundert konservative Unternehmer sind dort organisiert, von denen die meisten lieber den Teufel zum Geschäftsführer machen würden, als in ihrem Laden einen Betriebsrat zuzulassen.»

«Gute Arbeit, Fichtner», sagte Marthaler anerkennend.

Daniel Fichtner sah seinen älteren Kollegen misstrauisch an. Er schien sich zu fragen, ob dessen Lob ernst gemeint war.

«Danke», sagte er schließlich.

«Bleiben noch drei Namen auf unserer Liste.»

«Zunächst Dr. Fleckhaus. Ein Anwalt, über den ich nichts weiter herausbekommen habe, als dass er in Bad Schwalbach sitzt und es sich nicht leisten kann, ein Mandat abzulehnen, und sei es auch noch so schmuddelig.»

«Irgendwas klingelt bei mir», sagte Marthaler. «Dr. Jochen Fleckhaus, nicht wahr? Mir kommt es vor, als hätte er mir vor Jahren mal gegenübergesessen. Schwitzt gerne, schwatzt gerne. Ein Speckmond. Egal, weiter …»

«Dann Mark Plattberg von der Plattberg Media Group, Verleger der meisten Lokalzeitungen und Anzeigenblätter des Landes. Darüber hinaus Inhaber einiger privater Radiosender, die man getrost als Dudelfunk bezeichnen darf. Beansprucht die Meinungshoheit im Boulevard. Manche bezeichnen ihn als den hessischen Berlusconi. Der *City-Express* gehört zu seinem Imperium.»

«Dann ist Arne Grüter sein Kettenhund», sagte Marthaler. «Wahrscheinlich hat er gehofft, dass ihn die Sterntaler-Runde zu ihrem Pressesprecher macht.»

«Genau das ist geschehen», bestätigte Daniel Fichtner. «Und so steht es auch im Protokoll: ‹Verantwortlich für Medienkampagnen: Arne Grüter›.»

Fichtner wedelte mit der Hand, als wolle er andeuten, dass es sich dabei um Nebensächlichkeiten handele. Schließlich hob er den Zeigefinger: «Der dickste Brocken kommt zum Schluss. Ebenfalls anwesend im Sterntaler war Peter Palash Roy, sein Vater kommt aus Bangladesch, die Mutter aus Bad Homburg. Palash Roy ist 38 Jahre alt, Topmanager bei O+E und gilt schon jetzt als die kommende Nummer eins in einem der größten Konzerne des Landes.»

«Gnade, Fichtner!», bat Marthaler. «Langsam! Mir schwirrt der Kopf.»

«Wir sind gleich fertig. Die Namen können Sie alle sofort wieder vergessen. Sie müssen nur das System begriffen haben … O+E steht für Oil and Energy. In Hessen ist das Unternehmen vor allem durch sein Geschäft mit Salzen und Düngemitteln bekannt. Jahresumsatz: mehrere Milliarden. Dem alten Ministerpräsidenten war man wegen dessen flexibler Umweltpolitik immer zu Dank verpflichtet und hat dies auch stets durch großzügige Wahlkampfspenden zu erkennen gegeben. Selbst konkurrierende Firmen haben davon profitiert. Man durfte seinen Dreck in die Luft, in die Erde und ins Wasser leiten, wurde nicht allzu streng kontrolliert und zeigte sich übers Jahr durch den ein oder anderen Obolus erkenntlich. O+E ist zugleich bei zwei der führenden Autoproduzenten engagiert, hält große Anteile an mehreren Brauereien und Privatkliniken und spendet riesige Summen an die hessischen Sportvereine. Eine Regierung, die von O+E nicht akzeptiert wird, so heißt es auf den Gängen des Landtags, sei eigentlich nicht denkbar.»

Die Stimme Daniel Fichtners war im Laufe seines Berichtes fester geworden. Als er merkte, dass sein Frankfurter Kollege ihn ernst nahm, ließ auch das Zittern seiner Hände nach.

«Und woher haben Sie die Zeit genommen, das alles zu recherchieren?», fragte Marthaler.

«Rotteck hat mich ausgebremst. Sowohl die Sache in Schwarzenfels als auch den Mord im Zooblick behandelt er als seine Privatangelegenheit. Er hält mich von allem, was zu tun ist, und damit auch von allen Informationen fern. Dass ich keine Aufgabe habe, ist ihm egal. Hauptsache, ich komme ihm nicht in die Quere.»

«Glauben Sie, dass Rotteck Drogen nimmt?», fragte Marthaler unvermittelt.

Fichtner ließ sich Zeit mit der Antwort. Er griff unter die Bank, zog eine Flasche mit einem roten Aperitif hervor und hielt sie Marthaler fragend hin. Ohne eine Antwort abzuwarten, goss er jedem einen kleinen Schluck ein.

«Ja», sagte er dann, «ja, das glaube ich. Er ist launisch, aufbrausend, unberechenbar. Ich habe den Eindruck, dass Rotteck gelegentlich kokst.»

«Sie wissen, wer im Zooblick ermordet wurde?»

Fichtner zögerte. «Rotteck hat mich an dem Tag im Wagen sitzen lassen. Eigentlich lässt er mich, sooft er nur kann, einfach sitzen. Intern ist immer noch von einer unbekannten Toten die Rede. Ich weiß aber inzwischen, dass der Mord im Zooblick etwas mit dem Treffen zu tun haben muss, das am Abend zuvor dort stattgefunden hat. Dieses Treffen war schon länger anberaumt. Es ist ein Teil der Maßnahmen, die im Sterntaler beschlossen wurden.»

«Gut», sagte Marthaler, «dann lassen Sie uns noch mal

auf diese Maßnahmen zurückkommen. Was haben die Sterntaler-Freunde geplant, um die Regierungsbildung zu verhindern?»

«Steht alles im Protokoll.»

«Erklären Sie's mir! Anders als Sie hatte ich keine Zeit, die Papiere gründlich zu studieren.»

«Dann fasse ich mal zusammen: Geplant wurde das, was wir gerade erleben, nämlich eine umfangreiche Kampagne gegen Xanthopoulos, die von Grüter organisiert wird. Interviews im Radio, ganzseitige Anzeigen in allen Lokalzeitungen, ein Shitstorm in den sozialen Netzwerken und Internetforen. Die Frau soll nachhaltig demontiert werden, man will ihre Glaubwürdigkeit untergraben, das Wort Lügnerin soll jedes Mal fallen, wenn ihr Name genannt wird. Das Ziel ist, sie als einfältig, intrigant, skrupellos und machtversessen darzustellen. Wenn Sie in den letzten Tagen Zeitung gelesen haben, haben Sie einen Vorgeschmack bekommen. Der Bund Christlicher Gewerbetreibender hat zahlreiche Radiospots geschaltet, die zum Teil schon über die Sender gelaufen sind.»

«Eine schmutzige Kampagne», sagte Marthaler, «aber nicht verboten.»

«Ein Medienwissenschaftler, der nicht im Verdacht steht, Sympathien für die Sozialdemokraten zu hegen, hat neulich in einer Diskussionsrunde gesagt, dass man gerade eine Hexenjagd erlebe, wie es seit dem Krieg keine vergleichbare in Deutschland gegeben habe.»

«Immerhin hat man ihn reden lassen.»

«Eine schmutzige Kampagne», fuhr Fichtner fort. «Da haben Sie recht. Schmutzig und ziemlich teuer. Fürs Erste hat die Sterntaler-Runde dafür 500 000 Euro lockergemacht.

Bei Bedarf soll der gleiche Betrag noch einmal fließen. Ein Klacks gegen die Kosten, die eine Verzögerung des Flughafenbaus verursachen würde. Es ist von ein bis zwei Millionen täglich die Rede.»

«Aber was nützt das alles?», fragte Marthaler. «Wer Ministerpräsident wird, darüber entscheidet der Landtag und nicht die Öffentlichkeit.»

«Schon, aber Ziel ist es, den öffentlichen Druck so zu erhöhen, dass die eigenen Leute Sabine Xanthopoulos die Gefolgschaft verweigern», erwiderte Fichtner. «Das Stimmenverhältnis im Landtag soll gekippt und Neuwahlen sollen erzwungen werden.»

«Sie wissen, wer sich im Hinterzimmer des Zooblick versammelt hat?»

«Nein, die Namen werden selbst in Rottecks Sterntaler-Protokoll nicht genannt. Wir erfahren lediglich von dem Plan, dass sich Udo Klotz mit vier Landtagsabgeordneten treffen soll und dass Rotteck dazu ausersehen ist, die Aktion abzusichern. Irgendwas muss an diesem Abend im Zooblick dann aber schiefgelaufen sein.»

«Und die Sache mit Johann von Münzenberg?», fragte Marthaler. «War das ebenfalls eine Idee von Klotz?»

«Nein, wenn ich recht sehe, ist das auf Rottecks Mist gewachsen. Ich bin mir nicht einmal sicher, ob Klotz wusste, dass das Ganze eine Inszenierung war. Jedenfalls konnte sich der Regierungssprecher bei dem Treffen im Sterntaler auffällig zurückhalten. Die anderen Anwesenden haben sich förmlich überboten dabei, Dirty Tricks vorzuschlagen, mit denen Xanthopoulos zu Fall gebracht werden könnte.»

Für einen Moment herrschte Stille im abgedunkelten Wohnmobil. Marthaler öffnete von seinem Platz aus die Tür, um frische Luft hereinzulassen. Am liebsten wäre er unter die Dusche gegangen, so beschmutzt fühlte er sich von dem, was er gerade gehört hatte.

«Ich muss mir kurz die Beine vertreten», sagte er.

Er stand auf, verließ die Kabine und lief ein paar Meter über den düsteren Parkplatz. Fichtner folgte ihm.

Marthaler klopfte sein Jackett ab, fand in der Innentasche eine zerdrückte Packung mit zwei Mentholzigaretten und hielt sie Fichtner hin. Als dieser ablehnte, steckte er sich selbst eine an und inhalierte tief. Er schaute über das Gelände und sah, dass der helle PKW mit dem Liebespaar verschwunden war.

«Sie glauben, dass Axel Rotteck die Frau im Hotel Zooblick umgebracht hat, oder?», fragte Fichtner.

Marthaler zog noch zweimal an seiner Zigarette, dann ließ er sie fallen und trat die Glut aus. Er entschied sich dafür, die Wahrheit zu sagen: «Ja, es spricht vieles dafür und wenig dagegen. Es gibt keine andere Lösung. Aber ohne eine Tatwaffe zu finden und vor allem ohne die Asservate, die er meinem Kollegen Sabato abgenommen hat, werde ich ihn kaum überführen können.»

«Kommen Sie», sagte Fichtner, «gehen wir noch mal kurz zurück in den Wagen!»

Als sie wieder saßen, holte er unter seinem Platz eine Schachtel hervor, die halb so groß war wie ein kleiner Schuhkarton.

«Was ist das?», fragte Marthaler.

«Sehen Sie selbst!», sagte Fichtner und drehte das Licht der Campinglampe heller.

Marthaler öffnete die Schachtel. Sie war gefüllt mit den kleinen Plastiktütchen der Spurensicherung. Auf den weißen

Aufklebern erkannte er Sabatos Schrift. Er schaute Fichtner entgeistert an: «Wie haben Sie das denn geschafft?»

«Ich hab die Tüten in Rottecks Schreibtisch entdeckt. Ich hab sie ausgetauscht und versucht, die Schrift Ihres Kollegen nachzuahmen.»

Marthaler schüttelte ungläubig den Kopf. «So blöd kann Rotteck nicht sein, dass er solch brisantes Material offen in seinem Schreibtisch rumliegen lässt.»

Fichtner lachte. «Nein, normalerweise hat er immer alles verriegelt. Er achtet peinlich genau darauf, dass ich nicht an seine Sachen komme. Wenn er telefoniert, muss ich meistens den Raum verlassen. Nicht einmal seinen Kugelschreiber darf ich benutzen. Vorgestern war er allerdings ziemlich durch den Wind. Er hatte es wahnsinnig eilig, hat Feierabend gemacht, ohne seinen Schreibtisch abzuschließen. Er hat's einfach vergessen.»

«Und die Gelegenheit haben Sie genutzt, um das Sterntaler-Protokoll zu kopieren und die Tütchen rauszuholen?»

Daniel Fichtner grinste. Er merkte, dass er dabei war, den Respekt seines älteren Kollegen zu gewinnen. «So ist es. Ich hab das Büro ausgekehrt und mir auf diese Weise neues Spurenmaterial verschafft, das ich zum Austausch in Rottecks Schreibtisch platzieren konnte.»

Fichtner öffnete seine Brieftasche und zog eine weitere der kleinen Tüten heraus. «Und das sind ein paar Haare, die ich aus Rottecks Kamm gefischt habe. Vielleicht können Sie die Probe für einen Vergleich brauchen.»

«Fichtner, eins muss Ihnen klar sein: Wenn ich das Material gegen Rotteck verwende, wird er wissen, dass es nur von Ihnen kommen kann. Das heißt, Sie müssen ab sofort auf der Hut sein.»

Fichtner nickte: «Das ist mir bewusst. Tun Sie, was Sie tun müssen. Ich habe sowieso ab morgen Urlaub genommen. Wenn wir hier fertig sind, hole ich meine Frau ab. Wir haben vorhin beschlossen, für ein paar Tage … nein, das müssen Sie nicht wissen. Wir fahren irgendwo hin. Und ob ich danach noch Polizist sein werde, weiß ich nicht.»

«Sondern?»

Fichtner lachte: «Ich weiß nicht. Vielleicht male ich ein paar bunte Blumen und Schmetterlinge auf das Wohnmobil und werde ein Hippie.»

Marthaler schüttelte den Kopf: «Das scheint gerade wieder ein ziemlich angesagter Beruf zu sein … Sie fahren weg, aber ich kann Sie erreichen?»

Fichtner nickte. «Darf ich Ihnen einen Rat geben?»

«Bitte!», forderte Marthaler ihn auf.

«Rotteck hat schon am ersten Tag geahnt, dass Sie sich in die Sache verbeißen würden. Er kam aus dem Zooblick, setzte sich neben mich in den Wagen und hat geschäumt vor Wut. Soll ich Ihnen wörtlich wiederholen, was er gesagt hat?»

«Tun Sie das!»

«‹Ausgerechnet Marthaler! Diese Ratte wird nicht lockerlassen.› Das waren seine Worte.»

«Und?»

«Er kommt jeden Tag auf das Thema zurück. Er ist überzeugt davon, dass Sie immer noch in dem Fall ermitteln. Er stößt immer wieder Drohungen aus. Er hasst Sie, Marthaler.»

«Dann sind seine Gefühle für mich nicht weit entfernt von denen, die ich für ihn hege. Auch wenn ich es mir untersage, jemanden zu hassen», erwiderte Marthaler. «Wie lautet Ihr Rat?»

«Der Mann ist eine wandelnde Handgranate. An Ihrer Stelle würde ich ihn überwachen lassen.»

«Das habe ich bereits veranlasst.»

«Seien Sie trotzdem auf der Hut!», sagte Fichtner. «Das ist es, was ich Ihnen raten wollte.»

ZEHN

Als Süleyman die Autobahn verlassen hatte und über die Berger Höhe auf Frankfurt zusteuerte, war er sicher, seine beiden Verfolger abgehängt zu haben. Einmal noch war er nervös geworden, als sich ein dunkler, großer Wagen von hinten mit großer Geschwindigkeit näherte. Aber dann war das Fahrzeug nach links ausgeschert, und auf der Rückbank hatten ihm zwei Kinder im Vorbeifahren zugewinkt.

Kurz bevor er die nördliche Stadtgrenze von Frankfurt erreichte, bog er nach rechts auf die 661. Zwanzig Minuten später kam er in Königstein an. An einer Tankstelle ließ er sich einen großen Kanister geben, füllte ihn mit Benzin und stellte ihn zu dem kleineren im Kofferraum von Annas Mazda. Beim Bezahlen fragte er nach der Adresse, die Elvira ihm gegeben hatte. Man schickte ihn in den Ortsteil Falkenstein.

Als er an den Hinweisschildern zur Villa Rothschild vorbeikam, erinnerte er sich, dass ihn Holger vor vielen Jahren einmal dorthin zum Essen eingeladen hatte. Kurz darauf sah er das große, alte Gebäude links über sich auf einer Anhöhe stehen. Süleyman lächelte. Er dachte daran, dass er damals den Kellner, der die Rechnung brachte, zur Rede gestellt hatte. Er hatte nicht glauben wollen, dass man für ein Essen zu zweit mehr als dreihundert Mark zahlen konnte.

In Falkenstein musste er noch einmal rechts abbiegen. Langsam rollte er die abschüssige Kronberger Straße hinunter. Als er die gesuchte Hausnummer gefunden hatte, bog er in einen schmalen Waldweg auf der gegenüberliegenden Seite und stellte den Wagen hinter einem Stapel gelagerter Baumstämme ab. Seine Position war günstig. Von hier aus hatte er den Eingang des Wohnhauses im Blick, war selbst aber nur schwer zu entdecken. Süleyman würde warten, bis sich im Haus etwas tat.

Er wartete zwei Stunden, drei Stunden – es passierte nichts. Es wurde bereits dunkel, als er endlich beschloss, die Umgebung zu erkunden.

Er lief fünfzig Meter die Straße hinab und stellte fest, dass zu dem Wohnhaus offensichtlich ein zweites Grundstück mit einem weiteren Gebäudekomplex gehörte. Er war schon fast an der Kreuzung zur Landstraße angekommen, da sah er den Phaeton in eine Einfahrt biegen. Süleyman trat zwei Schritte zurück. Als die Wagentür geöffnet und gleich wieder geschlossen wurde, lief er weiter. Der schwarze PKW stand vor einem offenen Gatter. Dahinter, auf einer kleinen Anhöhe, befand sich ein langer einstöckiger Bau, über dessen Eingang zehn große Leuchtbuchstaben das Wort «Sterntaler» bildeten. Sämtliche Rollläden des Hauses hatte man heruntergelassen, die Außenbeleuchtung war eingeschaltet. Auf der Fassade erkannte Süleyman ein überlebensgroßes, aufgemaltes Bild, das ein Mädchen zeigte, welches mit beiden Händen sein Kleid in die Höhe hielt, um die vom Himmel fallenden Goldstücke darin aufzufangen.

Süleyman sah gerade noch, wie Schwanzhinten im Inneren des Hauses verschwand.

Der Junge kehrte um, lief bis zu dem Waldweg, öffnete den Kofferraum des Mazda und nahm die beiden Benzinkanister heraus.

Als er wenige Minuten später wieder am Sterntaler ankam,

hatte sich äußerlich nichts verändert. Das Gatter stand noch immer offen, die Rollläden waren immer noch heruntergelassen. Aber aus dem Inneren des Hauses war jetzt Musik zu hören.

Süleyman stieg die Anhöhe hinauf und lief von rechts auf das Haus zu. Der Giebel des Hauses war fensterlos, also ging er weiter, bis er die Rückseite erreicht hatte. Zügig schritt er an der Mauer entlang und leerte dabei den kleineren der beiden Kanister.

Den Inhalt des zweiten, größeren, verteilte er auf die gleiche Weise an der Front, achtete aber darauf, dass er ein wenig Benzin übrig behielt, welches er über das Kaminholz goss, das direkt neben dem Eingang gestapelt war. Er nahm sein Feuerzeug aus der Hosentasche, ging in die Hocke, hielt die Flamme an die unterste Lage der Scheite und lief zurück zum Gatter.

Als er sich umdrehte, leckte das Feuer bereits an den Wänden. Der Stapel mit Kaminholz brannte bis hoch zur Leuchtreklame. Keine Minute später hatten die Flammen auf die Eingangstür und den Dachstuhl übergegriffen. Der sorgfältig renovierte Bau des Sterntaler war einem lodernden Flammenmeer gewichen, dessen Schein den Abend erhellte.

Auf der Landstraße hielten die ersten Autos an. Manche der Insassen stiegen aus und zeigten auf die Anhöhe, andere schlugen ihre Hände vors Gesicht.

Süleyman spürte die Hitze. Er lief die paar Schritte hinunter zur Straße und gesellte sich zu den Neugierigen. Er wartete. Von ferne hörte er Martinshörner und Sirenen.

Er wusste, dass er den Ort so rasch wie möglich verlassen sollte, stattdessen wartete er.

An jener Stelle, wo eben noch die Eingangstür des Sterntaler gewesen war, konnte man eine Bewegung wahrnehmen. Ein schwarzer Riese trat aus den Flammen. Ein schwarzer, brennender Riese. Der Mann brüllte. Er warf sich zu Boden und wälzte sich den Abhang hinab. Schwanzhinten lebte.

Und stand schon wieder auf den Beinen.

Dass er verfolgt wurde, merkte Süleyman erst, als er den Tunnel bereits durchquert hatte. Kurz bevor er unter der Autobahnbrücke hindurchkam, beschleunigte er noch einmal, riss aber im letzten Moment das Steuer nach rechts und nahm die Abfahrt Richtung Wehrheim und Usingen.

Selbst um diese Zeit war die Limesstraße noch gut befahren. Auf beiden Seiten herrschte reger Verkehr.

Drei Wagen hinter sich sah Süleyman die Scheinwerfer eines Fahrzeugs, das mehrfach zum Überholen ansetzte. Schwanzhinten hatte es geschafft. Er war ihm immer noch auf den Fersen.

Als sie ein nordöstliches Wohngebiet von Bad Homburg durchquerten und auf eine Ampel zufuhren, reduzierte Süleyman sein Tempo. Die Ampel stand auf Grün; trotzdem wurde er immer langsamer: vierzig Stundenkilometer, dreißig, fünfundzwanzig. Hinter ihm wurde gehupt.

Er war noch zwanzig Meter entfernt, als die Ampel auf Gelb umsprang, dann gab er Gas.

Das Hupen wurde vielstimmig. Er hatte die nach ihm kommenden Fahrer zum Halten gezwungen.

Er passierte das Ortsschild und folgte der immer steiler werdenden geraden Chaussee in ein großes Waldgebiet. Ein Hinweis zeigte ihm an, dass er sich ganz in der Nähe der

Saalburg befand. Er fuhr weiter geradeaus und trat das Gaspedal des alten Mazdas durch. Dennoch sah er bald schon im Rückspiegel, dass sich ihm Scheinwerfer näherten.

Mehrmals wurde hinter ihm aufgeblendet. Sein Verfolger raste mit hoher Geschwindigkeit auf ihn zu. Als der andere noch zehn Meter vom Heck des Mazdas entfernt war, verlangsamte Süleyman abrupt das Tempo. Er schaute sich kurz um und erkannte den schwarzen Phaeton, der ihm hatte ausweichen müssen und um ein Haar im Graben gelandet wäre. Süleyman hatte Schwanzhinten zu einer Vollbremsung gezwungen.

Auf der Kuppe nahm er die Abzweigung Richtung Neu-Anspach. Er passierte die nächste Ortschaft. Dann sah er das Schild Richtung Hessenpark. Er schaltete die Scheinwerfer aus und bog nach links in die schmale Zufahrtsstraße.

Der Hessenpark galt als eines der beliebtesten Ausflugsziele des Landes. Tag für Tag strömten die Besucher in das riesige Freilichtmuseum, das tatsächlich einem ländlichen Paradies glich.

Selbst der Dalai-Lama war an einem sonnigen Septembertag des letzten Jahres hier gewesen und unter seinem grünen Schirmchen durch die Gassen zwischen den Fachwerkhäusern und über die Wege am Rand der Streuobstwiesen gewandelt. Auf einer eigens für ihn aufgebauten Bühne hatte er vor 13 000 Gästen eine schlichte Rede über den hohen Wert der Freundschaft gehalten und damit nicht wenige der Anwesenden zu Tränen gerührt. Er hatte seinen Freund, den Ministerpräsidenten Rolf-Peter Becker, empfangen, und am nächsten Morgen konnte man in der Zeitung ein Foto sehen, auf dem die beiden ihre Köpfe einander zuneigten, sodass sich ihre Brillen fast berührten. Beide zeigten, wenn man es denn so nennen wollte, ein seliges Lächeln.

An den Hängen des Hochtaunus gelegen, umfasste das Gelände des Hessenparks eine Fläche von über sechzig Hektar, was der Größe von ebenso vielen Fußballfeldern entsprach. Es gab Wiesen und Felder, Teiche und kleine Wälder. Vor allem aber gab es mehr als hundert alte Gebäude, zumeist Fachwerkhäuser, die man in allen Gegenden des Landes ab- und hier dann wiederaufgebaut und zu kleinen Dörfern gruppiert hatte. Sogar einen Weinberg hatte man gepflanzt, dessen Trauben im Herbst zu einem, wie es hieß, durchaus trinkbaren Tröpfchen verarbeitet wurden.

Die Waldziege war hier ebenso heimisch wie Fuchsschaf und Sattelschwein, sie alle mussten aber damit rechnen, geschlachtet, zu Wurst verarbeitet und den Besuchern in einer großen Scheune zusammen mit Apfelwein und Handkäse vorgesetzt zu werden.

Unter museumspädagogischer Anleitung bewegten sich Schulklassen und Landfrauenvereine, Familien, Touristengruppen und Wanderer über das weitläufige Gelände, ließen sich die Geschichte der Häuser und historischen Werkstätten, der Ställe und Dorfkirchen erklären, um am Ende des Tages vielleicht aus dem Marktladen ein Glas Honig, ein Sauerteigbrot vom Bäcker oder einen Rasierpinsel vom Bürstenmacher mit nach Hause zu nehmen.

Von März bis Oktober hatte der Hessenpark von 9 bis 18 Uhr geöffnet.

Manchmal freilich gab es auch Nachtführungen.

«Mist», dachte Süleyman, «ich bin Scheiße noch mal falsch abgebogen.»

Zweimal hatte er den dunklen, von langen Baumreihen durchzogenen Besucherparkplatz umkreist; nun musste er feststellen, dass er in eine Sackgasse geraten war. Er beschloss, noch einige Minuten zu warten und dann zurück auf die Landstraße zu fahren. Er hoffte, dass Schwanzhinten seine Spur verloren hatte und irgendwo in den nächtlichen Wäldern des Taunus verschwunden war.

Süleyman hatte den Motor gerade wieder gestartet, als er den schwarzen Phaeton langsam den Zufahrtsweg hinaufkommen sah. Ohne die Scheinwerfer einzuschalten, trat er aufs Gas und steuerte den Mazda ins Unterholz des angrenzenden Waldes.

Er schnappte seine Tasche, warf die Wagentür ins Schloss und rannte auf den beleuchteten Eingang des Freilichtmuseums zu. Das breite Rolltor stand offen. Nicht weit entfernt sah er eine Gruppe von Leuten um einen Brunnen stehen. Er verlangsamte seinen Schritt und ging auf die Gruppe zu.

«Oh, wen haben wir denn da?», fragte eine junge Frau, die eine Laterne in die Höhe hob und in Süleymans Gesicht leuchtete. «Einen Nachzügler! Sie gehören ebenfalls zur Nachtwächterführung?»

Er nickte.

«Da haben Sie aber Glück gehabt. Na, nun kommen Sie mal erst zu Atem.»

Die Frau trug schwere Stiefel, ein braunes Wams und auf dem Kopf einen Dreispitz. «Nachtwächterin Ute Ahlbach» stand auf dem Schild, das sie an der Brust trug. Ihre Hellebarde lehnte an der Brunnenmauer.

Aus der Tasche ihrer weiten Hosen zog sie eine Fernbedienung. Kurz hintereinander drückte sie zwei Knöpfe. Die

Beleuchtung am Eingang erlosch, und man hörte, wie sich das Rolltor langsam mit lautem Scharren schloss.

Niemand drehte sich noch einmal um. Niemand sah die große Gestalt, die in letzter Sekunde auf das Gelände huschte.

Die Besuchergruppe bestand aus fünfzehn, vielleicht zwanzig Personen. Zwei ältere Paare, die einander zu kennen schienen, hielten sich in der Nähe der Nachtwächterin auf. Drei junge Männer, offensichtlich ein wenig angeheitert, kicherten manchmal grundlos, riefen sich aber auch gegenseitig zur Ordnung.

«Müsstet ihr nicht längst im Bett sein?», fragte einer der drei die Kinder, einen Jungen und ein Mädchen, die ihre Eltern bei den Händen fassten.

«Die beiden haben morgen Geburtstag. Da machen wir eine Ausnahme», sagte der Vater.

«Morgen ist ja schon bald. Seid ihr Zwillinge?»

Die Kinder nickten.

Langsam setzte sich der Zug in Bewegung.

Aber schon nach wenigen Metern bat die Nachtwächterin alle, stehen zu bleiben und die Augen zu schließen.

«Sehen Sie, dass Sie jetzt gar nichts sehen?», fragte sie. «Und jetzt dürfen Sie die Augen wieder öffnen. Wir haben Glück. Eine so klare Vollmondnacht hat man selten.»

Jede künstliche Beleuchtung war ausgeschaltet, auch Ute Ahlbachs Laterne. Das Mondlicht spiegelte sich in den Fenstern der alten Fachwerkhäuser. Auf den Wegen glitzerten die Kiesel. In der Ferne rief ein Uhu, die Frösche quakten im großen Teich.

«Hören Sie?»

«Wie im Märchen», sagte jemand in der Dunkelheit.

«Ja, nicht wahr? Es sieht aus wie bei den Brüdern Grimm. Und nun stellen Sie sich vor, Sie würden vor über zweihundert Jahren in so einem Dorf leben. Man stand mit der Sonne auf und ging mit der Sonne schlafen. Das Wasser kam nicht aus der Wand, sondern aus dem Brunnen. Es gab kein elektrisches Licht, keine Heizung, keine Autos, kein Radio und kein Fernsehen.»

«Auch kein Handy?», fragte das Mädchen.

«Nein, auch kein Handy! Am Abend verstummten alle Geräusche. Die Welt war dunkel und ruhig.»

«Und wenn man im Bett lag und musste mal auf Toilette?»

«Dann hat man eine Kerze angezündet. Und meistens musste man dann auf den Hof, wo das Plumpsklo stand. Und bei Durst musste man es genauso machen, und wenn kein Wasser mehr im Krug war, zum Brunnen gehen. Wollen wir es uns anschauen?»

Nachtwächterin Ute Ahlbach nahm den schweren Schlüsselring von ihrem Gürtel, schloss eines der Häuser auf und wartete, bis alle im Inneren einen Platz gefunden hatten. Dann schloss sie die Tür.

Süleyman war als einer der Ersten die zweizügige Steintreppe hinaufgestiegen und hatte immer weiter vor den nachrückenden Besuchern zurückweichen müssen. So stand er jetzt im hinteren Raum und schaute durch ein kleines Kreuzfenster nach draußen. Auf der Rückseite des Hauses lag ein Gärtchen, an dessen Ende ein großer Walnussbaum stand.

Plötzlich stutzte er. Der Schatten, den der Baum auf den hellen Schotter des Weges warf, hatte sich bewegt. Der Schatten war dicker geworden, dann wieder dünner.

Süleyman drängte sich durch die Menge, bis er in der Diele bei Ute Ahlbach angekommen war. «Darf man auch nach oben?» Sie nickte: «Aber passen Sie auf, dass Sie sich nicht den Kopf stoßen.»

«Uuuuahhh», rief der Vater, «hier kommt ein Gespenst.» Er hatte sich seine Strickjacke über den Kopf gelegt und versuchte, die Zwillinge zu erschrecken.

«Hör auf, Papa», sagte der Junge.

Süleyman war die steile Holztreppe hinaufgestiegen und schaute jetzt aus einer anderen Perspektive in den Garten hinaus. Dann sah er ihn. Halb verdeckt vom Stamm des Walnussbaums stand, nur als Silhouette zu sehen, aber unverkennbar: Schwanzhinten. Jetzt zog er eine Zigarette aus der Packung und steckte sie an. Er schaute sich um, wirkte aber unentschlossen. Schließlich trat er einen Schritt zurück und war nun wieder vollständig hinter dem Baum verschwunden.

Süleyman überlegte fieberhaft, was er tun sollte. Er musste irgendwo unterkriechen, wo er unbemerkt warten konnte, bis Schwanzhinten die Geduld verlor. Er brauchte ein Versteck. Bis er ein geeignetes gefunden hatte, verbarg er sich am besten in der Menge der anderen Besucher.

«So, jetzt gehen wir weiter», verkündete Ute Ahlbach. «Aber weil wir ja wenigstens ein bisschen was sehen wollen, brauche ich nun fünf Hilfsnachtwächter, die auch eine Laterne bekommen. Wer will?» Die beiden Kinder meldeten sich zuerst.

«Und was ist mit Ihnen?», fragte sie Süleyman.

Er nickte.

Als sie die Laternen verteilt hatte, zog der nächtliche Tross weiter.

«Hier», sagte Frau Ahlbach und zeigte auf ein großes zweigeschossiges Fachwerkgebäude, «sehen wir das ehemalige Rathaus aus dem Dorf Ewersbach. Es ist 220 Jahre alt und besonders prächtig. Heute wird es als Station für unser Aufsichtspersonal und manchmal auch als Kinderküche genutzt. Es gibt Strom und fließendes Wasser, es gibt sogar ein Telefon und einen Kühlschrank. Und in dem Kühlschrank gibt es einen Kinderhilfsnachtwächterimbiss. Wie sieht es aus? Wollt ihr?»

Sie schaute den Jungen und das Mädchen an, die beide begeistert zustimmten.

«Gut, dann warten hier alle auf mich!»

Es dauerte zwei Minuten, bis sie das Haus wieder verließ. Sie reichte jedem der Kinder eine Salzbrezel und ein großes Stück Käse.

Kurz darauf standen sie in einem Hof vor einer offenen Scheune.

«Nächste Station, alle Laternen zu mir! Was wir hier sehen, ist eine alte Ölmühle, aber Vorsicht, nebenan auf dem Oberboden gibt es Fledermäuse.»

«Iiiihhh, Vampire», schrien die Kinder fast gleichzeitig.

Die Nachtwächterin lachte dankbar. «Nein, Vampirfledermäuse gibt es hauptsächlich in Nord- und Südamerika. Dort richten sie allerdings großen Schaden an. Jedes Jahr sterben viele tausend Rinder. Und in Brasilien wurden im Jahr 2004 sogar 22 Menschen durch Vampirbisse mit Tollwut infiziert. Keiner von ihnen hat überlebt. Wollen wir lieber weitergehen? Aber dann müssen alle ganz leise sein, denn jetzt kommen wir zu dem Kaninchenstall, wo unsere Meißner Widder schlafen.»

Hör auf!, dachte Süleyman verzweifelt. Hör endlich auf! Ich will nichts über Ölmühlen, Vampire und Langohr-Kaninchen wissen. Ich will ein Versteck. Schwanzhinten weiß, dass ich hier durch die Gegend spaziere. Er hockt wahrscheinlich hinter irgendeiner dieser alten Mauern und wartet darauf, mir an die Gurgel zu gehen. Also bitte: Gib mir ein Versteck!

«Bevor wir uns noch die bescheidene Hütte eines echten Nachtwächters anschauen, werfen wir einen Blick in dieses hübsche Bauernhaus, denn hier gibt es ein gruseliges Geheimnis. Das Haus ist im Jahr 1799 in Launsbach für einen Landwirt und seine Frau erbaut worden. Drei Jahre später ist die Frau spurlos verschwunden und nie wiederaufgetaucht.»

«Was ist daran gruselig?», fragte einer der jungen Männer.

«Als wir das Haus 180 Jahre später abgebaut haben, wurde im Keller das Skelett einer jungen Frau gefunden. Man hatte ihr den Schädel eingeschlagen. Mit größter Wahrscheinlichkeit handelt es sich um die verschwundene Bäuerin. Man hat ihre Leiche nicht gefunden, weil niemand wusste, dass das Haus überhaupt unterkellert ist.»

«Ist es ja auch nicht», sagte der Vater der Kinder. «Es gibt nirgendwo eine Kellertreppe.»

«Eine Treppe nicht, aber einen gut versteckten Keller», erwiderte Ute Ahlbach.

Die gesamte Gruppe hatte sich im größten Raum im Erdgeschoss des Hauses versammelt. Alle schauten auf den mit Holzdielen verkleideten Boden.

«Stimmt», sagte der Vater. «Hier!»

Er zeigte auf vier dünne Linien. Aus den Dielen war ein Rechteck von 40 mal 50 Zentimetern gesägt worden, das man zu einer Luke verarbeitet und dann wieder eingesetzt hatte. Ute Ahlbach ging in die Hocke und nahm die Luke heraus. «Wer will reinschauen?»

Süleyman nickte. Er legte sich bäuchlings auf den Boden, hielt seine Laterne in die Öffnung und steckte den Kopf hinein. Das, was ein Keller genannt wurde, war kaum größer als vier Quadratmeter. Ein Loch, in dem man nicht einmal aufrecht stehen konnte. Ein leeres, dunkles Loch.

Okay, dachte er. Das ist es, das genügt.

«Und?», fragte das Mädchen.

«Echt gruselig», sagte Süleyman.

Ute Ahlbach hatte das Haus zuerst verlassen. Sie stand am Eingang und wartete, dass ihre Besuchergruppe sich im dunklen Hof vor dem Kaninchenstall versammelte.

«Alle draußen?», rief sie ins Haus, bevor sie die Tür von außen zuzog und den Schlüssel im Schloss drehte.

Süleyman hatte sich hinter einer offenen Zimmertür verborgen. Jetzt atmete er durch. Er wartete, bis sich die Stimmen und Schritte entfernt hatten, dann hob er die Luke wieder an, warf seine Tasche in das Kellerloch, sprang hinterher und schloss sein Versteck. Er legte sich auf den nackten Boden. Die Tasche benutzte er als Kopfkissen.

ELF

Sie hatten den dunklen Parkplatz am Friedhof Heiligenstock gleichzeitig verlassen. Daniel Fichtner war mit seinem Wohnmobil nach links abgebogen. Marthaler hatte die entgegengesetzte Richtung genommen.

Er wusste, dass es so spät eine Zumutung war, dennoch entschloss er sich, noch bei Thea Hollmann vorbeizufahren. Als er vor dem Haus ihrer Schwester in Ginnheim ankam, war es bereits kurz nach Mitternacht; alle Fenster waren dunkel. Entweder war die Rechtsmedizinerin noch unterwegs, oder sie lag schon im Bett. Er drückte mehrmals auf den Klingelknopf, ohne dass etwas passierte. Er wartete eine halbe Minute, dann versuchte er es erneut.

Schließlich wurde im Erdgeschoss ein Licht eingeschaltet und kurz darauf ein Fenster geöffnet. Thea Hollmanns Gestalt erschien in dem hellen Rechteck.

«Thea, ich bin's, Robert!», rief er.

Sie schloss das Fenster; dann hörte er den Türöffner summen.

«Robert, was …?»

Ihr Gesicht sah aus, als habe sie bereits geschlafen. Sie trug ein langes weißes T-Shirt.

«Darf ich reinkommen?»

Sie seufzte. Ihre Stimme klang brüchig. «Du, das passt jetzt gerade nicht so gut.»

«Bitte, Thea. Ein paar Minuten.»

«Komm», sagte sie schließlich. «Wir setzen uns in die Küche … ein paar Minuten.»

«Warum flüsterst du?»

Sie ging voraus und bat ihn mit einer Handbewegung, am Küchentisch Platz zu nehmen. «Ich bin nicht alleine.»

Marthaler wusste nicht, was er sagen sollte. Damit hatte er nicht gerechnet.

«Füchsel?», fragte er endlich.

Sie nickte.

Marthaler lächelte. «Dann dauert es vielleicht doch nicht so lange, bis ihr wieder …»

«Robert, hör auf! Ich weiß selbst nicht, was ich von dem heutigen Abend halten soll. Was ist, was willst du? Hattest du ebenfalls das dringende Verlangen, mich zu sehen?» Auch wenn sie versuchte, die Situation ins Komische zu ziehen, spürte Marthaler doch ihre Anspannung.

«Ich wollte dich bitten, mir noch einmal zu helfen. Ich brauche eine DNA-Analyse.»

«Dann komm morgen ins Institut.»

«Nein, ich brauche das Ergebnis so schnell wie möglich. Ich wollte dich fragen, ob du nicht …»

Sie schaute ihn müde an, und obwohl sie noch einmal aufbegehrte, zeigte ihr Blick bereits Resignation.

«Du verlangst nicht von mir, dass ich eine Nachtschicht einlege?»

«Verlangen kann ich es nicht, aber …»

«Hör auf zu drucksen! Um was geht's? Was ist in dem Kartönchen, das du versuchst, so schamhaft vor mir zu verstecken?»

Er öffnete die Schachtel und schob sie über den Küchentisch.

«Frag mich nicht, auf welche Weise, aber ich habe heute Abend die Spuren bekommen, die Sabato am Tatort im Hotel Zooblick gesichert hat.»

Thea Hollmann pfiff leise. «Dicker Fisch!»

«Ich hoffe», sagte Marthaler. «Ein paar Haare von Rotteck sind ebenfalls dabei. Du wirst sie zum Vergleich brauchen. Was ist eigentlich mit der Leiche von Herlinde Scherer? Liegt sie immer noch bei euch im Kühlschrank?»

Thea schüttelte den Kopf. «Sie ist heute abgeholt worden. Und Saftsack hat den Leichentransporteuren einen Brief an mich mitgegeben. Er entschuldigt sich, dass er unsere Gastfreundschaft so lange strapaziert hat, und fragt, welcher Abend bei mir noch frei ist.»

Marthaler schnaufte: «Ich hoffe, dass bei *ihm* demnächst gar kein Abend mehr frei sein wird.»

«Du meinst, du bist so weit? Ihr könnt ihn überführen?»

«Das hängt auch von deinen Ergebnissen ab», sagte Marthaler. Dann hielt er ein Plastiktütchen hoch, das er der Schachtel entnommen hatte. «Und Sabato muss das Projektil der Tatwaffe untersuchen, das er am Tatort gefunden hat.»

«Der Streifschuss?», fragte Thea.

«Ja, wenn wir Glück haben, ist dieselbe Waffe schon einmal benutzt worden.»

«Gut. Brau mir bitte einen starken Espresso. Ich ziehe mich rasch an und schreibe Füchsel einen Zettel.»

«Thea!»

«Was?»

«Du hast was gut bei mir.»

«Ein fetter Epoisses würde mir genügen. Und du musst mich ins Institut bringen. Wir haben unsere Wagen in der Stadt stehen lassen.»

Auf ihrer Fahrt durch das nächtliche Frankfurt sprachen sie kaum. Marthaler steuerte den Daimler durch die leeren Straßen und hing seinen Gedanken nach. Er war müde und erschöpft. Am Weißen Haus hielt er kurz an und warf das Tütchen mit dem Projektil in den Briefkasten. Als er zurück zum Wagen ging, sah er, dass die Frau mit der Pudelmütze auf der Bank gegenüber lag und schlief.

«Hast du dein Versprechen gehalten?», fragte Thea Hollmann, als Marthaler wieder neben ihr saß.

«Tereza anzurufen? War ein langer Tag heute, Thea. So lang wie ein Jahr. Ich hab's mir für morgen vorgenommen.»

Sie begnügte sich damit. Am Institut für Rechtsmedizin ließ er sie aussteigen. Sie ging noch einmal um den Wagen herum und bedeutete ihm, die Scheibe herunterzulassen.

«Wenn ich was habe, soll ich dich anrufen?»

Er nickte.

«Egal, zu welcher Zeit?»

«Egal! Tut mir leid, Thea, dass ich dir und Füchsel dazwischengefunkt habe.»

«Schon gut. Denk einfach an den Epoisses!»

Als er im Großen Hasenpfad ankam, hatte er kaum noch Kraft, aus dem Auto zu steigen. Wankend ging er auf das Haus zu. Er überlegte, den Briefkasten noch zu leeren, ließ es aber bleiben.

Er zog die Wohnungstür hinter sich ins Schloss; dann hörte er den Anrufbeantworter ab. Jemand hatte mehrmals seine Nummer gewählt, die Ansage abgewartet, dann aber aufgelegt.

Eine Nachricht kam von Elvira: «Robert, bist du da? Ich war noch mal im Büro. Es kam ein Anruf von den Kollegen aus Königstein. Ich soll dir ausrichten, das Sterntaler sei abgebrannt. Personenschaden nicht bekannt. Das von dir gesuchte Fahrzeug mit Hamburger Kennzeichen sei aber nirgends gesehen worden … Übrigens: Warst du an meiner Schublade mit den Süßigkeiten? Ich fordere Satisfaktion! Schlaf gut, wo immer du bist. Und … denk an den Sheriffstern!»

Marthaler wählte Sabatos Privatnummer und sprach auf die Mailbox. «Robert hier», sagte er. «Das Projektil, das du im Zooblick gefunden hast, liegt im Briefkasten vom Weißen Haus. Mach dich morgen früh gleich an die Arbeit. Schlaf gut, Carlos! Danke!»

Er legte auf. In der Küche mixte er sich einen Bitter mit Eis und Mineralwasser, trank ihn in wenigen Zügen aus und bereitete einen zweiten, den er mit ins Wohnzimmer nahm. Er griff nach der Zeitung und ließ sich auf die Couch sinken. Schon auf den ersten Seiten sah er, was Daniel Fichtner gemeint hatte.

Es gab einen Artikel über die neue Referentin des Ministerpräsidenten. Bea Traub wurde mit den Worten zitiert, für sie stünden die Werte Wahrhaftigkeit, Bescheidenheit, Kompetenz und Fleiß an vorderster Stelle. Auf die Frage, ob das eine Anspielung auf Sabine Xanthopoulos sei, lautete ihre Antwort: «Was diese Frau vor aller Augen tut, bedarf keines Kommentars. Jeder kann sich selbst ein Urteil bilden; die meisten haben das bereits getan.»

Zwei Seiten weiter prangte auf der unteren Hälfte eine Anzeige des Bundes Christlicher Gewerbetreibender. «Lügen haben kurze Beine», stand dort in fetten Lettern und: «Wahrheit ist Wirtschaftskraft: Unser Land hat es verdient!»

Und weiter hinten, im Regionalteil, schrieb ein politischer Kommentator: «Xanthopoulos und die Kommunisten. Eine

Frau demontiert sich selbst. Die Experimente, die die designierte Ministerpräsidentin in ihrem maßlosen Ehrgeiz für unser Land plant, würden Tausende, wenn nicht Hunderttausende Arbeitsplätze kosten. Das muss einem schon der gesunde Menschenverstand sagen. Kein denkender Bürger kann das wollen. Nicht einmal in ihrer eigenen Partei. Die Sozialdemokraten im Landtag sollten gewarnt sein. Sie sollten zur Vernunft kommen, wenn sie künftig noch ernst genommen werden wollen.»

Marthaler schaute nach, wer den Kommentar geschrieben hatte. Als er den Namen Arne Grüter las, ließ er die Zeitung sinken.

Er nahm sich noch einmal das Protokoll der Sitzung im Sterntaler vor, merkte aber, dass er sich nicht mehr konzentrieren konnte. Er musste jeden Absatz mehrmals lesen, weil ihm immer wieder die Augen zufielen. Er nippte noch zweimal an seinem Bitter, dann legte er die Beine auf die Couch.

Als das Telefon klingelte, schreckte er hoch. Er schaute auf die Uhr. Es war 2 Uhr 15. Sein Herz begann augenblicklich zu rasen. Er versuchte aufzustehen, merkte aber, dass ihm schwindelig wurde. Er wartete einen Moment, dann bewegte er sich taumelnd in den Flur. Es läutete immer noch. Er riss das Gerät von der Station.

«Thea?», fragte er.

«Robert, wen meinst du mit Thea? Thea Hollmann?»

Es war Terezas Stimme.

«Tereza, ich habe geschlafen. Entschuldige …»

«Warum soll Thea Hollmann dich anrufen, mitten in Nacht?»

«Sie arbeitet gerade für mich. Ich warte auf das Ergebnis einer Analyse. Ich bin sterbensmüde, willst du dich nicht morgen wieder melden?»

Er meinte es ernst. Gleichzeitig merkte er, dass er sich freute, Terezas Stimme zu hören, und dass er hoffte, sie werde das Gespräch nicht sofort beenden. Auch wenn er es nicht wahrhaben wollte: Er hatte Sehnsucht nach ihr.

«Weißt du, wie viel Uhr es ist?»

«Ich weiß, Robert. Aber du bist fast nie zu Hause. Am Handy gehst du nicht, wenn du siehst meine Nummer. Und wenn ich anrufe bei Elvira, bist du verleugnet. So geht nicht weiter.»

Er hatte das Telefon mit ins Wohnzimmer genommen und sich wieder auf die Couch gelegt.

«Es war deine Wahl, Tereza.»

«Und ist auch meine Wahl. Hast du bekommen die Liebesbrief von mir?»

«Welchen Liebesbrief? Nein ... ich ... ich hatte noch keine Zeit, die Post hochzuholen. Warst du es, die hier heute mehrmals angerufen und wieder aufgelegt hat?»

«Ja, ich wollte deine Stimme hören, wenigstens die von Automaten. Wir müssen etwas tun, Robert. Geht so nicht weiter.»

«Das hast du schon gesagt. Aber was sollen wir tun?»

«Reden, mindestens. Aber du willst nicht reden mit mir. Nicht mal reden.»

«Weil ich nicht weiß, was ich sagen soll.»

«Aber wir können nicht hinwegwerfen alles. Ich bin nicht witzig, wenn ich sage, dass ich liebe dich.»

«Und der andere?»

«Ihn gibt es, du weißt. Trotzdem, ich wäre gerne bei dir in Nähe. Und bei deine Waschbärbauch.»

Marthaler hatte den Eindruck, dass sie sich im Kreis drehten. Er gähnte.

«Ich merke, dass du bist kaputt. Aber wollen wir nicht versuchen?»

Er wusste, was sie meinte. Sie wollte fragen, ob sie es nicht zu dritt versuchen konnten. Er in Frankfurt, der andere Mann in Prag. Und Tereza, die zwischen beiden Städten und Männern pendelte. Er hatte darüber nachgedacht, ohne zu einem Ergebnis zu kommen. Und jetzt fehlte ihm die Kraft dafür.

Er schloss die Augen und schwieg lange.

«Bist du noch da, Robert?»

«Ja … ich glaube, ich war kurz eingenickt. Es ist gerade viel Arbeit.»

«Ist wie immer …»

«Ja, ich weiß.»

«Wollen wir uns nicht sehen? Bald? Sonst kann ich schwer ertragen.»

«Ja, Tereza. Ich würde dich auch gerne sehen. Aber du bist 500 Kilometer entfernt … Und ich …»

Der Schlaf zerrte an ihm. Er hatte das Gefühl, dass er viel zu langsam sprach, dass seine Stimme teigig klang, dass er sich keine Minute mehr wachhalten konnte.

«Immerhin du gibst zu, dass du auch mich würdest gerne sehen … Robert?»

Er hatte sie gehört, konnte aber nicht mehr antworten.

«So long, Sleepyhead», sagte Tereza noch. Aber da war er bereits auf der anderen Seite.

ZWÖLF

Kurz nachdem er aufgewacht war, hörte Süleyman eine der Dorfkirchen läuten. Er zählte mit. Es war sieben Uhr morgens. Wenn er Glück hatte, blieb ihm noch eine Stunde Zeit, um das Freilichtmuseum zu verlassen, bevor die ersten Mitarbeiter ihren Dienst antraten.

Sein Mund war trocken. Er hatte Hunger und Durst, und seine Glieder zitterten. Als er sich an die Stirn fasste, merkte er, dass er Fieber hatte. Nur mit Mühe gelang es ihm, aus seinem Kellerloch zu klettern.

Er ging durch alle Räume des Hauses und schaute aus jedem Fenster. Es war niemand zu sehen.

Der Hessenpark lag friedlich im Licht der aufgehenden Sonne. Auf einer Weide standen drei Rinder reglos vor ihrem Stall. Das Fachwerk der Häuser schimmerte rötlich, die Dachziegel glänzten, und auf den Wiesen lag Tau. Die Welt sah aus wie in einem alten Film.

Süleyman öffnete eines der Fenster, die in den Innenhof hinausführten, warf seine Tasche nach draußen und sprang ins Freie.

Erst jetzt, im Tageslicht, sah er, wie groß das Gelände war. Er lief zwischen den Scheunen und Ställen entlang, kam an einem Gatter mit Ziegen und Hühnern vorbei und scheuchte ein paar Gänse auf, die kreischend das Weite suchten.

Er trat zwischen den Häusern hervor und schaute Richtung Westen. Auf einer kleinen Anhöhe sah er zwischen ein paar Bäumen einen Mann stehen, der ihm den Rücken zuwandte. Als er den Lärm der Gänse hörte, drehte der Mann sich um.

Süleyman erkannte Schwanzhinten. Und Schwanzhinten erkannte ihn.

So rasch er konnte, lief der Junge zurück zu der Häusergruppe und suchte Schutz zwischen den Gebäuden.

An der Wand eines alten Schuppens lehnte er sich kurz an. Nein, dachte Süleyman, ich kann nicht mehr. Über kurz oder lang wird er mich finden. Es ist wie in dem Märchen von Hase und Igel. Überall, wo ich hinrenne, wird er mich schon erwarten. Und wenn er mich jetzt findet, werde ich nicht mehr fliehen. Soll er machen mit mir, was er will, ich habe keine Kraft mehr. Ich werde mich zusammenkauern, die Augen schließen und warten, was passiert.

Doch dann erkannte er das Fachwerkhaus, aus dem die Nachtwächterin den Kindern einen Imbiss geholt hatte, und ihm fiel etwas ein. Es gebe Strom und fließendes Wasser in dem Gebäude, hatte Ute Ahlbach gesagt. Und sogar ein Telefon.

Er drückte die Klinke, aber das Schloss war verriegelt. Vor Nervosität zitternd, umrundete er das Gebäude und entdeckte, dass es einen Hintereingang gab. Er drehte den Knauf. Die Tür war unverschlossen. Als er sie öffnete, schlug ihm der Geruch frischer Farbe entgegen. Wohl deshalb waren alle Fenster gekippt. Er schlüpfte hinein und drehte den Knauf in die andere Richtung. Für einen Moment war er in Sicherheit.

Damit er nicht durch eines der Fenster gesehen werden konnte, ging er auf die Knie und rutschte durch den Gang. Das altmodische Tastentelefon stand auf einem Hocker in der Diele. Süleyman griff in seine hintere, rechte Hosentasche und zog das Kärtchen heraus, das der Polizist ihm gegeben hatte.

Axel Rotteck, Landeskriminalamt, stand auf dem roten Karton. Darunter eine Telefonnummer.

Der Junge tippte die Nummer ein. Er wartete. Nach dem siebten Klingeln meldete sich eine Stimme. «Axel Rotteck. Ich bin im Moment nicht zu erreichen. Wenn Sie einen Rückruf wünschen, nennen Sie bitte den Grund Ihres Anrufs sowie Ihren Namen und hinterlassen Sie eine Nummer, unter der Sie zu erreichen sind.»

Flüsternd stotterte Süleyman in den Hörer: «Herr Rotteck … vielleicht … vielleicht erinnern Sie sich. Sie wollten … ich sollte Sie anrufen, wenn mir etwas auffällt. Ich bin in Gefahr. Wenn Sie da sind, rufen Sie mich bitte …»

Dann fiel dem Jungen ein, dass er nicht wusste, welche Nummer er dem Polizisten für seinen Rückruf geben sollte, dass er noch nicht mal genau beschreiben konnte, wo er sich befand: «Ich bin im Hessenpark. Ich weiß nicht, in welchem Haus … Ach, verdammt.»

Süleyman legte auf. Sein Kopf dröhnte. Er saß auf dem Boden und drückte seine Stirn an die kühle Wand.

Keine halbe Minute später klingelte neben ihm das Telefon.

«Ja?»

«Wer sind Sie?», fragte Rottecks Stimme.

«Woher haben Sie die Nummer?», fragte Süleyman.

«Wie wär's mit meinem Display? Wer sind Sie? Was wollen Sie von mir?»

Der Polizist klang forsch, ungeduldig. Wie jemand, der sich belästigt fühlt, nicht wie jemand, der bereit ist zu helfen. Trotzdem versuchte es Süleyman noch einmal.

«Wir haben in Schwarzenfels gesprochen. Hinter der Burg. Sie haben mir Ihre Karte gegeben. Ich heiße Süleyman. Ein Mann ist hinter mir her. Ein Mann mit einem Pferdeschwanz. Ich glaube, er will mich töten. Ich kann nicht mehr.»

Rotteck schien nachzudenken. Plötzlich änderte sich sein Ton. Er wurde freundlich, und er duzte Süleyman.

«Gut, mein Junge. Ich komme, so schnell ich kann. In zwanzig Minuten bin ich bei dir, höchstens eine halbe Stunde. Bis dahin bewegst du dich nicht von der Stelle. Versuch, mir ein bisschen genauer zu beschreiben, wo du bist.»

«Es ist ein großes Haus, nicht weit von der Kasse. Ich weiß nur, dass es mal ein Rathaus war.»

«Okay, das werde ich finden … Bist du in Ordnung? Deine Stimme klingt nicht gut.»

«Ich habe Fieber», sagte Süleyman, «bitte beeilen Sie sich!»

Er legte den Hörer auf und sah, dass seine Hand einen großen Schweißfleck darauf hinterlassen hatte.

Er rutschte auf den Knien durch die Diele, bis er den Raum nahe der Haustür erreicht hatte. Als er sich umschaute, stellte er fest, dass es sich um die Kinderküche handeln musste, von der Ute Ahlbach gesprochen hatte. Es gab einen niedrigen Tisch und kleine Stühle, einen großen Wandschrank und eine Spüle. Daneben stand ein Kühlschrank, über dem eine Uhr hing. Es war kurz vor acht.

Süleyman zog sich an der Spüle hoch und stützte sich darauf ab. Er nahm ein Glas aus dem Schrank, füllte es mit Leitungswasser und trank es aus. Das nächste Glas mischte er zu einem Drittel mit Zucker, den er in einer Dose auf dem Tisch entdeckt hatte.

Im Kühlschrank fand er eine rote getrocknete Wurst. Schon nach dem ersten Bissen wurde ihm schlecht. Trotzdem zwang er sich, die Wurst zur Hälfte aufzuessen. Er trank ein weiteres Glas mit Zuckerwasser, dann ging es ihm besser.

Hunger und Durst waren gestillt. Er setzte sich auf den Boden, schaute auf die Uhr an der Wand, lauschte auf das leise Ticken der Sekunden und wartete darauf, dass der Minutenzeiger endlich um einen weiteren Strich vorrückte.

Um zwanzig Minuten nach acht verlor er die Geduld. Er ging zurück in die Diele und stieg die Treppe zum ersten Stock hinauf. Auch hier roch es nach frischer Farbe. Er öffnete alle Türen und suchte sich das Fenster, von dem aus er den besten Überblick hatte.

Ein paar Minuten mochte er so gestanden haben, als er Schwanzhinten entdeckte. Kevin Möller stand im Schatten eines Torbogens, keine dreißig Meter entfernt auf der gegenüberliegenden Seite eines Platzes, in dessen Mitte ein kleiner Brunnen stand.

Dann sah Süleyman, wie sich von rechts auf der Straße ein Mann näherte. Auch er war groß; sein dunkles, kurzgeschnittenes Haar glänzte in der Morgensonne. Er trug einen braunen Anzug.

Es war der Polizist Axel Rotteck. Er blieb kurz stehen, um sich zu orientieren.

Süleyman atmete durch. Warten Sie, hätte er dem Mann am liebsten zugerufen, bleiben Sie, wo Sie sind, ich komme zu Ihnen, gleich sind wir gerettet.

Aber Axel Rotteck ging weiter. Er hatte den Brunnen erreicht und war nur noch wenige Schritte von dem Torbogen entfernt, in dessen Schutz sich Schwanzhinten verborgen hielt.

Als die Männer einander bemerkten, hoben sie beide die Hand zum Gruß. Fast gleichzeitig kamen sie nun auf das alte Rathaus zu.

Süleymans Herzschlag stockte.

Der Junge begriff, dass er einen riesigen Fehler begangen hatte. Schwanzhinten und der Polizist kannten sich. Sie waren Partner. Süleyman hatte den Polizisten Axel Rotteck angerufen und ihn um Hilfe gebeten. Die Wahrheit war: Er hatte den Teufel um Hilfe gebeten.

Der Junge huschte die Treppe hinunter und stellte sich in den Türrahmen zwischen Küche und Diele. Er stand direkt neben dem gekippten Fenster. Er konnte hören, was draußen gesprochen wurde.

«Rotteck? Was machst du hier?», fragte Schwanzhinten.

«Das frage ich dich! Du stinkst. Und du siehst aus, als wärest du gerade dem Fegefeuer entkommen.»

«So ist es auch. Der Typ hat gestern Abend das Sterntaler abgefackelt. Ich wär fast draufgegangen dabei.»

«Und wieso hast du die kleine Ratte nicht längst erwischt, wenn du seit gestern hinter ihr her bist? Und warum hast du dich nicht bei mir gemeldet?»

«Weil mein Scheißhandy kein Netz kriegt in dieser Pampa. Aber woher weißt du überhaupt ...?»

«Er hat mich angerufen ... Frag jetzt nicht! Wir müssen ihn finden. Ich will wissen, wo er ist.»

«Keine Ahnung, wo der Knabe sich verkrochen hat. Ich bin durch jeden Schweinestall gerutscht und hab jeden Misthaufen durchwühlt. Ich hab die Nase voll von dieser hessischen Dorfkacke, ich ...»

«Shut up, Möller», sagte Rotteck. «Halt dein ungewaschenes Proletenmaul und hör auf zu jammern. Hier, du

Idiot, das ist es. Er hat von einem alten Rathaus gesprochen. Wir stehen direkt davor.»

Gleich darauf hörte Süleyman, wie an der Eingangstür gerüttelt wurde.

Er sprang auf, schnappte seine Tasche und rannte zum Hinterausgang. Er drehte den Knauf und war eine Sekunde später im Freien.

Er kam an einem Backhaus vorbei, passierte eine Waschstelle, schlug einen Haken nach rechts, lief zwischen einem Kohlenmeiler und einem kleinen Haus mit einem Mühlrad hindurch. Vor einem Teich, auf dem ein paar Enten schwammen, bog er nach links in den Wald.

Nach zweihundert Metern hielt er kurz inne, um zu verschnaufen. Viel Kraft hatte er nicht mehr. Seine Glieder waren weich, und seine Stirn glühte.

Aber die Männer hatten ihn bereits entdeckt. Er hörte ihre Schritte und ihre Stimmen.

So schnell er konnte, überquerte er eine Lichtung, geriet kurz ins Straucheln, fing sich wieder und fand erneut Schutz zwischen den Bäumen. Mal lief er nach rechts, mal nach links, aber immer wieder konnte er hinter sich die knackenden Äste und das Schnaufen seiner Verfolger hören.

Dann hatte er den Waldrand erreicht. Vor ihm erstreckte sich eine riesige Weide. Obwohl er wusste, dass er dort ungeschützt war, hatte er keine Wahl. Er konnte nicht zurück. Er durfte nicht länger überlegen. Er musste einfach loslaufen.

Am Ende der Weide sah er ein Gebäude, vielleicht einen alten Stall. Wenn er es schaffte, ihn zu erreichen, fand er vielleicht ein neues Versteck.

Auf halber Strecke drehte Süleyman sich kurz um.

Nicht einmal fünfzehn Meter entfernt stand der Polizist Axel Rotteck und zielte mit seiner Waffe auf ihn.

Süleyman hörte den Knall. Er spürte einen kurzen, trockenen Schlag neben seinem rechten Schulterblatt. Ein heftiges Zittern durchlief seinen Körper, dann sackte der Junge zu Boden.

Nur Sekunden später sah er Rotteck über sich stehen. Die Mündung der Pistole war direkt auf Süleymans Stirn gerichtet.

Die Lider des Jungen flatterten.

«Bitte, Anna», betete er noch stumm, «bitte, komm und hilf mir!»

DREIZEHN

Der Kriminaltechniker Carlos Sabato stand als Letzter in der fast zwanzig Meter langen Schlange, die sich auf dem Bürgersteig vor der Bäckerei in der Rohrbachstraße gebildet hatte.

«Fast wie in der Ostzone, wenn's Bananen gab», sagte er zu der jungen Frau, die vor ihm wartete. Sie nahm ihre Ohrhörer heraus und schaute ihn fragend an. Er wiederholte seinen Spruch, der ihm nun schon weit weniger komisch vorkam.

«Versteh ich nich'», sagte die Frau. «Soll das witzig sein?»

«Ein bisschen schon», sagte Sabato. Aber sie hatte sich bereits wieder abgewandt und ihre Ohren aufs Neue verstöpselt.

«Läuft nicht so heute Morgen, mmh?», fragte Marthaler, der plötzlich hinter seinem Kollegen stand und grinste. «Kerstin hat erzählt, hier ist es deshalb so voll, weil es einen Schriftsteller gibt, der in seinen Krimis behauptet, Harry sei der beste Bäcker Frankfurts.»

Sabato winkte ab. «Das ist aber auch das Einzige, was an diesen Büchern stimmt. Von Polizeiarbeit hat der Autor jedenfalls keine Ahnung.»

Marthaler zuckte mit den Schultern. «Hast du meine Post schon gefunden?»

«Das Projektil? Längst erledigt, Robert. Erzähl mir lieber, wie du da rangekommen bist! Hat Saftsack die Spuren etwa freiwillig rausgerückt?»

«Nein, hat er nicht … Aber was heißt: längst erledigt?»

«Dass ich dir den Untersuchungsbericht bereits auf den Schreibtisch gelegt habe.»

«Carlos, es ist halb neun, wann um Gottes willen …?»

«Ich will heute Nachmittag mit Elena in den Odenwald fahren, deshalb bin ich seit fünf Uhr im Labor. Und die Aufgabe war nicht allzu schwierig, weil ich ein Projektil mit denselben Spuren schon einmal gesehen hatte. Ich brauchte nicht einmal die Kollegen des BKA zu bemühen.»

«Dann rede, Carlos! Lass mich nicht warten, bis ich deinen Bericht sehe.»

Sabato winkte Marthaler ein paar Schritte zur Seite, dann sagte er mit gedämpfter Stimme: «Die Munition wurde aus einer FN Browning M1910 abgefeuert, ein Modell, das bis in die achtziger Jahre gebaut wurde. Das Ding ist aber uralt, hat schon Franz Ferdinand und seine Gattin auf dem Gewissen und damit Schuld am Ersten Weltkrieg.»

«Weiter, Carlos, keine Geschichtsstunde jetzt!»

«Die Tatwaffe im Fall Scherer wurde bereits im November 2002 beim Überfall auf ein Wettbüro in der Kurt-Schumacher-Straße benutzt. Sie war mit einem eigens angefertigten Schalldämpfer bestückt. Der Täter hat den Inhaber und einen Angestellten erschossen und wurde dann beim Zugriff von einem unserer Kollegen seinerseits getötet. Ich hatte damals sowohl die Browning als auch die Munition auf dem Tisch. Und da ich ein ordentlicher Mensch bin, hab ich die Aufnahmen der Spuren digitalisiert und gespeichert.»

«Aber wenn wir damals diese Pistole sichergestellt haben», sagte Marthaler, «wie kann es dann sein, dass jetzt, fünfeinhalb Jahre später, wieder jemand damit erschossen wird? Die Waffe müsste doch seitdem in der Asservatenkammer verwahrt sein.»

«Nur ist die Welt nicht so, wie sie sein müsste», sagte Sabato. «Wie so vieles andere ist die Browning beim Umzug vom alten ins neue Präsidium verschwunden.»

Marthaler erinnerte sich. Im Dezember 2002 hatte das Frankfurter Polizeipräsidium sein altes Domizil am Platz der Republik endgültig verlassen. An der Adickesallee war in den Jahren zuvor ein riesiges neues Gebäude entstanden, das von der Bevölkerung «Bullenkloster» getauft wurde und wo bald an die 2500 Polizisten arbeiteten. Als man sich nach dem Umzug ans Auspacken machte, wurden in vielen Abteilungen Verluste festgestellt. Es fehlten Büromaterial, Schreibtischstühle, Lampen, Computer, allerlei technisches Gerät und auch einige Waffen. Selbst eine alte, zehntausend Seiten umfassende Akte, nach der Marthaler später suchte, blieb verschwunden.

«Weißt du, ob Rotteck damals schon für die MK2 gearbeitet hat?», fragte er Sabato.

Der Kriminaltechniker nickte. «Da ich mir gedacht habe, dass du das fragen würdest, habe ich in meinen Unterlagen nachgesehen. Er hat. Sein Name taucht seit Mitte 2002 auf Anträgen und Quittungen bei mir auf. Ob er mit der Browning etwas zu tun hat, weiß ich allerdings nicht.»

«Und ist es dein Ernst», fragte Marthaler, «dass du dich an die Spur auf dem Projektil erinnerst?»

«Was ist daran verwunderlich? So, wie du dich an das Gesicht eines Mörders erinnerst, erinnere ich mich eben an das Muster auf einer Pistolenpatrone. Du kannst dir denken, was ich mir lieber anschaue.»

Inzwischen hatten sie sich wieder in die Schlange eingereiht und die Theke der kleinen Bäckerei erreicht. Harry steckte den Kopf aus der Backstube, nickte ihnen zu und verschwand wieder.

«Sag, was du haben möchtest!», forderte Marthaler seinen Kollegen auf. «Du bist eingeladen.»

«Wie immer?», fragte die Verkäuferin.

«Nein», antwortete Sabato, «da ich heute Abend von meiner Frau zum Essen eingeladen bin, muss ich mich beim Frühstück zurückhalten. Also, geben Sie mir zwei Maisbrötchen, eine Knusperstange und ein … nein, lieber zwei Marzipancroissants!»

«Alles für dich alleine?», fragte Marthaler ungläubig.

«Meinst du, ich lasse mich von dir einladen, um dann das Gebäck an die Kollegen zu verteilen? Ich warte draußen auf dich.»

Marthaler bestellte ebenfalls. Als er bezahlt hatte und wieder auf der Straße stand, reichte er Sabato seine Tüte, aus der die fette Knusperstange guckte. «Ihr wollt in den Odenwald?»

«Ja. Erst ein wenig wandern, als Vorwand, um dann mit gutem Gewissen in der Geiersmühle einzukehren.»

«In der Geiersmühle?»

«Hätt ich mir denken können, dass du das nicht kennst», sagte Sabato. «Weil du dich zu wenig um die schönen Dinge kümmerst. Wahrscheinlich hast du auf diese Weise Tereza vertrieben. Die Geiersmühle ist ein Landgasthof im Ohrnbachtal, wunderschön gelegen und mit einer Küche, vor der mancher Sternekoch in die Knie gehen würde. Das alles ohne jeden Firlefanz. Ich sag dir, wenn es dort Rehcarpaccio gibt …»

«Carlos, bitte, lass gut sein! Komm mir nicht schon vor dem Frühstück mit rohem Fleisch!»

«Gibt es was Neues von dem Brand in Königstein?»

«Guten Morgen, Robert. Nein, gibt es nicht», sagte Elvira. «Gibt es was Neues von dem Überfall auf meine Schublade?»

«Wird alles ersetzt», sagte Marthaler. «Irgendwann.»

Er lächelte ihr zu, ging in sein Büro und schloss die Tür hinter sich, um ein paar Anrufe zu erledigen.

Kaum zehn Minuten später stürmte Sabato herein: «Hast du schon gehört? Die Bombe scheint zu platzen. Mach den Fernseher an! Egal, welches Programm; sie berichten überall.»

«Carlos, bleib ruhig! Erklär mir, was los ist. Ich schalt ja schon ein.»

«Sabine Xanthopoulos wollte sich doch am Montag auf einer Sondersitzung des Landtags zur Ministerpräsidentin wählen lassen. Jetzt gibt es vier Abgeordnete aus ihrer eigenen Fraktion, die öffentlich erklären, warum sie ihr die Stimme verweigern. Pass auf, wir werden sie gleich sehen. Gleich beginnt ihre Pressekonferenz im Alpha-Hotel in Wiesbaden.»

Die Kamera zeigte einen großen, hohen Saal mit vielen Stuhlreihen, die bis auf den letzten Platz besetzt waren. Es herrschte dichtes Gedränge. Auf einer Bühne war ein langer Tisch aufgebaut, der mit einem schwarzen Tuch bedeckt war. Die vier betraten gleichzeitig den Saal. Drei Frauen und ein Mann. Zuerst sah man die gesamte Gruppe, dann jedes Gesicht in Nahaufnahme.

«Siehst du, was ich sehe?», rief Sabato. «Hol deine Fotos raus! Das sind unsere vier aus dem Zooblick. Die vier, die Herlinde Scherer fotografiert hat.»

Marthaler zog die Hängemappe hervor und breitete die

Aufnahmen auf seinem Schreibtisch aus. Er wusste bereits, dass Sabato recht hatte.

Der Sprecher stellte die vier vor; keinen der Namen hatte Marthaler je gehört. Dem Fernsehmann schien es ähnlich zu gehen. Mehrmals verwechselte er die Namen der Frauen und musste sich entschuldigen.

Nacheinander gaben sie ihre Erklärungen ab. Sie sprachen nicht lange in die Mikrophone. Sie erklärten, dass sie es weder vor ihren Wählern noch vor ihrem Gewissen verantworten könnten, Sabine Xanthopoulos zur Ministerpräsidentin zu wählen. Alle vier betonten, dass sie sich ihre Entscheidung nicht leicht gemacht hätten. Sie hätten Schaden von ihrem Land abwenden wollen. Immer wieder fiel das Wort «Gewissen».

Dabei schauten sie ernst, zerknirscht, befangen, als dürften sie kein Zeichen von Entspannung zeigen. Selbst auf Trauerfeiern lächeln die Menschen irgendwann, dachte Marthaler. Warum achten diese vier, wenn sie mit sich und ihrer Entscheidung im Reinen sind, so verbissen darauf, dass ihnen auch nicht der Anflug eines Lächelns entwischt? Es wirkte, als wollten sie ihr Verantwortungsbewusstsein zur Schau tragen, als müssten sie ihre innere Zerrissenheit vor den Zuschauern zelebrieren.

Vier unbekannte Sozialdemokraten, die sich heimlich in einem schäbigen Frankfurter Hotel mit dem Sprecher der Christlichen getroffen hatten, um dann in einem Wiesbadener Luxushotel vor laufenden Kameras und im Blitzlichtgewitter von ihrem Gewissen zu sprechen. Das Erste durfte niemals jemand erfahren; das Zweite wurde vor aller Welt ausgebreitet.

«Könnte es nicht sein, dass sie es ernst meinen?», fragte Marthaler.

Sabato lachte bitter. «Sie haben in allen Probeabstimmungen für Xanthopoulos gestimmt. Sie haben auf Nachfrage immer wieder versichert, dass sie die Beschlüsse ihrer Partei mittragen. Sie hatten lange genug Zeit, sich so oder so zu entscheiden. Aber sie haben gewartet, bis die Landtagssitzung zur Wahl der Ministerpräsidentin bereits anberaumt war, dann haben sie ihr Gewissen entdeckt. Glaub mir, dieser Auftritt war geplant. Und dabei hat ihnen jemand geholfen. Sie haben ihre Vorsitzende ins offene Messer laufen lassen. Aus einem historischen Wahlsieg haben sie eine historische Niederlage gemacht.»

«Aber warum tun sie das?»

«Jede Partei ist ein Haifischbecken. Möglicherweise haben sie einen Posten nicht bekommen. Möglicherweise wollten sie sich an jemandem rächen. Und heute ist der größte Tag ihres Lebens. Vorher hat sie niemand gekannt. Jetzt sitzen sie auf der Bühne und sind die jämmerlichen Stars dieses Tages. Andy Warhol hat es vorausgesagt: In Zukunft wird jeder für fünfzehn Minuten berühmt sein. Das haben die vier geschafft.»

«Meinst du, sie haben Geld bekommen?», fragte Marthaler.

«Glaub mir, ich wüsste es nur zu gerne. Vielleicht ja, vielleicht nein. Womöglich war noch nicht einmal das nötig. Vielleicht haben ihnen die fünfzehn Minuten, die wir gerade gesehen haben, genügt. Hätte man ihnen Geld angeboten, wären sie sich ihrer eigenen Käuflichkeit womöglich zu sehr bewusst geworden. Weißt du, was Kurt Tucholsky vor achtzig Jahren geschrieben hat?»

«Nein, Carlos.»

«Er schrieb, dass die Sozialdemokraten einen neuen Verrätertypus in die Geschichte eingeführt hätten: den Judas ohne Silberlinge. Wahrscheinlich sind die vier besoffen von ihrer eigenen Bedeutung. Vielleicht glauben sie selbst, was sie sagen.»

Man sah noch, wie die vier unter Polizeischutz aus dem großen Hotel geleitet wurden. Dann hörte man einen gutgelaunten Fernsehsprecher: «Liebe Zuschauerinnen und Zuschauer, unserem Reporter ist es gelungen, den geschäftsführenden Ministerpräsidenten Rolf-Peter Becker auf dem Frankfurter Flughafen zu erwischen, wo er vor Ort Gespräche über die Entwicklung des größten Arbeitgebers der Region führt, den Rhein-Main-Flughafen. Wir wollen sehen, ob der Ministerpräsident zu einer Stellungnahme bereit ist.»

Man sah Rolf-Peter Becker zusammen mit Bea Traub und Udo Klotz am Rande eines Rollfeldes stehen. Alle drei trugen Helme und schauten in die Kamera. Der Reporter hielt dem Ministerpräsidenten sein Mikrophon mit dem wuscheligen Windschutz hin. «Selbstverständlich haben Sie die dramatischen Entwicklungen des heutigen Morgens in Wiesbaden verfolgt. Wie beurteilen Sie die jüngsten Ereignisse?»

Rolf-Peter Becker versagte sich jede Äußerung des Triumphs. Er sprach und bewegte sich ganz und gar wie ein Landesvater: «Zunächst einmal möchte ich den vier Abgeordneten meinen größten Respekt für ihren Mut zollen. Sie haben bewiesen, dass sie ihr Mandat ernst nehmen. Sie sind ihrem Gewissen und nur ihrem Gewissen verantwortlich. Dieser Verantwortung haben sie sich heute in hohem Maße gewachsen gezeigt. Ich glaube, mit mir ist die übergroße Mehrheit der Bürger erleichtert. Unser Land ist durch diese vier Demokraten vor einer Zeit der Experimente und des wirtschaftlichen Niedergangs bewahrt worden. Der heutige

Tag zeigt, dass man in einer stabilen Demokratie auch über Parteigrenzen hinweg zu verantwortungsvollem Handeln finden kann. Wir stehen hier auf dem Rhein-Main-Flughafen …»

«Pass auf», rief Sabato, «gleich redet er wieder von der Jobmaschine!»

«… dem größten Arbeitgeber der Region, und wenn man so sagen will: *der* Jobmaschine unseres Landes. Es handelt sich bei diesem Bauvorhaben …»

«… um das größte Infrastrukturprojekt der deutschen Nachkriegsgeschichte», ergänzte Sabato. «Scheiße, ich kann es auswendig.»

«… um das größte Infrastrukturprojekt der deutschen Nachkriegsgeschichte», fuhr der Ministerpräsident fort. «Wer den Ausbau des Airports in Frage stellt, stellt Hessen in Frage, denn er bringt den Wohlstand Abertausender Familien in Gefahr.»

«Und so weiter, und so weiter», sagte Sabato. «Eine Rhetorik für Doofies, die aber immer verfängt. Und wenn du was dagegen sagst, bist du selbst der Doofe.»

«Wie geht es nun weiter?», fragte der Reporter.

«Wie es aussieht, werden wir uns auf Neuwahlen vorbereiten müssen. Und allen Umfragen zufolge wird dann das Ergebnis der letzten Wahlen deutlich zugunsten von Stabilität und Wachstum korrigiert werden. Alles in allem würde ich sagen: Heute ist ein guter Tag für unser Land.»

Der Ministerpräsident schürzte die feuchten Lippen ein wenig und lächelte, so bescheiden er vermochte.

Bea Traub und Udo Klotz nickten dazu.

Marthaler schaltete den Fernseher aus.

VIERZEHN

Auf dem Flur des Weißen Hauses wurde es plötzlich laut. Marthaler hörte erregte Stimmen, dann ein Poltern.

Er war gerade aufgestanden, um nachzusehen, was da los war, als Kerstin Henschel in sein Büro trat und die Tür hinter sich schloss.

«Die Jungs werden schon fertig mit ihm», sagte sie.

«Fertig mit wem?», fragte Marthaler.

«Mit Rotteck. Wir haben ihn festgenommen.»

Marthaler sah seine Kollegin fassungslos an. Dann begann er zu schreien. «Seid ihr völlig wahnsinnig? Davon war überhaupt keine Rede. Ich hatte euch lediglich gebeten, ihn zu …»

«Es ging nicht anders, Robert, wir …»

«Kerstin, wir sind noch nicht so weit. Ich habe gesagt, ihr sollt ihn überwachen. Wie könnt ihr ihn da eigenmächtig festnehmen und damit womöglich unsere Ermittlungen zunichtemachen?»

Kerstin Henschel stand vor ihm und hatte die Arme verschränkt. Sie sprach leise, aber scharf. «Darf ich vielleicht auch mal was sagen, Robert? Darf ich dir erklären, was passiert ist?»

«Ich bitte darum!», sagte Marthaler, immer noch ungehalten.

«Dann halt die Luft an und hör mir zu!»

Sie wies auf die rote Couch und wartete, bis er sich gesetzt hatte. Sie selbst nahm auf dem Sessel gegenüber Platz.

«Du bist gestern zu uns gekommen und hast uns gebeten, Axel Rotteck zu überwachen. Du hast gesagt: Findet raus, wo er wohnt, nehmt eure Privatwagen, wechselt euch ab, lasst ihn nicht aus den Augen! Genau das haben Sven Liebmann und ich getan. Sven hat in Wiesbaden vor dem LKA gewartet, bis Rotteck das Amt verlassen hat, und ist ihm bis nach Hause gefolgt. Wo ich die beiden bereits erwartet habe.»

«Dort heißt was? Wo wohnt Rotteck?»

«Er hat ein ziemlich schickes Reiheneckhaus auf dem Frankfurter Riedberg. Wenn du mich fragst, muss er geerbt haben, um sich das leisten zu können.»

«Weiter!», drängte Marthaler.

«Gestern Abend gegen 19 Uhr ist er zu Hause angekommen. Danach ist nichts mehr passiert. Oder fast nichts mehr. Gegen 19 Uhr 45 kam ein Bote auf einem Moped, hat bei Rotteck geklingelt und ihm eine Pizzaschachtel und eine braune Papiertüte mit unbekanntem Inhalt überreicht. Rotteck hat bezahlt und ist wieder im Haus verschwunden. Eine halbe Stunde später ist er noch einmal rausgekommen, um den Müll in die Tonne zu werfen. Er war nervös, fahrig. Auf mich wirkt der Typ wie ein schwerer Neurotiker. Er hat sich ein paar Mal umgeschaut, uns aber nicht entdeckt.»

«Sicher?», fragte Marthaler.

«Sicher», sagte Kerstin Henschel. «Das ist alles. Gegen halb zwölf wurden die Lampen im Haus gelöscht und die Rollläden heruntergelassen. Vollautomatisch. Es blieb die ganze Nacht ruhig. Sven und ich haben abwechselnd in unseren Autos ein wenig geschlafen, während der andere immer ein Auge auf Rottecks Haus hatte.»

«Verstehe, Kerstin, aber was ist passiert?»

«Heute Morgen um sieben gingen die Rollläden wieder

hoch. Wir sahen Licht im Badezimmer und dann in der Küche.»

«Rotteck war pinkeln, hat sich gewaschen und dann gefrühstückt.»

«So wird es sein. Um kurz vor acht hat er die Eingangstür geöffnet. Er kam raus, nur im Hemd, und hielt sein Jackett in der Hand. Das wirkte sehr überstürzt, so als habe er keine Zeit gehabt, sich richtig anzuziehen. Er ist noch mal kurz zurück ins Haus, und als er wieder vor der Tür stand, hatte er das Holster mit seiner Dienstwaffe umgeschnallt. Dann ist er in seinen Wagen gesprungen und sofort losgerast.»

«Ihr beide seid ihm gefolgt?»

«Ja, was nicht ganz einfach war, aber wir haben es geschafft.»

«Gut. Wo seid ihr gelandet?»

«Er ist auf kürzestem Weg über die Autobahn bis Oberursel gefahren und dann über die Saalburg Richtung Neu-Anspach, hat aber kurz vorher links die Abzweigung genommen. Rate, wo er hinwollte!»

Marthaler überlegte kurz. «Du meinst, in den Hessenpark?»

Kerstin Henschel nickte. «Er hat seinen Wagen direkt vor dem Eingang abgestellt. Der Park hatte eigentlich noch geschlossen, aber Rotteck hat seinen Dienstausweis gezeigt und ist durchgelassen worden. Sven und ich haben das Gleiche getan und sind ihm gefolgt. Uns war klar, dass etwas passieren würde. Wir haben den Museumsleuten eingeschärft, sich in jedem Fall fernzuhalten. Ein paar Meter weiter hat sich Rotteck vor einem der Fachwerkhäuser mit einem merkwürdigen Typen getroffen: groß, tätowiert, Halbglatze, Pferdeschwanz ...»

«Kevin Möller», sagte Marthaler, «auch bekannt als Schwanzhinten.»

Kerstin Henschel zog die Augenbrauen hoch, fragte aber nicht nach. «Rotteck und der Typ haben sich einen Moment unterhalten, bevor sie plötzlich losgerannt sind. Wir haben kurz gewartet, dann sind wir ihnen gefolgt. Weil wir immer versucht haben, genügend Abstand zu halten, damit sie uns nicht bemerken, hätten wir sie in einem Waldstück fast verloren. Erst als wir am Waldrand angekommen sind, haben wir kapiert, dass die beiden jemanden verfolgen. Wir sahen einen jungen Mann, der eine Wiese hinablief und offensichtlich vor den Männern floh. Rotteck war ihm dicht auf den Fersen. Er hat seine Dienstwaffe gezogen, ist stehen geblieben, hat gezielt und den Jungen ohne Vorwarnung in den Rücken geschossen. Dann ist er zu ihm hin und hat auf die Stirn des Jungen gezielt.»

Marthaler schwieg. Und Kerstin Henschel ließ ihre Erzählung wirken.

«Kapierst du jetzt, warum wir zugreifen mussten?», fragte sie schließlich.

«Hat er sich widersetzt?»

«Dazu hatte er keine Möglichkeit. Wir hatten beide unsere Waffen auf ihn gerichtet. Und glaub mir, Robert, ich hätte geschossen.»

Marthaler nickte. «Was ist mit dem anderen, mit Kevin Möller?»

«Abgehauen. Tut mir leid, Robert, wir mussten ihn laufen lassen. Wir waren nur zu zweit. Sven hat Rotteck in Schach gehalten. Ich hab mich um den Jungen gekümmert und den Notarzt gerufen. Der Rettungshubschrauber war nach zehn Minuten da. Diagnose: Lungendurchschuss. Er lebt, aber eine Prognose wollte der Arzt nicht geben. Man hat ihn in die BGU an der Friedberger Landstraße gebracht. Wer der Junge ist, wissen wir nicht. Papiere hatte er nicht dabei, dafür das hier.»

Kerstin Henschel reichte ihrem Kollegen einen großen braunen Umschlag. Marthaler ahnte bereits, um was es sich handelte. Er zog ein paar Fotos heraus, nickte und ließ sie wieder zurückgleiten.

«Der junge Mann heißt Tobias Süleyman Büttner. Ich kenne jemanden, der sich große Sorgen um ihn macht ... Wie hat sich Rotteck nach seiner Festnahme verhalten? Hat er geredet?»

Kerstin Henschel stieß ein verächtliches Lachen aus. «Geflucht hat er. Randaliert. Und uns gedroht. Er meint, das würden wir alle bereuen. Sven hat ihm schließlich Handschellen angelegt. Er sitzt oben im Vernehmungszimmer. Er will nur mit dir reden, mit dir alleine. Du weißt, dass das nicht geht, Robert.»

Marthaler runzelte die Stirn und sah seine Kollegin mit einem müden Lächeln an. «Ich hab in den letzten Tagen so vieles getan, was eigentlich nicht geht, Kerstin, dass es darauf nicht mehr ankommt. Besser, er redet mit mir allein als gar nicht. Oder nur in Gegenwart seines Anwalts.»

«Du kennst die Regeln: die strikte Anweisung, dass immer ein zweiter Vernehmender dabei sein muss.»

«Ihr könnt das Gespräch mithören und alle von außen zusehen. Außerdem zeichnen wir es auf.»

Erst im letzten Jahr hatte das Weiße Haus ein eigenes Vernehmungszimmer bekommen. In der ehemaligen Wohnung im ersten Stock war ein drei mal drei Meter großer Raum eingerichtet worden, der schallisoliert war, um keine Störgeräusche von außen durchzulassen. Es gab einen Monitor und eine schwenkbare Zoomkamera. Durch eine Spiegelscheibe konnte man vom Nebenraum aus beobachten, was im Vernehmungszimmer geschah.

«Es bleibt uns nichts anderes übrig, Kerstin. Ein paar Tage hätte ich gern noch Zeit gehabt, aber jetzt ist es halt so. Wenn wir ihn jetzt laufenlassen müssen, kriegen wir keine zweite Chance. Ruf bitte bei der Staatsanwaltschaft an und sag, sie sollen sofort jemanden schicken. Und sofort heißt wirklich sofort. Ich werde die Zeit nutzen, um mich vorzubereiten.»

Kerstin Henschel wollte sein Büro schon verlassen, als Marthaler sie noch einmal aufhielt. «Habt ihr mitbekommen, was in Wiesbaden geschehen ist?»

Sie nickte knapp. «Du meinst die Pressekonferenz. Wir haben die Übertragung auf der Rückfahrt im Auto gehört.»

«Also weiß Rotteck es auch.»

«Ungut?», fragte Kerstin Henschel.

«Egal», sagte Marthaler.

Eine halbe Stunde später betrat Marthaler das Vernehmungszimmer. Axel Rotteck saß auf einem Stuhl, der fest im Boden verankert war. Sein rechtes Handgelenk war mit einer Handschelle an die Stuhllehne gefesselt.

Er hob den Kopf und schaute Marthaler lange schweigend an. Seine Wangen waren mit blauen Bartstoppeln bedeckt. Offensichtlich hatte er am Morgen keine Zeit mehr gehabt, sich zu rasieren.

«Kommissar Marthaler bittet zum Tanz, hä? Geht's dir gut? Kann's losgehen? Läuft die Kamera, ja? Schauen alle zu?»

Er hob die linke Hand und winkte in Richtung des Spiegels: «Schauen alle guten Polizisten zu, ja? Wollt ihr sehen, wie ein böser Bulle gegrillt wird?»

Marthaler schüttelte den Kopf. «Bist du in Ordnung, Rotteck? Wir können hier abbrechen. Du weißt, dass du das Recht auf einen Anwalt hast.»

Rotteck grinste. Er beugte sich, so weit er konnte, nach vorne. Marthaler saß zwei Meter von ihm entfernt. Rotteck flüsterte mit heiserer Stimme: «Wenn wir hier fertig sind, brauchst *du* einen Anwalt, Marthaler. Fang endlich an!»

«Gut, beginnen wir ausnahmsweise von hinten. Du bist verhaftet worden, weil du heute Morgen einem unbewaffneten jungen Mann ohne Vorwarnung in den Rücken geschossen hast. Dafür haben wir zwei glaubwürdige Zeugen.»

«Das sind Hasenköttel, damit kommt ihr nicht durch. Ihr habt mich ohne jede juristische Grundlage überwacht. Der unbewaffnete junge Mann hat ein Haus angesteckt und dabei fast einen Menschen umgebracht.»

«Du meinst das Sterntaler. Ich habe eben noch mal mit Königstein telefoniert. Man geht von Brandstiftung aus, so viel ist richtig. Allerdings glauben die Kollegen, dass es sich um versuchten Versicherungsbetrug handelt. Man nimmt an, dass Kevin Möller seinen Laden selbst angezündet und sich dabei verletzt hat. Er ist einschlägig vorbestraft und befindet sich auf der Flucht.»

Rotteck wedelte mit seiner freien Hand. «Ihr wollt es drehen, ja? Ihr wollt es wirklich drehen! Ich habe mich bedroht gefühlt von dem Jungen. Er hat sich ruckartig zu mir umgedreht. Er hat in seine Tasche gefasst. Ich konnte gar nicht anders, als zu schießen. Man nennt das Putativnotwehr. Hast du jemals gehört, dass ein Polizist in einem solchen Fall verurteilt worden wäre? Sonst noch was, oder kann ich gehen?»

Marthaler hatte den Eindruck, dass Rotteck nicht nur überlegen wirken wollte, sondern dass er von seiner Überlegenheit tatsächlich überzeugt war und glaubte, selbst sein bester Anwalt zu sein.

«Du hast am Donnerstag, den 15. Mai, im Sterntaler in Königstein an einer Verschwörung teilgenommen, die nur ein Ziel hatte, nämlich um jeden Preis zu verhindern, dass Sabine Xanthopoulos zur Ministerpräsidentin gewählt wird.»

Rotteck sah Marthaler erstaunt an, dann begann er zu kichern. «Keine Ahnung, woher du von meiner Teilnahme weißt, aber wie kommst du darauf, dass es sich um eine Verschwörung gehandelt hat? Menschen treffen sich, um über ihre Interessen zu sprechen, und wenn sie feststellen, dass sie Gemeinsamkeiten haben, beschließen sie Maßnahmen, um diese Interessen durchzusetzen. Man nennt das nicht Verschwörung, Marthaler. Man nennt das Demokratie.»

«Es hat sich bei dem Treffen im Sterntaler also um eine Art Gewerkschaftsversammlung gehandelt.»

«Schöner Vergleich!»

«Du hast nicht nur an dem Treffen teilgenommen, du hast auch eigenhändig festgehalten, was dort besprochen wurde.» Marthaler bückte sich und nahm das zwanzigseitige Protokoll aus der Laufmappe, die neben seinem Stuhl auf dem Boden lag. Er blätterte darin, dann hielt er eine Seite hoch. «Und du hast eigene Maßnahmen zur Durchsetzung eurer gemeinsamen demokratischen Interessen vorgeschlagen. Zum Beispiel diese hier: ‹Münzenberg ausschalten›.»

Rottecks Mund stand offen. «Was soll das heißen? Was wirfst du mir vor? Der Mann hat sich selbst die Birne weggepustet. Politisch ausschalten war gemeint. Ich habe ihn nicht …»

Marthaler winkte ab. «Du hast ihn nicht erschossen, aber du hast ihn dazu gebracht, es selbst zu tun.» Er war jetzt aufgestanden und wedelte mit dem dicken braunen Umschlag, den er im nächsten Moment klatschend auf den Boden in der Mitte des Vernehmungszimmers fallen ließ. Rotteck zuckte zusammen. Und Marthaler begann zu schreien. «Du hast ihn auf dem Gewissen, weil du ihm diese Scheiße unterjubeln wolltest. Kinderpornoscheiße, die du dir vorher aus der Asservatenkammer des LKA geholt und kopiert hast.»

Die letzte Behauptung war ein Schuss ins Blaue gewesen, aber an Rottecks Reaktion erkannte Marthaler, dass er einen Treffer gelandet hatte.

Er hielt ihm Fichtners Gedächtnisprotokoll des Telefongesprächs unter die Augen. Rotteck las die halbe Seite und zuckte mit den Achseln: «Und? Fichtner hat ein Telefonat von mir belauscht, hat es in den falschen Hals gekriegt, und jetzt versucht er, mir zu schaden. Der Typ ist ein krummer Hund, Marthaler. Du solltest dich nicht auf ihn berufen.»

«Mit wem hast du telefoniert?»

«Keine Ahnung, hab ich wirklich vergessen. Weißt du etwa noch, mit wem du …»

«Was bedeutet es, dass eine Putztruppe geschickt werden soll?»

Rotteck ließ sich das Blatt noch einmal zeigen und las den Text erneut. «Doch», sagte er grinsend. «Doch, jetzt erinnere ich mich. Ich glaube, ich hatte am Tag zuvor einen Wasserrohrbruch und habe mit meinem Klempner gesprochen.»

Schließlich begriff Marthaler: Es gab für Rotteck keinen

Unterschied zwischen Wahrheit und Lüge. Wenn die Lüge ihm nutzte, war sie gut, dann musste er dafür sorgen, dass man sie für die Wahrheit hielt. Und wenn man ihn dabei erwischte, dass er die Unwahrheit sagte, versuchte er, die Lüge wie einen Scherz aussehen zu lassen.

«Fichtner sagt auch, dass er dich für einen Kokser hält.»

Rottecks Gesicht lief rot an. Seine Kieferknochen mahlten, seine Miene spiegelte blanken Zorn wider. Er nestelte an seinem Jackett.

«Was hast du vor?», fragte Marthaler.

«Ich zeig dir ein Foto. Damit du weißt, was du von Fichtner zu halten hast.»

Mit Mühe gelang es Rotteck, sein Mobiltelefon aus der Innentasche zu ziehen. Er tippte darauf herum, dann legte er es auf den Boden und gab ihm einen Schubs, sodass es vor Marthalers Füße rutschte.

Ohne das Telefon aufzuheben, schaute sich Marthaler das Foto auf dem Display an. Man sah Daniel Fichtner in die Kamera lächeln. Er hielt einen weißen Umschlag in der Hand, aus dem er ein Bündel Hundert-Euro-Scheine zog.

«Fichtner ist korrupt», japste Rotteck. «Er lässt sich bezahlen. Ich hab mit ihm den Bullentest gemacht. Hab ihm Geld angeboten, und er hat's genommen. Der Mann ist kein Zeuge; der Mann ist ein faules Ei.»

Marthalers Gesicht zeigte keinerlei Regung. Er kommentierte weder das Foto noch Rottecks Bemerkung. Er gab dem Handy einen leichten Tritt mit der Fußspitze. Es rutschte nur bis in die Mitte des Raums.

«Du bist dazugekommen, als Sabato und ich im Hotel Zooblick waren. Was du nicht erzählt hast: Du warst auch am Vorabend in dem Hotel. Du warst dabei, als sich die vier sozialdemokratischen Abgeordneten mit dem Sprecher der Christlichen im Hinterzimmer getroffen haben …»

Rotteck zerrte an seiner Handschelle. «Ich hatte den Auftrag, dieses Treffen abzusichern. Und jedes Wort, das du darüber verlierst, wird dir auf die Füße fallen. Und all unseren Zuschauern dort draußen hinter der Scheibe ebenfalls.»

Marthaler hätte fast gelächelt, verkniff es sich aber im letzten Moment. «Weißt du, Rotteck, deine ganze politische Nummer interessiert mich nicht. Du hast dich, genau wie das Opfer, den ganzen Abend im Speisesaal des Hotels aufgehalten. Du hast den Raum fast gleichzeitig mit der Frau verlassen. Sie ist noch einen Moment an die frische Luft gegangen, dann ist sie in ihr Zimmer zurückgekehrt. Dort hat ihr Mörder bereits auf sie gewartet.»

«Das wissen wir», sagte Rotteck. «Und wir tun alles, diesen Mörder zu finden.»

«Sagen wir doch lieber: Du tust alles, dass er nicht gefunden wird. Den Tatort hat sich nach Sabatos erstem Durchgang niemand mehr angeschaut. Die Leiche der Frau hat bis gestern im Frankfurter Institut für Rechtsmedizin gelegen, ohne dass sie obduziert wurde. Du behauptest, bis heute nicht zu wissen, wer die Tote ist. Dann frage ich mich, warum du so scharf darauf warst, den Daumen auf dem Fall zu haben?»

«Sie hat sich unter einem falschen Namen in dem Hotel angemeldet. Ich habe keine Ahnung, was sie dort gewollt hat. Ich sollte den Laden sauber halten, und plötzlich lag dort eine unbekannte Tote. Ich gebe zu, ich war nervös, als ich dir im Zooblick begegnet bin …»

«Hör auf, Rotteck, du erzählst Humbug. ‹H. Scherer im Auge behalten – moi›. So steht es in deinem Sterntaler-Protokoll. Du wusstest von Anfang an, wer sie ist. Seit den Wahlen im Januar war Herlinde Scherer an dem Thema dran. Sie hat von Anfang an alle Akteure des Komplotts im Blick gehabt. Das konnte gar nicht geheim bleiben. Ihr Vorteil war, dass es kaum Fotos von ihr gab, dass niemand eine Ahnung hatte, wie sie aussieht.»

«Und? Selbst wenn ich gewusst hätte, wer sie ist – was ändert das?»

«Du wusstest, was sie dort tat. Dir und allen Beteiligten war klar, dass das Geheimtreffen im Zooblick nicht mehr lange geheim bleiben würde. Eure ganze wunderbare Gewerkschaftsversammlung wäre keinen Pfifferling mehr wert gewesen, wenn Herlinde Scherer ihre Recherchen öffentlich gemacht hätte.»

«Das heißt?», fragte Rotteck.

Marthaler war aufgestanden. Er hatte sich von Rotteck abgewandt und schaute in den Spiegel. Er ließ sich Zeit. «Dass du ein Motiv hattest», sagte er jetzt und drehte sich abrupt zu seinem Gegenüber, um dessen Gesichtsausdruck zu studieren.

Rotteck schien lange zu brauchen, bis er verstand. «Du meinst ...?»

«Du hast dir den Schlüssel von Herlinde Scherers Zimmer besorgt, bist dort eingedrungen, hast auf sie gewartet, hast zweimal auf sie geschossen und das Hotel über den Balkon verlassen.»

Rotteck starrte Marthaler an. Es vergingen zehn Sekunden, zwanzig Sekunden. Dann verzog er das Gesicht.

«Das ... das wollt ihr mir nicht wirklich anhängen, oder?», sagte er.

Es klopfte an der Tür des Vernehmungszimmers. Marthaler versuchte, das Geräusch zu ignorieren.

Das Klopfen wiederholte sich.

Er drehte sich um, ging zur Tür und riss sie auf.

«Sag mal, spinnt ihr? Ihr könnt nicht mitten in meine Vernehmung platzen.»

«Doch, Robert, komm!», sagte Elvira. «Du willst gestört werden.»

Drei Minuten später betrat Marthaler das Vernehmungszimmer erneut. Er hatte zwei Becher Kaffee mitgebracht. Einen hielt er Rotteck hin. Der hob die Hand, ließ sie aber wieder sinken und schüttelte den Kopf.

«Eben kam eine Nachricht von Thea Hollmann aus dem Institut für Rechtsmedizin. Deine DNA ist im Zimmer von Herlinde Scherer gefunden worden.»

«Es ist mein Tatort, Marthaler. Ich war in dem Zimmer. Ich hatte keinen Schutzanzug. Es ist also kein Wunder, dass ...»

«Nein, du verstehst nicht. Deine DNA ist bei den Spuren gefunden worden, die Sabato eingesammelt hat.»

«Willst du damit sagen ...?»

«Ich will sagen, dass wir uns die Tütchen wiederbeschafft haben, die du ihm abgenommen hast.»

«Fichtner, nicht wahr?»

«Sabato hat seine Spuren gesichert, bevor du angeblich das erste Mal in dem Zimmer warst.»

Rotteck hatte die Augen geschlossen und rieb sich mit Daumen und Zeigefinger die Nasenwurzel.

«Ich war in allen Räumen», sagte er schließlich. «Ich habe sämtliche Zimmer des Zooblick inspiziert, bevor sich die fünf dort getroffen haben. Ich war für ihre Sicherheit verantwortlich.»

Marthaler nickte, ohne auf Rottecks Erwiderung einzugehen. «Die Reporterin ist mit einer alten Browning M1910 ermordet worden. Die Waffe ist im Jahr 2002 nach dem Überfall auf ein Wettbüro sichergestellt worden und galt seit dem Umzug ins neue Präsidium als verschollen. Ich habe nachgeschaut: Den Überfall hat die MK2 bearbeitet, wo du wenige Monate zuvor deinen Dienst angetreten hast.»

Marthaler wartete, aber von Rotteck kam nichts mehr. Er war auf seinem Stuhl nach vorne gerutscht und schaute mit leerem Blick zu Boden.

«Hast du noch etwas zu sagen?»

Rotteck nickte. «Ich möchte mit meinem Anwalt sprechen.»

«Das», sagte Marthaler, «halte ich für eine schlaue Idee.»

Als er die Tür des Vernehmungszimmers hinter sich geschlossen hatte und wieder den großen Nebenraum betrat, begannen die anderen zu applaudieren. Sie hatten das gesamte Verhör über einen Monitor und zwei Lautsprecher verfolgt.

Eine kleine, dünne Frau kam mit leuchtenden Augen auf Marthaler zu. Sie streckte ihm die rechte Hand entgegen: «Herzlichen Glückwunsch, Herr Hauptkommissar. Das war eine Vernehmung wie aus dem Bilderbuch.»

Etwas ungelenk gab er ihr die Hand und schaute sich hilfesuchend um.

Die Frau bemerkte seinen Blick und lachte. «Entschuldigung, wie unhöflich von mir. Darf ich mich vorstellen? Mein Name ist Dr. Louise Mansour. Ich bin die Neue von der Staatsanwaltschaft. Seit langem bewundere ich Ihre Arbeit, die ich bisher leider nur aus der Zeitung und dem Aktenstudium kannte. Umso mehr freue ich mich, Sie endlich persönlich kennenzulernen.»

Marthaler nickte. Dann schaute er in die Runde seiner Kollegen: «Meint ihr, das reicht? Haben wir ihn?»

«Was für eine Frage!», rief Louise Mansour aus. «Sie haben den Mann ja förmlich zerlegt. Seine Lügen haben Sie ins Leere laufen lassen und immer an der richtigen Stelle nachgehakt oder geschwiegen. Das war eine Meisterleistung. Den Haftbefehl werde ich umgehend beantragen. Eine Durchsuchung von Rottecks Haus und Büro muss rasch durchgeführt werden. Ebenso sollten wir uns das Haus von Herlinde Scherer anschauen … Die Aufzeichnung dieser Vernehmung werden wir ins Schulungsprogramm für den Nachwuchs aufnehmen.»

Alle außer Marthaler lächelten.

Er nickte erneut, dann verließ er schweigend den Raum.

FÜNFZEHN

Er stand am Fenster seines Büros und schaute hinaus, ohne etwas zu sehen.

Zehn Minuten mochte er so verharrt haben, als Kerstin Henschel hereinkam.

«Was ist das für eine Person?», fragte Marthaler.

Kerstin lachte. «Du meinst Louise Mansour? Die Staatsanwältin ist in Ordnung, Robert. Bei ihren Kollegen wird sie Frau Dr. Überschwänglich genannt. Sie ist ein wenig exaltiert, was vielleicht daran liegt, dass sie so klein und unscheinbar ist. Sie muss ein wenig fuchteln, damit man sie überhaupt wahrnimmt. Glaub mir, sie bewundert dich wirklich.»

«Das darf sie, wenn sie es heimlich tut. Aber sie soll mich nicht befuchteln, kann man ihr das sagen?»

«Kann man nicht. Woher soll sie auch wissen, dass du nicht mit Komplimenten umgehen kannst?»

«Kann ich nicht?»

«Nein! Und wir haben dich alle schon mal gefragt: Was ist eigentlich los mit dir?»

«Nicht viel. Mit mir ist im Moment wahrhaftig nicht viel los.»

«Alle sind erleichtert, dass der Fall gelöst ist. Aber du machst ein Gesicht, als habe der Arzt dir gerade eine Wasserdiät verordnet.»

«Ich weiß nicht, Kerstin, mag sein, dass mir zu viel durch den Kopf geht. Zu viel oder zu wenig.»

«Hast du Zweifel? Hast du das Gefühl, dass wir etwas falsch gemacht haben?»

Marthaler atmete tief ein. Er behielt die Luft solange er konnte in den Lungen, bevor er sie mit einem tiefen Seufzer wieder entließ.

«Noch nicht einmal das weiß ich», antwortete er.

«Darf ich nach Tereza fragen?»

Marthaler setzte sich hinter seinen Schreibtisch und begann, mit einer Büroklammer zu spielen. «Sie hat angerufen, aber ich bin während des Telefonats eingeschlafen.»

Kerstin Henschel verdrehte die Augen. «Du musst aufpassen, dass du nicht sonderbar wirst, Robert.»

Überrascht blickte er zu seiner Kollegin hoch. «Das darf auch nicht jeder zu mir sagen.»

«Aber irgendwer muss es tun. Und wenn Tereza nicht da ist, sind wir dafür zuständig.»

Marthaler nickte. «Willst du nicht Platz nehmen?»

«Nein. Wir sind gleich verabredet, um noch mal über den Fall Ölze zu sprechen. Falls du dabei sein möchtest …»

Marthaler winkte ab. «Möchte ich nicht, aber danach fragen wollte ich schon die ganze Zeit.»

«Du erinnerst dich, dass wir mit dem Zugriff gewartet haben, weil Lennart Callenberg angeblich mit dem Motorrad in den Alpen unterwegs war, und dass wir …»

«Kerstin, ich mag bereits ein wenig sonderbar sein, aber ich leide nicht an Hirnerweichung. Ein paar Tage reicht mein Gedächtnis noch zurück. Zumal wenn es um einen Mehrfachmörder geht, mit dessen Fall ich mich monatelang beschäftigt habe. Warum sagst du ‹angeblich› in den Alpen unterwegs?»

«Uns sind inzwischen Zweifel an der Urlaubsversion

gekommen. Wir fragen uns, ob Callenberg je in die Berge gefahren ist. Oder ob er nicht vielmehr Wind von unseren Ermittlungen bekommen und es vorgezogen hat, unterzutauchen. Wir haben beschlossen, ab sofort sein Haus und das Geschäft zu überwachen. Wir wollten eigentlich schon gestern damit beginnen, aber dann hast du uns auf Axel Rotteck angesetzt.»

Marthaler legte den Kopf schief. «Höre ich da einen Vorwurf?»

«Im Gegenteil. Denn hätten wir Rotteck nicht gestoppt, wäre dieser Süleyman Büttner jetzt nicht nur schwer verletzt, sondern tot … Okay, Robert, die Kollegen warten schon. Ich wollte dir nur noch einen Tipp geben …»

«Nämlich?»

«Geh mal raus! Mach irgendwas Lustiges oder Albernes! Etwas, was du sonst vielleicht nie tust! Geh in den Zoo, in den Zirkus oder von mir aus zum Tabledance. Oder lad Frau Dr. Überschwänglich zum Essen ein, damit ihr euch ein wenig kennenlernt. Sie würde sich gewiss darüber freuen …»

«… und mich so lange mit Komplimenten überschütten, bis ich vollends depressiv geworden bin.»

Kerstin Henschel grinste. «Ich könnte euch auch mein Lieblingsbuch leihen. Es trägt den Titel ‹Schlechte Witze von gestern, zu Recht vergessen›. Daraus könntet ihr euch gegenseitig vorlesen.»

«Danke, Kerstin, du bist eine wirklich gute Freundin.»

Als er eine halbe Stunde später in Elviras Büro stand, fiel ihm nicht mehr ein, was er von seiner Sekretärin wollte. Er lehnte sich an eines der Aktenregale und verfiel in dumpfes Brüten.

«Kann ich etwas für dich tun, Robert?»

«Nein. Ich habe nachgedacht. Aber frag mich nicht, über was!»

«Wollen wir zusammen essen gehen?»

«Wieso fragst du? Machst du dir vielleicht auch Sorgen um mich?»

«Ich frage, weil ich hungrig bin. Und weil irgendwer meine Schulkreide aufgegessen hat, die mir sonst über den Mittag hilft. Also?»

«Nein, Elvira, dein Angebot ist nett, aber ich möchte lieber alleine sein. Ich fürchte, ich bin heute nicht recht zumutbar.»

Elvira tat, als sei sie beleidigt, und wandte sich ab.

«Hast du etwas von Anna gehört?», fragte Marthaler. «Ich hätte sie längst anrufen müssen. Sie war gestern so erschöpft, dass sie hier auf dem Boden eingeschlafen ist.»

«Das hat sie erzählt. Sie ist anschließend zu mir gekommen und hat sich sofort ins Bett gelegt. Sie ist erst wieder aufgewacht, als ich heute Morgen das Haus verlassen habe. Vor zwei Stunden war sie hier. Ich hab ihr erzählt, was im Hessenpark passiert ist.»

«Und … wie hat sie reagiert?»

«Das kannst du dir denken. Rotz und Wasser hat sie geheult. Sie ist sofort mit dem Rad in die Unfallklinik gefahren. Eben hat sie angerufen.»

«Wie geht es Süleyman? Durfte sie ihn sehen?»

«Ich glaube, sie hat gar nicht erst gefragt. Jedenfalls hat sie es geschafft, zu ihm zu kommen. Und man hat ihr Auskunft über seinen Zustand gegeben. Es heißt, er hat Glück gehabt und wird wieder gesund werden, da keine wichtigen Gefäße verletzt wurden.»

«Grüß sie von mir, wenn du das nächste Mal mit ihr sprichst.»

«Das hört sich an, als wolltest du dich mit sofortiger Wirkung pensionieren lassen.»

«Nein. Ich will einfach ein wenig durch die Gegend laufen. Laufen und alleine sein.»

Als er auf dem Lohrberg angekommen war, machte er die erste Rast. Er stellte sich an den Rand des Weinbergs unter die alte Kastanie und ließ seinen Blick über die Stadt gleiten. Der Himmel war klar, man konnte bis in den Spessart sehen. Er suchte nach den Gebäuden, die er kannte. Vor dem Horizont des Stadtwaldes erkannte er den Goethe- und den Henningerturm. Weiter vorne glitzerten über dem roten Backstein die goldenen Zinnen des Main Plaza. Rechts der alte Fernsehturm, den sie Ginnheimer Spargel nannten. Und davor, nicht weit von ihm entfernt, das Unfallkrankenhaus, auf dessen Dach ein Rettungshubschrauber stand, vielleicht jener, in dem Süleyman noch heute Morgen transportiert worden war.

Auf der großen Wiese unterhalb der Lohrberg-Schänke tollten die Hunde. Es kamen Wanderer an ihm vorbei, junge Mütter mit Kinderwagen und ein Mann, der die überfüllten Mülleimer nach Essensresten und Pfandflaschen durchsuchte.

Marthaler beachtete niemanden. Er redete mit niemandem. Er wollte nicht reden, nur laufen.

Er durchquerte die Grünanlagen. Über das Seckbacher Ried gelangte er in den Erlenbruch und von dort zum Ostpark. Hinten an den Gleisen, wo die Wohnsitzlosen ihre Schlafstätte hatten, sah er einen Mann mit zotteligen Haaren, den er kannte und der sich selbst den Namen Büffel gegeben hatte. Um nicht reden zu müssen, schlug Marthaler einen Bogen, überquerte die Schwedlerbrücke und trottete die Hanauer Landstraße entlang Richtung Innenstadt. Bei Gref-Völsings ließ er sich zwei Rindswürste und ein Brötchen einpacken, die er mit an den Main nahm und dort, auf einer Mauer sitzend, verspeiste.

Immer wieder dachte er an die Vernehmung Axel Rottecks. Und jedes Mal war ihm unwohl zumute, ohne dass er benennen konnte, was ihm nicht gefiel. Er hatte Rottecks Gesicht vor Augen, wiederholte dessen Worte, trotzdem blieb sein Unbehagen vage. Schließlich kam er zu dem Ergebnis, dass er unzufrieden mit sich selbst war. Ich habe mich hinreißen lassen, dachte er. Aber auch diesen Gedanken hätte er nicht näher erklären können.

Er lief, setzte sich auf eine Bank, lief weiter. Er wechselte von einer Seite des Mains auf die andere. Mal durchstreifte er ein Wohnviertel, dann wieder kam er durch eine Einkaufsstraße. Die Stunden vergingen.

Es war bereits Abend, als er das Bahnhofsviertel erreichte.

Er fand ein offenes Tabakgeschäft und kaufte eine Schachtel Mentholzigaretten. Ohne es geplant zu haben, steuerte er auf das Mosel-Eck zu. Kaum hatte er die Tür geöffnet, umfing ihn dicker Qualm. Er hatte den Eindruck, dass man hier nicht nur rauchen durfte, sondern rauchen musste. Obwohl Marthaler höchstens ein-, zweimal im Jahr herkam, nickte ihm der Wirt wie einem Stammgast zu, legte seine Kippe ab und zapfte ein kleines Bier, das er auf die Theke stellte. Marthaler trank es aus und bekam sofort ein neues.

Der Wirt fütterte die Musikbox selbst und fragte Marthaler, was er hören wolle.

«Gibt es ‹Marina› von Rocco Granata?»

Verschwörerisches Zwinkern: «Was denkst denn du?»

Zu jedem Bier rauchte Marthaler zwei Zigaretten.

Ein kleiner Dicker fragte ihn, wer er sei.

«Polizist? Au Scheiße!», sagte der Dicke. «Schicksale gibt's, Schicksale gibt's.» Er hingegen habe gerade eine Umschulung zum Informatikkaufmann in Freiburg im Breisgau hinter sich gebracht und als Jahrgangsbester abgeschlossen, sich dann aber beide Hände verbrüht, weshalb er schon wieder von Stütze leben dürfe, ob man darauf nicht einen trinken wolle, Eddy, übrigens, sei sein Name.

Marthaler musste die Biere nicht bestellen, sie standen bereits auf der Theke, die zugehörigen Striche fanden sich auf seinem Deckel.

«Wenn ich so aussehen würde wie du», sagte sein neuer Freund Eddy, «hätt ich jede Nacht eine andere Frau. Dein Problem ist nur, du hast nicht meine Persönlichkeit.»

Marthaler trank und rauchte weiter. Und wenn der Wirt wieder vor der Musikbox stand und ihn fragend ansah, nickte er einfach.

Am Ende des Abends hieß er Marina.

SECHZEHN

Das Geräusch kam aus seiner Wohnung; er war sich sicher. Ohne die Augen zu öffnen, lauschte er. Das Schlafzimmer war dunkel, die Rollläden hatte er heruntergelassen.

Einen Moment lang glaubte er, sich geirrt zu haben, dann hörte er es wieder. Als ob jemand in der Küche hin und her liefe. Es war das Geräusch nackter Füße auf den Dielen seiner Küche.

Marthaler versuchte, den Kopf zu heben, ließ ihn aber gleich wieder sinken. Er stöhnte vor Schmerz. Dann erinnerte er sich an den gestrigen Abend. Zwölf Striche hatten am Ende auf seinem Deckel gestanden – für zwölf kleine Biere, von denen er zehn selbst getrunken hatte. Das Päckchen mit den Mentholzigaretten hatte er vollständig geleert. Eddy und er waren beste Freunde geworden. Zum Schluss hatte der Wirt noch eine Runde Korn ausgegeben und ein Taxi bestellt.

Marthaler war noch immer betrunken. Er sah keine weißen Mäuse, aber er hörte nackte Füße.

Blinzelnd öffnete er die Lider und versuchte, das Stechen in seinen Schläfen zu ignorieren. Er drehte den Kopf und schaute auf den Wecker neben seinem Bett. Es war kurz vor halb neun. Mit der Zunge fuhr er sich über die Zähne. Er spürte nichts; sein Mund war taub.

Durch den Spalt der angelehnten Tür sah er jemanden durchs Wohnzimmer huschen.

«Anna?», fragte er leise.

Die Tür wurde ein Stück weiter geöffnet, ein Kopf ins Zimmer gesteckt.

«Robert? Bist du aufgeweckt?»

«Tereza!»

«Ja, bin ich nicht Anna.»

Tereza trug eines seiner Hemden, die er vorige Woche aus der Reinigung geholt und dann an die Flurgarderobe gehängt hatte. Sie kam zu ihm und setzte sich auf die Bettkante.

«Bitte», krächzte er, «komm mir lieber nicht zu nah!»

«Puh, ja, stinkst du wie ganze Špelunka. Weiß nicht, wie man sagt in Deutsch.»

Mühsam setzte er sich auf. Eine Bewegung, die seinen Magen in Aufruhr versetzte. «Es ist dasselbe Wort. Was machst du hier, Tereza?»

«Bin ich deine Freundin und komme dich besuchen. Weißt du noch?»

«Du riechst gut.»

«Ja. Ich habe geduscht schon gerade und kann dir sehr empfehlen.»

Sie küsste die Spitze ihres Zeigefingers und tippte ihm damit auf die Stirn. Dann verschwand sie in die Küche.

Tatsächlich schaffte er es, sich ins Bad zu schleppen und ebenfalls unter die Dusche zu gehen. Als er eine Viertelstunde später mit nassen Haaren und frischgeputzten Zähnen im Bademantel vor Tereza stand, schickte sie ihn zurück ins Schlafzimmer.

Kurz darauf stand sie mit einer Tasse Kaffee neben seinem Bett. «Ist für dich», sagte sie. «Darf ich zu dir kriechen? Mit Vorsicht?»

«Ja», sagte er und versuchte ein Lächeln. «Mit Vorsicht!»

Eine halbe Stunde später saßen sie am Frühstückstisch. Tereza erzählte, dass sie gestern Abend kurz entschlossen am Prager Hauptbahnhof einen der letzten Züge genommen habe, dass sie dreimal habe umsteigen müssen, um schließlich am Morgen in Frankfurt anzukommen.

Marthaler kratzte etwas Butter auf seinen Toast und streute Salz darauf. Es war genau das Katerfrühstück, das ihm seine Mutter vor Jahrzehnten serviert hatte, nachdem er am Vorabend das erste Mal betrunken von einer Schulfeier nach Hause gekommen war. Sie hatte weder mit ihm geschimpft noch ihn ermahnt, aber ihre Blicke waren missbilligend und spöttisch genug gewesen, dass er gewusst hatte, sie würde ihm diesen Dienst nur das eine Mal erweisen.

«Wie lange bleibst du?», fragte Marthaler.

«Weißt du, bin ich gerade gekommen», sagte Tereza. «Willst du mich schon wieder werden los?»

«Nein, gar nicht.»

«Was meinst du? Wollen wir in Geiersmühle fahren? Kennst du?»

«Nein», sagte Marthaler, bevor er sich gleich darauf erinnerte. «Doch, warte … Ein Gasthaus im Odenwald, nicht wahr? Carlos hat erst gestern davon erzählt. Er wollte mit Elena übers Wochenende dorthin fahren. Was für ein Zufall, dass du jetzt denselben Vorschlag machst.»

Tereza plinkerte mit den Augenlidern.

«Kein Zufall?», fragte Marthaler.

Sie sah ihn verschmitzt an. «Nein, ich habe telefoniert mit Elena. Ist schon reserviert. Auch für die Nacht.»

«Wenn du schon reserviert hast, muss ich sowieso mitkommen. Es ist also egal, ob ich will oder nicht.»

Tereza nickte: «Total egal!»

«Gut», sagte Marthaler. «Dann nehme ich als Vorspeise Rehcarpaccio.»

Tereza hatte den Tag durchgeplant, und Marthaler war froh, dass er sich um nichts kümmern musste. Sie packten ihre Taschen und die Räder in den Wagen, dann fuhren sie los.

Tereza hatte darauf bestanden, sich ans Steuer zu setzen, weil sie befürchtete, er sei noch zu «vertrunken». In Weiskirchen bog sie von der Autobahn ab und nahm die Landstraße.

Als sie gegen Mittag in Bad König ankamen, stellte sie den Wagen auf einem großen Parkplatz ab.

«Hier ist die Geiersmühle?», fragte Marthaler verwundert, da er sich erinnerte, dass Sabato von einem schön gelegenen Tal gesprochen hatte.

«Nein, hier gehen wir zuerst in Sauna. Wird dir guttun, kannst du dein Pivo ausschwitzen.»

Während Marthaler sich, sooft er konnte, ein Badelaken um die Hüften legte, bewegte sich Tereza nackt und ungeniert unter den anderen Saunagängern. Sie kümmerte sich nicht um ihn, sondern wechselte, je nachdem, wonach ihr gerade war, zwischen Whirlpool, Saunarium und Dampfbad, um sich dann auf der Dachterrasse in einem Liegestuhl auszuruhen. Wenn sie sich zufällig begegneten, zwinkerte sie ihm fröhlich zu.

Marthaler hatte sich vorgenommen, nicht über den anderen Mann zu sprechen, dessen Namen er noch immer nicht kannte und den er auch nicht kennen wollte. Vielleicht, weil er hoffte, dass sich das Problem von selbst erledigen würde.

Es war Tereza, die das Thema, als sie wieder im Auto saßen, von sich aus ansprach, wenn auch über einen Umweg. «Wann warst du letzte Mal bei Katharina?», fragte sie.

Marthaler musste überlegen. Zu lange war es her, dass er das Grab seiner Frau auf dem Bornheimer Friedhof besucht hatte. Katharina und er hatten sich auf der Universität kennengelernt und noch während des Studiums geheiratet. Kurz vor Beginn ihres Examens hatte sie die Filiale einer Sparkasse aufgesucht und war in einen Überfall geraten. Einer der Bankräuber hatte sie angeschossen und so schwer verletzt, dass sie kurz darauf im Krankenhaus starb. Über seinem Schmerz war Marthaler krank geworden. Er hatte damals selbst sterben wollen. Nach langer Zeit beschloss er, sein Studium nicht wiederaufzunehmen, sondern Polizist zu werden. Er bezweifelte, jemals mit einer anderen Frau zusammen sein zu können. Und auch, als Tereza ihn vom Gegenteil überzeugte, hatte er nicht aufgehört, Katharina zu lieben. Tereza hatte das nie gestört, sie hatte ihn sogar bestärkt, indem sie immer wieder sagte: «Katharina gehört zu dir. Geh zu ihr! Sprich mit ihr!»

Und jetzt begriff Marthaler, warum ihm Tereza ausgerechnet heute diese Frage stellte.

«Ich war lange nicht mehr am Grab», sagte er. «Trotzdem ist es noch immer so: Katharina gehört zu mir.»

«Und war auch immer so, seit wir sind zusammen. Wir waren drei, und es war gut.»

«Und jetzt sind wir vier, willst du damit sagen. Du, ich, Katharina und der andere Mann.»

Tereza nickte. «So ähnlich», sagte sie. «Aber jetzt bin ich mit dir.»

Und damit war alles gesagt.

Sie durchquerten den Ort Vielbrunn und kamen über eine steil gewundene Straße hinab ins Ohrnbachtal. Nicht weit entfernt sahen sie rechter Hand das große Rad der Geiersmühle. Vor dem langgestreckten, mit roten Ziegeln bedeckten Bau waren Tische und Stühle aufgestellt. Im rechten Winkel dazu stand das alte, hell verputzte Gästehaus, zu dessen Eingang eine zweizügige Steintreppe führte.

Tereza war aus dem Wagen gestiegen und schaute sich alles schweigend an. «Ist ein bisschen wie in Paradies», sagte sie schließlich.

Sie setzten sich auf die Räder und fuhren los. Während ihrer Tour sprachen sie kaum. Als sie nach Amorbach kamen, drehte Tereza sich zu Marthaler um und zeigte lachend auf das Ortsschild. Nach zwei Stunden waren sie erschöpft. Sie kehrten zurück zur Geiersmühle, ließen sich ihr Zimmer zeigen, duschten und legten sich noch eine halbe Stunde aufs Bett.

Um acht Uhr trafen sie sich mit Elena und Carlos im Restaurant.

Elena gab die Regeln des Abends aus: «Keine Morde, keine Krisen, keine Geschichten von Kollegen! Und die Handys bleiben ausgeschaltet!»

«Genau!», sagte Sabato. «Heute reden wir nur über Essen und Wein. Und über Politik.»

Elena gab ihm einen angedeuteten Klaps auf den Mund und lachte.

Sie genossen ihre Gerichte und lobten am Ende einhellig den Koch, der kurz zu ihnen an den Tisch kam, sich dann aber, bescheiden wie die meisten guten Köche, rasch wieder an den Herd verabschiedete.

Gegen Ende des Abends wurde Marthaler immer unruhiger.

«Was ist mit dir, Robert?», fragte Elena.

Er schüttelte den Kopf.

«Nun sag schon! Wir sehen es dir alle an», forderte sie ihn auf.

«Darf ich nicht, sonst schimpfst du mit mir.»

«Für dich macht Elena eine Ausnahme. Also los!», sagte Sabato.

Marthaler seufzte. «Ihr habt es nicht anders gewollt. Mir geht unser Fall nicht aus dem Kopf. Ich muss immer wieder an das Verhör denken, an mein Gespräch mit Rotteck. Irgendwas gefällt mir nicht, aber ich kriege es nicht zu fassen.»

«Du zweifelst nicht an seiner Schuld, oder?»

«Am Anfang der Vernehmung hat er wirklich geglaubt, dass er mich von seiner Unschuld überzeugen kann. Er hat immer wieder gelogen, hat Dinge umgedeutet und ist meinen Fragen ausgewichen. Aber er hat auch immer wieder die Wahrheit gesagt. Am Ende hat er gemerkt, dass er so einfach nicht davonkommt, und hat nach einem Anwalt verlangt.»

«Dann hast du alles richtig gemacht», sagte Sabato, «du hast ihn in die Enge getrieben. Genau das war deine Aufgabe.»

«So sehen es auch die anderen. Dass er schuldig ist, steht außer Frage. Ich weiß nur nicht, auf welche Art er schuldig ist. Ich befürchte, wir kennen immer noch nicht die ganze Wahrheit.»

«Du meinst, wir haben uns verrannt in unserer Aversion gegen den Kollegen Saftsack? Unsere Abneigung hat uns blind werden lassen für etwas, was wir hätten sehen müssen?»

Marthaler hob die Schultern. «Etwas in der Art, ja. Ich weiß es nicht.»

Elena klatschte in die Hände. «Das reicht, meine Herren! Ihr solltet uns lieber noch einen Cognac spendieren. Und dann bin ich reif für die Federn.»

Am Sonntagmorgen schlief Marthaler lange. Als er endlich aufwachte, hatte Tereza bereits einen Spaziergang gemacht.

«Du riechst nach Frühling», sagte er.

«Und *du* bist eine Schnüffler. Beeil dich, sonst lässt uns Carlos keine Brötchen mehr.»

Er öffnete das Fenster, streckte sich und schaute raus auf die sattgrüne Wiese. Er sah zwei Frauen, die in der Nähe des Bachs Wäsche auf die Leinen hängten. Es waren die Mutter des Kochs und seine Frau. Sie hatten ihnen gestern Abend abwechselnd das Essen und die Getränke an den Tisch gebracht; jetzt pfiffen die beiden gemeinsam ein Lied.

«Hör mal, Tereza!», sagte Marthaler und zeigte nach draußen.

Tereza lauschte. Dann lachte sie. «Du kennst das Lied, Robert? Ist ‹Bella Ciao› von die italienischen Partisanen. Weißt du, wie man sagt in Tschechien? Wenn eine Frau pfeift, zittern sieben Kirchen.»

«Dann zittern jetzt vierzehn», sagte Marthaler.

Nach dem Frühstück brachen sie auf. Diesmal setzte sich Marthaler ans Steuer.

Auf der Rückfahrt hingen beide ihren Gedanken nach.

«Wann sehen wir uns wieder?», fragte er, als sie Frankfurt bereits wieder erreicht hatten.

«Liegt auch an dir», sagte Tereza. «Meinst du, wir kriegen hin?»

Er steuerte den Wagen auf den Parkplatz hinter dem Hauptbahnhof und stellte den Motor ab. «Könnte sein», sagte er beim Aussteigen.

«Das ist mehr, als du gedacht hast bisher, oder?»

«Ja.»

In seiner linken Hand trug er Terezas Tasche, die rechte

hatte er um ihre Hüfte gelegt. Als sie am Gleis angekommen waren, umarmte er sie lange.

«Ich muss jetzt gehen», sagte er.

«Weil sonst?»

«Weil sonst ich muss flennen vielleicht.»

Sie schaute ihn verdutzt an: «Hast du gerade meine Deutsch veralbert?»

«Hab ich», sagte er, gab ihr einen Kuss und ging davon, ohne sich noch einmal umzudrehen.

Am Abend schaltete Marthaler den Fernseher ein. Auf allen Sendern wurde groß über die Festnahme Lennart Callenbergs berichtet. Das hieß, dass die Kollegen mit ihrem Verdacht vermutlich recht gehabt hatten. Callenberg war nie zu einem Urlaub in die Alpen aufgebrochen. Er war irgendwo untergetaucht oder hatte sein Haus nie verlassen. Womöglich hatte er auf irgendeinem Weg von den neuerlichen Ermittlungen gegen sich erfahren.

Obwohl der Mord an Karin Ölze fast 23 Jahre zurücklag, konnten viele sich noch gut an den Fall erinnern. Dass der jetzt gefasste mutmaßliche Täter noch weitere Frauen umgebracht haben sollte, fachte das Interesse der Medien zusätzlich an.

Im Hessen-Fernsehen wurde gezeigt, wie die Kollegen der Spurensicherung Unterlagen aus dem Haus und den Geschäftsräumen abtransportierten. Man sah, wie der gefesselte Callenberg von zwei Beamten auf die Straße geführt und zu einem Polizeiwagen gebracht wurde. Einer der Kollegen hielt dem Festgenommenen ein Kleidungsstück vor den Kopf, sodass sein Gesicht für die Kameras verdeckt war. Callenbergs Name wurde von dem Fernsehsprecher abgekürzt, es war ausschließlich von dem «Beschuldigten Lennart C.» die Rede.

Andere Sender waren weniger diskret. Sie hatten bereits in der Vergangenheit Callenbergs gestöbert und Fotos ausfindig gemacht, auf denen er zu sehen war: Callenberg als neuer Kassenwart des Verbandes der südhessischen Fernsehfachbetriebe, Callenberg als Torwart in seiner Altherrenmannschaft, Callenberg als Schirmherr eines Dart-Turniers. Man hatte Nachbarn befragt, die übereinstimmend berichteten, dass ihnen nie etwas aufgefallen sei an dem freundlichen Mann und seiner netten Familie, dass man es noch immer nicht fassen könne und zutiefst erschüttert sei.

Der Fall Karin Ölze wurde noch einmal in allen Einzelheiten ausgebreitet, und von den Kollegen der BBC und des französischen Fernsehens hatte man sich bereits Archivaufnahmen besorgt, in denen es um die Morde an Diana Addington und Sandrine Rocher ging.

Auf allen Sendern wurde fast gleichlautend eine Formulierung benutzt: «Wie ein Polizeisprecher erklärte, verweigert der Festgenommene Lennart C. bislang jede Aussage zu den gegen ihn erhobenen Vorwürfen.»

Wenn das so ist, dachte Marthaler, wird man mich heute Abend nicht mehr brauchen. Er wollte sein Mobiltelefon ausschalten, sah aber, dass er es nach dem gestrigen Abend mit Elenas Verhaltensregeln noch gar nicht wieder eingeschaltet hatte.

Anders als bei Axel Rotteck hatte Marthaler bei Callenberg keinerlei Zweifel. Die Morde an den drei Frauen waren geklärt. Man konnte beruhigt der Eröffnung des Verfahrens entgegensehen.

SIEBZEHN

In der Nacht zum Montag war Marthaler dreimal aufgewacht. Immer wieder sah er Rottecks Gesicht vor sich und hörte die Worte, die der Mann im Verhör gesagt hatte.

Marthaler versuchte, seine Beunruhigung beiseitezuschieben, aber es gelang ihm nicht. Um kurz vor sechs Uhr am Morgen gab er auf. Er setzte sich in die Badewanne, dann zog er sich an. Er trank seinen Espresso, bereitete sich zwei Toastscheiben mit Orangenmarmelade, die er im Stehen aß, und verließ sein Apartment.

Den Wagen stellte er in der Nähe des Weißen Hauses ab und ging zu Fuß weiter. Im Günthersburgpark begegnete er ein paar Joggern und einigen Kindern, die auf dem Weg zur Schule waren. Als er das hintere Ende des Parks erreicht hatte, nahm er den schmalen Fußweg, der zwischen den struppigen Kleingärten hindurchführte.

Er hatte gerade die halbe Strecke bis zur Dortelweiler Straße hinter sich gebracht, als er hörte, wie jemand seinen Namen rief. Er drehte sich um und sah Anna, die sich auf ihrem blauen Rennrad näherte.

«Wo gehst du hin, Robert? So früh?»

«Katharina besuchen. Der Friedhof öffnet schon um sieben. Und du? Fährst du zu Süleyman in die Klinik?»

Anna nickte. «Sie wollten mich nicht dort übernachten lassen, aber tagsüber darf ich bei ihm sein. Sie sagen, dass es nicht schaden kann, wenn jemand da ist, den er kennt.»

«Wie geht es ihm?»

«Die Ärztin meint, er wird es schaffen. Er wird gesund werden. Rotteck hat kein Geständnis abgelegt?»

«Nein, den Mord an Herlinde Scherer hat er nicht zugegeben. Aber allein für das, was er Süleyman angetan hat, wird er hoffentlich eine lange Haftstrafe bekommen. Du fährst immer noch das Rad von Fausto Albanelli?»

«Ja. Mein Basso geb ich nicht wieder her. Ich werde es Fausto abkaufen. Ich finde, es passt zu mir. Ich muss los, Robert.»

Marthaler winkte ihr nach.

Hinter der großen Gärtnerei drückte er auf den Schalter der Fußgängerampel. Sie sprang fast augenblicklich auf Grün. Er überquerte die Straße und den kleinen Parkplatz, dann hatte er den Eingang des Bornheimer Friedhofs erreicht.

Er lief zwischen den Reihen der Gräber an einer Mauer entlang, dann bog er nach links ab, wo der Friedhof durch einen Drahtzaun von den angrenzenden Gärten getrennt war.

Katharina lag unter einer alten Pinie. Der Grabstein hatte schon wieder Moos angesetzt, und Marthaler nahm sich vor, bei seinem nächsten Besuch eine Bürste mitzubringen, um ihn zu säubern.

Wie immer, wenn er hier war, fühlte er sich seiner toten Frau näher als an jedem anderen Ort. Er sah ihr Gesicht vor sich und erinnerte sich an die gemeinsamen Urlaube in Paris und am Mittelmeer. Allerdings war er nicht sicher, ob die deutlichen Bilder, die er jetzt vor Augen hatte, wirklich aus seinem Gedächtnis kamen oder ob sie sich den Fotos aus dieser Zeit verdankten, die er in einem Karton gesammelt hatte.

Eine Viertelstunde mochte er so gestanden haben, als er zwanzig Meter weiter eine Frau bemerkte, die ihm den Rücken zukehrte. Sie hockte zwischen zwei Gräbern und versuchte, ein Eichhörnchen anzulocken.

Marthaler näherte sich der Frau, dann erkannte er sie.

«Frau Mankunku! Frau Bongi Mankunku!»

Sie drehte sich zu ihm um und legte ihren Zeigefinger auf die Lippen. «Pssst!»

Aber das Tier hatte bereits das Weite gesucht.

Frau Mankunku war aufgestanden und reichte Marthaler die Hand. «Wussten Sie, dass die fremden schwarzen Eichhörnchen inzwischen die einheimischen hellen verdrängen? Die Schwarzen gelten als äußerst aggressiv.»

Marthaler war irritiert. Er wusste nicht, wie er reagieren sollte. Dann sah er Bongi Mankunku lachen. Sie hatte einen Scherz gemacht und dabei auf ihre schwarze Hautfarbe angespielt.

«Ihre Eltern?», fragte er und zeigte auf das Grab, neben dem sie stand. Sie antwortete mit einem Nicken.

«Sie sehen … ich weiß nicht … Sie sehen heute irgendwie anders aus.»

Sie tippte an den Bügel ihrer großen, schwarzen Brille. «Neu», sagte sie. «Ich habe übrigens versucht, Sie zu erreichen. Aber es nützt nichts, wenn Sie Ihre Nummer verteilen und dann nicht ans Telefon gehen.»

«Warum wollten Sie mich sprechen?»

«Ich habe gestern Fernsehen geschaut. Der Mann, der verhaftet wurde, ich kenne ihn. Er war bei uns im Hotel.»

Marthaler brauchte einen Moment, bis er begriff, was die Frau gesagt hatte. «Sie meinen Lennart Callenberg? Er hat bei Ihnen übernachtet?»

«Ja, ich dachte, das könnte Sie interessieren.»

Marthaler merkte, wie sein Herzschlag sich beschleunigte. «Und können Sie sich erinnern, wann das war?»

«In derselben Nacht, als Frau Weißgerber in ihrem Zimmer getötet wurde.»

«Sind Sie sicher? Sein Name steht nicht auf den Listen, die mir Ihr Mann gegeben hat. Hat Callenberg sich unter einem anderen Namen angemeldet?»

Bongi Mankunku schüttelte den Kopf. Sie zögerte.

«Sondern?», fragte Marthaler.

«Manchmal fragen wir die Gäste, ob sie unbedingt eine Quittung brauchen.»

«Sie meinen, Sie haben ihn gar keine Anmeldung ausfüllen lassen, um das Geld nicht versteuern zu müssen. Sie haben ihn schwarz bei sich wohnen lassen?»

«Schwarz, ja», sagte sie und lachte wieder. Nun allerdings ein wenig verlegen.

«Hören Sie, Ihre Steuertricks sind mir egal. Hauptsache, Sie irren sich nicht. Lennart Callenberg hat in der Nacht vom 26. auf den 27. Mai in Ihrem Hotel gewohnt?»

«Ja, ich täusche mich nicht. Er hat im Voraus bezahlt und das Hotel bereits vor dem Frühstück wieder verlassen. Sein Zimmerschlüssel lag im Briefkasten.»

Plötzlich hatte es Marthaler eilig. «Gut, vielen Dank. Verlassen Sie bitte in den nächsten Tagen nicht die Stadt! Es kann sein, dass wir Sie und Ihren Mann noch brauchen.»

Er hatte sich bereits einige Meter entfernt, als ihm noch etwas einfiel. «Der Polizist Axel Rotteck hat behauptet, er habe sämtliche Zimmer Ihres Hotels inspiziert, bevor die fünf Gäste gekommen sind, die sich im Hinterraum des Speisesaals getroffen haben. Können Sie das bestätigen?»

«Nein», sagte Bongi Mankunku. «Das wäre auch gar nicht gegangen. Die meisten Zimmer waren belegt. Wir hätten nicht zugelassen, dass man die anderen Gäste stört. Er kann ohne unser Wissen vielleicht in ein, zwei Zimmern gewesen sein, aber nicht in allen.»

Marthaler rannte mehr als dass er ging. Nach nicht einmal zehn Minuten öffnete er die Tür zum Weißen Haus. Er lief durch alle Räume, aber außer seiner Sekretärin war noch niemand von den Kollegen an seinem Platz.

«Elvira, stell sofort die Zeitung weg und lass den Kaffee fallen …!»

«Und wer wischt auf, Robert?»

«Was …? Du musst die Kollegen zusammentrommeln, alle, egal, wo sie gerade sind. Es gibt eine neue Lage. Und bereite bitte den Besprechungsraum vor. Wir brauchen alles, was wir im Fall Karin Ölze herausbekommen haben. Darüber hinaus sämtliche Unterlagen zum Mord an Herlinde Scherer.»

«Schnittchen, Kaffee?»

«Sehr gut, ja, wenn du dann noch Zeit hast, geh zu Harry! Kauf Brötchen und Kuchen für acht bis zehn Personen. Danke, Elvira.»

Marthaler setzte sich an seinen Platz und wählte die Nummer, die Daniel Fichtner ihm gegeben hatte. Er musste es mehrmals versuchen, dann erst wurde abgenommen.

«Fichtner, wo sind Sie?»

«Im Bett!»

«Zu Hause oder im Wohnmobil?»

«Nein, wir waren gerade auf dem Weg in den Schwarzwald …»

«Ich will nicht Ihre Urlaubsfotos sehen, Sie sollen mir sagen, wo Sie sind.»

«Zu Hause. Wir sind gestern schon wieder zurückgefahren. Meine Frau hatte Beschwerden, sie …»

«Sehr gut. Sind Sie schon ein Hippie oder sind Sie noch Polizist?»

Fichtner lachte. «Jedenfalls habe ich noch nicht gekündigt.»

«Sie müssen sofort ins Weiße Haus kommen.»

«Ich hab mit einem Freund aus dem Amt telefoniert. Es hat sich herumgesprochen, dass Sie Rotteck haben hochgehen lassen. Hat er was über mich gesagt?»

«Mehr dazu, wenn Sie hier sind. Wie lange brauchen Sie?»

«Tut mir leid, ich musste meiner Frau versprechen, sie zum Arzt zu begleiten. Wir müssen ein paar Untersuchungen machen lassen. Keine Ahnung, wie lange wir brauchen.»

«Egal, wann, kommen Sie her, sobald Sie können», sagte Marthaler. «Essen und trinken können Sie hier!»

Marthaler ging in den Keller. Auf dem Gang brannte Licht; Sabato hatte seinen Dienst ebenfalls schon begonnen.

Der Kriminaltechniker schaute von seinem Mikroskop auf: «Seid ihr gut nach Hause gekommen, Robert? Wie war es mit Tereza? Ich fand, sie sah gut aus. Habt ihr geredet?»

«Sie war da; es war schön. Jetzt ist sie wieder weg. Mehr kann ich nicht sagen … Carlos, hast du gestern Fernsehen geschaut?»

«Du meinst die Verhaftung von diesem Callenberg? Was denkst du, was ich hier tue? Die Kollegen in Hanau haben mich gestern Abend noch zu Hause angerufen. Sie meinen, wenn wir schon bei ihnen die dicken Fische abgreifen, sollen wir hinterher auch das Aquarium schrubben. Schau dir das an!» Sabato zeigte auf die grauen Plastikcontainer, die neben der Tür des Labors gestapelt waren. «Das sind die Sachen, die sie bei Callenberg beschlagnahmt haben. Außerdem hatten wir Durchsuchungen bei Rotteck und bei Herlinde Scherer. Ich weiß nicht, wo ich anfangen soll.»

«Das ist es, was ich dir sagen wollte. Du musst überall anfangen. Ich habe eben Bongi Mankunku getroffen. Sie sagt, Lennart Callenberg war in der Nacht, als Herlinde Scherer ermordet wurde, im Hotel Zooblick.»

Carlos Sabato hielt sich einiges darauf zugute, dass er nur durch wenige Dinge aus der Fassung zu bringen war. Und er hatte nichts dagegen, wenn man ihn aufgrund seiner nahezu unerschütterlichen Gelassenheit die asturische Eiche nannte. Aber jetzt schaute er seinen Kollegen mit einem so ungläubigen Staunen an, dass dieser lächeln musste.

«Wahrscheinlich habe ich Frau Mankunku vorhin ähnlich dumm angeschaut wie du mich jetzt. Aber wir müssen davon ausgehen, dass es stimmt.»

«Ich verstehe nicht, Robert ...»

«Ich auch nicht. Ich habe keine Ahnung, was das zu bedeuten hat. Deshalb sage ich, du musst überall gleichzeitig anfangen. Wir müssen herausbekommen, ob die Fälle irgendwo eine Schnittmenge haben. Aber es geht nicht nur um Haare, Fasern und Fingerabdrücke. Ich will auch, dass alle Telefonate von Callenberg, Rotteck und Scherer untersucht werden, ihre Internetaktivitäten ... Die Unterlagen müssten inzwischen vorliegen; irgendwer muss sie auswerten.»

«Stopp, mein Lieber! Das ist nicht meine Baustelle!»

«Ich weiß, du kratzt lieber getrocknetes Blut aus den Fugen des Parketts, aber das andere muss ebenfalls getan werden. Du musst dich nicht um alles alleine kümmern. Hol dir Hilfe! Aber ich will, dass du es koordinierst. Frag Thea Hollmann, ob sie dich unterstützen kann! Wenn Elvira fertig ist, werde ich sie ebenfalls zu dir schicken. Sie kennt den Fall Callenberg in- und auswendig. Ohne ihre Unterstützung hätten wir ihn nicht gelöst. Wir treffen uns alle um neun zu einer ersten Besprechung.»

Nach und nach trudelten die Kollegen ein. Das Große Zimmer glich inzwischen einer Mischung aus Großraumbüro, Aktenarchiv, Asservatenkammer und Kantine. Elvira hatte alles aufgebaut. An der Wand stand ein Tisch mit Tassen und Gläsern. Es gab Orangensaft und fünf Thermoskannen, die mit Kaffee gefüllt waren. Eine sechste enthielt heißes Wasser für die Teetrinker. Harrys Brötchen und Gebäckteile stapelten sich auf zwei Tabletts.

Notizbücher und Telefone lagen auf den Plätzen. Kai Döring und Kerstin Henschel hatten ihre Notebooks eingeschaltet.

Inzwischen hatte sich die Information, die Marthaler von Bongi Mankunku erhalten hatte, bei allen herumgesprochen. Doch noch schien jeder zu überrascht, um irgendeine Schlussfolgerung daraus zu ziehen.

Die Kollegen saßen auf ihren Stühlen; Charlotte von Wangenheim wollte gerade das Wort ergreifen, als die Tür zum Großen Zimmer noch einmal geöffnet wurde. Herein kam ein dünner, vielleicht dreißigjähriger Mann mit struppigen Haaren. Er trug eine Brille, lächelte ein wenig unsicher, dann sah er Sabato und nickte ihm zu.

«Ich habe die Leute von der Informationstechnik um Verstärkung gebeten», erklärte Sabato. «Sie haben mir einen

Kollegen empfohlen, der uns bei den digitalen Sachen helfen kann. Er stellt sich am besten selbst vor.»

Der junge Mann schaute kurz in die Runde, dann rasch auf den Boden. «Ich bin der Andi», sagte er.

Sofort begannen die anderen prustend zu lachen.

«Was soll das?», fragte Charlotte. «Wieso seid ihr so unhöflich?»

Sabato hob seine großen Hände: «Nein, Charlotte, warte! Andi, niemand hat etwas gegen Ihren Vornamen. Es hat nur etwas mit einem Scherz zu tun, den unser ehemaliger Chef ein paar Mal zu oft wiederholt hat. In Ordnung?»

Charlotte zuckte unwillig mit den Schultern, aber der IT-Mann nickte freundlich. «Ich kenn den Witz», sagte er.

«Gut», sagte Sabato, «dann lasst uns an die …, dann lasst uns beginnen.»

«Ihr habt inzwischen mitbekommen», sagte Charlotte, «dass wir eine Information zum Tatort Zooblick haben, die uns bislang unbekannt war. Allerdings ist das nicht die einzige Neuigkeit. Am Freitagnachmittag, nachdem Robert ihn vernommen hatte, ist Haftbefehl gegen Axel Rotteck ergangen. Kurz darauf haben sich Rottecks Anwälte gemeldet. Es handelt sich um die Kanzlei Sperber & Kaiser …»

Charlottes Worte wurde vom Stöhnen der Anwesenden unterbrochen. Alle wussten, dass Wolfgang Sperber und Beatrice Kaiser zu den bekanntesten und erfolgreichsten Strafverteidigern des Landes gehörten. Sie standen im Ruf, keinerlei Skrupel bei der Vertretung ihrer Mandanten zu kennen und mit deren oft ohnehin traumatisierten Opfern vor Gericht rücksichtslos umzuspringen.

«… sie haben nach einer ersten Unterhaltung mit Axel Rotteck umgehend Antrag auf Aufhebung des Haftbefehls gestellt. Und wir sollten uns darauf gefasst machen, dass sie uns beziehungsweise dich persönlich, Robert, versuchen werden, auf jede Weise zu attackieren.»

«Das Letzte ist mir egal. Und was die Aufhebung des Haftbefehls angeht: Wir können ja wohl davon ausgehen, dass dieser Antrag abgelehnt wird.»

«Da wäre ich mir nicht so sicher, und ihr solltet es besser auch nicht sein. Bei dem Druck, der momentan aus Wiesbaden aufgebaut wird, müssen wir mit allem rechnen. Den Mord an Herlinde Scherer streitet Rotteck vehement ab. Und was den Schuss in den Rücken von Süleyman Büttner angeht, so bleibt er dabei: putative Notwehr ...»

«Charlotte, vergiss es!», sagte Kerstin Henschel. «Rotteck lügt. Das können Sven und ich bezeugen. Wenn wir nicht gekommen wären, hätte er Süleyman Büttner in den Kopf geschossen.»

«Trotzdem: Es gab den Fall, dass einer unserer Kollegen von einem Hells Angel durch eine Milchglastür erschossen wurde, weil der Rocker angeblich glaubte, von einem Konkurrenten angegriffen zu werden. Das Gericht hat ihm geglaubt. Und jetzt ratet, wer seine Anwälte waren!»

Wieder kam Unruhe in der Runde auf, aber Charlotte von Wangenheim wollte sich nicht noch einmal unterbrechen lassen. «Jedenfalls ist zu hören, dass bereits morgen Vormittag entschieden wird, ob Rotteck in Haft bleibt oder nicht ... Das heißt ...»

«Nein, Charlotte», protestierte Marthaler, «das kann nicht sein. Wir dürfen uns nicht ...»

«*Ich* rede, Robert. Das heißt, ihr hättet gerade mal vierundzwanzig Stunden, um nicht nur zu behaupten, dass Rotteck ins Gefängnis gehört, sondern es auch zu beweisen.

Dass man es so eilig hat, ihn aus der Haft zu bekommen, könnte auch darauf hindeuten, dass es diese Beweise gibt und dass man uns so wenig Zeit wie möglich geben will, sie zu finden. Allerdings: Die neuen Informationen aus dem Zooblick dürften das nicht leichter machen … Ich muss jetzt ins LKA. Das Innenministerium steht dort schon wieder auf der Matte. Ich werde versuchen, euch den Rücken freizuhalten. Aber denkt daran: vierundzwanzig Stunden.»

Als Charlotte das Große Zimmer verlassen hatte, herrschte einen Moment lang Ratlosigkeit darüber, wie sie weitermachen sollten.

«Gut», sagte Marthaler schließlich. «Fangen wir noch mal von vorne an: Ich habe heute Morgen die Information erhalten, dass sich zum Zeitpunkt, als Herlinde Scherer ermordet wurde, auch Lennart Callenberg im Hotel Zooblick aufgehalten hat. Die Frage für uns muss sein: Was hat das zu bedeuten? Welche Möglichkeiten gibt es, das plausibel zu erklären?»

Alle zögerten, das auszusprechen, was jedem von ihnen bereits durch den Kopf gegangen war und was man immerhin als Möglichkeit in Betracht ziehen musste. Schließlich war es Kai Döring, der sich traute, die Diskussion zu eröffnen: «Und was, wenn es sich einfach um einen riesengroßen Zufall handelt? Die Reporterin war im Zooblick, weil sie wissen wollte, welche sozialdemokratischen Landtagsabgeordneten sich im Hinterzimmer eines schmuddeligen Frankfurter Hotels mit dem Sprecher der Christlichen treffen. Und Callenberg hat einfach ein billiges Zimmer für eine Nacht gesucht, aus welchem Grund auch immer.»

«Ich denke, es geht uns allen wie Kai», sagte Marthaler.

«Weil wir keine Erklärung dafür haben, was das eine mit dem anderen zu tun haben soll, weil wir keine Zusammenhänge sehen, sagen wir uns: Es muss ein Zufall sein. Und kaum haben wir den Gedanken zugelassen, fallen wir uns selbst ins Wort: Einen so großen Zufall kann es nicht geben.»

«Aber die beiden Fälle haben nichts miteinander zu tun», wandte Sven Liebmann ein. «Bei den Morden an den drei Frauen handelt es sich um die Taten eines Sexualverbrechers. Herlinde Scherer wurde umgebracht, weil sie einer politischen Verschwörung auf der Spur war. Es gibt keine Berührungspunkte. Ein Mensch, der das eine tut, würde nicht zugleich das andere tun. Wer behauptet, es handelt sich um ein und denselben Täter, wirft alle Erfahrungen der Psychologie über den Haufen.»

Marthaler war aufgestanden und hatte sich ans Fenster gestellt. «Einen Berührungspunkt gibt es immerhin», sagte er.

Die anderen schauten ihn erwartungsvoll an. «Dann sprich, Robert!», forderte Elvira ihn auf.

«Dass in beiden Fällen ich es war, der ermittelt hat», sagte er. Und nach einer Weile: «Ob das allerdings etwas zu bedeuten hat, weiß ich nicht.»

Sabato murmelte etwas Unverständliches. Er rutschte auf seinem Platz hin und her.

«Was ist los, Carlos? Musst du aufs Klo oder willst du etwas anderes loswerden?», fragte Kai Döring.

Der Kriminaltechniker ignorierte den Spruch und schaute Marthaler an. «Robert, ich darf dich erinnern, du warst in den letzten Tagen unzufrieden. Nach der Vernehmung Axel Rottecks hattest du den Eindruck, dass der Fall nur scheinbar gelöst ist. Du hattest kein gutes Gefühl, du warst beunruhigt. Auch jetzt reden wir wieder über Gefühle, Ahnungen, Zufälle. Ich denke: Wir haben die Lösung vor uns, aber wir sehen sie nicht.»

«So, und was wolltest du jetzt damit sagen?», fragte Sven Liebmann.

«Dass wir anfangen sollten zu arbeiten. Wir kommen nicht weiter, wenn wir noch länger unsere Einschätzungen austauschen. Lasst uns in die Akten schauen, lasst uns Spuren untersuchen, Telefonlisten durchgehen, Zeugen befragen. Lasst uns alles tun, was wir im Laufe der nächsten vierundzwanzig Stunden tun können, um herauszufinden, ob und wie die Fälle zusammenhängen. Sonst rennt uns die Zeit weg, und Rotteck wird aus der Haft entlassen.»

Marthaler klatschte in die Hände. «So machen wir es. Carlos hat recht! Ich will euch ermutigen: Ihr habt freie Hand. Holt euch jede Hilfe, die ihr brauchen könnt! Wenn eine Spurenanalyse durch ein externes Labor schneller erledigt werden kann, dann lasst sie dort durchführen! Wenn ihr einen Zeugen braucht, der kein Auto hat, lasst ihn mit dem Taxi kommen. Oder von mir aus mit dem Flugzeug. Wie wir das abrechnen, überlegen wir später. Das darf für den Moment keine Rolle spielen. Nutzt alle denkbaren Kanäle innerhalb und außerhalb der Polizei, um weiterzukommen. Und wenn das Essen nicht reicht, ruft bei Harry an und lasst Nachschub liefern!»

«Mit dem Taxi oder mit dem Flugzeug?», fragte Elvira.

ACHTZEHN

In den nächsten Stunden summte das Weiße Haus vor Betriebsamkeit. Unentwegt klingelten die Telefone. Immer lauter wurde gesprochen, jeder versuchte, den anderen zu übertönen. Türen wurden geöffnet und geschlossen, Akten hin und her geschleppt. Man sah Fremde Büros betreten und sie wieder verlassen: Boten aus dem Präsidium und vom Kriminaltechnischen Institut des BKA.

Am späten Mittag ging Marthaler in den Keller, um mit Sabato zu sprechen. Auf dem Gang wäre er fast mit einem jungen Mann zusammengestoßen, der einen Rucksack trug und ein Funkgerät über der Brust befestigt hatte.

«Was ist mit Thea Hollmann, hast du sie erreicht?», fragte Marthaler, als er in der Tür zu Sabatos Labor stand.

«Sie hat mir eine Nachricht geschickt. Sie hatte heute Morgen zwei Leichenöffnungen und muss am Nachmittag noch ein Seminar mit Medizinstudenten absolvieren. Sie war so nett, einen ihrer jüngeren Kollegen anzuweisen, sich für uns zur Verfügung zu halten. Er hat bereits mit der Arbeit begonnen. Sobald Thea sich freimachen kann, will sie selbst vorbeikommen.»

«Gut. Hast du schon irgendwas? Irgendein Ergebnis?»

Sabato schüttelte den Kopf. Dann zeigte er auf einen grauen Quader von der Größe eines Schuhkartons, der vor ihm auf dem Tisch lag. «Das hier hat gerade ein stöhnender Fahrradkurier gebracht.»

«Was ist das?»

«Sieht aus wie ein Stück Beton. Die Kollegen haben es heute Morgen aus einem Fischteich hinter Lennart Callenbergs Haus geholt. Lange kann es dort nicht gelegen haben.»

«Und was machen wir nun damit?», fragte Marthaler.

«Wir schauen es uns genauer an. Ich frage mich schon, warum jemand ein Stück frisch gegossenen Beton in einen Teich wirft.»

Sabato ging an den grünen Blechschrank, holte einen Werkzeugkoffer heraus und entnahm ihm einen schweren Fausthammer.

«Und ich dachte, du arbeitest mit Lupe und Pinzette», sagte Marthaler.

Er schaute zu, wie sein Kollege Handschuhe überstreifte, ein großes Stück stabiler Kunststoffplane in der Mitte des Labors ausbreitete und den Betonklotz darauflegte.

«Mal so, mal so», erwiderte Sabato, der sich nun auf den Boden gekniet hatte, die Plane von vier Seiten über den Quader faltete, dann probehalber zweimal vorsichtig mit dem Hammer zuschlug, schließlich aber ein paar festere Schläge ausführte, die den Beton zerbersten ließen.

Aus den Trümmern zog er einen länglichen Gegenstand hervor, der in eine Plastiktüte gewickelt war. Sabato hob die Tüte mit den Fingerspitzen an und rollte sie auf. Dann warf er einen Blick hinein.

Er pfiff durch die Zähne.

«Was ist los?», fragte Marthaler. «Lass mich sehen.»

«Du kannst davon ausgehen, dass wir die Tatwaffe gefunden haben, Robert», sagte Sabato.

«Die Browning? Im Gartenteich von Lennart Callenberg? Er soll der Täter sein?»

«Das ist zumindest eine Überlegung wert.» Sabato hatte einen Bleistift durch den Abzugsbügel der Pistole gesteckt, den er jetzt an beiden Enden mit den Fingerspitzen anhob, um Marthaler die Waffe zu zeigen.

«Carlos, wie passt das zusammen?»

«Robert?»

«Was?»

«Denk *du* drüber nach! Ich muss weiterarbeiten.»

Marthaler teilte allen die neue Information mit. Was sie am Morgen nur geahnt hatten, wurde jetzt zur Gewissheit. Und auch wenn ihnen die Erklärungen fehlten, ihre Recherchen zeigten jetzt mehr und mehr Ergebnisse. Im Laufe des Nachmittags bekam Marthaler immer stärker das Gefühl, dass endlich die Zeit der Ernte angebrochen war.

Irgendwann kam Elvira herein und hielt das schwarze Moleskine in der Hand. «Robert, ich schaue mir gerade noch mal die Unterlagen von Herlinde Scherer an. Am 2. Februar schreibt sie, dass sie mit Anna telefoniert hat. Daneben stehen die Buchstaben LCHU, dahinter drei dicke Ausrufezeichen. Hast du Anna gefragt, über was bei diesem Telefonat gesprochen wurde?»

«Habe ich, aber sie wusste es nicht mehr. Mit dem Kürzel konnte sie nichts anfangen.»

«HU ist das Autokennzeichen von Hanau. Und LC heißt Lennart Callenberg.»

Marthaler griff sich an den Kopf: «Meine Güte, Elvira, du hast recht. Das haben wir übersehen.»

«Wusste Anna, dass wir uns den Fall Ölze noch mal anschauen?»

«Das wusste sie. Ich hatte es ihr erzählt, als wir Weihnachten gesprochen haben. Aber sie kann zu diesem Zeitpunkt nichts von Lennart Callenberg gewusst haben. Wir selbst sind erst sehr viel später auf diese Spur gestoßen.»

«Anna wusste nicht, wer Callenberg war, aber vielleicht wusste es Herlinde Scherer. Schließlich ist er auch 1985 schon einmal überprüft worden.»

Marthaler war aufgesprungen: «Natürlich, Elvira! Herlinde Scherer hat damals eine große Reportage über den Fall Ölze geschrieben. Anna wollte sie mir zu lesen geben, was ich abgelehnt habe. Aber damit haben wir eine zweite Verbindung. Nicht nur ich habe in beiden Fällen ermittelt, sondern auch Herlinde Scherer.»

Elvira nickte: «Und die drei Ausrufezeichen deuten darauf hin, dass sie noch immer sehr an dem alten Fall interessiert war. Ich finde, wir sollten mit Anna sprechen. Ich schreibe ihr eine SMS.»

«Kommen Sie voran?», fragte Marthaler den IT-Mann Andi, der vier Computer auf einem Tisch in der Nähe des Fensters im Großen Zimmer aufgebaut hatte.

Andi rümpfte mehrmals die Nase, sodass seine Brille auf und ab hüpfte. «Was? Ja. Läuft ganz okay. Ich sollte mir Callenberg, Rotteck und Scherer anschauen. Computer, Internet- und Telefonaktivitäten, Digital-Dingsbums. Hab ich gemacht. Kann natürlich Monate dauern, bis alles ausgewertet ist …»

Marthaler unterbrach ihn: «Hören Sie …!»

Andi kicherte. «Weiß schon. War ein Witz. Nur bis morgen Zeit. Worum geht's?»

«Ich muss wissen, welche Verbindungen es zwischen den dreien gab!»

Wieder ließ Andi seine Brille hüpfen. «Waren alle drei sehr vorsichtig mit ihren Daten. Hatte wohl jeder seine Gründe, was?» Wieder unterbrach er sich selbst durch ein kurzes Kichern. «Viel isses nicht, was ich hab.»

«Aber Sie haben etwas, also sagen Sie mir, was es ist!»

«Was? Drei, vier Kleinigkeiten. Der Reihe nach?»

«Bitte!», forderte Marthaler ihn auf.

«Erstens: Rotteck hat seit geraumer Zeit Scherers Telefon überwachen lassen. Genehmigung lag vor. Muss gute Connections haben, der Rotteck. Kriegt man nicht so leicht durch, wenn's um Journalisten geht. Weiter?»

Marthaler nickte. Er wollte das Gespräch mit dem merkwürdigen IT-Mann so kurz wie möglich halten. Die Schlüsse aus dem, was er hörte, konnte er später ziehen.

«Zweitens: Rotteck hat in letzter Zeit die Systeme von LKA und BKA durchforstet nach allem, was er über den Fall Ölze bekommen konnte. Sein besonderes Augenmerk galt offenbar Lennart Callenberg.»

«Weiter!», drängte Marthaler.

«Drittens: Im Zooblick werden die Telefonverbindungen gespeichert. Gab ein Gespräch zwischen dem Zimmer, das Callenberg dort hatte, und dem Mobiltelefon von Rotteck.»

Marthaler klatschte in die Hände.

Andi schaute ihn irritiert an. «Was?»

«Das ist es, was wir brauchen. Einen Beweis dafür, dass die beiden miteinander zu tun hatten. Das Gespräch fand am Montag, dem 26. Mai, statt, nehme ich an.»

Andi schaute auf einen Zettel und nickte. «Weiter?», fragte er, wartete aber diesmal nicht auf eine Antwort. «Viertens: Nur noch eine Kleinigkeit, vielleicht nicht so wichtig.»

«Egal, sagen Sie's mir trotzdem!»

Andi schickte noch einmal sein Kichern voraus: «Rotteck hat sich aus der Asservatenkammer des LKA eine dicke Ladung KiPo bestellt.»

«Was hat er bestellt?»

«Kinderpornographie. Bilder und Videos, die irgendwann mal beschlagnahmt wurden. Angeblich als Vergleichsmaterial für einen Fall, an dem er gerade arbeitet. Aber einen solchen Fall gab es nicht. Ich nehme an, der Mann hatte Eigenbedarf.»

Marthaler schüttelte den Kopf. «Nein, das hatte andere Gründe. Trotzdem gut, dass Sie das herausgefunden haben. Es bestätigt unsere Vermutungen.»

Andi nickte. Dabei bewegte er den Kopf so ruckartig wie Tauben es tun. «Und jetzt?», fragte er. «Kann ich zusammenpacken? Bin verabredet mit einer Bekannten.»

Marthaler war ans Fenster getreten und schaute hinaus. Er sah, wie sich Daniel Fichtner auf dem Bürgersteig näherte. Als er die Höhe des Weißen Hauses erreicht hatte, gab Marthaler ihm ein Zeichen, dass er draußen warten solle.

«Sonst noch was?»

Andi blinzelte. «Sie waren grad woanders, nich'? Ich hab gefragt, ob ich gehen kann.»

Anna stand auf dem Gang und sah Marthaler entgegen. Sie hatte gerade erst das Haus betreten.

«Elvira hat geschrieben, dass ihr mich sprechen wollt.»

«Ja», sagte Marthaler. «Ich habe eigentlich nur eine Frage: Kann Herlinde Scherer gewusst haben, dass ich mir nach 23 Jahren den alten Mordfall Karin Ölze noch mal vorgenommen habe?»

Elvira hatte ihren Namen gehört. Jetzt kam sie in den Flur und stellte sich zu den beiden.

«Kann sie nicht nur, hat sie sogar», sagte Anna.

«Warum bist du so sicher?»

«Weil sie es von mir wusste. Du hast es mir Weihnachten gesagt, erinnerst du dich? Und ich hab es Herlinde erzählt, als ich mit ihr telefoniert habe. Sie war immer sehr an dem Fall interessiert; ihr solltet wirklich ihre alte Reportage lesen.»

«Das werden wir so schnell wie möglich tun», sagte Marthaler. «Dein Computer steht noch in meinem Büro. Kannst du uns den Text ausdrucken?»

«Mach ich», sagte Anna.

«Aber der Name Lennart Callenberg ist in eurem Telefonat nicht gefallen?»

«Nein», sagte Anna, «in ihrer Reportage heißt der Verdächtige Lambert C. Erst seit gestern, seit im Fernsehen über seine Verhaftung berichtet wurde, weiß ich, dass der Mann in Wirklichkeit Lennart Callenberg heißt. Sie hat mir erzählt, dass sie ihn schon damals für den Schuldigen gehalten hat, und sie hat der Polizei schwere Ermittlungsfehler vorgeworfen.»

Erst jetzt meldete sich Elvira zu Wort. «Gerade fällt mir etwas ein. Wartet ...»

Sie ging in ihr Büro, kam keine Minute später wieder zurück und blätterte in ihrem Terminplaner. «Hier», sagte sie, «am 2. Februar hat Herlinde Scherer in ihrem Notizbuch den Anruf von Anna verzeichnet. Am selben Tag habe ich für Robert eine Nachricht aufgeschrieben. ‹Frau Scherer wg. Ölze anrufen – Presse›. Du hast geflucht, Robert, und gesagt, dass du keine Kommentare zu laufenden Ermittlungen abgibst. Das habe ich ihr so weitergegeben, als sie sich später ein zweites Mal gemeldet hat.»

Daniel Fichtner wartete noch immer auf dem Bürgersteig vor dem Weißen Haus.

«Tut mir leid», sagte Marthaler. «Ich bin aufgehalten worden. Bei uns überschlagen sich gerade die Ereignisse. Was halten Sie davon, wenn wir ein wenig durch den Günthersburgpark laufen? Ich kann gut eine kleine Pause brauchen. Haben Sie so viel Zeit?»

Fichtner nickte. Schon auf dem Weg in den Park wiederholte er seine Frage, die er am Morgen am Telefon gestellt hatte: «Hat Rotteck etwas über mich gesagt?»

Marthaler blieb stehen und sah Fichtner in die Augen. «Rotteck hat mir ein Foto gezeigt. Man sieht Sie, wie Sie lächeln. Sie nehmen gerade einen Umschlag mit Geld entgegen.»

Fichtner schaute zu Boden. Er hob gerade zu einer Antwort an, als Marthaler ihm zuvorkam: «Rotteck sagt, er habe Sie auf die Probe stellen wollen. Er sagt, Sie seien korrupt. Ein unglaubwürdiger, korrupter Polizist, der schon nach den ersten Wochen beim LKA auf die Seite der Bösen gewechselt ist. Er nennt Sie ein faules Ei.»

«Hören Sie, Marthaler. Ich habe den Umschlag mit dem Geld am nächsten Morgen sofort zu einem Rechtsanwalt gebracht. Ich habe ein Gedächtnisprotokoll angefertigt und beides in der Kanzlei hinterlegt. Ich hoffe …»

«Was hoffen Sie? Dass keiner auf die Idee kommt, Sie seien der Versuchung erlegen, dieses Geld nicht nur zu nehmen, sondern auch zu behalten?»

Fichtner nickte.

«Sie hoffen», fuhr Marthaler fort, «dass man Ihnen glaubt, Sie seien von Anfang an nur zum Schein auf Rottecks schmutziges Angebot eingegangen?»

«Ja», sagte Fichtner kleinlaut, «das ist es, was ich hoffe.»

«Und dafür brauchen Sie mich jetzt als Bürgen, nicht wahr? Ich soll bezeugen, dass Sie durch Ihre anonymen Anrufe und durch das Material aus Rottecks Schreibtisch den bösen Bullen zu Fall gebracht haben.»

Der LKA-Mann zuckte mit den Schultern, ohne etwas zu sagen.

«Wissen Sie, was, Fichtner? Ich werde Ihnen den Gefallen tun. Ich werde einfach daran glauben, dass Sie einen kurzen, einmaligen Moment der Schwäche hatten und dann wieder in die Spur gekommen sind. Unter einer Bedingung …»

Als Marthaler nicht weitersprach, hakte Fichtner nach: «Und die wäre?»

«Werden Sie kein Hippie! Bleiben Sie Polizist! Und werden Sie niemals ein Bulle!»

Fichtner traute sich nicht zu lächeln, war aber sichtlich von einer Last befreit. Er wechselte das Thema: «Das ist aber nicht der Grund, warum ich herkommen sollte.»

«Nein. Ich will mit Ihnen über Herlinde Scherer sprechen. Es war unvorsichtig, als ich Ihnen gegenüber den Namen am Telefon erwähnte. Ich hatte nicht bedacht, dass die Tote bis dahin offiziell noch immer als unbekanntes Opfer gehandelt wurde. Sie haben merkwürdig reagiert. Überrascht ist vielleicht ein zu starkes Wort …»

«Ja, ich war eher erstaunt, dass sich meine Ahnung bestätigt hat. Vor allem habe ich mich an etwas erinnert, was sich vier Wochen zuvor ereignet hatte, konnte aber das eine nicht mit dem anderen in Beziehung setzen.»

«Erzählen Sie!», sagte Marthaler.

Sie waren am hinteren Ende des Parks angekommen und schlugen jetzt in einem großen Bogen den Rückweg ein.

«Als ich im April im LKA angefangen habe, habe ich erst mal eine Woche lang die Runde durch alle Abteilungen gemacht. Für einen Tag saß ich auch damals schon in Axel Rottecks Büro. An diesem Tag bekam ich einen Anruf von Herlinde Scherer. Sie hatte die Nummer der Zentrale gewählt, dort aber gezielt nach mir gefragt. Sie kannte meinen Namen, weil ich einen größeren Fachartikel über ungeklärte Sexualverbrechen geschrieben hatte, in dem auch der Fall Ölze und Herlinde Scherers Veröffentlichungen dazu eine Rolle spielten. Ihr hat wohl imponiert, dass ich ihre Kritik an den damaligen Ermittlungen in meinem Text nicht verschwiegen habe.»

«Und Rotteck hat etwas von diesem Telefonat mitbekommen?»

«Nicht nur das. Er hat es komplett mitgehört. Herlinde Scherer hatte sich nur mit ihrem Nachnamen gemeldet. Ich fragte nach, ob es sich bei ihr um die Reporterin Herlinde Scherer handelt. Als er diese Frage hörte, sprang Rotteck von seinem Platz auf, nahm die Mithörmuschel und hat das gesamte Gespräch verfolgt, ohne einen Ton zu sagen.»

«Und um was ging es? Was wollte Frau Scherer von Ihnen?»

«Sie wollte mich als Quelle anzapfen. Ihre Gesprächsführung war sehr geschickt. Sie tat vertraulich mit mir und so, als würden wir am selben Strang ziehen. Herlinde Scherer wusste, dass Sie den Fall Ölze wieder ausgegraben haben. Sie hat mich nach Lennart Callenberg gefragt. Ob es neue Ermittlungen gegen ihn gibt, wollte sie wissen. Und sie hat auch die beiden Morde in Reading und Avallon angesprochen. Es sieht so aus, als sei Herlinde Scherer auf derselben Spur gewesen, auf der Sie ja wohl auch waren. Man muss schon sagen, sie kannte sich wirklich gut aus. Und sie hatte ein gigantisches Gedächtnis.»

«All das hat Rotteck mitgehört … Und wie hat er darauf reagiert?»

«Gesagt hat er nichts, hat mich nicht mal angeschaut. Aber er wirkte erregt, auch wenn er versucht hat, das zu verbergen. Als unser Gespräch beendet war, hat er umgehend das Büro verlassen.»

Sie waren noch fünfzig Meter vom Eingang des Weißen Hauses entfernt. Marthaler war stehengeblieben. Er schwieg lange. Mit dieser einen Aussage Daniel Fichtners würden sich viele Fragen klären lassen. Jetzt kam es darauf an, Ordnung in den Wust an neuen Informationen zu bringen.

Um kurz nach 19 Uhr trafen sie sich im Besprechungsraum zu einer großen Sitzung, an der nun auch Thea Hollmann teilnahm.

Charlotte von Wangenheim leitete das Treffen, beschränkte sich aber meist darauf, Wortmeldungen entgegenzunehmen und eine Rednerliste zu erstellen.

Die meisten der Anwesenden waren seit zehn Stunden im Dienst. Einige wirkten erschöpft, auch wenn noch niemand es zugeben wollte.

«Was meint ihr, werden wir es schaffen?»

Kai Dörings Frage löste ein aufgeregtes Stimmengewirr aus. Zuversicht und Skepsis unter den Kollegen hielten sich die Waage. Marthaler war als Einziger unentschieden.

Charlotte von Wangenheim klopfte auf den Tisch. «Nicht alle durcheinander! Lasst uns noch einmal sammeln, was wir haben, damit wir alle auf demselben Stand sind. Ich würde sagen, wir fangen mit Frau Hollmann an.»

«Tut mir leid, dass ich nicht früher Zeit für euch hatte», sagte Thea, «aber immerhin hat sich einer meiner Kollegen nützlich machen können. Es ist nicht viel, was ich mitzuteilen habe, aber ich denke, es ist wichtig und ihr werdet eure Schlüsse daraus ziehen können.»

Die Spannung in der Runde war deutlich zu spüren. Alle Augen waren auf die Rechtsmedizinerin gerichtet.

«Wie ihr wisst, haben wir die DNA von Axel Rotteck einigen Spuren aus jenem Zimmer im Zooblick zuordnen können, in dem die Reporterin ermordet wurde. Seit gestern, seit seiner Verhaftung, sind wir auch im Besitz von Callenbergs DNA und können sie ebenfalls mit den Spuren vergleichen, die Carlos Sabato am Tatort gesichert hat.»

«Thea, lass es raus!», sagte Marthaler. «Wir platzen alle vor Neugier.»

«Treffer!», sagte Thea Hollmann. «Callenberg war ebenfalls in dem Zimmer.»

Sie wartete ab, bis das Gemurmel um sie herum verstummt war, dann setzte sie erneut an. «Das ist noch nicht alles. Es gibt unter den Spuren ein Tütchen, dessen Beschriftung ich nicht recht deuten kann. Es befinden sich rote Filzfasern darin. Der Aufkleber trägt die Aufschrift: ‹Rs. Minibar›. Was das zu bedeuten hat, muss uns Carlos erklären.»

«Neben dem Kleiderschrank im Hotelzimmer von Herlinde Scherer gab es ein offenes Einbauregal, das von oben bis unten mit rotem Filz ausgekleidet war. In der Mitte des Regals stand eine Minibar. Es handelt sich also um Faserproben, die ich auf der Rückseite der Minibar entnommen habe.»

«Gut», sagte Thea. «Dann kann ich euch mitteilen, dass wir an genau dieser Probe die DNA beider Männer lokalisieren konnten. Sowohl Lennart Callenberg als auch Axel Rotteck haben hinter der Minibar ihre Spuren hinterlassen.»

Bevor Sabato diese Neuigkeit kommentieren konnte, begannen die anderen bereits lautstark zu spekulieren, was dies zu bedeuten hatte. Wieder musste Charlotte zur Ruhe ermahnen. «Carlos, du siehst aus, als wolltest du etwas sagen.»

«Ja, ihr braucht kein Ratespiel daraus zu machen. Ihr habt wahrscheinlich schon mitbekommen, dass man die Tatwaffe bei Callenberg gefunden hat. Sie war in eine Plastiktüte gewickelt, in Beton eingegossen und in einem Teich versenkt worden. Das sollte schlau sein, war aber dumm, denn auf diese Weise sind die Spuren an der Pistole konserviert worden. Sowohl in der Tüte als auch an der Waffe selbst habe ich die gleichen roten Filzfasern sichern können. Wir dürfen also davon ausgehen, dass die Browning hinter der Minibar versteckt war.»

«Rotteck hat sie in dem Regal deponiert, und Callenberg hat sie dort entnommen», sagte Sven Liebmann.

Sabato lächelte zufrieden. Es freute ihn sichtlich, dass Liebmann zu dem gleichen Schluss gekommen war wie er selbst. «Das ist die wahrscheinlichste Erklärung. Nicht Rotteck hat Herlinde Scherer getötet, sondern Callenberg. Aber Axel Rotteck hat ihm die Waffe dafür zur Verfügung gestellt.»

Wieder ging ein Raunen durch das Große Zimmer. Alle merkten, dass das Zahnrad sich gerade ein erhebliches Stück weitergedreht hatte. Sie kamen der Lösung näher.

«Schaut, was ich entdeckt habe», sagte Kai Döring. Er hob eine DVD in ihrer grell bedruckten Hülle in die Höhe: «Ein Film, der bei Callenberg sichergestellt wurde. Es handelt sich um eine amerikanische Produktion mit dem Titel ‹Eyes. Wide. Shot.›»

«Du meinst den Kubrick?», fragte Thea Hollmann.

«Nein», erwiderte Döring. «Der Titel spielt zwar auf Kubricks letzten Film an, aber es handelt sich um ein ziemlich blutiges Machwerk niederster Güte. Ich hab's mir heute Nachmittag im Schnelldurchlauf angesehen. Die Geschichte spielt in Mittelamerika. Sie erzählt von einem Killer der dortigen Drogenmafia, der dafür zu sorgen hat, dass alle aufrechten Polizisten, Staatsanwälte und Richter aus dem Weg geräumt werden. Er tötet seine Opfer, indem er ihnen ins Auge schießt. Neunzig Minuten lang, einen nach dem anderen.»

«Dann war der Augenschuss kein Zufall», sagte Kerstin Henschel. «Dann ist Herlinde Scherer den Schnüfflertod gestorben.»

Marthaler und Thea Hollmann schauten sich über den Tisch hinweg an.

«Noch ein Hinweis darauf, dass Callenberg der Täter ist», sagte Charlotte von Wangenheim, «dann mach gleich weiter, Kerstin. Hat eure Befragung von Callenbergs Frau etwas ergeben?»

«So würde ich es nennen. Sven und ich waren heute Nachmittag in Hanau, um uns mit Anja Callenberg zu unterhalten. Zuerst hat sie ein Gespräch strikt verweigert. Sie warf uns vor, wir wollten ihrem Mann drei Morde anhängen, die er nicht begangen hat. Allerdings hat ihr Widerstand nicht lange gehalten. Als wir ihr die Beweise aufgezählt haben, ist sie rasch zusammengebrochen.»

«Sie hat wirklich keinerlei Ahnung gehabt von der Vergangenheit ihres Mannes?», fragte Elvira.

«Keinerlei Ahnung kann man nicht sagen. Sie wusste, dass

er 1985 im Fall Ölze befragt worden ist. Auch in den vergangenen Jahren ist wohl immer mal wieder sein Alibi überprüft worden, wenn irgendwo ein Sexualdelikt begangen wurde. Allerdings hat sie ihn immer für unschuldig gehalten. Sven, willst du berichten, was sie uns erzählt hat?»

Sven Liebmann nickte. «Sie sagt, dass sich vor ein paar Wochen ein Polizist aus Wiesbaden bei ihrem Mann gemeldet hat, der an dessen Unschuld glaubte und ihm helfen wollte, sich gegen die neuen Verdächtigungen zu wehren. In der Folge habe ihr Mann mehrfach mit diesem Polizisten telefoniert. Schließlich habe Lennart Callenberg zu ihr gesagt, dass er für einige Zeit verschwinden müsse, bis der Polizist alles geregelt habe.»

«Sie hat also gewusst, dass ihr Mann nicht in den Urlaub gefahren ist?», fragte Elvira.

«Das schon, insofern hat sie gelogen. Gleichzeitig scheint sie aber die Lügen ihres Mannes geschluckt zu haben.»

«Oder sie hat diese Lügen schlucken wollen …»

Elvira und Marthaler berichteten ebenfalls, was sie im Laufe des Tages erfahren hatten. Schließlich waren alle sicher, auf demselben Informationsstand zu sein. Sie beschlossen, eine kurze Pause einzulegen, um über das Gehörte nachzudenken.

«Gut», sagte Marthaler und hatte Mühe, ein Gähnen zu unterdrücken, «geht alleine ein paar Schritte oder unterhaltet euch zu zweit oder dritt. Egal, Hauptsache, ihr bleibt dran. Wenn wir uns gleich wieder treffen, müssen wir uns darüber klar geworden sein, wie alles zusammenhängt. Wir müssen die Abfolge der Geschehnisse kennen. Und dann sollten wir bald zu einem Ende kommen, bevor alle vor Erschöpfung zusammenbrechen.»

NEUNZEHN

Kaum fünfzehn Minuten später saß jeder wieder auf seinem Platz. Sie sprachen zwei weitere Stunden lang. Immer wieder wurden die Informationen neu geordnet, bis das Bild langsam klarer wurde.

Elvira tippte alles in ihr Notebook, das an einen Beamer angeschlossen war. So war jeder in der Lage, die Entwicklung des Protokolls zu verfolgen, konnte Einwände erheben oder Verbesserungsvorschläge machen. Sie verschob einzelne Teile des Textes, änderte ein Datum, korrigierte ein Wort oder löschte einen Satz.

Es war bereits kurz vor Mitternacht, als endlich alle zufrieden waren. An der weißen Wand des Großen Zimmers war in zwei langen Spalten ein Text zu lesen, den Elvira «Chronik der Ereignisse» genannt hatte. Er reichte vom 27. Januar, dem Tag der Landtagswahlen, als die Christlichen unter Rolf-Peter Becker 12 Prozentpunkte verloren hatten, bis zum gestrigen Tag, dem 1. Juni, als Callenberg festgenommen wurde.

Obwohl ihre Zeittafel noch einige Lücken aufwies, waren alle überzeugt, dass sie die entscheidenden Fakten zusammengetragen hatten. Die Abfolge der Ereignisse war rekonstruiert.

Es war Charlotte von Wangenheim, die das Ergebnis endlich zusammenfasste: «Wir haben uns getäuscht. Die Reporterin Herlinde Scherer ist nicht von Axel Rotteck, sondern von Lennart Callenberg erschossen worden. Aber nach allem, was wir heute herausgefunden haben, kommt Rotteck aus der Sache nicht mehr raus. Allein die Spuren, die Carlos am Tatort gefunden hat, genügen, ihn in Haft zu halten. Rotteck hat Callenberg zu dem Mord angestiftet, und er hat ihm aktive Beihilfe geleistet. Beide Männer waren am Tod von Herlinde Scherer interessiert. Auch wenn nur einer auf den Abzug gedrückt hat, letztlich haben sie die Tat gemeinschaftlich geplant und ausgeführt.» Charlotte schaute in die Runde, um zu sehen, wie ihre Worte gewirkt hatten: «Stimmen alle zu?», fragte sie.

Selbst jene, die am Anfang des Abends noch skeptisch gewesen waren, teilten nun die Einschätzung ihrer Chefin. Im Großen Zimmer war ein beifälliges Raunen zu hören. Die Gesichter der Kollegen zeigten neben der Müdigkeit nun auch Erleichterung.

«Robert, was ist mit dir? Bist du ebenfalls einverstanden?»

Marthaler nickte: «Einverstanden!», murmelte er und hielt die Hand vor den Mund, um sein Gähnen zu verbergen.

«Gut», sagte Charlotte, «dann gehe ich jetzt nach Hause und schreibe meinen Bericht für die Staatsanwältin. Eine Aufhebung des Haftbefehls ist damit ausgeschlossen. Wir haben es geschafft. Und wie ich sehe: Wir *sind* auch alle geschafft. Also macht euch ebenfalls auf den Heimweg, geht schlafen und kommt nicht auf die Idee, morgen vor zwölf Uhr mittags eure Büros wieder zu betreten!»

Charlotte war aufgestanden und ging auf die Tür zu. Als sie an Sabato vorbeikam, blieb sie noch einmal stehen.

«Was ich dich schon dauernd fragen wollte, Carlos: Was ist eigentlich mit deiner Katze, mit Karl?»

«Sie muss irgendwo draußen rumstreunen, warum?»

«Hat sie inzwischen entbunden?»

Carlos rümpfte die Nase. «Es war eine Scheinschwangerschaft, Charlotte. Wahrscheinlich hat sie nur Blähungen gehabt.»

Thea Hollmann und Charlotte verließen als Erste das Weiße Haus. Kai Döring ging in die Teeküche, holte eine Flasche Bier aus dem Kühlschrank und öffnete sie auf dem Gang, wo er noch fünf Minuten mit Sabato und Liebmann plauderte, bevor auch diese drei den Nachhauseweg antraten.

Marthaler ging in sein Büro, knipste die Stehlampe an und schaltete die Deckenbeleuchtung aus. Anna hatte ihm den Text der alten Reportage von Herlinde Scherer auf den Schreibtisch gelegt. Bevor er sich mit den ausgedruckten Seiten auf die Couch setzte, notierte er noch rasch vier Zeilen auf einen Merkzettel:

Schulkreide kaufen
Sheriffstern kaufen
Epoisses kaufen
Tereza anrufen

Elvira steckte noch einmal den Kopf durch die Tür. «Brauchst du mich noch, Robert?»

«Danke, Elvira. Geh schlafen!»

«Alles gut?»

«Alles gut. Ich brauche nur noch einen Moment, um runterzukommen.»

Er wartete, bis seine Sekretärin die Tür wieder hinter sich geschlossen hatte, dann begann er zu lesen.

Anna hatte recht gehabt. Herlinde Scherer war eine hervorragende Journalistin gewesen. Ihre Reportage war in einer schönen, klaren Sprache geschrieben. Und sie bewies große Sachkenntnis. Marthaler verstand, dass Callenberg Angst davor gehabt hatte, noch einmal in den Fokus dieser Frau zu geraten.

Als es an seiner Tür klopfte, legte Marthaler die Seiten auf den Tisch.

Kerstin Henschel stand im Halbdunkel und hielt eine geöffnete Flasche Rotwein und zwei Gläser in der Hand.

«Darf ich?», fragte sie.

«Gerne», sagte Marthaler und rieb sich die Augen. «Setz dich bitte! Willst du feiern?»

«Nein, feiern nicht», sagte Kerstin und nahm im Sessel gegenüber von Marthaler Platz. «Ich dachte nur gerade: Früher haben wir das öfter gemacht, wenn wir einen Fall gelöst hatten. Wir haben uns zusammengesetzt und eine Flasche Wein geteilt.»

Nachdem sie die beiden Gläser gefüllt hatte, prostete sie Marthaler stumm zu: «Bist du wirklich einverstanden mit unserer Lösung des Falls oder geht es dir wie am Freitag, nach der Vernehmung von Rotteck?»

Marthaler schüttelte den Kopf: «Nein, ich habe nur Angst, dass wir wieder etwas übersehen haben. Es sind so viele Informationen zusammengekommen, wie ich es kaum je erlebt habe, und ich will nicht, dass wir einen zweiten Fehler machen. Aber … hör nicht auf mich, Kerstin, vielleicht liegt es auch einfach an meiner Müdigkeit.»

«So war es immer, Robert. Du bist jedes Mal der Letzte, der zugeben will, dass wir es geschafft haben.»

«Weil ich nur Einzelheiten sehe: Spuren, Termine, Aussagen. Schon die Zeitleiste, die wir auf der Wand gesehen haben, lässt mir den Kopf schwirren. Sie irritiert mich mehr, als dass sie mir eine Geschichte erzählt.»

Kerstin lächelte: «Soll ich es machen, Robert? Soll ich dir unseren Fall als Geschichte erzählen? Ich verspreche dir, es wird eine Kurzgeschichte.»

Marthaler nickte. «Und ich werde sehen, ob ich sie dir glaube.»

Kerstin Henschel nahm einen Schluck Wein, dann lehnte sie sich im Sessel zurück und schloss die Augen.

«Erinnerst du dich, was für ein Paukenschlag dieses Wahlergebnis im Januar war? Zwölf Prozentpunkte hatten die Christlichen verloren. Sabine Xanthopoulos wurde binnen kurzem zum Hassobjekt Nummer eins, und es gab genügend Leute, die mit allen Mitteln verhindern wollten, dass sie Ministerpräsidentin würde. Das ist eine Situation, die Journalisten mögen, Robert. Und natürlich hat Herlinde Scherer gespürt, dass die Sache noch dramatischer werden würde. Soviel wir wissen, hat sie sofort begonnen zu recherchieren. Sie hat sich auf die Wackelkandidaten in den Parteien konzentriert: auf Münzenberg bei den Christlichen, der ihr Informant wurde, und auf die vier Abweichler bei den Sozialdemokraten, die sich später im Zooblick getroffen haben.»

Marthaler gähnte. Er streifte seine Schuhe ab und streckte sich auf der Couch aus.

«Langweile ich dich?», fragte Kerstin Henschel.

«Nein, entschuldige, überhaupt nicht. Mach weiter! Wenn es dich nicht allzu sehr stört … Ich kann dir auch im Liegen zuhören.»

«Wie es aussieht, hatte Rotteck aus dem Innenministerium die Anweisung, alle Aktionen abzusichern, die der Erhaltung der alten Regierung dienten. Dabei muss ihm Herlinde Scherer zwangsläufig immer wieder in die Quere gekommen sein. Denn jede Intrige, die gesponnen, jeder Verrat, der geplant wurde, waren Futter für ihre journalistische Neugier. Alles, was Rotteck verbergen musste, wollte Herlinde Scherer enthüllen.»

Marthaler drehte den Kopf und sah Kerstin Henschel an: «Damit erklärst du mir, warum wir Rotteck für den Täter halten konnten: Er hatte einen guten Grund, Herlinde Scherer aus dem Weg zu räumen.»

«Genau, aber jetzt kommt die zweite Geschichte ins Spiel. Scherer wusste, dass du dabei bist, den Mord an Karin Ölze neu aufzurollen. Auch wenn das nicht ihre momentane Hauptgeschichte war, sie war begierig auf alles, was diesen alten Fall betraf. Und weil du ihr keine Auskunft geben wolltest, hat sie einige Zeit später im LKA bei Fichtner angerufen. Und das war ihr Unglück. Dieses eine Telefonat hat sie das Leben gekostet. So weit klar?»

«Erklär's mir ruhig noch mal!», sagte Marthaler.

«Rotteck hat den Anruf mitgehört und ist dadurch auf den Namen Callenberg aufmerksam geworden. Er hat sich in den Fall Ölze reingewühlt, hat selbst noch ein wenig recherchiert, dann wusste er, dass er mit Callenberg das perfekte Werkzeug in der Hand hat. Ob er ihm Versprechungen gemacht oder ob er ihm gedroht hat, wissen wir noch nicht, jedenfalls hat er ihm nicht nur Informationen über Herlinde Scherer geliefert, sondern ihm auch die Tatwaffe besorgt.»

«Und nicht nur das: Er hat die Waffe sogar am Tatort deponiert.»

«Exakt! Reicht dir das, Robert? Glaubst du mir die Geschichte?»

«Ja», sagte er, «das tue ich.»

«Aber?»

«Kein Aber. Es war also kein Zufall, dass sich Rotteck, Scherer und Callenberg am gleichen Tag im Hotel Zooblick aufgehalten haben.»

«Robert, es gibt keine Zufälle in dieser Geschichte, außer dem einen, dass Herlinde Scherer, die der Sterntaler-Verschwörung auf der Spur war, auch nach 23 Jahren noch wollte, dass man den Mörder von Karin Ölze schnappt, den sie seit damals zu kennen glaubte und der immer noch frei herumlief. Als Rotteck das klar wurde, konnte er die Fäden ziehen, wie er wollte. Von da an hat er zu jeder Zeit alles in der Hand gehabt. Sein Fehler war, dass er den Hochmut aller korrupten Bullen hatte: Er hat sich alleine für schlauer gehalten als all seine braven Kollegen zusammen … Zufrieden?»

Marthaler überlegte einen Moment. Dann nickte er müde.

«Okay, Robert», sagte Kerstin Henschel, «dann kannst du jetzt schlafen. Du solltest dir eine Decke nehmen, gegen Morgen wird es ziemlich kalt … Hörst du mich noch?»

«Ja.»

«Die anderen haben das Haus bereits verlassen. Ich schließe von außen ab.»

Marthaler hob noch einmal den Kopf: «Warte, was ist eigentlich mit den beiden Typen, die Anna und Süleyman verfolgt haben, Kevin Möller und der, den sie Fussel genannt haben?»

«Sie sind auf der Flucht. Nach beiden wird seit Freitag gefahndet. Es gibt erste Hinweise, dass sie sich möglicherweise im Norden von Mallorca aufhalten, wo Möllers Frau eine Finca und eine kleine Ferienanlage besitzt. Sollten sie wirklich eine Insel als Versteck gewählt haben, werden die spanischen Kollegen sie bald ausfindig machen … Komm,

Robert, gib auf! Du kannst deine Augen nicht mehr offen halten.»

«Und der Motorradfahrer ...?»

«Du meinst den, der den Umschlag nach Schwarzenfels gebracht hat? Seine Leiche und das Fahrzeug sind noch immer verschwunden. Seine Identität ist unklar. Wenn wir Kevin Möller haben, werden wir auch diese Frage beantworten können.»

Marthaler atmete tief und gleichmäßig, aber seine Augen waren noch geöffnet.

Auch Kerstin Henschels Stimme klang müde: «Jedenfalls haben wir den Täter jetzt in Gewahrsam. Oder besser gesagt: Nun haben wir sie beide. Endlich.»

«Ja», sagte Marthaler, «wir haben sie.»

Dann schlief er ein.

DANK

Dank an den Hessischen Literaturrat und Écla Aquitaine für die Möglichkeit, acht Wochen ungestört in der Altstadt von Bordeaux arbeiten zu können; an Corinne Chiaradia und Flore Llopis für diskreten Charme und herzliche Fürsorge.

Ich bedanke mich: Bei Heiner Boehncke für Schwarzenfels. Bei den Teilnehmern der LeseProbe des Rheingau Literatur Festivals am 1.2.2013 in der Sektkellerei Bardong in Geisenheim für das erste öffentliche Massenlektorat der Literaturgeschichte. Bei Jens Scheller, Nathalie Hahn und Bernhard Ritter für einen Vormittag auf dem Golfmobil im Freilichtmuseum Hessenpark. Bei Grusche Juncker, die es mal wieder fast geschafft hätte, mich davon zu überzeugen, dass ihr all meine Zumutungen die reine Freude sind. Bei Gudrun Schury, die, selbst unter kriminellem Druck, bereit war, wieder an Bord der Galeere zu springen. Bei Atilla Korap für einen geschenkten Sonntag in höchster Not und letzter Minute … und für die Musik. Bei Karlheinz Braun für sein waches Auge auf Tereza. Bei Christian Habernoll für die Grille, die Ameise, die Nichten und manchen Kontakt. Bei Jürgen Weidt und Brigitte Pfannmöller, dass sie noch Rettungsversuche unternommen haben, als es für Rettung schon fast zu spät war. Bei Eva Demski und Michael Herl für «Nibelungen»-Treue. Bei meinem Vater für immerwährende Zufriedenheit und Nachsicht. Bei den Binkowskis für ein

Fest, das nicht vergessen wird. Bei Paula, die jede Aufgeregtheit mit einem nonchalanten «Ach, Vater» quittierte. Vor allem aber bedanke ich mich bei Christiane, die immer und in jeder Hinsicht mit sorgender Neugier dabeigeblieben ist.

Dank auch an all jene, die bereit waren, mir Informationen zu geben, aber aus Gründen nicht namentlich genannt werden möchten.

Frankfurt am Main, Bordeaux, Marseillan 2014

QUELLENVERZEICHNIS

Im Text werden einige Zitate verwendet. Hier die Originale und ihre Quellen:

S. 44 – «Geschlafen wird am Ende des Monats.» – Aus Peter F. Bringmann, «Theo gegen den Rest der Welt», 1980.

S. 109 – «Marina» © Rocco Granada / dt.: Axel Weingarten / Verlag Melodie der Welt GmbH.

S. 121 – «Einer Frau die Füße zu massieren und ihr mit der Zunge das Allerheiligste auszuschlecken, ist zwar nicht das Gleiche, aber es spielt in derselben Liga.» – Aus Quentin Tarantino, «Pulp Fiction», dt. Fassung 1994.

S. 281 – «Sehen sich zwei Menschen jenseits der Kindheit länger als zehn Sekunden an, werden sie sich entweder lieben oder schlagen.» – Aus Götz Eisenberg, «Damit mich kein Mensch mehr vergisst: Warum Amok und Gewalt kein Zufall sind», 2010.

S. 326 – «Wo aber Gefahr ist, wächst / Das Rettende auch.» – Aus Friedrich Hölderlin, «Patmos», 1803.

Jan Seghers bei Kindler, Wunderlich und rororo

Der Tod hat 24 Türchen (Hrsg.)

Kommissar Robert Marthaler

Ein allzu schönes Mädchen

Die Braut im Schnee

Partitur des Todes

Die Akte Rosenherz

Die Sterntaler-Verschwörung

Das für dieses Buch verwendete Papier ist FSC®-zertifiziert.